ANJA EICHBAUM

Inselnächte

DÜNENGRAB »Raus da! Betreten verboten!« Inselpolizist Martin Ziegler flucht. Ständig muss er Touristen und Einheimische aus den Dünen holen, um Mensch und Natur zu schützen. Vergeblich! Als ein Mann tot aufgefunden wird, steht Ziegler vor einem mysteriösen Fall, denn das Opfer ist Kevin Jansen, der jüngste Sohn einer der verschlossensten Familien der Insel. Die Jansens, die immer schon für Gerüchte und Gesprächsstoff gesorgt haben, scheinen mehr als nur ihr Vermögen zu hüten – bewahren sie auch ein dunkles Familiengeheimnis? Ziegler und sein Kollege Gert Schneyder von der Kripo Aurich beginnen zu graben: Sie decken mit ihren Ermittlungen die Geschichte einer Familie auf, deren Mitglieder so unterschiedlich wie verdächtig sind. Doch können sie damit das Unheil aufhalten?

Anja Eichbaum stammt aus dem Rheinland, wo sie bis heute mit ihrer Familie lebt. Als Diplom-Sozialarbeiterin ist sie seit vielen Jahren leitend in der Kinder- und Jugendhilfe tätig. Frühere biographische Stationen wie eine Krankenpflegeausbildung und ein »halbes« Germanistikstudium bildeten Grundlage und Füllhorn zugleich für ihr literarisches Arbeiten. Aus ihrer Liebe zum Meer entstand ihr erster Norderney-Krimi, denn ihre Bücher verortet sie gerne dort, wo sie am liebsten selbst ist: am Strand mit einem Kaffee in der Hand. Nach Ermittlungen auf Norderney mit Abstechern an die Ostsee und ins Rheinland, agieren ihre Protagonisten erneut auf der ostfriesischen Insel.

ANJA EICHBAUM

Inselnächte

KRIMINALROMAN

Bei Fragen zur Produktsicherheit gemäß der Verordnung über die allgemeine Produktsicherheit (GPSR) wenden Sie sich bitte an den Verlag.

Im Ehnried 5, 88605 Meßkirch
Telefon 07575/2095-0
info@gmeiner-verlag.de

1. Auflage 2025

Lektorat: Claudia Senghaas, Kirchardt
Satz: Mirjam Hecht
Umschlaggestaltung: U.O.R.G. Lutz Eberle, Stuttgart
unter Verwendung eines Fotos von: © Joachim Trettin, Norderney
Druck: CPI books GmbH, Leck
Printed in Germany
ISBN 978-3-8392-0880-9

Personen und Handlung sind frei erfunden.
Ähnlichkeiten mit lebenden oder toten Personen
sind rein zufällig und nicht beabsichtigt.

PERSONENREGISTER

Martin Ziegler, Dienststellenleiter Norderney
Anne Wagner, Ärztin

Ruth Keiser, Polizeipsychologin
Oskar Schirmeier, Journalist

Daniela Prinzen, geborene Rick
Frank Prinzen
Marthe Dirkens
Helene Dannenberg, Autorin und Gast im Hostel

Gert Schneyder, Mordkommission Aurich
Nicole Ennert, Olaf Maternus, Silke Habicht, Ronnie Heitbrink, Polizei Norderney

Die Geschwister der Familie Jansen:
Jasper Jansen
Freyja Jansen
Henning Jansen
Wibke Jansen
Tomke Jansen
Kevin Jansen

Familie Schwarz/Menke:
Hendrik Schwarz
Sabrina Menke
Moolin Menke

Mirko Bramstätt, Bestatter

Pia Oltmann, Friedhofsgärtnerin

Ruby Bokel, Friedhofsgärtnerin (Auszubildende)
und andere …

PROLOG

Er war verloren, als sie den Raum betrat. Die lange blonde Mähne reichte ihr bis zu den Hüften und schwang bei jedem Schritt hin und her. Er hatte selten eine erwachsene Frau gesehen, die sich traute, die Haare so offen zu tragen. Nicht einmal ein obligatorisches Haargummi, mit dem sich im Zweifelsfall ein schneller Pferdeschwanz bewerkstelligen ließe, zierte das Handgelenk.

Sie erinnerte ihn an kleine Mädchen, wie er sie aus Filmen kannte. Flachsblond mit weiten schwingenden Kleidern, meist mit Blümchenstreu bedruckt. Ein weiches Gesicht mit einem Lächeln, das andere hinwegschmelzen ließ. Und verdeckte, dass genauso viel Unsinn und Schalk im Nacken saßen, um Spaß miteinander zu haben.

In seinem wirklichen Leben gab es solche Kinder nicht. Wenn, dann nur aus der Ferne. Manchmal hatte er sich von zu Hause weggestohlen. Saß versteckt in einer Düne und suchte den Strand ab. Nach Wesen, wie er sie nur aus dem Fernsehen kannte.

Die Kinder in der Schule waren wie er. Obwohl auch das nicht stimmte. Bei ihm war vieles schlimmer, strenger, anstrengender. Freunde hatte er keine.

Alles, was du brauchst, hast du zu Hause.

Manchmal dachte er, das stimmt. Tief in seinem Inneren wusste er, wie groß die Lüge war.

Dass er heute hier saß, hatte damit zu tun. Bis vor ein paar Minuten war er auf dem Stuhl herumgerutscht. Unschlüssig. Bleiben oder gehen?

Sie hatte es entschieden.

Dass es die einzig richtige Entscheidung war, wusste er, als sie sprach.

»Sie war überfordert«, setzte sie an, und ein Schauder durchlief ihn.

Wie oft hatte er genau diesen Satz benutzt. Um auszuharren, um es zu verstehen, um es zu vergessen. Es ungeschehen zu machen.

»Wer hat Schuld?«

Die Therapeutin lächelte sanft. »Für die Gruppe ist es schwer, Ihnen zu folgen, wenn Sie die Geschichte vom Ende aufrollen. Mögen Sie in wenigen Worten chronologisch zusammenfassen, weshalb Sie heute hier sitzen?«

Mit großen Augen hatte sie in die Runde gestarrt, als könnte sie selbst nicht fassen, dass sie im Begriff stand, vor fremden Menschen zu sprechen. Dann war ihr Blick an ihm hängen geblieben. Und nicht mehr weitergerückt. Als hätte sie den Anker ausgeworfen, weil sie den richtigen Liegeplatz gefunden hatte.

Es war, als spräche sie nur zu ihm. Als spräche sie für ihn.

Wie ähnlich konnten Lebensereignisse sein, wenn einen nichts verband.

Außer einem Trauma, das sich nicht bewältigen ließ.

Außer der Therapiegruppe, in der sich heute ihre Wege kreuzten.

Er war bedingungslos verloren.

1

»Wenn das Leben dir Zitronen gibt, mach Limonade daraus«, murmelte Anne und strich sich mit der freien Hand die Haare aus der Stirn. Sie ließ den dünnen Stock, mit dem sie die quietschgelbe Farbe in das Malerweiß einrührte, sinken und richtete sich stöhnend auf.

»Oder frage nach Salz und Tequila.« Martin Ziegler legte den Schlüssel auf den mit Folie abgedeckten Schreibtisch. »Du hättest besser auf mich gehört und die Farbe direkt im Baumarkt anrühren lassen. Wer macht sich denn heute noch so eine Arbeit? Aber dein Malerhut, der steh dir. Wozu die *Norderneyer Badezeitung* alles zu gebrauchen ist.«

Anne riss sich die Papiermütze vom Kopf. »In meiner Erinnerung hat das Anstreichen deutlich mehr Spaß gemacht. Wie uns das Gedächtnis täuschen kann.«

»Du warst jünger.«

»Sagst du, alter Mann?« Sie biss sich auf die Unterlippe, als sie sah, dass er zusammenzuckte. »Entschuldige. Du weißt, dass es nicht so gemeint war.«

»Ich koche uns besser erst einmal einen Kaffee. Eine Pause scheint dir gutzutun, und ich brauche sie genauso.«

»Vielleicht hörst du einfach auf, mir die Welt zu erklären«, murmelte sie vor sich hin. Doch dann folgte sie Martin in die Küche. »Du hast recht. Kaffee ist eine prima Idee. Besser als Tequila und Limonade.«

»Was ist denn los?« Er sprach über das laute Mahlen der Kaffeebohnen hinweg.

Anne beugte sich vor. »Hm, das duftet. Du kannst ja gegen meine Eltern sagen, was du willst, aber davon haben sie echt

Ahnung. Das monatliche Lübecker Kaffee-Care-Paket ist schon eine nette Idee.«

»Als wenn wir auf der Insel keine hervorragenden Bohnen hätten. Du bist doch sonst immer diejenige, die vor Ort einkaufen will. Und dass dein Vater dir diesen Farbeimer aus seinem Keller gebracht hat. Sorry, ich kann es nicht fassen. Was für ein Aufwand.«

»Ja, ja. Lass es gut sein. Du hast recht. Ich glaube, es war ein vorgeschobener Grund.«

»Weil er sich überzeugen wollte, dass du nach zwei Monaten Ehe nicht in Tränen aufgelöst zu Hause sitzt? Und den Schritt vor den Altar bitterlich bereust?«

»Martin, jetzt werde nicht albern. Was ist dir denn für eine Laus über die Leber gelaufen, dass du mir jedes Wort im Mund verdrehst?«

Er nahm den Tamper und drückte den gemahlenen Kaffee mit Wucht in den Siebträger. »Nichts. Das Übliche. Touristenbespaßung. Touristenbelehrung. Touristenbestrafung. Und kaum hat man Ruhe, steht ein Einheimischer vor einem und beschwert sich, dass wir nicht genug gegen die rauen Sitten der Urlauber unternähmen. Wann bitte beginnt der Herbst?«

»Du sehnst dich nach den Kegelklubs?« Anne nahm die erste Tasse und trug sie zum Tisch. »Das glaube ich dir nicht.«

»Okay, nicht der Herbst. Der Herbstherbst, also der richtige. Ab Mitte November. Und dann blenden wir Silvester, Karneval und Ostern aus und haben Ruhe bis kurz vor Pfingsten. Die Insel fast für uns alleine. Herrliche Zeiten.«

Anne schwieg. Obwohl sie genau wusste, dass auch seine Erinnerungen ihm einen Streich spielten. Sie steckte eine Hand in die Hosentasche ihrer Jeanslatzhose und trat ans Fenster.

»Lass den Kaffee nicht kalt werden.« Er stand plötzlich hinter ihr. Seine Stimme war jetzt sanft und leise. Er drückte sie an sich und umarmte sie. Seine Hände wanderten unter den Hosenlatz. »Was hast du da eigentlich für ein cooles Teil an? Habe ich ja schon lange nicht mehr gesehen. Früher …«

»Hat mein Vater mir mitgebracht. Als ich sie das erste Mal anhatte, fragte mich eine Freundin, ob ich schwanger sei. Da war ich mitten im Studium. Seitdem liegt sie bei den Malersachen. Zu Hause in Lübeck. Im Keller.«

Sie sah, wie er den Mund öffnete, und hob die Hand. »Sag nichts. Und glaube mir, es ist keine Anspielung. Auch nicht von meinem Vater.«

Martin lachte heiser. »Denkst du wirklich? Er hat pausenlos von der Farbe fürs ›Kinderzimmer‹ gesprochen. Zufall?«

»Du weißt doch, wie Eltern sind. Nicht nur sie. Unsere Freunde nerven, deine und meine Kollegen, und die Blicke, die sich in letzter Zeit alle auf den Bauch richten, sprechen eine eindeutige Sprache. Niemand nimmt mich ernst. Niemand außer Ruth.«

»Ruth Keiser? Was hat sie denn damit zu tun?«

»Nichts. Außer dass wir telefoniert haben.«

»Warum?«

»Wie, warum? Bin ich dir Rechenschaft schuldig? Ich dachte, du freust dich, dass ich mich mit deiner langjährigen Freundin und Kollegin so gut verstehe.«

Martin drehte sie zu sich herum. »Jetzt ist der Kaffee wirklich kalt. Es tut mir leid. Lass uns noch einmal neu starten. Eine Pause gefällig, meine Liebste? Ich kredenze dir den weltbesten Milchkaffee der Welt. Bitte, nehmen Sie Platz.«

Anne lachte, während sie sich auf dem Stuhl niederließ, den er hervorzog. »In Ordnung.« Sie legte den Zeitungshut, den sie immer noch in einer Hand gehalten hatte, vor sich und strich ihn mit den Fingern glatt. Ihr Blick blieb an einem Foto auf der Titelseite hängen. Die letzten Sturmfluten hatten besonders an der Weissen Düne zu einem gravierenden Sandverlust geführt. Das hölzerne Gerippe, das zuvor die sommerlichen Strandaufbauten getragen hatte, lag skelettartig brach und war nicht mehr zu nutzen. Da, wo sonst Familien mit Bollerwagen, Eimern, Schaufeln, Fischernetzen die Strandkörbe erobert hatten, ruhte das Untergestell wie ein stilles Mahnmal. Eines, dem man Glauben schenken sollte. Dass nichts mehr war wie zuvor. Dass kaum etwas für immer bleiben würde. Sie seufzte.

Martin schob die Tasse mit dem frischen Kaffee vor sie auf den Tisch. »So schlimm?«, fragte er.

»Definitiv kein Kinderzimmer«, antwortete sie, blies vorsichtig in den Milchschaum hinein und schaute ihn nicht an.

Er schwieg. Eine ganze Weile. Bis sie es fast nicht mehr aushielt. »Gut«, sagte er schließlich. »Dann bleibt ja nur die Frage: Tequila oder Limonade?«

Sie hob den Kopf. Sah den fragenden Ausdruck in seinen Augen. Sie lächelte ihn an. Schob ihre Hand in seine. »Warum nicht beides? Aber nur, wenn du mir beim Anstreichen hilfst.«

2

»Du siehst bezaubernd aus.« Martin tippte mit dem Finger auf Annes Nase. »Gelb steht dir.«

Sie knöpfte die Latzhose auf und wischte sich mit dem Zipfel ihres T-Shirts durchs Gesicht. Blickte dann in den Badezimmerspiegel. »Oje, gelber Ausschlag. Ich befürchte, dafür gibt es kein Heilmittel.«

»Musst du als Ärztin ja wissen. Und da hilft auch der versprochene Tequila nicht?«

»Wenn ich den trinke, kippe ich um. Dass Anstreichen so anstrengend ist.« Sie nahm einen Waschlappen und bearbeitete die Farbsprenkel in ihrem Gesicht, bis sich die Haut rötete. »Danke für deine Hilfe.«

»Was soll das heißen? Es ist doch unsere gemeinsame Wohnung. Und da alle Versuche, uns ein kleines Haus auf der Insel zu kaufen, vergeblich zu sein scheinen, ist es nur sinnvoll, das Zimmer endlich mal aufzupeppen.«

Anne warf ihm einen nachdenklichen Blick im Spiegel zu. »Das Bügelzimmer«, sagte sie.

»Fang nicht wieder an, okay? Ich würde sagen, das Gästezimmer. Meinetwegen auch Arbeitszimmer. Gib nichts auf das Gerede. Anne, ich kann das mitgehen. Schon allein wegen meines Alters. Lass die Sprüche an dir abprallen. Wir haben alles, was wir brauchen. Dich und mich. Uns beide. Haben unser Auskommen. Erfüllende Jobs. Die meiste Zeit jedenfalls. Und leben auf dieser traumhaften Insel. Weißt du, wie viele Menschen uns beneiden? Jederzeit tauschen würden?«

»Du hast recht. Mein Vater ist schuld. Und alle die, die mir komische Blicke zuwerfen. Warum habe ich das Gefühl, ich müsste mich rechtfertigen? Wo kommt das her?« Sie streifte die Hose herunter, stieg mit den Beinen heraus und schob sie mit dem Fuß achtlos in die Ecke.

Martin fiel es schwer, nicht die Hand nach ihr auszustrecken. Sie nicht zu berühren. Aber er ahnte, dass Anne es falsch auffassen würde. Deswegen beugte er sich vor, drehte den Wasserhahn erst auf heiß und dann auf kalt, kippte sich jeweils einen Schwall Wasser ins Gesicht und griff prustend nach dem Handtuch.

Er wandte sich ihr zu. »Zerbrich dir nicht den Kopf über das, was andere denken. Die meisten Leute sind mehr mit sich selbst beschäftigt als mit ihren Mitmenschen. Wir interpretieren die Dinge oft falsch und selbstbezogen.«

»Da kann man nichts missverständlich deuten, wenn einen jeder fragt, wann denn mit Nachwuchs zu rechnen sei.«

»Manchmal ist es einfach Geschwätz. Small Talk. Übernommene Rede- und Verhaltensweisen. Du springst doch sonst nicht über jedes Stöckchen, das man dir hinhält.«

Anne strich mit den Zeigefingern ihre Augenbrauen in Form. »Wahrscheinlich passiert es zu oft, dass ich für mich einstehen muss. Erklären, dass ich nicht die Pflegekraft bin, sondern die Ärztin. Dass ich genauso erfolgreich reanimieren kann wie meine männlichen Kollegen. Und nun auch noch, warum ich keine Kinder bekomme oder haben will. So übergriffig ist niemand Männern gegenüber.«

Martin grinste. »Du hast eindeutig mit Ruth telefoniert.«

»Was?« Anne griff nach einem Bikini, den sie auf den Badewannenrand gelegt hatte. »Glaubst du etwa, ich bräuchte jemanden, der mich mit der Nase auf die Misere stößt? Ich bin froh, dass sie nachvollziehen kann, wovon ich spreche.« Sie funkelte ihn an.

Martin hob lachend die Hände. »Ich will dir doch nichts. Trotzdem glaube ich, dass du bei diesem Thema zu empfindlich reagierst.«

»Ich reagiere empfindlich?« Annes Stimme wurde leise, obwohl sie sich in eine höhere Tonlage schraubte. »Das glaubst du? Sagt das nicht genau der Richtige?« Sie drückte den Rücken durch, wirkte wie von einem unsichtbaren Faden aufgerichtet. Sie hob ihr Kinn leicht an und hielt seinem Blick stand. Und obwohl er sie um einiges überragte, fühlte er sich auf einmal winzig klein.

»Lass uns nicht streiten«, brummte er. Und verfluchte innerlich seinen Schwiegervater, seit dessen Besuch Annes Stimmungen Achterbahn fuhren. Mit den Fingern zählte er die wenigen Wochen ab, die sie verheiratet waren. Die Flitterwochen in Italien schienen schon gar nicht mehr wahr, dramatische Ereignisse auf der Insel hatten sie unsanft aus dem Honeymoon geschubst. Und nun waren sie fast unbemerkt im Ehealltag angekommen. Das große Ziel, die Hochzeit, lag hinter ihnen. Ihre Beziehung hatte einen anderen, neuen Status. War verbindlicher geworden. Bis dass der Tod euch scheidet. In guten und in schlechten Zeiten. So schnell ging das also. Mit Letzterem.

3

Zuerst die Decke und dann die Weinflasche. Wie mit einer Friedensfahne wedelte er auf und ab, bevor er sich selbst durch den Türspalt zwängte. »Ein Strandausflug statt Tequila im Garten? Wir haben uns so lange schon vorgenommen, das Inselleben auszukosten. Es ist doch verrückt, dass meistens die Insulaner diejenigen sind, die am wenigsten etwas von Meer und Dünen haben.«

Er redete zu viel, wenn er nervös war. Dass ihm das gegenüber Anne immer wieder passierte. Sie waren zwar erst wenige Wochen verheiratet, aber schon jahrelang ein Paar. Wohnten quasi von Tag eins ihrer Beziehung zusammen. Er wusste nicht, ob es daran lag, dass sie zwölf Jahre jünger war. Oder weil er immer Angst hatte, sie wieder zu verlieren. Die Hochzeit hatte nichts besser gemacht.

Sie stand vor dem Spiegel und starrte hinein. Die Finger lagen wie unschlüssig auf dem Verschluss des Bikinis. Sie antwortete nicht, sah ihn nicht einmal an.

»Komm, lass uns mit dem Rad zur Weissen Düne fahren. Der Fahrtwind, die Sonne und das Meer werden uns guttun.«

»An die Weisse Düne?«, fragte sie, und es klang erstaunlich tonlos.

»Na ja, da ist zumindest der Touristenstrom im Moment überschaubar. Aber wir können auch an einen der anderen Strände. Wie du willst.«

»Ist schon in Ordnung.« Endlich drehte sie sich um und sah ihn an, ein schwaches Lächeln auf ihren Lippen. »Obwohl es gruselig aussieht mit diesem Holzgerippe im Sand. Aber wir können uns ja ein Stück rechts oder links davon einen Platz suchen. Auf allzu viele Touris habe ich wirklich keine Lust.«

Martin atmete erleichtert aus. »Solange du mich dort nicht in den Treibsand schickst. Dann packe ich mal den Rest zusammen. Irgendwelche Wünsche?«

Anne schüttelte den Kopf. Sie deutete auf den Bikini. »Strand ist auf jeden Fall besser als Garten. Unser Mini-Kinderpool ist ein witziges Hochzeitsgeschenk gewesen. Wie damals bei Daniela. Aber wer will schon den Spatz in der Hand, wenn er die Taube haben kann?«

»Soll ich das Planschbecken wegwerfen? Also, ich meine …«, stotterte er und beendete den Satz nicht.

»Weil ich ihn als Anspielung verstehen könnte? Nein, Quatsch. Das Geschenk mit den Plastikenten war ja anders gemeint. Hoffe ich zumindest.«

»Mit Sicherheit. Sonst hätte sich Ruth nicht daran beteiligt.«

»Sehe ich genauso.« Anne kniff sich mit Daumen und Zeigefinger in ihre Wangen. »Wie blass ich bin. Die italienische Bräune vom Gardasee habe ich trotz der verlängerten Flitterwochen zu Hause schon wieder verloren. Wird Zeit, sie aufzufrischen, was?«

»Wahnsinn, ja. Italien vom Absatz bis zum Schaft und zum Abschluss Konstanz und der Bodensee. Es wirkt so weit weg. Wir sind kaum zum Luftholen gekommen seit unserer Rückkehr. Das ändern wir.« Er trat auf sie zu. »Versprochen. Jetzt und sofort.«

Anne nickte zögerlich.

»Rotbäckchen«, sagte er und strich ihr über die Wangen, die durch ihr Kneifen Farbe angenommen hatten. Er wischte die letzten Farbsprenkel weg. »Siehst du: keine Gelbsucht mehr, kein gelbstichiger Ausschlag und keine Blässe. Du bist einfach eine Wunderheilerin, Frau Ärztin.«

Sie ließ sich gegen ihn fallen, vergrub ihr Gesicht an seiner Schulter.

Martin spürte, wie sich seine Nackenhaare aufrichteten. »Was ist los?«

Sie schüttelte den Kopf.

»Anne?« Er legte den Wein und die Decke, die er immer noch in den Händen hielt, vorsichtig im Waschbecken ab. Dann packte er sie sanft an den Armen, schob sie ein wenig zurück, hob ihr Kinn. »Anne? Schau mich bitte an, ja? Was ist los?«

»Nichts, was der Rede wert wäre. Eigentlich.«

»Aber?«

»Ich bin verärgert, sauer, traurig, alles zusammen. Und dabei sollte ich nur wütend sein. Ausschließlich wütend. Und schon gar nicht nachdenklich. Aber genau das ist der Punkt.«

»Wütend auf mich?« Sein Mund wurde trocken. »Wieso? Was …«

Sie drückte sich komplett von ihm weg und hob die Hand. »Doch nicht auf dich, Martin. Auf alles und jeden. Vor allem aber auf meinen Chef.«

»Das ist nichts Neues, oder? Seit er den Posten übernommen hat, ist ständig Sand im Getriebe. Dabei ist doch klar, dass es nur Machtspiele und Profilierungssucht sind. Vor allem gegenüber erfolgreichen Frauen.«

»Mein Verstand weiß das. Und ich habe auch gedacht, ich stehe darüber. Deswegen habe ich dir gar nicht erst erzählt, was er zu mir gesagt hat, als ich am Montag den Dienst wieder aufgenommen habe. Nur …« Sie seufzte, holte Luft. »Es lässt mich einfach nicht los.«

»Willst du es mir sagen?«

Sie zuckte mit den Schultern. Sie wirkte auf einmal wie ein verlorenes Vögelchen. Zart. Schmal. Zerbrechlich. Ganz anders als die toughe Anne, die er kannte. Aber es war so viel passiert. So viel, was sie beide noch nicht vollständig weggesteckt und verarbeitet hatten.

»Ich weiß nicht«, sagte sie.

Martin umschloss sie mit beiden Armen. Beugte sich zu ihr herunter. »Du musst nicht«, wisperte er in Ohr. »Aber du kannst. Wann immer du reden willst. Ich bin jederzeit für dich da. In guten wie in schlechten Zeiten.«

4

Martin schloss noch sein Fahrrad ab, als Anne sich schon sämtliche Taschen umgehängt hatte und die Decke eingeklemmt unter dem Arm trug.

»Gib mir was ab«, sagte er, während er den Fahrradschlüssel in seine Hosentasche stopfte.

Anne lachte. »Hast du Angst, dass uns jemand von deinen Mitarbeitern sieht und annimmt, du hättest mich als Lastentier engagiert? Also zu diesem Zweck geheiratet?«

»Netter Witz. Was steht in unserem Hochzeitsgästebuch? Dass ich Schafe für dich geboten hätte. Kann man mal sehen, wie sich deine Freunde aus der Lübecker Bucht auf den Ostfriesischen Inseln auskennen. Schafe auf Norderney! Schon klar.«

»Das ist nun mal das Bild, das die meisten Leute von Ostfriesland haben. Ein Deich, ein Leuchtturm, ein Strandkorb und ein Schaf.«

»Schlafschaf womöglich noch. Lassen wir das lieber. Menschen und ihre Schubladen. Vielleicht sollten wir einmal darüber nachdenken, ein paar der Tiere vom Festland herüberzuholen. Ich bin zwar fest entschlossen, keine ungeklärten Todesfälle auf der Insel mehr zuzulassen, aber wenn doch, gebe ich meinen Posten ab und werde der erste Schäfer von Norderney. Stell dir das Bild mal vor: eine ganze Fähre voller blökender Lämmer.«

Anne blieb stehen und grinste ihn an. »Was für eine romantische Vorstellung. Wie du mit Hirtenstab auf dem Deich sitzt und über das Wattenmeer zum Festland hinüberschaust. Möge sie lieber nicht wahr werden.«

»Im doppelten Sinne.« Erstaunt stellte Martin fest, wie leicht es ihm fiel, sein Angstthema anzusprechen. Die vielen Kapitalverbrechen, die sich seit seiner Ankunft auf Norderney ereignet hatten. Sein Verstand wusste, dass es keine Korrelation gab. Trotzdem waren seine Selbstzweifel stetig gewachsen. Was für ein Hohn: Er war vor der Depression auf die vermeintlich sichere Insel geflohen, um sich hier mit Macht von dieser einholen zu lassen. Glücklicherweise schien die Hilfe, die er sich zusammen mit Anne geholt hatte, Wirkung zu zeigen. Egal, was kam, Schäfer würde er wohl nicht werden.

»Hier, nimm mir doch mal etwas ab.« Anne hielt ihm die Decke hin und eine der prall gefüllten Strandtaschen. »Ich habe wieder mal zu großzügig eingepackt.«

Er hängte sich den geblümten Plastikbeutel um und legte die zusammengerollte Fleecedecke noch obendrauf.

»Danke«, sagte Anne und schob im Weitergehen ihre Hand in seine.

Er sah sie an.

»Für alles.« Ihr Gesicht wirkte wieder ernst und traurig.

»Anne …«

»Ich weiß. Wir wollen keine Geheimnisse voreinander haben. Ach, verdammt, das hört sich so dramatisch an. Dabei ist es das gar nicht. Das Problem ist ein einziger widerlicher Satz meines Chefs. Natürlich wäre es das Beste, ihn einfach zu ignorieren. Den Satz und den Typen. Aber zum einen bekomme ich es nicht aus dem Kopf. Und zum anderen …«

Er blieb genau vor dem Restaurant *Weisse Düne* stehen. Wie immer standen einige Gäste in der Schlange und warteten auf einen freien Tisch. Er sah an ihnen vorbei auf das Bild im Eingang, das Karl Lagerfeld zeigte. Wieder so ein gelungenes Werk der Malerin *Enke Cäcilie Jansson*, die hier eine Dauerausstellung hatte. »Und zum anderen?«, griff er den Faden auf. Er befürchtete, dass er die Antwort nicht hören wollte.

»Hat etwas mit dir zu tun.« Sie schaute zu Boden.

Hatte ihn seine Ahnung also nicht getrogen. Er kickte einen Stein gegen das hölzerne Podest, auf dem Eingang und Terrasse des Restaurants lagen. Das laute »Plong« schreckte auf. Gesichter drehten sich zu ihm und musterten ihn argwöhnisch.

»In Urlaub fahren und keine Geduld mitbringen, das sind mir die Richtigen«, kommentierte eine Frau in unverkennbarem Ruhrgebietsslang. Martin hätte ihr zu gerne gesagt, dass sie prinzipiell recht habe, die Situation aber falsch interpretiere. Doch wozu die Mühe?

Hatte er eben noch geglaubt, er sei gefeit gegen die Herausforderungen des Lebens? Doch schon brachte eine leise Andeutung sein Selbstbild wieder ins Wanken. Dabei wusste er genau, dass auf der Insel über ihn geredet wurde. Nicht nur im positiven Sinne. Weil er Schwächen gezeigt hatte. Und weil er kein gebürtiger Norderneyer war.

»Komm, sag es schon.«

»Es ist lächerlich. Einfach nur albern. Aber ich habe Angst, dass es dich auf anderen Wegen einholt. Deswegen kämpfe ich mit mir, was ich sage und was nicht. Und ich habe Sorge, was uns an Kommentaren und Sprüchen erwartet, wenn es nach zwei Monaten schon so losgeht.«

»Mama, schau mal, das ist sooo cool hier.«

Martin drehte sich auf dem Absatz um, auch Anne hob irritiert den Kopf. Auf den Dünen hinter ihnen stand ein Mädchen, die Arme um einen Hund mit hellbeige lockigem Fell gelegt, der offensichtlich die Begeisterung teilte, so freudig, wie er mit der Zunge hechelte und dem Schwanz wedelte.

»Komm da runter«, rief Anne und machte automatisch einen Schritt auf den abgezäunten Dünenbereich zu. »In den Dünen zu spielen ist verboten.«

Das Kind sah einen Moment verunsichert auf sie herunter und drehte sich dann um. Bewegte sich mit weit ausholenden Sprüngen in das geschützte Gebiet hinein. Die honigblonden hüftlangen Haare schwangen hin und her, das wadenlange weiße Kleid glänzte auf der gebräunten Haut, an den Füßen trug das Mädchen eine Art Cowboy-Stiefel. Modepüppchen, fiel Martin ein, und kurz ging sein Blick nach hinten auf Karl Lagerfeld, bevor er dem Kind ein kraftvolles »Stopp! Sofort zurück!« hinterherbrüllte.

Es blieb ungehört.

Bis auf die Eltern, die sich erhoben und von ihrem Tisch nun wiederum zu ihm herüberschrien. »Was fällt Ihnen ein? Lassen Sie gefälligst unser Kind in Ruhe. Mischen Sie sich nicht in Angelegenheiten fremder Menschen!« Die tiefe Stimme des Vaters zog alle Aufmerksamkeit auf sich.

Martin warf Anne einen kurzen Blick zu, nickte und ging dann langsam auf die aufgebrachten Eltern zu. Wie ein Rauschen nahm er die verschiedenen Bemerkungen wahr, mit denen andere die plötzliche Aufregung kommentierten. Wie immer war alles dabei. *Immer muss einer Vorschriften machen. Können die ihr Kind nicht erziehen? Wo kämen wir denn da hin, wenn sich jeder über Verbote hinwegsetzt. Männer, die fremde Mädchen ansprechen, das geht ja wohl gar nicht.*

»Bitte holen Sie das Kind und den Hund aus den Dünen. Es ist nicht erlaubt, diese zu betreten. Sie müssten das wissen. Überall weisen Schilder darauf hin.«

»Lächerlich«, schnaubte der Vater. »Unsere Tochter wiegt wenig mehr als ein Floh und der Hund ist ein halber Welpe. Lassen Sie den beiden ihren Spaß. Was ist das für ein Land, in dem man kaum noch etwas darf?«

Martin unterdrückte ein Augenrollen. »Es ist ein Verbot zum Schutz der Natur. Für die Insel überlebensnotwendig. Und damit auch für die Menschen, die hier leben.«

»Aha. Und das wissen Sie weshalb? Sind Sie Biologe oder einfach nur Gutmensch oder ein Schlafschaf, das alles abnickt, sobald es von oben verboten wird?«

Er ließ sich nicht provozieren, kannte diese Sprüche nur zu gut. Das hatte es schon immer gegeben, vielleicht waren neue Begriffe dazugekommen, aber bei der Polizei musste man so etwas abkönnen.

»Ich leite die Norderneyer Polizeiwache«, antwortete er deswegen ruhig und freute sich klammheimlich, als die Augen seines Gegenübers kurz flackerten. »Martin Ziegler.«

Nur für eine Sekunde. Dann sagte der Mann: »Und ich bin Rechtsanwalt. Ich kann Ihnen nur raten, aus einer Mücke keinen Elefanten zu machen. Oder was wollen Sie tun? Unsere Tochter mit Polizeigewalt aus den Dünen holen? Wenn es sein muss, zahle ich gern ein Ordnungsgeld.« Er zückte sein Portemonnaie, entnahm ihm eine Visitenkarte und hielt sie Martin hin.

Er rührte sich nicht. Wog stattdessen ab. Deeskalieren war die Parole. »Es ist nicht nur der Naturschutz. Es ist auch eine Gefahr für ihre Tochter. Wir hatten häufigere und stärkere Sturmfluten, bis in das späte Frühjahr hinein. Sicher haben sie die Sandabbrüche vorne am Strand gesehen. Es hat seinen Grund, warum wir an diesem Abschnitt die übliche Infrastruktur aus Kiosk und Umkleiden nicht aufbauen konnten. Das macht das Staatsbad nicht, weil es keine Lust dazu hat. Sondern weil die Sicherheit nicht gewährleistet ist.«

»Ja, ja, Vorsicht ist die Mutter der Porzellankiste und des deutschen Beamtentums. Ich bin mehr für freies Land für freie Bürger. Und unsere Tochter wird weder nachhaltig die Natur beschädigen noch darin umkommen.«

»Vielleicht sollten wir lieber doch …« Die Frau an der Seite des Mannes sah nun besorgt zu den Dünen hoch.

»Blödsinn. Lass dich nicht gleich so bange machen. Das Kind braucht dringend Freiraum und Abenteuer. So wie früher in meiner Kindheit. Die Glucke darfst du gerne zu Hause in Hamburg geben. Aber doch nicht hier auf Norderney.«

Martin musterte den Vater, der im gleichen Alter wie er selbst, möglicherweise sogar älter zu sein schien. Die 50 hatte er definitiv überschritten. Klar, viele Kinder wuchsen heute anders auf. Behüteter. Kontrollierter. Er erinnerte sich an Ferienfreizeiten und das Herumtoben von ganzen Kindergruppen in den Dünen, zu Zeiten, als niemand die Gefahren sah und hochrechnete. Trotzdem war das kein Grund, die Realität auszublenden. Er würde den Machtkampf hier nicht gewinnen. Aber wenn der Vater sich nicht weiter vor ihm profilieren müsste, würden die Bedenken der Mutter besser Gehör finden. Sie würde dafür sorgen, dass das Kind aus den Dünen zurückkam. Was wollte er mehr?

Martin streckte die Hand aus, nahm die Visitenkarte. »Sie hören von mir. Und überlegen Sie es sich gut, ob Sie ihr Kind dieser Gefahr aussetzen wollen.«

5

Daniela Prinzen schrak zusammen, als sie die Küchentür öffnete. Sie hatte sich immer noch nicht daran gewöhnt, dass Marthe Dirkens die Angewohnheit hatte, wie ein Hausgeist herumzuirren. Jetzt wohnten sie schon so lange unter einem Dach. Aber obwohl Marthe die Pension an sie und Frank abgegeben hatte und in die oberste Etage gezogen war, hielt sie sich dort nur selten auf. Die alte Dame mischte gerne mittendrin mit und ließ die Puppen tanzen. Alles nach ihrer Nase, war die unausgesprochene Devise. Wo ginge das besser als hier unten in den Gemeinschaftsräumen des Hostels, zu dem sie das Haus bei der Überschreibung umgebaut hatten. Über 80 und kein bisschen weise, sagte Marthe gerne von sich selbst, vor allem, wenn sie in ihren sogenannten Giftschrank griff, um die traditionelle Ostfriesische Teezeremonie nicht nur mit Wölkchen aus Sahne, sondern mit einem Schuss Whiskey zu kredenzen. Leider fand sich immer wieder jemand, der die Vorräte entgegen den Mahnungen von Daniela und den Ärzten auffüllte. Vorneweg ihr Cousin Oskar aus Bonn, der bei jedem Besuch gleich mehrere besondere Exemplare anschleppte. Whiskey aus aller Herren Länder. Die natürlich verkostet und getrunken werden mussten. Und Marthe fand immer ein Opfer, das sich bereit erklärte, Zeit, Tee und Hochprozentiges zu teilen.

Wie aktuell Helene Dannenberg, Autorin und beste Freundin von Oskars Lebensgefährtin Ruth. Die schon seit fast zwei Wochen bei ihnen war. Zu Besuch wohlgemerkt und nicht als Gast. Verdammt, es war kompliziert, dieses Leben auf Norderney. So hatte sie sich das eher nicht vorgestellt.

»Mein Kind, du bist ja schon zurück.« Marthe rührte nachdenklich in einer Tasse. Was vermuten ließ, dass sich darin kein ostfriesischer Tee befand, weil sich dabei die Zuckerkluntjes erst nach und nach auflösen sollten. Und ohne Tee kein Whiskey.

»Hätte ich das mal gewusst.« Marthe schob den Porzellanbecher weit von sich weg.

»Weil?«, fragte Daniela und ließ ihre Handtasche auf einen Stuhl fallen. Sie drehte sich um und drückte den Knopf des Kaffeevollautomaten.

»Hätten wir zusammen einen Feierabendkaffee getrunken. Nun ist meiner schon leer. Und eine zweite Portion vertrage ich nicht. Dann schlafe ich diese Nacht nicht. Zu viel *Robusta*-Anteil.«

»Bitte was?«

»Du hast mich doch verstanden, jetzt reiße nicht schon wieder die Augen auf, weil ich etwas Neues gelernt habe.«

»Moment, Moment.« Daniela zog den Stuhl hervor, setzte die Tasche auf den Boden und ließ sich schwer auf die Sitzfläche fallen. »Mal ganz langsam. In der Tasse war also Kaffee, ja. Aus dem Vollautomaten. Sorry, ich habe mich noch nicht daran gewöhnt, dass Sie an unsere Teufelsmaschine gehen. Das hält also an, wie ich merke. Gut so. Und woher wissen Sie das mit den Bohnen?«

»*Instagram*. Seit ich das iPad habe, bin ich ein neuer Mensch. Wir leben auf Norderney ja hinter dem Mond.«

»Das würde ich nicht zu laut sagen. In der Beliebtheitsskala Ihrer einheimischen Mitmenschen sinken Sie damit in den absoluten Minusbereich.«

»Hihi, wie die ganzen Politiker. Stimmt. Aber eine Marthe Dirkens hat sich noch nie darum geschert, was andere von ihr halten. Ich sage, was ich denke, und wem es nicht passt, der kann mich mal. Und nur weil die meisten Leute im Rentenalter beschließen, alt und vergesslich zu werden und womöglich sogar zu sterben, muss ich dabei ja nicht mitmachen.«

Daniela kicherte. »Womit Sie unbestritten recht haben.«

»Schön, dass du mal was Nettes über mich und zu mir sagst. Wo du mir doch in letzter Zeit nur auf die Finger schaust. Das soll ich nicht machen und das nicht. Und wenn ich etwas Neues ausprobiere, ist es direkt die große Sensation.«

»Aber das stimmt doch nicht. Ganz im Gegenteil. Ich könnte noch viel mehr …« Daniela biss sich auf die Lippen.

»Siehst du. Es geht schon wieder los. Wegen Helene, ich kann es mir denken. Was kann ich denn dafür, dass du bis unter das Dach ausgebucht bist? Und dass Helenes gebuchte Unterkunft nicht mehr zur Verfügung steht. Aus Gründen, die ich gar nicht benennen will. Wie hartherzig muss man sein, wenn man da nicht erfinderisch nach Möglichkeiten sucht.«

»Frau Dirkens, gegen eine vorübergehende Lösung hat niemand etwas. Aber dass Helene Dannenberg seit fast 14 Tage bei Ihnen oben in der Wohnung schläft, ist ein Dauerzustand und keine Überbrückung.«

»Ja, ja, du liegst mir auch genauso lange schon in den Ohren. Worum geht es dir? Fällt sie jemandem zu Last? Nein, und das weißt du. Sie hilft dir. Sie hilft mir. Ich habe keine Langeweile mehr, was du oft kritisiert hast. Oder bist du neidisch, dass ich spielend leicht gelernt habe, mit *Instagram* und *TikTok* umzugehen? Ja, meine Follower steigen täglich, und das soll so bleiben.«

Daniela rückte auf die Stuhlkante.

»Sag nichts«, fuhr Frau Dirkens unbeirrt fort. »Es ist auch für dich von Gewinn, weil ich Werbung für das Hostel mache und neue Gäste generiere. Und ja, ich habe meine Meinung zu dieser Teufelsmaschine, die auf 1000 verschiedene Arten Kaffee ausspucken kann, geändert. Na und? Darf ich das nicht? Muss alles bleiben, wie es ist, nur weil ich alt bin?«

Daniela schüttelte den Kopf. »Natürlich nicht.«

»Auch du revidierst Entscheidungen. Weil dir das Hostel als Beschäftigung nicht ausreicht, arbeitest du stundenweise wieder als Friseurin. Und sage ich was dazu? Meckere ich?«

Fast hätte Daniela mit Ja geantwortet, denn bis vor zwei Wochen war das Gejammer der alten Dame kaum auszuhalten gewesen. Aber sie hielt wohlweislich den Mund.

Marthe schien nicht mit einer Antwort gerechnet zu haben. »Wie du merkst, tut Helene mir gut. Ich bekomme etwas von der Welt mit, bin aufgeschlossener und optimistischer. Helene sagt, ich drücke mich sogar gewählter aus. Na, egal. Eigentlich rede ich ja, wie mir der Schnabel gewachsen ist. Daran will ich gar nichts ändern. Ich hoffe nur, es geht dir bei ihr nicht ums Geld. Selbstverständlich würde sie zahlen, wenn du ein Bett für sie frei hättest.«

»Es ist Hochsaison.«

»Eben. Deswegen war es eine überaus kreative Lösung von ihr und mir, dieses Klappbett zu kaufen. Nun haben wir es oben beide bequem. Sie hat sogar den Kaufpreis übernommen, obwohl das Bett in meiner Wohnung bleiben wird. Für Notfälle.«

»Notfälle«, echote Daniela und fühlte sich plötzlich erschöpft. Dabei war sie nicht mal halb so alt wie Marthe.

Diese stand auf und dackelte zur Kaffeemaschine. »Was darf es denn sein? Latte, Cappuccino, Cold Brew? Wenn du allerdings warten magst, Helene kommt gleich mit einer Überraschung zurück.«

»Ich bin mir nicht sicher, ob ich davon etwas wissen oder hören will.«

Marthe Dirkens lächelte spitzbübisch. »Nichts Schlimmes. Wir haben ja versprochen, uns nur noch harmlosen Beschäftigungen zu widmen.«

»Die da wären?«

»Helene kauft einen elektrischen Milchaufschäumer.«

»Wieso denn das?« Daniela zeigte auf die Maschine, die nach einem Knopfdruck von Marthe geräuschvoll aufheizte.

»Wieso, weshalb, warum? Du stellst immer Fragen, Kind. Für unsere Videos brauchen wir etwas Besonderes. Barista Latte Art, schon mal gehört? Wir haben uns das im Internet angeschaut. Ich sag dir, Kind, damit geht deine alte Marthe richtig durch die Decke. Viral geht sie. Und diesmal ganz ohne Verbrechen.«

6

Anne holte tief Luft und ließ diese durch ihre nur leicht geöffneten Lippen langsam entweichen. »Wow.«

Martin kniff die Augen zusammen. »Ja, das ist sie. Die neue Generation Urlauber, die Norderney für sich entdeckt hat. Wenn man den Erzählungen der Einheimischen glauben will, gibt es diesen Typus erst seit ein paar Jahren. Frei nach dem Motto: Ich kauf mir die Welt, damit sie mir gefällt. Komm, lass uns weitergehen.«

»Ist in der Notaufnahme und auf Station nicht anders. Diese Typen, die meinen, sie seien der Mittelpunkt des Universums. Erst sie und dann lange nichts. Gab es immer schon, aber gefühlt war das früher nicht so ein Massenphänomen. Großartig, dass du dich nicht hast provozieren lassen.«

»Was hätte ich denn machen sollen? Den Machtkampf konnte ich hier vor allen Augen nur verlieren. Das Problem ist ja nicht ein einzelnes Kind oder ein Hund. Aber die ganzen Nachahmer.«

»Und da sind die Erwachsenen vorneweg dabei. Für einen *Instagram*-Post mal eben zwischen Sand und Strandhafer zu sitzen oder zu liegen, ist für die meisten kein Vergehen.« Sie zeigte nach rechts. Hinter dem Restaurant thronte eine Buddha-Figur auf der Düne. »Er macht es ja vor.«

Martin lachte. »Jetzt ist der arme Kerl schuld. Immerhin erträgt er den ganzen Wahnsinn mit gleichbleibender Gelassenheit. Insofern ja ein Vorbild. Für mich.«

»Siehst du, du hast das eben schon mit buddhistischer Weisheit gemeistert. Mehr können wir nicht tun. Nur hoffen, dass nichts Dramatisches passiert. Aber von den Gefahren will ja keiner etwas hören. Merkst du schon daran, wie viele Menschen bei roter Fahne ins Wasser gehen.«

»Das Überschätzen der eigenen Fähigkeiten gehört wohl zum Menschsein dazu. Und es kommt auch darauf an, ob die Flagge weht, weil die Wetter- und Strömungsbedingungen gefährlich sind, oder ob bloß der Strand nicht bewacht ist. So wie jetzt. Der desolate Zustand nach den Sturmfluten und der Personalmangel bei den Rettungsschwimmern geben sich an dieser Stelle die Hand. Aber deswegen werden wir trotzdem ins Wasser gehen. Es ist Ebbe und die Nordsee flach wie eine Flunder.«

»Es lebe die Konsequenz. Mit mir hast du die Rettungskraft ja quasi gleich mitgebucht.«

»Eben.« Er grinste und beugte sich zu ihr, um ihr einen Kuss zu geben. Dann streifte er seine Sneakers von den Füßen.

»Herrlich, Sand zwischen den Zehen. Das fühlt sich nicht nur nach Feierabend, sondern gleich nach Urlaub an.«

»Der gerade mal seit gestern vorbei wäre.«

»Genau. Konjunktiv. Die Dramen der letzten Wochen hatten so gar nichts von Ferienstimmung. Auch wenn ich die Kripo nur inoffiziell unterstützt habe und keine regulären Dienstzeiten hatte. Wenn ich nicht der Chef der Polizeiwache wäre, würde ich mal ein ernstes Wort mit meinem Vorgesetzten reden. Von wegen, mir so die Flitterwochen zu versauen.« Er stutzte. »Apropos Chef, da waren wir eben hängen geblieben. Du wolltest mir doch erzählen …«

»Nein.« Anne fiel ihm ins Wort. »Es ist nicht der Rede wert, ich muss lernen, seine Bemerkungen zu überhören. Jetzt will ich nur eins: die Decke ausbreiten, die Füße ins Wasser und das Gesicht in die Sonne halten.«

Er zeigte mit dem Finger den Strand hoch und runter. »Wo willst du hin?«

Anne deutete mit dem Kopf nach rechts. »So weit wie möglich weg von diesem Holzgerippe. Und von der schrecklich netten Familie, die alles mit dem Geldbeutel regelt.«

Sie waren an einem Platz angekommen, der an dem nur spärlich besiedelten Strandabschnitt viel Ruhe versprach. Keine kickenden Jugendlichen, kein hartes Pong-Pong der hölzernen Beachballspiele und weit und breit weder Bluetooth-Boxen noch mikroverstärkte Sportanimationen zu wummerndem Technosound.

»Perfekt«, stellte Anne fest, während sie sich das Sommerkleid, das sie über ihren Bikini gestreift hatte, kopfüber auszog.

»Stimmt. Nachgeholte Feierabend-Flitterwochen-Idylle. Soll ich den Wein direkt öffnen? Noch ist er kühl. Oder willst du erst ins Wasser?«

»Zuerst ins Meer. Ärztlicher Grundsatz: nie mit Alkohol im Blut. Und sei es noch so wenig. Kommst du mit?«

Martin drehte sich einmal um seine Achse.

»Ah, der Polizist in dir mag die Sachen nicht unbeaufsichtigt zurücklassen. Martin, entspann dich. Es ist nichts los. Wir haben vom Meer aus alles im Blick. Und wohin will irgendjemand so schnell verschwinden? Da möge ihn doch glatt der Treibsand verschlucken. Also bitte, kehr zurück zu deiner Buddha-Gelassenheit. Sie steht dir.« Nun war sie es, die sich hochreckte und ihm einen Kuss gab. Und ihm ihre Hand reichte.

Gemeinsam liefen sie die wenigen Schritte zum Meersaum. Der weiße Schaum der Gischt kitzelte warm an den Füßen. Trotzdem bewegte sich Martin nur in Gänsefußschritten über den Muschelstreifen weiter. Anne hatte seine Hand losgelassen und warf sich schon in die Wellen.

Genau in dem Augenblick, als der Schrei ertönte, den Martin mit Sicherheit in seinem ganzen Leben nie wieder vergessen würde.

7

»Jetzt tun Sie doch was. Helfen Sie uns. Ich flehe Sie an.«

Martin hörte die Verzweiflung, bevor er sich ein genaues

Bild machen konnte. Anne lief gleichauf neben ihm und setzte nun zu einem Sprint an.

»Scheiße, als hätte ich es geahnt«, rief sie ihm über die Schulter zu.

»Schaufeln, wir brauchen Schaufeln. Alle anderen graben mit den Händen. Vorsicht, es kann jederzeit mehr Sand hinterherrutschen. Niemandem ist geholfen, wenn noch jemand verschüttet wird.« Die ruhige, aber gehaltvolle Stimme klang nach einem Einheimischen.

Martin hatte sich nicht getäuscht. Christof Bakker, der Chef der Norderneyer Feuerwehr, hatte das Kommando übernommen. Nur mit knapper Badehose bekleidet strahlte er eine Autorität aus, als stände er in kompletter Uniform vor ihnen. Mit einem Blick hatte er sie beide erkannt und winkte sie zu sich. »Ihr kommt wie gerufen. Bitte verständigt eure und meine Kollegen. Das ganz große Aufgebot.«

»Was ist passiert?« Sie fragten wie aus einem Mund, während Martin nach seinem Handy tastete. Das im Strandkorb lag, weil er eine tropfende Badehose trug.

»Hier. 112112 zum Entsperren.« Christof reichte ihm ein Handtuch und ein Smartphone. »Ein Mädchen und ein Hund sind dort oben auf der Düne herumgeturnt. Die lütte Deern ist dann auf einmal auf ihrem Allerwertesten den Hang heruntergerutscht. Hab nur hingeschaut, weil sie so am Juchzen war. Dazu das Gebell. Muss ein Welpe sein, so ausgelassen, wie der um die Kleine herumgesprungen ist. Ich habe es in dem Moment schon kommen sehen.«

»Oh Gott.« Anne ließ sich auf die Knie nieder und machte es anderen nach, die mit den Händen die Sandanhäufung an der höchsten Stelle beiseiteräumten. »Das darf nicht wahr sein. Was für ein Albtraum.«

Bakker hatte während des Redens die Kinderschaufeln entgegengenommen, die von allen Seiten herangetragen wurden, und verteilte diese an die Umstehenden. »Arbeitet zügig, aber vorsichtig.«

Martin setzte die Notrufe ab. Dann nahm er eine der Schaufeln, die Christof neben ihn in den Boden gesteckt hatte. Nur wenige Meter vor sich entdeckte er die Mutter des Kindes. Wahrscheinlich war sie es, von der der verzweifelte Schrei gekommen war. Jetzt schaufelte sie hektisch und unkoordiniert den Sand von einer Seite zu anderen. Die Haare, die sie vorhin hochgesteckt getragen hatten, fielen wie ein Vorhang vor ihr Gesicht. Wäre Martin nicht eben die leinenweiße Kleidung von Kopf bis Fuß ins Auge gefallen, hätte er sie nicht wiedererkannt.

»Moolin, Moolin«, hörte er sie murmeln, und es klang wie eine Beschwörung, die ihm einen Schauer über den Rücken jagte.

Er folgte mit der Schaufel, wie es alle anderen taten, den Anweisungen von Christof. Niemand schien sich zu entziehen, keiner stand gaffend oder filmend am Rand. Eine gespenstische Ruhe lag über dem Szenario. Als hätten das Meer und der Wind ihre Arbeit eingestellt, weil etwas Ungeheuerliches passiert war. Wieder fiel sein Blick auf die Mutter. Er wollte sich nicht vorstellen, was in ihr vorging. Und der Vater? Wo war überhaupt er abgeblieben? Martin musterte die Helfer. Der Strand war nicht gut besucht gewesen, und jetzt am späten Nachmittag schienen viele mit ihren Bollerwagen schon wieder Richtung Ferienwohnung und Restaurant gezogen zu sein. Aber an die 40 Menschen gruben sich nun nebeneinander und miteinander durch die Sandverschüttung.

Martin wusste: Jede Minute zählte. Ach was, jede verdammte Sekunde. Entschieden über Leben und Tod. Eines Kindes, dessen Erdenreise doch noch am Anfang stand. Das konnte und durfte nicht sein. Und er würde genau wie alle anderen alles dafür tun.

Er sah die schwingenden Haare, das weiße wadenlange Kleid. Wie es sich über die Rufe hinweggesetzt hatte. Ein Kind, das sicher gewohnt war zu bekommen, was es wollte. Und das in jenem Augenblick einfach nur Lust hatte, in den Dünen zu tollen. Er schloss die Augen. Unvorstellbar, dass dieser kleine Körper jetzt unter dem Sandberg voller Angst und Sehnsucht nach den rettenden Eltern erstickte und sein Leben verlor.

Verdammt, wo war der Vater? Martin spürte einen Adrenalinstoß in seinem Kopf, in den Beinen und Händen. Er legte seine ganze Wut in jede Schaufelladung. Aus der Ferne hörte er die Kakophonie der unterschiedlichen Martinshörner, die in seinen Ohren immer mehr zu einem Rhythmus wurde, in dessen Takt er den Sand zur Seite warf.

»Langsam«, mahnte Christof ihn.

Martin nickte, hielt kurz inne, sah sich um. Und da entdeckte er ihn. Fernab. Verloren an einem Strandkorb stehend. Sein Gesicht in den Händen verborgen. Schockstarr. Der Vater der Kleinen. Herr Anwalt, dem seine seidenmatten Visitenkarten nun nichts mehr nutzten.

Martin musste an sich halten, sich nicht auf ihn zu stürzen.

Er rammte die Schaufel erneut in den Boden, hob sie mit schwerer Ladung an, kippte sie zur Seite. Genau in dem Moment, als eine helle Frauenstimme rief: »Hierher. Zu mir. Der Hund. Schnell, helft mir.«

Keine zwei Meter von Martin entfernt. Ein Kribbeln lief über seine Kopfhaut. Er warf die Schaufel beiseite.

Erst da ging sein Blick nach unten. Auf die soeben freigelegte Stelle.

Er öffnete den Mund. Kein Laut kam heraus. Er räusperte sich, griff an den Arm seines Nebenmanns.

»Der Cowboystiefel«, hörte er sich sagen. Mit einer Stimme, die er nicht als eigene erkannte.

8

»Das ist ja wohl nicht wahr.« Daniela steckte den Kopf ins Wohnzimmer, das gleichzeitig Esszimmer und Aufenthaltsraum des Hostels war. »Ihr benehmt euch wie zwei Suchtis, und ich komme mir vor wie eine dauernörgelnde Mutter zweier Teenies.«

»Deswegen sprichst du in dieser fürchterlichen Jugendsprache zu uns. Suchti! Statt dich zu freuen, dass wir uns sinnvollen Beschäftigungen hingeben. Immerhin fängst du an, mich zu duzen. Helene sei Dank!« Marthe legte das iPad auf den Tisch.

»Willst du dich zu uns setzen?« Helene Dannenberg machte es Marthe nach und legte ihr Tablet beiseite. »Schau mal in die Kaffeebecher. Es ist nicht mehr allzu viel zu sehen, aber unsere Latte-Art wird mit jedem Versuch besser.«

Daniela zog einen Stuhl unter dem Tisch hervor. »Ihr macht mich fertig. Mit einer alleine kann ich es ja aufnehmen, aber gegen euch beide habe ich kaum eine Chance. Wobei ich dir, Helene, schon dankbar bin, dass der Tee- und Whiskeykonsum in diesem Haus nachlässt. Dass ihr jedoch stundenlang bei herrlichstem Wetter drinnen sitzt und eure Köpfe über die Bildschirme beugt, kann nicht gesund sein. Ich sage nur, Vitamin D und ›Sitzen ist das neue Rauchen‹.

»Du bist und bleibst eine ewige Spaßverderberin, Daniela. Dabei warst du früher eine richtige Partymaus, die das Leben nicht schwer nahm. Es ist, als ob die Norderneyer Luft dir nicht bekäme.«

»Das ist nicht Ihr Ernst, Frau Dirkens? Früher kam ich als Urlauberin auf die Insel und musste mich um nichts scheren. Und jetzt liegt die Verantwortung für dieses Haus, die Gäste, der Nebenjob als Friseurin und nicht zuletzt auch Ihr Wohlergehen auf meinen Schultern. Möglicherweise bin ich einfach erwachsen geworden. Soll vorkommen. Und Partys lassen sich als Single nun mal besser feiern. Alles hat seine Zeit, heißt es so schön. Das sehe ich genauso.«

»Jetzt hol mal Luft, Kind. Dass du dich immer gleich so aufregen musst. Ist überhaupt nicht gut für die Gesundheit.«

Daniela lachte wider Willen. »Hauptsache, das letzte Wort. Wie wäre es denn mit einer Pause? Und einem Abendsnack im Garten? Dabei würde ich gerne hören, wie es mit der Recherche für den literarischen Reiseführer klappt.«

»Das hört sich an, als wäre Helene dir Rechenschaft schuldig.« Marthe zog zornig die Augen zusammen. »Gönnst du uns die gemeinsame Zeit nicht? Bist du etwa eifersüchtig, mein Kind? Weil du mich teilen musst?«

Daniela schnappte nach Luft. Der Gedanke war so ungeheuerlich, dass es ihr die Sprache verschlug. Wenn sie Frank gegenüber Marthes Worte wiederholen würde, wüsste sie nicht, was passierte. Er regte sich schon lange darüber auf, wie die alte Dame ihre Mitmenschen manipulierte und ihre Langeweile damit bekämpfte, jeden, der ihr nahekam, mit Haut und Haaren zu vereinnahmen.

»Da bist du sprachlos, was? Muss ich wohl einen wunden Punkt getroffen haben.«

Daniela stand auf. »Ich werde darüber nachdenken«, presste sie hervor.

Helene sah sie mit einem merkwürdigen Schimmer in den Augen an. Fast unmerklich schüttelte sie den Kopf. Laut sagte sie: »Ich bin Marthe sehr dankbar für ihre Hilfe. Sie unterstützt mich bei meiner Recherche. Mit erstaunlichen Fähigkeiten.«

»So ist es.« Marthe richtete sich auf. »Nur du siehst immer die alte nutzlose Frau in mir, die ihre Nase in Sachen steckt, die sie nichts angehen.«

»In dem Punkt habt ihr euch zuletzt beide wenig genommen«, murmelte Daniela, die sich gar nicht im Detail an all die Schnüffeleien erinnern wollte, die in Beinahe-Katastrophen geendet waren. Erstaunlich war allerdings, wie sehr die Frauen Gefallen aneinander gefunden hatten. Obwohl an die 30 Jahre Altersunterschied zwischen ihnen lagen. Daniela konnte es drehen und wenden. Helenes Einfluss auf Marthe war nicht der schlechteste. Und entlastete sie selbst. Von wenig unrühmlichen Ausnahmen mal abgesehen. Dabei hatten beide Lehrgeld bezahlt, das sie nachhaltig beeindrucken würde. Sollten sie also zusammenglucken, wie sie wollten. Schade nur um die Sonnenstrahlen, die sie verpassten.

Sie versuchte es nun etwas versöhnlicher: »Wie sieht es also aus? Abendsnack im Garten, ja oder nein? In vier Wochen sitzt hier abends schon niemand mehr draußen. Außer den Touristen natürlich. Im September hält der Herbst unweigerlich Einzug.«

»Ich bin dafür.« Helene beugte sich zu Marthe. »Sie hat recht. Ein wenig Sommerfeeling sollten wir unbedingt mitnehmen. Und dann erzählen wir ihr, welch literarische Perle du eben aus dem Internet gefischt hat.«

»Oh!«, entfuhr es Daniela. »Das hört sich … interessant an. Ich bin gespannt.« Sie war froh, dass niemand das Augenrollen sah, das sie nicht länger unterdrücken konnte.

9

»Nichts mehr zu machen.«

Martin hatte sich zur Seite schieben lassen, nachdem er den Stiefel des Mädchens entdeckt hatte. Er wagte nicht, sich herumzudrehen und bei der weiteren Freilegung zuzuschauen. Dankbar registrierte er, dass immer mehr Rettungskräfte an der Unfallstelle eintrafen. Als er die gemurmelten Worte in seinem Rücken hörte, vermutete er, dass sich seine schlimmsten Befürchtungen bewahrheitet hatten.

Er spürte der Kälte nach, die sich durch seinen Körper fraß. Wusste, dass er sich herumdrehen musste. Er kannte die Abläufe. In- und auswendig. Hatte sie im Leben oft genug durchexerziert. Es würde nicht seine erste Kinderleiche sein. Und auch wenn jedes Menschenleben zählte, waren das von allen die fürchterlichsten Eindrücke. Bilder, die sich nie wieder löschen ließen. Ein Tod, der ungerecht war. Der nicht im Programm stehen dürfte. Wofür es doch mindestens eine Reset-Taste geben müsste.

Nun liefen Nicole und Ronnie aus seinem Team auf ihn zu. Sie waren als Letzte angekommen. Verfluchter Personalmangel, wo sie alle zur gleichen Zeit an den unterschiedlichsten Orten sein mussten. Aber auch auf sie kam es nicht mehr an. Der Einzige, der etwas hätte verhindern können, wäre er selbst gewesen.

»So ein Scheiß.« Ronnie atmete schwer, als er vor ihm stoppte. »Der ganze Hang ist abgeschmiert. Dass die Leute nicht kapieren, dass die Dünen kein Spielplatz sind. Hast du gesehen, wie es passiert ist?«

Nicole klopfte ihm auf die Schulter, ging aber sofort weiter. Martin folgte ihr kurz mit seinen Blicken, wandte sich dann an Ronnie. »Nein. Allerdings habe ich das Mädchen und seine Eltern ermahnt.«

»Ja, und?«

»Erzähle ich dir später, okay?« Sein Hals war so trocken, als hätte er den aufgewirbelten Sand verschluckt. »Würdest du dich um den Vater kümmern? Und einen Notfallseelsorger verständigen?«

Ronnie nickte, es wirkte jedoch fahrig, weil seine Augen hin und her sprangen. »Sollen wir uns nicht erst ein Bild von der Situation machen?«

Martin hob sein Kinn und streckte den Rücken durch. »Natürlich«, sagte er, obwohl er etwas anderes meinte. »Natürlich«, wiederholte er, als müsste er damit den Startknopf eines alten Autos ziehen. Dann steckte er seine Hände tief in die Taschen und drehte sich um.

Genau in dem Augenblick, als das Klatschen begann. Martins Augenlider flackerten. Applaus? Was hatte das zu bedeuten?

10

Daniela schob die Schälchen auf dem Holztablett solange hin und her, bis ihr die Anordnung gefiel. Rote Cocktailtomaten neben hellgelbem Kohlrabi und grüner Gurke, dazu Paprika in dreierlei Farben und als Mittelpunkt aufgeschnittene Radieschen, deren Rot-Weiß sie an ihre rheinische Heimat erinnerten.

Sie summte die Melodie von »Rut un wiess«, als Frank mit einem leisen Pochen an die Tür die Küche betrat.

»Hier steckst du. Wie war dein Tag, Liebling?« Er legte seine Laptoptasche auf den Tisch und nahm sich ein Radieschen. »Du leidest hoffentlich nicht an Heimweh?«

»Diesmal nicht. Du musst dir keine Sorgen machen, nur weil ich mal ein kölsches Lied im Kopf habe.«

»Ich bin mir da nicht so sicher. Manchmal habe ich Angst davor, dass du mich hier mit Marthe Dirkens sitzen lässt. Dass ich nach Hause komme und du bist schon über alle Berge …«

Sie sah das schelmische Grinsen in seinem Gesicht. »Welche Berge?«, lachte sie. »Ich kann ja von hier aus fast den Kölner Dom und das Siebengebirge sehen.«

»Du meinst also, es besteht keine Gefahr?«

»Niemals.« Daniela nahm seinen Kopf in ihre Hände. »Und ohne dich schon gar nicht. Im Ernst. Gib nichts drum, wenn ich manchmal rumjammere. Auf der anderen Seite ist das Gras immer grüner. Im Rheinland würde mich die Sehnsucht nach dem Meer einholen.«

»Ich bin mir oft nicht sicher, ob es richtig war, uns das alles aufzuhalsen. Das Hostel, mein Pendeln aufs Festland, die Wahnsinnspreise auf der Insel, dazu dein Nebenjob im Friseursalon – und Marthe Dirkens. Die einem oft kaum Luft zum Atmen lässt mit ihren Verrücktheiten.«

»Ach, halb so wild. Ich bin glücklich, dass Helene Dannenberg sich um sie kümmert. Und ihr etwas an die Hand gibt, das Marthes Langeweile in Schach hält und ihre unersättliche Neugierde füttert. Die beiden sind ein erstaunliches Gespann.«

Frank streckte erneut die Finger zu den Rohkost-Schälchen aus. »Lecker. Kohlrabi.«

»Jetzt futtere mir bitte nicht alles weg. Ich will nicht noch mal mit dem Schnibbeln anfangen müssen. Bring du deine Tasche weg, wasche dir die Hände, dann können wir gleich essen.«

»Hey, ich bin kein Schulkind.«

Daniela lachte. »Verrückt. Ich höre mich an wie meine Mutter. Oder wie Marthe, wenn ich aus dem Friseursalon nach Hause komme. Entschuldige bitte. Aber du hast mich so gewollt.«

»So und nicht anders«, sagte er und gab ihr einen langen Kuss. Danach sah er ihr prüfend ins Gesicht.

»Was?«, fragte sie.

»Ach nichts. Nur Hunger und Feierabendsehnsucht. Hast du im Garten gedeckt?«

»Ja, Helene und Marthe sitzen dort parat. Wahrscheinlich an ihren Geräten, aber immerhin in der Abendsonne. Ich schneide in der Zeit das Brot auf, den Rest habe ich schon rausgetragen. Willst du noch Fleisch auf den Grill legen?«

»Muss nicht sein. Habe heute Mittag in der Kantine gegessen.« Er klopfte auf seinen Bauch. »Aber du, die beiden mit ihrem Social Media. Glaubst du, dass das eine sinnvolle Beschäftigung für Marthe ist?«

Daniela lachte auf. »Du meinst, sie könnte auf digitalen Wegen wieder einmal Dummheiten begehen?«

»Hältst du das für so ausgeschlossen?« Er hielt seine Hände unter den Wasserhahn, gab einen Klecks Spüli drauf und trocknete sich anschließend am Küchenhandtuch ab.

»Nicht in der Küche, das ist unhygienisch.« Daniela nahm ihm das Handtuch ab und versetzte ihm einen Klaps damit.

»Ja, Mama«, imitierte er eine Kinderstimme. »Und jetzt lass mich das Tablett raustragen.

In der geöffneten Terrassentür stießen sie auf Marthe und Helene. Frau Dirkens zeigte hoch in den Himmel. »Da, da kommt er.«

»Wer?«, fragte Frank.

»Was?«, fragte Daniela.

»Der Rettungshubschrauber.« Marthes Stimme überschlug sich. »Wir müssen raus an die Weisse Düne, da ist etwas Schreckliches passiert. Was meint ihr, soll ich uns ein Taxi rufen?«

11

Martin schluckte. Sein Hals war jetzt noch trockener. Es brauchte mehr als ein paar Sekunden, um zu verstehen, was vor sich ging. Er wagte kaum, seinen Augen zu trauen. Erst recht wollte sein Kopf nicht wahrhaben, was es bedeutete. Er hatte doch selbst die Worte gehört.

Die zuckenden Cowboystiefel aber sprachen für sich. Das Mädchen lebte.

Er sah, dass der Körper weitgehend freigelegt war und das Notarztteam schon mit der Versorgung begonnen hatte. Er suchte die umstehende Menge nach Anne ab. Sie kniete neben dem Kind und hielt seine Hand. Schien zu ihm zu sprechen. Dann wandte sie sich an den Notarzt, rutschte zur Seite, legte die Finger des Mädchens behutsam in die einer Sanitäterin und stand auf.

Erst jetzt setzten sich seine Füße in Bewegung, so als würden sie ohne seinen Willen über ihn entscheiden. Je näher er kam, desto mehr sortierten sich die Laute, Sätze und Wörter, die mit dem Wind hinweggetragen wurden, in ein sinnvolles Ganzes.

Der Hund hatte es nicht geschafft. Das war es gewesen, was er missverstanden hatte. Der kleine Körper, der eben noch so lebhaft um das Kind durch die Dünen getollt war, lag nun regungslos am Boden.

»Deckt ihn doch ab«, hörte er eine Frau schluchzen. »Auch ein Tier hat im Tod ein Recht auf Würde.« Jemand reichte ein bunt gestreiftes Strandtuch, das Martin eine Sekunde lang unangemessen schien. Als wenn es eine Rolle spielte.

Anne war jetzt an die Mutter herangetreten. Deren Augen waren starr auf den Punkt gerichtet, an dem ihr Kind aus den Sandmassen befreit wurde. Ohne dass er sie hören konnte, hätte er benennen können, was seine Frau sagte. Dass es wichtig war, das Rettungsteam seine Arbeit machen zu lassen. Dass sie ihr Bestes geben würden. Dass sie gleich sicherlich zu ihrem Kind könnte, wenn die Erstversorgung abgeschlossen sei.

Martin bewunderte Anne dafür, wie professionell sie sich verhielt. Unvermittelt die Rollen switchen konnte. Dort agierte nicht seine Frau, sondern die notfallerfahrene Ärztin.

Anders als er selbst. Der wieder einmal erst in Schockstarre verfallen war. Eine Welle von Ärger erfasste ihn. Er merkte, wie ihm das Blut in den Kopf schoss. Was war bloß los mit ihm? Diagnose, Therapie, alles umsonst, wenn es drauf ankam. Immer dieselben Schleifen. Anne hatte sich doch auch von ihren Gespenstern, ihrem Trauma befreien können. Er trat mit dem Fuß in den Sand. Verdammt. Er wollte das nicht mehr. Er brauchte den Mann zurück, der er irgendwann einmal gewesen war. So einen, auf den nicht alle herabsahen. Der eine Frau wie Anne verdient hatte. Und der genügend Autorität ausstrahlte, dass ihm so ein Großstadtanwalt nicht einfach eine Visitenkarte entgegenstreckte.

»Sagen Sie mir doch, dass sie es schaffen wird«, hörte er im Näherkommen die Mutter. Sie sprach die Worte fast flüsternd. Als wollte sie nicht gehört werden, weil sie Angst vor einer Antwort hatte.

Anne antwortete mit ruhiger, klarer Stimme: »Sie ist in den besten Händen.«

Im gleichen Augenblick hob sie den Kopf und sah ihn an. Ihre Augen weiteten sich, und er verstand, was sie ihm sagen wollte. Hätten wir doch vorhin nur …

Das war der Punkt. Nicht sie beide, sondern allein seine Aufgabe wäre es gewesen, Kind und Hund aus den Dünen zu holen. Er kannte die Gefahren, das Verbot und hatte die entsprechende Kompetenz und Durchsetzungsgewalt. Eigentlich.

Er konnte nur hoffen, dass das Mädchen gerettet wurde. Dass es keine bleibenden Schäden zurückbehielt.

Martin atmete tief durch. Wenn er etwas ändern wollte, dann jetzt und sofort. Schluss mit seiner Selbstbezogenheit, Schluss mit der Angst vor der Angst. Er hörte die Stimmen seiner Therapeuten. Es half nur eins: rein in die Konfrontation.

Er drehte sich um. Fixierte den Strandkorb. Der Vater schien sich nicht einen Millimeter bewegt zu haben.

Mit staksigen Schritten ging er auf den Anwalt zu.

Der hob seinen Kopf. Martin konnte sehen, wie die Muskeln im Gesicht zuckten, die Augen waren glasig.

»Ihre Tochter lebt, das Rettungsteam gibt sein Bestes.« Er war überrascht, wie fest seine Stimme klang. Seine Rollenstimme. Sie war da. Er musste sie nur aktivieren. Für Sekunden atmete er auf.

Die Miene des Vaters verrutschte. Ein unterdrückter Laut entfuhr seinem Mund, der dem Winseln eines Tieres glich.

Im selben Augenblick hörten sie den Hubschrauber.

Martin sah nach oben. »Noch mehr Unterstützung«, sagte er. »Die Helfer tun, was sie können. Alles, was menschenmöglich ist.«

Der Vater biss sich in seine Hand. Dann strafften sich von jetzt auf gleich seine Gesichtszüge, er nahm seine Schiebermütze vom Kopf und fuhr sich durch sein lichtes Haar. »Davon gehe ich aus. Sonst gnade Ihnen Gott. Wenn Moolin nur ein Hauch passiert, werde ich Sie persönlich dafür verantwortlich machen.«

12

Martin sah auf seine Armbanduhr und legte den Kugelschreiber diagonal auf seinen Block.

Sofort begann ein Rascheln, Stühlerücken und Gemurmel.

»Schluss für heute«, schob er halblaut hinterher, aber sein Team hatte das nonverbale Zeichen schon verstanden.

Doch auch wenn die morgendliche Dienstbesprechung offiziell beendet war, drehten sich die Gespräche weiter um das vorherrschende Thema. Weniger sachlich als unter seiner Moderation. Er selbst hatte sich zusammenreißen müssen, um auf dem Wechselbad seiner Gefühle den Deckel zu halten.

»Ich bin mir nicht sicher, was ich mit dem Kerl gemacht hätte«, hörte er Ronnie sagen. »Da kann man doch keine Faust in der Tasche machen. Die will in so ein Gesicht. Wo sie meiner Meinung nach hingehört.«

Ronnie und seine impulsive Ader. Gegenstand jedes Jahresgesprächs. Glücklicherweise gehörte er zu der Spezies, die kläfften, aber nicht bissen. Doch genauso wenig man bei Hunden die Hand dafür ins Feuer legen konnte, sorgte sich Martin, dass es eines Tages mal nicht nur bei Sprüchen seines Mitarbeiters blieb.

Andererseits hätte er selbst bei manchen Gelegenheiten gern etwas mehr von dieser draufgängerischen Art. Wobei er sich bewusst war, dass seine zurückhaltende, deeskalierende Führung der Norderneyer Wache ihm gut zu Gesicht stand. Solange niemand die Zweifel, die Achterbahnfahrt seines Innenlebens mitbekam. Was ihm mal mehr, mal weniger gelang.

Seit gestern befand er sich wieder in Schussfahrt.

Wie erleichternd es war, dass die Kollegen den Vater genauso als unverantwortliches und empathieloses Schwein betrachteten wie er. Selbst wenn es so einfach wahrscheinlich nicht war. Anne hatte am Abend noch mit Ruth telefoniert.

Ruth war zu so etwas wie einer Seelenfreundin für seine Frau geworden. Was ihn freute, aber auch verwirrte. Ruth und er, sie kannten sich seit Ewigkeiten. Waren sich in ihren beruflichen Werdegängen immer wieder begegnet und hatten sich nie aus den Augen verloren trotz der wenig gradlinigen Karrieren oder Nichtkarrieren, die sie beide eingeschlagen hatten.

Wie oft war ihnen so etwas wie eine Affäre nachgesagt worden. Auch auf Anne hatte sein Verhältnis zu der Kollegin, die als Polizeipsychologin mittlerweile nicht mehr im aktiven Polizeidienst arbeitete, anfangs ungewöhnlich gewirkt. Aber das war lange her.

Wieder ging sein Blick zur Uhr.

Er ließ die Kollegen mit ihren wütenden und harschen Kommentaren stehen und steuerte sein Büro an. Gleich hatte er bei der Stadtverwaltung einen Dringlichkeitstermin. Die Unfallstelle war zwar gestern Abend noch abgesperrt worden. Aber höchstwahrscheinlich würden die Touristen den Ort als Attraktion ansehen, den es zu besichtigen und zu begutachten galt. Fotos für die Daheimgebliebenen, die über die *Facebook*-Gruppen mit Neuigkeiten versorgt werden mussten. Der Hubschrauber im Landeanflug, beim Rückflug aufs Festland, der abgerutschte Hang, die Verbotsschilder, das Flatterband, all das hatten die Kollegen während der Sitzung schon auf Social Media gefunden. Die Urteile der Menschen schwankten zwischen Mitleid mit der Familie und dem Kopfschütteln über das unverantwortliche Verhalten. Aber selbst Letzteres würde so manchen nicht davon abhalten, sich ein eigenes Bild von der Situation zu machen. Treibsand und Hangabgängen zum Trotz. Auch der ein oder andere Kamerainsulaner wäre sicherlich darunter.

Umso wichtiger, ein gezieltes Vorgehen zu der Gefahrenlage abzusprechen. Die Hauptsaison war auf ihrem Höhepunkt. Die einwohnerstärksten Bundesländer hatten noch Ferien. Zusätzlich war der August traditionell der Monat, in dem sonnenhungrige Rentner und Pensionäre auf die Insel zurückkehrten, weil ihnen die Partymonate im Frühsommer und Herbst zu turbulent waren.

Es würde wie immer ein Kunststück sein, die verschiedenen Interessen unter einen Hut zu bekommen. Obwohl die Touristen die Insel wegen ihres rauen Nordseecharmes liebten, und so sehr die *Watt Welten*, ein wahrer Publikumsmagnet, aufzeigten, wie verwundbar das Weltnaturerbe Wattenmeer war, klafften Theorie und Realität oft meilenweit auseinander. Der Schutz der Insel? Ja, aber bitte nicht auf Kosten des Urlaubsvergnügens.

Martin knallte die Tür seines Büros lauter zu als beabsichtigt. Er wusste schon jetzt, wie müßig die Absprachen sein würden. Die Einbeziehung der Presse und andere Maßnahmen hatten schlimmstenfalls noch Aufforderungscharakter.

Es half aber nichts. Es musste zumindest versucht werden, den Menschen zur Vernunft zu erziehen. Nicht weniger als das Schicksal der Insel hing davon ab und, wie man seit gestern nachdrücklich wusste, ebenso ein einzelnes Menschenleben.

Genau das brachte ihn dazu, jetzt zum dritten Mal auf die Uhr zu schauen. Vor dem Treffen in der Stadtverwaltung stand etwas anderes an. Das, was ihn die ganze Zeit umtrieb. Ein Film, der im Hintergrund lief. Den er keine Sekunde abstellen konnte.

Weil es auch seine Zukunft betraf.

Jetzt war der richtige Zeitpunkt gekommen.

Er setzte sich an seinen Schreibtisch. Stupste die Maus an. Sah auf den Bildschirmschoner, auf dem Anne vor der Kulisse des nördlichen Gardasees in die Kamera gelächelt hatte. Das Hochladen des Bildes war seine erste Tat nach den Flitterwochen gewesen, um die Erinnerung daran in den Alltag zu retten.

Was für eine irrsinnige Vorstellung.

Mit zittriger Hand hob er den Hörer seines Festnetzapparates ab. Mit einem Kugelschreiber tippte er die Telefonnummer ein. Langsam. Ziffer für Ziffer.

Als er die vertraute Stimme hörte, atmete er hörbar aus. »Ich bin es«, sagte er. »Passt es jetzt?«

13

Daniela drückte den Startknopf der Waschmaschine. Teil eins ihres Tagwerks hatte sie erledigt und das im Sauseschritt. Auf den Punkt genau mit dem Ende des Hörbuchs. Sie nahm die AirPods aus den Ohren und hielt sie mit der Hand umklammert. Sie musste aufpassen, sie nicht in Gedanken irgendwo abzulegen. Wie viel Nerven sie die Suchaktionen schon gekostet hatten, wollte sie gar nicht erst ausrechnen.

Jetzt aber war es Zeit, sich für den Nachmittag im Friseursalon fertig zu machen. Frank und Frau Dirkens hielten sich dran mit dem Gemecker über ihren Zweitjob. Die Belastung, das ewige Stehen, das bescheidene Gehalt. Sie konnte bis heute niemandem glaubhaft erklären, wie sie an ihrer Arbeit hing. Dass davon sogar das Heimweh weniger wurde, das sie phasenweise wie aus dem Nichts überfiel. Obwohl der Umzug nach Norderney ihr sehnlichster Wunsch gewesen war.

So ganz konnte sie ihre Herkunft eben nicht abstreifen. Dazu gehörte neben dem Rheinland und dem Karneval unbedingt die Arbeit als Friseurin. Der Kontakt mit den Kunden, das Beraten, Empfehlen, Umstylen und zum Abschluss der zufriedene Blick in den Spiegel. Ein solches Glücksgefühl stellte sich nicht ein, wenn sie Kissen aufschüttelte und Handtücher zu Schwänen faltete.

Sie blieb im Flur am unteren Ende der Treppe stehen, als sie das leise Gelächter von Marthe Dirkens und Helene Dannenberg hörte. Die beiden waren ihr nach der drastischen Ansage von gestern Abend bis jetzt aus dem Weg gegangen. Sie schienen es vorgezogen zu haben, ein Frühstück in der Dachgeschosswohnung einzunehmen. Auch wenn sie dafür auf ihre Barista-Kunststücke verzichten mussten. Einer trotzigen Dreijährigen stand Marthe in nichts nach.

Helene zuckte zusammen, als sie Daniela unten stehen sah. »Hast du mich erschreckt«, sagte sie statt einer Begrüßung.

»Macht wohl das schlechte Gewissen.«

»Ach Kind, fängst du etwa schon wieder an?« Marthe hielt sich am Geländer fest. »Du bist aber auch eine Spießbürgerin.«

»Ich diskutiere das nicht. Frank und ich haben euch gesagt, was wir darüber denken. Gaffer sind das Allerletzte. Und ich hätte nie gedacht, dass jemand aus meinem Umfeld anderer Meinung sein könnte.«

»Gaffer«, echote Frau Dirkens. »Es ging um Recherche. Helene hat vor …«

»Schon klar«, schnitt Daniela ihr das Wort ab. »Autorin zu sein, scheint mir ein stichhaltiges Argument. Erinnert ihr euch noch an den Journalisten aus Bonn, von dem Ruth und Oskar berichtet haben? Der an jedem Unfallort auftauchte? Deutlicher muss ich wohl gar nicht werden.«

Helene Dannenberg fasste sich an den Hals, auf dem sich tomatenketchupähnliche Flecken ausbreiteten. »Du hast völlig recht. Ich glaube, es war ein großes Missverständnis. Ich wäre dir dankbar, wenn du Ruth davon nichts erzählen würdest.« Sie strich sich ihre kinnlangen grauen Haare hinter die Ohren.

Aha. Missverständnis, dachte Daniela, ich würde es eher Manipulation à la Marthe Dirkens nennen. Aber sie hielt den Mund.

»Pah, Missverständnis, fall du mir in den Rücken«, wetterte dagegen die alte Dame. »Und jetzt müssen wir sehen, woher wir unsere Informationen bekommen. Weißt du schon etwas Neues? Was hat man sich denn heute Morgen beim Bäcker erzählt?«

»Alles, was wichtig ist, wird in den nächsten Tagen in der Zeitung stehen. Die Gerüchte dagegen bei *Facebook*. Mich interessiert nur, dass niemand zu Schaden gekommen ist. Das werden wir sicher bald erfahren.«

»Stimmt, das ist das Wesentlichste. Marthe und ich wollen für das Kind in der Kirche eine Kerze anzünden. Man weiß ja nie, ob so etwas nicht doch hilft.«

Daniela runzelte die Stirn. »Echt jetzt?«

»Da staunst du, was?« Frau Dirkens drehte die lila Haarsträhne, die sich neben ihrem Brillengestell hinunterschlängelte, in den Fingern. »Dabei wäre das doch dein Job als Katholikin.«

Daniela griff nach einem Apfel, der im Flur in einem Obstkorb zur allgemeinen Verfügung für die Gäste stand. Sie biss hinein und erwiderte kauend: »Sehr witzig. Was mein Job ist, weiß ich besser. Haare färben zum Beispiel.«

»Soll das eine Anspielung sein?« Marthe klang empört.

»Nö. Aber jeder versteht wohl das, was er verstehen will.«

»Sei doch nicht so schnippisch. Okay, es war ein Fehler, dass wir gestern zur Unfallstelle wollten. Deswegen musst du dich nicht so echauffieren. Helene ist schließlich unser Gast.«

Daniela biss sich auf die Lippen. Meiner nicht, hätte sie am liebsten gesagt. Dabei mochte sie Helene. Sie hatte nur keine Lust auf dieses Doppelgespann, das sich schlimmstenfalls gegenseitig in irgendeinen Unsinn hineinbugsierte.

»Ich muss jetzt gleich los«, sagte sie deswegen und bemühte sich um einen versöhnlichen Ton. »Wir sehen uns dann heute Abend.«

»Wo genau sollen wir uns treffen?«

Daniela drehte sich um. »Was meinen Sie damit? Habe ich etwas verpasst?«

»Anscheinend ja, Kind. Heute ist der Nachtbummel. Den wirst du doch nicht verpassen wollen.«

»Ach herrje. Das ist mir vollkommen entfallen.« Sie zog ihr Handy aus der Hosentasche. »Okay. Ich denke darüber nach und melde mich, ja?«

Marthes Augen glänzten. »Prima. Ach, Daniela, wäre das nicht auch eine gute Gelegenheit, sich mal wieder mit Anne zu verabreden?«

»Mit Anne? Anne Wagner?« Sie schüttelte den Kopf. »Wie kommen Sie denn darauf?«

Es dauerte ein paar Sekunden, bis Daniela den lauernden Ausdruck in Marthes Augen verstand. Und dass es ganz und gar nicht um Anne ging.

14

»Der perfekte Augenblick.«

Martin hörte, wie der Sitz des Schreibtischstuhls ein Seufzen von sich gab, als Anne sich darauffallen ließ. Er konnte sich vorstellen, wie sie in der einen Hand den Hörer hielt und mit der anderen die Utensilien auf ihrem Schreibtisch neu ordnete.

»Die Visite ist beendet, und ich habe meine üblichen fünf Minuten zum Luftholen.«

»Konntest du denn schon …«

»Ja, ich habe unmittelbar vor deinem Anruf erst aufgelegt.«

Martin holte tief Luft. »Schieß los.«

»Es ist alles gut.«

»Anne, du sprichst wie eine Therapeutin oder Notfallseelsorgerin. Was heißt das? Sie lebt also?«

»Sie lebt. Und nicht nur das. Es ist ihr nach Stand der Dinge nichts weiter passiert. Es gibt keinerlei Hinweise auf bleibende Schäden. Sie ist schon extubiert und erholt sich unglaublich schnell, sagt die Klinik. Das Erlebnis wird nachwirken, keine Frage. Das muss im Auge behalten werden. Im Moment deutet nichts auf eine Traumatisierung hin, aber das kann eine Schockreaktion sein, die das Erlebte verdrängt. Möglich ist natürlich, dass sie über eine beneidenswerte Resilienz verfügt. Würde mich gar nicht so überraschen, wenn ich an den Vater denke. Der ebenfalls nicht zu erschüttern ist. Rein körperlich ist derzeit alles im grünen Bereich. Sie wird noch intensivmedizinisch beobachtet.«

Martin merkte erst jetzt, dass seine Fingerspitzen eiskalt und wie taub waren. Langsam kehrte das Blut mit einem unangenehmen Prickeln in sie zurück. »Puh«, sagte er. »Was für eine Erleichterung.«

»Wir sind selbstverständlich nur an die Auskunft gekommen, weil wir an der Bergung und Erstversorgung beteiligt waren. Die Eltern haben zugestimmt, dass auch die Presse informiert wird. Der Vater hätte sich überaus dankbar gezeigt, insbesondere gegenüber der Hilfeleistung hier vor Ort.«

»Dieses riesengroße Arschloch.« Martin umklammerte seinen Kugelschreiber.

»Reg dich doch nicht auf. Ich verstehe deine Wut auf ihn, aber es ist müßig. Solche Typen kommen immer ungeschoren davon.« Sie machte eine kurze Pause. »Soll auf gar keinen Fall heißen, dass ich ihm einen schlimmeren Ausgang des Unfalls gewünscht hätte. Du weißt hoffentlich, was ich meine.«

»Ich verstehe jedes Wort. Dass die Kleine überlebt hat und nichts davonträgt, ist für mich wie ein Wunder, mit dem ich nicht gerechnet habe. Und froh bin ich vor allem des Kindes wegen. Ob ich mit dem Vater schon fertig bin, weiß ich noch nicht. Wir werden uns gleich mit der Stadtverwaltung beraten, wie solche Vorfälle verhindert werden können. Ich befürchte, dass es weiter die Unbelehrbaren geben wird. Die, die glauben, ihnen gehöre die Welt.«

»Immerhin zeigt er sich dankbar. Er, der keinen Finger gekrümmt hat, bei der Bergung zu helfen.«

Vor Martins innerem Auge ploppte die Szenerie am Strand auf. »Ich war selbst kaum in der Lage zu graben. Ich rechne es ihm als Schock an.«

»Aber die Drohung gegen dich? Nein, du hast schon recht mit dem Urteil über diesen Menschen. Und wenn er sich jetzt bei allen Helfern bedankt, dann ist das einerseits nur selbstverständlich und hat andererseits eine ekelhafte Gutsherrenattitüde. Allerdings hätte das Kind ohne das schnelle und besonnene Eingreifen keine Chance gehabt, die Verschüttung zu überleben.«

»Weiß man, warum es gut ausgegangen ist?«

»Die Bergung hat nur wenige Minuten gedauert. Das war das wesentlichste Kriterium.«

»Du hast das gestern Abend schon gesagt. Ich kann das nicht glauben. Mir kam es wie eine Ewigkeit vor.«

»Überlege mal, der Kopf war freigelegt, noch bevor die Norderneyer Rettungskräfte eingetroffen sind. Du weißt, wie schnell sie sind. Und dass es normal ist, dass sich beim Warten die Zeit unendlich dehnt.«

»Du hast wie immer recht.«

»Hinzu kommt, dass das Mädchen relativ weit oben lag, das Gewicht des Sandes nicht allzu schwer war. Sie hatte etwas Bewegungsspielraum und hatte instinktiv die Hand vor Mund und Nase gelegt. Das größte Wunder war aber, dass ein breites Stück Treibholz so über ihr lag, dass ein kleiner Hohlraum entstanden war.«

»Sag ich doch, ein Wunder.«

Er hörte, wie Anne mit ihrem Schreibtischstuhl durch das Zimmer rollte und eine Schranktür öffnete. »Der Hund dagegen hatte keine Chance. Was tragisch genug ist.«

Martin schluckte. Fast hätte er gesagt, was Strafe genug ist. Doch das war makaber und sarkastisch. Ein Tier konnte nichts dafür, dass der Mensch sich falsch verhielt. Genauso wenig wie ein Kind. Wieder sah er die Bilder des durch die Dünen tollenden Mädchens mit dem Welpen an seiner Seite. Der Preis, den die Familie zahlte, war hoch genug.

Blieb nur zu hoffen, dass das Unglück andere Menschen zur Einsicht brachte. Er jedenfalls wollte alles dafür tun, dass sich Ähnliches nicht mehr wiederholte.

15

»Was sollen wir tun? Unseren Gästen einen Verhaltensplan an der Fähre aushändigen? Überdimensionale Verbotsschilder aufbauen? Einen Securitydienst beauftragen? Sind wir denn im Kindergarten?«

»Ein Infoflyer, der zusammen mit der NorderneyCard ausgehändigt wird, warum nicht? Er muss ja nicht ausschließlich Verbote enthalten, sondern kann Informationen über unseren Nationalpark liefern. Damit die Leute verstehen, dass der Abstand zu den Seehunden für diese überlebensnotwendig ist. Dass die Dünen unentbehrlich für den Küstenschutz sind. Die Tier- und Pflanzenwelt Brutzeiten und Schonräume braucht. Wir könnten die *Watt Welten* mit einbinden, und so gleichzeitig für dieses einzigartige Erlebniszentrum werben.«

»›Betreutes Urlauben‹, oder was soll das werden?«

»Mancher Gastgeber auf der Insel wirbt mit ›Betreutem Trinken‹, da ist so ein Flyer doch eine lohnenswertere Investition.«

»Du sagst es. So ein Infoblatt entsteht ja nicht aus dem Nichts. Die Maßnahmen kosten Geld. Das wir nicht haben. Und was machen wir mit all den anderen Geschichten? Die Kamikaze-Radfahrer auf dem Zuckerpad? Die Hundebesitzer, die ihre Hunde in den Brutgebieten und am Strand von der Leine lassen? Die Raser, denen das Damwild vor die Motorhaube springt?«

Martins Ohren rauschten. Die Vorwürfe, Vorschläge und Vorbehalte waren schon tausendmal diskutiert worden. Die Probleme bestanden ja nicht erst seit gestern. Auch wenn die

Sandabgänge durch die Zunahme an heftigen Stürmen eine neue Dimension erreicht hatten.

Er konnte dem Hin und Her der Argumente kaum folgen. Jeder in der Verwaltung wollte es ein wenig besser als der andere wissen. Politik folgte nun mal eigenen Interessen und Spielregeln. Für ihn wären Ergebnisse wichtig. Und zwar solche, die er mit einer Mannschaft umsetzen konnte, die im Vergleich zur steigenden Anzahl an Touristen immer aussichtsloser mit Personalsorgen kämpfte.

»Für die Geschwindigkeitskontrollen bist du doch zuständig, Martin. Könnt ihr da nicht ein wenig mehr Gas geben?«

Alle brachen in Lachen aus.

»Nettes Wortspiel, aber woher nehmen, wenn nicht stehlen?« Er grinste. »Wir geben unser Bestes. Zusammen mit dem Ordnungsamt. Man munkelt, wir werden auch auf *Facebook* unterstützt von Leuten, die es wieder und wieder erklären, was erlaubt und was verboten ist. Hat aber anscheinend nur einen hohen Unterhaltungswert und keinen nachhaltigen Effekt.«

»Unsere Nationalpark-Ranger nicht zu vergessen. Zusammen mit den jungen Menschen aus den Freiwilligendiensten organisieren sie persönliche Aufklärung vor Ort und stellen Infomaterial zur Verfügung«, warf der Bürgermeister ein. »Norderney ist gut aufgestellt, was den Schutz unserer Natur betrifft.«

»Es erreicht aber in der Regel nur diejenigen, die sich dafür interessieren. Das sind die aufgeklärten Touristen, die gar nicht viel Betreuung brauchen, wenn ich den Begriff von eben noch einmal aufgreifen darf«, warf die Leiterin des Ordnungsamtes ein. »Zu kämpfen haben wir mit Menschen, die sämtliche Regeln ignorieren und uns darüber hinaus verhöhnen. Wenn ich ein Nummernschild habe, bin ich ja noch handlungsfähig. Bei den meisten ist für uns eine Feststellung der Identität nur mit einem Riesenaufwand machbar, dafür haben wir und die Kollegen von der Polizei keine Kapazitäten. Oft ist das Kind schon in den Brunnen gefallen, wenn wir auftauchen. Die Seehunde berührt, die Dünen verwüstet, Fußgänger von den schmalen Wegen geklingelt. Der neueste Sport scheint zu sein, mit E-Mountainbikes Richtung Wrack zu fahren. Es wird immer verrückter. Habe ich mir so nicht vorgestellt, als ich mich auf den Job beworben habe.« Karin Hagen klang atemlos, als sie zum Schluss zu Martin schaute.

Er senkte den Kopf, wollte nicht daran erinnert werden, dass er sich oft genug ähnlich betrogen fühlte. Zwischen der romantischen Vorstellung, auf der ostfriesischen Insel ein beschauliches Leben führen zu können, und der Realität klaffte eine riesige Lücke. Wunsch und Wirklichkeit hatten wenig gemeinsame Schnittmengen. Und trotzdem. Kapitulation kam für ihn nicht infrage. Noch nicht, schob eine innere Stimme hinterher.

»Wir können die Probleme nur mit vereinten Kräften lösen. Jeder, der sinnvolle und innovative Ideen zusteuert, ist gern gesehen. Meine Tür steht immer offen.« Der Bürgermeister hatte seinen Stuhl nach hinten geschoben und war aufgestanden.

Ein Zeichen, dass die Besprechung beendet war. Ergebnislos, wie Martin fand.

Er hob die Hand und räusperte sich. »Das kann nicht alles sein. So etwas wie gestern darf sich nicht wiederholen. Wir brauchen sofortige Maßnahmen. Die Situation an der Weissen Düne ist lebensgefährlich.«

Wieder gingen laute und leise Stimmen durcheinander:

»Wird es nicht, jetzt ist ja jeder gewarnt.«

»Unsere lokale Presse wird das Thema aufgreifen und die Touristen auf die Gefahr aufmerksam machen.«

»Die technischen Dienste haben alles Notwendige in die Wege geleitet.«

Martin dachte an das Mädchen. Den Hund. Das Kleid. Die Cowboystiefel. Die Visitenkarte des Herrn Anwalts, wie er den Vater des Kindes für sich bezeichnete, um ihn emotional auf Abstand zu halten. »Ja, ja, ja«, sagte er laut. »Alles wie immer. Heiße Luft und viel Gerede. Bis zum nächsten Mal. Muss denn wirklich erst das Allerschlimmste passieren?«

Auf einen Schlag schwiegen alle. Schienen erstarrt, als hätte eine böse Fee den Zauberstab über sie geschwungen.

Erst als Martin die Tür öffnete, um den Besprechungsraum zu verlassen, hörte er eine Stimme in seinem Rücken murmeln. »Dieser ewige Schwarzseher geht mir so was von auf den Keks.«

Er drehte sich nicht um. Musste und wollte es nicht wissen, wer gesprochen hatte. Auch wenn er es ahnte.

16

Martin schob sein Fahrrad in den Schuppen. Feierabend für heute. Es war ein langer Tag geworden. Offiziell war erst seit gestern der Urlaub beendet. Nach ihrer Hochzeit am 12. Juni waren Anne und er durch Italien gereist. Vom Norden in den Osten, in den Süden, den Westen. Zum Schluss der Gardasee und ein Besuch des Bodensees. Die beiden letzten Juliwochen hatten sie in aller Ruhe zu Hause verbringen wollen.

Pustekuchen. Turbulent war es zugegangen, und halboffiziell hatte er seinen Dienst aufnehmen müssen, um die Kripo Aurich zu unterstützen. Wieder einmal. Er schob den Gedanken an die Geschehnisse zurück. Pfeil und Bogen, das musste sich einer mal vorstellen. Die Welt wurde immer wahnsinniger.

Auch wenn er die Kollegen aus Aurich in dem Todesermittlungsverfahren unterstützt hatte, war doch der Alltagskram aus sechs Wochen Urlaub liegen geblieben. Martin hatte sich heute mit Vehemenz darüber hergemacht. Einzig Kaffee und Kuchen hatte er akzeptiert.

»Los, Chef«, hatte Nicole das kommentiert. »Pause. Sofort. Ohne Widerworte.«

Dagegen konnte er nichts einwenden. Schließlich argumentierte er umgekehrt ähnlich an Tagen, an denen sie in Arbeit zu versinken schienen. Eine Aufmunterung aus der *Kaffeegeniesserei* gehörte für ihn schon immer zu den Mitteln, die Arbeitsmoral zu stärken. Er durfte Nicoles Geste durchaus als Bestätigung ansehen. Sein Team war ehrlich und machte keinen Schmu. Wenn es Kuchen gab, war er verdient.

Immerhin hatte er mit seinem heutigen Marathon den Maileingang sortieren können. »Die Guten ins Töpfchen, die Schlechten ins Kröpfchen«, wie Aschenputtel kam er sich vor, wenn er das Überflüssige, längst Erledigte in den Papierkorb schob und für den Rest thematische Ordner und eine priorisierte To-do-Liste anlegte.

Das schematische Abarbeiten hatte den Vorteil gehabt, daneben alles andere ausblenden zu können. Die gestrigen Ereignisse, den Ärger über die Eltern und sich selbst, die Diskussionen heute Morgen auf der Wache und anschließend bei der Stadtverwaltung. Keiner war zufrieden mit den Handlungsoptionen, die ihnen zur Verfügung standen.

»Wir sind doch komplett kaltgestellt. Dürfen dies nicht, dürfen das nicht. Immer freundlich, höflich, hilfsbereit. Deeskalierend. Die lachen sich alle kaputt über uns als Polizei. Manchmal wünschte ich mir deutlichere Methoden, um den Touris mal zu zeigen, wo der Hammer hängt«, hatte sein Mitarbeiter Ronnie in der morgendlichen Dienstbesprechung geschimpft.

»Glücklicherweise sind nicht alle so. Und gelegentlich gibt es genauso unbelehrbare Einheimische, vergiss das nicht.« Martin musste Ronnies aufbrausendes Gemüt einfangen, auch wenn er in der Sache kaum anders dachte.

»Manchmal kann ich verstehen, dass auf Social Media so über die Gäste gehetzt wird«, hatte Ronnie hinzugefügt und seine Hände zu Fäusten geballt.

»Du meinst die Seiten, die anonym die Erlebnisse aus der Norderneyer Gastronomie darstellen?«, wollte Martin wissen.

»Ach, Chef, wie nett du das formulierst.« Nicole hatte gelacht. »Ich glaube, du hast da noch nicht einen Blick drauf geworfen.«

»Muss ich nicht. Mir reicht das, was ich live erlebe. Außerdem halte ich es für bedenklich, sich dermaßen das Maul zu zerreißen über die Hand, die einen füttert.«

»Scheinst aber genau zu wissen, wie es da abgeht.«

»Bleibt einem auf diesem Sandhaufen irgendetwas verborgen? Ich habe genug gehört, um urteilen zu können: Das geht gar nicht. Nennt mich meinetwegen Spießer oder Korinthenkacker.«

»Aber bei uns ist es doch dasselbe. Du schimpfst genauso über die Suffköppe und die Gäste, die mit den banalsten Fragen bei uns auflaufen. Als wären wir eine analoge Suchmaschine.«

»Zwischen Schimpfen und öffentlichem Bloßstellen im Internet ist ein riesengroßer Unterschied. Zumal die Gäste zum Teil identifizierbar sind, während die Postersteller sich hinter ihrer Anonymität verstecken. Das ist feige. Und geschäftsschädigend. Ich bin mir sicher, dass die wenigsten, die da ihren Senf hinterlassen, die Inhaber der Lokale sind. Oder sie wären selten dämlich.«

»Hört, hört. Harte Worte aus dem Mund des Chefs«, hatte Ronnie in die Runde geworfen.

»Die hier in diesen vier Wänden bleiben. Damit wir uns richtig verstehen. Dienstgespräche unterliegen der Schweigepflicht. Muss ich wohl kaum dran erinnern.«

Ronnie hatte kurz den Kopf eingezogen, seine Augen flackerten. Nur für Sekunden. Dann schob sich das schiefe Grinsen wieder zurück ins Gesicht.

Ja, Martin wusste, wie seine Mitarbeiter tickten.

Aber jetzt hatte er Feierabend. Und eines stand fest, er würde das Haus heute nicht für Geld verlassen. »My home is my castle«, nie schienen ihm die Worte wahrer. Wenn er könnte, würde er noch einen Burggraben drumherum ziehen. Sollten sie alle da stehen und rufen. Seine Zugbrücke blieb zu. Und er allein mit Anne.

17

»Bist du endlich fertig, mein Kind?«

Daniela schob die Sicherheitsnadel mit der Kordel durch die Kapuze ihres Hoodies. Das konnte sie jetzt gerade noch gebrauchen, dass Marthe drängelte. Warum vergaß sie bloß immer, die Bänder zusammenzuknoten, bevor sie den Pulli in die Waschmaschine steckte?

»Wo bleibst du denn?«

Zwei Minuten noch«, murmelte Daniela. Sie würde einen Teufel tun und durch das Haus blöken, schließlich hatten ihre Gäste ein Recht auf Ruhe, auch wenn es in einem Hostel lockerer zuging als in einer Pension oder einem Hotel.

Es folgte ein leises Pochen gegen die Tür. Frank schob sich ins Schlafzimmer.

»Wieso klopfst du an?«

»Um den Damen da draußen zu zeigen, wie Privatsphäre geht.«

Daniela lachte. »Helene muss das nicht lernen.«

»Sie nicht, aber wer weiß, zu was Marthe sie alles anstiftet. Ich würde da nicht meine Hand ins Feuer legen. Brauchst du noch lange?«

»Wenn ihr ständig nachfragt, mit Sicherheit.« Sie hielt ihm den Kapuzenpullover hin. »Wie ich das hasse. Für so etwas bin ich einfach unbegabt. Manchmal wundere ich mich selber, dass mir das Haareschneiden so gut gelingt.«

»Man kann nicht bei allem eine Meisterin sein. In deinem Job bist du unschlagbar.«

»Übertreibe mal nicht. Aber ich habe heute tatsächlich ein besonders großes Lob kassiert. Mit einem satten Trinkgeld.«

»Umso besser. Dann weiß ich, an wen wir uns gleich beim Nachtbummel halten. Ich liebe Frauen mit dicken Portemonnaies.«

»Soll das eine Anspielung auf meine Pölsterchen sein?«

»Niemals.« Frank nahm ihr den Pulli ab und bugsierte die Nadel durch den Kordelgang. Dann hielt er ihr die Hand hin und zog sie vom Bett hoch. »Du weißt, dass ich dich nicht anders wollte und will. Und das ist kein Gerede. Schade eigentlich, dass du den Hoodie jetzt anziehst.«

Daniela nahm ihn lachend entgegen und zog ihn über den Kopf. Sie beugte sich nach vorne und schüttelte die Haare aus, um sie beim Aufrichten mit Schwung nach hinten fliegen zu lassen. Sie zupfte sie mit Blick in den Wandspiegel in Form. »Einmal Haarspray und Parfum, und ich bin soweit.«

Marthe und Helene saßen mittlerweile auf der Bank vor dem Haus. Helene fuhr mit der Spitze eines Regenschirms durch die Fugen, in denen sich Unkraut breitmachte.

Marthe folgte Danielas Blick. »Da kannst du deine rechte Augenbraue wieder kritisch hochziehen. Sei froh, dass sich einer um den Wildwuchs kümmert.«

»Darum geht es mir nicht.«

»Ach, du meinst den Schirm? Der gehört mir.«

»Ihnen? Heißt es nicht, Insulaner benutzen so etwas nicht? Weil man Wind und Wetter viel besser mit Gummistiefeln und Ölzeug trotzt.«

»Ja, ja, was ihr Festländer immer über uns zu wissen glaubt. Ganz unrecht hast du allerdings nicht. Das Ding verstaubt in meiner Wohnung. Ich dachte nur, es könnte eine positive Wirkung haben, wenn eine von uns einen Schirm dabei hat. Wegen des Regens, der angekündigt ist. Ich bin überzeugt, das Wetter überlegt es sich noch einmal, weil wir bewaffnet sind. Und Helene hat sich gleich angeboten.«

»So? Das hat Helene?«, fragte Daniela.

Diese schob die Lippen leicht vor und machte ihre Augen kaum merklich groß. Freiwilligkeit sah anders aus.

»Wollt ihr noch länger Klönschnack halten? Dann hole ich uns etwas zu trinken aus dem Haus. Nachtbummel im *Tea-Time-Hostel*, auch eine Idee. Am besten mit Whiskey-Tasting.«

»Das würde euch so passen. An meine Vorräte im Giftschrank gehen. Als wenn jeder dahergelaufene Tourist es wert wäre, davon zu kosten. Nichts da. Und jetzt: auf, auf, Kinder. Ich habe eine Menge vor. Ins *Sanddornstübchen*, *Solero*, *Deckena*. Na, ihr kennt die Route.«

»Stopp. Sie wollten doch, dass Anne und Martin dazustoßen. Ich habe uns auf ein erstes Glas Wein in dem Feinkostladen in der Knyphausenstraße verabredet. *B&B klein aber Fein.*«

»Das hast du getan? Die beiden angerufen?« Marthes Wangen röteten sich. »Na denn. Wenn ihr einer alten Frau wie mir zutraut, eine größere Runde als gewohnt zu absolvieren. Ich habe nichts dagegen, Neues auszuprobieren. Ihr wisst ja, das mit der Rast und dem Rost. So etwas will ja niemand. Und Martin zu treffen ist mir immer eine besondere Freude.«

Daniela warf Frank einen verstohlenen Blick zu. Er grinste. Ein Zeichen, das er verstand: Es blieb abzuwarten, ob Marthes Begeisterung bei Martin auf Gegenliebe stieß.

18

»Du hast was?«

»Martin, beruhige dich. Ich weiß selbst, wie dämlich es von mir war. Daniela hat mich mit dem Anruf vollkommen überrumpelt. Und irgendwie war es ja die letzten Wochen nett, wenn wir alle zusammen in ihrem Garten gegrillt haben. Da wollte ich jetzt nicht zickig sein.«

»Das eine hat doch mit dem anderen nichts zu tun. Wir waren wegen Ruth und Oskar dabei. Wobei selbst das ›wir‹ übertrieben ist. Die meiste Zeit war ich in Sachen Mordermittlung mit Gert Schneyder unterwegs.«

»Aber Helene ist Ruths Freundin, und sie wohnt nach wie vor bei Marthe Dirkens. Da habe ich mich in deren Namen verpflichtet gefühlt. Lass uns zwei Stunden mit ihnen über den Nachtbummel schlendern, danach verabschieden wir uns, indem wir auf die Arbeit verweisen.«

»Das ist ein gutes Argument, mit dem du sofort hättest absagen können. Zwei Stunden Marthe Dirkens. Das hält doch kein Mensch aus.«

»Du bist ungerecht. So dramatisch, wie du es darstellst, ist eine Begegnung mit ihr nicht. Vielleicht werden wir im Alter genauso. Sie ist einsam. Und neugierig. Mehr nicht.«

»Sie ist übergriffig, manipulativ, steckt ihre Nase in Sachen, die sie nichts angehen, schmiert einem Honig um den Mund und setzt mit ihrem Trotz und Eigensinn ihren Kopf in jeder Situation durch. Das ist die Wahrheit.«

»Stopp.« Anne nahm ihr Handy vom Tisch und hielt es ihm hin. »Dann ruf sie an und sag ab. Nur so viel noch dazu: Du hast eine absolut einseitige Sicht auf die Dinge. Selbst wenn ein wahrer Kern darin steckt. Keiner verlangt, dass du den Abend alleine mit Marthe verbringen musst. Die meiste Zeit wird sie damit beschäftigt sein, die Angebote in den Geschäften zu begutachten und die Passanten beim Flanieren zu beobachten.«

»Und genau deswegen muss ich auch nicht mit. Im Übrigen täuschst du dich. Sie wird sich wie immer an mich klammern. Weil es ja etwas zu erzählen und berichten gibt. Das ist doch kein Zufall, dass sie uns sehen will. Nein, nicht Anne und Martin Ziegler sind gefragt, sondern der Chef der Polizeiwache mit den allerneuesten Neuigkeiten.«

»Sie ahnt doch gar nicht, dass wir gestern dabei waren. Ich habe dazu auch nichts verlauten lassen.«

»Bist du dir sicher? Ich kann mir vorstellen, wie es gelaufen ist. Sie hört beim Bäcker davon und – zack – fängt es in dem grauhaarigen Köpfchen mit der ach so spaßigen lila Strähne zu rattern an. Lass es dir gesagt sein: Sie will uns als Augenzeugen de luxe dabei haben und sonst nichts.«

»Das ist mir zu blöd. Das ist Marthe-Dirkens-Paranoia. Mach doch dein Ding. Ich schnappe mir jetzt das Rad. Nachtbummel ist einmal im Jahr, und über die ganze leidige Diskussion hinaus finde ich, da solltest du dich sehen lassen.«

»Wozu denn das? Ich kann mir Besseres vorstellen, als mich zwischen die Touristen zu quetschen. Meinen Feierabend habe ich mir anders vorgestellt.«

»Immer nur du. Was ich möchte, spielt keine Rolle?«

Martin hatte Anne das Handy aus der Hand genommen und legte es auf den Tisch zurück. Eigentlich wollte er sie in den Arm nehmen, doch jetzt hielt er mitten in der Bewegung inne. »Ich hatte keine Ahnung, dass dir der Nachtbummel dermaßen viel bedeutet«, sagte er leise.

»Weil du nicht fragst. Stattdessen bist du immer mit den eigenen Gedanken beschäftigt. Wenn du meinst, du bist im

Austausch, dann ist es nur ein Dialog mit deiner inneren Stimme.«

»Wie kommst du denn auf eine so abenteuerliche Idee? Das kannst du nicht ernst meinen.«

»Doch, tue ich.« Sie ließ die Schultern sinken, die sie eben noch bis zum Kinn hochgezogen hatte. Ihre Finger legte sie an die Schläfe. Atmete dann mit einem lauten »Phh« aus. »Okay. Einmal zurück zum Anfang. Ich gebe zu, ich habe mich überrumpeln lassen. Trotzdem ist diese ganze Debatte lächerlich. Und mittlerweile ärgert mich am meisten, dass du nicht mit einer Silbe fragst, was ich denn will. Was zählt, ist einzig und allein deine Idee, wie unser Feierabend aussieht.«

»Aber …«

Sie hob die Hand. »Lass es. Schon klar, was du sagen willst. Dass wir doch meist dieselben Vorstellungen und Wünsche haben. Für mich bedeutet unsere Ehe nicht, dass wir jetzt ständig aufeinander eingegroovt sein müssen. Ich bleibe Anne. Eigenständig. Und nicht irgendein Eheanhängsel.«

»Mit keinem Wort …«

»Stimmt. Hast du nicht.« Sie griff nach dem Handy. »Aber nun gebe ich mal die Mimose. Das halbe Krankenhaus ist heute Abend in der Stadt unterwegs, auch die niedergelassenen Ärzte. Der Nachtbummel ist eben kein reines Touri-Dingsbums. Und deswegen bin ich jetzt weg. Ob mit oder ohne Marthe. Ob mit dir oder ohne dich. Du weißt ja, wo ich zu finden bin, solltest du es dir anders überlegen. Ansonsten viel Spaß mit dir allein und deinen Grübeleien.«

Martin starrte die Tür an, die ins Schloss krachte, als Anne sie zuzog.

Dann riss er das Küchenhandtuch vom Haken und schmetterte es hinter ihr her. Keine zwei Meter vor ihm fiel es zu Boden, glitt sanft über den Fliesenboden weiter. Er trat mit Wucht hinterher. Verlor das Gleichgewicht. Schmerz und Wut explodierten in seinem Kopf, als sein Fuß das Türblatt traf.

Feierabend, höhnte eine Stimme hinter seiner Stirn, als er sich der Länge nach auf dem Boden ausstreckte, nach dem Handtuch griff und es über sein Gesicht legte. So ein Shit. Ein schöner Feierabend war das.

19

»Wo ist denn Martin?«, raunzte Marthe Dirkens und stieß Daniela mit dem Ellbogen in die Seite.

»Wieso?« Sie drehte sich um, wobei sie das Weinglas mit der zweiten Hand von unten stützte, weil es bis an den Rand gefüllt war. Da hatte es jemand gut mir ihr gemeint und die Flasche bis auf den letzten Tropfen in ihr Glas geschenkt.

»Na, schau doch selbst.«

Anne, die in Sichtweite des Feinkostladens *B&B klein aber Fein* ihr Fahrrad abschloss, hob den Kopf. Ihr Lächeln wirkte seltsam schief. »Achtung, Frau Dirkens, ich habe verdammt gute Ohren.«

»Ich hatte nicht vor, unanständige Dinge zu sagen. Man

kann doch mal fragen, wenn man zwei Leute erwartet und nur einer kommt.«

»Klar, man darf alles«, erwiderte Anne. Unausgesprochene Worte blieben in der Luft hängen.

Daniela streckte ihr die Hand mit ihrem Glas entgegen. »Halt doch mal eben, dann ordere ich auch für dich ein Getränk. Ach, verflixt.« Der Wein schwappte über und lief ihr zwischen die Finger.

»Ich nehme dir das mal ab. Und ich komme mit an die Theke. Was trinkst du?«

»Eine Empfehlung des Hauses. Frag nicht, ich bin da nicht so bewandert. Hauptsache, es schmeckt. Ehrlich gesagt, würde ich alles trinken, was mich gerade woanders hinbeamt.«

»Was ist passiert? Am Telefon hörte es sich an, als würdest du dich auf den Nachtbummel freuen.«

»Schon. Ich bereue es nur, euch angerufen zu haben. Wirklich, Anne, ich hatte keine Ahnung, das musst du mir glauben. Ich habe es jetzt eben erst erfahren. Das heißt, mir zusammengereimt aus dem, was Marthe vor sich hin plappert. Am besten, du bleibst an meiner Seite und hörst gar nicht hin.«

»Oh! Dann hatte Martin also recht.«

»Er hat vorausgesehen, dass Marthe euch ausfragen will? Klar. Er hatte genug Gelegenheiten, sie in dieser Hinsicht bestens kennenzulernen. Ich habe zwar auch damit gerechnet, dass sie ihn nach den gestrigen Ereignissen fragt, aber wenn ich gewusst hätte, dass ihr so unmittelbar involviert wart, wäre mir schon etwas eingefallen. Nicht, dass du meinst …«

»Nein. Mir ist klar, dass du mich nicht mit dieser Absicht angerufen hast. Ja, Martin hat es genauso vorausgesagt. Dass Marthe aufgeschnappt hat, was los war, und uns deswegen auf die Pelle rücken wird.«

»Stell dir vor, sie wollte sich gestern Abend mit Helene ein Taxi rufen, um zur Unfallstelle hinauszufahren. Es wird immer bedenklicher, wie sie sich verhält.«

»Aber woher wusste sie, was passiert ist?«

»Social Media. Sie ist da gerade ganz groß unterwegs. Silver-Influencerin will sie werden. Auf *TikTok*. Neuerdings hält sie Helenes Bücher in die Kamera. Wegen *BookTok*.«

Anne hatte zwischenzeitlich die ausgestellten Weinflaschen in Augenschein genommen. Nun tippte sie auf das Etikett von einem Grauburgunder und hob den Daumen. Dann wandte sie sich Daniela zu. »Mein Gott. Helene füttert sie ja regelrecht mit diesem Unsinn. Ich verstehe gar nicht, was die beiden so aneinanderkettet. Das heißt, bei Marthe ist es ja noch nachvollziehbar. Was sagt denn Ruth dazu?«

»Keine Ahnung.« Daniela zuckte mit der Schulter. »Du hast mehr Kontakt zu ihr. Frag sie mal. Helene scheint ebenfalls eine einsame Seele zu sein, die die Zeit bei uns sichtbar genießt. Selbst die seltsam anmutenden Umstände mit dem Feldbett in Marthes Wohnung schrecken sie nicht ab. Ein Ende ihres Aufenthaltes ist nicht in Sicht. Zumindest erwähnt oder thematisiert sie es nicht.«

Anne bedankte sich mit einem Lächeln für den Wein. Sie zog Daniela am Ärmel in eine Ecke des kleinen Feinkostladens. »Lass uns noch ein paar Minuten in Ruhe reden. Warum fragst du Helene nicht?«

»Es soll nicht so aussehen, als würden wir uns an ihrem Besuch stören. Zumal sie jetzt offiziell Gast bei Marthe ist.«

»Du hast doch trotzdem die Arbeit. Das Essen, die Wäsche, die Animation.«

Daniela blies sich eine Haarsträhne aus dem Gesicht. »Vor allem Letzteres. Andererseits nehmen mir die zwei auch eine Menge ab. Marthe müsste ich so oder so bespaßen, es ist teilweise eine Entlastung, wenn die beiden die Köpfe zusammenstecken. Solang kein Blödsinn dabei herauskommt.«

»Oder ein übergriffiges Verhalten. Neugierde ist menschlich, doch sobald es Gafferqualität bekommt, geht es deutlich zu weit. Ich bin so froh, dass Martin nicht mitgekommen ist. Ich werde Marthe und Helene Paroli bieten. Von mir erfahren die beiden kein Wort. Schon allein, weil ich selbst nicht daran zurückdenken will. Hätte ich mich nur nicht mit Martin gestritten.«

»Deswegen ist er nicht dabei?«

»Ja. Wegen all dem. Er hat vorausgesagt, dass Marthe ihn löchern wird und dass es der Hauptgrund für eure Einladung ist. Außerdem hatte er andere Pläne. Feierabend zu zweit statt Nachtbummel unter Touristenströmen.«

»Mit Marthe hatte er einen Volltreffer. Bitte erkläre ihm, dass ich schuldlos bin.«

Anne nickte abwesend. »Ich hatte gehofft, dass uns der Trubel ablenkt. Nun bin ich mir nicht sicher. Ärgere mich über Marthe und vermisse Martin. Auf der anderen Seite brauche ich dringend Ablenkung. Und Wein. Um die Bilder zu vergessen.«

»Ich habe gehört, das Kind ist außer Lebensgefahr.«

Anne zog die Augen zusammen und antwortete nicht.

»Oh, entschuldige.« Daniela zupfte vor Verlegenheit an ihrer Tunika. »So war das nicht gemeint. Ich will dich nicht ausfragen. Es ist nur so eine absolut schreckliche Vorstellung.«

Anne nahm einen großen Schluck Wein. Hielt ihn kurz im Mund, bevor sie mit einem lauten Glucksen herunterschluckte. »Grauenhaft. Ja, außer Lebensgefahr. Und nun lass uns unbedingt über etwas anderes reden. Wollen wir wieder vor die Tür?«

Daniela ließ ihren Blick durch den Laden schweifen. Allmählich bekam sie Hunger. Die Panini in der Theke sahen verlockend aus.

»Kommst du?« Anne drehte sich in der Tür zu ihr herum. Als sie wieder nach vorne schaute, stieß sie mit einem Mann zusammen.

Daniela sah, wie das Glas kippte, der Wein auf den Boden lief, ohne dass Anne gegensteuerte, und wie sie im Rückwärtsgang zurück in das Ladenlokal kam.

»Hast du dir wehgetan?« Sie war mit einem Schritt an ihrer Seite. Und blickte in ein kreidebleiches Gesicht. Sie nahm ihr das Glas ab und drückte es dem nächststehenden Menschen in die Hand. Dann fasste sie an Annes Ellenbogen. »Was ist los, was ist passiert? Nun sag doch etwas. Du siehst ja aus, als sähst du Gespenster.«

20

Wie dämlich er doch war. Martin stellte den Herd aus und schob sich das Spiegelei auf den Teller. Der Magen drehte sich ihm um. Er konnte noch nicht mal sagen, ob vor Hunger oder Widerwillen.

Seit Anne das Haus verlassen hatte, versuchte er, seine Wut

runter zu regulieren. Den entspannten Feierabend konnte er vergessen. Alle Versuche, in die Zeitung zu schauen, ein Buch in die Hand zu nehmen, wechselweise Fernseher, Radio und Playlist anzustellen, schlugen fehl. Nach Minuten war er jeder Ablenkung überdrüssig, es klang fad und falsch und erinnerte ihn nur an das, was er stattdessen haben könnte.

Wie ein Köder vor der Nase blitzten Bilder in ihm auf, wie Anne lachend die Leckereien der verschiedenen Geschäfte probierte, sich einen guten Wein gönnte, in Gespräche und Gelächter vertieft war. Er wünschte, er könnte so sein wie sie. Sich strategisch von Grübeleien abschirmen, um mit den Belastungen umzugehen, die ihre Berufe mit sich brachten. Nicht alles an sich heranlassen. Sich nicht immer angegriffen fühlen. Die Schuld nicht bei sich suchen. Zulassen, dass Dinge nun mal passierten. Dass es keine allumfassende Kontrolle für das Leben gab.

Wie hatte er sich vorgenommen, aus der Dauergrübelschleife auszusteigen. Die Therapieerfolge in den Alltag zu retten. Aber er kam nicht über seine Flitterwochenromantik hinaus. Schwarz oder weiß. Er belog sich doch von vorn bis hinten selbst.

Wütend öffnete er den Küchenschrank und pfefferte das Spiegelei mitsamt der Scheibe Brot in den Abfalleimer.

Ja, Depressionen waren nicht auf Knopfdruck abzustellen. Aber er war mittlerweile stabil genug, um die gelernten Verhaltensweisen umzusetzen. Und anscheinend gehörte dazu an einem Abend wie dem heutigen nicht der Rückzug in die heimische Burg. Denn die Zugbrücke bot zwar Schutz vor anderen Menschen, aber nicht vor nagenden, selbstzerstörerischen Gedanken.

Er nahm seine Sweatjacke vom Haken. Ging noch mal in die Küche, um zu kontrollieren, ob er den Herd ausgestellt hatte. Schloss die Haustür ab und den Fahrradschuppen auf.

Die Bewegung tat ihm gut. Er trat so fest in die Pedale, dass die Gänge beim Umschalten krachten. Es war egal. Hauptsache, der Kopf wurde frei, wenn der Wind die Gedanken mitnahm. Es funktionierte.

Und plötzlich war alles einfach. In seine Nase stieg der Geruch einer Bratwurst, die er in eine der besonderen Senfsoßen stoßen konnte, die es an den Ständen zu probieren gäbe. Dazu ein *Norderneyer Bier*. Möglicherweise sogar einen Whiskey mit Marthe Dirkens. Unbedingt eine Tüte Sanddornbonbons, die er sich schon lange nicht mehr gegönnt hatte. Er könnte eine neue Hose oder Schuhe anprobieren. Sich ebenfalls äußerlich neu erfinden. Heraus aus seinem langweiligen Alltagslook, der vor allem eines war: unauffällig. Auch einen besseren Drachen könnte er gebrauchen, den letzten hatte es im Herbst am Nordstrand zerrissen, und er ließ sich seitdem kaum noch lenken. Im Buchladen würde er das Glücksrad drehen und einen Roman kaufen, der in Italien spielte. Was sprach dagegen, sich wegzuträumen? Andere machten es umgekehrt und stillten mit Büchern ihre Insel-Sehnsucht. Realitätsflucht tat halt jedem gut.

Er hielt kurz oben auf dem Deich. Sah zu der Signalbeleuchtung des Offshore-Windparks, von dem gerade ein Katamaran zurückkehrte und das Wasser aufwühlte. Das Ungetüm, das sich am Horizont entlangschob, war ein Kreuzfahrt- oder ein Containerschiff. Von hier aus unmöglich zu unterschieden. Links sah er die Lichter von Juist und noch weiter hinten das niederländische Festland mit seinen Windrädern. Still grüßte er das Meer, das in der tief stehenden Sonne magisch wirkte. Er musste sich nur wieder mehr darauf besinnen. Um die Kluft zwischen Traum und Alltag zu verringern. Es hatte viele gute Gründe gegeben, nach Norderney zu kommen. Er brauchte sie nur wiederzufinden.

Ausgraben, dachte er. Weil sie verschüttet waren.

Und im gleichen Moment stieß er den lautesten Fluch aus, den er jemals hervorgebracht hatte. Wie ein Tier. Wie ein Urschrei. Wie eine Befreiung.

Er drehte sein Rad. Und fuhr geradewegs dahin, wo ihm der einzig richtige Platz für ihn zu sein schien.

21

»Der Vater.«

»Welcher Vater?« Daniela nahm Anne das Weinglas ab und stellte es zurück auf die Theke. Mit einem Finger signalisierte sie, es neu zu befüllen, und lächelte entschuldigend. Wortlose Bestellungen hasste sie als Gastgeberin wie die Pest, weil sie sich dann wie billiges Personal vorkam. Doch jetzt verstand sie, dass es Situationen gab, in denen es nicht anders ging.

»Von dem Mädchen«, hauchte Anne so leise, wie es gar nicht ihre Art war.

Daniela brauchte eine Sekunde, um einen Zusammenhang herzustellen. Ungläubig hörte sie nach: »Du meinst, das verschüttete Kind?«

Anne nickte. Sie starrte auf den Eingang, als wartete der Teufel persönlich auf sie.

Der Mann, mit dem sie kollidiert war, schien verschwunden. »Bist du dir sicher?« Daniela stellte sich auf Zehenspitzen und schaute aus den Sprossenfenstern. Dort stand Frank mit Helene und Marthe und sah sich suchend um. Er wunderte sich sicherlich, wo sie blieb.

Sie nahm das neu gefüllte Weinglas entgegen, legte einen Zehner auf den Tresen und bedankte sich besonders freundlich, drückte es Anne in die Hand. »Lass uns zu den anderen gehen. Ich glaube, die Luft ist rein. Bist du dir denn sicher?«

»Ich habe die ganze Nacht immer wieder die gleichen Szenen gesehen. Das Kind. Den Hund. Vater und Mutter. Ihre Sorglosigkeit. Gepaart mit Ignoranz. Wenn sie auf uns gehört hätten, wäre dem Mädchen dieser schreckliche Unfall erspart geblieben.«

»Willst du reden?« Daniela wollte nicht neugierig wirken, aber so aufgewühlt, wie Anne wirkte, konnte sie nicht darüber hinweggehen.

»Weiß nicht. Was macht der Typ hier? Sein Kind ist auf dem Festland in einer Klinik. Und er genießt hier den Nachtbummel?«

Daniela fühlte sich überfordert. Die Bruchstücke, die sie erfuhr, reichten nicht, um eine sinnvolle Antwort geben zu können. »Komm, lass uns zu den anderen gehen.« Sie hörte, wie hohl das klang. Aber immerhin setzte Anne sich in Bewegung, wobei ihr Gang merkwürdig steif und staksig wirkte.

Daniela drehte sich zur Theke. »Danke«, sagte sie überlaut und ließ den Blick noch einmal über die Panini gleiten. Etwas zu essen wäre jetzt perfekt, aber es schien gerade der absolut falsche Zeitpunkt zu sein, es anzusprechen. Sie seufzte. Warum konnte sie den Abend nicht mit Frank allein verbringen? Warum hatte sie sich von Marthe Dirkens in etwas hineinquatschen lassen, was jetzt nur zu Frust und Bedrückung führte? Mir ihr konnten es ja alle machen.

Seufzend schob sie sich durch eine Gruppe von Menschen, die sich genau vor dem Eingang positioniert hatten. Aber während Anne noch eben durchgeschlüpft war, blieb sie mitten in der Menge hängen. Niemand schien sie zu bemerken und ihr Platz machen zu wollen.

»Natürlich war es wichtig, das Kind zu retten. Aber hat ein Hund nicht das gleiche Recht?«, drang es aufgebracht an ihr Ohr.

»Ich habe die ganze Nacht geweint und an das leblose Tier gedacht.« Die Frauenstimme war jetzt dem Schluchzen nah. »Da muss man doch etwas machen. Dafür sollte jemand verantwortlich gemacht werden.«

Daniela versuchte, sich seitlich einen Ausgang aus der Gruppe zu verschaffen. Obwohl sie das absolute Gegenteil von klein und zierlich war, nahm keiner sie zur Kenntnis. Die Diskussion lief unvermindert über sie hinweg. Als wäre sie unsichtbar. Die schrille Aufgeregtheit schmerzte in ihrem Ohr. Zumal sie nicht fassen konnte, mit welcher Selbstverständlichkeit falsche Behauptungen aufgestellt wurden. Es reichte ihr. Sie holte tief Luft. »Vielleicht sollten zuallererst mal diejenigen zur Verantwortung gezogen werden, die sich auf der Insel über unsere Regeln und Bestimmungen hinwegsetzen. Übrigens gehört dazu, nicht vollkommen ignorant in Eingängen herumzustehen. Der Mittelpunkt der Welt zu sein, um den sich alles dreht, können Sie gerne zu Hause ausleben, aber nicht hier auf unserer Insel. Und jetzt lassen Sie mich gefälligst durch.«

Sekundenlang trat Totenstille ein. Als hätte sie auf einen versteckten Mechanismus gedrückt, öffnete sich die Wand aus Menschen. Sie schlüpfte hindurch. Nahm wahr, wie sich die Reihe hinter ihr wieder schloss. Das gedämpfte Gemurmel, das mit jedem Wort erneut anschwoll.

»Unverschämt«, war das Harmloseste. Nur weg, außer

Hörweite. Für eine arrogante Insulanerin gehalten zu werden, war nicht das Schlechteste. Den Rest konnte sie sich denken.

Endlich hatte sie sich zu den anderen zurückgekämpft. Puh, wenn es hier so voll war, wie sah es dann erst in der Friedrichstraße aus? Wieder dachte sie an die Panini. Sie musste etwas essen, schon ihrer Laune zuliebe.

Anne stand mit heruntergezogenen Mundwinkeln und verschränkten Armen zwei Meter neben Helene, Marthe und Frank. Das Weinglas wies erneut eine ziemliche Schräglage auf, aber es war fast leer. Sie musste in großen Schlucken getrunken haben.

»Sollen wir uns erst einmal eine Grundlage verschaffen?«, fragte sie und deutete auf das Glas. »Mein Magen knurrt gewaltig.«

Anne sah sie an, als käme sie aus einer anderen Dimension. Sie schüttelte kaum merklich den Kopf und schaute nachdenklich ihr Weinglas an.

»Vielleicht wollte der Mann, also der Vater, sich nur etwas zu essen besorgen«, versuchte Daniela an das, was Anne geäußert hatte, anzuknüpfen. »Sodass der Nachtbummel jetzt nur Zufall war.«

»Das glaubst du doch selbst nicht«, erwiderte Anne, und es klang so abfällig, als hätte Daniela einen Fehler gemacht. »Ich habe sein Gesicht gesehen. Erzähl mir nichts. Dieses herzlose Schwein. Wenn das mein Kind wäre …« Sie brach ab.

Daniela schluckte. So emotional kannte sie Anne nicht. Ob ihre Worte einen tieferen Sinn hatten? Ob sie etwa …? Verstohlen ließ sie ihren Blick über den Bauch gleiten.

Anne verstand sofort. »Das ist nicht dein Ernst, Daniela. Bist du nicht selbst genervt von pausenlosen Fragen nach einer Schwangerschaft? Seit eurer Hochzeit? Findest du das nicht total übergriffig? Und jetzt machst du genau das Gleiche. Weißt du was? Mir reicht es für heute. Vielleicht bin ich ungerecht. Vielleicht doch angefressen von dem Drama um das Mädchen und den Hund. Und wahrscheinlich sitzt mir der unnötige Streit mit Martin im Nacken. Ich gehe nach Hause. Wo ich direkt hätte bleiben sollen. Entschuldige mich bei den anderen, ich schaffe es nicht, mich zu verabschieden.« Holte noch einmal tief Luft. »Und ein für alle Mal. Eins bin ich gewiss nicht: schwanger.«

22

»Wer ist schwanger?« Martin schlang seine Arme von hinten um Annes Taille. »Habe ich etwas verpasst, Daniela?«

»Bist du verrückt? Mich so zu erschrecken. Und dann noch so einen unmöglichen Spruch abzudrücken. Genau darum ging es gerade.«

Martin ließ die Hände sinken. »Oh. Sorry. Ich wollte keinem zu nahe treten.«

Daniela schlug die Augen nieder und schwieg, Anne sah ihn herausfordernd an.

»Dabei war ich in friedlicher Absicht gekommen.« Er versuchte ein zaghaftes Lächeln. »Wollte mich entschuldigen. Wegen des unnötigen Streits. Du hast absolut recht, zu Hause hocken hilft überhaupt gar nicht. Ablenkung ist der richtige Weg. Verzeihst du mir?«

Anne lachte trocken auf. »Ach Martin.«

»Was soll das heißen? Was ist denn diesmal falsch?«

»Nichts. Das ist ja das Schlimme.«

»Nimm es mir nicht übel. Ich verstehe kein Wort.«

Im selben Augenblick entdeckte ihn Marthe Dirkens. Ihre Begrüßung hätte nicht für mehr Aufsehen sorgen können. Mit einer sich überschlagenden Stimme in höchster Tonlage drückte sie ihr Entzücken über sein Erscheinen aus. Martin gab sich größte Mühe, dass sein Gesicht nicht verrutschte. Er würde das durchstehen. Um Annes willen. Und weil es eine Möglichkeit geben musste, Marthe in die Schranken zu weisen, ohne den Rückzug anzutreten.

»Martin kommt wie gerufen«, tönte die alte Dame mit unverminderter Lautstärke. Für ihn war unklar, wen sie überhaupt ansprach. Fast kam es ihm vor, als wollte sie die einzelnen vor dem Ladenlokal stehenden Grüppchen herbeilocken, damit er zu ihnen sprechen konnte.

Dies schien selbst Helene, die in kurzer Zeit aus unerfindlichen Gründen zu Marthes Seelenfreundin geworden war, zu übergriffig. »Jetzt lass ihn doch erst einmal ankommen.« Sie wandte sich an ihn: »Was willst du trinken, ich wollte sowieso Nachschub für alle holen.«

Bevor er sich entscheiden konnte, legte Anne ihre Hand in seine. »Danke, Helene, aber wir gehen. Ich hatte ja schon angekündigt, nicht lange bleiben zu wollen.«

»Warum? Jetzt bin ich doch hier.«

»Nicht noch ein Getränk, ich brauche erst eine ordentliche Grundlage«, rief Daniela in die Runde.

»Ich wäre ebenfalls dafür, etwas zu essen«, tönte Marthe.

»Einverstanden. Ich hätte liebend gerne eine Bratwurst. Am besten mit Honigsenf«, erwiderte Martin. Wenn es so einfach war, zusammen einen friedlichen Abend zu verbringen, hatte er nichts dagegen.

»Ich wusste, dass wir uns verstehen.« Marthe schaute ihn strahlend an. Dann schob sie die Lippen nach vorn und flüsterte verschwörerisch: »Dabei kannst du uns im Detail alles von gestern Abend erzählen.«

Anne zog an seinem Arm. »Lass uns gehen«, wisperte sie, als Marthe sich schon wieder weggedreht hatte, um mit einem Händeklatschen Helene und Daniela zum Aufbruch zu bewegen. »Sofort.«

»Du wolltest doch so gern …« Er brach ab. »Ich sehe längst ein, dass es uns guttut, nicht allein mit unseren Gedanken zu Hause zu hocken. Ernsthaft. Nicht nur, um dir einen Gefallen zu tun.«

»Richtig. Genau den tust du mir nicht. Ganz im Gegenteil.«

»Anne! Unser Streit. Ich habe darüber nachgedacht. Das ist nicht bloß so ein Harmonieding, dass ich nachgekommen bin.«

»Du verstehst mich nicht. Ich möchte gehen.«

»Fertig zum Aufbruch?« Marthe stand schon wieder vor ihnen. »Dann hopp, hopp, meine Liebe, und hinunter mit dem Wein.«

Er sah ihren fast flehenden Blick. Irgendetwas musste sich in der letzten Stunde grundlegend geändert haben. Anne war wie ausgewechselt. Weit entfernt von der Frau, die Abwechslung auf dem Nachtbummel suchen wollte.

Er drehte sich zu Marthe. Versuchte, die freundlichste und wärmste Miene aufzusetzen, die ihm möglich war. »Wein will genossen sein. Wer wüsste das besser als Sie, Frau Dirkens. Mit Ihrer besonderen Teezeremonie ist es doch nicht anders. Wissen Sie was? Ich helfe Anne, in Ruhe das Glas zu leeren, und Sie gehen schon einmal vor in die Friedrichstraße und sichern uns die leckerste Wurst auf dem Grill. Einverstanden?«

Marthe wäre nicht Marthe, wenn sie sich so schnell abfertigen ließe. Misstrauisch schaute sie zwischen Martin und Anne hin und her. Er drückte die Hand seiner Frau, bemerkte, dass sie sich ein Lächeln abquälte. Er nahm ihr das Weißweinglas ab und trank einen Schluck, wobei er Marthe fest in die Augen sah.

»Einverstanden«, presste sie hervor. »Aber lasst uns nicht zu lange warten, das ist alten Frauen gegenüber mehr als unhöflich.«

»Wie könnte ich das vergessen?«, sagte Martin. Ohne dass seine Stimme ihn verriet.

»Danke.« Anne ließ sich gegen ihn fallen, als sie allein waren. »Vorläufig gerettet. Auch wenn ich nicht weiß, wie wir aus der Nummer herauskommen sollen. Es tut mir so leid. Du hattest mit jedem Wort recht. Das Treffen war Berechnung pur. Aber das ist nicht das Schlimmste.«

23

»Wo bleibt denn Martin? Wir hätten nicht so unhöflich sein sollen. Einfach zu gehen, weil du Hunger hattest.« Marthe Dirkens stand auf den Zehenspitzen, um sich in der rappelvollen Straße einen Überblick zu verschaffen. »Herrjemine, ist das ein Getümmel hier. Wo all die Leute bloß herkommen. Als gäbe es etwas umsonst.«

Daniela, die gerade in die Wurst beißen wollte, verschluckte sich. »Was gibt das? Figur-Bashing?«, stieß sie hustend hervor, während Frank ihr auf den Rücken klopfte. »Übrigens muss man sich die Preise erst mal leisten können. Vom Nulltarif sind wir auf Norderney weit entfernt. Zumindest aus meiner Friseurinnenperspektive.«

»Du bekommst im Moment scheinbar alles in den falschen Hals, Kind. Nie im Leben käme ich auf die Idee, dir Vorhaltungen wegen des Essens zu machen. Umgekehrt wird da ein Schuh draus. Wie sagst du so neumodisch? Bashing. Das ist doch das Einzige, was dir zu meiner Teezeremonie einfällt. Mit den Preisen magst du recht haben. Preiswert war die Insel jedoch noch nie.« Wieder stellte sich Marthe auf die Zehen.

Daniela suchte nach einer passenden Antwort, aber Frank schüttelte den Kopf. Seine Strategie war schon lange, Frau Dirkens einfach reden zu lassen. Jeder Einwand führte zu einer Gegenrede, und es ging solange im Ping-Pong-Stil hin und her, bis eine Seite erschöpft aufgab. Marthe war das in den seltensten Fällen. Und wenn doch, bedeutete es keineswegs, dass es zu einer anhaltenden Einsicht führte.

»Wollen wir die beiden anrufen? So lange kann es wohl kaum dauern, ein Glas Wein auszutrinken?« Marthe ließ nicht locker.

»Sie sind erwachsen«, warf Frank trocken ein.

»Ja, ja, und können auf sich selbst aufpassen«, setzte die alte Dame hörbar genervt den Satz fort. »Wobei ich mir da bei ihm nicht immer sicher bin.«

Daniela drehte sich weg. Wer sollte Marthe sagen, dass es genau das war, was Martin von ihr fernhielt? Da konnte sie Honig um seinen Mund schmieren, wie sie wollte, wenn er vor ihr stand. Er war nicht naiv. Zwischen den Zeilen konnte jeder deutlich heraushören, was Marthe wirklich von ihm hielt. Trotzdem zog sie jetzt das Handy aus der Hosentasche, während sie aufpasste, dass ihr die Wurst in der anderen Hand in dem Gedränge nicht herunterfiel. Dass die beiden nicht wie angekündigt hinterherkamen, war schon seltsam. Und richtig, Anne hatte eine Nachricht geschickt: »Wartet nicht auf uns.«

Sie steckte das Telefon wieder weg. Keineswegs würde sie auch nur ein Wort darüber verlieren. Marthe käme noch auf die Idee, sich auf die Suche nach Martin zu machen. Sie würde früh genug merken, dass die beiden sich abgesetzt hatten. Daniela wandte sich von der warmen Grillstation auf der Straße ab und betrat den Laden. Während sie noch die letzten Zipfel der Wurst abbiss, schaute sie sich die Auslage an. Eine Köstlichkeit an der anderen. Verpackt in ostfriesisch-nordischer Manier und Namensgebung, die die Kauflust der Touristen befeuerte. Wer konnte schon an Delikatessen und Spirituosen vorbeigehen, wenn sie *Meerbrise*, *Seemannssalz* und *Inseldeern* hießen?

»Wo ist denn Helene hin?« Frank hatte sich neben sie geschoben und nahm einen Wein aus dem Regal. »Alkoholfrei. Ob das etwas ist, was Touristen wollen?«

»Kann ich mir schon vorstellen«, antwortete Daniela kauend. »Klappt bei Bier seit Jahren, und ich habe mir sagen lassen, dass Aperol in der umdrehungsfreien Variante immer besser läuft. Der Trend zum gesünderen Leben hält an. Fehlt eigentlich nur, dass jemand einen Whiskey ohne Promille kreiert. Den würde ich Marthe sofort unterjubeln.«

Frank lachte. »Als wenn du sie damit über das Ohr hauen könntest. Gewieft wie sie ist, das muss man ihr lassen. Aber wo ist denn nun Helene hin?«

Daniela zuckte die Achseln. »Hat Hummeln im Hintern.

Sie wollte überall mal in die Läden schauen. Sie kommt gleich wieder.«

»Wenn wir Glück haben, ist auch sie auf der Flucht vor Marthe. Weil sie langsam merkt, wie die sie vor den Karren spannt.«

»Du bist böse, Frank Prinzen.« Daniela zerknüllte ihre Serviette, nachdem sie sich Mund und Finger abgewischt hatte, und gab ihm einen Kuss.

»Nur ehrlich.« Er hob die Hand. »Sag nichts. Ja, wir haben Marthe alles zu verdanken, weil wir uns ohne das Arrangement das Leben auf Norderney nicht leisten könnten. Aber der Preis ist hoch.«

»Wenn man in die Waagschale wirft, dass das Haus komplett in unser Eigentum übergeht, nicht.« Sie griff zu einem abgepackten Geschenk-Set aus Tee, Sanddornbonbons und einer kleinen Flasche Likör. So etwas hatten schon ihre Eltern früher von der Insel mit heim genommen. Als Dankeschön für die Nachbarn, die das Haus bewacht und Post und Blumen versorgt hatten.

»Du hast recht.« Frank nahm ihr das Set aus der Hand und ging zur Kasse. »Unter diesem Gesichtspunkt ist jede Kritik an Marthe absolut verwerflich. Sie hätte das Haus verkaufen können. Mit den fast zwei Millionen, die dafür sicherlich auf den Tisch gelegt worden wären, hätte sie sich in eine erstklassige Betreuung einkaufen können.«

»Genau. Hätte. Wollte sie aber nicht. Aus Gründen. Wer sie kennt, versteht das. Sie ist ein Freigeist. Friesengeist. Zu jung geblieben, um in einer Seniorenresidenz, und sei sie noch so luxuriös, *Bingo* zu spielen. Wir sind das, worum es ihr ging.«

»Eine gekaufte Familie.«

»So ist es.«

»Mit dem Recht, uns nach Lust und Laune zu manipulieren.« Frank wog das Geschenk-Set in der Hand.

»Wie in jeder beliebigen Familie.«

»Auch wieder wahr.« Frank lachte, reichte das Päckchen der Verkäuferin und zog sein Portemonnaie aus der hinteren Hosentasche.

»Für wen ist denn das?«, fragte Daniela.

»Na, für Marthe natürlich. Vielleicht müssen wir einfach etwas nachsichtiger sein. Oft steckt eine gute Absicht hinter dem, was sie sagt und macht. Wenn sie dir im Hostel hilft. Und so.«

Daniela verschränkte die Arme. »Hat dir jemand was ins Getränk getan? Solche Worte von dir, mein Prinz? Und was heißt denn überhaupt ›und so‹? Ehrlich, manchmal wäre es mir lieber, sie spielte *Bingo*. Vor allem in Situationen, in denen sie stattdessen Verbrecher jagt oder ihr Debüt als Influencerin gibt.«

»Ach komm, sie hat Lehrgeld bezahlt. Ihre Neugierde werden wir nicht bändigen können. Aber Martin und Anne scheinen einen Weg gefunden zu haben, ihr Grenzen zu setzen. Dass sie darüber enttäuscht ist, darf sein. Jetzt machen wir es mal umgekehrt. Ich bezirze sie mit diesem kleinen Geschenk, und der Abend ist gerettet. Du wirst sehen.«

24

»Besser so?«

»Du bist verrückt, Martin. Wir hätten nach Hause gehen sollen.«

»Um da gemeinsam unseren trüben Gedanken nachzuhängen?«

»Der Fernseher wäre eine Möglichkeit gewesen. Ein alter Schinken. Oder irgendeine Comedysendung.« Sie umklammerte mit einem Arm ihre Knie und legte das Kinn darauf ab. Das Weinglas hielt sie in die untergehende Sonne.

»Sagst ausgerechnet du.« Martin lachte leise. »Lass mal, das hier ist perfekt. Das, was wir immer wollten. Weshalb wir auf der Insel leben.«

»Stimmt schon. Aber dass du gleich einen halben Hausstand kaufst, nur um mit mir am Strand zu sitzen, ist definitiv verrückt.«

Martin lüftete das bunte Strandtuch an einer Ecke. »Ach komm, das bisschen Geld für die Decke, zwölf Euro die Flasche Wein, und die Gläser bringe ich morgen zurück und bekomme das Pfandgeld wieder.«

»Plus eine Tüte Chips und den Rest als Trinkgeld.«

»Hat es sich nicht gelohnt?«

»Doch. Absolut. Ist wahrscheinlich die richtige Strategie. Einfach mal machen. Sich etwas gönnen. Treiben lassen. Vernunft ausschalten. Wird auf Dauer nur ziemlich teuer.« Sie lehnte sich an ihn, und er legte seinen Arm um ihre Schultern.

»Machen wir ja nicht jeden Tag. Und ob der Abend zusammen mit den anderen preiswerter geworden wäre?«

»Kommt drauf an, ob Marthe irgendeinen Whiskey aufgetan hätte.«

Martin fuhr ihr durch das seidenweiche kinnlange Haar. »Wovon auszugehen ist. Wo ein Wille, da ein Whiskey.«

Anne lachte. »Du bist gemein.«

»Blödsinn. Das nennt man Psychohygiene, schon vergessen? Außerdem hört sie uns ja nicht.«

»Bist du dir sicher? Es wäre nicht das erste Mal ...« Sie sah nach links und rechts.

»Wo soll sie sich denn hier am Strand verstecken? Der nächste Strandkorb, hinter dem sie hocken könnte, steht am Weststrand. Also keine Panik. Und wie so oft würde es sich beweisen: Der Lauscher an der Wand hört seine eigene Schand.«

»Ach Martin.« Anne seufzte.

»Willst du mir jetzt sagen, was los war? Irgendwas muss passiert sein, du warst plötzlich wie ausgewechselt.«

»Du doch auch«, antwortete sie und legte ihren Kopf seitwärts auf ihr Knie. Sah ihn nicht an.

»Weil ich deine Argumente nachvollziehen konnte, als ich allein war. Und mir die Decke auf den Kopf fiel. Plus der Sehnsucht, die ich hatte. Kaum dass du zur Tür hinaus warst.«

Sie drehte ihr Gesicht zu ihm. Lächelte. »So sollte das sein kurz nach der Hochzeit.«

»Hat es etwas mit dem Thema zu tun, in das ich hineingeplatzt bin?« Er räusperte sich. »Es ging um eine Schwangerschaft?«

»Um ein Missverständnis, mehr nicht.« Ihre Lippen wurden schmal.

Martin suchte nach Worten.

Anne trank einen großen Schluck Wein und deutete aufs Meer. »Gleich ist sie weg.«

Schweigend starrten sie gemeinsam auf den Glitzerstreifen, den die Sonnenstrahlen noch auf dem Wasser hinterließen. Schon jetzt färbten sich die hochstehenden Wolken in roten, orangen und violetten Tönen. Es würde eine besonders eindrucksvolle Blaue Stunde werden, sobald der gelbe Ball im Meer verschwunden war.

»Dieses Kommen und Gehen«, sagte Anne. »Die Wellen, die Sonne, die Sterne, Tag und Nacht. Werden und vergehen. Ohne etwas zu verlieren. Aufgehoben in der Ewigkeit.«

Er kannte diese Gedanken. Sie waren das, was viele Menschen empfanden, tief in sich spürten, wenn sie dem Wellenrauschen lauschten und der Weite des Meeres und des Firmaments nachspürten. Es waren die großen Fragen, die hier aufgeworfen wurden. Fragen nach dem Sinn. Der Bedeutung. Der Einordnung. Fragen, deren Antworten unmittelbar auf der Hand zu liegen schienen. Egal, woran man glaubte. Egal, was man dachte. Egal, wovor man sich fürchtete. Plötzlich war die Erkenntnis da: Nichts war vergeblich.

»Anne«, setzte er vorsichtig an.

»Ja?« Sie runzelte die Stirn.

»Wenn es um dich ging, also um uns, also in dem Gespräch zwischen Daniela und dir, also …«

»Also?«

»Ich weiß, ich bin eigentlich zu alt, wir haben ja darüber gesprochen. Aber wenn sich bei dir dazu etwas verändert hat. Ich meine, falls du es dir doch vorstellen könntest. Der Wunsch aufkommt. Ach Mist, ich bekomme keinen vernünftigen Satz formuliert. Verstehst du, was ich sagen will?«

Annes Augen schienen ihm unnatürlich weit. Zögerlich antwortete sie. »Ja. Und nein.«

»Ich möchte nur, dass du mit mir darüber redest.«

Sie nickte und zeigte mit dem Kinn nach vorne. Dorthin, wo gerade der letzte Streifen der Sonne zu sehen war. »Versprochen. Es hat sich nichts geändert. Oder vielleicht doch?«

Martin sah sie fragend an. In seinem Hals saß auf einmal ein Kloß. Er schluckte.

»Das Mädchen. Von gestern. Es geht mir nicht aus dem Kopf. Den ganzen Tag frage ich mich, was in den Eltern, der Mutter vorgehen muss. Wenn der Tod des eigenen Kindes in so greifbare Nähe rückt. Als ich mich heute Abend dir gegenüber so souverän gegeben habe, war ich weit davon entfernt. Immer wieder sah ich das Bild vor mir, wie diese Leute am Bett ihrer Tochter sitzen. Auf der Intensivstation. Ihre Hand halten. Und beten, das Schicksal anflehen. Mit ihm verhandeln. Bis die erlösende Nachricht kommt, dass das Kind überleben wird.«

»Okay.« Martin dehnte seine Antwort, wusste nicht, worauf Anne hinauswollte. Was das eine mit dem anderen zu tun hatte.

»Du verstehst nicht, was ich sagen möchte«, erkannte sie selbst. »Zweierlei. Zum einen will ich so etwas nicht erleben müssen. Um ein Kind bangen, es womöglich verlieren. Obwohl ich als Ärztin weiß, dass wir keine Kontrolle über das Leben und den Tod haben. Oder gerade deswegen.«

»Und das andere?«

»Weiß ich denn, was für eine Mutter ich würde? Was für ein Vater du wärest? Vielleicht würde uns die Elternschaft überfordern. Uns unzufrieden machen. ›Regretting Motherhood‹, schon mal gehört?«

»Glaubst du das wirklich?«

»Was weiß denn ich?« Anne trank den letzten Schluck ihres Glases und stand auf. »Trial and error ist in dem Fall eher fatal, oder? Stell dir vor, aus uns wird so ein Arschlochelternteil wie der feine Herr Anwalt.«

Martin erhob sich mühsam aus dem Sand. »Ich will den Typen beileibe nicht verteidigen. Dass er, wie du sagst, ein Arschloch ist, darüber brauchen wir nicht streiten. Das heißt nicht, dass er ein schlechter Vater ist. Nur weil er das Verbot nicht durchgesetzt hat.«

»Davon rede ich nicht.« Annes Stimme klang plötzlich scharf. »Sondern davon, dass mein Bild des sich sorgenden, bangenden Vaters von Grund auf falsch war.« Sie bückte sich nach ihren Sandalen und drehte sich auf dem Absatz um.

»Jetzt warte doch mal«, rief Martin ihr hinterher. Er sammelte die Weinflasche, Gläser und Decke sowie seine eigenen Schuhe ein und hastete hinter ihr her. Auf der Treppe, die hoch zur Promenade an der Kaiserwiese führte, holte er sie ein. Genau in dem Augenblick, als sie wie schockstarr stehenblieb.

Zwei der Strandkörbe waren geöffnet und einander zugewandt platziert worden. Drei Männer und eine Frau hatten einen Eiskübel mit einer Magnumflasche Sekt zwischen sich stehen.

Lautstark polterte einer von ihnen: »Und ich sage dir, es gibt kein Problem. Und ich werde dafür sorgen, dass es so bleibt. Lass das alles meine Angelegenheit sein.«

Anne drehte sich zu Martin. »Das meinte ich. Mach dir gern selbst ein Bild.«

Der Mann, der soeben nach der Sektflasche angelte, hielt inne. Sah auf. Zu ihnen herüber. Ließ die Flasche wieder sinken.

Fast glaubte Anne, dass er sich abwenden, vor ihr verstecken wollte. Doch dann legte er die Hände auf die Knie und drückte sich hoch. Wankte einen Moment, hielt sich fest, versetzte den Fuß. Straffte den Rücken, nahm die Schultern zurück, warf den Kopf in den Nacken. Wie eine Bulldogge. Ein Bodyguard. Ein angetriggerter Türsteher. Stand da und starrte sie an.

25

»Wieso ist der Typ noch auf der Insel?«

Anne griff nach Martins Arm und zog ihn beiseite. Einen weiteren Eklat mit jemandem, der unbelehrbar war und im Zweifelsfall wieder nur gedroht hätte, brauchten sie beide nicht.

»Und du wusstest das und sagst mir nichts davon? Das wird ja immer besser.«

»Was hätte es denn geändert? Willst du ihm den Aufenthalt verbieten?«

»Bist du auf seiner Seite? Jetzt bleib doch mal stehen. Wo gehst du überhaupt hin?«

Anne schüttelte den Kopf und hielt das Tempo bei. »Nach Hause«, rief sie über ihre Schulter. »Vor allem aus der Hör- und Sichtweite dieser feinen Gesellschaft.« Erst auf Höhe der *Milchbar* blieb sie stehen. »Was glaubst du denn? Hast du mir nicht zugehört? Genau darum ging es mir. Dieser miese Typ sitzt hier heute im Strandkorb mit einer Magnumflasche Sekt, als ob nicht gestern seine Welt eingestürzt wäre.«

»Treffend formuliert«, warf Martin ein.

»Auch wenn das Mädchen nach derzeitigem Stand durch einen Schutzengel heil davongekommen ist, kannst du dir vorstellen, dass Eltern sich so verhalten?«

»Niemals.«

»Siehst du, das ist der Punkt. Ich auch nicht. Wir gehen immer davon aus, dass Mütter und Väter alles für ihr Kind tun würden. Und dann sehen wir, dass es in der Realität vollkommen anders aussieht. Nicht nur da, wo man es vermutet oder suggeriert bekommt. Das sind nicht allein die Eltern, die uns das Reality-TV vorstellt. Sie sind in jeder Schicht, jeder Gesellschaftslage zu finden. Die einen überspielen es vielleicht. Wer hätte denn gedacht, dass dieser Typ zu so einem Verhalten fähig wäre? Jemand mit seinem Standing und Status?«

»Ich habe direkt gesagt, dass er ein Kotzbrocken ist.«

»Einverstanden. So hat er sich präsentiert. Aber da ging es um ganz was anderes.« Sie deutete auf die Tür der *Milchbar*. »Sollen wir noch?«

Martin hob die Hände mit den Gläsern und der angebrochenen Weinflasche. Die Decke rutschte unter seinen Achseln weg. Anne fing sie auf. »Du hast recht. Das sähe komisch aus. Und tatsächlich reicht es auch für heute. Morgen früh ruft der Dienst.«

»Wir könnten durch die Friedrichstraße zurückgehen«, schlug Martin vor. »Dann liefere ich die Gläser gleich heute ab.«

»Ob das eine gute Idee ist?« Anne sah auf seine Hände, als läge dort die Antwort. »Einerseits will ich nicht über die Promenade zurück, aber Marthe ein weiteres Mal in die Arme zu laufen, wäre auch der Super-GAU.«

»Okay, dann gehen wir hier unten an der Kaiserstraße lang. Wo steht dein Fahrrad?«

»Am Feinkostladen in der Knyphausenstraße.«

»Passt, meins steht an der Wache.«

Schweigend gingen sie nebeneinander. Martins Gedanken sprangen hin und her. Die Geschehnisse gestern, die Gespräche mit der Stadtverwaltung, Annes Andeutungen, Marthe Dirkens und ihre vermaledeite Neugierde, dieser unsägliche Bulldoggen-Typ. Ihm fiel es schwer, die Dinge voneinander zu trennen und zu sortieren.

Irgendwann blieb er stehen.

»Ich will nicht schon wieder anfangen«, sagte er. »Nur ein letztes Wort noch heute Abend. Damit ich es verstehe. Und nichts Falsches hineininterpretiere. Das, was du mir eben am Strand gesagt hast. Du meinst also, weil die theoretische Möglichkeit besteht, dass auch wir Arschlocheltern werden könnten, willst du keine Kinder? Nur deswegen?«

Anne verharrte in der Bewegung. Sah ihn an. Trat auf ihn zu. Ihm blieb nichts anderes übrig, als seine Arme zu öffnen. Im Augenwinkel sah er, wie die Decke erneut zu Boden fiel. Diesmal bückte sich niemand. Stattdessen schmiegte sich Anne eng an ihn, lehnte sich an seinen Brustkorb.

Eine Gruppe junger Menschen kam an ihnen vorbei. Martin sah sie über Annes Kopf hinweg an. Sie stießen sich gegenseitig an und rissen Witze. Erst leise, dann lauter. »Boomer-Sex«, sagte eine Stimme neben ihm. »Keiner darf sich dabei bewegen.«

Er bedauerte, ihnen nicht den Mittelfinger zeigen zu können. Den Gläsern sei Dank, dachte der Polizist in ihm.

»Anne?«, sagte er, als sie weitergezogen waren. »Magst du was sagen?«

Sie drehte den Kopf nach vorne. Stupste ihn mit ihrer Nase an. Hob dann das Gesicht zu ihm. »Wenn es doch nur mal so einfach wäre.«

26

Er hatte keine Ahnung, was die beiden Pappnasen eigentlich von ihm wollten. Es war tief in der Nacht, er wollte am Strand liegen und in den Sternenhimmel sehen. Und nicht so eine Shize hören. Er hatte das denen doch schon eine Million Mal erklärt, dass ihn weder das eine Thema noch das andere interessierte. Weil eines nicht wahr war und das andere, das andere, ach verfickte Scheiße, wer wollte denn davon noch etwas wissen. Geheimnisse, immer Geheimnisse. Und wieso redeten die überhaupt darüber, wo doch Mutter jedem den Mund mit Seife auswaschen würde. Wieso wussten fremde Menschen, was damals – er verlor den Faden, worum ging es noch mal? Blonde Haare wehten plötzlich vor ihm und nahmen ihm die Sicht und er versuchte, sie wegzuwischen. Funktionierte nicht, die saßen auf seinen verfickten Augen. Diese Schlampe musste es sein. Er lachte. War ihm doch egal, ihm doch egal. Das Zeug war gut. Nur der Sand so unbequem, er rutschte, sank ein. Konnten sie nicht einfach …? Wie gut, dass Holland so nah war und das Fentanyl jetzt über das Wasser kam. Bis die Bullen merkten, dass sie mit ihren Hunden am Hafen, was noch mal, wie war das, egal, jedenfalls so ein geiles, geiles Zeug.

Er krallte seine Zehen in den Sand. Irgendwo hatte er seine Schuhe verloren. Nicht schlimm, der Sand war heute sein Freund. Die Nacht sowieso.

Irgendwas flog durch die Luft. Keine Haare. Fester. Bumm, bumm, bumm. *Tut gar nicht weh. Huuuiiii, nur Engel fliegen schöner, Engelchen flieg, Marlin flieg hoch. Mit den Armen sieht es aus, als hättest du Flügel. Und jetzt schön den Mund auf, noch etwas weiter. Gegessen wird, was auf den Tisch kommt. Ja, deck mich zu, ganz fest zu. So warm, so eng, so leicht, so weich. Morgen früh, wenn Gott will …*

27

Daniela hörte die Stufe quietschen, obwohl sich anscheinend jemand Mühe gab, so leise wie möglich die Treppen herunterzuschleichen. Sie sah auf die Uhr am Küchenherd. Außer Frank, der morgens mit der ersten Fähre die Insel verließ, um seiner Arbeit als Informationstechniker auf dem Festland nachzugehen, und ihr selbst, die das Frühstück für die Gäste vorbereitete, war selten einer auf. Der eine oder andere Inselbesucher stellte sich schon einmal den Wecker für einen Sonnenaufgang. Vereinzelt kam auch jemand, um eine Tageswanderung von hier bis zum Wrack und zurück zu machen. Den allermeisten Touristen war die Strecke vom Ostheller aus schon zu weit, vor allem, weil viele Gäste den relaxten Cocktail am Strand zu chilliger Musik den Anstrengungen eines mehrstündigen Fußmarsches vorzogen. Natürlich gab es auch diejenigen, die ausdrücklich wegen der Natur auf die Insel kamen. Und die Leichtsinnigen, die ohne Getränke, mit falschem Schuhwerk und mit Kinderwagen versuchten, durch die Salzwiesen zum äußersten Punkt von Norderney zu gelangen. Dort, wo man gefühlt mit hochgezogenen Hosenbeinen nach Baltrum spazieren konnte. Oder zumindest Kirschkerne rüberspucken könnte. Wenn man denn welche dabei hatte.

Ganz Schlaue versuchten es verbotenerweise mit Mountainbikes, scheiterten aber an dem unwegsamen, oft feuchten Gelände oder an aufmerksamen und zu Recht aufgebrachten Fußgängern. Und auch manch Geocacher, der sich nachts auf den Weg machte, musste schließlich einen Hilferuf absetzen.

Die Leute wussten oft überhaupt nicht, wie schnell sie sich in Gefahr brachten. Was konnte einem schon auf einer ostfriesischen Insel im Wattenmeer passieren? Hier war man weder im Dschungel noch in der Wüste oder dem berüchtigten Bermuda-Dreieck. Sie grinste. Dabei gab es Letzteres auch bei ihnen. Die Partyzone, dort wo die Poststraße und die Strandstraße am Kurplatz zusammenliefen, wurde so genannt.

Mit Schwung öffnete sie die Küchentür. »Helene?«, fragte sie erstaunt. Denn wenn es kein früh aufstehender Gast war, lag die Vermutung nahe, dass Marthe ihre Schlaflosigkeit mal wieder mit ungewöhnlichen Exkursionen startete. Helene gehörte dagegen eher zu den Eulen. Sie fand abends nicht ins Bett und kam morgens in letzter Minute zum Frühstück. Ab und zu brachte Daniela nur einen Kaffee nach oben ins Dachgeschoss, damit Helene wenigstens bis zum Mittag aus den Federn kam. »Glaubt mir, so schlimm ist es zu Hause nicht. Da habe ich oft schon ein Kapitel am späten Vormittag geschrieben. Manchmal jedenfalls«, fügte sie dann mit verlegenem Augenaufschlag hinzu. Am Anfang hatten es alle auf die Klimaveränderung geschoben. Mittlerweile ahnte Daniela, dass es Marthes unsteter Rhythmus war, der sich auf Helene auswirkte. Trotzdem schien es nicht so, als ob sie in nächster

Zeit etwas daran ändern wollte. Was wohl Ruth dazu sagte? Helenes engste Freundin, gleichzeitig seit Ewigkeiten mit Martin Ziegler dienstlich und privat verbunden, ohne dass sie jemals ein Paar waren. Die mittlerweile, was sie wirklich freute, seit einiger Zeit mit Oskar liiert war, Danielas Cousin.

»Hörst du mir überhaupt zu?« Helene hatte eine Hand an die Haustürklinke gelegt.

»Ehrlich gesagt, nein.« Sie lachte. »Zu viele Gedanken im Kopf.«

»Ist nicht so wichtig.« Helene senkte die Stimme und murmelte etwas nur halb Verständliches.

»Überbringerin schlechter Nachrichten?«, wiederholte Daniela die Wortfetzen, die sie aufgeschnappt hatte.

»Ach lass mal. Du kennst doch Marthe.«

»Genau deswegen. Raus mit der Sprache. Was ist jetzt schon wieder?«

»Na ja, ich soll halt Brötchen holen. Sie will nichts mehr von euch. Du weißt doch, wie das ist. Man gibt besser ein paar Tage nach, bis es sich einrenkt.«

»Aber warum? Was haben wir denn getan?«

»Eierlikör!«

»Was?«

»Sie verzeiht Frank den Eierlikör nicht. Ein Alte-Damen-Getränk. Für sie, die Whiskeytrinkerin.«

»Herrje. Und dabei hat er es gut gemeint.«

»Kann sie nicht so sehen. Und sie glaubt, dass es ein Komplott gegen sie war, dass Martin und Anne verschwunden sind. Dem will sie heute nachspüren. Um herauszufinden, was denn da am Strand wirklich passiert ist. Und warum ihr keiner etwas davon erzählt.«

Daniela starrte Helene an. »Unfassbar«, stieß sie schließlich hervor. »Einfach unfassbar. Und du machst da mit?«

28

Er sah schon beim Näherkommen, dass es Ärger geben würde. Thorben faltete die Flexleine und legte die Hände auf den Rücken. Er schlug den Weg Richtung Dünenaufgang ein, wohin auch Ginny lief, nachdem sie auf das Ehepaar zugestürmt war. Sie hatten die Hosenbeine hochgekrempelt und wateten mit ihren knorrigen Füßen in der weißen Gischt, die das Meer ans Land spuckte.

Mal abgesehen davon, dass er keinen Bock auf Vorhaltungen hatte, ersparte er sich liebend gern den Blick auf schlecht geschnittene, bräunlich verfärbte Zehennägel, geschwollene Fußfesseln und krampfaderndurchzogene Beine. Dass er auch einmal alt werden würde, wie seine Mutter ihm regelmäßig vorhielt, interessierte ihn nicht. Er umgab sich mit gesunden, trainierten Körpern und tat alles dafür, dem Verfall vorzubeugen.

Er versuchte, das wilde Winken des alten Ehepaares zu ignorieren. Okay, der Typ war kurz gewankt, als Ginny an ihm hochsprang. Aber das kam davon, wenn man nichts für sich tat. Dann schwächelten eben die Standfestigkeit und der Gleichgewichtssinn. Vor allem an der Wasserkante mit ihren angespülten, scharfkantigen Muscheln.

Natürlich wusste er, dass er Ginny nicht frei laufen lassen durfte. Aber hey, er war Norderneyer und kein blöder Tourist, und da sollte man manches nicht so eng sehen. Für die Einwohner galten nun mal andere Regeln. Meistens jedenfalls. Die besten Tussen gab es nun mal an den Hotspots des Aperols und Sonnenuntergangs. Wer wüsste das besser als er, der sein Geld in der Gastronomie verdiente. Es gab selten genug

Gelegenheit, neben der Arbeit und dem Sport noch zum Aufreißen unterwegs zu sein. Da setzte er sich sicher nicht unter die Insulaner und hörte sich deren Gejammere an, dass alles den Bach runterging, schlechter, teurer, unverschämter wurde. Wobei er das Letzte ja nur bestätigen konnte. Auch wenn sein Chef ihm immer wieder vorhielt, dass es an ihm läge. Dass er freundlicher sein müsste. Der hatte doch den Schuss nicht gehört. Zählte nur das Geld, und die Dollarzeichen blinkten mittlerweile meilenweit. Er dagegen war jeden Tag an der Front der doofen Sprüche und musste sich wie Dienstpersonal behandeln lassen. Für das mickrige Trinkgeld verbog er sich nicht, die Einnahmen interessierten ihn mit seinem Festgehalt nicht. Der Chef konnte ihn ja am Umsatz beteiligen, dann sähe es schon anders aus. Stattdessen wurde er mit Belehrungen abgespeist.

Warum sollte er nur einen Finger mehr krümmen als unbedingt nötig? Scheiß drauf. Der Personalmangel auf der Insel hatte die Karten neu gemischt. Ihn konnte niemand entlassen. Er bestimmte, für wen und wann er arbeitete. Und jeder Boss auf Norderney wusste das. Wenn einer ging, gab es keinen Ersatz. Was noch mehr reduzierte Öffnungszeiten, verkleinerte Speisekarten und unzufriedenes Restpersonal bedeutete.

Er hörte die Leutchen in seinem Rücken schreien und toben. Sollten sie doch. Als wenn sie ihm hinterherkämen. Lächerlich. Ginny allerdings musste er jetzt am Dünenaufgang einfangen. Sie brachte es fertig, wie der Blitz Richtung Nordhelmsiedlung abzuhauen. Um das Damwild, das sich um diese Uhrzeit oft noch auf den Straßen der Innenstadt und der Siedlung herumtrieb, zu jagen. Und dann würde es nicht nur den zu ignorierenden Ärger mit den Touris geben, sondern, wenn er Pech hatte, mit ein paar von den einflussreicheren Norderneyern, dem Ordnungsamt oder, im allerschlimmsten Fall, mit der Polizei. Es wäre nicht das erste Mal.

Weil Ginny schon einmal geschnappt hatte, käme es total ungut, dass er sie ohne Leine laufen ließ. Es war sogar von Maulkorbpflicht die Rede gewesen, aber das hatte er nicht ernst genommen. Sich einfach mal dumm gestellt. Was ihm nicht schwerfallen würde, hatten seine Kumpels gewitzelt, denen er davon erzählt hatte. Sollten sie doch. Wichtig war nur, dass sie sich sonst einig waren: Wo das Bier am besten schmeckte, welche Tussen die attraktivsten waren und wie bescheuert all die Touris auf der Insel daherkamen.

»Ginny«, rief er, als er sich weit genug von dem Gekeife in seinem Rücken entfernt hatte. Und als das nichts nutzte, pfiff er auf Daumen und Zeigefinger. Doch Ginny hörte nicht. Was war denn mit ihr los? Er sah, dass sie wie wild um eine Stelle direkt unterhalb des Dünensaums herumsprang. Scheiße, wie sah es hier bloß aus. Er drehte sich auf dem Absatz rum. So weit war er doch gar nicht vom Nordstrand weg, dass das schon die Dünenabbrüche weiter östlich sein konnten. Die waren ja direkt vor der Weissen Düne. Aber umso näher er kam, wurde klar: Auch hier war alles ins Rutschen geraten. Es gab eine harte Abbruchkante, möglicherweise nicht ganz so heftig. Seltsam. Die letzten Tage war das Wetter durchgängig mild und sonnig gewesen, der Wind hatte so sanft geweht, dass er selbst das Surfen zu seinem Ärger vergessen konnte. Ob jemand in den Dünen herumgetobt hatte und damit eine Sandlawine ausgelöst hatte?

»Ginny«, rief er wieder. Streng und laut. »Komm her, du verdammtes Mistvieh. Immer bringst du mir Ärger ein.« Eine unbestimmte Angst erfasste ihn.

Er stapfte durch den Sand, der hier weicher und tiefer war. Normalerweise ging er an der festen Wasserlinie oder auf den platt getrampelten Pfaden hoch zu den Dünenaufgängen. Das andere überließ er lieber den Deppen, die alles besser wussten und gerne mal Notfalleinsätze provozierten. So wie vorgestern Abend. War doch klar, dass man als Tourist nicht in die Dünen durfte. Auch am Strand wurde an manchen Stellen mit Schildern vor Treibsand gewarnt. Hielt die Touris jedoch nicht ab. Sie regten sich stattdessen über Insulaner auf, wenn die einmal ein Glas Wein in den Dünen tranken. Sie rafften es nicht, nämlich, hey, dass es erstens ihre Insel war und dass sie besser mit den Gefahren umgehen konnten. So wie er das mit Ginny hielt. Man durfte sich halt nicht von ein paar selbst ernannten Anzeigenhauptmeistern erwischen lassen. Und von den richtigen Gesetzeshütern eben auch nicht.

»Ginny!« Langsam reichte es. Er würde das Vieh doch an die Leine nehmen müssen, wenn sie nicht hörte. Was hatte sie denn bloß? Und warum buddelte sie wie verrückt? Als hätte ihr jemand einen Knochen hingelegt. Er sah, wie ihr Schwanz vor Aufregung wedelte. Immer wieder hob sie den Kopf und bellte aufgeregt.

Noch mal blickte er sich um. Scheiße, das war doch nicht die Stelle, an der neben dem Kind der Hund verschüttet wurde? Dem dann nicht mehr geholfen werden konnte. Das war schon eine bittere Geschichte. Thorben spürte den Kloß in seinem Hals. Nein, nein, beruhigte er sich. Die Schaukeln vom Nordstrand waren noch in Sichtweite. Es musste etwas anderes sein, dass seine Ginny so kirre machte.

Er war jetzt fast bei ihr. Als er sie ein weiteres Mal rief, ließ sie vom Buddeln ab und stürmte zu ihm. Tanzte wie wild um seine Füße, dass er ins Schlingern geriet. Er fing sich noch eben und sah in der Seitwärtsbewegung, dass sich das alte Ehepaar auf sie zubewegte. Shit, es wurde Zeit, von hier wegzukommen.

Er wollte die Flexleine an Ginnys Geschirr befestigen, da war sie schon wieder entwischt. Sie bellte in seine Richtung, als wäre sie einer der Hunde in diesen alten Filmen, die auf diese Art immer eine Gefahr anzeigten und Hilfe holten. Nur war das erstens Blödsinn, und zweitens konnten sich die Alten ja darum kümmern, wenn hier etwas nicht in Ordnung war.

Er stolperte vorwärts, um Ginny endgültig die Leine anzulegen. Und dann sah er es. Den weißen Fuß mit den überlangen, gelblich-braunen Zehennägeln. Der aus dem Sand herausragte wie ein Wegweiser. Ein Mahnmal. Ein Mensch gewordenes Verbotsschild. Thorben stutzte. Was für Worte ihm doch manchmal einfielen. Sollte doch noch ein Mensch sagen, er hätte nur Body, aber kein Brain.

Dann übergab er sich, und seine Beine brachen unter ihm weg.

29

»Schirmeier. Frau Keiser, sind Sie das?«

Ruth schloss langsam die Augen. Atmete aus. Warum musste an einem Tag, an dem sie sich müde und überfordert fühlte, immer noch etwas obendrauf kommen. Sie hatte sich doch mit ihrem Nachnamen gemeldet.

Statt einer patzigen Antwort, bemühte sie sich um einen neutralen Ton. »Ja, ich bin es.«

»Hier spricht Oskars Mutter.«

Dachte ich mir. Ruth unterließ auch diese Erwiderung. »Frau Schirmeier«, sagte sie nur knapp. Einen Reim darauf, warum sie anrief, konnte sie sich nicht machen. Ihr Verhältnis zueinander war, wie sollte man es ausdrücken, mindestens kompliziert. Distanziert. Ruth passte nicht zu dem, was sich Frau Schirmeier als Partnerin für ihren einzigen Sohn wünschte. Weder die Tatsache, dass sie die Ältere in der Beziehung war, noch ihr Status als geschiedene Frau, die ihre Familie um der Karriere willen verlassen hatte. Obwohl das über 20 Jahre her war. Begegnungen zwischen ihnen waren auf ein Minimum reduziert. In der Regel besuchte Oskar seine Mutter alleine. Und telefonierte mit ihr während Ruths Abwesenheiten.

»Entschuldigen Sie meinen Anruf und die Störung. Aber kann ich bitte Oskar sprechen?«

»Ich verstehe nicht …«

»Ist er nicht bei Ihnen? Ich erreiche ihn nicht. Dabei ist es dringend. Ich habe mir alles, was er …«, sie brach ab, schien nach Worten zu suchen. Schließlich fuhr sie fort: »Nun ja, was er mir zum neuen Status gesagt hat, durch den Kopf gehen lassen. Ich hätte weiteren Gesprächsbedarf.«

»Ich kann Ihnen nicht weiterhelfen, Frau Schirmeier.« Ruth überlegte, was das bedeuten mochte. Ein neuer Status? Wollte Oskar sich beruflich verändern und sprach darüber zuerst mit seiner Mutter statt mit ihr? Obwohl sie, ihren Widerständen zum Trotz, mittlerweile sogar zusammenlebten.

»Er ist nicht bei Ihnen?«

»Nein, es tut mir leid. Ich bin beruflich in Hannover.« Und habe Kopfschmerzen, schlecht geschlafen und zu wenig getrunken, fügte sie in Gedanken hinzu. Keine gute Grundlage, um mit jemandem zu telefonieren, der einen nicht mochte.

»Ach. Das wusste ich gar nicht. Oskar ließ das unerwähnt, als er gestern bei mir war. Wo könnte er sein, wenn er nicht ans Handy geht?«

»Das kann ich Ihnen nicht sagen. Wahrscheinlich ist er in einem dienstlichen Termin und hat das Telefon ausgeschaltet. Er ruft bestimmt zurück, sobald er Ihre Nummer sieht.«

»Also gut. Dann muss ich mich gedulden.« Ruth glaubte, einen unterdrückten Seufzer zu hören. Frau Schirmeier war es gewöhnt, dass sich ihre Wünsche und Anliegen sofort erfüllten und erledigten.

»Alles Gute«, sagte Ruth, froh, das Telefonat beenden zu können.

»Ebenso«, antwortete Frau Schirmeier, aber es klang reflexartig. Und dann schob sie ungewöhnlich hastig hinterher: »Denken Sie nicht, Frau Keiser, dass es Einwände persönlicher Natur sind. Ich habe nichts gegen Sie. Dennoch will es gut überlegt sein. Es betrifft mittelbar ja auch mich. Das, was ich im Leben aufgebaut habe. Das, was ich zu hinterlassen hoffe. Das Familienerbe. Aber das alles werde ich in Ruhe mit Oskar erörtern. Einen schönen Tag für Sie.«

30

»Du bist ja schon auf.« Martin küsste ihren Hinterkopf.

Anne saß mit rundem Rücken auf dem Küchenstuhl und umklammerte eine Tasse Milch, von der heißer Dampf aufstieg.

»Hast du überhaupt geschlafen?«

Sie schüttelte den Kopf. »Nicht wirklich. Immer wenn ich in eine Art Dämmerzustand gerutscht bin, schob sich etwas in meine Gedanken, was mich aufschrecken ließ.«

Martin zog einen Stuhl heraus und setzte sich. Prüfend sah er ihr ins Gesicht.

Anne lachte nervös. »Nicht, was du denkst. Ich war nicht die ganze Nacht mit Familienplanung beschäftigt. Lass uns nicht wieder davon anfangen. Nicht um diese Uhrzeit.« Sie drehte ihre Tasse, pustete hinein.

»Soll ich dir einen Espressoshot machen? Von der Milch wirst du wohl kaum wach.«

»Stimmt. Milch macht ja nur müde Männer munter.« Sie grinste schief. »Was für ein blöder Spruch. Einen Shot nehme ich gerne. Ich wollte dich mit den Mahlgeräuschen nicht wecken.«

»Du bist zu nett für diese Welt, meine Liebste.« Martin stand auf und drückte auf den Knopf der elektrischen Siebträgermaschine. »Mit Rücksicht kommt man nicht weit.«

Sie stand auf und trug die Tasse zu ihm herüber. »Ach komm. Ich glaube immer noch daran, dass das Gute auf lange Sicht siegt. Die blöden Träume und Gedanken sind das Resultat von zu wenig Schlaf und einer Menge Reizüberflutung. Die Arbeit wird mich ablenken und erden.«

Er presste den gemahlenen Kaffee mit dem Tamper fest. »Ein weises Wort am frühen Morgen. Ich genieße nichts mehr als die Rückkehr von Routine. Das Mailpostfach will abgearbeitet werden, und es gibt nach dem Urlaub eine Menge zu organisieren. Ein Wechsel der Unterstützer steht an, und Olaf verabschiedet sich, weil er für zwei Wochen wegfliegt.«

»Olaf? Wo will er denn hin?«

»Mallorca.«

»Nicht ernsthaft.«

»Warum nicht? Er will dort in den Bergen für die nächsten Radrennen trainieren.«

»Und wer passt auf seinen Hund auf?«

»Keine Ahnung, bin noch nicht dazu gekommen, ihn zu fragen. Wieso? Möchtest du dich als Hundesitterin anbieten?«

»Ach Quatsch.« Anne streckte die Hand aus, als Martin ihr den Espresso in die Milch goss. »Es wundert mich nur. Sonst war er immer derjenige, der kaum mal von der Insel runter kam. Und wenn doch, dann aber nicht über Ostfriesland hinaus.«

»Urlaub hat er durchaus gemacht. Meistens in den Niederlanden. Westfriesische Inseln. Schiermonnikoog, weil dort eine Cousine lebt. Das reicht ihm jedoch nicht mehr für sein Training.«

»Das ist schon lustig, wenn er zwischen Stadt und Ostheller hin und her rast.«

»Mittlerweile fehlen ihm die Höhenmeter, sagt er. Deswegen also Mallorca. Er nimmt sogar das Rad im Flieger mit.«

»Verrückt. Aber Hauptsache Insel, immerhin bleibt er sich dahingehend treu. Was ist das für ein Ehrgeiz, den er entwickelt?«

»Ich glaube, wir alle unterschätzen ihn mit seiner einsilbigen Art. Bis heute kann ich ihn und erst recht nicht sein Verhältnis zu mir einschätzen. Die Mallorca-Nummer finde ich großartig. Die Radrennen genauso. Es scheint ihn regelrecht zu beflügeln. Zu befreien. Von was auch immer. Ich sollte mir ebenfalls etwas suchen. Einen Ausgleich. Bewegung. Körpergefühl und Kopf freipusten. Haben die Therapeuten geraten, und Ruth würde es mir ebenso empfehlen.«

»Und deine Frau, die Medizinerin, unterstreicht dazu jede Silbe. Lass uns wieder Tennis spielen gehen. Wir waren beide schon zu lange nicht mehr auf dem Platz.«

Martin nickte, um sie im selben Augenblick zu überrumpeln. »Ein Hund?«

Sie verschluckte sich. Wollte er so die offene Kinderfrage beantworten? Einen Hund anschaffen anstelle eines Kindes? Ein Tier als Ersatz. »Was meinst du?«

Er schien zu zögern. Wahrscheinlich hatte er ihre Irritation bemerkt. »Nun ja«, sagte er abwägend. »Ich könnte bei Olaf nachhören, ob er einen Hundesitter benötigt. Ich hätte Bewegung. Und Abwechslung. Das wäre doch was. Nur für 14 Tage.«

Anne schluckte. Das Bild des toten Hundes schob sich vor ihr Auge. Genauso wie sie immer wieder an das Mädchen denken musste. Wie es auf der Trage lag. Unter der Beatmungsmaske. Fertig zum Abtransport. Die Hand so schlaff, dass sie am liebsten danach gegriffen und sie gehalten hätte.

Der Kaffee war heißer als gedacht. Sie verbrannte sich die Lippen. Was waren das für Gespenster, die sie umtrieben? Warum gelang es ihr nicht wie sonst, die Emotionen wegzudrücken? Sie, die Ärztin, konnte das. Bislang.

Sie war froh, als Martins Handy klingelte. Weil es ihr eine Antwort ersparte.

Nur wenige Minuten später hätte sie alles dafür gegeben, weiter über einen Hund zu sprechen. Als sie seine fassungslose Miene sah. Das Erblassen seines Gesichts. Den fahrigen Blick. Das Zittern seiner Hand, als er das Telefon auf den Tisch legte. »Ich muss los«, stammelte er. »Ein Toter am Nordstrand. Einer von uns.«

31

»Die Duplizität der Ereignisse«, hatte Anne geraunt, als sie ihm seine Wäsche ins Bad brachte. Die drei Minuten, die er sich zum Duschen nahm, machten keinen Unterschied. Tot war tot. Und seine Mitarbeiterin Nicole hatte schon alles Wesentliche veranlasst. Martin drehte das Wasser auf kalt und gab ein Schnaufen von sich.

»Was meinst du damit?«, fragte er.

»Habe ich dir das nicht schon tausendmal erklärt? Weil es einer meiner Lieblingssprüche ist? Stammt aus einer kitschigen Sauerbruch-Verfilmung, die in der Medizinischen Fakultät einmal im Jahr als Gaudi-Veranstaltung durchgeführt wurde. Zur Erheiterung und Erinnerung, dass wir Ärzte mal Halbgötter waren.«

»Wahrscheinlich zu einer Zeit, als auch die Polizei noch etwas galt.« Er nahm das Handtuch entgegen und trocknete sich halbherzig ab. Ungeduldig sprang er in Boxershorts und Jeans, streifte das Shirt über. Falsch herum.

»So bescheuert der Film war, der Spruch hat mich beeindruckt, weil ich es so oft erlebt habe. Passierte eine Sache, folgte unmittelbar darauf etwas Ähnliches. Nicht bei so Alltagsgeschichten, da wäre es ja kein Wunder. Aber zwei Sandabgänge mit Verschüttungen sind absolut ungewöhnlich.«

Er kämmte die nassen Haare nach hinten, hob das Shirt, um mit dem Deoroller durch die Achseln zu fahren, und spritzte einen Hauch Eau de Toilette gegen seinen Hals. All das hatte seine Nerven beruhigt. Es war vernünftig gewesen, sich die Zeit zu nehmen. Nicht panisch und kopflos am Unglücksort zu erscheinen.

Und auch Anne hatte sich vom ersten Schreck erholen können. Es tat ihm leid, sie mit seinen Worten mehr als nötig geschockt zu haben. Es war glücklicherweise kein Kollege, der aus der Sandlawine geborgen worden war. Niemand aus seinem Team. Aber ein Einheimischer, ein Norderneyer. Einer, den jeder auf der Insel kannte. Jeder Irrtum ausgeschlossen. Das war tragisch genug. Dennoch konnte er Annes Aufatmen nachvollziehen. Keiner von der Polizei.

»Pass auf dich auf«, flüsterte sie in sein Ohr, als er sich zu ihr hinunterbeugte und sie fest umarmte. Es kam ihm wie eine Beschwörung vor.

Er nahm den Fahrradschlüssel vom Bord und öffnete die Tür. Die Luft war angenehm frisch, ein leichter Wind fuhr ihm in die noch feuchten Haare. So liebte er das sommerliche Nordseewetter. Nie süßlich. Nur dezent liebreizend. Immer ein bisschen spröde. Der Tag könnte kaum schöner sein. Wenn er nur ins Büro zu radeln hätte.

Immerhin: Diesmal reagierte er nicht über. Nach der ersten Schrecksekunde zählte er die Fakten herunter. Eine männliche Leiche knapp hinter dem Nordstrand. Augenscheinlich von einem Dünenabbruch erfasst. Medizinische Hilfe kam zu spät, war aber vor Ort. Es würde ein Todesermittlungsverfahren geben, denn eine natürliche Todesursache schied aus. Alle Fakten sprachen aber für einen tragischen Unglücksfall. Kein Grund, um Panik zu schieben. Kein frei laufender Täter, der die Insel in Angst und Schrecken versetzte. Kein Mord, der ihn an sich selbst zweifeln ließ.

»Ist Schneyder schon informiert?«, hatte Anne von der Haustür gerufen, als er das Fahrrad auf die Straße schob. »Soll ich ihm eine Nachricht schicken? Vorsichtshalber?«

Er hatte abgewunken und sich aufs Rad geschwungen. Anne mischte sich nie in seine Angelegenheiten. Aber Gert Schneyder von der Kripo war zu einem gemeinsamen Freund geworden. Martin ahnte, was seine Frau umtrieb: dass Aurich jemand anderen als Gert schicken könnte. Schlimmstenfalls Renate Lichterfeld. In deren Anwesenheit er sich klein und unsicher vorkam. Aber all das war heute nicht nötig. Anne hatte recht, wenn sie von der Duplizität der Ereignisse sprach. Das hier war ein zweiter, tragischer Unglücksfall. Der allenfalls zeigte, was dieses Kind für ein Glück gehabt hatte, als es mit dem Leben davongekommen war. Hoffentlich verstand der feine Herr Anwalt endlich die Botschaft. Und nicht nur er, sondern auch all die anderen Ignoranten. Die nicht kapierten, dass die Natur nicht mit sich handeln ließ. Sich stattdessen nahm, was sie nehmen musste. Wenn niemand auf die Zeichen hörte.

Er trat fester in die Pedale, bis er am Strandaufgang ankam. Ein Pulk von Menschen erwartete ihn. Wenigstens sorgten die Einheimischen, die ihn mit ihrem knurrigen »He« grüßten, dafür, dass sich ein Spalier für ihn bildete. Die Menge schwieg, und Martin kam sich plötzlich vor wie ein Angeklagter auf dem Gang zum Schafott. Seine Gedanken rotierten. Hatte er etwas missverstanden? Schätzte er die Situation falsch ein? So ein Blödsinn, schalt er sich selbst. Fang nur nicht wieder an zu grübeln. Kurz musste er sogar lächeln.

Was erwartete er denn? Etwa, dass die Menge ihn wie einen Popstar begrüßte? Ihm zujubelte, ihn abklatschte? Lächerlich. Immerhin wusste er schon mehr als sie. Dass er lediglich einen Unfall abzuarbeiten hatte, so tragisch, so dramatisch dieser auch war. Besonders für das Opfer und seine Angehörigen. Aber für ihn war es eine Routineangelegenheit. Er straffte den Rücken. Wenn es nicht so makaber klänge, würde er sagen: Er freute sich auf das, was kam.

32

Ronnie wirkte in seiner Uniform und den gefalteten Händen wie einer, der jemand anderem die letzte Ehre erwies. Als nähme er am offenen Sarg Abschied. Wobei ein ausgehobenes Grab die bessere Analogie war, denn genauso, wenn auch nicht in der Tiefe, sah der abgesteckte und freigelegte Bereich aus, in dem der Tote lag.

Martin trat neben ihn, und Ronnie schaute auf. Sein Blick war verhangen. »Kevin Jansen«, flüsterte er, als ob es pietätlos wäre, laut zu sprechen.

»Ich weiß, Nicole hat es mir am Telefon gesagt.«

»Er saß neben mir. Bis ich nach Esens aufs Internat bin.«

»Das höre ich zum ersten Mal.« Martin räusperte sich. »Dass ihr Freunde seid, war nicht zu merken.«

»Freunde!« Ronnie winkte ab. »Sicher nicht.«

Als Martin nichts erwiderte, setzte er nach. »In so einer Situation zählt das alles nicht mehr. Da sind wir beide wieder die Kleinen, die sich über die Schultüte gefreut haben, die keine Lust auf Hausaufgaben hatten und Angst vor dem Drachen, der sich Lehrerin nannte.«

»Moment mal.«

»Ich weiß, was du sagen willst. Dass ich Abitur habe und dass das alles so schlecht nicht gewesen sein kann.« Er schob die Unterlippe vor. »Im Gegensatz zu Kevin.«

»Nein, ich stolpere darüber, dass du auf der Inselschule warst. Du bist doch gar kein gebürtiger Norderneyer, wie Olaf dir gern unter die Nase reibt. Hab ich etwas verpasst?«

Martin überlegte. Ronnie war schon auf der Dienststelle, als er die Leitung übernahm. Deswegen hatte er nie dessen Einstellungsunterlagen gesehen und sich ein Bild nur aus den Personalunterlagen, die die Polizeilaufbahn betrafen, gemacht. Aufgefüllt mit Details aus privaten Gesprächen.

»Das ist ein Punkt. Wusstest du das nicht? Ich habe die Grundschuljahre bei meiner Oma gewohnt. Die Mutter meiner Mutter. Kevin war der Einzige, der neben mir sitzen wollte. Die anderen haben mich erst akzeptiert, als sie sahen, wie ich Fußball spielte. Ich habe tatsächlich mit einem Fallrückzieher ein Tor geschossen. Das ist mir danach nie wieder gelungen. Hat aber für die Schulzeit auf der Insel gereicht.«

»Und deine Eltern? Ich verstehe das nicht? Sie sind doch nicht …« Martin brach ab.

»Nee, nee, schon gut.« Ronnie lachte trocken auf. »Mein Alter hat so einen megaeinträglichen Montagejob ergattert. In Nordafrika. Algerien. Ich kam auf die Insel, weil meine Mutter eine Ausbildung begann. Sie war erst 17, als sie geheiratet hat, und dann kam schon ich. Deswegen wollte sie noch was lernen, als ich eingeschult wurde. Im Krankenhaus. So mit Schichtdienst und allem Drum und Dran. Hat sie auch durchgezogen. Aber ganz ehrlich: Ich glaube, sie war mit mir überfordert. Konnte es besser mit Kranken als mit Kindern. Und meine Oma war eine Gute. Einfach eine großartige Frau. Für sie war ich ein Prinz, ihr Augenstern.«

Das wiederum konnte sich Martin vorstellen. Trotzdem war es nicht der richtige Ort, um das Gespräch zu vertiefen. Er würde es nachholen. War doch verrückt, was er alles nicht wusste, obwohl er so eng mit Ronnie zusammenarbeitete.

Er sah hinab auf den leblosen Körper. Die letzten Minuten hatten ihn fast vergessen lassen, weshalb sie hier standen. Dem Tod ins Gesicht zu schauen, war immer schwer. In diesem Fall wortwörtlich. Kevin Jansens Augen starrten weit geöffnet ins Himmelsblau. Jemand musste den Sand vorsichtig und so gut es ging entfernt haben. Nur die Wimpern waren wie gepudert. Der Mund stand offen, wie eines der Förmchen, mit denen die Burgen am Strand verziert wurden, bis oben hin mit Sand gefüllt. Der blaue Hautton glich einem zu Boden gesunkenen Ballon. Kevin Jansen. Einst Klassenkamerad von Ronnie Heitbrink. Martin hätte ihn für mindestens zehn Jahre älter gehalten. Den Saufbold vom Dienst, wie sie ihn auf der Wache nannten.

33

Daniela hatte Helene ziehen lassen, was sollte sie machen? Die ganzen Rechtfertigungen und Beteuerungen waren abgeprallt, und sie hatte keinen Nerv auf diese Spielchen, auf die anscheinend Menschen kamen, deren Tag nicht ausgefüllt war. Wenn sie später mit der Arbeit im Gemeinschaftsraum und den Zimmern fertig wäre, würde sie ihren Cousin Oskar anrufen. Und vorsichtig nachhören, was Ruth von der ganzen Sache hielt. Ruth und Helene waren schließlich beste Freundinnen seit ewigen Zeiten.

Mit diesem Vorsatz hatte sie die Gedanken an Marthes Treiben beiseiteschieben können. Hatte den Frühstücksraum fertig eingedeckt, Kaffee und Tee zubereitet, Kaltgetränke serviert, Eier in verschiedenen Variationen angeboten, Brötchen, Aufschnitt, Käse nachgefüllt, Fragen nach der Herkunft des Sanddorngelees, den heutigen Wetteraussichten und den besten Sehenswürdigkeiten beantwortet, während sie wie nebenbei Helene vom Bäcker zurückkommen hörte und eine Stunde später Schritte und Getuschel auf der Treppe und eine Tür, die leise ins Schloss gezogen wurde.

Augenverdrehen, Seufzen und Aufatmen waren eins. Immerhin ersparte es ihr weitere Diskussionen. Sollten die beiden doch die Insel unsicher machen. Und wenn sie auf der Polizei bei Martin aufschlugen, würde er sich zu helfen wissen. Selbst Helenes Beteuerungen, Marthe zu Recherchezwecken zu begleiten, würden lächerlich und unglaubwürdig klingen. So leid es Daniela tat. Aber sie würden damit gegen eine Wand laufen. Zu Recht.

Nachdem alle Gäste gefrühstückt hatten, räumte sie ab und die Spülmaschine ein, putzte den Herd, sortierte den Kühlschrank nach Verbrauchsdatum, schob die überzähligen Brötchen in den Brotkasten, sodass Frank sich, wenn er heimkam, daran bedienen konnte, und säuberte schließlich den Vollautomaten, nicht ohne sich vorher noch einen Milchkaffee zuzubereiten. Mit diesem setzte sie sich für eine Viertelstunde auf die Terrasse hinter dem Haus. Sie genoss die Zeit für sich. Kein Rufen und Fordern, kein Fragen und Meckern. Wobei Letzteres äußerst selten vorkam. Da hörte sie von den Kollegen ganz andere Geschichten. Vielleicht lag es daran, dass sie im Hostel das pflegeleichtere Publikum hatte.

Sie genoss die aufgeschäumte warme Milch mit dem Kaffee, der nach weichem Karamell und dunkler Schokolade schmeckte. »Belohnungszeit«, sprach sie zu sich selbst, bevor sie ihr Handy aus der Hosentasche zog und eine Spiele-App öffnete. Die Zahlen am *WhatsApp*-Icon ignorierte sie. Pause war Pause. Wer etwas von ihr wollte, musste warten oder, falls es wichtig war, ganz klassisch anrufen. Sie würde jetzt erst einmal bei Kaffee an ihrer digitalen Stadt weiterbauen. Irgendein Hobby brauchte jeder Mensch.

Erschrocken sah sie auf die Uhr, als es einige Zeit später an der Haustür klingelte. Wenn das die Post war, hatte sie sich gnadenlos verzockt. Sie trank den letzten, längst kalt gewordenen Schluck Kaffee, schaltete das Handy aus, schob es in die Hosentasche zurück und hetzte zur Tür. Zu spät. Der Postbote winkte schon von der anderen Straßenseite, und Daniela bückte sich, um das Paket aufzuheben, das er ihr vor den Eingang gelegt hatte. Adressiert an Helene Dannenberg. Wurde ja immer besser.

Sie schleppte den unhandlichen Karton ins Kaminzimmer, einer der wenigen privaten Räume von Frank und ihr. Dieses würde sie verschließen, wenn sie später das Haus verließ.

Hoffentlich war Helene bis dahin zurück, sonst bekam sie das Paket erst am Abend. Zugänglich liegen lassen wollte sie es nicht. Schließlich konnte sie nicht für jeden ihrer Gäste die Hand ins Feuer legen, so nett sie auch schienen. Wer sah einem anderen Menschen schon hinter die Stirn?

»Jetzt aber hurtig«, trieb Daniela sich an, als sie im Sauseschritt durch die Zimmer und Bäder fegte. Sie hatte ihre Putz-Playlist eingelegt, mit der ihr auch die unbeliebten Arbeiten leichter von der Hand gingen. Glücklicherweise gab es heute keinerlei Bettenwechsel. Und die meisten Gäste nutzten mittlerweile die Säckchen an der Zimmertür, mit denen sie signalisierten, dass kein Roomservice benötigt wurde. Als Dankeschön verteilte Daniela die Süßigkeiten, die sie dafür bereithielt.

So waren neben einem Zimmer nur die beiden Gemeinschaftsbäder zu putzen, und selbst das ging heute fix von der Hand. An den meisten Tagen übernahm Marthe Dirkens den Job. Aus Gewohnheit, aus Langeweile, aus dem Wunsch, gebraucht zu werden. Nur in ihren Trotzphasen rebellierte sie. Daniela und Frank hatten beschlossen, sich nicht davon beeindrucken zu lassen. Es ging auch so. Die Mitarbeit von Frau Dirkens war nie Voraussetzung gewesen, nie Teil ihres Plans. Dass es Entlastung bot, wenn sie wie heute nachmittags im Friseursalon arbeitete, war nett, aber kein Grund, auf Marthes Machtspiele einzusteigen.

Dass sie jetzt etwas in Zeitnot geriet, war ihre eigene Schuld. Verdammte Handyzockerei. Dabei wollte sie doch noch Oskar anrufen. Das würde sie verschieben müssen.

Sie eilte in ihr Schlafzimmer, um sich umzuziehen. Warf das Smartphone aufs Bett, zog das schwarze T-Shirt aus, um es gegen eine gleichfarbige Tunika einzutauschen. Im schmalen Bad nebenan bearbeitete sie die Haare mit Bürste und Haarspray, erneuerte den Lidschatten, Kajal und Lippenstift und sprühte sich großzügig mit ihrem Lieblingsduft ein. Noch schnell das Handy, dann schloss sie das Kaminzimmer zu, warf einen Blick in den Flurspiegel. Ab ging es in den zweiten Teil des Tages.

Während sie die Haustür zuzog, tippte sie den Freischaltcode ins Smartphone.

Oskar musste warten. Die *WhatsApps* auch.

Aber wieso hatte Frank angerufen? Und warum hatte sie es nicht gehört? Mist, sie hatte wohl den Ton abgestellt, als der Postbote klingelte. Sie drückte auf die Nummer. Ihr Mann nahm nach zweimaligem Klingeln ab.

»Was gibt es?«, fragte sie ungeduldig und ein wenig atemlos, weil sie so in Eile war.

»Ist Marthe zu Hause?«, erwiderte er, ebenso kurz angebunden.

»Nein.«

»Shit. Dann weißt du wohl nicht, was passiert ist?«

»Frank. Ich bin auf dem Weg zur Arbeit und habe für Ratespiele keine Geduld. Was ist los?«

»Oh! Im Friseursalon wird es nicht lange dauern, bis du informiert bist. Am Strand hat es die nächste Verschüttung gegeben. Scheint diesmal nicht gut auszugehen.«

Daniela blieb schockstarr stehen. »Was heißt das, Frank? Du machst mir Angst. Glaubst du etwa, Marthe …?« Sie konnte nicht aussprechen, was ihr durch den Kopf ging.

»Nein, nein. Entschuldige. Es ist allem Anschein nach ein Mann. Ich wollte dir keinen Schrecken einjagen.«

»Wieso fragst du dann, wo Marthe ist?«

»Weil es mir verdammt lieb wäre, wenn sie da draußen nicht mitmischt.«

Daniela lachte ungläubig auf. »Was willst du mir denn damit sagen? Soll ich Marthe einsperren, oder was? Du bist ein Scherzkeks.«

Erst auf dem Weg sackte die ganze Nachricht in ihr Bewusstsein. Eine zweite Sandverschüttung. Auf Norderney. Ihrer Lieblingsinsel. Die sie für den sichersten Ort der Welt gehalten hatte. Wie furchtbar.

34

Martin hatte im Polizeiwagen Platz genommen. Der Notarzt war zu seinem nächsten Einsatz gerufen worden. Er hatte nichts weiter tun können, als den Tod festzustellen und eine nicht natürliche Todesursache zu bescheinigen. Danach begann wie so oft auf den ostfriesischen Inseln das Warten.

Das wurde selbst den meisten Touristen zu lang, wie Martin bei jedem Blick aus der offenstehenden Beifahrertür feststellte. Die Schaulustigen zogen nach und nach ab. Kaum einer hob mehr sein Handy, weil seine Mitarbeiter konsequent dagegen vorgegangen waren. Dass es überhaupt notwendig war, Menschen darüber zu belehren. Einen fremdem Toten fotografierte man nicht. Punkt. Ein Unfallopfer, dessen Angehörige noch nicht informiert waren, schon mal gar nicht. Ausrufezeichen. Und ins Netz stellte jemand nur dann solche Bilder ein, wenn er sich strafbar machen wollte. Ausrufe- und Paragrafenzeichen!

Glücklicherweise hatte heute niemand eine Diskussion darüber angefangen. Ruhige und besonnene Ermahnungen wurden angenommen. Überhaupt lag über dem ganzen Szenario eine fast friedhofsgleiche Stille, die nur von Möwenschreien durchbrochen wurde. Selbst das Meer hatte sich zurückgezogen, wenn auch nicht aus Pietät, sondern weil Ebbe war und es erst in einigen Stunden zurückkehren würde.

Martin schaute auf die Uhr. Es dauerte nun mal, bis der ganze Apparat angelaufen war. Ein unnatürlicher Tod verlangte ihnen auf Norderney eine Menge ab. Hier stand der Rechtsmediziner nicht mal eben an der nächsten Ecke, und die Kollegen von der Kriminalpolizei mussten den Weg vom Festland auf die Insel auf sich nehmen. Ein Fall wie dieser zog kein übereiltes Handeln nach sich. Kosten und Nutzen hatten in einem ausgeglichenen Verhältnis zu stehen. Statt einem Hubschraubereinsatz blieb es bei der Überfahrt mit der Fähre. Denn es war davon auszugehen, dass es sich um nichts anderes als um einen tragischen Unfall handelte. Nichtsdestotrotz: Der Totenschein gab die weiteren Schritte vor. Da reichte es nicht, den Bestatter zu rufen.

»Martin, Achtung, Gefahr von Backbord«, hörte er plötzlich die Stimme seiner Mitarbeiterin Nicole.

Verwirrt drehte er sich um. Was sollte das heißen? Zumal sie sich nicht auf einem Schiff befanden.

Dann hörte er sie und wusste, dass Nicole ihn zu recht gewarnt hatte.

»Da merkt man, dass du eine Landratte bist und bleibst«, tönte Frau Dirkens, die sich jetzt dranmachte, das Absperrband anzuheben, um unter ihm hindurch auf ihn zuzudackeln. Das wurde ja immer besser. Aber Marthe ließ sich nicht aufhalten, sondern belehrte Nicole weiter: »Selbst wenn das Auto ein Schiff wäre, hättest du Unrecht. Schau dir an, wo das Heck ist, und dann weißt du, dass rechts Steuerbord ist. Und so etwas will Morde aufklären.«

Martin schob sich von seinem Sitz und trat Marthe entgegen. Er wies mit der Hand hinter die Absperrung. »Vollkommen egal, wer hier die richtigen oder falschen Begriffe benutzt. Auch für Sie, Frau Dirkens, gilt Recht und Ordnung. Und niemand klärt hier einen Mord auf. Bitte unterlassen Sie es auf der Stelle, solche Gerüchte in die Welt zu setzen.«

Marthe verschränkte die Arme vor sich und blieb trotzig stehen. »Das glaubst du doch selbst nicht, Martin Ziegler. Zwei solcher Vorfälle hintereinander. Ich an deiner Stelle würde da mal Augen und Ohren weit aufmachen. Sagt dir jemand mit einer Menge Lebenserfahrung.«

»Frau Dirkens, dann müssen Sie noch mal nachlernen. Dinge verändern sich. Hören Sie nach, wie groß die Gefahr der Strandabbrüche mittlerweile ist. Schlimm genug, dass die Touristen es nicht verstehen. Dass selbst die Einheimischen es nicht wahrhaben wollen, ist unverzeihlich.«

»Bla, bla, bla. Ich sage dir, für mich ist das alles kein Zufall. Und du tätest gut daran, dich mehr mit einer alten Frau wie mir, die einen Großteil ihres Lebens auf der Insel verbracht hat, auszutauschen. Nur das neumodische Zeug zu glauben, taugt nichts. Merk dir das, bevor du mich bei der nächsten Verabredung wieder im Regen stehen lässt.«

»Ich werde es mir hinter die Ohren schreiben«, wandte Martin jetzt eine neue Strategie an, auch wenn sie ihm zuwider war. Dann sah er, dass Gert Schneyder von der Kripo in Aurich mit ausladenden Schritten auf ihn zueilte.

Innerhalb von Sekunden sortierte Martin, was seine Augen wahrnahmen: Gert kam alleine. Seine Miene wirkte ernst und sorgenvoll, die Mundwinkel hingen runter, und er sah nicht nach rechts und links. In seiner Hand trug er seine Reisetasche. Widersprechende Botschaften. Was davon sollte er glauben?

Ohne weiter nachzudenken, packte er Marthe am Ellbogen. »Da gehts raus«, kommandierte er und schob sie zum Absperrband, wo sich Gert Schneyder im selben Moment auswies.

»Oh, Herr Schneyder«, flötete Marthe sofort. »Wie schön, dass wir uns einmal wiedersehen. Sollten Sie Fragen haben, Sie wissen ja, wo Sie mich finden. Immer gerne bei einem Tässchen Tee. So, wie Sie es kennen und lieben.«

35

»Moin, Martin«, wandte sich Gert anschließend an ihn. »Da bin ich wieder einmal. Was ist denn los?«

»Du bist zu freundlich«, brummte er. »Zumindest, was neugierige alte Frauen anbelangt.«

Gert lachte. »Die Diskussion ist mir vom letzten Mal sehr lebhaft in Erinnerung.«

»Ist ja gerade mal ein paar Tage her.«

»Eben. Und schon wieder ein Anruf. Frei nach dem Motto: ›Ist der Ruf erst ruiniert …‹«

»Und wie soll der Spruch weitergehen? ›… mordet es sich ganz ungeniert?‹ Oder was schwebt dir da vor?«

»Immerhin nimmst du es mit Humor. Kann man ja kaum anders. Die fallen bei euch ja um wie die Karnickel.« Gert haute ihm dröhnend auf die Schulter. »Perfekter Kalauer, was?«

»Nicht schlecht.« Martin verzog den Mund zu einem Grinsen. Mit Gert war alles so viel leichter. Für Außenstehende musste es sich pietätlos anhören angesichts des toten Mannes, keine zehn Meter entfernt. Doch jetzt erinnerte es ihn an den rauen Ton der Kommissariate, in denen er jahrelang gearbeitet hatte. Bis ihm die weichen, die reflektierenden Zwischentöne gefehlt hatten. Und er geglaubt hatte, auf einer ostfriesischen Nordseeinsel sei alles besser. Das Leben hatte ihm gezeigt, wie sehr er irrte. Seinen Schwächen lief niemand davon, sie hatten Siebenmeilenstiefel, mit denen sie jeden unweigerlich einholten. Falls man Pech hatte, sogar überholten und platt walzten. So wie es ihm ergangen wäre, hätte er nicht Anne an seiner Seite. Und Gert. Auf den er sich 100-prozentig verlassen konnte. Auch wenn dieser die große Show liebte, immer die Bühne suchte. Nach außen hin wirkte er oberflächlich wie ein Narzisst, der sich nur um des Lobes willen um andere bemühte. Aber das Bild war falsch. Vielleicht musste er es mit seinen Clownerien, den Schmeicheleien und der grimassenähnlichen Mimik übertreiben, um sich selbst zu schützen. Sich und seine Empathie, das große mitfühlende Herz, das so vieles verstand und verzieh. Der aus einem Kollegen einen Freund gemacht hatte. Martin räusperte sich. Jetzt wurde es kitschig. Nichtsdestotrotz war es genau das, was er empfand und wofür er dankbar war.

»Nur dass wir bei den Kaninchen wissen, woran sie sterben. Myxomatose, die Seuche, die die Tiere in manchen Jahren massenweise dahinrafft. Für viele Norderneyer und den Deich- und Dünenschutz zu wenig.«

Gert grinste. »Ich erinnere mich. An alle speziellen Arten des Jagens.«

»Lass nur gut sein. Ich will daran nicht erinnert werden. Überhaupt ist es diesmal eine komplett andere Ausgangslage.«

»So habe ich die Kollegen verstanden. Ein Unfall? Ähnlich dem, den es vor zwei Tagen bei euch gab?«

»Davon weißt du also auch schon.«

»Ging ja durch die Medien. Die Wahnsinnigen, die trotz aller Verbote in den Dünen herumklettern. Okay, ein Kind und einen Hund kann man nicht unmittelbar verantwortlich machen, aber da muss es doch Erwachsene gegeben haben.«

»Und ob. Das ist eine andere Geschichte. Erzähle ich dir später gerne. Nun erst mal zum heutigen Fall. Zwar ein Einheimischer, jedoch hat mutmaßlich auch ihn ein Sandabgang erwischt. Bis auf einen Fuß, der herausragte.«

Sie traten gemeinsam an den Leichnam heran, starrten schweigend auf den leblosen Körper.

»Da bekommt die Redewendung ›den Mund nicht zu voll nehmen‹ mal eine makabere Bedeutung.«

Martins Kopf fuhr herum. Hatte er seinen Freund eben noch für empathisch gehalten? Doch dann sah er, dass dessen Augen feucht waren, die Mundwinkel tief herunterhingen.

»Was für eine schreckliche Art zu sterben«, schob Gert nun auch hinterher.

Martin atmete durch. »Ich versuche, das wegzuschieben. Will es mir nicht vorstellen. Und bin so heilfroh, dass das Kind überlebt hat. Trotzdem ist es verstörend. Auch der Hund …« Er brach ab. Wie sollte man so etwas in Worte fassen?

»Gibt es Zeugen für das, was passiert ist? Mit ihm, meine ich?«

»Allem Anschein nach nicht. Der Mann wurde von einem Strandspaziergänger und dessen Hund gefunden. Bevor ich hier eintraf, war schon klar, dass, anders als vorgestern, keine Chance mehr für ihn bestand.«

»Ja, das Zeitfenster des Überlebens ist denkbar gering. Wie bei einem Lawinenabgang. Wenn dann nicht durch eine glückliche Fügung ein Luftloch entsteht und Mund und Nase frei bleiben …« Gert zuckte die Schultern. »Was augenscheinlich hier nicht der Fall war.«

Martin drehte sich um. Die geöffneten Augen des Mannes schienen zu fragen, was ihm passiert war. Wie der Tod so gnadenlos, so überraschend zuschlagen konnte. Keine Vorwarnung gab, nicht einmal eine zweite Chance. Falsch, korrigierte er sich dann selbst. Der Verunfallte hatte als Einheimischer um die Gefahren wissen müssen. Und überhaupt war fraglich, ob nicht mal wieder sein Zustand mitverantwortlich war.

»Was machen wir denn nun?«, fragte er über die Schulter. »Die Gerichtsmedizin ist wohl nicht mit angereist? Dafür deine Reisetasche. Was mich ehrlich gesagt ein wenig beunruhigt.«

Gert wandte sich ebenfalls von dem Toten ab und trat neben ihn. »Sieh es mal so: Wenn Norderney ruft, bin ich für alle Eventualitäten gewappnet.«

Martin schwieg. Stocherte mit dem Schuh im Sand. So war das also. Norderney, das Sorgenkind. Er, der Ermittler mit den unzähligen Todesfällen.

»Außerdem nehme ich immer gerne die Chance wahr, einen Tag mit dir und Anne zu verbringen. Bis wir hier bestätigt haben, dass es ein astreiner Unfall war, ist der Tag rum, wir können uns einen chilligen Abend machen, ich schlafe im Verstärkerzimmer und morgen bin ich mit der ersten, oder sagen wir mal besser, der zweiten, vielleicht auch dritten Fähre wieder auf dem Festland. Hört sich nach einem Plan an, was meinst du?«

Martin musste lachen. »Ich falle jedes Mal erneut auf dich rein. Klar ist das ein Plan. Nur mit dem Zimmer auf der Wache gibt es nichts. Alle belegt. Aber unser Gästezimmer ist frei. Weißt du doch. Unter einer Bedingung: Hör mit diesem dämlichen ›astrein‹ auf.«

»Knorke«, sagte Gert und schlug ihm auf die Schulter.

Martin taumelte und lachte, während er versuchte, das Gleichgewicht zu halten. »Wie habe ich das vermisst. Nicht.«

36

Endlich Mittagspause. Frische Luft, ein paar Schritte zu Fuß, in der Hand eine Tüte mit einem belegten Baguette und einen wiederverwertbaren Becher mit Milchkaffee. Ihr Mittel gegen die stärker werdenden Verspannungskopfschmerzen. Das Hotelzimmer war zu winzig für *Sonnengrüße*, abgesehen davon hatte sie keine Yogamatte dabei. Das auf der Homepage beworbene Gym hatte sich als solitäre Hantelbank vor einem beeindruckenden Spiegel herausgestellt.

Ruth nippte am Kaffeebecher. Zu heiß, sie hatte also ausreichend Zeit, sich eine Bank zu suchen.

»Gehen Sie in den Maschpark«, hatte ihr die Veranstalterin geraten, »er ist idyllischer als der Maschsee. Einfach auf das Neue Rathaus zu, dann finden Sie den Weg.«

Das prachtvolle Gebäude vor ihr als neu zu titulieren, erschien ihr seltsam. Wie mochte dann die alte Variante aussehen? Egal. Sie war nicht zum Sightseeing in Hannover, dafür würde sie ein andermal wiederkommen müssen. Im Moment war sie froh, dass heute Nachmittag die letzten beiden Einheiten der Fortbildung stattfanden, zu der sie als Referentin geladen war. Es würde noch ein gemeinsames Abendessen mit allen wichtigen Leuten geben, die sich mit der Vorbereitung, der Durchführung und dem Sponsoring beschäftigt hatten. Gut für die Netzwerkarbeit, schlecht für ihre Sehnsucht nach Ruhe und Nachhausekommen. Ob es an Oskar lag? Dem tinyähnlichen Holzhaus in Bonn? Oder der Tatsache, dass mit dem Überschreiten der magischen 50 die Energieräuber deutlicher hervortraten? Eigentlich wollte sie es nicht wissen, darüber nicht nachdenken, nicht reflektieren. Auch als Psychologin durfte sie die Augen vor sich und ihren Überzeugungen, die plötzlich nicht mehr stabil wirkten, verschließen.

Sie drehte sich um die eigene Achse, um sich zu orientieren. Wo ging es lang? Das Handy, das sie eben auf laut gestellt hatte, brummte in ihrer Tasche. Oskar! Sie hatte versucht, ihn zu erreichen, bevor sie das Institut verlassen hatte. Immer noch hing ihr das seltsame Gespräch mit seiner Mutter nach. Es wäre auf jeden Fall sinnvoll, ihn darüber zu informieren. Nicht dass Frau Schirmeier aus einer Mücke einen Elefanten machte. Immer im Kampf um Aufmerksamkeit, gerne mit der nötigen Portion Drama! Und dazu diese unglaubliche Arroganz und Hochnäsigkeit. Es war ein Wunder, dass Oskar so grundlegend anders war. Sie seufzte. Dass er seine Mutter trotzdem nicht zum Teufel jagte, lag in der Natur der Dinge. Wie sie berufsbedingt nur zu genau wusste. Sie würde sich nicht dazwischen stellen. Aber Abstand halten. Wie sie es immer getan hatte. Was sie in ihrem Alter ganz sicher nicht mehr brauchte, war eine klischeehafte Schwiegermutter, die sich herausnahm, sie zu bewerten. Sie, die ihr Leben lang vor Familienbanden geflüchtet war.

Sie fischte ihr Handy aus der Tasche. Überhaupt. Schwiegermutter war der absolut falsche Begriff. Kein Standesamt, keine Kirche, Zusammenwohnen unter ausgehandelten Spielregeln. Jederzeit revidierbar. Für beide Seiten. Und so würde es bleiben. Weil es der einzige Garant war, sich nicht in verhängnisvollen Dynamiken und Abhängigkeiten zu verstricken.

Sie stellte den Becher auf die nächste Bank, legte die Brottüte daneben. Wischte den Button zur Seite. Ohne genau hinzusehen. Um erst in letzter Sekunde zu verstehen, wessen Name das Display anzeigte.

»Entschuldigen Sie. Ich bin es erneut. Haben Sie in der Zwischenzeit mit Oskar gesprochen?«

Ruth sog die Luft tief in ihren Bauchraum ein und ließ sie stoßweise aus, während sie antwortete: »Wie gesagt, ich bin auf einem Seminar. Leider gibt es kaum Möglichkeiten zu telefonieren.«

»Wie kann es dann sein, dass ich Sie zum zweiten Mal sofort erreiche?« Der Ton klang schneidend.

Ruth schwieg. Mit ein bisschen Verstand, den sie Frau Schirmeier durchaus attestierte, konnte man Tagesabläufe von Fortbildungen hochrechnen, das detaillierte Programm sogar im Internet abrufen.

»Was kann ich für Sie tun?«, fragte sie stattdessen mit einer Automatenstimme. Als hätte sie keinerlei Bezug zu der Anruferin, als wäre sie eine geschulte Mitarbeiterin eines Call-Centers. Immer freundlich bleiben. Kundenwünsche notieren. Vertrösten. Abwimmeln.

»Es muss doch möglich sein, Oskar zu erreichen. Haben Sie noch eine zweite Nummer? Irgendeinen Geheimcode, der ihn dazu bringt, ein Gespräch anzunehmen, eine Nachricht zu empfangen.«

»Nichts, was Sie nicht auch könnten: Anruf, Messenger, E-Mail.«

»Als wenn ich das nicht alles versucht hätte. Und falls ihm etwas passiert ist? Wie damals? Mit der Verletzung? Wer weiß, was er für Termine hatte. Wo er sich herumtreiben musste. Es kommt mir äußerst merkwürdig vor, dass Sie nicht beunruhigt sind.«

Weil er mir vor zwei Stunden noch einen witzigen Cartoon weitergeleitet hat, schoss ihr durch den Kopf, ohne es auszusprechen. Oskar würde seinen Grund haben, seine Mutter zumindest stundenweise auf Distanz zu halten. Wieder fielen ihr die seltsamen Andeutungen ein. Anscheinend waren sich die beiden richtig in die Haare geraten. Sie wollte gar nicht wissen, welche Rolle sie dabei spielte.

»Bitte!« Die Stimme von Frau Schirmeier klang plötzlich weinerlich. Demütig. »Bitte, Sie müssen ihn anrufen. Diese Auseinandersetzung kann nicht zwischen uns stehen bleiben. Wenn ich Oskar verliere, zerbricht mein letztes Glück. Alles, wofür sich das Leben gelohnt hat. Er kann, er darf nicht mit mir brechen. Niemals.«

Wieder pustete Ruth aus. Wie befürchtet: Drama pur. »Er wird sich ganz sicher melden, wenn sich die Wogen geglättet haben«, versuchte sie zu beruhigen. »Ein Streit bedeutet nicht automatisch den Abbruch einer Beziehung. Gewiss nicht innerhalb der Familie.«

»Meinen Sie? Sie sind in der Thematik ja nicht ganz unbewandert.«

Ruth musste lachen. So konnte man die Leistung anderer Menschen mal eben herunterreden. »Ein bisschen«, sagte sie.

Frau Schirmeier schien zu überlegen. Mit sich zu ringen.

»Also, Ruth, so darf ich Sie ja wohl nennen. Es ist ja sowieso davon auszugehen, dass Sie eingeweiht sind. Diese moderne Form der Beziehung. In diesem fortgeschrittenen Alter. Nun gut. Ich werde es anscheinend zu akzeptieren haben.«

»Ich verstehe, ehrlich gesagt, kein Wort.«

»Der Ring. Ich gebe zu, ich habe die Fassung verloren, als Oskar mich um den Ring meiner Großmutter bat. So viele Jahre im Familienbesitz. Aber wofür soll ich kämpfen? Für wen ihn aufbewahren? Ich muss es hinnehmen, dass es keine direkten Nachfahren geben wird. Dabei hätte Oskar alle Chancen gehabt. Nun, lassen wir das. Es ist seine Entscheidung. Der Ring kommt so oder so in fremde Hände. Egal, wie ich mich dagegen wehre. Aber meinen Sohn zu verlieren, bräche mir das Herz. Nehmen Sie den Ring. Streifen Sie ihn über. Werden Sie glücklich. Ich stehe Ihnen nicht länger im Weg. Nur lassen Sie mir Oskar.«

Ein Schluchzen drang an Ruths Ohr. Die Verbindung wurde unterbrochen.

Sie ließ sich auf die Bank fallen. Stieß den Kaffee um, der nicht nur auf den Boden tropfte, sondern auch Flecken auf ihrer hellen Jeans hinterließ. Was sollte das alles heißen? Mit übergriffigen Müttern, die ihre erwachsenen Söhne wie Prinzen behandelten, hatte sie zuletzt genug zu tun. Aber was deutete Frau Schirmeier da an? Was hatte Oskar vor? Ein Ring? Für sie? Das konnte nicht sein. Das musste ein Irrtum sein. Den sie sofort aus der Welt räumen würde.

Sie tippte unter den Favoriten seine Nummer an. Spürte, dass sie zitterte. Bis sie seine Stimme hörte. Warm und liebevoll. Wie ein Nachhausekommen. Erleichtert lachte sie ins Telefon. Oskar und sie wussten beide, was sie verband. Sicherlich kein Ring, an dem Frau Schirmeiers Familiengeschichte haftete.

»Du glaubst nicht, was passiert ist«, gluckste sie und fasste die Telefonate mit seiner Mutter in hastigen Worten zusammen. »Also, was immer sie missverstanden hat, worüber ihr auch in Streit geraten seid, klär das auf. As soon as possible. Bitte, Oskar.« Sie konnte gar nicht mit einem hysterischen Gekicher aufhören, so surreal hörte sich die Geschichte im Nachgang an.

Deswegen dauerte es eine zu lange Anzahl von Sekunden, bis sie wahrnahm, dass etwas nicht stimmte. Ganz und gar nicht stimmte.

37

»Was weißt du zu dem Toten?«, fragte Gert. »So wie ich es verstanden habe, ist er ein Einheimischer. Je mehr ich dem Staatsanwalt liefern kann, desto schneller sind wir durch.«

Sie hatten sich ein Stück abseits des tödlichen Grabes in den Sand gesetzt. »Den Bestatter habe ich informiert. Er ist unterwegs. Reicht dir das, was die Kollegen hier an Dokumentation aufgenommen haben?«

»Verwertbare Fußabdrücke wären nicht schlecht.«

Martin stutzte. Dann lachte er. »Fast darauf reingefallen. Selbst wenn es sich um ein Fremdverschulden handeln würde, auf Spuren können wir nach der Ausbuddelaktion nicht mehr hoffen.«

»Dann ist es ja gut, dass wir alle von einem Unfall ausgehen. Also, was kann ich der Staatsanwaltschaft berichten?«

»Kevin Jansen. Ein Klassenkamerad von Ronnie aus der Grundschulzeit. Wusste ich bis eben auch nicht. Zumal er zehn Jahre älter aussah. Selbst als er noch unter den Lebenden weilte.«

»Kevin«, wiederholte Gert und schien dabei jeden Buchstaben einzeln auszusprechen.

»Stimmt, der verhängnisvollste und stigmatisierendste Name der letzten Jahrzehnte. Darüber hätte ich schon darauf kommen können, wie alt er ist. Beziehungsweise jünger als vermutet. Modename der 80er und 90er. Hatte bei manch einem eine selbsterfüllende Prophezeiung, nachdem er zur Statusbeschreibung bezüglich Herkunft, Bildung und Sozialverhalten geworden war.«

»Und dieser Kevin erfüllte die Zuschreibungen, oder wich er davon ab?«

»Ersteres. Wobei ich natürlich nicht lange genug auf der Insel bin, um seine Entwicklung beurteilen zu können. Aber das, was ich von ihm weiß, was man sich erzählt und Ronnies Andeutungen ergeben quasi das Vollbild des Klischees. Auf der Wache hat er den Ruf des größten einheimischen Säufers und Drogendelinquenten, um es direkt in drastischen Worten auszudrücken. Nicht nur so ein Quartalstrinker, sondern einer, der zusätzlich zu seinem täglichen Pegel immer wieder durch extreme Spitzen auffällt, wozu alle möglichen Drogencocktails beitragen.«

»Na, dann ist es verständlich, dass er keinen Preis für Schönheit und Jugend verteidigen konnte, was?«

»Ich kann mir vorstellen, dass er mit 18 alle um den Finger wickeln konnte. Zigaretten-Rasierwasser-Motorsägen-

Typ. Männlich-jugendlich. Das war er bis zum Schluss. Nur in der verbrauchten, frühzeitig gealterten Version. Aber es blitzte immer etwas durch, zumindest an den besseren Tagen. Wenn wir ihn nicht zur Ausnüchterung mitnehmen mussten. Weil er herumschrie, Krawall machte, alle bedrohte.«

»Blieb es bei Ankündigungen?«

»Meistens, nicht immer. Wenn ihm der Falsche begegnete, kam es auch zu körperlichen Auseinandersetzungen. Vor allem mit den Kegelklubs geriet er schnell aneinander, die haben ja oft selbst keine Impulskontrolle.«

»Und zu den Norderneyern, den Insulanern, wie sieht es damit aus?«

»Die kannten ihn ja. Ließen sich meist nicht provozieren. Das prallte stoisch an ihnen ab. Nur bei den neu Zugezogenen, die das noch nicht wussten, wurde es ab und zu problematisch. Du weißt ja, wie das ist. Da werden Leute hierhingeholt, die jeden Tag zehn Stunden unter härtesten Bedingungen für die Touristen rackern. Haben selbst nur beengte Wohnverhältnisse, kaum ein nennenswertes Sozialleben, manchmal können sie unsere Sprache nur rudimentär. Da hat es dann auch schon mal geknallt. Oder wenn er betrunken mitten auf der Straße lag, und keiner an ihm vorbeikam.«

Gert blies die Backen abwechselnd rechts und links auf. Schaute aufs Meer hinaus, das sich langsam den Strand zurückeroberte. Er schwieg und schien das Gesagte zu durchdenken.

Martin sah auf seine Uhr. Der Bestatter ließ sich heute Zeit. Das kam davon, dass er von dieser Tätigkeit allein nicht leben konnte. Zumindest nicht auf der Insel. Sie waren froh, dass einer es im Nebenjob machte, sonst wären sie komplett auf das Festland angewiesen. So aber musste manchmal der brotgebende Job als Versicherungsagent erst zu Ende erledigt werden, bis der Leichenwagen aus der Garage geholt werden konnte.

»Wie war sein Familienstand? Hört sich nicht an, als gäbe es eine Frau, die so etwas mitmacht?«

»Stimmt. Er hat oft mit früheren Affären geprahlt, wenn wir ihn irgendwo aufgegriffen haben. Dass alle Frauen was von ihm gewollt hätten. Dass eine ihm ein Kind anhängen wolle. Welches definitiv nicht seines sei. Er ließe sich nicht ausnutzen. So ging es in einer Litanei. Ohne dass jemand wusste, was stimmte und was nur als Hirngespinst oder Wunschvorstellung seiner Fantasie entsprang. Sein Frauenbild, wie soll ich es sagen? War vorvorgestrig. Mindestens.«

»Dann lagen die Dinge wohl andersherum. Dass sich keine auf so etwas eingelassen hat.«

Martin zuckte die Schultern. »Ich bin mir nicht sicher. Fest stand auch: Er hatte ein Erbe zu erwarten.«

»Oha! Aber da müsste ja mindestens ein Dagobert Duck'scher Goldkeller warten, damit man den Rest in Kauf nimmt, was?«

»So weit entfernt ist das nicht. Man spricht von Goldbarren in der Badewanne. Die man gefunden hat.«

Gert richtete sich auf. Zog die Augenbrauen ganz nach oben in die Stirn, was seinem Gesichtsausdruck wieder einmal etwas Fratzenhaftes gab. »Was meinst du damit? Wo gefunden? In der Wohnung des Toten? Ich verstehe das nicht. Ihr seid doch da nicht rein? Ohne Absprache?«

Martin öffnete die Faust, mit der er schon eine ganze Weile eine Handvoll Sand umklammert hatte, und ließ diesen jetzt zurückrieseln. Erst im Erzählen verbanden sich auch für ihn plötzlich Fäden, die er bisher komplett übersehen hatte.

»Nein. Nicht bei ihm. Sondern den Eltern beziehungsweise der Mutter, dem letzten Familienoberhaupt des Jansen-Clans.«

»Dann ist der Erbfall also eingetreten?«

»Genau das. Und wenn ich darüber nachdenke, wirft es tatsächlich eine Menge Fragen auf, warum Kevin Jansen hier unter einer Sanddecke tot aufgefunden wird. Ein Strandläufer war er definitiv nicht.«

Gert stemmte sich hoch und strich sich die Hände an der Cargohose ab. »Uijuijui! Das ist ja mal eine Geschichte. Ich bin gespannt, ob sie dem Staatsanwalt gefallen wird.

38

»Lass uns darüber reden, wenn du morgen zu Hause bist, in Ordnung?«, hatte Oskar gesagt. Nach einer gefühlten Ewigkeit des Schweigens.

In der Ruths Gedanken wie bei einem Glücksspielautomaten ratterten, bevor sie irgendwann einrasteten. Oskar hatte seine Mutter um ein Familienerbstück gebeten. Den Ring seiner Urgroßmutter. Nicht irgendeinen, sondern ihren Ehering. So weit, so klar. Die Frage, die offen blieb: Wem wollte er das Ding an den Finger stecken?

Die einzigen beiden Optionen, die ihr einfielen, stellten gleichermaßen eine Katastrophe dar. Einen Endpunkt. Das Scheitern ihrer Beziehung. Egal, ob es eine andere gab, von der sie bisher nichts wusste, oder, was ihr als viel größerer Verrat vorkam, es ging um sie. Beides konnte sie mit dem Oskar, den sie vor drei Tagen im gemeinsamen Haus in Bonn zurückgelassen hatte, nicht in Verbindung bringen.

Doch seine Reaktion sprach Bände. Sein Schweigen sagte alles. Etwas war passiert. Und sie würde die Spekulationen bis zu ihrer Rückkehr aushalten müssen. Egal, was es war. Nichts davon ließ sich am Telefon in der Pause zwischen zwei Seminaren klären. Sie dachte mit Unbehagen an das bevorstehende Abendessen, bei dem sie zu Small Talk und aufgesetzter Fröhlichkeit gezwungen wäre. Sowieso schon nichts, was sie gut beherrschte, diese seichten Verpflichtungen, die ihr Job mit sich brachte, wenn sie als Freelancerin und Honorarkraft weiter gebucht werden wollte. Absolute Freiheit, wie sie sich das wünschte, gab es nicht. Weder beruflich noch privat. Wie sich immer wieder schmerzhaft herausstellte.

Ob sie nach dem Essen abreisen sollte? Eine weitere Nacht in einem sterilen Hotelzimmer würde sie kaum aushalten können. In Situationen wie diesen wäre es am besten, sich aus der Realität zu schießen. Nur dass sie nicht einmal dazu in der Lage war. Weder mit Alkohol noch Tabletten, von anderen Mitteln ganz zu schweigen. Ihr Begriff von Freiheit war immer eng mit Selbstkontrolle verbunden gewesen. Das Flirren in ihrem Bauch, das eingesetzt hatte, als Oskar ihr eine klare Antwort verweigert hatte, kam weder von Schmetterlingen, und auch *Grönemeyers* Flugzeuge trafen es nicht. Es fühlte sich an wie eine einsetzende Selbstzerstörung. Ein inneres Auflösen, das in der Körpermitte seinen Anfang nahm und sich von dort aus überallhin ausbreiten würde. Kopf, Herz und Seele mit sich nehmen würde.

Sie starrte auf das Handy in ihrer Hand. Dreieinhalb Stunden würde die Fahrt von Hannover nach Bonn dauern, weit nach Mitternacht käme sie daheim an. Und dann? Würden sie beide erschöpft und müde und genervt von der Kürze der Nacht noch mehr zerstören als nötig? Aber war das überhaupt möglich? Und was, wenn Oskar gar nicht zu Hause wäre oder …? Nein, ausgeschlossen. An diesem Punkt verweigerte ihre Vorstellungskraft ihr den Dienst.

Was also tun? Als Psychologin würde sie ihren Klienten raten, sich Unterstützung zu suchen. Jemanden bitten, den klaren Kopf zu bewahren, eine andere Perspektive reinzubringen, Möglichkeiten aufzuzeigen, die sie nicht wahrnehmen konnte. Doch wer konnte das sein? Von einer Parkbank in Hannover aus, wo sie neben einem Baguette und kalt gewordenem Kaffee trostlos, mutlos, orientierungslos saß. Kaum fähig, daran zu denken, wie sie als Dozentin den Nachmittag überstehen sollte.

Lisa-Marie? Nein, ihre Tochter anzurufen und zu belasten, war keine gute Idee. Vielleicht Michael, ihren Ex-Mann, zu dem sie ein inniges Verhältnis pflegte? Er zumindest würde nachvollziehen können, wie es in ihr aussah. Er hatte ihren Drang zur Unabhängigkeit, zur Freiheit erfahren müssen, als sie damals die Familie verließ. Ihr Kind und ihren Mann opferte, um ganz bei sich sein zu können. Es war, als käme sie zum Ausgangspunkt zurück. Alle Anstrengung vergebens. Weil es das, was sie suchte, in diesem Leben nicht gab. Nein, auch Michael war keine Option.

Überhaupt: Sie wollte nicht reden. Nicht mit Außenstehenden, nicht mit Oskar. Sondern Zeit gewinnen. Zum Nachdenken, zum Sortieren.

Sie stand auf, steckte das Handy in die Hosentasche. Nahm den Kaffee, der nach dem Verschütten übrig geblieben war, und trank ihn in hastigen Schlucken. Das Baguette hielt sie ratlos in den Händen. Ihr war der Appetit vergangen. Vielleicht gab es jemanden, dem es über den Hunger half. Wo konnte sie es am besten deponieren? Auf der Bank liegen lassen? Sie sah sich um. Nahm erst jetzt die Skulptur wahr, auf die ihr Blick schon früher hätte fallen können. Ein Bogenschütze, der in südwestlicher Richtung auf das Neue Rathaus zielte.

Ein Schauder durchlief Ruth. Ein Bogenschütze! Natürlich. Wieso war sie nicht gleich darauf gekommen? Das war die Lösung. Sie atmete tief durch. Endlich wusste sie, was zu tun war.

39

Martin Ziegler strich sich über seinen Nasenrücken. Die Sonne stand mittlerweile hoch am Himmel und brannte gnadenlos auf sie alle herab. Heute Abend würden ihre Gesichter glühen. Und in ein paar Tagen konnte er sich die Haut in Streifen abziehen. Anne würde die Stirn runzeln. Sie ging nie ohne einen angepassten Lichtschutzfaktor aus dem Haus und hielt jedem, ob er es hören wollte oder nicht, Vorträge zur Hautkrebsvorsorge. Er machte sich oft darüber lustig. Schließlich waren sie an der norddeutschen Küste und nicht in Italien, Spanien und schon gar nicht in Afrika. Man musste die Kirche auch mal im Dorf lassen.

Überhaupt. Er sah zu dem Toten hinüber. Gert hatte ihn mittlerweile mit der Goldfolie aus dem Streifenwagen abgedeckt. Sie hatten zwar den Strandaufgang gesperrt, aber immer mehr Menschen waren unten am Strand Richtung Weisse Düne unterwegs. Selbst wenn man aus der Entfernung keine Details erkennen konnte, hatten sie es als pietätlos empfunden, den Mann den Blicken und gezückten Handys preiszugeben. Von den Möwen aus der Luft einmal ganz abgesehen.

»Da kommt er.« Gert stupste ihn mit dem Ellbogen in die Seite, als hätte er das Motorengeräusch nicht selbst vernommen.

»Endlich.« Er spürte seine Erleichterung, etwas zu tun zu bekommen, und nahm sie auch bei Gert wahr, der sich tatsächlich die Hände rieb. Fehlte nur, dass er die Ärmel hochkrempelte und in die Handflächen spuckte.

»Ging nicht schneller«, sagte Mirko, während er die Klappe des Leichenwagens öffnete. »Wer packt mit an?«

So lief das auf Norderney, dachte Martin. Die Transportbahre half ihnen im sandigen Untergrund nicht weiter. Er griff nach der Zinkwanne, und Gert nahm den Leichensack entgegen. Alles improvisiert, dafür Hand in Hand. Als er sich auf die Insel versetzen ließ, hatte er an Sonnenaufgänge gedacht, die er aus dem Streifenwagen beobachten konnte. So wie manche Kollegen der Nachbarinseln oder der festländischen Küstenorte sie auf *Instagram* posteten. Imagepflege der Polizei. Bilder wie diese hier waren dafür ungeeignet. Und anscheinend war er auf diese Romantisierung hereingefallen. Als wenn er kein gestandener Polizist wäre, der jahrelang in den verschiedensten Kommissariaten mit Mord und Totschlag, Raub und Diebstahl, Geldwäsche und Drogenhandel zu tun gehabt hätte. Davon hatte er weggewollt. Um nun, zugegeben in idyllischer Umgebung, dem Bestatter beim Einsargen zu helfen.

»Hab schon gehört. Kevin muss nach Oldenburg. In die Rechtsmedizin. Gibt es einen speziellen Verdacht?«

»Nein«, antwortete Martin. »Routine.«

»Gut so.« Mirko kaute stoisch auf einem Kaugummi und starrte Martin an, als erwartete er weitere Auskunft.

»Hast du ihn näher gekannt?«

»Wie das so geht bei uns Norderneyern. Man sieht sich, man grüßt sich, man trifft sich. Die Insel ist ja nicht so groß, dass man sich aus dem Weg gehen könnte.«

»Das hättest du sonst gemacht?«

»Was weiß ich. Manchmal war der Kevin ein Kumpel, mit dem man einen lustigen Abend verbringen konnte. Man konnte nie voraussagen, wann es bei ihm kippte. Dann wurde es unangenehm. Weißt du doch selbst. Und sein Geiz legendär. Da kam er auf seinen Alten. Na ja, von nichts kommt nichts. Wahrscheinlich hat er es richtig gemacht. Obwohl er ja keinen Gewinn mehr davon hat. Dafür werden sich seine Geschwister freuen. Einer weniger, durch den die Goldbarren geteilt werden müssen.«

»Wie sah das denn aus mit dem Geiz?«, schaltete sich Gert ein.

»Na, wie ich schon sagte. Es wurde gemunkelt, dass er sich im Laufe eines Abends immer dann zum Kotzbrocken entwickelte, wenn er dran gewesen wäre mit Bezahlen. So lange wir anderen die Runden schmissen, schien er oft die Liebenswürdigkeit in Person. Erst dachten alle, es läge am zunehmenden Pegel«, Mirko setzte pantomimisch ein Glas an den Mund, »aber irgendwann fiel auf, dass er nie zuerst bezahlte. Wenn man mich fragt, war das pure Strategie. Das Geld brauchte er für die Drogen. Wir haben ihn mit der Zeit immer mehr links liegen lassen. Das hat seine Streitlust natürlich nicht vermindert. Die ist in den Jahren stetig gewachsen. Wie sein Konsum. Aber wie gesagt, das alles weiß Martin auch.«

Sie standen am freigelegten Leichnam. Sie hatten Handschuhe übergezogen, Gert hatte die Goldfolie hochgenommen und knüllte sie jetzt zusammen, wobei er sie weit von seinem Körper weghielt.

Martin sah in das Gesicht des Mannes. Dann zu Mirko. Er hatte sich altersmäßig vorhin bestimmt um zehn Jahre verschätzt, bis Ronnie davon erzählte, dass Kevin Jansen ein Klassenkamerad war.

»Hattest du sonst etwas mit ihm zu tun?«, fragte er deswegen. »Schule, Vereine, irgendwas?«

Mirko schnaubte. »Nee, nicht wirklich. Nur dass er mal mit meiner Schwester rumgemacht hat und ich ihm dafür eins auf die Nüsse gegeben habe. Da hat er mir vorgeworfen, dass ich wiederum mit seiner Schwester geknutscht hätte. Mann, das war, als wir zwölf waren und einen Zettel durch die Klasse schickten. ›Willst du mit mir gehen? Ja. Nein. Vielleicht.‹ Und da macht der dann eine Rechtfertigung draus, als er 15 Jahre später Sandra anbaggert. Nee, nee, nicht mit mir.«

»Sie waren also mit seiner Schwester in einer Klasse?«, wollte Gert wissen.

Mirko hatte ihm soeben den Leichensack abgenommen, den Reißverschluss aufgezogen und sich neben den Leichnam gekniet, um diesen zur Seite zu drehen. Jetzt blickte er auf. »Warum denn diese ganzen Fragen, wenn es nur Routine ist?« Er kniff die Augen zusammen. »Veräppeln kann ich mich selbst.«

»Nur Neugierde«, antwortete Gert und setzte fast exakt den gleichen misstrauischen Gesichtsausdruck auf, der gar nicht zu seinen Worten passen wollte.

Mirko sah ihn einen Moment schweigend an, wandte sich wieder um, packte den Leichnam bei den Schultern, drehte ihn zu sich, hielt den Körper dann mit einer Hand, um den geöffneten Leichensack mit der anderen unter ihm auszubreiten.

»Moment, ich mache das.« Gert ließ sich ihm gegenüber nieder. »Wie genau soll ich …« Er verstummte abrupt.

»Was ist?«, sagte Martin, als er sah, wie sein Freund regungslos verharrte.

»Okay, doch nicht nur Neugier«, antwortete Gert nach einer gefühlten Ewigkeit. »Sondern Ermittlungsroutine. Als hätte ich es kommen sehen. Schaut euch das an.«

40

Daniela bog gerade um die nächste Ecke, als Helene ihr zurief: »Bist du etwa schon auf dem Weg? Wie schade. Dann muss ich wohl doch nach meinem Schlüssel graben.«

Wie zur Bestätigung nahm sie ihren Rucksack vom Rücken und wedelte beim Näherkommen damit hin und her. »Ich suche mir ja immer einen Wolf.«

Sie musterte die beiden Heimkömmlinge, suchte nach Spuren, ob sie schon etwas von dem neuerlichen Unglück mitbekommen hatten. Es wäre ein wahres Wunder, wenn nicht. Leichter, als ihr zumute war, sagte sie: »Und ich verstehe auch nicht, warum du tonnenweise Gepäck mit dir herumschleppst. In so einem Durcheinander würde ich auch nichts finden. Ist dir das nicht zu schwer?«

»Als Schriftstellerin bin ich gern für jede Eventualität gewappnet«, entgegnete ihr Helene. Sie klang weder aufgeregt noch beunruhigt. »Eine Kladde, Füllhalter und Laptop, selbstverständlich etwas zu lesen. Das alles muss ich einfach dabeihaben, sonst fühle ich mich unvollständig. Gerate in Panik, weil ich die beste Idee meines Lebens haben könnte, die ich verliere, wenn ich sie nicht sofort notieren oder sogar ausarbeiten kann. Dazu noch ein Handtuch. Wir sind ja schließlich am Meer.«

Daniela wollte schon aufatmen, als sie wahrnahm, wie Marthe mit erkennbar missmutigem Gesicht danebenstand. Die Hände hatte sie in den Taschen einer ihrer obligatorischen Strickwesten vergraben, die wegen der sommerlichen Temperaturen immerhin ärmellos war. »Was nutzt einem das ganze Zeug, wenn man des Platzes verwiesen wird. Was willst du da aufschreiben? Oder recherchieren? Einzig das unverschämte Verhalten von Martin Ziegler gibt Stoff für deinen nächsten Roman her. Ich zähle auf dich, dass sich das entsprechend in den Büchern niederschlägt.«

Daniela sog tief die Luft ein. Also doch. Wenn sie allerdings stehen blieb, würde sie endgültig zu spät kommen. Ohne weitere Information, was die beiden wussten und wo sie gewesen waren, mochte sie aber nicht weitergehen.

Helene schien ihre Anspannung nicht zu bemerken, zu sehr war sie auf Marthe fixiert. »Du weißt genau, dass ich nicht über Menschen aus meinem Umfeld schreibe. Auch wenn es genug Leute gibt, die sich oder andere zu erkennen glauben. Manche sehen selbst mich in den Figuren. So funktioniert das aber nicht. Und solch schreckliche Ereignisse wie eben am Strand würde ich nie und nimmer nutzen wollen. Dann wäre ich ja keinen Deut besser als die Handygaffer, die alles ins Netz stellen.«

»Wenn das eine Anspielung auf mich sein soll …«

»Hattest du eine Kamera in der Hand? Also nein. Und sei nicht so beleidigt. Martin hat vollkommen richtig gehandelt. Wieso sollte er uns ein Sonderrecht einräumen? Und ganz ehrlich: Ich konnte gut auf den Anblick aus nächster Nähe verzichten.«

»Stopp.« Daniela erschrak über die Lautstärke und Strenge ihrer eigenen Stimme. »Erstens habe ich keine Zeit für eure Streitereien, zweitens reichen mir schon die Andeutungen. Ich will nicht hoffen, dass es wieder einmal Ärger mit Martin gibt. Das alles fällt doch auf Frank und mich zurück. Im Übrigen hat Helene recht und unrecht zugleich: In meinen Augen wird man schon zum Gaffer, wenn es einen zu Schauplätzen zieht, die jeder vernünftige Mensch meiden würde. Sich das Unglück anderer anzusehen: widerlich.«

Die beiden standen nun wie gescholtene Schulkinder vor ihr. Marthe mit trotzig vorgeschobener Lippe, wahrscheinlich krampfhaft um eine Ausrede und das letzte Wort bemüht. Helene mit rot verfärbten Wangen, die für ihre Aufregung sprachen.

»Natürlich hast du recht, Daniela. Es ist nicht zu entschuldigen. Ich hätte Marthe bremsen müssen. Und ganz ehrlich hat das vollkommen gereicht, was ich gesehen habe. Wir waren verrückt. Uns freiwillig Bildern auszusetzen, die man nie wieder vergisst. Die sich in die tiefsten Erinnerungswindungen setzen.«

Daniela tippte auf ihre Uhr. Wenigstens eine, die Einsicht zeigte, aber für die Demutsbekundungen war jetzt nicht die richtige Zeit.

Marthe hingegen schnappte nach Luft. »Wir waren verrückt? Was fällt dir ein, Helene? Ich kann sehr wohl Entscheidungen treffen, mit denen ihr nicht einverstanden seid. Ob ich irgendetwas einsehe, mich entschuldige und deinem heiligen Martin Ziegler huldige, das bestimme immer noch ich. Aber höchstwahrscheinlich bin ich ja ab jetzt ausgebootet. Abgemeldet, weil Ruth ab sofort wieder die erste Geige spielt. Ach, lasst mich doch einfach alle in Ruhe.«

Daniela, die sich endgültig mit einem Winken aus dem Staub machen wollte, ließ die Hand wieder sinken. »Ruth?«, fragte sie. »Wieso denn Ruth?«

41

»Ein Zahn?«, fragte Martin. Er hatte sich neben Gert gehockt und schaute abwechselnd auf das gräuliche Etwas, das auf dem Boden lag, und den passgenauen Abdruck auf dem Körper des Toten. Was nur deswegen zu sehen war, weil das Shirt des Mannes vom Kragen bis zum Bund aufgerissen worden war und wie ein Flügelhemd aus dem Krankenhaus den Rücken freilegte.

»Könnt ihr mal hinne machen? So schwer wird es ja wohl nicht sein, um einen Zahn von einem Kieselstein oder einem Kaugummi zu unterscheiden. Ihr wisst nicht, wie anstrengend es ist, so einen toten Körper zu halten.«

»Lass ihn runter«, sagte Gert und erhob sich, indem er sich auf die Knie stützte, ächzte und anschließend die Hände an den Hosenbeinen abrieb. »Ich rufe die Staatsanwaltschaft und meinen Chef an. In umgekehrter Reihenfolge natürlich. Ich kann nicht sagen, wer sich mehr freut.«

Martin zog automatisch den Kopf ein. Um dann trotzig das Kinn zu heben. Nein, es hatte nichts mit ihm zu tun. Die Insel war auch nicht verflucht, seit er die Norderneyer Wache leitete. Das, was hier geschah, was er hier erlebte, das nannte man schlicht und ergreifend Leben. Schicksal oder Zufall, völlig egal.

»Tut mir leid.« Gert senkte seine Augenlider auf Halbmast.

Martin hasste diesen mitleidigen Blick. »Muss es nicht«, antwortete er wie beiläufig. »Dort liegt das Opfer, es geht nicht um mich.«

»Kann mir mal einer sagen, was zwischen euch abgeht?«, wollte der Bestatter wissen. »Es ist nicht so, dass ich mir den ganzen Tag freigenommen hätte. Von den paar Inseltoten kann kein Mensch leben. Was also geht ab?«

»Steht Pietät nicht mit auf der Kompetenzliste eines Totengräbers?« Gert zog seine Augenbrauen und klang unglaublich arrogant.

Mirko schnaufte und sah Martin an. »Wo hast du den denn aufgegabelt? Kann aus meiner Sicht umgehend zurück aufs Festland. Ich hab noch einen Platz frei für den Rücktransport.« Er grinste so breit, dass im hinteren Backenbereich ein Goldzahn aufblitzte. »Auf dem Beifahrersitz. Nicht, dass ihr was anderes denkt.«

»Lass mal.« Martin konnte Mirkos Reaktion zwar nachvollziehen, andererseits ahnte er, was die Telefonate auf dem Festland auslösen würden. »Sieht nicht so aus, als würde das hier eine schnelle Nummer. Gleich wissen wir mehr.« Er ahmte mit Daumen und kleinem Finger nach, wie Gert etwas abseits von ihnen telefonierte.

Mirko ließ sich in den Sand plumpsen und holte sein Smartphone raus. »Okay, sowieso Zeit für einen Aktiencheck. Überhaupt, wie sieht es denn bei dir aus, Ziegler? Bist doch frisch verheiratet. Was macht die Zukunftsplanung? Meine Frau, mein Haus, meine Jacht. Kinder ja oder nein? Eigentum, Gold, ETFs und eine meiner attraktiven Versicherungen. Man sieht, wie wichtig langfristige Planung wird. In der Geldanlage und im Schutz davor, alles zu verlieren. Extremwetterereignisse und ihre Folgen. Hier liegt ein eindrucksvolles Beispiel vor uns in der abgebrochenen Dünenkante.«

»Kevin Jansen hat nichts mehr davon. Egal, ob und wie er sein Geld angelegt hat. Oder ob er versichert war.«

Mirko lachte heiser und zog einen Dampfer aus seiner Hosentasche. Ein widerlich süßlicher Geruch waberte in den seichten und schläfrigen Wind, der die Mittagshitze auf sie niederdrückte.

Übelkeit stieg in Martin auf. Saure Magensäure, weil er seit Stunden nichts gegessen und getrunken hatte, vermischte sich mit der Abneigung gegen den Geruch, der aus seiner Sicht kaum mehr etwas mit Rauchen zu tun hatte. Dass er dabei mit aller Kraft auszublenden versuchte, dass ein toter Mensch neben ihnen lag, machte die Sache nicht besser.

Er wankte mehr, als dass er ging, in Richtung des abgestellten Polizeiwagens, um eine Flasche Wasser aus dem Seitenfach zu holen. Wenn er nicht sofort etwas trank, konnte er für nichts garantieren. Was gerade noch gefehlt hätte. Sich auf eine Weise lächerlich zu machen, die höchstens einem Polizisten bei seiner ersten Leiche zugestanden wurde. Und selbst dann nur, wenn die Auffindesituation es hergab.

Er dachte an den Mann, der den Toten gefunden hatte, und der notdürftig versucht hatte, die Spuren seiner Übelkeit zu verscharren. Er hatte nicht vor, es ihm gleichzutun.

Gierig schluckte er das Wasser aus der Flasche, auch wenn es mehr als lauwarm war. Besser als nichts, dachte er erleichtert, während der letzte Schluck durch seine Kehle rann. Er zerdrückte das Plastik. Das überlaute Knirschen war wie ein Katalysator für alles, was er fühlte. Besonders für die Wut, die in ihm aufstieg. Auf denjenigen, der sie in diese Situation gebracht hatte, auf die schleppenden Prozesse, die ihn hier mitsamt der Leiche festhielten, auf das Zerrinnen seines Plans, einen guten Tag mit Gert zu verbringen, und letztendlich selbst auf den toten Kevin Jansen. Es würde schon Gründe haben, warum er da lag. In genau dem Zustand, der sich ihnen bot. Der leider wenig Hinweise auf einen Unfall oder einen Suizid bot, dafür umso mehr auf ein Fremdverschulden hindeutete. Hier auf Norderney. Hier auf seiner Insel.

Er kickte die leere und zerdrückte Flasche durch die offene Tür ins Polizeiauto. Bingo! In die Mittelkonsole. In seiner Fantasie blinkten Lichter auf, ertönte eine Fanfare und danach das Gewinnrattern eines Spielautomaten. Irgendetwas war eingerastet. Genau in dem Moment, als er traf.

Was hatte Mirko da eben gesagt? Geldanlage. Versicherung. Wenn das mal kein Motiv war. Zumindest hatten sie einen ersten Anhaltspunkt.

42

Also doch das ganz große Programm: Die Spurensicherung rückte an, was zu einer weiteren untätigen Wartezeit am Strand führte, nur unterbrochen von Erläuterungen am Absperrband. Wobei es sich angesichts diverser Social-Media-Beiträge längst herumgesprochen hatte, was passiert war.

Martin war erleichtert, dass er sich trotz der Ausnahmesituation auf sein Team verlassen konnte. Sie hatten untereinander den Dienst koordiniert. Alle, auch die Verstärker, die während der Saisonzeiten jeweils immer nur für wenige Wochen das Stammteam ergänzten, zeigten sich bereit, ihre heutigen Dienstzeiten flexibel zu gestalten.

Seine Mitarbeiterin Nicole hatte zwischenzeitlich Kaffee, gekühlte Getränke, Brötchen und Sonnencreme besorgt. So makaber ihnen ihre Grundbedürfnisse im Angesicht des Todes erschienen, half es aber schließlich niemandem, darauf falsche Rücksicht zu nehmen. Der Tag wurde erwartungsgemäß lang, die Kollegen vom Kriminaltechnischen Dienst zeigten ihnen genauso vorhersehbar einen Vogel wegen der unzähligen Fußabdrücke und Sandumschichtungen, die spurentechnisch genau eins hergaben: nämlich nichts.

Der Zahn stammte tatsächlich vom Toten, was bei der endgültigen Umbettung in den Leichensack und dem damit einhergehenden Drehen des Körpers deutlich wurde, weil sich ein Schwall Sand aus der Mundhöhle ergoss und die bisher verborgene Lücke des abgeschlagenen Eckzahnes offenbarte. Dass der Zahn wirklich ins Gebiss wie der Deckel auf die Teekanne passte, brauchte keine rechtsmedizinische Untersuchung, sondern war auch für den Laien erkennbar.

Trotzdem war es Martin nur recht, dass die KTU scheinbar jedes Sandkorn untersuchte. Je mehr sie zusammentragen konnten, umso schneller würden sie der Sache auf den Grund gehen können. Kevin Jansen war kein Unbekannter. Ein Mann mit einer einschlägigen Vorgeschichte. Einer Motivlage, die Ermittlungsansätze bot. Er sah zu Gert hinüber. Es war fast so etwas wie Freude, die ihn erfasste. Mit dem Freund und Kollegen würden sie die Hintergründe der Tat in Nullkommanichts gelöst bekommen. Nicht im Dunkeln herumtappen wie bei solchen Fällen, wo undurchsichtige Verbindungen zum Festland vorlagen und die langwierigen Recherchen und die ermüdenden Kompetenzspielchen ihnen das Leben erschwerten.

Warum fiel ihm ausgerechnet jetzt Ruth Keiser ein? Klar, sie hatte ihn bei zurückliegenden Fällen fast wie ein Side-Kick unterstützt. Aus dem Rheinland, aus Lübeck. Ohne sie … Er schüttelte sich. Manches wollte er gar nicht zu Ende denken. Weil es die Erinnerung an schwärzeste Stunden weckte. Die sich nie, nie wiederholen durften.

Aber so gerne er mit Ruth zusammenarbeitete, ihr blind vertraute, meistens jedenfalls, so erleichtert war er jetzt, dass eine solche Konstellation diesmal nicht notwendig wurde. Was ihn zum nächsten Gedanken führte: dass er alles dafür tun würde, um Ruths Freundin Helene im Gespann mit Marthe Dirkens so weit wie möglich von Fundort, Tatort und jeglicher Ermittlungsarbeit zu verbannen. Keine von ihnen würde auch nur den Hauch einer Chance bekommen, sich einzumischen.

»Von unserer Seite aus kann der Leichnam jetzt abtransportiert werden. Wenn ihr uns dann noch für eine knappe Stunde die Badegäste vom Leib haltet?«

»Kein Thema.« Martin warf einen bedauernden Blick auf die weißen Overalls. Er mochte sich nicht vorstellen, wie die Temperatur unter dem Plastik mit jeder Bewegung anstieg.

»Stimmt. Nicht lustig. Das ist unser Job aber selten.« Der Kriminaltechniker hatte seinen Blick richtig gedeutet. »Wenn ihr uns vor der Abfahrt ein *Norderneyer Bier* besorgt, verzeihen wir euch den schweißtreibenden Einsatz.«

»Nichts leichter als das.« Martin grinste und zog sein Smartphone heraus. »Soll ich zuerst den Bestatter zurückpfeifen oder das Bier ordern?«

»Ist das eine Frage?«, gab der andere jovial zurück. »Immer nach Prioritäten.«

»Ach was, ich mache es mir einfacher. Auf der Insel sind wir es gewohnt, multifunktional zu agieren. Wer gleichzeitig bestatten und versichern kann, der kann auch zum Flaschenträger werden.«

Mirko schien sich über den ausgeweiteten Auftrag nicht zu wundern. Eher klang er geistesabwesend, als er mit einem schnellen »ja, ja« einwilligte, das Bier zu besorgen.

»Aber was ganz anderes«, sagte er danach. »Ich habe mir die Dinge, die du mich gefragt hast, durch den Kopf gehen lassen. Ob ich etwas zu Kevins Vermögensverhältnissen weiß und welche Versicherungen er hat. Ich kann dir leider dazu nicht einfach was sagen.« Er machte eine Pause. »Selbst wenn ich wollte. Da müsst ihr schon die offiziellen Wege einhalten, auch wenn sie dauern.«

»Nichts? Auch nicht die geringste Andeutung?«

»Sorry. Ich muss von dem Job leben. Die Toten alleine reißen es nicht raus. Indiskretion geht also gar nicht. Alles, was ich bisher über Kevin und seine Familie gesagt habe, war rein privat.«

»Verdammt«, entfuhr es Martin. Dann setzte er hinzu: »Bring ruhig noch ein paar Flaschen mehr mit.«

Der Abend mit Gert würde lang werden, so viel stand fest.

43

»Komm, wir bringen erst einmal deine Sachen zu uns nach Hause. Dann schicke ich Anne eine Nachricht, damit sie weiß, dass du unser Gast bist.« Er deutete auf die kleine Reisetasche im Kofferraum des Polizeiwagens, die sein Freund mitgebracht hatte.

»Ist mir schon aufgefallen, dass du gar nicht mit ihr telefoniert oder geschrieben hast. Ihr habt doch sonst eine Standleitung zwischen Polizeiwache und Krankenhaus. Sind das die ersten Folgen der Hochzeit?«

»Ist das so?« Martin warf Gert einen misstrauischen Blick zu.

»Was wundert dich? Dass ich euren heißen Draht zueinander bemerkt habe oder dessen Nichtmehrvorhandensein? Ersteres ist doch ein offenes Geheimnis gewesen.«

»Du übertreibst. Wie so oft. Und deswegen ist deine Schlussfolgerung auch falsch. Wir sind hier nun mal auf einer kleinen Insel mit räumlicher Enge. Hier erfährst du innerhalb von Minuten, wo ein Sack Krabben umgekippt ist. Und es gibt immer einen Bus mit Leuten, die das interessiert. So. Für dich, der sonst die abgegriffensten Sprichwörter raushaut.«

»Schon klar. Marthe Dirkens ist das beste Beispiel dafür. Besonders seitdem sie auf Social Media aktiv ist.«

»Siehst du. Das hast selbst du mitbekommen. Auf dem europäischen Festland.«

»Ich frage mich ernsthaft, wer übertreibt. Ihr Norderneyer, die immer ihre Eigenständigkeit von uns Kontinental-Ostfriesen herausstellen müssen, oder ich, der ausschließlich Dinge benennt, die er mit offenen Augen und Ohren gesehen hat. Über Marthe Dirkens neuestes Hobby bin ich im Bilde, weil sie mit mir auf sämtlichen Kanälen verbunden ist.«

Martin, der den Kofferraum mit Schwung verschloss, nachdem er auch das zusammengeknüllte Absperrband verstaut hatte, richtete sich auf. »Dann wundert mich ja gar nichts mehr. Womöglich hast du sie also erst hierher gelockt? Und du wirfst mir vor, ›zu eng‹ mit meiner Frau zu sein?«

»Hör doch einfach richtig zu.« Gert ließ sich so auf den Beifahrersitz fallen, dass der ganze Wagen ins Wanken geriet. Er schob den Sitz nach hinten, damit seine langen Beine Platz fanden. »Schick, das E-Auto. Wie viele Leute habt ihr schon angefahren, weil sie euch auf der Straße nicht mehr hören?«

»Das ist tatsächlich ein Problem. Es wird sich nie ändern, dass die Touristen das Prinzip des autofreien Norderney nicht verstehen. Zumindest den Unterschied zu den ostfriesischen Inseln, auf denen es wirklich keine Autos gibt.« Er startete den Wagen, der auf dem sandigen Asphalt einen Moment wegzurutschen schien. Dann aber griffen die Räder. »Und nun zurück zum Thema: Wo habe ich nicht zugehört? Konnte Marthe wissen, dass du im Anmarsch bist, ja oder nein? Und gehört das zur neuen Strategie der polizeilichen Öffentlichkeitsarbeit?«

»Wie du die Dinge verdrehst, Hut ab!« Gert ließ das Fenster herunter und grüßte die Passanten, die zur Seite gingen, als wäre er einer der Verstärker auf Streifenfahrt. »Im Übrigen ist nichts dagegen zu sagen, den Ruf unseres Berufsstandes zu verbessern. Der ›Freund und Helfer‹ ist schon lange kein Konzept mehr, das trägt. Leider hat sich der ›Bulle‹ durchgesetzt, und wir müssen aufpassen, dass wir nicht durchgängig als Durchsetzungsmacht eines Überwachungsstaates wahrgenommen werden. Du weißt, wovon ich spreche. Ein wenig gegenzusteuern ist nicht verkehrt.«

»Aber doch nicht deine Aufgabe als Privatmann. Außerdem weichst du jeder konkreten Frage aus. Was hat Marthe von dir erfahren? Dass du zu einem Einsatz unterwegs bist?«

»Quatsch! Aber natürlich ist sie clever genug. Auf allen Norderney-Seiten blühten schon die wildesten Gerüchte. Sie hatte längst eine Informationsquelle, bevor ich ein Bild von der Überfahrt mit der *Frisia III* in meinen Status gesetzt habe. Als Privatmensch. Kein Wort davon, dass ich dienstlich unterwegs war.«

»Ach, und dass Marthe sich beides zusammenreimen kann, auf die Idee bist du nicht gekommen?«

»Wenn ich mir vor jedem Post Gedanken dazu mache, wer was wie interpretiert, brauche ich gar nichts mehr veröffentlichen. Kein Bild, keinen Satz, kein Meme. So funktioniert das nicht. Also hör auf, mir da etwas in die Schuhe zu schieben. Marthe wäre so oder so an der Fundstelle aufgelaufen.«

Martin konnte dem nichts entgegensetzen. Gert hatte recht. Insbesondere, da Frau Dirkens das Gefühl hatte, ausgebootet worden zu sein, was den Fall des verschütteten Mädchens anbelangte.

»Außerdem bist du es, der ablenkt. Was bedeutet die Funkstille zwischen Anne und dir? Der Alltag nach den Flitterwochen?«

»Noch ein paar Klischees und du kannst dir für diese Nacht ein anderes Bett suchen.« Martin merkte, dass er sauer wurde, auch wenn er Gert und seine Frotzeleien kannte. Trotzdem ließ er sich an bestimmten Punkten immer aufs Neue triggern. Seine Beziehung zu Anne war einer davon. »Was schwer werden wird, das mit dem Bett, meine ich. Zumindest, wenn es bezahlbar sein soll. Außerdem habe ich mich auf den Abend mit dir gefreut«, schob er den letzten Satz etwas milder hinterher.

»Dito, sonst hätte ich keine Tasche dabei. Oder würde gute Gründe finden, gleich noch zurückzufahren. Es fiel mir halt auf. Kein Vorwurf, kein Angriff. Ich mag, wie ihr miteinander umgeht.«

»Wir sind erst den dritten Tag wieder im Dienst. Anne hat alle Hände voll zu tun. Urlaube der Kollegen treffen auf allgemeinen Personalmangel und Krankmeldungen. Wir haben kurz telefoniert. Schon allein, weil sie genau wie ich noch mitgenommen ist von dem Vorfall mit dem verschütteten Mädchen und dem toten Hund.«

»Krasser Zufall. So schnell hintereinander.«

»Wer will, kann zumindest die Gefahr hochrechnen. Wetterereignisse erwischen uns in einer Frequenz, die neu ist. Sagen auch die alten Insulaner. Es gibt ausreichend Warnungen. Und Verbote. Die selbst bei direkter Konfrontation ignoriert werden. So wie vorgestern. Dass aber einem Norderneyer so ein Schicksal widerfährt, ist umso unverständlicher.«

»Dass es Schicksal war, ist ja so gut wie widerlegt. Der Zahn und das zerrissene Hemd – nur zwei Indizien, die auf ein Tatgeschehen hinweisen. Ich bin mehr als gespannt, was die Rechtsmedizin herausbekommt.«

Martin ließ den Wagen vor der eigenen Haustür ausrollen. »Bleib sitzen«, sagte er. »Ich bring deine Tasche nur eben rein, dann geht es sofort weiter.«

»Alles klar.« Gert zog sein Smartphone aus der Hosentasche und entsperrte es.

»Keine dienstlichen Geheimnisse verraten.« Martin deutete auf das Handy. Und grinste. »Es sei denn, du textest mit Theresa Westerkamp, deinem höchst persönlichen Draht zum Obduktionstisch.« Er freute sich darüber, wie satt die Autotür ins Schloss fiel.

44

Anne beugte sich hinunter, um das Fahrradschloss zu öffnen. Natürlich verkeilte sich der Schlüssel wieder einmal. Nichts ging, weder in die eine, noch in die andere Richtung, schon gar nicht nach vorne oder zurück. Sie könnte schwören, dass es mit ihrem Mindset zu tun hatte, es eine selbst erfüllende Prophezeiung war, auch wenn sie wissenschaftlich nicht erklären konnte, wie die Mechanik ihre Gedankengänge erfasste. Und nein, sie war sich sicher, dass es nicht an ihren Händen lag.

»Probleme?« Ihr Kollege von der Notarztbesatzung warf einen Schatten auf sie und blies ihr den Himbeerduft seiner E-Zigarette ins Gesicht.

Sie richtete sich auf und wedelte den Qualm aus ihrer Geruchszone heraus. »Und das soll gesund sein«, murmelte sie vor sich hin.

»Besser als nichts, meinst du nicht? Ein wirklicher Motivationsspruch ist aber was anderes.«

»Kann schon sein. Bin heute Abend allerdings nicht in der Lage, Kollegen zu betüdeln. Von mir aus kannst du dir jedes Laster dieser Welt gönnen. Ich mag den Geruch einfach nicht.«

»Du meinst, dann lieber wieder die volle Dröhnung Nikotin?« Er zog eine angebrochene Packung Zigaretten aus der linken Jackentasche. »Falls es im Dienst mal zu heftig wird.«

»Ich meine mich zu erinnern, dass du früher ausschließlich bei solchen Gelegenheiten geraucht hast.«

Er zuckte lapidar die Schulter. »Was man so alles erzählt. Und sich und andere belügt. Ich bin da keinen Deut besser als die Patienten, die ihren Konsum vor uns Ärzten herunterspielen.«

»Dann ist es doch vernünftig, wenn du jetzt einen Ausweg suchst.« Sie rümpfte die Nase. »Wobei ich nichts gegen andere Geschmacksrichtungen hätte.«

»Schon seltsam, wie wenig wir auf uns achten, obwohl wir es am besten wissen müssten.« Er hob die Hände. »Dich ausgenommen. Aber wir vom Rettungsdienst sind die Schlimmsten. Nicht nur auf Norderney. Die mit den miserablen Cholesterinwerten von zu viel Chips und Currywurst, der unzureichenden Bewegung und dem ausschießenden Adrenalin, wenn der Notruf eingeht, was wir mit hohem Blutdruck bezahlen. Und den unverarbeiteten Bildern nach jedem Einsatz, der tragisch endet. So wie heute Morgen.«

»Hab es nur am Rande mitgekriegt«, japste Anne, die erneut versuchte, den Schlüssel im Schloss zu drehen. »Martin hat mich informiert. Und natürlich habe ich im Laufe des Tages überall etwas aufgeschnappt. In der Ambulanz, von anderen Patienten, Kollegen und dem Pflegepersonal.«

»Als ich vor Ort war, sah es ja noch nach einem Unfall aus. Weißt du denn schon was Neues? Mit deiner Connection zur Polizei?«

Anne ließ das Faltschloss fallen, stand auf und trat gegen den Fahrradständer. »Wenn es nicht läuft, dann aber auch nirgends. Und nein, ich weiß nicht mehr als du. Ich bin kaum zum Luftholen gekommen. Ein Kaffee im Stehen, ein Biss in ein Kuchenstück, das mir auf Station von einem Pfleger in die Hand gedrückt wurde. Weil es etwas zu feiern gab. Ich kann mich nicht einmal erinnern, was es war.«

»Hört sich nicht gut an. Kuchen ist bei uns Ärzten auch so eine Sache …«

»Mach du mir ein schlechtes Gewissen.« Sie lachte heiser auf. »Da bin ich definitiv die Falsche. Kuchenkompensation, da schau lieber mal bei der Polizeiwache vorbei. Die können ein Lied davon singen. Oder Leid klagen. Je nach Perspektive und Bauchumfang.«

»Wir Diener der Gesellschaft. Ist dort nicht anders als bei uns. Gemotze, unnötige Einsätze, Forderungen, Drohungen. Wer will sich da nicht ab und zu selbst belohnen?« Er steckte die E-Zigarette in die rechte Jackentasche.

»Mir würde es schon reichen, wenn dieses dämliche Teil aufginge und ich endlich in den Feierabend könnte. Dafür brauche ich weder Kuchen noch Kippen.«

»Lass mich mal.« Jetzt beugte er sich zum Fahrrad hinunter. »Auch kein Glas Wein?«, fragte er, während er den Schlüssel ohne Probleme im Schloss drehte. Mit einem Klacken löste sich der Verschluss.

»Gibt es doch gar nicht.« Anne starrte ihn verwundert an.

»Kein Problem. Ist wie beim Intubieren. Immer mit Fingerspitzengefühl. Also, Wein oder nicht Wein?« Der Notarzt rieb seine Hände gegeneinander, als würde er sie desinfizieren.

Anne sah auf das Schloss. Es dauerte einen Moment, bis seine Frage bei ihr ankam. Sie verstand einfach nicht, warum bei ihm funktionierte, was bei ihr unmöglich war. »Ach so, Wein«, antwortete sie schließlich. Denn da gab es ja etwas, auf das sie sich freuen konnte. Nach diesem unsäglichen Dienst, der sie so unsanft aus ihrem Restbestand an Nachflitterwochengefühl in die Realität katapultiert hatte. Als hätten das die Ereignisse der letzten Wochen und Tage nicht schon genug getan. Doch nun gab es einen völlig unerwarteten Lichtblick.

»Oha. Erwischt.«

Sie grinste. Tatsächlich. Der Anruf hatte sie in einem der wenigen Augenblicke erwischt, in denen sie auf ihr Handy hatte schauen können. Was für ein Glück. Sie faltete das Schloss, zog das Rad aus dem Ständer, schob es an und schwang ihr Bein hoch über den Sattel. »Wenn du meinst«, rief sie, während sie im Kreis um den Kollegen fuhr. »Danke jedenfalls fürs Schlossknacken, wie auch immer du das gemacht hast. Hab noch einen entspannten Dienst!«

45

Daniela streifte noch an der Haustür die Schuhe ab. Mit einem Ächzen bückte sie sich und hob sie auf, damit keiner der Gäste darüber stolperte. Ihre Füße waren platt wie eine Flunder und kamen ihr dazu wie weichgeklopft vor. Diese Hitze, gepaart mit dem langen Stehen, brachte sie um. Kaum eine Sekunde Ruhe hatte sie heute gehabt. Wenn sie im Aufenthaltsraum einen Schluck ihrer eiskalten Zitronenlimo trinken wollte, klingelte prompt das Telefon. Eine Terminanfrage nach der anderen. Waren denn alle verrückt geworden?

Sie musste sich für die Arbeit im Friseursalon dringend neue Schuhe besorgen. In diesen Extraweiten, sonst halt eine Nummer größer. Nur keine Omaschuhe, dann würde sie lieber weiter leiden oder sich wie Aschenputtels Stiefschwestern ein Stück vom Fuß abhacken.

Sie schlich auf Zehenspitzen, weil jedes Abrollen auf die Gelenke ging, in die Küche, holte aus dem Kühlschrank eine

Wasserflasche und setzte sie sich an den Mund, während sie sich auf den nächsten Stuhl fallen ließ.

Vom ersten Tag ihrer Ausbildung an ahnte sie, dass die Beine ihr diese Berufswahl verübeln würden. Jeder hatte sie davor gewarnt. Vor Krampfadern, Wasser in den Füßen, Stützstrümpfen schon in jungen Jahren. Was sie genauso übergriffig wie abwegig fand. Und jetzt das! Hier oben im Norden. Wo die Sommer nicht beständig, sondern wetterwendig sein sollten. Wo die Temperaturen immer nur tageweise die 25 Grad überschritten. Zu Hause im Rheinland hatten sie schon damals, während ihrer Schulzeit, darauf gewartet, dass dieser Wert, der Hitzefrei und Schwimmbad versprach, bis 10 Uhr morgens erreicht wurde.

Nun hatte sie sogar das Meer sinnbildlich vor den Füßen und stöhnte doch über eine sommerliche Hitze, die den Südländern Konkurrenz zu machen schien. Nichts wünschte sie sich mehr als einen nebeligen, trüben, nasskalten Regentag. Einen Sofatag mit Füßen in wolligen Socken, einem guten Buch und einer Tasse Tee. Notfalls sogar mit einem Schuss Whiskey.

Stöhnend erhob sie sich. Sie konnte nur hoffen, dass Marthe sie so nicht sah. Fiese Kommentare waren das Letzte, was sie brauchen konnte. Leider war nach den vergangenen Tagen nicht mit einem friedvollen Miteinander zu rechnen.

Dabei war es das Einzige, wonach sie sich sehnte. Kein sinnloses Geschnatter, keine Gerüchte, keine unheilvollen Erzählungen. Das alles hatte es heute im Salon im Übermaß gegeben. Wenn Marthe auch nur den Hauch einer Ahnung hätte, was sie an Mutmaßungen berichtet bekommen hatte. Unfall, Suizid, Totschlag, Mord. Einfach lächerlich. Wie in Windeseile eine ganze Insel zu Detektiven und Kriminalkommissaren wurde. Dabei war doch naheliegend, dass Kevin Jansen wieder einmal zu tief ins Glas geschaut oder zu viel eingeworfen hatte. Dass er nun ausgerechnet unter einer Düne beerdigt lag und nicht im Straßengraben schien ihr ein Zufall, den man nicht mit mystischen Geschichten über Prostituierte, die Mafia und Geldeintreibern unterlegen musste. Zwischendurch hatte sie sich nicht nur Barfußschuhe, sondern auch Noise-Cancelling-Kopfhörer gewünscht. Nur dass bei ihr als Friseurin ja das Unterhaltungsprogramm mit eingekauft wurde. Also keine Abschottung. Stattdessen: staunen, nachfragen, nicken, kommentieren. Mit passendem Gesichtsausdruck. Neugier, Abscheu, Überraschung, Anerkennung. Für ein Grundgehalt, das nicht zum Leben reichte. Und die Katzbuckelei fürs Trinkgeld nötig machte.

Daniela füllte im Badezimmer eine Schüssel mit kaltem Wasser, schnappte sich ein Handtuch und schlüpfte in ihre Flip-Flops. Das war schon eine Wohltat. Endlich Feierabend. Eigentlich liebte sie ihren Beruf, nur nicht an Tagen wie diesen. Sie würde sich jetzt im Garten in den Schatten setzen, die Füße kühlen und sich dazu einen alkoholfreien Cocktail mixen.

Sofort fühlte sie sich besser.

Bis sie die geöffnete Terrassentür sah. Und ihr Böses schwante.

Natürlich. Marthe Dirkens und Helene Dannenberg. Beide in Badeanzügen, die sie noch nie an ihnen gesehen hatte. Der eine voller pink- und fliederfarbener Blumen, der andere streng schwarz mit eleganten weißen Streifen an der Seite und am Dekolleté. Passend zu den jeweiligen Frisuren, die sich nur im grauen Basiston ähnelten und damit die unglaublichen 30 Jahre, die annähernd zwischen ihnen lagen, wie einen Irrtum erschienen ließen. Die Jüngere mit ihrem exakt geschnittenen Bob im Grannylook, einer dunkel getönten, ins Haar gesteckten Divenbrille und knallrotem Lippenstift, die Ältere mit Kurzhaarfrisur, lang gewachsener Strähne, dick aufgetragenen Sunblockerstreifen und einer Nickelsonnenbrille. Wie Plus und Minus, Yin und Yang, ein Gegensatzpaar, das sich gesucht und gefunden hatte.

Zu ihren Füßen ein aufblasbarer Pool. In den Händen Cocktailgläser, funkelnd rot gefüllt, sodass Daniela für einen Moment glaubte, der Drink habe Helenes Lippen gefärbt. Garniert mit Ananas und Physalis, japanisch angehauchten Papierschirmchen und klimpernden Glastrinkhalmen. Aus einem kleinen Würfel erklangen kaum hörbar mediterrane Klänge.

»Ach Gott, Kind, wie siehst du denn aus? Sag ich es nicht immer, dass alles auf Dauer zu viel ist?« Marthe wirkte ernsthaft erschrocken.

Was es nicht besser machte. Unschlüssig blieb sie im Türrahmen stehen.

»Nun komm schon«, stimmte auch Helene ein. »Es ist herrlich. Was hast du denn? Warum so zögerlich?«

Daniela sah zwischen den beiden hin und her. Dann seufzte sie laut, ging die wenigen Stufen von der Terrasse hinunter in den Garten und schüttete ihr Wasser in das Planschbecken, in dem die Frauen ihre Füße und eine Prosecco-Flasche kühlten. »Meinetwegen«, murmelte sie schließlich. Nichts wollte sie lieber, als es Marthe und Helene gleichzutun. Doch dann hob sie den Zeigefinger: »Unter einer Bedingung. Kein Wort von dem, was am Strand passiert ist. Kein abschätziges Wort über Martin Ziegler. Sonst …« Sie stockte. »Sonst ist die Poolparty sofort beendet. Für heute und den Rest des Sommers.«

Daniela sah, wie die Gesichter der beiden Frauen lang wurden. Und empfand prompt ein schlechtes Gewissen. Sie waren nicht anders als all die Kundinnen, die heute Nachmittag den Unfall am Strand bis ins Kleinste zu analysieren versuchten. Und bei einem Mord rauskamen. Wie lächerlich. Anscheinend jedoch ein menschliches Bedürfnis.

»Nichts von Martin Ziegler«, wiederholte sie, diesmal milder. »Ich will einfach keinen Streit. Aber lasst uns stattdessen über Ruth sprechen. Ich habe es heute Mittag nicht verstanden. Was genau ist denn mit ihr?«

Sie hatte es wirklich nur gut gemeint. Als Friedensangebot. Als Eisbrecher. Doch das sah Marthe Dirkens anscheinend wieder mal ganz anders.

46

Sie waren nur auf einen Sprung für einen Kaffee und ein paar Riegel Schokolade auf der Wache gewesen.

»Da bin ich einen anderen Service von euch gewöhnt«, hatte Gert geflachst. »Kein Kuchen?«

Nicole summte das Kinderlied »Hätt' ich dich heut' erwartet …«, verstummte aber, als Martin den Kopf schüttelte. Bisher war ihm die ganze Situation surreal erschienen, obwohl er stundenlang auf den Sandberg, die Leiche und schließlich auf die Goldfolie gestarrt hatte. Ob es die übliche Abspaltung war, die in ihren Berufen immer dann einsetzte, wenn das Unglück zu nahe rückte? Bis eben war es ihm nicht schwergefallen, mit Gert herumzuscherzen. Das war schlagartig verflogen, als er realisierte, dass mit dem Abtransport der Leiche erst die eigentliche Arbeit begann. Und das hieß zuallererst: Die Familie musste informiert werden.

Sie hatten sich an Martins Schreibtisch gesetzt. Er hatte ein weißes Blatt Papier aus dem Drucker gezogen und verschiedenfarbige Stifte aus einer Box vor sich hingelegt.

»Die Familie«, setzte er an. »Schwierig.«

»Das hast du angedeutet. Frau und Nachwuchs scheiden demnach ja aus?«

»Stimmt. Verheiratet ist und war Kevin Jansen nicht. Die Geschichte, dass ihm eine ein Kind anhängen wollte, ist ein offenes Geheimnis. Ob etwas dran ist, habe ich nie erfahren. Vielleicht klärt es sich, wenn wir mit seiner Herkunftsfamilie sprechen oder Einblick in seine Finanzen bekommen. Könnte ja sein, dass er Alimente gezahlt und trotzdem etwas anderes herumgetönt hat.«

»Finanzen und Familie. Darum kreisen wir, richtig? Wer muss benachrichtigt werden?«

Martin sortierte die Stifte nach Regenbogenfarben. »Ich weiß es ehrlich gesagt nicht. Die Jansens sind eine Großfamilie. Bin mir nicht mal sicher, ob ich alle persönlich kenne. Wer zu den Geschwistern zählt und wer zu den Cousins und Cousinen.«

»Und sie sehen sich ähnlich, meinst du das?«

»Vorsicht! Ganz dünnes Eis. Mit solchen Vorurteilen rennst du hier vor eine Wand. Fakt ist jedoch: Es handelt sich um ein weitverzweigtes System.« Er nahm einen Stift in die Hand. »Am besten male ich auf, was mir über die Beziehungen in der Familie bekannt ist. Klassische Genogrammarbeit. Dann lassen wir Ronnie draufschauen und ergänzen.«

Die nächsten Minuten zeichnete Martin schweigend Kästchen und Kreise, zog durchgezogene und gestrichelte Linien, markierte mit Pfeilen und setzte Anmerkungen mit Sternchen.«

Gert war aufgestanden und sah ihm über die Schulter. Als er sich wieder hinsetzte, deutete er auf sein Gesicht. »Du hast die Zunge im Mundwinkel, ist dir das bewusst?«

Erschrocken schaute Martin auf. »Anne ist das auch aufgefallen. Immer wenn ich konzentriert arbeite. Sag bitte, dass es nicht wahr ist.«

Gert lachte. »Ich finde es süß. Gibt dir was Jungenhaftes.«

»Süß? Das wird ja immer besser.«

»Hab dich nicht so. Das ist heutzutage so, dass man das sagen darf. Sogar unter Polizisten.«

»Glaubst du doch selbst nicht.« Martin stellte sich seine früheren Kollegen vor. Er glaubte nicht, dass sich so viel verändert hatte. Allen gesellschaftlichen Tendenzen zum Trotz. Gert war immer ein kleiner Provokateur. Er sollte auf keinen Fall ernst nehmen, was er sagte.

Sein Freund lachte.

»Du lenkst mich ab«, beendete Martin das Thema. »Hör mir lieber zu.« Er drehte das Blatt in Gerts Richtung und zeigte auf ein dick umrahmtes Kästchen. »Das sind die verstorbenen Eltern, von denen ich erzählte.«

»Die Dagobert Ducks von Norderney mit dem Geldspeicher, ja.«

»Wenn du die mit Gold gefüllte Badewanne so nennen willst.«

»Und darunter? Was ist das? Moment mal. Du kannst mir doch nicht weismachen …« Er brach ab, um dann lautlos zu zählen, indem er auf die Symbole tippte. »Ernsthaft? Sechs Kinder? Vier Jungen? Zwei Mädchen? Hatten die keinen Fernseher?«

»Es soll Menschen geben, die sich bewusst für eine Großfamilie entscheiden. Zum Beispiel, weil sie selbst aus einer kommen. Bei anderen sind es religiöse Motive. Oder das fehlende Geld für die Verhütung.«

»Ja, ja, ja. Du redest wie ein Sozialarbeiter. Was ist der Grund in diesem speziellen Fall. Weiß man's?

»Erstere Variante. Eine Art Familientradition. Die an der Stelle endete. Meines Wissens nach.«

Gert stand auf und marschierte durch das Zimmer, wobei er im Weg stehende Stühle beiseiteschob. »Nur vielleicht bei Kevin nicht.«

»Stimmt. Trotz allem, was er selbst dazu sagte.«

»Schade. Denn dann hätten wir gewusst, wer jetzt zu benachrichtigen wäre. Anscheinend bleiben ja nur die Geschwister.«

»Ronnie wird dazu vielleicht etwas sagen können.«

»Dann fragen wir ihn doch einfach. Nach seinem Insiderwissen. Und ob es unter den sechs Geschwistern denn so etwas wie ein neues Familienoberhaupt gibt.«

»Fünf«, antwortete Martin. Er nahm einen roten Stift und setzte über Kevins Quadrat ein dickes Kreuz.

47

Nach dem Dienst war Anne zum Weststrand geradelt, so wie sie es sich im Urlaub vorgenommen hatte: in Zukunft das Meer, die Sonne, den Strand vor der Haustür zu nutzen.

Als sie am Onnen-Visser-Platz vorbeiradelte, kam sie kurz in Versuchung, bei Martin auf der Wache vorbeizuschauen. Sie hatten kaum etwas voneinander gehört, da ihr Dienst es heute nicht zugelassen hatte, und seiner, nach allem, was ihr erzählt worden war, mit Sicherheit auch nicht. Aus den Augenwinkeln sah sie, wie einer der Dienstwagen gerade vom Parkplatz fuhr. Sie hob winkend die Hand, weil sie Martins Statur erahnte. Aber schon war sie vorbei, denn der Wind trieb sie kräftig voran. Und wenn er es tatsächlich war, hätte seine Fahrt einen Grund und ein Ziel. Die reguläre Streife gehörte nur selten zu seinen Aufgaben.

Ein paar Minuten später stand ihr Fahrrad schon abgeschlossen vor der Promenade. Die letzten Meter ging sie zu Fuß. Es wäre zu lächerlich, wenn ausgerechnet sie dabei erwischt würde, das Durchfahrtverbot zu ignorieren. Und das Rad durch Touristenströme zu schieben, machte keinen Spaß und brachte nur Stress.

Am Kiosk deckte sie sich noch mit einem Getränk und einer Süßigkeit ein. Sie sprang die wenigen Stufen hinab, die sie vom Sand trennten. Ein Badetuch hatte sie immer in der Fahrradtasche dabei, seit sie beschlossen hatte, Sonne, Meer und Strand wieder aktiv zu nutzen und zu genießen. In ihrem Rucksack steckte eine Fachzeitschrift. Das Angenehme mit dem Nützlichen verbinden, besser ging es nicht.

Jetzt aber kramte sie erst einmal Stift und Papier hervor. Sie würde noch einkaufen müssen. Wenn Gäste bei ihnen waren, hielt sie Kühlschrank und Vorratsschrank etwas großzügiger. Sie überlegte: War Aufschnitt nötig? Sie könnte auf jeden Fall eine Sorte besorgen, die auch Martin gerne aß. Und daneben alles, um ein einfaches Gericht aufzupimpen. Sie kochte nicht besonders gut, hatte aber ein paar Rezepte, mit denen selbst sie beeindrucken konnte. Unkompliziert in der Herstellung, jedoch mit kleinen Wow-Effekten in der Optik und im Geschmack. Social-Media sei Dank. Dort ließ sich alles lernen. Auch das Operieren, wie manche ihrer Kollegen frotzelten.

Apropos Social-Media. Sie zückte ihr Handy. Seit ihren Flitterwochen in Italien hatte sie einen *Instagram*-Account. Dieser wollte gefüttert werden. Sie wusste, dass sie in die Fänge der App geraten war und dass die Likes ihr Belohnungssystem im Gehirn bedienten. Es war ihr egal. Sie postete nicht unter ihrem Klarnamen, die Bilder wurden also nicht direkt mit ihrer Person in Verbindung gebracht, es war wie eine zweite geheime Existenz, mit der sie spielte. Ihre Therapeutin hatte ihr zugeraten, denn das Fotografieren konnte eine kreative Form der Verarbeitung darstellen.

Ihre Motive waren selten kitschige Sonnenuntergänge, mit denen das Netz geflutet war. Schon gar kein Aperol, denn als Ärztin fand sie es bedenklich, Alkohol immer weiter zum Life-Style-Produkt hochzujubeln. Aber ein vergessener Eimer im Sand, angespülter bizarrer Müll, Krebse und Quallen, die Feder einer Möwe, all das waren Motive, die sie einfing.

Was könnte heute ihr *#picoftheday* werden? Anne sah sich um. Der Strand war noch voller Menschen, was es schwieriger machen würde, ein Foto zu schießen. Andererseits lagen überall Alltagsgegenstände herum, die einen zweiten Blick lohnten. Oft war es nur eine Frage der Perspektive, ob aus etwas Gewöhnlichem das einzigartige Motiv mit Wow-Effekt wurde.

Sie legte sich hin, drehte sich auf den Bauch, ließ den Blick schweifen. Alles eine Frage der Perspektive. Ihr Atem stockte. Das war doch nicht möglich, was sie sah? Mit einem Ruck kehrte sie in die sitzende Position zurück. Rieb sich die Augen, als wenn sie dadurch schärfer sähe. Was selbstverständlich Quatsch war. Ohne weiter nachzudenken, hob sie das Handy. Drückte den Auslöser. Natürlich nicht für *Instagram*. Sie stellte fremde Menschen nicht ins Netz. Aber Martin, der sollte das sehen. Dem musste sie das zeigen. Unbedingt.

48

Sie hatten sich für die älteste Schwester entschieden.

»Sie betreibt einen Modeladen. Dort werdet ihr sie auf jeden Fall antreffen«, war Ronnies Meinung.

Gert hatte skeptisch das Gesicht verzogen. »Ob das der richtige Ort ist, um eine Todesnachricht zu überbringen?«

»Ihr müsst es ja nicht vor laufender Kundschaft herausposaunen. Und so überlaufen ist der Laden nicht. Ihr werdet schon eine Möglichkeit finden.«

»Was meinst du?« Das Zögern in Gerts Stimme war ungewohnt.

Martin zog die Füße heran, die er unter dem Schreibtisch ausgestreckt hatte, und stemmte sich hoch. Müdigkeit saß in jeder Faser seines Körpers, seit er versucht hatte, Ronnies langatmigen Ausführungen zur Familie Jansen zu folgen. Die Familienmitglieder waren zwar keine komplett Unbekannten für ihn, aber intensive Kontakte hatte es nie gegeben. Zwar blieb es für ihn als Leiter der Polizeiwache nicht aus, mit den Einheimischen in Kontakt zu treten. Die allermeisten hatten ihn wohlwollend begrüßt und aufgenommen. Wie überall gab es Sympathien und Abneigungen, das alles verhielt sich im normalen Rahmen. Durch die beruflichen Überschneidungen hatte er viel mit dem Rathaus und der Kurverwaltung, den Naturschutzbehörden und dem Ordnungsamt zu tun. Von daher war er quasi organisch in das Inselleben hineingewachsen. Zu den Jansens hatte es keine Schnittmenge gegeben. Deswegen kannte er nur das, was man sich in der Stadt erzählte. Einzig Kevin war für ihn kein Unbekannter geblieben.

Aber Ronnies Ausführungen zur Familiengeschichte sprengten seinen Inselkosmos. Insel-Insiderwissen in mikroskopisch winzigen Verzweigungen waren definitiv nichts für seine Auffassungskapazitäten nach einem unfreiwillig langen Tag in der Sonne. Aber Ronnie war nicht zu bremsen gewesen. Nicht durch Einwände, nicht durch demonstratives Händeheben und Gähnen, und schon gar nicht durch Gerts ununterbrochenes Grimassieren. Für seinen Mitarbeiter schien alles gleich wichtig.

Martin hatte irgendwann am Computer die Todesanzeige von Dora Jansen im *Norderneyer Morgen* aufgerufen. Sie war ihm optisch noch in Erinnerung. Viel Text in einem zu kleinen Rahmen. Die Namen der Kinder waren in absteigender Reihenfolge aufgelistet. Von alt nach jung.

»Die Jansens schienen lange eine eingeschworene Gemeinschaft, auch wenn der Einzelne nichts gilt. Im Zweifel halten sie zusammen. Bis zum Tod der Eltern. Ab dann gab es nur noch Zank und Streit. Als Erbengemeinschaft hat man es eben nicht leicht. Henning hat sich damals ziemlich schnell nach Bali aufgemacht. Genießt dort ein Leben unter Palmen. Freyja hat ihr Geld in den Laden gesteckt. Tomke in seine

Sportausrüstung. Kevin hat seine Drogenkarriere fortgesetzt. Man muss sagen, er war mit Sicherheit als Jüngster der Gebeutelte in dieser Familie. Wurde als Kind ausgenutzt und herumgeschubst. Er war eben nicht die hellste Kerze auf der Torte. Aber wehe, jemand von außerhalb der Familie übte Kritik«, hatte Ronnie seine Ausführungen abgeschlossen.

Letztendlich waren sie kaum schlauer als vorher, weil die Flut an Informationen lähmend war. Martin hatte auf wenige Stichwörter geblickt, die er fast unleserlich auf seinen Notizblock gekritzelt hatte. Er schielte auf die Todesanzeige. Wen wählten sie aus für die Todesnachricht? Sollte er es auszählen? Die Reihe von oben nach unten abarbeiten? Was ihm als das Naheliegendste schien.

»Lasst das. Die Kerle sind wie die Alten. Gefühllose Geizkragen, die sich in erster Linie für sich selbst interessieren.«

»Wenn ihr mich fragt, geht zu der Älteren. Freyja. Da habt ihr wahrscheinlich am ehesten Erfolg.«

Und da standen sie nun. Hatten gewartet, bis zwei Kundinnen mit grellblauen Tüten den Laden verließen.

Sich vorgestellt. Geräuspert. Einander angeblickt.

Irgendwie gehofft, Kevin Jansens Schwester wüsste schon längst Bescheid. Was nicht ungewöhnlich wäre.

Sie aber hatte sie mit aufgemalten und hochgezogenen Augenbrauen in einem erstaunlich blassen Gesicht unter einer gelblichen Turmfrisur angeschaut. Die kirschroten Lippen zu einem ironischen Lächeln verzogen.

»Ich nehme an, Sie sind nicht auf der Suche nach Ihren Ehefrauen?«

Sie verneinten beide unter heftigem Kopfschütteln.

»Ihr Bruder. Kevin. Es ist etwas passiert.« Martin fasste sich ein Herz.

Freyja Jansen öffnete den Mund, um ihn dann mit ihrer beringten Hand zuzuhalten. Als wollte sie im letzten Moment zurückhalten, was nicht zurückzuhalten war: ein schallendes Gelächter, das in hysterisches Kichern und dann in atemloses Husten überging. Sich nicht unterdrücken ließ. Immer wieder aufflackerte. Niemals mehr zu verebben schien.

49

Helene folgte Daniela in die Küche. »Nimm es nicht so ernst, was Marthe sagt.«

»Sie redet nicht mehr. Schweigt konsequent. Darüber kann ich nicht hinwegsehen. Was ist denn das für ein Kinderkram, den ihr veranstaltet?« Sie holte tief Luft. »Sorry, Helene, es steht mir möglicherweise nicht zu, Kritik zu üben, weil sie dich genauso trifft. Aber ich verstehe nicht mehr, was unter meinem Dach passiert.«

»Ich muss mich bei dir entschuldigen.« Helene Dannenberg fuhr sich mit der Hand durch ihren exakt geschnittenen Pagenschnitt. Die feinen Silbersträhnen ihres Haares fächerten auf und glitzerten wie ein Meer im Abendlicht. »Was musst du für einen Eindruck von mir haben.«

Daniela schwieg. Tatsächlich hatte sie sich die Autorin, von der sie so viel gehört und gelesen hatte, anders vorgestellt.

Manchmal war es besser, nicht hinter die Fassade zu schauen. Klar waren Prominente im wirklichen Leben normale Menschen mit allen Stärken und Schwächen. Wobei Letzteres zu überwiegen schien. Je bekannter, desto arroganter, hatte es in der Friseurbranche immer geheißen. Wenn sie auf Fortbildungen und Messen auf die Kollegen aus der Theater- und Filmbranche traf, von denen nicht wenige zusätzlich eine Ausbildung zum Maskenbildner absolviert hatten. Sie kannte jede dieser Storys, die hinter vorgehaltener Hand erzählt wurden. Über das wahre Aussehen und Starallüren, Überheblichkeit und Lampenfieber. Über Prügeleien und Affären, Fressattacken, Magersucht, genauso wie über aufgespritzte Lippen und geglättete Falten, erfuhr von Alkohol-, Tabletten-, Kokainkonsum.

Aber Helene Dannenberg? War kein Starpromi, auch wenn sie schon mehrfach die *Spiegel*-Bestsellerliste erobert hatte. Vor allem jedoch war sie die Freundin von Ruth Keiser. Das warf Fragen auf, denn es passte nicht zu dem, wie sich Helene mit Marthe verbündete und von einem kindischen Trotzverhalten zum nächsten Fettnäpfchen überging. Niemand konnte gleichzeitig eng mit einer überdrehten Marthe und einer gänzlich unaffektierten Ruth befreundet sein. Es ging nur eines von beidem. Das war es, was Daniela nicht verstand.

Helene strich über ihre Fingernägel, die in einem hellrosa Ton lackiert waren. Alles an ihr wirkte einerseits fein und feminin. Durch ihre zierliche Figur und die Businesskleidung, in der fast nur die Farben Weiß, Schwarz und Grau vorkamen, hatte sie gleichzeitig etwas unterschwellig Burschikoses. Sie war nicht zu fassen. Wie ein Chamäleon. Denn im Augenblick erinnerte nichts mehr an die giggelnde Frau im Pool. Sie hatte einen langen Seidenhoodie über ihren Badeanzug geworfen und obwohl sie keine Hose trug, würde sie ihr abnehmen, dass sie mit geschulterter Laptoptasche zu einem Treffen mit ihrer Verlegerin unterwegs wäre.

»Es ist meine Einsamkeit«, sagte Helene nun mit gesenktem Kopf.

Daniela schluckte. Es war nicht das erste Mal, dass sie diese Andeutungen hörte. Augenblicklich bekam sie Gewissensbisse wegen des Tons, den sie den beiden gegenüber angeschlagen hatte.

Sie wollte etwas sagen, aber Helene fuhr hastig fort. »Ich weiß selbst nicht, was es ist. Marthe hat eine Art, mich mitzureißen. Ich kann es nur als Kompensation erklären. Eine Art Ventil zu den Stunden am Schreibtisch. Möglicherweise auch zu den Ereignissen der letzten Wochen, die ich nicht einfach mal so eben abstreife. Du hast vollkommen recht, erstaunt zu sein. Ich erkenne mich selbst nicht wieder.«

Daniela spürte, wie ihr der Wind aus den Segeln genommen wurde. Und ärgerte sich. Verständnis für Helene zu zeigen, bedeutete, bei Marthe einzuknicken.

»Selbstverständlich muss sich etwas ändern.« Helene knotete die Bänder ihres Hoodies zusammen, wobei sie merkwürdig zitterte. »Schon allein, weil es unvorstellbar ist, dass Ruth mich so erlebt.«

Daniela biss sich auf die Lippen. Waren ihre Gedanken etwa so deutlich auf der Stirn geschrieben? »Die Gefahr besteht ja nun nicht«, erwiderte sie schnell. »Sie ist im Gegensatz zu uns anderen nicht auf der Insel. Und ich wage zu bezweifeln, dass sie Lust hätte, im Kinderpool zu planschen.«

»Selbst Anne und Martin haben so ein Ding im Garten stehen.«

»Ach, habt ihr wieder einmal Detektiv gespielt, oder haben die beiden es euch freiwillig erzählt?« Daniela konnte sich die spitzen Töne nicht verkneifen.

»Man kann es von der Straße sehen.«

»Was für ein Zufall! Oder eher Glück? Klar, dass Marthe

dann ebenfalls ein Planschbecken braucht. Wahrscheinlich, um Bilder für *TikTok* zu produzieren.«

Helene richtete sich auf. »Das klingt so spöttisch, wenn ich das sagen darf. Dabei ist sie damit überaus erfolgreich. Sie setzt meine Bücher auf *BookTok* in Szene, und ich erreiche eine vollkommen neue Leserschaft.«

»Dann ist ja alles bestens.« Daniela hörte, wie müde sie klang, und wünschte, dass Frank endlich heimkäme. Denn wenn sich aktuell jemand einsam fühlte, war sie es. Einsam und allein im eigenen Haus.

»Nicht unbedingt«, antwortete Helene nach einer Sekunde des Zögerns. Genau in dem Moment, als Daniela die Küche verlassen wollte.

»Was soll das heißen?«, fragte sie alarmiert und drehte sich um. Blickte durch das Küchenfenster hinaus in den leuchtend blauen Himmel. Keine Gewitterwolke weit und breit. Außer tief in ihr drin. »Was ist passiert? Ihr habt doch nicht aufs Neue irgendeinen Unsinn angestellt?«

Helene band die Schnüre an ihrem Pulli wieder auf. »Was du immer denkst. Wir«, sie nickte nachdrücklich mit dem Kopf und legte eine Hand auf ihre Brust, »wir sind uns keiner Schuld bewusst. Aber da wäre ja schließlich noch diese Sache mit Ruth.«

50

»Wir hatten Streit, wir haben Streit und wir werden Streit haben bis in alle Ewigkeit.«

Ewig war das richtige Stichwort. Martin hatte nicht mehr zu wagen gehofft, aus Freyja ein vernünftiges Wort herauszubekommen. In dem Augenblick, in dem sie sich zu beruhigen schien, flackerte erneut ein verhaltenes Kichern auf, sobald sie zum Reden ansetzte. Das Kichern wurde zum haltlosen Gelächter, und je mehr sie versuchte, es zu unterdrücken, ging es in ein Keuchen und ein verkrampftes Verbiegen des Körpers über.

Er sandte hilflose Blicke zu Gert. Doch der saß breitbeinig auf einem Stuhl, nach vorne gebeugt, die Ellbogen auf den Oberschenkeln abgelegt und auf den offenen Handflächen wiederum sein Kinn. Er starrte Freyja Jansen unverwandt an. Schenkte weder dem Raum noch der verrinnenden Zeit seine Aufmerksamkeit.

Martin hingegen rutschte in dem Ledersessel, der in der Ecke des Büros stand, hin und her, er kam sich in dem weichen Sitzpolster wie ein unförmiger Sack vor und fand keine Position, die ihm und seiner Rolle angemessen schien.

Freyja hatte, ohne Unterbrechung ihres Gelächters, die Ladentür zugesperrt, ein Schild herumgedreht und ihnen mit der Hand den Weg in ein Hinterzimmer gewiesen. Es wurde dominiert von einem riesigen Schreibtisch, der an der linken Längswand stand. Ein Monstrum aus vergangenen Zeiten. Ein funktionales Gebrauchsmöbel ohne jeglichen Schnickschnack. Auf keinen Fall eine Antiquität. Er tippte auf die 50er/60er-Jahre. Es fehlte eigentlich nur eine mechanische Schreibmaschine für die Optik. Stattdessen stand neben einem veralteten beigefarbenen Computer, der nicht aussah, als wäre er in der letzten Zeit eingeschaltet und bedient worden, so dick war die Staubschicht auf Gehäuse, Bildschirm und Tastatur, ein aufgeklappter Laptop. Discounter-Modell, wie Martin mit einem Seitenblick feststellte.

Freyja hatte sich auf einen Schreibtischstuhl sinken lassen, der quietschte, was keinesfalls an ihrem Gewicht liegen konnte. Sie wirkte mager, kachektisch, ihre Knochen drückten sich durch das sonnengelbe Top. Ihre Gesichtszüge waren herb. Er vermutete, dass sie dadurch älter aussah, aber es wäre nicht das erste Mal, dass er sich in dieser Hinsicht verschätzte.

Weil er Gerts Starren ungehörig fand, fühlte er sich mit jeder Minute unwohler.

Resigniert stand er auf und ließ den Blick über den mit Papieren übersäten Schreibtisch gleiten, über die hintereinander gereihten Kleiderstangen mit anscheinend neuer Ware, die wiederum aus den aufgebrochenen Kartons zu stammen schien. Es roch nach einem Mix aus abgestandener Büroluft und dem leicht chemischen Gestank fabrikneuer Kleidung. Der Raum war fensterlos, wie ihm jetzt erst auffiel. Der einzige Luftzug kam von der Tür an der hinteren Wand. Als er sich in Richtung gestapelter, verschlossener Kartons schob, erblickte er eine Toilette, ein winziges Waschbecken und ein weit geöffnetes Fenster mit einem Gitter davor, allerdings kaum größer als die grau melierten Kacheln, mit denen alle Räume ausgelegt waren.

Vom angeblichen Reichtum der Familie Jansen war hier nicht viel zu sehen.

Er zuckte zusammen, als er plötzlich Freyjas dunkle Stimme vernahm. Dass sich ihr Gelächter endgültig beruhigte, musste ihm entgangen sein. Er setzte sich wieder auf den Sessel, diesmal vorne auf die Kante, um nicht wie eben im weichen Polster zu versinken.

Gert hingegen nahm die Arme herunter und lehnte sich auf seinem Stuhl zurück.

»Sie wissen, was passiert ist?« Gerts Frage kam leise, wie gelangweilt daher.

»Auch wenn uns immer alle für dumm hielten, ich kann eins und eins zusammenrechnen.«

»Von wem haben Sie es gehört?«

Sie zuckte mit den Schultern. »Das Gerede der Leute. Der Heli in der Luft. Und jetzt die Kripo.«

»Ihre Geschwister?«

»Was soll mit denen sein?«

»Sie haben nicht miteinander geredet?«

»Anscheinend hat Ihnen noch niemand etwas über unsere Familienverhältnisse erzählt. Es herrscht Funkstille. Außer, es lässt sich nicht vermeiden. In der Regel finden wir dann andere Wege, als zu sprechen. Briefe. Mails. Anwälte.«

»Alle untereinander?«

»Mehr oder weniger.« Sie kicherte schon wieder. »Wenn es hilft, verbünden sich auch einmal zwei oder drei. Hält nur nie lange. Ich bin da raus. Lebenserfahrung.«

»Wie war ihr Verhältnis zu Ihrem jüngsten Bruder? Kevin?«

Freyja antwortete nicht. Drehte sich im Sessel hin und her. Nahm ein Blatt Papier vom Schreibtisch. Nach einer Pause, die Martin endlos lang vorkam, flüsterte sie: »Es stimmt also, er ist tot?«

»Dann wussten sie es nicht?«

»Nicht mit Sicherheit. Aber Ihre Vergangenheitsform in der Frage beseitigt wohl alle Zweifel.«

Gert nickte. »Mein Beileid.«

»Ernsthaft? Nach dem, was ich Ihnen andeute?« Sie runzelte die Stirn.

»Sie waren Geschwister. Es muss doch auch einmal andere Zeiten gegeben haben. Im Angesicht des Todes …«

Martin glaubte, ein unsicheres Flackern in Freyjas Augen gesehen zu haben. Sie stand jedoch auf. Wirkte jetzt wieder hart, geradewegs verhärmt. »Hören Sie mir mit solchen Sentimentalitäten auf. Sie passen nicht zu unserer Familie. Das war schon beim Tod meiner Mutter so. Als alle darauf warteten, dass wir uns an ihrem Totenbett versammeln. Ausgerechnet! Wenn es da lächerlich war, ist es jetzt absurd.«

»Was ist der Grund für das Zerwürfnis?«

»Der Grund, der Grund.« Freyja stand auf. »Geld natürlich. Eifersucht. Ungerechtigkeiten. Was weiß ich. Es fängt mit dem Teller Suppe am Mittagstisch an und endet mit dem Familienerbe.«

»Wann haben Sie Ihren Bruder zuletzt gesehen?«

Freyja stand auf. »Entschuldigen Sie bitte.« Sie verschwand im Bad, ließ die Tür auf. Das Wasser rauschte. Sie kam mit einem Handtuch zurück, mit dem sie die Haut zwischen den Fingern gründlich abtrocknete. Sie trug keinen Ring. »Was war Ihre Frage?«

Gert antwortete nicht, und Martin hatte Mühe, sich zurückzuhalten. Er kannte ihn gut genug, um seine Taktik, wie immer sie sein mochte, nicht zu durchbrechen.

»Ach ja.« Freyja legte das feuchte Handtuch auf den Schreibtisch, ohne die Papiere zur Seite zu räumen. »Das letzte Mal. Sie werden es ja so oder so erfahren. Es war gestern Abend. Beim Nachtbummel. Wie in einem Showdown, als hätte es jemand inszeniert. Vier Jansengeschwister treffen aufeinander. Jeder aus einer anderen Himmelsrichtung.«

»Wo?«

»Am Denkmal.«

Gert nickte. »Ein idealer Ort«, kommentierte er. »Aus Sicht eines Regisseurs.«

Das abrupte Kopfdrehen zeigte Freyjas Irritation. Martin unterdrückte zum ersten Mal ein Grinsen. Sein Freund und Kollege war ein Meister der unerwarteten Dialoge. Fast immer schaffte er es, damit die Strategien seines Gegenübers zu durchbrechen.

Freyja schien Mühe zu haben, den Faden wieder aufzunehmen.

»Showdown«, lieferte Gert das Stichwort.

»Danke«, antwortete sie. In der Art, wie sie sich eine gelockerte Haarsträhne aus der Stirn strich, wirkte sie geistesabwesend. Und so hörte sich auch ihre Stimme an: Als wäre sie neben dem Reden mit intensivem Nachdenken beschäftigt. »Wir trafen aufeinander. Und sofort zündete es. Niemand kann am anderen vorbei. Es braucht keine Worte. Blicke reichen. Besonders gestern.«

»Warum? Was war der Unterschied?«

»Kevins Grad der Trunkenheit. In diesem Zustand konnte er die Klappe nicht mehr halten. Deswegen gibt es nichts zu vertuschen. Wir standen wie auf einer Bühne. Um uns herum Touristen und Einheimische, denen die Tragödie der Familie Jansen dargeboten wurde.«

»Bis der Vorhang fiel und es dunkel wurde«, raunte Gert. »Sehr, sehr dunkel. Zumindest für Ihren Bruder Kevin.«

51

»Ich würde jetzt gerne Mäuschen spielen.« Gert drehte sich zu dem Ladengeschäft um, und auch Martin blieb stehen und warf einen Blick zurück. Freyja Jansen stand hinter der Glastür. In der Hand hielt sie das Schild und wendete es hin und her.

»Wetten, sie schließt, sobald wir außer Sichtweite sind?«

Martin zog den Autoschlüssel aus seiner Jacke und wandte sich zum Gehen. »Es wäre sowieso gleich Ladenschluss. Und auch wir machen Feierabend, was meinst du?«

»Einverstanden. Obwohl es mich interessieren würde, wie es weitergeht. Wird sie zum Hörer greifen? Oder ihre Geschwister der Reihe nach aufsuchen? Sie einbestellen? Zu sich? In den Laden? Ins Elternhaus?«

»Ich tippe eher darauf, dass sie ihren Anwalt informiert. Du hast doch gehört, sie sind untereinander unversöhnlich zerstritten.«

»Was mich meine Lebenserfahrung lehrt, ist etwas anderes: Sobald sich eine Ausgangssituation ändert, wechseln Menschen ihre Haltungen wie die tägliche Unterwäsche.«

Martin grinste. »Du kennst die Statistiken zur deutschen Wäschehygiene?«

»Oh bitte. Verschon mich mit Details.« Gert verzog voller Ekel das Gesicht und deutete ein Würgen an. »Ich bin trotzdem überzeugt, dass unsere Freyja Jansen jetzt sehr genau prüft, wie ihre Optionen sind.«

»Weil du ihr Angst gemacht hast? Und sie auf die Liste der Verdächtigen gesetzt hast?«

»Ach komm, die war von nichts geschockt. Sie hat sich ahnungsloser vom Unfalltod ihres Bruders gegeben, als sie in Wirklichkeit ist. Und sie ist clever genug, um zu wissen, dass eine jede und ein jeder in Verdacht gerät, der mit einem Verstorbenen konflikthaft verwickelt ist. Besonders, wenn es um Geld geht.«

»Deswegen der Anwalt.«

»Ich halte dagegen. Die Geschwister. Womöglich findet sie Verbündete aus den weiteren Reihen der Großfamilie. Denn: Genau wie sie selbst steht der Rest der Verwandtschaft auf der Liste. Und das eröffnet neue Möglichkeiten.« Gert entblößte beide Zahnreihen, was sein Grinsen diabolisch wirken ließ.

»Du meinst, sie überlegt, wie sie den Verdacht gegen andere Familienmitglieder puschen kann?«

»Genau. Überleg doch mal. Ein zu verteilendes Vermächtnis. Eine zerstrittene Erbengemeinschaft. Kevin Jansens Tod ändert die Rechnung. Minus eins. Und wenn der Täter auch aus den Reihen stammt, wird die Verteilmasse für die verbleibenden Erben noch entsprechend größer.«

»Die Erbunwürdigkeit im Bürgerlichen Gesetzbuch. Keine schlechte Schlussfolgerung. Dafür müssten wir aber zu allererst unseren Job erledigen. Und das Tötungsdelikt nachweisen.«

»Stimmt.« Gert überkreuzte die Hände. »Deswegen ist Feierabend das richtige Stichwort. Jetzt sind Rechtsmedizin und KTU gefragt. Ich werde den Teufel tun und den Rest der Familie aufscheuchen. Wir haben unsere Pflicht getan. Laut Freyja Jansen gibt es keine näherstehenden Familienmitglieder als die Geschwister. Ich bin gespannt, wie sie sich untereinander arrangieren.«

Martin grüßte unentwegt nach rechts und links. Erstaunlich viele Einheimische, die sich um diese Uhrzeit in der Fußgängerzone bewegten. Er wedelte mit dem Schlüssel vor Gerts Gesicht, der sich alle zehn Meter wieder zum Modegeschäft umdrehte. »Jetzt lass sie halt. Es sei denn, du willst sie beschatten. Überhaupt finde ich es ziemlich forsch, wie du dich auf die Familie und die Erbschaftsstreitigkeiten festlegst. Wir wissen nicht einmal mit Gewissheit, ob es nicht doch ein Unfall war.« Er bog in die Seitengasse ein, in der sie das Auto geparkt hatten.

»Ohne Theorie geht es nun mal nicht.«

»Ich glaube, du legst einfach gerne Feuerchen. Und magst das Spiel mit weiblichen Verdächtigen.«

Gert streckte den Zeigefinger aus, während er mit der anderen Hand die Beifahrertür öffnete. »Was du mir immer unterstellst. Dabei gibt es nur einen Grund: deine Gastfreundschaft. Ein gemeinsamer Abend. Selbst wenn sich morgen alle Vermutungen als haltlos erweisen sollten.«

Martin freute sich. Gert war ein feiner Kerl. Mit ein bisschen viel Drama. Dafür in der Lage, Stimmungen und Gefühle wahrzunehmen. Und zu benennen. Er wünschte sich, er fände eine passende Antwort. Stattdessen schwieg er und hielt ihm im Wagen nur die Ghettofaust hin.

In der folgenden halben Stunde hing jeder seinen Gedanken nach. Sie brachten den Wagen zur Wache. Informierten die Kollegen. Dokumentierten das Gespräch in Kurzform. Wünschten dem Tagdienst einen guten Feierabend und den Mitarbeitern, die eben eintrudelten, eine ruhige Nacht ohne Zwischenfälle.

Und endlich kamen sie bei Martin zu Hause an. Er war alle Optionen für den Abend durchgegangen: kochen, bestellen, essen gehen. Es würde wohl auf eins der letzten beiden Dinge hinauslaufen. Das sollte Anne entscheiden. Die noch nichts vom Überraschungsgast wusste. Es sei denn, sie zog die richtigen Schlüsse. Immerhin hatten sie vorhin …

Die Tür wurde geöffnet, bevor er den Schlüssel ins Schloss stecken konnte.

Anne stand mit Gerts Reisetasche in der Hand vor ihnen. Martin sah die Ratlosigkeit in ihrem Gesicht.

»Gert …«, setzte er an, um zu erklären.

Doch Anne sagte nur: »So geht das nicht. Es tut mir leid. Das Zimmer ist schon besetzt.«

52

Hätte sie doch die Ladentür nicht aufgemacht. Sie hatte gewusst, dass es nur Unheil bringen würde. Sie durfte sich nicht aufregen, hatte der Arzt gesagt. Bei den Polizisten hatte sie das überspielt, danach aber gleich ihre Medikamente, die sie aus dem Internet bezog, aus der Schublade geholt. Ihr Herz raste, sie bekam kaum Luft. Natürlich hätte sie auch nicht rauchen dürfen. Mit zwei solcher Erkrankungen sei sie Hochrisikopatientin, hatte der Arzt gesagt. COPD sei das eine, aber ihre Herzklappe bedürfe einer dringenden OP.

»Dann operieren Sie mich doch«, hatte sie gefordert.

Er hatte gelacht. »Lange nicht mehr im Krankenhaus gewesen, was?«

Er war ein verdammter Zyniker, aber sie von der Insel hatten kaum eine Wahl. Weder was die Fachärzte noch was die Kliniken anging. Sie musste auf einen Termin in der Herzchirurgie warten. Das dauerte. Selbst bei Privatpatienten.

»Schonung bis dahin. Nichts Schweres heben, keine Aufregung.«

So ein Witzbold. Als alleinstehende Unternehmerin. Der das Geld ausging.

»Bei mir ist nicht ein Cent zu holen«, sagte sie jetzt und schielte zu ihren Medikamenten. Sie wusste nicht mehr, ob sie vergessen hatte, sie zu schlucken. Zu wenig Schlaf, zu viel Wein.

»Keinen Alkohol, das muss klar sein.«

Natürlich, sie hatte genickt. Wie sollte man das denn aushalten, bitteschön. Von den Zigaretten sprach er schon nicht mehr. Wenn sie jetzt wenigstens ... Aber damit würde sie nur Schwäche zeigen. Was bildeten sich die beiden eigentlich ein? Und wie konnte sie nur darauf hereinfallen? Einmal die Tür zu öffnen. Und zu sehen, es war ein Fehler. Und gleich danach ein zweites Mal.

Sie musste weniger trinken, weniger rauchen, weniger spielen. Aber was blieb ihr denn dann? In einem Leben, das auf Sand gebaut war? Mit einer Familie, die Strafe war.

»Ich lasse mich nicht erpressen. Ich hatte damit nichts zu tun.«

Stimmte das? Sie wusste es selbst nicht. Die Schuldkarte war so lange herumgereicht worden, bis keiner mehr verstand, was wirklich geschehen war. Überhaupt: Wer traute sich denn, etwas zu ändern? Zu reden? Nur Henning. Aber jeder war sich eben selbst der Nächste.

»Was für ein Stöffchen.«

Dieser Kerl steckte seine Nase hinein. Ekelhaft. Ihre erste Kollektion unter ihrem eigenem Namen. Dafür wenigstens hatte Henning die Kontakte hergestellt. Sie beide, sie saßen schließlich in einem Boot. Waren gar nicht betroffen. Und doch lastete die Schuld. Weil der Kopf Bilder hochlud, die sie in Wahrheit nie gesehen hatte. So was konnte der Mensch.

Horrorfilme produzieren, die sich mal wegswitchen ließen, mal nicht.

In letzter Zeit immer weniger. Der Husten, die Atemnot … Es war, als bestrafte sie sich selbst für das, wofür sie nicht schuld war. Wenn sie die nächste Zigarette anzündete. Als wollte sie sich vortasten. Wie es sein würde und wie es damals war. Das Ersticken.

Jetzt drehte er das Tuch. Zu einer dünnen Schnur. So konnte sie es nicht verkaufen, was bildete er sich ein? Jeden Cent aus diesem Laden hatte sie nötig, jeden einzelnen.

»Was machst du da?« Sie hörte hinter sich die Stimme, die panisch klang. Konnte aber den eigenen Blick nicht mehr von ihm wenden. Während er sich ihr näherte, das Tuch in Schwingungen versetzte. Wie er sie jetzt anging. Sie hob die Arme. Er schubste. Sie fing sich am Schreibtisch mit all den unbezahlten Rechnungen ab. Aber da war das Tuch, das Tuch, sie würde – ersticken.

Ja, das würde sie. Das würde sie ganz sicherlich. Doch noch nicht jetzt. Es war zu früh, zu früh, viel zu früh.

Dann ruckelte etwas in ihrem Inneren. Blieb stehen. Und sie – sie war frei. Und fiel.

53

Martin sah von seinem Handy auf, als es an den Türrahmen pochte.

»Klopf, klopf«, brummte Gert, der dort mit seiner Reisetasche stand. »Ich wäre dann dienstfertig.«

»Setz dich erst mal. Ohne Kaffee geht hier keiner aus dem Haus. Willst du etwas essen? Toast, Körnerbrot, Müsli? Aufschnitt, Käse, Marmelade, Ei?«

»Wie im Hotel. Lass mal. Ein Cappuccino aus eurer Krachmachermaschine reicht.«

»Brötchen fehlen. Anne hätte gerne welche geholt, aber die Nacht war für uns alle kurz, und sie musste heute früh zur Übergabe antanzen. Hat sie dich geweckt?« Martin redete gegen das kreischende Mahlwerk an.

»Hab geschlafen wie ein Stein. Fast hätte ich den Handywecker überhört. Muss an dem letzten Bier gelegen haben.«

Martin grinste. »Manche Sprüche nutzen sich nie ab, was? Bei mir hatte es übrigens den gegenteiligen Effekt. Ich habe kaum ein Auge zugetan. Die Müdigkeit wird mich später eiskalt erwischen.«

»Wenn ich in Richtung Festland unterwegs bin, kehrt auf der Insel Ruhe ein.«

»Haha. Du meinst, wir Inselpolizisten halten auf der Wache ein Nickerchen? So beamtenwitzmäßig?«

»Nö, ich dachte eher, wir geben Gas, klären die ganze Chose so schnell wie möglich auf, und ich sage ›Arrivederci‹. Meine Motivation ist hoch.« Gert zeigte auf seine Tasche.

»Das ist echt ein Ding. Ruth! Ich begreife immer noch nicht genau, was eigentlich los ist. Warum sie sich so unverhofft bei uns einlädt. Das ist überhaupt nicht ihre Art. Frühere Angebote, bei uns zu übernachten, hat sie gerne dankend abgelehnt. Zu viel persönliche Nähe.«

»Hat sie eine Alternative? Wo es angeblich kein einziges Bett auf der Insel gibt?«

Martin stellte die Tasse vor Gert ab. »Hauptsaison, klar. Trotzdem. Irgendwas stimmt nicht. Erstens kommt sie ohne Oskar.«

»War sie nicht immer so selbstbestimmt? Ich denke nicht, dass sie nur als Anhängsel verreist.«

»Wenn sie das hören würde.« Er hielt eine Tüte Brot mit der einen und eine Packung Müsli mit der anderen Hand hoch. »Ich habe ganz hinten im Schrank noch einen halb geheimen Vorrat mit Haselnusscreme. Mit Toast. Was meinst du?«

»Überredet. Unter Annes Ärztinnenaugen isst sich so was schlecht, was?«

»So ist es. Aber an Tagen wie diesen darf ein bisschen Sünde sein.« Er nahm die quadratischen Brotscheiben aus dem Tiefkühler und steckte sie in den Toaster. »Zurück zu Ruth. Sie hörte sich am Telefon seltsam verstört an, meinte Anne. Wenig Ruth-like.«

»Und sie hat nicht gesagt, was sie auf die Insel treibt? Ob ihre Freundin dahintersteckt? Helene? Wie ärgerlich, dass im Hostel nichts frei ist.«

»Dort wissen sie zumindest nicht mehr als wir. Und ich kann mir nicht vorstellen, dass Ruth freiwillig eine Nacht unter einem Dach mit Marthe Dirkens verbringen möchte.« Die ersten Toastscheiben sprangen hoch.

»Okay, schon verstanden. Ich räume das Feld. Kann mir das Gästezimmer ja schlecht mit ihr teilen. Hab ja Glück gehabt, dass mir diese eine Nacht vergönnt war.«

»Das ist wirklich ein verdammt unglückliches Timing. So sehr ich mich sonst über Ruths Besuch freue. Ausgerechnet jetzt. Ich habe ein mehr als ungutes Gefühl, wenn du heute aufs Festland zurückkehrst.«

»Aber warum?«

Martin servierte Gert die gerösteten und bestrichenen Toastscheiben. »Ich wüsste eben gerne, wie es um unsere Familie Jansen steht.«

»Entweder wir lösen die Geschichte heute, sei es, weil die Rechtsmedizin Entwarnung gibt, oder weil wir als kongeniale Partner einen so beeindruckenden Auftritt bei Freyja Jansen hingelegt haben, dass die gesamte Geschwisterschar zum Geständnis vorspricht.«

»Du meinst wie bei Agatha Christie?«

»Jau.« Gert schob sich das schokoladige Toastbrot in den Mund und kaute mit dicken Backen. »So stelle ich mir das vor«, nuschelte er, während er mit der Zunge in die Mundwinkel fuhr.

»Bisschen viel Fantasie am frühen Morgen. Schmeckt's denn?«, fragte Martin grinsend.

»Köstlich. Warum die besten Sachen immer gesundheits- oder umweltschädlich sind, weiß kein Mensch. Das Leben ist ein Spielverderber.«

»Sagt Kevin Jansen auch. Wenn er denn noch reden könnte.«

»Dann sorgen wir doch dafür, dass zumindest andere ausspucken, was sie wissen.« Gert rieb die Hände aneinander und schien unschlüssig, ob er sie an der Hose abwischen sollte. »Ich geh besser noch mal ins Bad«, stellte er fest.

»Und ich mach eben klar Schiff, dann können wir los.« Martin hatte sich mit seinem Teller gar nicht mehr hingesetzt. Im Laufe des Gespräches war er immer hungriger geworden. Nicht, was das Essen anbelangte. Aber das alte Kribbeln aus seinen Zeiten bei der Kriminalpolizei erfasste ihn. Für eine Sekunde kam ihm ein skurriler Gedanke. Ruth reiste an.

Und es wäre nicht das erste Mal, dass sie gemeinsam einen Fall auflösten. Egal, was sie wirklich auf der Insel wollte: Sie könnten das perfekte Dreamteam bilden. Sie drei. Fast wünschte er sich, dass es keine Entwarnung aus der Rechtsmedizin gab. Wenn er denn ein Bett für Gert fände. Aber zusammen würden sie für jedes Problem eine Lösung finden. Auch dafür.

54

Daniela legte die Tüten mit den Brötchen in den Fahrradkorb. Sie blinzelte in den strahlend blauen Himmel. Wie ärgerlich, dass sie keine Sonnenbrille aufgesetzt hatte. So einen Sommer hatte es schon lange nicht mehr gegeben. Konstante Temperaturen um die 25 Grad. Mindestens. Mittlerweile sehnte nicht nur sie das eine oder andere kühlende Gewitter herbei. Gerne in der Nacht, damit es die sonnenhungrigen Urlauber nicht von Strand und Sonnenuntergang weghielt. Die Pflanzen in ihrem Garten wären dankbar für jeden Regenschauer. Gestern am späten Abend hatte Helene die Blumen mit dem Poolwasser versorgt. Konnte ja wirklich keiner mit ansehen, wie alles verblühte und verwelkte.

Sie lupfte ihre dünne Bluse, so warm war es ihr. Nicht einmal der Nordseewind spielte heute mit. Schickte keine kühlende Brise. Wenn das so weiterging, bekämen sie mallorquinische Verhältnisse. Dabei war es doch gerade der Reiz der Nordseeinseln, dass die Sommer nicht so aufheizten. Sie hoffte für sich selbst, dass die derzeitige Wärme nur eine Phase und nicht ein erstes Resultat dessen war, was unheilvolle Prognosen voraussagten. Wenn das Meer irgendwann vor Düsseldorf steht, wissen wir es, pflegten ihre rheinischen Freundinnen zu sagen. Manche schienen es herbeizusehnen.

Sie stieg auf das Rad. Zu spät war sie ins Bett gekommen. Wie üblich. Seit Helene und Marthe das Abendprogramm vorgaben, fiel der Schlaf kurz und kürzer aus. So wie gestern. Dabei war ihre Konstitution weder für norddeutsche Hitzewellen noch für Vierstundennächte ausgelegt. Doch alles, was Helene zu Ruths angekündigtem Besuch auf der Insel andeutete, führte zu aufgewühlten Spekulationen. Ob irgendetwas an der Sache dran war? Eine Krise mit Oskar? Am liebsten hätte Daniela zum Telefon gegriffen und bei ihrem Cousin nachgefragt.

Helene hatte davon abgeraten. Ruth sollte in Ruhe ankommen und selbst erzählen. Wer wusste schon, ob sie nicht etwas falsch verstanden hatte. Marthes Einfluss konnte sich möglicherweise bei ihnen allen bemerkbar machen, und aus einer harmlosen Randbemerkung wurde ein Beziehungsdrama.

Trotzdem hatte es sie nicht losgelassen. Sie war nun einmal eine gnadenlose Romantikerin. Zu harmoniesüchtig, wie Frank ihr oft genug unter die Nase rieb. Aber sie sah eben gerne alle in ihrem Umfeld glücklich und zufrieden, und dazu gehörte für sie, dass jeder Topf sein Deckelchen fand. Ruth aber verdrehte gefühlt eher die Augen, wenn es um Ehe und Beziehungen ging. Es war ein Wunder, dass sie jetzt schon so lange mit Oskar zusammen war. Sogar mit ihm in Bonn zusammenlebte. Sie wollte nur hoffen, dass Helene etwas falsch verstanden hatte. Sich alles in Wohlgefallen auflöste.

Manchmal dachte sie sogar darüber nach, dass es auch für Marthe ein Segen wäre, noch einmal eine große Liebe zu finden. Immer wieder las man doch davon. Senioren, die sich im hohen Alter verliebten. Sie konnte ja sehen, wie gut ihr die Nähe eines Menschen tat. Wenn statt Helene ein Mann mit in der Dachgeschosswohnung lebte … Daniela kicherte. Ein witziger Gedanke. Obwohl ihr im Augenblick kein passendes Deckelchen einfiel. Und Marthe sich mit Händen und Füßen wehren würde. Wo sie doch selbst nach jahrzehntelanger Witwenschaft immer noch ihrem »Seligen« hinterhertrauerte.

Daniela bog verbotenerweise in die Poststraße ein. So früh am Morgen würde sie wohl nicht von Polizei oder Ordnungsamt erwischt werden. Aber sie hatte vor ein paar Tagen aus den Augenwinkeln ein schwarzes T-Shirt-Kleid in einem Schaufenster gesehen, das ihr seitdem nicht mehr aus dem Kopf ging. Die Geschäfte waren zwar noch zu, aber jetzt hätte sie die Gelegenheit, in Ruhe zu schauen, ob es sich überhaupt lohnte, länger darüber nachzudenken. Die Norderneyer Preise in den Boutiquen waren eher für die Touristen gemacht. Manchmal jedoch spielte einem das Glück in die Hände. Aus ihrem Kopf streichen konnte sie es immer noch, denn Fantasiepreise würde sie nicht zahlen, auch wenn sie sich durch das Gehalt und Trinkgeld im Friseursalon jetzt öfter mal was gönnte.

Langsam fuhr sie auf den Laden zu. *Freyja's*, stand in pinker Schrift auf dem schwarzen geschwungenen Schild. Erst einmal hatte sie in dem Geschäft etwas gekauft. Heruntergesetzte Schuhe. Die Verkäuferin war hochnäsig gewesen. Als hätte sie es nicht nötig, sich mit Kunden abzugeben. Als wäre ihre Ware zu gut für die Käufer. So ein Verhalten konnte man sich auch nur in einem Touristenort leisten, wo bei genügend Menschen das Geld locker saß.

Solange der Preis stimmte, ließ sich Daniela von einer solchen Überheblichkeit nicht abhalten. So war es das letzte Mal gewesen, so würde sie es jetzt handhaben. Auch wenn sie sich selbst so eine Arroganz niemals herausnehmen würde. Nicht im Hostel, nicht im Friseursalon.

Schon von Weitem sah sie das sternförmige Rabattschild. Ihr Herz machte einen kleinen Hüpfer. 20 Prozent. Wenn jetzt Grundpreis und Größe stimmten, dann wäre das Kleid am späten Vormittag ihr.

Sie stellte ihr Fahrrad ab. Näherte sich dem Schaufenster. Drückte die Nase platt. Wie ärgerlich. Das Preisschild war umgedreht. Vielleicht konnte sie es von der Seite am Eingang sehen. Verflixt. Sie hasste es, wenn man dadurch gezwungen wurde, den Laden zu betreten. Geschickte Manipulation, die den Rückzug ohne Kauf schwer machte. Besonders für harmoniesüchtige Menschen wie sie. Die lieber irgendetwas mitnahmen, als mit leeren Händen das Geschäft verließen.

Frustriert drückte sie das Gesicht an die Ladentür. Als wenn das etwas änderte. Sie würde in den sauren Apfel beißen müssen. Später wiederkommen. Schon jetzt war die Vorfreude auf das Kleid deutlich geringer. Vielleicht sollte sie es einfach abhaken. Verdrängen und vergessen. Oder im Internet nach etwas Ähnlichem suchen.

Sie seufzte. Das kühle Glas der Eingangstür tat gut. Sie war so verdammt müde. Eigentlich hätte sie nichts dagegen, hier stehen zu bleiben. Die Augen zu schließen. Oder sich hinzulegen. Zu liegen und zu schlafen wie diese Schaufensterpuppe, die am Ende des Ladens auf dem Boden lag. Deren Füße zu ihr herüberzuwinken schienen. Ach ja. Puppe müsste man sein. Nicht mehr als das. An einem Morgen wie heute.

55

Eine vage Erinnerung durchzog Martin Ziegler, als Nicole ihm schon auf dem Parkplatz entgegenstürmte.

»Eine Schaufensterpuppe?«, fragte er zurück, obwohl er genau verstanden hatte, dass es sich eben nicht um eine solche handelte.

»Ach, Chef!« Es klang wie eine Mischung aus Ungeduld und Mitleid.

»Sei nicht gleich genervt«, fuhr er sie schärfer als beabsichtigt an. »Wie soll auch nur ein Mensch verstehen können, worum es geht, wenn du uns nicht vernünftig informierst. Du kennst die Leitsätze bei Einsätzen. Hektik ist die größte Fehlerquelle.«

Nicole erstarrte. »Heißt das, du unterstellst mir ein Fehlverhalten in dieser Situation? Deine Ruhe möchte ich haben.«

Gert stand neben ihnen. Die Hände in die Hosentaschen geschoben, ein Bein mit seinem blauen Lederschuh vorgeschoben.

»Sag doch auch mal was«, forderte Martin ihn auf.

»Ich überlege gerade, auf welche Seite ich setze.« Er zog ein Geldstück aus der Tasche und drehte es in seiner Hand. »Hahnenkampf«, fügte er hinzu.

Martin trat einen Schritt zurück. Wie verrückt war er eigentlich, sich von seiner Mitarbeiterin so treiben zu lassen. Und das vor Zeugen. Selbst wenn es sich dabei um den loyalsten Freund handelte. Hier waren sie im Dienst. Er hatte wenig Lust, dass später in Aurich über seine zweifelhaften Führungsqualitäten gesprochen wurde. Es reichte, wenn Gert ein missverständliches Wort herausrutschte.

»Stopp«, ordnete er deswegen an und hob zum Nachdruck die Hand, als stünde er auf einer Verkehrskreuzung. »Wir fangen noch einmal von vorne an.«

»Wenn du meinst, Chef, dass wir die Zeit haben. Moin, also.«

Martin ließ sich nicht provozieren. Stattdessen streckte er die Hand aus. Nicole verstand die Geste und überreichte ihm den Autoschlüssel.

»Wo? Wer? Was? Wie viele?«

»Ja, und warten auf Rückfragen. Ich bin nicht blöd, Martin. Und habe dir alle Informationen schon genannt.«

Unsortiert zugeschrien, wollte er antworten, unterließ es und schaute sie stattdessen nur abwartend an. Aus den Augenwinkeln nahm er wahr, wie Gert die Münze wieder in seine Hosentasche steckte.

»Okay.« Auch Nicole schien sich zu besinnen. »Vielleicht war es der Schreck.«

Das immerhin kam fast einer Entschuldigung gleich. Er nickte ihr aufmunternd zu und versuchte, sein Gesicht zu entspannen.

»Wo: *Freyja's.* Der Modeladen in der Poststraße. Wer: eine leblose Person, die an eine Schaufensterpuppe erinnert. Was: unklare Gefahrensituation. Die Meldung kommt von Daniela Prinzen.«

»Stopp. Stopp, stopp.« Martin unterbrach Nicole mit wischenden Handbewegungen. Schon bei der ersten Aussage war plötzlich etwas in seinem Bewusstsein angekommen, das er zuvor ausgeblendet haben musste. Eine Information, die für sich allein alarmierend genug war. »Wieso Daniela?«, fragte er jetzt. Die weit wichtigere Frage hinterherschiebend: »*Freyja's*? Kein Irrtum möglich?«

Nicole verzog den Mund, als wollte sie etwas sagen. Er nahm den spöttischen Ausdruck durchaus wahr. Und wusste, dass sie allen Grund dazu hatte. Er verhielt sich kein bisschen professioneller. Ging auch gar nicht, denn das Herz klopfte ihm bis zum Hals. Sein Mund wurde trocken, seine Achseln dafür nass.

»Du bleibst hier«, presste er zwischen den Lippen hervor. »Gert und ich machen uns ein Bild vor Ort. Was hat es mit der Schaufensterpuppe auf sich?« Für eine Sekunde gönnte er sich das klitzekleine bisschen Hoffnung, das sich mit diesem Wort verband. Als wenn das Glück zweimal an derselben Stelle zuschlug. Das funktionierte immer nur mit Dramen und Schicksalsschlägen.

»Ich hab's nicht genau verstanden«, murmelte Nicole. Er wusste, dass sie ihn in diesem Augenblick schonen wollte. Wenn ihn das erwartete, was er vermutete, würde es eng für Gert und ihn. Denn dann mussten sie an entscheidender Stelle zu leichtsinnig gewesen sein.

Als das Elektro-Auto leise vom Parkplatz rollte, ballte sein Kollege die Faust und schlug aufs Armaturenbrett. »Was ist das eigentlich für eine Welt, in der nicht mal mehr ein Motor aufheult?«

Da wusste er, dass Gert der Arsch auf Grundeis ging. Genau wie ihm. Und dass es dafür einfach keine freundliche Umschreibung gab.

56

Schaufensterpuppe traf es schon ganz gut. Freyja Jansen lag lang ausgestreckt auf dem Rücken, die Arme neben dem Körper, die Augen weit aufgerissen. Das strohgelbe Haar ergoss sich auf den Fliesenboden, genau im Durchgang zwischen Ladenlokal und Büro, wobei die Füße Richtung Eingangstür wiesen. An der Stirn allerdings wirkte der Haaransatz seltsam verschoben, was die Ähnlichkeit zu den glatzköpfigen Ausstellungsfiguren noch weiter betonte.

»Die Brötchen. Das Frühstück«, hatte Daniela bei ihrem Anblick gestammelt und sich die Hände vor den Kopf geschlagen. Als wenn es das Wichtigste auf der Welt wäre.

Er konnte Daniela nur bitten, vorläufig auf dem seitlichen Einstieg zum Rettungswagen sitzen zu bleiben, wo irgendjemand sie hinplatziert hatte.

Das Rettungspersonal stand in einer Ecke des Ladens. Eine Sanitäterin war mit ihrem Handy beschäftigt, ein zweiter Sanitäter schrieb auf einem Klemmbrett augenscheinlich am Einsatzbericht.

»Hab die Kripo gleich mitgebracht«, begrüßte Martin die Notärztin. Er wunderte sich, wie schnell er während der Fahrt hierher seine Souveränität wiedergefunden hatte. Vielleicht weil endlich mal jemand anderes Nerven gezeigt hatte.

Sie wedelte mit dem Formular in ihrer Hand, der offiziellen Todesbescheinigung. »Vollkommen richtig. Ich tappe im Dunkeln, habe keinerlei Anhaltspunkte.«

Gert zeigte auf die Notfallausrüstung, die wie unberührt neben der Toten stand. »Kein Reanimationsversuch?«

»Sinnlos, der Leichnam war so kalt, wie er nur eben sein kann, wenn das Leben schon ein paar Stunden aus ihm entwichen ist. Da macht auch die modernste Technik keinen Lazarus aus Verstorbenen.« Sie strich sich mit dem behandschuhten Handrücken über die Stirn.

»Johannes elf«, reagierte Gert und grinste. »Ich trainiere regelmäßig für ein Pubquiz.«

Die Ärztin hob die Augenbrauen. »Welche App?«

»Komplett analog. Tagesabreißkalender. Beim letzten Mal habe ich gewonnen. Der Sieg will verteidigt werden. Das nächste Ziel ist der Mensa-IQ-Test.«

»Nehmen Sie mich mit? Romy Schuster.« Sie streckte ihm ihren Ellbogen hin.

»Gert Schneyder.« Er stupste mit seinem Arm zurück. »Mensa oder Pub?«

»Letzteres. Mir fehlt ein Team.«

Martin glaubte, nicht richtig zu hören. Er war aus alten Kriminalpolizeitagen viel gewohnt. Sie alle entwickelten Strategien, mit dem Unfassbaren umzugehen. Aber was Gert und diese Notärztin abzogen, schlug dem Fass den Boden aus.

»Vielleicht würde auch die Rechtsmedizinerin gerne eurem Team beitreten«, sagte er, nachdem er sich ausgiebig geräuspert hatte. Er hoffte, dass es sarkastisch genug klang, um die beiden in die Realität zurückzuholen.

Gert schien sich ertappt zu fühlen. Was auch immer ihn mit Theresa Westerkamp aus Oldenburg verband, es war mehr als das dienstliche Interesse an Obduktionsergebnissen.

»Richtig. Hier ist der Totenschein. Ein Abstecher über die Rechtsmedizin scheint mir unumgänglich.«

Martin zeigte auf den Haaransatz. »Eine Perücke?«

»Sie meinen, es könnte auf eine Krebserkrankung hinweisen? Sicherlich, eine solche zugrunde liegende Erkrankung kann ursächlich sein. Nur: Ich habe dafür keinerlei Anhaltspunkte. Nicht jeder Haarverlust deutet auf eine Chemo hin. Wie es übrigens umgekehrt Chemos gibt, bei denen keine Haare ausfallen. Ich konnte nichts an Narben finden, die diese These untermauert hätten.«

»Und wie sieht es mit Fremdeinwirkung aus?« Gert hatte sich unmittelbar vor die Füße der Toten gestellt. »Auffälligkeiten?«

»Überhaupt nichts. Das müssen die Kollegen herausfinden. Für mich spricht allerdings eines komplett dagegen.«

»Und das wäre?«

»Die verschlossene Tür.«

»Ach!« Martin drehte sich zum Eingang um. Sah nach draußen, wo Daniela immer noch im Seiteneinstieg des Rettungswagens saß. »Ich dachte …« Wahrscheinlich war es die Stelle gewesen, an der er Nicoles W-Fragen unterbrochen hatte.

»Wir haben die Tür geknackt.« Romy Schuster deutete auf die Sanitäterin. »Was dem einen das Quiz ist, ist dem anderen das Lock-Picking. In diesem Fall erlaubt, weil die Gefahrenlage durch die Glastür erkennbar war. Ihre Kriminaltechniker werden womöglich Fragen haben. Die beantworten wir gerne.«

Martin sah, wie es hinter Gerts Stirn arbeitete. Diese Vorlage zu einer Befragung würde er sich wohl kaum entgehen lassen.

Und richtig. »Wenn ich mir dann Ihre Personalien notieren darf? Falls Fragen außerhalb Ihrer Dienstzeiten im Krankenhaus auftreten.« Gert zog eine Visitenkarte aus der Innentasche seiner Jacke.

Romy Schuster lachte. »Auf der Insel gibt es keine Anonymität. Stimmt doch, Herr Ziegler. Sie und Ihre Frau wissen auf jeden Fall, wo ich zu erreichen bin.«

Chapeau, dachte Martin. Was für eine charmante Art, Gert die Antwort zu verweigern. Seine Karte steckte sie wie achtlos ein. Ohne einen Blick darauf zu werfen. Sie schien zu wissen, wie man ein kleines Flämmchen zum Lodern brachte.

»Genau«, Gert zögerte. »Anne ist ein gutes Stichwort.« Er senkte seinen Kopf und stützte sein Kinn mit Daumen und Zeigefinger. Augenblicklich wirkte er wie aus dieser Welt entrückt.

»Wir würden dann verschwinden«, sagte die Ärztin und griff nach dem Einsatzkoffer. Die Rettungskraft steckte das Handy weg.

»Was machen wir mit Frau Prinzen?«, fragte der Sanitäter mit dem Klemmbrett.

»Ich kümmere mich«, antwortete Martin.

Gert nickte geistesabwesend. »Ich informiere meine Dienststelle, sie sollen das Nötige veranlassen. Ich glaube, wir brauchen nicht drumherum zu reden. Die Wahrscheinlichkeit, dass wir es hier mit einem natürlichen Tod zu tun haben, geht für mich gegen null. Der Perücke zum Trotz genauso wie der verschlossenen Tür. Agatha Christie lässt grüßen. Habe ich es nicht heute Morgen noch prophezeit? Die Truppe wird sich freuen. Schon wieder ein Inselausflug. Nicht dass sie sich hier häuslich einrichten.« Er stutzte, riss die Augen auf und stöhnte.

Martin schlug sich mit der Hand vor die Stirn. »Verflixt. Das ist ja jetzt wirklich ärgerlich. Aber ich fürchte, du wirst pendeln müssen. So leid es mir tut.«

57

Ruth würde das Auto auf dem Festland stehen lassen. Als sie auf dem Parkplatz in Norddeich ihre Taschen aus dem Kofferraum nahm, sog sie die feuchte Nordseeluft tief in ihre Lungen. Anne hatte von einer Art Hitzewelle gesprochen, die sich diesmal auch im Norden nicht verjagen ließ. Kein Regen, kein Gewitter, vollkommen ungewöhnlich sei dieses Klima. Ihr aber kam es vor, als legte sich eine erfrischende und beruhigende Schicht um Geist und Körper und würde sie vor allem Unbill des Lebens schützen.

Wie weit weg schien ihr die stickige Luft der Großstadt, der Tagung und des Hotels. Sie nahm dieses unstete Reisen als Honorardozentin nur in Kauf, weil es ihr das größte Maß an Freiheit und Unabhängigkeit im Beruf sicherte. Die Vorstellung, wie früher in einem Team mit Vorgesetzten zu arbeiten, die man sich nicht aussuchen konnte, generierte eine solche Abwehr in ihr, dass ihr jedes noch so mittelklassige Hotel ein passabler Einsatz schien. Normalerweise.

Doch was war schon normal? Im Allgemeinen und auf ihre aktuelle Situation bezogen.

Sie schlug den Kofferraumdeckel zu. Sah hoch in den blauen Himmel, auf den weiße Wölkchen wie von Kinderhand getupft worden waren. Der Wind, wenn sie ihn denn als solchen benennen konnte, war warm und streichelte ihre nackten Arme und spielte mit den Haarspitzen in ihrem Nacken. So als würde Oskar …

Energisch griff sie nach den Taschen. Sie, die Minimalistin, hatte diesmal ungewöhnlich viel Gepäck dabei. Wahrscheinlich hätte es sich gelohnt, im Hotel die Sachen so umzuverteilen, dass sie nicht alles mit auf die Insel schleppen musste. Jetzt war es zu spät, wenn sie die gleich abfahrende Fähre erreichen wollte. Und das war der unbedingte Plan. Bevor die Zweifel, die in der schlaflosen Nacht, beim hastigen Frühstück und Check-out, bei der Fahrt über die Autobahn in ihr aufgestiegen waren, überhandnahmen. Bisher hatte sie die Gedanken zurückdrängen können, aber jetzt, in dieser Umgebung, in der alles an die gemeinsamen Reisen mit Oskar erinnerte, war sie sich nicht mehr sicher, ob sie das Richtige tat. Die übernächste Fähre konnte also eine zu spät sein. Das wollte sie nicht riskieren. Auf Norderney, bei Gesprächen mit Martin, Anne und Helene, würde sie ihre Orientierung wiederfinden. Ihren Kompass neu kalibrieren können. Und dann würde man sehen. Sie hatte Angst vor vorschnellen Schlüssen. Und noch mehr vor den Schlussfolgerungen und Konsequenzen, die daraus folgen würden. Unwiderruflich.

Also schulterte sie den Rucksack, hängte die lederne Laptoptasche mit dem langen Riemen quer über ihre Schulter und nahm die Reisetasche in die linke Hand. Wie ein Luftgespinst sah sie den kleinen Trolley vor sich, den Oskar ihr geschenkt hatte. Lieb gemeint. Aber sie war nun mal kein Koffertyp. Solche Äußerlichkeiten waren eigentlich lächerlich. Das konnte sie als Psychologin natürlich einordnen. Besonders weil sie sich und ihrem Rücken dauerhaft schadete. Und trotzdem ließ sie nicht los von dem Bild, das sie von sich selbst entwickelt hatte. Für die Außenwelt, aber noch viel mehr für sich allein.

Und mit dem sie Problem um Problem in ihrem Leben angehäuft hatte. Als wenn Freiheit, Unabhängigkeit und Emanzipation durch die Art des Gepäcks, der Kleidung und des Beziehungsstatus definiert würden. Als hätte es in dieser Hinsicht keine gesellschaftliche Entwicklung gegeben.

Sie schnaufte. Nicht wegen des Gewichts, das sie trug, und

auch nicht wegen der Wärme, die nun doch spürbar wurde. Die Nordseeluft fühlte sich schwerer als gewöhnlich an. Sie lief die Rampe, die den Parkplatz mit der Hafenzufahrt verband, langsamer hoch, als es ihrem normalen Tempo entsprach. Mit jedem Schritt entfernte sie sich von Oskar, und gleichzeitig hatte sie das Gefühl, dass sie sich ihm näherte. Auf eine Art, die ihnen beiden verloren gegangen war. Wieder atmete sie schwer aus. Ein Stechen in der Herzgegend ließ sie innehalten. Sie stellte die Tasche ab. Lockerte den Riemen der Laptoptasche, die ihr, durch das dünne T-Shirt kaum gepolstert, in den Brustkorb drückte. Aber sie wusste, dass der Schmerz nicht nur ein körperlicher war.

Als sie endlich das Hafenterminal erblickte, die *Frisia* im Hafen liegen sah, wurde ihr leichter zumute. Die Möwen kreisten um ihren Kopf, obwohl sie kein Fischbrötchen in der Hand hielt. Aber genau ein solches würde sie sich noch eben am Hafenkiosk besorgen. Und sich dann auf das Außendeck setzen.

Zusehen, wie die Insel unaufhaltsam näher kam, während sie sich von allem entfernen würde: von Oskar, ihren Sorgen, ihren Ängsten.

Und wenn sie Glück hätte, würde der Inselzauber wirken. Sie auf sich selbst zurückwerfen. Sie einnorden. Und vernünftige und wohldurchdachte Entscheidungen treffen lassen. Denn das gab es auf der Insel zuhauf: endlose Weite, unbegrenzte Zeit. Genau das, was sie brauchte.

Beam me up, dachte sie nicht zum ersten Mal, als das Schiff mit dem Erklingen des Signaltons ablegte und sie in das Brötchen biss. Mit einem Mal fühlte sich alles stimmig an. Sie seufzte. Diesmal vor Erleichterung.

58

»Was soll denn das werden?«, fragte Martin, als er sich neben Gert stellte. Gleichzeitig ließ er den Blick durch das Ladenlokal schweifen. Diese Mischung aus hochwertiger oder zumindest hochpreisiger Kleidung und Lifestyleartikeln punktete mit Sicherheit bei den betuchteren Touristen, die die Insel in den letzten Jahren anzog.

»Was meinst du?«, nuschelte Gert geistesabwesend und hörte nicht auf, mit seinem Fingernagel auf sein Handydisplay zu tippen. Rauf und runter. Und wieder von vorn.

»Sag mir nicht, dass es Fingeryoga ist. Zutrauen würde ich es dir.« Martin stellte sich auf die Zehenspitzen, um einen Blick auf die geöffnete Seite zu erhaschen. Aber Gert sah im gleichen Augenblick auf und ließ das Handy sinken.

»Ich zähle ab.«

Martin zog die Augenbrauen hoch. »Aha. Schafe? Tage bis zum Urlaub? Stunden bis zur nächsten Mahlzeit?«

»Witzbold. Die Geschwister. Was sonst? Oder hast du eine bessere Idee, wen wir als Nächstes aufsuchen?« Gert hielt ihm das Handy vor die Nase. Er hatte die Todesanzeige von Dora Jansen geöffnet, unter der die Namen der Kinder aufgeführt waren.

»Gruselig.« Martin sagte es nicht nur, sondern fühlte gleichzeitig, wie sich seine Nackenhaare im wahrsten Sinne des Wortes aufrichteten. Er war froh, dass das von ihm aufgezeichnete Genogramm auf dem Schreibtisch der Wache lag. Ein zweites, dickes rotes Kreuz würde den Wahnsinn, der sich ihnen offenbarte, noch greifbarer machen. Dabei wünschte er sich nichts mehr, als dass alles vollkommen anders war. Er würde nicht aufhören, auf einen natürlichen Tod zu hoffen, solange nicht das Gegenteil bewiesen war. Aus seiner Sicht sprach einiges dafür. Und Gert dramatisierte die Situation, wenn er Tatsachen beiseitewischte. Die Tür war von innen verschlossen. Freyja Jansen trug eine Perücke, die durchaus Rückschlüsse auf eine ernste Erkrankung zuließ. Aber am wichtigsten erschien ihm doch, dass es keinerlei Anzeichen für eine Fremdeinwirkung gab. Weder Kampfspuren noch äußere Verletzungen. Keine Hinweise auf Zerstörung, Durchsuchung oder gar Entwendung von Eigentum. Es musste schon eine raffinierte und wenig offensichtliche Form des Tötens gewesen sein, wenn Gerts These halten sollte. Er ging zurück in Freyja Jansens Büro. Automatisch nahm Martin das Glas, das neben dem Computer stand, in Augenschein. Er umkreiste den Tisch und bückte sich. Schaute ins Bad. Die Erkenntnis wiederum war interessant. Selbst wenn sie seinem Kollegen in die Karten spielte.

»Und du? Falls ich fragen darf?« Gert schien mit dem nervigen Tippen fertig zu sein.

»Suche eine Flasche.«

»Aber selbstverständlich. Was für eine dämliche Frage.« Gert steckte sein Handy in die Hosentasche und schlug sich überspitzt vor die Stirn. Dann wechselte er abrupt die Mimik. Er senkte seine Stimme ab. »Und weshalb genau? Ich wage zu bezweifeln, dass die Suche irgendeinem Durstgefühl deinerseits geschuldet ist.«

»Kannst du mal normal reden? Wenn du nicht pausenlos auf dein Telefon starren würdest, wär dir dieselbe Erkenntnis gekommen. Wo ein Glas ist, sollte …«

»… die Flasche nicht weit sein.« Gert drehte sich auf dem Absatz. »Du glaubst an den klassischen Giftmord. Die KTU wird es ans Tageslicht bringen. Wenn Marthe Dirkens uns nicht als Spezialistin auf diesem Gebiet zuvorkommt.«

»Du Wahnsinniger! Das Unheil heraufzubeschwören. Wir sollten sie auf einen Ausflug schicken. Ans Wrack. Oder von mir aus aufs Festland. Ein Tagesausflug auf die Nachbarinseln wäre eine Option.«

»Du könntest sie auch gleich festnehmen. Als Tatverdächtige. Mit ihrem Giftschrank. Das erschiene mir barmherziger, als eine 80-Jährige ans Ostende der Insel laufen zu lassen.«

Martin winkte ab. Die Frotzeleien tangierten ihn kaum. Ein Glas, aber keine Flasche. Wenn das mal nicht eine heiße Spur war. Ungeduldig sah er auf die Uhr. Wie lange das jetzt alles wieder dauerte. Die Ankunft der Kriminaltechniker vom Festland, der Abtransport der Leiche, das Warten auf Ergebnisse. Er lehnte sich gegen den Türrahmen des Durchgangs zwischen Laden und Büro. Draußen blieben immer häufiger Passanten stehen, die Poststraße wachte auf. Es würde nicht lange dauern, und sie würden es mit einer Traube von Schaulustigen zu tun haben. Wie gestern am Strand. Nichts zog Menschen mehr an als das Unheil anderer Leute.

Wenn er die Wartezeit doch mit einem Schnippen verkürzen könnte. Sein Blick fiel auf die beiden Ledersessel. Immerhin hatten sie es hier komfortabler. Und auch einen Sonnenbrand brauchten sie nicht zu befürchten. Mit müden Schritten steuerte er auf einen der Sitzplätze zu. Er stöhnte laut auf. Denn da stand ein großer rosa Elefant, den er bisher übersehen hatte.

59

Wahrscheinlich hatte es gar nicht so lange gedauert, wie es Daniela vorgekommen war. Nachdem sie realisiert hatte, dass es sich dort hinten im Durchgang kaum um eine Puppe handelte, über den Notruf, das Herannahen des Einsatzfahrzeugs, aus dem sich Martin und Gert schälten, die Hektik, die anschließend einsetzte, bis die Tür geöffnet war und sich bestätigte, was Daniela längst geahnt hatte, stand sie wie ein wertlos gewordener Gegenstand erst im Laden, dann auf der Straße, auf jeden Fall aber ständig im Weg.

Sie traute sich weder, den Ort zu verlassen noch jemanden anzusprechen. Alle schienen zu wissen, was zu tun war. So viele Menschen, die in kürzester Zeit zusammengerufen worden waren. Ein zweiter Streifenwagen, Notarzt und Rettungswagen, die Feuerwehr. Ein Absperrband, das ausgerollt wurde und Daniela das Gefühl gab, von jeder weiteren Handlung ausgesperrt zu sein. Instinktiv wusste sie dennoch, dass es keine gute Idee wäre, einfach zu verschwinden. Anfangs saß sie auf den Stufen des RTW und wartete. Immerhin würde sie doch sicherlich eine Aussage machen müssen. Oder war das übertrieben? Sie hatte ja nur durch die Glasscheibe in den Laden geschaut.

Mittlerweile war sie zu ihrem Fahrrad zurückgekehrt, das sie ein Stück beiseitegeschoben hatte, als sich die Einsatzfahrzeuge näherten. Ihre Beine zitterten, vor Aufregung, Müdigkeit und Hunger. Sie stützte die Hände auf die Lenkstange, wodurch sie sich sicherer fühlte. Der Brötchenduft stieg aus der Tüte in ihre Nase, und die Magensäure kroch ihre Speiseröhre hoch. Ihr Nervenkostüm meldete sich damit in gewohnter Weise. War ja klar. Am Morgen hatte sie noch keinen Bissen gegessen. Sie musste dringend gegensteuern, wollte sie nicht eine aufsehenerregende Stressreaktion provozieren. Wie automatisiert griff sie in die Tüte und begann, kleine Stücke aus dem Brötchen zu reißen, die sie sich in den Mund stopfte, um solange auf ihnen zu kauen, bis sie sich in eine breiförmige Masse verwandelten. Mit jedem Bissen ließ das Zittern ein wenig nach. Ihre Gedanken sortierten sich. Ihre Angst nahm ab.

Schrecklich, was der Ladenbesitzerin passiert war. Aber es hatte nichts mit ihr zu tun. Und de facto wurde sie sicherlich nicht mehr gebraucht. Sie hatte beim Absetzen des Notrufs ihren Namen genannt. Martin und Gert hatten mit ihr gesprochen, als sie eintrafen. Sie wussten also, wo sie zu finden wäre.

Trotzdem zauderte sie. Blickte auf die Brötchentüte, den Streifenwagen und die offene Ladentür hinter dem Absperrband.

Im Hostel warteten bestimmt schon die Gäste. Marthe und Helene würden sich wundern, wo sie bliebe. Ob sie anrufen sollte? Eine Nachricht schicken? Die beiden könnten die Tische decken, Kaffee und Tee zubereiten, entschuldigen und erklären. Verschiedene Brotsorten waren vielleicht ein schlechter Ersatz für frische Brötchen, aber besser als nichts. Immerhin gab es Toast und in der Vorratskammer Baguette zum Aufbacken. Ein paar aufgeschlagene Eier, möglicherweise ein Omelett oder ein Pfannkuchen, und das Frühstück ginge als international durch. Englisch, französisch, amerikanisch. Konnte sich doch keiner beschweren.

Das Ganze hatte nur einen Haken: Was bloß sollte sie als Grund nennen? Marthe wäre innerhalb von Minuten vor Ort. In der Poststraße und keineswegs in der Küche des Hostels. Martin würde sie umbringen. Unmöglich konnte sie das auf ihre Kappe nehmen.

Also ausharren? Sich davonschleichen? Einen der Polizisten am Absperrband fragen? Sie kannte sie nicht. Sie waren entweder neu im Team oder Verstärker. Wenn doch Nicole, Ronnie oder Olaf …

Sie starrte auf die Uniformen. Unfassbar, wie jung diese Menschen aussahen. Als kämen sie geradewegs von der Schulbank. In diesem Alter hätte sie das nicht gekonnt. Sich mit dem Leid der Welt herumschlagen. Sie schüttelte den Kopf. Als wenn das heute anders wäre. Marthe, ja, die war für so was gemacht. Sie wüsste auch, wie sie sich zu verhalten hätte. Bleiben oder gehen?

Einer der Polizisten schien auf sie aufmerksam geworden zu sein. Hatte sie zu sehr gestarrt? Er tuschelte jedenfalls mit dem Kollegen. Dann rief er etwas in den Laden hinein. Löste sich von seinem Platz und kam auf sie zu.

Daniela lächelte. Wahrscheinlich würde es sich jetzt klären. Sie ließ die Hände mit dem Brötchen sinken. Es musste schon das zweite sein.

Der Polizist schaute sie mit unerschütterlicher, fast herablassender Miene an. Sein Blick glitt über ihren Körper. Sie wäre plötzlich am liebsten in ein Mauseloch gekrochen. Sie hasste es, von fremden Menschen taxiert zu werden. Glücklicherweise passierte das immer seltener. Aber ausgerechnet von so einem halben Kind. Sie öffnete den Mund, um zu fragen, wie es nun weiterginge. Sie wollte nur eins: so schnell wie möglich weg von hier. Weit weg.

Doch er kam ihr zuvor: »Sie wissen schon, dass Gaffen ein Straftatbestand sein kann. Finden Sie Ihr Verhalten angemessen? Mit dem Brötchen in der Hand. Sie können von Glück sprechen, dass Sie den Einsatz nicht behindern.« Er machte eine scheuchende Handbewegung. »Sie sollten sich also schleunigst vom Acker machen.«

Daniela öffnete den Mund und schloss ihn wieder. Tränen

schossen in ihre Augen. Das war ja bodenlos, was der Typ sich erlaubte. Doch sie fand keine Worte, um sich zu rechtfertigen. Zu abfällig war sein Blick. Sie ließ das Brötchen in den Fahrradkorb fallen, griff nach dem Lenker, drehte das Rad und schob es mit bleischweren Beinen um die nächste Ecke. Nur raus aus seinem Sichtfeld.

Mit jedem Schritt wurde ihr die Ungeheuerlichkeit des Benehmens bewusster. Sie ärgerte sich. Es musste wie ein Schuldeingeständnis wirken, als sie wortlos von dannen gezogen war. Dabei hatte sie wie immer alles nur gut gemeint. Wie so oft im Leben. Als hätte sie noch nicht genug Lehrgeld bezahlt. Sie schnaufte. Es traf doch jedes Mal die Falschen. Lächerlich, sie und eine Gafferin. Als wäre sie gottverdammt eine Marthe Dirkens, die überall ihre Nase hineinsteckte und trotzdem immer mit ihrem heuchlerischen Getue davonkam.

Sie schloss die Augen. Nichts wünschte sie sich mehr, als alles hinter sich zu lassen. Diese Tote im Laden. Marthe. Das Hostel. Die Insel.

Sie wollte nach Hause. Zurück ins Rheinland. Nur Frank, den würde sie nicht hergeben. Die anderen konnten ihr den Buckel runterrutschen. Ein für alle Mal.

60

»Schau dir das an.« Martin winkte Gert heran. »Wie blind kann man eigentlich sein?«

»Shit! Das ist nicht wahr, oder? Nicht wie blind, sondern wie blöd können zwei Polizisten sein. Das gäbe glatt eine Vorlage für einen Ostfriesenwitz.«

»Eher für einen Shitstorm.«

»Stimmt. Und ein *TikTok*-Meme.«

»Da bekommt der sprichwörtliche rosa Elefant auf einmal eine ganz andere Bedeutung.« Martin näherte sich dem pinkfarbenen Edelmarken-Kühlschrank, auf dessen Oberfläche ein Wasser prustender Elefant scheinbar durch die Tür brach. »Und den haben wir übersehen?«

»Wahrscheinlich weil Ostfriesen nur ein Exemplar erkennen, wenn es von Otto Waalkes kommt.« Gert grinste. »Lahme Entschuldigung, was? Aber die Giftmord-Theorie ist wohl vom Tisch. Mach mal die Tür auf. Nicht, dass noch eine Leiche darin liegt. Groß genug wäre das Ding.«

Martin, der seine behandschuhte Hand aussteckte, hielt inne. »Nicht dein Ernst?«

»Natürlich nicht. Komm, mach auf. Da fällt dir schon keiner entgegen.«

Er war sich nicht mehr so sicher, und entsprechend vorsichtig zog er an dem Retro-Griff, der beim Zurückziehen klackte. Er öffnete die Tür nur einen Spaltbreit, atmete dann erleichtert auf.

»Sag ich doch«, tönte Gert in seinem Rücken und schlug ihm aufmunternd auf die Schulter. »Keine Leiche. Kein Gift.«

Tatsächlich fanden sich eine Reihe von Getränken. Eine einzige angebrochene Wasserflasche. Darüber hinaus die üblichen Verdächtigen wie Aperol und Weißwein. Bier und Prosecco in Dosen.

»Warten wir es ab«, kommentierte Martin und öffnete das Eisfach. Außer einer wiederverschließbaren Zwei-Kilogramm-Tüte gecrushtes Eis befand sich nur eine kleine Schaufel und eine Augenmaske darin. »Die KTU wird sich kümmern.«

»Interessantes Konzept. Ich dachte, in den Boutiquen hätten überall Kaffeeautomaten Einzug gehalten. Ob als Siebträger, Vollautomat oder Kapselmaschine.« Gert öffnete ein halbhohes Sideboard, auf dessen Oberfläche dünne Pullover und T-Shirts den Platz mit Schmuck und Handtaschen teilten. Er nahm ein Glas nach dem anderen heraus und hielt es gegen das Licht. »Keine Staubschicht. Muss ein reger Durchlauf sein. Wahrscheinlich kurbelt der Alkohol das Geschäft besser an als ein Espresso.«

»Macht auf jeden Fall weniger Arbeit.« Martin deutete auf die Dosen. »Sie müssen nur den Nippel durch die Lasche ziehen. So ging es doch, oder?«

Gert lachte. »Jetzt packen wir aber wirklich alte Kamellen aus. Kommt von der wahnwitzigen Wartezeit. Wie du das hier aushältst.«

Martin schüttelte den Kopf, schloss mit einem leisen Klacken die Kühlschranktür und steckte die Hände in die Hosentaschen. »Warten muss ich immer nur mit dir. Im Normalfall brauche ich keine Rechtsmedizin und keine Kriminaltechnik. Aber was ist schon normal, seit ich hier angelandet bin?«

»Du solltest Helene bitten, über dich zu schreiben. Der Polizist, der auf die Insel kam und die Verbrechen mit sich brachte.«

»Wenn du nicht den Mund hältst, hat Norderney gleich eine Leiche mehr und zwei Kriminalbeamte weniger. Nämlich dich und mich. Einer tot, einer auf der Flucht.« Martin runzelte die Stirn.

»Was ist?«, fragte Gert. »Überlegst du, wie du es machst?« Er fuhr mit der ausgestreckten Hand über seinen Hals.

»Du bist makaber, und ich lass mich mitreißen. Aber wo du Helene erwähnst: Wo ist eigentlich Daniela hin? Hast du ihre Aussage?«

»Ich? Wieso ich? Ich dachte, du hättest einen deiner Leute damit beauftragt.«

»Quatsch.« Martin wurde es kalt und heiß. Hatte da nicht eben einer der Verstärker von einer Gafferin mit einem Fahrrad …? Aber das konnte nicht sein. Irgendjemand musste sie befragt und danach heimgeschickt haben. Oder sie war gegangen, weil er ja wusste, wo sie zu finden war. Vielleicht stand sie ja noch draußen? Er eilte zur Ladentür. Die Verstärker hatten nun quasi im Sekundentakt neugierige Fragen zu beantworten und forderten die Leute zum Weitergehen auf. Nur von Daniela war weit und breit nichts zu sehen.

Er rief den Polizisten zu sich. Und schlug die Hand vor den Kopf, als er hörte, was passiert war. Da würde er später etwas gutzumachen haben. Was nicht weiter dramatisch wäre, wenn es nicht einen Besuch im Hostel bedeutet hätte.

Er ärgerte sich über seine eigene Unaufmerksamkeit. Er holte tief Luft und ließ den Blick die Poststraße rauf und runter gleiten. Hoffentlich kamen die Kollegen bald. Ob er jemanden Kaffee holen lassen sollte? Vertragen könnte er es. Der Tag würde lang. Genau in dem Augenblick, als er dem jungen Polizisten zunickte und ansetzte, ihn mit einer Bestellung loszuschicken, fiel sein Blick auf die schräg gegenüberliegende Straßenecke.

Er erstarrte. Konnte sich, anscheinend genau wie sein Gegenüber, nicht regen. Die Augen nicht abwenden. Wie magnetisch angezogen. Mit einer Botschaft, die er nicht entschlüsseln konnte. Die ihm trotzdem Bauchschmerzen machte. Mit einem Ruck wandte sich der andere schließlich ab. Nicht für immer, so viel war Martin klar und sah der grauen Leinenmütze hinterher.

61

»Noch ein Elefant? Welche Farbe darf's denn diesmal sein?« Gert blickte ihm entgegen.

»Ich wünschte, es wäre eines dieser weisen Tiere. Leider ist das Gegenteil der Fall.«

»Na, spuck es schon aus. Was hast du gesehen?«

»Halt mich bitte nicht für neurotisch, aber ich habe das Gefühl, verfolgt zu werden.«

»Wenn du Marthe Dirkens damit meinst, dann weiß ich, dass du recht mit deiner Beobachtung hast. Ist sie uns etwa schon auf den Fersen? Daniela weg, Frau Dirkens hier?«

»Blödsinn!« Martin drehte sich unwirsch weg. Er konnte es nicht mehr hören, auch nicht zum Spaß.

»Jetzt sag es halt.« Gert stellte sich neben ihn, und gemeinsam blickten sie durch die Schaufensterfassade auf die Poststraße.

»Der Anwalt!«

Gert schwieg.

Martin warf ihm einen Blick zu. »Du weißt doch.«

»Ehrlich gesagt, nein.«

»Der mit dem Mädchen. Das verschüttet wurde. Der Vater.«

»Das Ekelpaket? Das immer noch auf der Insel ist, obwohl das Kind in Lebensgefahr schwebt.«

»Tut es nicht. Was aber kein Argument ist.«

»Du hast recht. Es ist mehr als fragwürdig, wie der Typ sich verhält. Wenn er beruflich auf der Insel zu tun hat, mag es angehen. Wirkt auf Außenstehende im ersten Moment komisch, aber so ist das Business nun mal. Sucht man sich nicht unbedingt aus.«

»Ich könnte wetten, der erklärt auch alles andere genau damit. Geschäfte. Berufliche Notwendigkeiten. Klientenpflege. Was weiß ich. Zum Kotzen. Nicht genug, dass er sich auf dem Nachtbummel rumtreibt. Das Foto, das Anne am Strand von ihm gemacht hat, lässt wirklich keine Entschuldigung zu.«

Gert trat in den Laden zurück. Er nahm einen mintfarbenen Sommerpulli auf, hielt ihn an seinen Körper und betrachtete sich in einem der beiden Standspiegel. »Die Farbe gefällt mir, schade, dass nichts in meiner Größe dabei ist.« Er legte das Teil achtlos zurück. »Dass man keine fremden Personen ohne deren Erlaubnis fotografiert, sollte Anne bekannt sein.«

»Jetzt mach doch nicht so ein Fass auf. Sie schickt es nicht rund, postet es nicht, hat es nur dir und mir gezeigt. Eben weil sie so verwundert war. Ach was, geschockt war sie. Überleg du dir lieber, was du anfasst und wie hinlegst. Willst du der KTU unnötige Arbeit machen?«

Gert winkte mit der behandschuhten Hand. »Du weißt selbst, dass jeder Notarzteinsatz mehr Spuren hinterlässt, als wir hier verursachen. Und zu dem Foto: Ich habe es verstanden. Aber ich kann den Polizisten in mir so schlecht ausschalten. Vergiss es einfach. Wer weiß, ob ich es nicht genauso gemacht hätte.«

»Siehst du. Und beruflich ist da mit Sicherheit nichts dran. Wenn er den Rücken einer jungen Frau mit Sonnencreme einreibt. Ihr anschließend einen Kuss gibt. Widerlich.«

»Ein Küsschen.«

Martin verdrehte die Augen.

»Man muss schon genau bleiben. Könnte ja so was Familiäres sein. Vielleicht vertritt er anwaltlich eine Verwandte. Cousine, Nichte, Schwester.«

»Ein Szenario wie in einem Kitschfilm? Zum Schluss stellt sich raus, dass die Eifersucht der Geliebten unbegründet war, weil sie ihn nur mit einer lange verschollenen Stiefschwester erwischt hatte, die ihm die Todesnachricht einer alten Erbtante überreicht, von der bisher keiner etwas ahnte. So, ja?«

»Du scheinst dich auszukennen.« Gert grinste spöttisch. »Wir Kriminalisten müssen nun mal in jede Richtung denken.«

»Sorry, da bin ich raus und nehme alles Recht der Welt in Anspruch, parteiisch zu sein.« Martin hob beide Hände. »Was bin ich froh, dass das Kind überlebt hat. Natürlich in erster Linie für das Mädchen.« Er zögerte. »Okay – und für die Mutter. Vor allem aber, dass wir nicht auch noch in dem Fall ein Todesermittlungsverfahren am Hals haben.«

»Was uns zu unserer Leiche zurückbringt«, sagte Gert in dramatischem Ton und mit großer Geste. Dann sah er auf sein Smartphone, wo gerade eine neue Nachricht einging. »Aha, die Kollegen sind da. Zehn Minuten, und wir dürfen endlich von der Bühne abtreten. Wohin soll es gehen?«

»Sag du es mir«, entgegnete Martin. »Du leitest die Ermittlung und hast sicher einen Plan.«

»Könnte sein. Zumindest zwei Optionen. Entweder machen wir mit der Geschwisterriege weiter oder …«

»Was, oder?«

»Wir befragen Daniela als Zeugin, und ich statte Marthe meinen Einstandsbesuch ab. Sag nicht, dass dir die Entscheidung nicht leicht fällt.« Und wieder einmal fiel Gerts Hand schmetternd auf Martins Schulter.

62

Daniela schnappte sich die Brötchentüte. Nur zögerlich ging sie auf die Eingangstür zu. Sah auf das verzierte *Tea-Time-Hostel*-Schild, das sie im Stile englischer Pubs hatten anfertigen lassen. Sie sah auf den Haustürschlüssel in ihrer Hand. Sie war noch nicht so weit, sich Marthe und Helene auszuliefern. Der Schock über die tote Freyja Jansen saß tief. Und anstatt dass sich jemand um sie gekümmert hätte, war sie wie ein räudiger Hund verjagt worden. Sie machte Martin keinen Vorwurf. Schließlich konnte sie hochrechnen, wie ihn die Ereignisse der letzten Tage belasteten.

Sie ließ sich auf der Bank neben der Eingangstür nieder. Sah über die Blumenrabatte in ihrem Vorgarten. Ein frei stehendes Haus mit einem so großen Gartengrundstück hätten Frank und sie sich niemals leisten können. Ach was! Selbst die kleinste Wohnung, die älteste Hütte auf der Insel wären mit ihren finanziellen Möglichkeiten nicht umsetzbar gewesen. Obwohl sie zusammen ein komfortables Einkommen hatten und sie aus dem Erbe ihrer Eltern eine Rücklage für unsichere Zeiten gebildet hatte. Mit ihrem Friseurinnen-Gehalt waren allerdings keine großen Sprünge zu machen, und niemals hätte sie sich eine jahrzehntelang währende Verschuldung ans Bein gebunden, wenn nicht das großzügige Angebot von Marthe Dirkens sie absichern würde. Ehrlicherweise musste sie zugeben, dass es hochgerechnet auf eine Schenkung oder eine Art Erbe hinauslief, denn selbst vorausgesetzt, wenn Marthe Dirkens noch 20 Jahre vor sich hätte, würden sie von der finanziellen Regelung profitieren.

Daniela fischte das angeknabberte Brötchen aus der Tüte und brach wieder kleine Stücke ab. Sofort beruhigten sich Nerven und Magen. Nur das Gewissen nagte weiter an ihr. Wie undankbar war sie eigentlich?

Sie sah zu dem Schild, das in der leichten Brise, die vom Meer wehte, flatterte. Wie stolz war sie gewesen, als sie auf der Leiter gestanden hatte und die letzte Schraube eingedreht war. Frank und Marthe hatten von unten applaudiert, und natürlich hatte es eine besondere Teezeremonie gegeben. Es schien alles so einfach, so passend, so harmonisch.

An welcher Stelle waren sie falsch abgebogen? Warum war sie so unzufrieden? Sicherlich war sie zu naiv gewesen, was das Zusammenleben unter einem Dach betraf. Herausgekickt aus ihrem Singleleben musste sie sich nicht nur an die Ehe gewöhnen, sondern auch an die permanente Anwesenheit von Marthe Dirkens.

Und dass sich seitdem so viele Ereignisse quasi überschlagen hatten, machte die Situation nicht einfacher. Daniela fühlte sich überfordert. Nicht von ihren Aufgaben als Gastgeberin, nicht von ihrem Zusatzjob als Friseurin. Bei beidem war klar, was sie zu leisten, was sie zu geben hatte. Es waren ihre eigenen, selbstbestimmten Entscheidungen gewesen. Die stillen, unausgesprochenen Erwartungen waren es, die sie zermürbten. Marthe nicht nur Wohnrecht zu gewähren, wie es der Deal vorsah, sondern sie auch emotional zu versorgen, ihr Freundin, Gesellschafterin, Ratgeberin und Kindersatz zu sein, war das, was überforderte. Immerwährende Gewissensbisse, einfach nie genug zu geben. Dazu die Sorgen um den Gesundheitszustand der alten Dame, der mit der Zeit nicht besser werden würde. Franks Ansprüche und seine Vorhaltungen, dass sie sich zu viel kümmerte und manipulieren ließe. Die bösen Witze und Sprüche von Freunden und Bekannten, die Marthes Neugierde und Besonderheiten auf die Schippe nahmen, während sie die Verpflichtung spürte, sie in Schutz zu nehmen.

Wie bitte sollte sie all das lösen? War ihre Sehnsucht nach dem Rheinland wirklich eine ernstzunehmende Möglichkeit? War sie bereit, alles aufzugeben? Den Vertrag rückgängig zu machen, ihre Sachen zu packen. Und was würde Frank sagen? Setzte sie auch ihre Ehe aufs Spiel? Und damit die vagen Zukunftswünsche, für die nicht mehr viel Zeit blieb. Sie drückten sich beide bemerkenswert um die Frage nach Kindern, hatten sie von Monat zu Monat aufgeschoben. Aber so ging es nicht weiter. Keinen Tag, keine Stunde, keine Minute. Sie vertagten die Probleme, statt sie anzugehen.

Wieder ging ihr Blick hoch zum schaukelnden Schild. Das Hostel war ihre Idee gewesen. Ein neues Angebot auf der Insel. Und sie hatte recht behalten, einen Erfolg daraus gemacht. Sie hatte Sicherheit und eine tragfähige Zukunft gefunden, als sie nach Norderney gekommen war. Das alles wollte sie eintauschen? Gegen was? Niemand wartete im Rheinland auf sie. Das Leben ihrer Freundinnen war weitergegangen wie ihres. Sie waren den Partyzeiten entwachsen, verheiratet oder gebunden, die meisten mit Kindern, alle mit herausfordernden Berufen. Von ihrer Familie war nach dem Tod der Eltern nicht viel übrig geblieben. Die einzig verbliebene Tante war eine snobistische Frau, die gerne auf andere herabsah. Ein Wunder, dass ihr Sohn so gänzlich unkompliziert war. Und dass sie, Daniela, mehr durch Norderney mit ihm verbunden war als durch ihre Verwandtschaft. Weil er sich ausgerechnet auf ihrer Hochzeit in Ruth Keiser, die enge Freundin von Martin Ziegler, verliebt hatte. Sie musste lachen, als sie sich erinnerte, dass Ruth, die ewige Singlefrau, zu ihrem eigenen Schrecken damals den Brautstrauß gefangen hatte.

Sofort wurde ihr etwas leichter ums Herz. Es war so viel Schönes passiert in den letzten Jahren. Sie musste nur genauer hinschauen. Und sich von den Alltagsschwierigkeiten nicht auffressen und blockieren lassen.

Für jede Herausforderung gab es eine Lösung, davon war sie doch tief in ihrem Inneren überzeugt. Und manchmal musste man selbst den ersten Stein anstoßen, damit ein ganzes Gebilde in Bewegung kam.

Sie stemmte sich von der Bank hoch. Und genau das würde sie jetzt tun.

Entscheidungen treffen. Nicht länger den Kopf in den Sand stecken.

In Gedanken sah sie sich schon die Häkchen setzen. Freute sich auf Marthes Gesicht, die sich wahrscheinlich plappernd und tellerklappernd um das Frühstück und die Gäste kümmerte. Warum konnte sie das so wenig sehen? Wie hilfsbereit und fürsorglich Marthe war. Und in dieser Hinsicht jederzeit verlässlich. Und dass sie voneinander profitieren konnten. Es wäre Wahnsinn, die Flucht anzutreten, ohne es noch einmal versucht zu haben. Alles aufs Spiel zu setzen. Drei Leute ins mögliche Unglück zu stürzen.

Sie nahm den Schlüssel, steckte ihn ins Schloss. Öffnete die Tür.

Und trat ein in ein totenstilles Haus.

63

»Ich hätte meinen Dienst quittiert, wenn du dich für das Hostel entschieden hättest«, sagte Martin, als er den Motor startete.

»Ach komm, lass doch der alten Frau den Spaß. Wer weiß, was uns am Leben hält, wenn wir die 80 überschreiten. Sag mir lieber, was ich beim Anschnallen falsch mache?«

Martin nahm ihm den Gurt aus der Hand. »Einstecken und nicht verdrehen. Einfach mal die Hektik rausnehmen.«

»Du redest wie meine Mutter.«

»Wohl eher wie alle Mütter und Väter dieser Welt, wenn ihre Kids mit ihren Gedanken woanders sind. Ich könnte wetten, dass du deswegen die Besuche bei Marthe liebst. Sie erdet dich.«

»Kein Wunder, wenn sie an den Giftschrank geht. Geschmack hat sie, das muss man ihr lassen. Stets die besten Whiskeysorten.«

»Oskar beglückt sie regelmäßig damit. Worüber Daniela nicht amüsiert ist.«

»Kann ich mir vorstellen. Insgeheim scheint Marthe ja die Männer besser am Wickel zu haben als die Frauen.«

»Helene bildet dann die Ausnahme.« Martin fuhr in Schrittgeschwindigkeit aus der Fußgängerzone heraus, nachdem Gert angeschnallt war.

»Okay, okay, hör einfach nicht auf meine Theorien. Sie sind nicht wirklich schlüssig und faktenbasiert. Und du hast vollkommen recht. Wir sollten uns jetzt nicht auf zeitfressende Nebenschauplätze begeben. Deine Idee, Daniela später auf die Wache zu bestellen, wird ihr nicht unlieb sein.«

Martin fuhr vorsichtig um einen Rollstuhlfahrer herum. Er ließ das Fenster herunter: »Sie befinden sich außerhalb der Fußgängerzone, das kann gefährlich werden.«

»Wieso? Die Insel ist autofrei.« Der Mann schüttelte den Kopf.

Martin tat es ihm gleich und fuhr weiter. »Stimmt, ich bilde mir unsere E-Karre nur ein. Deswegen denke ich auch immer wieder, sie hätte Massagesitze. Es ist sinnlos, solche Gespräche gibt es gefühlt 100 Mal am Tag. Unbelehrbar. Und zwar alle Verkehrsteilnehmer miteinander. Bis was passiert. Und das Gejammer groß ist.«

»Wie bei den Dünen.«

»Genau so.« Er setzte den Blinker und manövrierte das Auto weiter durch die schmalen Straßen voller Urlauber und Einheimischer, die alle auf ihrem Recht auf Vorfahrt zu bestehen schienen. »Was ist das bloß für eine Welt aus Egoisten geworden?«

»War das nicht immer schon so? Schau in die Geschichtsbücher. Nur jetzt bekommen wir es live mit. Unmittelbar vor die Nase gesetzt. Dazu der Verlust von Autorität über die letzten 50 Jahre. Erleben wir jeden Tag. Polizei, Rettungsdienst, Lehrer, Vorgesetzte. Die Pendelbewegungen zwischen Zuckerbrot und Peitsche. Wir hören sie doch, die Stimmen, die wieder nach Zucht und Ordnung schreien.«

Martin schaute in den Rückspiegel, bevor er eine enge Kurve fuhr, und konnte nun etwas Gas geben. »Ich hatte geglaubt, wir wären im Zeitalter der Vernunft angekommen. In der das Pendel in der Mitte ausschwingt und mehr oder weniger zum Verharren kommt.«

»Und wir wären endlich arbeitslos. Schöne Vorstellung. Du und ich säßen entspannt am Strand, das Bereitschaftstelefon in Reichweite, nur für den Notfall, den einen oder anderen Unfall, aber in Wirklichkeit würden sich die Probleme dieser Welt durch gegenseitiges Verständnis, Miteinanderreden, Zuhören und Unterstützen lösen lassen. Wow! Keine Messerstecherei, keine Kneipenprügelei, kein Diebstahl, kein Nachbarschaftsstreit. Mord und Totschlag sowieso nicht. Und weltweit suchen die Politiker nach einvernehmlichen Lösungen, verteilen die Ressourcen dieser Welt gerecht. Willkommen in Utopia!«

»Wenn man keine Visionen hat«, antwortete er schmallippig. »Dass du immer direkt so übertreiben und dramatisieren musst.«

»Verstehst du das wirklich nicht?«, fragte Gert. »Martin, du bist und bleibst zu gut für diese Welt. Und leider bestimmen immer wieder die Arschlöcher, wo es langgeht. Ja, da zuckst du schon zusammen, wenn ich die Dinge mal derb beim Namen benenne. Aber schau dir deinen Herrn Anwalt an. Der sich seine eigenen Regeln macht. So funktioniert es im Kleinen. Und im Großen.«

Martin gab keine Antwort. Zwar wollte er nicht als Naivling dastehen, doch seine Träume von einer friedlichen Welt würde er nicht so leicht aufgeben.

»Wir sind gleich da«, sagte er stattdessen. Und zeigte auf ein windschiefes Haus mit einer verglasten Veranda, die wohl schon mal bessere Zeiten gesehen hatte. Das Geld der Jansens war nicht so offensichtlich, wie manch einer das dachte. Vorsatz? Taktik? Oder einfach Gleichmut? Er war gespannt, was ihnen der Älteste der Geschwister offenbaren würde.

»Jasper Jansen«, vergewisserte sich Gert. »Richtig?«

»Jep.«

»Im Großen wie im Kleinen«, murmelte er, kaum ohne auf Martins Bestätigung zu achten.

»Was meinst du?«

»Nun«, Gert ließ den Gurt nach oben schnellen, »ich bin gespannt, was uns dieses Familienmitglied zu Frieden, Harmonie und gerechter Ressourcenverteilung in der Familie zu sagen hat. Kommst du?«

64

»Meine Schwester ist was?«

Es hatte ewig gedauert, bis Jasper Jansen ihnen die Tür aufmachte. Sie hätten schon aufgegeben, aber die Nachbarin verwies beharrlich darauf, dass er zu Hause sein müsse. Woran sie das festmachte, wollte sie nicht verraten. Oder höchstens im Austausch gegen polizeiliche Vertraulichkeiten. Sie war entsprechend in Hörweite stehen geblieben, bis Jansen die Tür einen Spalt geöffnet hatte.

Und so war es nicht vermeidbar gewesen, dass sie brühwarm mitbekam, wie Gert die Todesnachricht überbrachte.

Noch so eine vom Typ Marthe Dirkens, dachte Martin, als sie endlich das Haus betraten. Wieder eine, bei der sich eine freudige Erregung in leuchtenden Augen und hektischen Flecken an Hals und Wangen ablesen ließ. Menschen, deren Alltag durch das Unheil anderer belebt wurde. Wie schrecklich diese Welt doch war.

Jasper Jansen selbst zeigte bis auf die geblaffte Frage keinerlei Emotion. Er starrte sie mit blutunterlaufenen Augen an. Martin konnte nicht sagen, ob er sie akustisch nicht verstanden hatte oder ob sich Erstaunen und Ungläubigkeit dahinter verbargen.

Immerhin ließ er sie zur Tür herein, als Gert seine Worte wiederholte: »Ihre Schwester wurde leblos in ihrem Ladenlokal aufgefunden. Leider zu spät. Sie ist tot.«

Jasper Jansen hielt die Tür auf und wies ihnen den Weg in den ersten Raum rechter Hand. Hier befand sich eine Wohnküche, wobei das Zimmer von einer Couch, wie sie in den 70er-Jahren modern gewesen sein mochte, dominiert wurde. Davor stand ein Esstisch, viel zu hoch für jemanden, der auf dem Sofa Platz nahm, was möglicherweise die Anzahl an Kissen erklärte, die übereinandergeschichtet waren. Drei Stühle, davon nur zwei baugleich, rundeten das Ensemble ab.

Die Küchenzeile mit einer eierschalenfarbenen Front sah vergilbt und schmierig aus. Eine Dunstabzugshaube fehlte. Die beiden Fenster an der Längsseite des Zimmers waren gekippt, aber die Luft im Raum war abgestanden und roch fettig. Martin mochte sich nicht vorstellen, wie viele Jahre Essensgerüche sich in den Polstern der Couch festgesetzt hatten.

Aber genau dorthin zeigte nun Jasper Jansens Hand, als er ihnen knurrend einen Platz anbot. Er fing einen halb irritierten, halb belustigten Blick von Gert auf. Sie widersprachen nicht und quetschten sich hinter den Tisch. Erst jetzt sah Martin die Risse im Stoff der Garnitur, auch wenn die Kissen das wohl zum Teil verdecken sollten. Die drei übereinandergestapelten Exemplare sanken in sich zusammen, als er sich darauf niederließ. Wie ein Kind kam er sich vor, das kaum über die Tischplatte schauen konnte. Gert mit seiner Länge ging es immerhin besser. Kein Wunder, dass dieser Mühe zu haben schien, seinen amüsierten Zug um den Mund zu verbergen, indem er sich auf die Lippen biss.

Jasper Jansen war zwar der Älteste der Geschwisterriege, aber auch er konnte die 50 kaum überschritten haben. Aussehen dagegen tat er wie 70. In seinem gräulichen Feinripp-Unterhemd sah er aus wie das Klischee eines desillusionierten Bürgergeldempfängers. Es war nicht zu glauben, dass er aus einer der wohlhabendsten Familien der Insel stammen sollte.

Martin dachte wieder an die Geschichte von der Badewanne voller Goldbarren. Auch wenn es nur Gerede war. Einen wahren Kern musste es geben. Reichtum durch extreme Sparsamkeit und Geiz? Das war nicht auszuschließen. Luxus jedenfalls sah anders aus. Ganz, ganz anders.

»Wie ist sie denn gestorben?«, fragte Jasper Jansen nach einer gefühlten Ewigkeit. Er hatte sich so vorsichtig auf einen der Stühle gesetzt, als könnte dieser jeden Moment unter ihm zusammenbrechen.

»Haben Sie eine Idee?«, fragte Gert zurück.

Jansen zuckte mit der Schulter. »Sagen Sie es mir.«

Gert schwieg.

»Wir hatten nicht viel Kontakt, Freyja und ich«, murmelte Jansen.

»Woher wissen Sie, dass es um Freyja geht?« Gert beugte sich vor, soweit das auf dem schwankenden Kissenberg möglich war. »Sie ist nicht Ihre einzige Schwester.«

Jansen schien nachzudenken. Er schloss die Augen, aber seine Pupillen bewegten sich hinter den Lidern hin und her. »Mit Wibke hab ich nichts am Hut.«

»Sie sagten, mit Freyja auch nicht.«

»Ich sagte, nicht viel. Das ist ein Unterschied.«

»Verstehe. Aber das konnten wir ja nicht wissen. Wir sind zu Ihnen gekommen, weil Sie der Älteste der Geschwister sind. Das hätten wir auch gemacht, wenn es Ihre jüngere Schwester gewesen wäre.«

»Nach Kevins Tod waren Sie nicht bei mir. Sondern bei Freyja.«

Punkt für ihn, dachte Martin.

»Das wissen Sie?«

»Spricht sich rum.«

»Vom wem genau haben Sie es erfahren?«

»Muss ich das sagen?«

»Nein. Müssen müssen Sie gar nichts. Noch nicht.«

»Aha. Ich dachte, so Sätze gibt es nur im Fernsehen.« Jansen fuhr mit dem Finger unter der Nase lang, während er sie gleichzeitig hochzog. Dann strich er mit der Hand am Unterhemd entlang.

Martin wandte den Blick ab. Sah sich im Raum um. Ließ die Augen über die spartanische Einrichtung wandern. Er wusste kaum etwas von den Jansens, ging ihm auch hier wieder auf. Nur das, was man sich hinter vorgehaltener Hand erzählte. Und in seiner Funktion als Polizist hatte es, außer bei Kevin, keine Berührungspunkte gegeben. Was erst einmal für die Familie sprach. Kauzigkeit war nun mal kein Vergehen.

»Dass es Freyja ist …« Er brach ab. »Ich meine, Sie haben es doch selbst gesagt. Wibke hat kein Ladenlokal.«

»Ah. Gut kombiniert.« Leider klang Gert in Martins Ohren so dermaßen überschwänglich und affektiert, dass es ihn nicht gewundert hätte, wäre Jansen aus der Haut gefahren. Auch auf eine solche Weise konnte man einem Menschen zeigen, dass man ihn für dumm hielt.

Doch in Jansens Gesicht zeigte sich selbst jetzt keine Emotion. Er zuckte nicht, saß unverändert stoisch vor ihnen, anscheinend in der Erwartung weiterer Details.

Die Gert wiederum nicht zu geben bereit schien. »Ihre Schwester war krank?«, nahm er einen neuen Anlauf.

»Kann sein.«

»Wissen Sie es oder wissen Sie es nicht?«

»Über so etwas reden wir nicht.«

»Das heißt, Sie wissen es von anderen?«

Jansen schwieg.

»Mit wem aus Ihrer Familie könnte Ihre Schwester denn gesprochen haben?«

»Welche meinen Sie? Freyja oder Wibke?«

Martin griff nach der Tischplatte, weil er von seinem Kissenberg abzurutschen drohte. Der Kerl verarschte sie nun aber ganz gewaltig.

»Ich verstehe. Ihre Art, mir auszuweichen. Ich gebe nicht auf, Herr Jansen. Keine Ahnung, was Sie umtreibt und welche Vorbehalte Sie gegen mich persönlich, gegen uns oder die Fragen haben, ich versuche es noch einmal: Über was wurde denn in Ihrer Familie geredet? Lassen Sie mich raten. Geld. Vermögen. Erbschaftsangelegenheiten. Das waren doch mit Sicherheit verbindende Themen. Egal, was man voneinander hielt.«

Jansen lachte dreckig auf, was in einen trockenen Husten überging. »Wenn Sie meinen.«

»Also das Gegenteil? Das Geld war und ist es, was die Familie entzweit? Jeder mit jedem? Oder wer tat sich zusammen? Gegen die anderen? Um sich Vorteile zu verschaffen?«

Jansen stand auf. »Sie wissen nichts. Gar nichts. Und jetzt gehen Sie. Freyja ist tot. Sie haben es mir gesagt. Es ist nicht wieder gutzumachen.«

»Wäre das denn nötig? Es ›wieder gutzumachen‹? Das hieße, es gäbe eine Schuld.«

»Wo fängt die an? Wo endet sie? Solche Fragen habe ich mir abgewöhnt.« Jansen ging zu den beiden Fenstern und schloss sie. So als wolle er dadurch das Ende des Gesprächs erreichen.

»Und es beunruhigt Sie nicht, innerhalb von zwei Tagen zwei Geschwister zu verlieren? Keine Frage an uns? Nicht zu Ihrer Schwester? Nicht zu Ihrem Bruder? Sie nehmen das unkommentiert hin, dass die Polizei vor Ihnen steht? Haben noch nichts von den Gerüchten und Geschichten gehört, die über den Tod von Kevin in aller Munde sind?«

»Auf so was höre und gebe ich nicht einen Pfifferling. Wenn es Tatsachen gibt, werde ich sie erfahren.«

»Und Angst?« Endlich erhob sich Gert. Und Martin tat es ihm gleich.

»Was meinen Sie?«, fragte Jansen, und zum ersten Mal schien seine Stimme brüchig.

»Wer garantiert Ihnen, dass Sie nicht der Nächste sind?« Gert sprach so leise, dass es kaum verständlich war.

Wieder breitete sich ein Schweigen aus, das sich genauso wie die abgestandenen Gerüche in die Polster und Möbel zu setzen schien.

Gert stand kerzengerade und rührte sich nicht. Martin bewegte seinen rechten Fuß hin und her, weil er die Spannung kaum aushielt.

Dann brach es aus Jansen heraus: »Sie hatte Angst. Verdammten Schiss. Der Arsch ging ihr auf Grundeis.«

»Freyja?« Gert klang beiläufig. Als wolle er den Gedankengang nicht stören.

Jasper Jansen schien ihn nicht zu hören. »Ich habe sie nur ausgelacht.«

65

»Helene! Was tust du hier?« Ruth ließ die Reisetasche zu Boden sinken.

»Das, was gute Freundinnen machen. Zur Seite stehen. Zuhören. Taschen tragen. Gib mal her.« Sie deutete auf die Laptoptasche. »Du bist ja beladen wie ein Esel. Unterwegs ins gelobte Land könnte man meinen. Oder eher auf der Flucht?«

Ruth schlug die Augen nieder, nahm aber die Tasche von der Schulter und reichte sie an die Freundin. »Ich habe unüberlegt zusammengepackt. Mindestens die Hälfte hätte ich im Auto lassen können. Das steht in Norddeich.«

»Um den Langfingern eine Freude zu machen. Man sollte nicht meinen, dass du etwas mit der Polizei zu tun hast.«

Ruth musste lachen. »Das gäbe eine böse Überraschung. Weniger für mich, als für diejenigen, die auf das trockene Vortragsmaterial gestoßen wären, das ich drüben gelassen hätte.

Wer weiß, wozu es gut ist. Wie lange ich bleibe. Dann werde ich hier arbeiten müssen. Meer, Insel und Freundin hin oder her. Aber ich bin so glücklich, dich zu sehen, Helene. Wie selten im Leben.«

»Na, das ist ein zweifelhaftes Kompliment. Ich bin gespannt, wo der Schuh drückt. Ob alles wirklich so dramatisch ist, wie es sich am Telefon anhörte. So kenne ich dich gar nicht, meine Liebe. Für die heftigen Emotionen bin ich zuständig, hast du immer gesagt. Weil Autorinnen das können müssen.«

Ruth winkte ab. »Was man so alles sagt.«

Helene musterte sie wortlos. Dann seufzte sie. »Taxi oder Bus?«

»Ich würde am liebsten zu Fuß gehen. Ich kann meine Taschen selber tragen«, schob sie schnell hinterher.

»Blödsinn. Dass du mich auch nach all den Jahren unterschätzt. Ich bin zwar ein Winzling im Vergleich zu dir, aber kein Schwächling.«

»So war es nicht gemeint.«

Helene hob den Zeigefinger. »Erzähl mir nichts. Dafür kennen wir uns zu lange. Ein Fußmarsch ist übrigens gar keine so schlechte Idee.« Sie blickte sich nach allen Seiten um.

»Was ist?«, fragte Ruth. Etwas an Helenes Verhalten beunruhigte sie. Die Freundin hatte trotz ihres munteren Tonfalls die Stirn in Dauerfalten. Sie wirkte angespannt, die Stimme klang rauer als sonst, der Blick war unstet. Und nun dieses nervöse Umherschauen. Da ging ihr ein Licht auf. »Du glaubst, dass sich Marthe an deine Fersen geheftet hat?«, fragte sie auf gut Glück.

»Ich war mir sicher, dass du auf sie als Empfangskomitee verzichten wolltest.«

Ruth lachte lauthals auf. »Aber so was von. Die gute Frau Dirkens hätte mir zu meinem Glück noch gefehlt. Was hast du ihr gesagt?«

»Das ist kompliziert.«

Ruth zog eine Augenbraue hoch.

»Keine Angst.« Helene griff auch noch nach der Reisetasche. »Ich bekomme das hin. Wollen wir?«

»Die Tasche nehme ich. Du hast ihr doch nicht erzählt, was los ist?«

»Du einen Henkel und ich einen, dann ist das Gewicht gleichmäßig verteilt. Wofür hältst du mich? Zumal ich selbst noch nicht verstanden habe, was passiert ist. Und ich wünschte wirklich, wir hätten das dringlichste Problem schon gelöst.«

»Wie meinst du das? Das Problem können wir nicht zusammen lösen. Ich bin diejenige, die eine Entscheidung treffen muss.«

Helene zog an der Tasche, als sie mit ausladenden Schritten auf den Fußweg am Fahrradstellplatz zusteuerte. »Natürlich. Gar keine Frage. Aber dafür wäre es schon von Vorteil, wenn du nicht auf der Parkbank im Kurpark schlafen müsstest. Oder neben Marthes Giftschrank. Vielleicht solltet ihr einfach eine Münze werfen, du und Gert. Schnick, schnack, schnuck. Schere, Stein, Papier. Ene, mene, miste. So was halt.«

Ruth blieb abrupt stehen. Helene ließ den Griff der Reisetasche los. Diese knallte mit einer Seite auf den Asphalt, sodass Ruth ins Wanken geriet. Nur mit Mühe konnte sie das Gleichgewicht halten. Sie schüttelte ungläubig den Kopf. Blinzelte mit den Augen. Fast erwartete sie, aus einem durchgeknallten Traum aufzuwachen. Einem von der Sorte, in dem das ganze Leben aus den Fugen geriet. Und man sich morgens fragte, wie man bloß auf einen solchen Blödsinn kam. Nur dass sie diesmal tief drinnen wusste, dass es hier und jetzt kein gnädiges Aufwachen gäbe.

66

»Wovor hatte Ihre Schwester Angst?« Gert wiederholte die Frage zum dritten Mal. »Kommen Sie, Herr Jansen, oder wollen Sie sich schuldig machen?«

Martin hatte sich nach vorne gebeugt und versuchte, jede Regung in Jasper Jansens Gesicht zu registrieren. Nur dass da nichts war. Als hätte ein Botox-Eingriff die Gesichtszüge des Mannes gelähmt. Was natürlich Quatsch war bei einem Typen in einem vergilbten Feinripp-Unterhemd. Jahrelanges Trainingslager im Pokerface steckte eher dahinter. Und gehörte höchstwahrscheinlich zur Grundausstattung, wenn man in einem toxischen Familiensystem aufwuchs.

Gert stand wieder einmal auf. In Situationen wie diesen schien er seine Ungeduld kaum beherrschen zu können. Ob es wirklich so war oder ob es zum ermittlungstaktischen Repertoire gehörte, hatte Martin bis heute nicht entschlüsseln können.

Nun baute sich sein Freund und Kollege vor Jansen auf. »Schuldig, wenn es das nächste Opfer gibt. Es sei denn …« Er ließ den Satz in der Luft schweben.

Martin glaubte, ein Zucken des kleinen Fingers des Mannes wahrgenommen zu haben. Aber vielleicht täuschte er sich, und es war eine Anspannung seines eigenen Augapfels. So, wie wenn er krampfhaft nachts in den Himmel starrte und die Sterne zu tanzen anfingen.

»Sie wissen, was ich damit ausdrücken will. Entweder Sie ignorieren die Gefahr, die für Sie selbst besteht. Oder Sie wiegen sich in Sicherheit. Was mich zu nur einer Schlussfolgerung führt: Sie sind ein Eingeweihter. Ein Mitwisser. Möglicherweise auch ein Mittäter. Und streichen wir die Vorsilbe, dann bleibt sogar nur der Täter. Ziemlich gute Gründe, den Mund aufzumachen, würde ich sagen, wenn es zur Entlastung beiträgt, und erst recht, um sich selbst aus der Gefahrenzone zu bringen.«

Bis auf die Tatsache, dass Jasper Jansen seine Lippen noch fester zusammenpresste, sodass Ober- und Unterlippe komplett miteinander verschmolzen, rührte der Mann sich weiterhin nicht.

»Da kann man nichts machen.« Gert wandte sich Martin zu. »Lass uns die Zelte abbrechen. Jeder ist seines Glückes Schmied. Er ist mit Sicherheit clever genug, um abzuwägen.«

Martin schielte zu Jansen. Ob die Tatsache, dass Gert in der dritten Person über ihn sprach, etwas änderte?

»Wenn wir ihn das nächste Mal aufsuchen und einen Durchsuchungsbeschluss in den Händen halten, kann er noch von Glück sprechen. Ich befürchte, es werden andere Papiere sein. Ein Haftbefehl oder schlimmstenfalls sein Totenschein.« Gert sprach, als sei Jansen nicht im Raum.

»Wir werden uns also jetzt den Rest dieser Vorzeigefamilie anschauen müssen. Mal sehen, ob alle so verstockt sind. Ich hoffe doch, dass der eine oder andere unsere Ratschläge und Warnungen als das annehmen kann, was sie sind: im besten Falle lebensrettend.« Mit einer geschmeidigen Bewegung drehte er sich auf dem Absatz herum. Richtete Zeige- und Mittelfinger erst auf seine Augen und kehrte sie dann auf Jansen. »Glauben Sie nicht, dass Sie uns los sind. Ich sehe Sie. Egal, was Sie tun, lassen oder sagen. Es sei denn, Sie sind ein toter Mensch.«

Er hielt kurz inne, zuckte die Schultern und sprach wie zu sich selbst: »Was für ein Quatsch. Ich bin die Mordkommission. Und bleibe damit auch im Todesfall weiter für Sie zuständig. Also, mein Freund, überlegen Sie es sich gut. Noch haben Sie die Wahl: Best friends zu sein, scheint mir nicht die schlechteste Option.« Wie ein Zauberkünstler schien er eine Visitenkarte aus dem Ärmel zu ziehen, die er auf den Tisch fallen ließ.

Martin erhob sich schwerfällig. Das Sofa knarzte, ächzte und quietschte wie ein Lungenkranker, dem der Sauerstoff ausging. Mit der Hand wischte er automatisch über seinen Hosenboden und betrachtete sie dann angeekelt. Schmutz und Dreck ertrug er nur, wenn er mit einem Menschen mitlitt. Nicht aber bei einem Ekelpaket, wie er es hier vor sich hatte.

Jansen blieb reglos sitzen.

»Danke, keine Umstände, wir finden den Weg«, reagierte Gert ironisch.

Er drehte sich zu Martin und schnitt eine Grimasse, bevor er nach der Klinke der Haustür griff. Er zog und nichts bewegte sich. »Was für eine Bruchbude«, fluchte er, während er mit einem Ruck die klemmende Tür aufzog.

Martins Blick fiel auf das kleinformatige Bild, das von dem hereinquellenden Licht regelrecht erleuchtet wurde. Beim Eintreten hatte er es nicht bemerkt, wahrscheinlich, weil sie selbst den Schatten geworfen hatten.

Neugierig betrachtete er die Fotografie. Ohne Zweifel die Großfamilie Jansen. Ein Foto, das anlässlich einer Familienfeier aufgenommen worden zu sein schien. In augenscheinlich friedlicheren Zeiten. Jahrzehnte her. Die Kinder klein, das jüngste womöglich im Taufkleid auf dem Arm der Mutter. Wenn er die Ansammlung der Generationen richtig interpretierte.

Was bloß musste in dieser Familie schiefgelaufen sein, dass sie zu einem dysfunktionalen, zerstrittenen Haufen von Menschen werden konnte, die sich nichts zu sagen hatten? Von denen zwei nicht mehr reden konnten, ob sie wollten oder nicht. Zwei von sechs, und er konnte nur hoffen, dass die Reihe sich nicht fortsetzte.

Er warf einen letzten Blick auf das Bild. So normale Kinder, so eine normale Familie. Wie man sich doch täuschen konnte.

67

»Und nun?«, fragte Martin vor der Tür, zog die Schultern hoch und steckte die Hände in die Hosentaschen.

Gert schob seinen Hals nach oben und sah die Straße rauf und runter. »Einen Wasserhahn und einen Kaffee. Von mir aus to go. Danach fällt mir vielleicht etwas Vernünftiges ein.«

»Wenn du meinst, dass es hilft. Ich habe nichts dagegen. *Rad Toni* ist direkt an der nächsten Ecke.«

»Kaffee, nicht Fahrrad.«

»Hab ich verstanden. Du musst mal flexibler in deinen Gedanken werden«, feixte Martin. »Und jetzt komm.«

Bis zur Mühlenstraße war es nicht weit. Dort gab es tatsächlich bei *Rad Toni & Café* neben dem Fahrradverleih einen guten italienischen Caffè. Nachdem sie dort ihre Hände gründlich mit Wasser und Seife reinigen konnten, ließ das dumpfe Gefühl, das Martin bei Jansen empfunden hatte, nach. Was für ein armer Kerl, dachte er.

»Wie kann man nur so hausen?«, sprach Gert seinen Gedanken laut aus. »Wenn ich die ganze Geschichte richtig verstehe, ist er doch genauso reich wie jedes andere Mitglied der Familie. Ich habe selten jemanden gesehen, der das so gut verbergen konnte.«

»Normal ist das nicht, da kannst du für. Nur reicht mein psychologisch-psychiatrisches Wissen nicht aus, um hier fundierte Vermutungen anzustellen. Fakt ist aber …«

»Die haben alle einen an der Klatsche. Meinst du das?«

»Hätte es jetzt nicht ganz so drastisch ausgedrückt, im Kern jedoch trifft es das.«

»Dass du nicht mehr über diese Jansens weißt. Wie lange bist du nun schon auf der Insel?«

Martin schlurfte seinen heißen Kaffee. »Ihr vom Festland seid alle gleich. Was denkt ihr euch eigentlich? Dass hier jeder jeden kennt?«

Gert zuckte die Schultern. »Die Insel ist nun mal nicht New York. Auch wenn manche so tun, als ob.«

»Du meinst dieses seltsame *NEY*? Das machen nur die Touris. Die Einheimischen verdrehen dazu die Augen. Wie sie überhaupt argwöhnisch beobachten, was für merkwürdige Marketingideen aus der Neuerfindung der Insel resultieren.«

»Siehst du, wenn du von den Insulanern redest, hört es sich an, als gäbe es eine exklusive und homogene Gruppe von Ureinwohnern. Und dann wunderst du dich über meine Frage?«

»Komm, immerhin fast 6.000 Menschen bevölkern das Eiland, nicht mitgezählt die zahllosen Gäste und Ferienwohnungsbesitzer, die nur punktuell vom Festland herüberschwappen. Allein an Pfingsten 40.000. Lass die Zahl mal ganz langsam in dein Bewusstsein sacken. Eine Vier mit vier Nullen. Eine 40 mit einer Tausend hintendran. Du kennst doch die Geschichten von den Drogenspürhunden und dem

Bedarf an Verstärkern. Der übrigens jedes Jahr größer wird, weil sich die klassische Saison nicht mehr nur auf die warmen Monate erstreckt.«

»Komm wieder runter, Martin. Meine Frage war kein Angriff. Nicht gegen die Insel, nicht gegen die Bewohner und erst recht nicht gegen dich.«

»Ach. Mich regt das auf. Dieses Bild vom zurückgebliebenen Ostfriesland, in dem die Uhren anders ticken.«

»Da können wir auf dem Festland auch ein Lied von singen.«

»Eben. Dann stell doch nicht so bescheuerte Fragen.«

»Vielleicht ist Jasper Jansen schuld.«

»Wie meinst du das?«

»Wie ein Hipster sieht er nicht aus.«

»Aha.« Martin knallte seinen leeren Kaffeebecher auf den Tresen. »Kein ›man bun‹ und schon ein vertrottelter Ostfriese. Ist das deine Schlussfolgerung?«

»Kein was?«

»Wenn du mit angesagtem Lifestyle angeben willst, dann mach es richtig. Wir leben hier nicht hinter dem Mond, klar. ›Man bun‹ ist ein Männerdutt.«

Gert schwieg, was selten genug vorkam. Er hielt seinen Kaffeebecher an die Unterlippe.

Martin nahm seinen wieder in die Hand, obwohl er leer war. »Ich brauche noch einen«, sagte er. »Tut mir leid, wie wir uns hier aufführen. Noch einen Cappuccino und eins von diesen Croissants. Hilft gegen jeden Stress der Welt.«

Es stimmte. Langsam beruhigten sich ihre Gemüter, während sie das fluffige Gebäck genossen.

»Weltklasse«, sagte Gert in Richtung Theke. »Perfetto.«

»Wie sind wir jetzt eigentlich auf dieses Thema gekommen?« Martin versuchte ein schiefes Grinsen. »Ich glaube nicht, dass uns diese Diskussion weiterbringt.«

Gert nickte. Langsam und bedächtig. »Wer weiß«, sagte er schließlich. »Manchmal sind es die abenteuerlichsten Umwege, die plötzlich eine Lösung bringen.«

68

Daniela konnte es nicht glauben.

In der Küche nicht ein einziger Krümel.

Im Esszimmer die Tische so eingedeckt, wie von ihr gestern Abend vorbereitet. Kein Teller und keine Tasse berührt oder benutzt.

Die Tür zum Garten verschlossen.

Es fühlte sich an, als wäre das Haus in der Zeit ihrer Abwesenheit evakuiert worden. Alle Bewohner und Gäste in Sicherheit gebracht. Nur wovor? Dass sie die leblose Freyja Jansen gefunden hatte und nicht rechtzeitig zum Frühstück zurückgekehrt war, konnte ja nicht solche Konsequenzen haben.

Sie zog das Handy aus der Tasche. Versuchte, Frank zu erreichen. Aber es sprang nur die Mailbox an. Ob sie es auf seinem Diensthandy versuchen sollte? Der Nummer für den äußersten Notfall. Er würde sie für verrückt erklären, weil er aus ihrem wahrscheinlich unzusammenhängenden Gestammel nicht schlau werden würde.

Besser sie versuchte, Ruhe in ihre kruden Gedanken zu bringen. Es gab für alles vernünftige Erklärungen. Mit Sicherheit. Sie verglich ihre Uhr mit dem Handy. Für einen kurzen Moment hatte sie geglaubt, dass viel weniger Zeit als vermutet ins Land gegangen war. Was bedeutete, dass alle noch in den Betten lagen und sie fix mit den Frühstücksvorbereitungen beginnen konnte. Auch wenn eine innere Stimme das für Bullshit hielt. Was die Uhr leider bestätigte. Fast 10.30 Uhr. Sie hatte sogar länger als vermutet vor dem Ladengeschäft gestanden. Selbst wenn sie sich zugestand, dass der Weg zurück zum Hostel ihr dreimal so weit wie normal vorgekommen war. Sie war zu zittrig gewesen, um sich auf das Rad zu setzen, deswegen hatte sie es geschoben, und es schien ihr, als rollte sie ein blockierendes Gewicht einen Berg hinauf. Wie dieser Typ aus einer alten Sage. Syphysus, oder so. Sie konnte sich den richtigen Namen nie merken.

Was keine Rolle spielte angesichts des Rätsels um das leere Haus.

Mit schweren Beinen schleppte sie sich die Treppe hoch. Immerhin das Gemeinschaftsbad war benutzt. Vorsichtig klopfte sie der Reihe nach an die verschiedenen Gästezimmer. Alle still – und erwartungsgemäß leer. An einem sonnigen Tag wie diesem kein Wunder.

Es blieb nur noch eins, um all die Fragen in ihrem Kopf zu lösen: Warum waren Marthe und Helene nicht wie sonst eingesprungen und hatten das Frühstück zubereitet? Warum hatte keine der beiden versucht, sie anzurufen? Wieso gab es von den zweien nicht einen Ton oder ein Lebenszeichen im ganzen Haus?

Was für eine verrückte Idee hatte Marthe geritten? Denn das war die einzige Erklärung, die ihr einfiel. Dass die alte

Dame hinter der Aktion stand. Aus welchen Gründen auch immer. Mit ihrer Helfershelferin Helene.

Sie blieb mit angezogenem Atem vor Marthes Wohnungstür stehen. Horchte und glaubte, ein Wimmern zu hören. Sie schloss die Augen. Nicht schon wieder, sandte sie in Gedanken ein Stoßgebet zum Himmel. Nicht abermals irgendwelche Eskapaden am falschen Ort und zum falschen Zeitpunkt.

Sie pochte mit dem Fingerknöchel gegen die Holztür.

Unmittelbar ertönte ein gekrächztes »Ja bitte« durch die geschlossene Tür.

Daniela fiel ein Stein vom Herzen. Marthe war zu Hause. Immerhin.

Sie drückte die Klinke herunter, trat ein und blickte sich um, während sie mit einer Hand die Tür hinter sich ins Schloss schob.

Marthe Dirkens saß an ihrem kleinen Küchentisch. Vor sich das obligatorische Stövchen, die dampfende Teekanne, das Kluntjesschälchen und das Sahnekännchen. Daneben die offene Flasche Whiskey. Morgens um 11 Uhr.

»Spar dir deine Ermahnungen«, kommentierte Marthe ihren Blick, bevor sie auch nur ein Wort sagen konnte. Ihre Stimme klang rau und heiser.

Daniela deutete auf den roten kurzen Wollschal, den Frau Dirkens um den Hals gelegt hatte. Er setzte sich deutlich von der grauen Weste und der hellblauen Bluse ab und gab der alten Dame etwas Clownhaftes. »Was ist passiert? Sind Sie krank?«

Frau Dirkens zog an dem Knoten und lockerte ihn. »Kommt darauf an.«

»Haben Sie Halsschmerzen? Fieber?« Ihr fiel auf, dass die immer schon wässrigen Augen von Marthe einen eigentümlichen Glanz zeigten. »Es wird doch nicht …«

»Jetzt mache dir nicht gleich ins Hemd. Wehe, du packst eine Maske oder einen Test aus. Warum seid ihr bloß alle so hysterisch? Du genauso wie die Gäste?«

»Die Gäste? Was ist mit ihnen?« Daniela sparte sich jede weitere Diskussion.

»Sind geflüchtet, als ich mit dem Schal nach unten kam. Und sagte, du seist krank und leider, leider wäre auch ich leicht angeschlagen, aber wenn sie denn wollten, würde ich natürlich das Frühstück zubereiten. Du hättest sehen sollen, wie schnell alle durch die Tür waren.« Marthe verzog das Gesicht zu einem Grinsen, das nicht recht gelingen wollte. »Hihi«, schob sie hinterher, aber es klang abgrundtief traurig.

»Ich verstehe kein Wort.« Daniela zog einen Stuhl hervor. »Mal langsam. Ich bin nicht krank und weiß nicht, warum Sie das Gerücht in die Welt setzen.«

»Hätte ich besser sagen sollen, dass du vom Brötchenholen nicht zurückgekehrt bist, ja?«

»Aber das hatte doch einen Grund.«

»Was du nicht sagst. Immer hat alles einen Grund. Oder eine Entschuldigung. Eine Ausflucht. Sei froh, dass ich den Leuten eine Erklärung geboten habe. Sie werden eines der Frühstückslokale glücklich gemacht haben, und morgen kochst du ihnen ein Extra-Ei oder Lachs oder frische Erdbeeren, und alles ist gut.«

»Aber warum? Sie hätten doch … Mit Helene … Es ist noch Brot da und Aufbackbrötchen und Toast. Sie springen ja sonst … Nicht, dass ich das erwarte, Sie wissen schon, ich …«

»Nein, das konnte ich nicht.« Marthe schüttete einen Schluck Whiskey in ihren Tee. »Wenn du etwas willst, du weißt, wo das Service steht. Meine *Ostfriesische Rose.*« Sie streichelte über den Rand der Tasse.

»Natürlich nicht.« Daniela nahm die Whiskeyflasche an

sich. »Und auch für Sie keine gute Idee. Egal, ob mit oder ohne Virus.«

Marthe Dirkens schlug die Augen nieder, die sich plötzlich mit Tränen gefüllt hatten.

Etwas milder schob Daniela hinterher: »Wo drückt es denn? Haben Sie Schmerzen? Irgendetwas muss doch passiert sein? Und wo überhaupt ist Helene?«

Frau Dirkens hob das zitternde Kinn. »Helene? Wer soll das sein? Wenn du diese Autorin meinst, die jegliche Freundlichkeit nur ausgenutzt hat: Sie ist weg. Auf und davon. Aus und vorbei.«

Daniela biss sich auf die Lippen. Verdammt. Das Häufchen Elend, das vor ihr saß, hörte sich nicht krank an. Sondern wehmütig. Verletzt. Zurückgewiesen. Mit einem Herzen voller Liebeskummer.

Sie schob den Stuhl zurück, stand auf, holte eine Porzellantasse aus dem alten knarzenden Schrank. Kluntjes, Tee, Sahne. Und einen Schuss Whiskey. Es gab so Momente im Leben. Heute war einer davon. Ach was, nicht nur einer. Sie dachte an die tote Freyja. Den schnöseligen Polizisten, der sie mit deftigen Worten weggeschickt hatte. Das Chaos, das ihr Wegbleiben verursacht hatte. Und die liebeskranke Marthe. Sie kippte den Tee in einem Zug herunter. So war das: *Wat mutt, dat mutt.*

69

»Was ist der weitere Plan?« Martin blinzelte in die Sonne. Bestes Sommerwetter mit Temperaturen bis knapp 25 Grad und ein leichter Wind ließen das Licht flirren. Eine angenehme Schwere lag über allem. Die Sehnsucht nach einem Liegestuhl, einem guten Buch und einem kühlen Getränk machte sich in ihm breit. Bilder von seiner Flitterwochenreise mit Anne schoben sich in seine Gedanken. Ließen sie träge und schläfrig werden.

»Du meinst, zu mir oder zu dir?«, witzelte Gert, der auf sein Smartphone starrte.

Martin stöhnte auf. »Abgesehen davon, dass es eine mehr als unqualifizierte Antwort ist, erinnert sie mich daran, dass wir dich immer noch irgendwo unterbringen müssen. Was machst du eigentlich mit dem Handy? Hotelzimmer suchen?«

Gert drehte das Display zu ihm. »Die Todesanzeige. Ich überlege, wer als Nächstes dran ist.«

»Bist du verrückt? Wie zynisch ist das denn? Wir sollten weitermachen, damit es kein einziges weiteres Opfer gibt.«

»Was?« Gert sah ihn entrüstet an. »So etwas unterstellst du mir? Kontext, mein Lieber. Kontext! Wen wir als Nächstes aufsuchen, überlege ich. Nicht mehr. Nicht weniger.«

»Dann ist ja gut«, murmelte Martin und schaute peinlich berührt zu Boden. Er musste sich zusammenreißen. Kein *dolce vita*, keine Träumerei im Dienst. Sommer, Sonne, Himmelsblau zum Trotz. »Bist du denn zu einem Entschluss gekommen?«

»Als alter Chauvi hätte ich gesagt, lass es uns bei der Schwester, dieser Wibke, probieren. Aber die Vermutung, dass Frauen eher plaudern, hat schon Freyja widerlegt. Und womöglich mit ihrem Leben dafür bezahlt. Ich habe keine Hoffnung, dass sich überhaupt einer der Jansens als Plaudertasche entpuppt.«

»Das vermute ich auch.«

»Zu ärgerlich, dass du diese Sippschaft so wenig kennst. Das würde uns entscheidend weiterhelfen. Ob ich einmal ...«

»Vergiss es, Gert Schneyder«, entfuhr es Martin, bevor sein Freund den Gedanken zu Ende aussprechen konnte. »Nur über meine Leiche.«

»Das nenne ich mal eine ernsthafte Drohung. Das würde mein Arbeitsvolumen tatsächlich ins Unermessliche steigern, wenn ich auch noch dich meiner Freundin in der Rechtsmedizin auf den Tisch legen müsste.«

»Lass die Scherze.«

»Du hast doch angefangen.«

»Es war kein Witz. Wenn du anfängst, Marthe Dirkens in die Ermittlungen einzubeziehen, kannst du auf mich verzichten.«

»Hm, da müsste ich jetzt mal abwägen«, wisperte Gert, um direkt ein breites Grinsen aufzusetzen. »Lass dich nicht ärgern, Kollege. War ja nur ein Gedanke.«

Ein verdammt unprofessioneller, dachte Martin. Wieder einmal. Aber um des Friedens willen schwieg er und presste die Lippen aufeinander. Doch dann kam ihm eine Idee. »Olaf«, sagte er. »Das ist die Lösung.«

Gert warf einen erneuten Blick auf das Display. »So heißt keiner der Geschwister.«

»Nein, natürlich nicht. Das weiß ich auch. Olaf Maternus, mein Mitarbeiter. Als gebürtiger Norderneyer kann er uns mit Sicherheit noch mehr zu den Jansens erzählen. Das Ganze hat nur einen Haken.«

»Sag nicht, bei ihm gibt es auch was in den Tee. Dann können wir doch gleich zu Marthe gehen.«

»Quatsch. Erstens weißt du das selbst, weil er uns gerade vor Kurzem erst den Hintern gerettet hat, und zweitens haben nicht alle Insulaner einen Spleen. Die Quote dürfte ähnlich hoch sein wie auf dem Festland.«

»Was dann?«

Martin sah auf seine Uhr. »Olaf könnte aktuell unterwegs nach Palma de Mallorca sein.«

»Mit seinem Rennrad? Das er so heiß und innig liebt, wenn ich mich recht erinnere.«

»Ja und nein. Er hat es im Flieger dabei.« Martin rechnete. »Vielleicht ist er aber auch schon auf spanischem Boden. Weißt du was? Einen Versuch ist es wert.«

»Du willst ihn im Urlaub anrufen? Um ihn zu den Jansens zu befragen? Ich würde dir durch das Telefon ins Gesicht springen, wenn du das bei mir machen würdest. Als Vorgesetzter ist das ein No-Go.«

Martin steckte erschrocken das Smartphone in die Hosentasche. Und ärgerte sich. Darüber, im Eifer des Gefechts vollkommen übersehen zu haben, dass er selbstverständlich nicht mit dienstlichen Belangen bei Olaf im Urlaub anrufen konnte. Als ob er das nicht selbst wüsste. Heute war echt nicht sein Tag.

Dann zog er das Handy erneut aus der Tasche. »Dann eben Ronnie«, sagte er. »Immerhin konnte er uns ja schon einiges zur Familie sagen. Vielleicht kann er uns bei der Entscheidung helfen.«

»Vielleicht auch mitkommen? Weil das Vertrauen schafft? Von Insulaner zu Insulaner?«

»Gute Idee. Wenn du mir einen Ersatz auf die Wache setzt. Das Team mosert schon, dass ich durch die Ermittlungen abgezogen bin.

»Ich könnte mir einen Kollegen aus Aurich an die Seite holen.«

Martin zog die Schultern hoch. »Klar. Wäre eine Idee. Ich bin ja rein formal nicht zuständig.«

»Aber Scheiße wäre es trotzdem, was? Sagt zumindest dein Gesicht.«

»Ich hoffe nicht, dass meine Mimik solche Wörter benutzt. Rein inhaltlich trifft es das jedoch auf den Punkt.« Er versuchte ein schiefes Grinsen und rieb sich über das Kinn.

»Dann lassen wir das. Zwei Nicht-Insulaner würden wahrscheinlich viel zu viel Porzellan zertrampeln mit ihren Fragen. Wäre doch schade um so viel *Ostfriesische Rose*.«

»Wenn es eine Anspielung ist: Okay, du hast gewonnen. Falls wir gar nicht weiterkommen, lasse ich mich auf einen Besuch bei Marthe ein. Besser als ausgetauscht zu werden, ist es allemal. Jetzt aber erst Ronnie.«

Sie waren im Laufe der letzten Minuten nach links die Straße hinabgegangen, weil sich eine Kindergruppe aus der Jugendherberge vor der Radstation versammelt hatte. Gegenüber dem Eingang zum Friedhof blieben sie stehen, und Martin wählte Ronnies Nummer.

»Puh, Chef, was für eine Frage«, antwortete dieser. »Kevin, das war eine andere Hausnummer. Die Geschwister kenne ich kaum. Dieser ganze Clan ist ein Mysterium. Und das hat nichts mit dem Vorurteil des grummeligen und sturen Ostfriesen zu tun. Die sind eher wie so eine verschworene Gemeinschaft. Die ein Geheimnis bewahren. Immer Angst haben, dass etwas nach draußen dringt. Wenn du mich fragst, gibt es da irgendeine böse Geschichte. Nur dass da keiner einen Millimeter rankommt. Wie eine Sekte, ein Geheimbund, die Mafia. So im übertragenen Sinne. Aber warte mal. Du willst wissen, zu wem ihr als Nächstes gehen solltet. Aus taktisch kluger Sicht. Wibke oder Tomke. Gib mir fünf Minuten, ja? Ich melde mich wieder.«

»Und?«

»Ruft gleich zurück, so lange sollten wir ausharren.«

Sie blickten schweigend zu der Friedhofsmauer, die nur durch ein schmiedeeisernes hellgraues Tor unterbrochen war. Dahinter lachten zwei braun gebrannte Frauen in Tanktops und spritzten sich mit dem Wasser aus ihren Gießkannen nass.

»He«, grüßten sie herüber und versuchten wohl, eine ernstere, der Würde des Ortes angemessenere Miene aufzusetzen, was ihnen nicht gelang.

Martin hob den Arm, um zu winken.

Gert flüsterte: »Kennst du die?« An seiner Stimme war sein Interesse erkennbar. »Mutter und Tochter? Witwe und Waise?«

Bevor Martin antworten konnte, klingelte sein Telefon. Er stellte es laut.

»Ja, Ronnie hier, da hatte ich doch einen richtig guten Einfall. Mit Glück dazu. Habe Olaf erwischt. Auf Mallorca am Kofferband. Du, der hat sich richtig gefreut, dass er helfen kann. Ich soll dich grüßen. Und falls was ist und wir Fragen haben, einfach melden, hat er gesagt. Kein Problem. Ach ja, und er empfiehlt, erst einmal zu Tomke zu gehen. Der Vernünftigste unter einer Schar Idioten. Seine Worte. Na, wenn er als Norderneyer das schon sagt. Glück auf, kann man da nur wünschen.«

70

»Aber Anne hat gesagt, es sei kein Problem. Sie würden sich freuen. Natürlich bin ich davon ausgegangen, dass sie es mit Martin abgesprochen hat.« Die Reisetasche schlenkerte zwischen ihnen hin und her, während Ruth und Helene den Weg Richtung Stadt einschlugen.

»Sie wird Martins Einverständnis vorausgesetzt haben«, antwortete Helene. »Wer täte das nicht? Zumal er mit dir seit Ewigkeiten befreundet ist. Was sollte sie ihn fragen, was sie nicht auch so wüsste?«

»Ich verstehe. Und die Argumentation andersherum ist ebenso schlüssig. Warum sollte er fragen, ob Gert im Zimmer unterkommen kann, wenn er voraussetzt, dass sie damit mehr als einverstanden ist.«

»Siehst du. Man schert sich also mit einem Bügelzimmer nichts als Ärger ein.«

Wieder riss Ruth am Henkel der Tasche. »Seit wann klopfst du denn solch idiotische Sprüche? Willst du etwa eine Kinder- und Gästezimmerdebatte auslösen? Ausgerechnet du?«

»Warum auch nicht ich?« Helene klang patzig. »Weil ich keine eigenen Kinder habe?«

»Doch nicht ohne Grund. Du hast dich bewusst dagegen entschieden.«

»Wie du.«

Ruth blieb endgültig stehen und ließ den Henkel los, sodass die Tasche an Helenes Beine schlug.

»Autsch.«

»Richtig so. Vielleicht hörst du dir mal selbst beim Reden zu. Was ist mit Lisa-Marie? Was glaubst du? Dass sie aus der Retorte ist? Vom Himmel gefallen? Nicht mein Kind? Das sind doch zwei völlig verschiedene Dinge bei dir und bei mir.«

»Jetzt nimm die Tasche wieder hoch. Oder willst du hier versauern? Nicht grundsätzlich anders, nur unterschiedliche Zeitpunkte.«

»Stehe ich auf dem Schlauch?«

»Ich habe mich eben vor der Schwangerschaft gegen Kinder entschieden, du hast es danach getan.«

»Ich habe mich doch nicht gegen meine Tochter entschieden, es war ein Konstrukt, von dem sich Michael und ich das Beste für das Kind, aber auch für uns versprachen. Und du weißt nur zu genau, dass das Ergebnis uns recht gibt.«

»Das hört sich jetzt sehr mathematisch und kaufmännisch an.«

Ruth schüttelte den Kopf. »Sag mal, was ist eigentlich los? Wie sind wir denn auf diese abstruse Diskussion gekommen. Ist das ein Ablenkungsmanöver wegen des Zimmers? Aber was hast du damit zu tun?«

»Genau, nichts. Deswegen gibt es zwischen den Themen auch keinen direkten Zusammenhang. Ich wollte nur sagen, dass ein Kind von Martin und Anne das Problem gar nicht hätte entstehen lassen.«

»Merkwürdige Denkweise. Seit wann bist du mir so fremd, Helene? Liegt es an Norderney? Oder womöglich an Marthe? Du bist ziemlich eng mit ihr, habe ich mir sagen lassen.«

»Blödsinn. Sie ist eine witzige alte Dame und eine Quelle der Inspiration für mich. Ich fülle eine Kladde nach der anderen und weiß gar nicht, mit welchem Projekt ich anfangen soll. Ein Buch über Marthe und ihren Seligen, den Seemann? Oder über die Norderneyer und ihre Besonderheiten? Einen Krimi mit einer alten Dame, die reihenweise Besucher umlegt, indem sie sie zur Teezeremonie bittet? Vielleicht aber auch ein Buch über Frauen, die ihren Mann stehen. Die Formulierung ist natürlich ironisch gemeint.«

»Schon klar, du alte Emanze.«

»Wir beide, denke ich. Auch wenn …« Helene brach mitten im Satz ab. Räusperte sich. Sprach dann hastig weiter: »Auch wenn du ein Kind in die Welt gesetzt hast.«

»Du wolltest etwas anderes sagen, und ich habe es verstanden«, sagte Ruth nach einer Stille, in der Helene die Luft anzuhalten schien. »Aber damit ist es ja vorbei. Mit meiner Liaison. Weil du darauf anspieltest. Oskar ist Geschichte. Seine und meine Beziehung sind Geschichte. Und ich wieder da, wo ich immer war. In mir selbst zu Hause.«

»Bist du dir sicher?«, fragte Helene.

»Absolut. Fast zumindest. Ich muss nur noch den Schlüssel zu meinem Innersten finden. Um die Tür aufzuschließen. Hineinzuschlüpfen. Abzuschließen und den Schlüssel in der Toilette hinunterzuspülen.«

»Ich glaube, das geht physikalisch nicht. Der Schlüssel schwimmt. Und bleibt dir als Notausgangslösung erhalten.«

»Helene Dannenberg, was ist aus dir geworden? Wo sind deine Werte? Du widersprichst dir pausenlos selber. Was hast du jetzt gegen Bügelzimmer und Singleleben? Wenn ich dir sage, der Schlüssel verschwindet, dann macht er das. Die Tür ist zu. Und meine Haare zu kurz, um Rapunzel zu spielen.«

71

»Okay, jetzt auch noch mal für Menschen wie mich, die manchmal etwas länger brauchen, um die Dinge zu verstehen.« Daniela verschränkte ihre Arme.

»Du hättest mal sehen sollen, was für einen Glanz ihre Augen bekamen. Wenn ich nicht genau wüsste, dass Ruth mit Oskar und vorher mit dem Vater ihrer Tochter, na, du weißt schon, würde ich meine Hand dafür ins Feuer legen, dass es nicht nur Freundschaft ist, was Helene empfindet.«

»Für Ruth?«

»Von was rede ich denn? Natürlich für Ruth. Sie konnte ihr nicht schnell genug entgegeneilen.«

»Sorry, Frau Dirkens. Ich kann wirklich nicht folgen.« Was auch gute Gründe hatte, dachte Daniela, während sie auf die Whiskeyflasche in ihrer Hand blickte. Wie verrückt konnte das Leben denn sein? Eben erst hatte sie die tote Freyja in ihrem Laden entdeckt, und jetzt saß sie am helllichten Morgen bei Frau Dirkens im Dachgeschoss und goss Alkohol in ihren Tee. War das noch normal? Nicht eher abstrus? Jenseits jeglicher Realität? Oder einfach folgerichtig? Sie fühlte sich, als hätte ihr jemand Sand in den Kopf geschüttet, der nun ihr Gehirn am Denken hinderte.

Müdigkeit überfiel sie, und plötzlich war alles egal. Wo sie war, wer sie war, was sie dachte oder nicht. Hauptsache, der Tee schmeckte und ließ die Wirklichkeit noch etwas mehr verschwinden. Sand im Getriebe, waberte der Gedanke schläfrig durch ihr schwindendes Bewusstsein. Sand im Kopf. Wie …

Sie schrak hoch und starrte Marthe an, die mit ihren Schimpftiraden anscheinend einfach weitergemacht hatte.

Was sie den Frauen da unterstellte, war ja so was von lächerlich. Wenn man ihre Maßstäbe anlegte, konnte man genauso gut behaupten, dass Marthe selbst in Helene verliebt war. Daniela musste wider Willen grinsen.

»Da hast du Spaß, was?«, funkelte die alte Dame sie prompt an. »Du hast mir das nie gegönnt, unser gutes Verhältnis. Warst manchmal richtig eifersüchtig.«

»Was war ich?«, fragte Daniela verblüfft. Hier geriet aber heute Morgen einiges durcheinander.

»Wahrscheinlich hattest du einfach nur recht. Ich hätte von Anfang an auf dich hören sollen. Warum muss ich mich nur überall einmischen? Sind wir dafür verantwortlich, dass es kein Bett gibt, wenn jemand ohne Ankündigung anreist? Nein, das sind wir nicht. Basta. Ich habe meine Lektion gelernt. Mache niemals den gleichen Fehler zweimal.«

»Eine Marthe-Dirkens-Weisheit?«, ulkte Daniela.

»Mach dich ruhig über meine Erkenntnis lustig. Es gibt klügere Menschen als mich. George Bernard Shaw, falls du schon einmal von ihm gehört haben solltest.«

»Wenn wir uns nicht so lange kennen würden, wäre ich jetzt ernsthaft beleidigt. Sie wissen genau, wie sehr es mich ärgert, dass Friseurinnen als dumm hingestellt werden.«

»Sei mal nicht so empfindlich. Du sagst doch selbst, wir kennen uns lange genug, um nicht jedes Wort auf die Goldwaage zu legen. Dabei überhörst du die wichtigste Botschaft. Dass ich dir recht gebe. Zugegeben im Nachhinein. Vielleicht etwas spät. Aber ich bin lernfähig. Trotz meines Alters. Wenn ich einen Fehler erkenne, stehe ich dazu.«

»Das wäre mir neu«, murmelte Daniela, um dann laut zu sagen: »Ist doch Schnee von gestern. Es war ja ein sehr großherziges Angebot. Darüber müssen wir jetzt nicht mehr reden. Ich gebe zu, dass ich über Ihre Eigenmächtigkeit, Helene aufzunehmen, sauer war. Aber letztendlich hat sich doch alles gefügt. Gerade mit der heutigen Einsicht, das nächste Mal besonnener zu handeln.« Daniela erhob sich. »Das gilt übrigens auch für den Umgang mit meinen Hostelgästen. Die armen Menschen so zu erschrecken. Was, wenn sich jetzt jemand zur Abreise entschließt?«

»Ha, das löst doch auf der Stelle ein weiteres Problem. Wobei ich zu gerne sehen und hören werde, wie du ihr gleich eine Abfuhr erteilst.«

»Wem genau? Ich glaube, ich habe schon wieder einen Teil der Unterhaltung nicht verstanden.« Sie gähnte. »Lassen Sie uns später reden. Der Whiskey hat mich umgehauen. Dieser oder die tote Freyja. Was weiß ich?« Daniela erhob sich.

Marthe fiel der Löffel, mit dem sie gerade Sahne in den Tee laufen ließ, laut klirrend auf das Porzellan. »Die tote Freyja? Freyja wer? Sag nicht, noch eine von Jansens ist tot? Nach Kevin auch die Schwester? Das ist doch kein Zufall. Erzähl. Was ist passiert?«

Daniela winkte ab. »Netter Versuch. Später vielleicht. Ich kann mich auf einmal kaum noch auf den Beinen halten. War wohl zu viel am frühen Morgen. Und eines ist mal sicher: dass Sie mir nicht auf die Idee kommen herumzuschnüffeln. Weder mit noch ohne Helene.«

Marthe antwortete nicht. Daniela sah an ihren hin- und herspringenden Pupillen, dass sie 1000 Dinge gleichzeitig dachte.

Sie drehte sich zu ihr um. »Keine Dummheiten, versprochen? Und vertragen Sie sich mit Helene.«

Marthe Dirkens blickte auf. »Ja, ja«, sagte sie mit plötzlich weicher Stimme. »Du hast recht. Das sollte ich tun. Und bestimmt findet sich noch eine Lösung. Platz ist ja in der kleinsten Hütte. Wenn man nur will.«

72

Tomke Jansen stand auf der gepflasterten Einfahrt zu einer Garage, deren Tor hochgeschoben war. Ein tiefergelegter Golf GTI 7 glänzte in Metallicblau und zog den ersten Blick sofort auf sich. Rechts und links an den Wänden hing das obligatorische Schraubermaterial eines Autobastlers. Im Hintergrund stand, wenn ihn nicht alles täuschte, eine Enduro.

Tomke selbst verschwand vor dieser Kulisse beinahe, obwohl er, für sich genommen, auch ein Hingucker war. Das sah Martin, als er bemerkte, wie sehr Gerts Mundwinkel zuckten, um ein Grinsen zu unterdrücken. Er wusste genau, was sein Freund dachte: Mehr Klischee geht doch gar nicht.

Dass das klein gewachsene Muskelpaket in einem ärmellosen Hemd, Sportshorts und obligatorischen *Nike*-Sneakers mit zwei Hanteln in der Hand und einem Springseil auf dem Boden der Vernünftigste der Jansens sein sollte, war kaum vorstellbar.

Jetzt unterbrach Tomke sein rhythmisches Heben und Senken, legte die Hanteln sogar auf den Boden, strich sich die fast hüftlangen offenen blonden Haare zurück, nahm dann mit beiden Händen das Springseil auf, zog es zwischen den Fäusten straff und drehte es in einer Art, dass Martin beinahe um einen Schritt zurückgewichen wäre.

»Was soll das denn werden?«, fragte Gert lapidar. »Eine Variante des *Indischen Halstuches*? Ach, kennen Sie wahrscheinlich nicht. Sie sind schon eher Generation Streaming statt analogem Schwarz-Weiß-Klassiker. Obwohl der auf einem Riesenbildschirm, wie Sie ihn doch bestimmt besitzen, fantastisch rüberkommen würde.« Er deutete mit dem Kinn zur Haustür.

»Wer sind Sie?«, fragte Tomke mit einer erstaunlich sanften und hohen Stimme, die wenig zu seinen hochgezüchteten Muskelbergen passen wollte. Sie machte deutlich, dass sie es eher mit einem einst schmächtigen jungen Mann zu tun hatten, dessen Gesichtszüge mit der schmalen Oberlippe, der kleinen Nase und den verschwommenen Augen überaus zart wirkte. »Haustürgeschäfte ist nicht. Bin ja nicht doof.«

»Ach, kommen Sie, als wenn Sie nicht wüssten, wer wir sind.«

»Sie meinen den Norderneyer Straßenfunk? Zugegeben, hat funktioniert. Außerdem weiß man als Türsteher 500 Meter gegen den Wind, dass sich Bullen nähern.«

Gert überhörte die Provokation. »Dann hat Ihr Bruder unseren Besuch angekündigt?«

Tomke hörte für einen Augenblick auf, das Seil zwischen den Händen zu schwingen. »Wovon träumen Sie denn?« Er zog Spucke in seinem Mund zusammen und spie aus.

»Wäre doch die normalste Reaktion unter Geschwistern.«

»Bei anderen vielleicht. Wie nennt man das? In funktionalen Familien.«

Gert nickte anerkennend. »Sie kennen sich aus.«

»Warum sollte ich nicht?«

Sie schwiegen. Was konnten sie antworten, überlegte Martin. Dass er nicht aussah wie einer, der mit Fachbegriffen um sich warf. Aber das würde nur ein schlechtes Bild auf sie selbst werfen, obwohl es exakt seinen Gedanken entsprach.

Gert antwortete langsam: »Meine Erfahrung mit Türstehern und Autoschraubern hat mich was anderes gelehrt.«

»Sie trauen sich was.« Tomke zog mit einem Ruck das Seil straff. Martin hörte sowohl Empörung als auch Anerkennung heraus.

»Nicht mehr als Sie, die von uns unverfroren als Bullen sprechen. Ich würde sagen, im Austausch von Vorurteilen sind wir quitt, was?«

Tomke nickte so verdutzt, dass Martin sich jetzt wirklich das Lachen verkneifen musste.

»Am besten, wir fangen noch mal von vorn an und stellen uns vor. Das ist Martin Ziegler, Leiter der hiesigen Polizeistation, den Sie eigentlich kennen müssten, wenn Sie als Türsteher auf der Insel arbeiten. Ich bin Gert Schneyder von der Kripo Aurich und übrigens nicht das erste Mal auf Norderney im Einsatz.«

»Mache das nur ab und an mit der Türsteherei. Auf dem Festland. Da werde ich erns…« Er brach mitten im Wort ab.

»Verstehe. Wenn es nur nebenbei ist, gibt es dann noch einen Hauptjob? Oder reicht das Erbe, um mal mitten hineinzuspringen in das, was uns zu Ihnen treibt?«

Tomke lachte höhnisch auf. »Ach so. Klar, Sie denken also, weil es das nicht tut, habe ich meinen Bruder um die Ecke gebracht.« Er stieß ein glockenhelles Lachen aus. »Witzige Vorstellung. Dass auf die Idee noch keiner von uns Jansens gekommen ist.«

»Es geht ja nicht nur um ihren Bruder. Was ist mit Ihrer Schwester?«

»Meiner Schwester? Was soll mit ihr sein?«

»Sagen Sie uns nicht, der Inselfunk hätte in dem Fall nicht funktioniert. Tomke Jansen, das nehme ich Ihnen nicht ab, dass Sie vom Tod Ihrer Schwester noch nichts gehört haben.

Tomke warf das Seil zu Boden, ging in die Hocke, legte die Hände vor die Augen. »Ich schwöre. Wirklich, ich schwöre. Bei allem, was mir heilig ist.«

Dem GTI und der Enduro, dachte Martin zynisch. Ein Schauspieler war an diesem Jansen nicht verloren gegangen. Und dazu noch der klassische Anfängerfehler. Die nächste Stunde würde spannend. Keine Frage.«

73

»Es wäre schon hilfreich, liebe Helene, wenn du mir sagen würdest, wo es hingeht. Zumindest ein bisschen genauer als deine komischen Anspielungen auf Meerblick und Nähe zur *Milchbar*. Ich hätte durchaus gerne ein Mitspracherecht, wo ich die Nacht verbringe. Es ist ja auch eine Frage des Geldes.« Ruth schob den Rucksackträger, der immer herunterrutschte, mit der freien Hand wieder auf die Schulter.

»Ach komm, es trifft keine Arme. Außerdem kannst du dir sicher sein, dass ich da meine Finger im Spiel habe. Und wer, wenn nicht du, wüsste, dass dabei immer lohnenswerte Deals herauskommen.«

»Wovon Daniela und Marthe Dirkens ein Lied singen können, schätze ich. Wie lange willst du eigentlich auf Norderney bleiben? Geplant war das so alles nicht, oder habe ich das falsch in Erinnerung?«

»Man muss die Gunst der Stunde nutzen. Was soll ich alleine in meinem Einsiedlerhäuschen, solange mir hier die Ideen und die Inspiration nur so zufallen. Es scheint mir gutzutun, Sonne, Meer und Strand aufzutanken. Damit ich in den langen Herbst- und Wintertagen davon zehren kann.«

»Ich vergieße gleich ein Tränchen aus lauter Mitleid mit dir armen, einsamen Künstlerseele. Als wenn du dir dein Leben nicht selbst ausgesucht hättest.«

»Genau wie du. Und trotzdem haderst du. Obwohl ich immer noch nicht in Gänze verstehe, was dich wirklich gegen Oskar aufbringt. Dass seine Mutter nicht ernst zu nehmen ist, hat er dir von Anfang an gesagt.«

Ruth stoppte an der Bordsteinkante und brachte Helene mit einem Ruck der Reisetasche, die sie zwischen sich trugen, zum Stehen. »Augen auf im Straßenverkehr«, kommentierte sie augenzwinkernd, »oder hast du dich komplett auf die unkonventionelle Nutzung des Norderneyer Verkehrsraumes eingelassen?«

»Die Juristin und Polizistin in dir kannst du auch nicht verleugnen, auch wenn du klamottentechnisch im Teenageralter der 80er-Jahre des letzten Jahrhunderts stecken geblieben bist. Jeans, T-Shirt, Sweatshirt, knöchelhohe *Adidas*-Schuhe.«

»*Converse*-Sneaker.« Ruth streckte ihren Fuß nach vorne, zog ihn aber zurück, als ein E-Bike um die Ecke gefegt kam, als wäre der Teufel hinter ihm her.

»Mittlerweile. Nur weil sich Name und Marke ändern, bleibt das Prinzip doch gleich. Wie bei den Männern.«

»Was ist das denn für ein Vergleich?« Sie zog an der Tasche, um Helene zum Weitergehen zu bewegen.

»Du wechselst den Partner, bleibst aber bei deinem Grundsatz.«

»Haha. Wer von uns beiden ist die Psychologin?«

»Als Autorin kenne ich mich mindestens genauso gut mit dem Innenleben von Menschen aus, sonst könnte ich keine Bücher schreiben. Nennt sich Empathie. Alle Schriftsteller haben sie, aber nicht jeder Seelenklempner.«

»Du weißt, wie sehr ich das hasse, wenn du so von unserem Beruf redest. Das ist diskriminierend. Dabei freuen wir uns über die zunehmende gesellschaftliche Akzeptanz hinsichtlich psychischer Leiden. Überhaupt, was ist eigentlich los? Meinen Fragen weichst du aus, stattdessen kommst du mit abstrusen Theorien um die Ecke.« Abrupt blieb sie stehen. »Du hast mit Oskar telefoniert?«

»Hey. Noch so ein Bremsmanöver, und du besuchst mich im Krankenhaus.« Helene hatte Mühe, ihr Gleichgewicht wiederherzustellen. »Und auf deine idiotische Frage antworte ich gar nicht erst.«

»Was dich verdächtig macht.«

»Seit wann leidest du unter Verfolgungswahn? Ich habe ja noch nicht einmal verstanden, warum du so ein Gedöns machst. Vielleicht gibt es eine logische und einfache Erklärung. Deine Heiratsparanoia verblendet dir möglicherweise den Zugang zu naheliegenderen Begründungen. Hör Oskar doch erst mal an, bevor du so eine Welle machst.«

»Du steckst mit ihm unter einer Decke. Mit ihm und seiner Mutter.«

»Kann es sein, dass dir der letzte Fall noch im Kopf herumspukt? Diese Patriarchin aus Köln? Wenn ich es recht überlege, ist die Konstellation eine nicht ganz unähnliche. Wahrscheinlich überträgst du unbewusst …«

»Helene!« Ruth riss die Reisetasche aus der Hand ihrer Freundin. »Wirklich, es reicht. Das ist nicht mehr lustig. Der lange Aufenthalt bei Marthe scheint dir nicht so gutzutun, wie du glaubst. Ist es der viele Whiskey, der dir nicht bekommt? Die Nordseeluft wird es ja nicht sein.«

Helene schaute zu Boden, schien nach Worten zu suchen. Auf ihren Wangen breiteten sich rote Flecken aus. Als sich ein Auto näherte, hob sie den Blick, lächelte und winkte. »Taxi! Hallo, hier bitte.« Sie drehte sich zu Ruth herum. Ihre Stimme war plötzlich leise und warmherzig, wo sie zuvor schrill und laut geklungen hatte. »Der Weg ist mit der schweren Tasche doch zu lang. Den Rest klären wir im Hotel.«

74

Die Wohnung, in die sie Tomke folgten, zeigte keine Ähnlichkeiten mit der seines Bruders Jasper. Sie stiegen hinter ihm die Treppe hinauf. Durch die angelehnte Tür eines Raumes im Erdgeschoss sah Martin ein Rudergerät und einen Crosstrainer. Beides wunderte ihn nicht sonderlich. Es war auf der Insel nicht einfach zu trainieren, wenn man nicht Mitglied des Sportvereins war oder die Fitnessräume der Hotels nutzen wollte. Sich ein Zimmer allerdings mit Trainingsgeräten vollzustellen, erschien ihm auf der anderen Seite angesichts des fehlenden Wohnraums wie purer Luxus. Er mochte sich nicht vorstellen, was für Möglichkeiten eine Vermietung brachte, als Ferienunterkunft sowieso, aber selbst als Dauerwohnraum. Die Betriebe suchten händeringend nach Gegebenheiten, um ihr Personal unterzubringen. Dass auch Besenkammern genommen würden, hielt er für ein Gerücht, sicher war er sich nicht. Das Sprichwort »Raum ist in der kleinsten Hütte« schienen überproportional viele Norderneyer ernst zu nehmen. Um den Geldsack zu füllen. Die Jansens waren nach allem, was er wusste, dabei vorneweg unterwegs gewesen. Erstaunlich, dass Tomke in dieser Hinsicht einen anderen Weg einzuschlagen schien.

Die Etagentür im Obergeschoss öffnete den Zugang zu einem weiträumigen, ausgebauten Zimmer, das nur von Halbwänden und Pfeilern unterteilt war, die geschickt positioniert einzelne Bereiche voneinander abtrennten, ohne auch nur einer Ecke den Ausdruck von Geschlossenheit zu geben. Ein ausladendes, anscheinend in Sondermaßen angefertigtes Bett versteckte sich nur halb zu linker Seite, und als Martin in das offene Karree in der Mitte trat, sah er Dusche, Waschbecken und Toilette, während sich rechts, also an der genau gegenüberliegenden Wand, eine minimalistische Küchenzeile erstreckte. Er registrierte den Eimer mit Eiweißpulver sowie den elektrischen Mixer. Wieder einmal dachte er, wie erstaunlich wenig das reale Leben vom Klischee abwich.

Die Möbel waren aus hochglänzendem schwarzen Material. Rechts neben den bodentiefen Fenstern stand ein Lowboard mit einem kaum sichtbaren Soundsystem, aus dem, nachdem Tomke etwas in sein Handy getippt hatte, zwar satte, aber in seinen Ohren dennoch martialische Töne drangen.

Nur der vermutete Großbildfernseher fehlte.

Jansen schien auf genau diese Erkenntnis gewartet zu haben, denn er drückte auf eine Fernbedienung, und eine überdimensionale Leinwand senkte sich herab. Klar, jetzt sah Martin auch den Beamer unter der Decke.

Ein wirklich ungewöhnliches Innenleben eines der alten, eher kleinwüchsigen Norderneyer Häuser, musste er zugeben. Und dass die Modernisierung sich sicherlich nicht aus Türsteher-Tätigkeiten hatte finanzieren lassen. Gemütlich und heimelig war zwar anders, aber Geschmäcker waren unterschiedlich, er brauchte ja hier nicht leben. Stylisch und durchdacht war das Ganze gewiss.

Gert schnalzte mit der Zunge, nachdem er sich auf dem Absatz einmal um sich selbst gedreht hatte. Er deutete auf ein aufgeklapptes Laufband und die Hanteln, die überall herumlagen wie Spielzeuge für nicht existierende Kinder oder Haustiere. »Da pflegt aber einer sein Junggesellenimage, was?«

»Wenn Sie damit mich meinen, könnten Sie recht haben«, grinste Tomke. »Eine Schickse darf nicht mal bis zum Frühstück bleiben.«

»Und die Frauen machen das mit?«

»Wo leben Sie? Wir sind auf Norderney. Auch wenn das Staatsbad versucht, den Ruf aufzupolieren, glaube ich fest daran, dass wir das Ballermann-Image des Nordens nie verlieren. Und das ist gut so. Für Menschen wie meinereins. Letztendlich spielt es keine Rolle, wo ich die Damen aufreiße. Das nimmt sich nichts. MILFs gibts in jeder Schicht, in jedem Laden auf der Insel.«

Martin schluckte. Er schielte zu Gert. Selbstverständlich wusste er, was die Abkürzung bedeutete. Es war eine der widerwärtigsten obszönen Begriffe für Frauen, die sich vermeintlich aufreißen ließen. Wobei er sich schon im Klaren darüber war, dass an den Klubwochenenden ein solcher Eindruck entstehen konnte. Aber natürlich gab es keinen vergleichbaren Begriff für die Aufreißertypen.

»Na, geschockt? Alle Vorurteile bestätigt gefunden? Herzlich willkommen im Klub der Schubladendenker. Keine Bücher im Schrank, nichts in der Birne. Als Ostfriese schon mal gar nicht, was?« Er verzog den Mund zu einem breiten Lächeln, das seinem Gesicht plötzlich eine unerwartete Weichheit gab. Wieder drückte er einen Knopf, und eine hölzerne Wand schob sich zur Seite, verdeckte nun den Schlaf- und Badbereich, und offenbarte ein Regal voll gebundener Bücher.

Martin starrte ihn perplex an. Nein, nicht wegen des Showeffekts. Nicht wegen eines Bücherschranks. Schon gar nicht, weil er in eine gestellte Falle getappt war. Sondern wegen dieser plötzlichen Verwandlung dieses Menschen. Und während aus dem unsichtbaren Soundsystem auf einmal klassische Töne klangen und Tomke in der Küche eine Karaffe mit dem gelblichen Leitungswasser der Insel füllte, versuchte Martin verzweifelt in seiner Erinnerung abzurufen, was für ein Déjà-vu ihm da gerade passiert war.

75

»Herzlich willkommen, Frau Keiser«, begrüßte sie der Hotelmanager. »Wir freuen uns, Sie in unserem Haus begrüßen zu können, und wünschen Ihnen einen angenehmen Aufenthalt.«

Perplex streckte Ruth ihm die Hand hin. Bis vor ein paar Minuten hatte sie nicht gewusst, wo die Reise hingehen würde. Erst als das Taxi, das Helene so unerwartet herangewunken hatte, vor dem Hotel *Misan* direkt hinter dem Deich hielt, dessen große Fensterfront einen fantastischen Blick auf das Meer erwarten ließ, hatte sie sich mit hochgezogenen Augenbrauen an die Freundin gewandt.

»Habe doch gesagt, wir besprechen es nach der Ankunft.«

»Du hast dieses Hotel für mich gebucht. Ohne zu fragen? Helene, ich bin nicht bereit …«

»Spare dir die Worte. Du wirst sehen, es ist zu deinem Schaden nicht. Und zu meinem auch nicht.«

Und mit diesen kryptischen Sätzen hatte sie sich Ruths Reisetasche geschnappt und war ins Hotel voranmarschiert.

Ganz augenscheinlich schienen der Manager und Helene miteinander vertraut zu sein. Was einerseits überraschte, da ihre Freundin seit ihrer Ankunft in Danielas *Tea-Time-Hostel* untergebracht war. Andererseits gelang es ihr erstaunlich leicht, während ihrer Buchrecherchen mit den unterschiedlichsten Menschen in Kontakt zu kommen. Obwohl sie zu Hause fast ein Einsiedlerleben in ihrem Schreibklausurhaus führte, wie sie selbst gern erzählte. Wahrscheinlich waren das genau die zweiten Seiten ihrer Künstlerseele, vermutete Ruth. Trotzdem überraschten die Gegensätze auch sie immer wieder.

»Einen kleinen Augenblick, ich bin gleich für den Check-in da«, beschied der Manager sie nun und wandte sich einem Mann zu, der mit einem Espresso vor dem Bartresen stand. Der Hotelleiter senkte seine Stimme. Trotzdem waren seine Worte deutlich vernehmbar. »Um das Ganze zu einem endgültigen Abschluss zu bringen. Mein Bedauern über den tragischen Unfall habe ich nun mehrfach zum Ausdruck gebracht. Dennoch ändert sich an der Rechtslage nichts. Ich bin Ihnen mehr als üblich aus Kulanz entgegengekommen. Auf Drohungen allerdings lassen wir uns nicht ein.«

»Wo habe ich gedroht?«, presste der Mann zwischen den Zähnen hervor.

»Subtiles Winken mit der Anwaltsnummer lässt sich durchaus so verstehen.«

»Ich bin selbst Anwalt. Darf man seinen eigenen Beruf nicht nennen, ohne Unterstellungen zu provozieren? Das wird ja immer besser in diesem Land.«

Der Hotelmanager senkte kurz den Kopf, schien tief einzuatmen und hob ihn wieder. »Ich denke, es ist alles gesagt. Ab heute ist die Suite weitervermietet und damit storniert. Ich bedauere, Ihnen kein kleineres Zimmer im Tausch anbieten zu können. Die Hochsaison, Sie verstehen. Wenn Sie mich nun entschuldigen.«

Ruth hatte wie gebannt dem Wortwechsel zugehört, weil die provokante Art des Mannes, der nun seinen Espresso schlürfte und die Tasse mit einem Klirren zurück auf die Untertasse stellte, und mit einem »Dazu ist das letzte Wort nicht gesprochen, Sie hören von mir« die Lobby verließ. Wie bei einem Unfall hatte sie den Blick nicht abwenden, die Ohren nicht verschließen können.

»Hier ist doch gar kein Zimmer frei«, raunte Ruth jetzt schnell, bevor der Manager mit einer Zimmerkarte in der Hand zu ihnen zurückkam.

»Lass das mal meine Sorge sein.« Helene flüsterte wie eine Bauchrednerin, die Lippen zu einem breiten Lächeln in Richtung des Mannes verzogen.

Dieser legte nur Sekunden später die Karte vor ihr auf dem Tresen ab. »Mit Frau Dannenberg ist alles besprochen und die Formalien geklärt. Ich bräuchte nur kurz Ihren Personalausweis und dann steht Ihrem Aufenthalt mit Meerblick nichts mehr im Wege.«

»Aber ...«

»Alles geklärt«, sagte Helene und berührte sanft ihren Arm. »Glaub mir.«

Ein Ziehen in Ruths Bauchgegend alarmierte ihren Verstand. Was die Freundin von ihr verlangte, war das Letzte, was sie im Moment leisten konnte. Sich auf jemand anderen verlassen. Bedingungsloses Vertrauen schenken.

Aber es half nichts. Helene hatte Zimmerkarte und Reisetasche in der Hand, Ruth folgte ihr, als wäre sie sprach- und willenlos, in den Aufzug. Das Bauchziehen wurde stärker mit jeder Etage, die der Lift nahm. Zimmerpreise schwirrten in ihrem Kopf. Sie kam sich vor wie in einem falschen und viel zu schlechten Film.

Der Ton, der das Ende der Fahrt signalisierte, die Tür, die sich beiseiteschob, Helenes hyperaktives Wedeln mit der Zimmerkarte und dann der Augenblick, der bewahrheitete, was sie seit Minuten befürchtete:

»Voilà, la Suite!«

76

Wahrscheinlich hatte er das Foto schon aufgrund der Umrisse wiedererkannt. Familie Jansen in womöglich glücklicheren Zeiten. Das gleiche Bild, das er bei Tomkes Bruder Jasper hatte hängen sehen, stand hier in einer Lücke im Bücherregal. Wie praktisch, dass es sich durch die verschiebbare Wand jederzeit vor den eigenen und anderer Leute Augen verbergen ließ. Erstaunlich aber, dass es überhaupt bei beiden Brüdern zu finden war. Bargen die zerrütteten Beziehungen der Geschwister untereinander doch noch eine weitere Ebene? Wer konnte es mit wem? Er mochte nicht an die Geschichte glauben, dass jeder mit jedem im Clinch lag. Irgendwo musste es Koalitionen gegeben haben. In Kindertagen, die mit ein bisschen Glück für sie als Ermittler bis heute anhielten. Sein Blick streifte das Bild nur. Er war nicht gut darin, Menschen auf alten Fotografien wiederzuerkennen.

Stattdessen studierte er die Buchrücken. Fitzeks Thriller, das hatte er nicht anders erwartet. Zwei Reihen nordische Krimis, dafür keine aus Deutschland, schon gar nicht aus Ostfriesland. Nicht verwunderlich. Die Einheimischen fanden sich selten richtig dargestellt, aber so ging es den Allgäuern, Berlinern, Eifelern und Schwaben womöglich auch.

Gegen das Klischee standen in den obersten Reihen ein paar Klassiker in alten, vergilbten Buchausgaben. Kafka, Grass, Lenz, Hemingway, Twain, Salinger. Daneben *Die Neuen Leiden des jungen Werther* von Plenzdorf. Das alles schien kaum zu Tomkes Alter zu passen und wirkte seltsam anachronistisch. Die gebundenen Bücher von Stuckrad-Barre,

Herrndorf und Kracht passten da altersmäßig schon besser. Nicht dass er selbst auch nur einen der Autoren gelesen hätte. Aber die Namen kannte er aus Annes Buchregal, und ihm fiel ein, dass sie mal von Popliteraten gesprochen hatte. Er hatte einen der Vögel, den mit dem Doppelnamen, mal im Fernsehen erlebt, das hatte gereicht.

»Na, alle Vorurteile bedient gefunden?« Tomke stand plötzlich neben ihm. Bisher hatte er ihn im leisen Gespräch mit Gert verortet. Die überfallartige Frage traf genau den Punkt und machte ihn verlegen.

Martin rettete sich in eine Gegenfrage. »Gibt es eine Rangfolge?«

»Sie meinen, ob die Klassiker über den Thrillern stehen? Nur räumlich, nicht inhaltlich. Und bei Ihnen? Trifft davon etwas Ihren Geschmack?«

Er zuckte mit der Schulter. »Bin meistens zu müde zum Lesen. Meine Frau kennt die alle, würde ich vermuten. Würde aber den weiblichen Anteil vermissen, die Autorinnen.« Er versuchte ein Grinsen. »In der Hinsicht habe ich vielleicht tatsächlich Vorurteile bestätigt gesehen.«

»Wow. Immerhin ehrlich.« Tomke streckte ihm die geballte Hand hin. »Dann will ich es auch sein. Hab keines davon gelesen. Habe es immer mal versucht, ging aber nicht. Kann mich nicht lange genug auf das Buchstabengeflirre konzentrieren. Und kommen Sie mir nicht damit, dass ich es mit einer Brille versuchen soll.«

»Aber warum dann die Bücher und der ganze Schnickschnack mit der verschiebbaren Wand?« Gert stand hinter ihnen und sah auf sie beide herab.

»Die Frauen mögen es.« Tomke lachte.

»Und dafür der Aufwand? Wo haben Sie die Bücher denn her? Aus dem Bücherschrank? Internet?«

»Nö. Viel einfacher: geerbt.«

»Das sollen wir glauben? Das Naheliegende ist doch bei so einem Vermächtnis, mit dem man selbst nichts anfangen kann: Antiquariat, Flohmarkt, Kleinanzeigen, Entrümpler, schlimmstenfalls Papiertonne.«

»Ja, so funktioniert das, wenn man nicht Jansen heißt.«

»Klären Sie uns auf.« Gert griff über ihre Köpfe nach einem der Bände und blätterte darin. »Wunderbar gepflegt und erhalten. So sieht bei mir kein Buch, das durch meine Hände gegangen ist, aus.«

»Dann stell's lieber zurück«, empfahl ihm Martin und wandte sich wieder Tomke zu. »Die Frauenfängernummer nehme ich Ihnen nicht ab. Nicht mit der männerdominierten Auswahl.«

»Feminist, was? Davon soll es ja immer mehr geben.« Tomke ließ den Blick über Martins Arme und Körper gleiten.

Automatisch zog er den Bauch ein, drückte die Brust raus, hob das Kinn. »Wäre schön, wenn Sie einfach mal auf die Fragen antworteten.«

»Meine Tante. Schwester unserer Mutter. Eine gebildete Frau. Das allerdings scheint eher ein Zufallsprodukt zu sein, während genetisch die Anlage zu Geiz und Raffgier abzulesen ist. Auch wenn man es mit dem Namen von uns Jansens verbindet. Den Ursprung hat es bei den Brinkmanns. Meine Mutter war davon genauso befallen wie die Tante. Ella, unverheiratet, Sekretärin, fühlte sich immer zu Höherem berufen, ist aber in der Schleife als Dauergeliebte ihres Chefs stecken geblieben. Der sich das immerhin einiges hat kosten lassen. Sparfüchsin, die Ella war, hat sich da gut was angesammelt.«

»Bücher?«, fragte Martin und hörte selbst, wie spitz es klang.

»Von wegen. Da ging es um mehr. Cash und Schmuck, ein Auto, eine Wohnung. Sie war eine attraktive Frau. Es reichte nur nicht dazu, die Ehefrau abzulösen.«

»Mich interessiert immer noch der Kontext.« Gert balancierte das herausgezogene Buch auf der flachen Hand und hielt es Tomke vor die Nase.

»Weiß zwar nicht, was das der Polizei für Erkenntnisse bringen soll. Ich dachte, Sie seien wegen meiner toten Geschwister gekommen.«

»Richtig. Nun versetzen Sie sich einfach in unsere Lage. Die Todesnachricht bezüglich Ihrer Schwester hat sie gerade einmal fünf Minuten geschockt. Wenn überhaupt. Ich habe von Ihnen noch keine einzige Nachfrage gehört. Stattdessen führen Sie uns die technischen Details Ihrer Wohnung vor, als sollte das wen auch immer beeindrucken. Könnte natürlich ein Ablenkungsmanöver sein. Deswegen will ich es wissen. Möglicherweise nur, um Sie besser zu verstehen. Um Sie kennenzulernen. Sie oder das ganze Familiengeflecht. Die Jansens und ihre geheime Geschichte. Also, raus damit. Was hat es mit Ella und ihren Schinken auf sich?« Gert hatte während des Redens das Buch aufgeklappt und schlug es nun mit einem harten Laut dicht vor Tomkes Nase zu.

Jansen zuckte nicht mal mit der Wimper.

77

»Bist du des Wahnsinns? Gib mir meine Reisetasche. Sofort.« Ruth streckte die Hand aus, während sie in Helenes Richtung zischte. Sie hatte die Schwelle des Zimmers noch nicht betreten, aber was sie sah, reichte ihr.

»Komm erst mal rein, bevor du dein Urteil fällst. Ist das eine Aussicht?«

»Du glaubst doch nicht wirklich, dass mich das interessiert?«

»Sollte es aber. Es ist fantastisch. Und sonst legst du bei der Wahl eurer Hotels auch Wert auf Ambiente und Qualität.«

»Richtig. Wenn ich Urlaub mache.« Sie schluckte. »Und wir zu zweit sind. Beides ist augenscheinlich nicht der Fall. Ich glaube nicht, dass es der Sache dienlich ist, wegen der ich überhaupt nach Norderney gekommen bin.«

»Ich würde ja behaupten, je schlechter es der Seele geht, umso nötiger ist es, sich selbst etwas zu gönnen.«

»Du glaubst also, ich könnte das genießen?«

»Das weiß ich nicht, aber es hilft möglicherweise, die Aspekte, die dich in Unruhe versetzt haben, noch einmal in Ruhe und mit Abstand zu überdenken. Der Blick aufs Meer hat dabei schon vielen Menschen geholfen.«

»Dafür brauche ich nicht eine solche Unterkunft. Eine Suite. Selbst mit Oskar käme ich nicht auf eine solche Idee.«

»Dann lohnt sich ja das Gedankenspiel, was wäre, wenn ihr den Ausblick zu zweit genießen könntet. So ein Perspektivenwechsel hilft.«

»Wer von uns beiden ist die Psychologin?«

»Die Frage hatten wir schon.«

»Du hast sie weder beantwortet noch scheinst du dir über die Folgen deines Handelns im Klaren zu sein. Hat Marthe Dirkens dir so den Kopf verdreht? Dass du anfängst, dich wie sie in das Leben anderer Leute einzumischen? Ungefragt, wohlgemerkt. Warum bleibst du nicht einfach bei deinen Büchern? Da kannst du mit den Figuren tun und lassen, was du willst. Sie bewegen, herumschubsen, sie in die Ecke stellen, sogar ungestraft umbringen. Sie können sich verlieben oder entlieben, heiraten oder fremdgehen, Sex mit sich allein oder mit jedermann oder jederfrau oder allen zusammen haben. In den Bergen kraxeln, aufs Meer schauen, Sonnenauf- oder -untergänge genießen. Du bist in der Lage, Regen fallen zu lassen, die Welt in Nebel zu hüllen, gleißendes Sonnenlicht über die Landschaft zu ergießen. All das kannst du. Also tue es. Tob dich aus. Aber halte dich verdammt noch mal aus meinem Leben raus.«

Helene, die das Fenster geöffnet hatte, kam mit langsamen Schritten auf Ruth zu. Sie wirkte plötzlich noch kleiner und zierlicher, als sie es war. Die weit geschnittene schwarze Seidenkleidung umspielte sanft ihre knabenhafte Figur. Sie schien sich durch die harschen Worte weder angegriffen noch zurückgewiesen zu fühlen. Stattdessen hob sie die Lippen zu einem feinen Lächeln. »Ich glaube, es wird Zeit, dich aufzuklären.«

Verwirrt drehte Ruth sich um. »Was meinst du damit? Versteckte Kamera, oder was? Du weißt, ich hasse Überraschungen dieser Art. Hoffentlich taucht nicht auch noch …«

»Keine Sorge«, fiel die Freundin ihr in Wort. »Oskar hat damit nichts zu tun. Kein *Nur die Liebe zählt*, oder wie diese Sendung damals hieß. Weißt du noch …«

»Helene, es reicht. Ich habe nicht die geringste Ahnung, was diese Inszenierung soll. Das Einzige, was ich will, ist mein Zimmer bei Anne. Und eine Bettdecke, die ich mir über den Kopf ziehen kann. Zumindest solange, bis ich wieder klar denken kann.«

»Nun, die Decke liegt bereit.« Sie zeigte aufs Bett. »Bei Zieglers ist das Gästezimmer leider besetzt. Und deswegen sind wir beide hier.«

»Blödsinn, ich habe mit Anne gesprochen. Was auch immer dir Marthe heute Morgen in den Tee gekippt haben mag, du fantasierst. Also, gib mir jetzt endlich meine Reisetasche. Wenn dir die Aussicht so gefällt, bleib meinetwegen hier. Ein wenig Distanz zu Marthe Dirkens und dem *Tea-Time-Hostel* scheint mir sogar dringend angebracht.«

»Na dann. Versuch dein Glück. Teile das Gästebett doch einfach mit Gert Schneyder. Er wird nichts dagegen haben, wie ich ihn kenne. Nicht nur wegen des fachlichen Austauschs. Auch das ist übrigens eine erprobte Strategie, um in Liebesdingen Tatsachen zu schaffen. Aber wem sage ich das? Du bist ja die Psychologin. Nur: Hat Oskar das wirklich verdient?«

78

»Unsere Tante hat sich immer für etwas Besseres gehalten. Das Sparen war, wie ich schon sagte, meiner Mutter und Ella gleichermaßen in die Gene geschrieben. Lange hatte Mutter vermeintlich die Nase vorn. Verheiratet mit einem, der eine Menge Material in die Ehe brachte. In vielfacher Hinsicht. Biologisch, um uns zu einer Großfamilie zu machen. Finanziell mit einem ordentlichen Grundbesitz. Und einem Arbeitseifer und Geschick, um aus dem Ganzen so viel herauszuholen, wie eben ging, um den eigenen Reichtum zu mehren, ohne dass das Geld in Fremdhände kam. So macht man sich auf einer Insel nicht beliebt. Das Prinzip »Eine Hand wäscht die andere« galt für unsere Familie nie. Was sicher auch die Distanz zwischen uns Geschwistern erklärt. Wir wurden lange darauf getrimmt, dass jeder sich der Nächste zu sein hat.«

»Nicht zu übersehen«, murmelte Gert, der sich gegen einen Pfeiler gelehnt hatte, weil Tomke keinem einen Platz angeboten hatte.

Martin schaute ein wenig sehnsuchtsvoll zu der Couch. Aber in der Theorie der Jansens würde jeder Gast das Sofa unnötig abnutzen. Oder Tomke wollte einfach die Deutungshoheit und die Steuerung des Gesprächs in den Händen halten. Er gab Ronnie recht. Auch er hielt ihn für ziemlich clever. Trotz des zur Schau gestellten Bodys.

Tomke ließ die bewegliche Wand ein Stück zurückgleiten, sodass das Foto wieder verdeckt, ein Teil der Bücher jedoch noch zu sehen war.

»Aber der Reichtum unserer Familie war überdeckt vom Geiz meiner Eltern. Mutter hatte sich nahtlos in dieses System eingefügt. Harte Arbeit und Verzicht, alles, um das Vermögen zu mehren. Es gab keine Ausnahmen, keine Vergnügungen, kein Gönnen, selbst als das längst auch für unsere große Kinderschar möglich gewesen wäre. Auf der Kirmes haben wir verlorenes Geld und Fahrchips auf dem Boden gesucht, um uns eine Autoscooterfahrt leisten zu können. So wie die Klassenkameraden aus den ärmsten Familien. Wir trugen abgelegte Kleidung, Mutter schnitt uns die Haare, Vater zog den Gürtel, wenn wir uns beschwerten.«

Gert verzog den Mund, als würde er selbst von einem Schlag getroffen. »Welcher Jahrgang sind Sie? Sie erzählen von einer Kindheit, wie sie in den 50er-Jahren des letzten Jahrhunderts üblich war.«

»Witzig, was?«, antwortete Tomke. »Wir sind eben aus der Zeit gefallen. Ich bin 1983 geboren. Mal davon abgesehen, dass wir auf den Inseln genau wie die Kinder, die in der Landwirtschaft groß wurden, sicher andere Bedingungen hatten als Akademikerkinder in den Städten, waren die Verhältnisse in unserer Familie schon sehr besonders. Auf Gefühle, auf Bildung, auf Geselligkeit wurde kein Wert gelegt. Nur das Geld war der Maßstab.«

»Wozu aber, wenn es nicht dazu beitrug, die eigene Lebensqualität zu verbessern?«

»Das hatte eben keinen Wert. Weil es für meine Eltern rausgeschmissenes Geld war, wenn man es in Restaurants, zum Friseur, in die Geschäfte trug. Sie wollten nicht, dass andere sich an ihrem Verdienst bereicherten.«

»Und der Status spielte keine Rolle?«, hakte Martin nach und wechselte das Standbein, weil sein Rücken vom Stehen schmerzte. »Autos, Kleidung, Schmuck, Internate der Kinder, das alles trägt doch zum Ansehen bei.«

»Das war den Eltern schlichtweg egal, was man über sie dachte und redete. Das Geld auf dem Konto zeigte ihnen den Wert ihrer Anstrengungen. Und hier gab es permanent Luft nach oben.«

»Und Ihre Tante?«, brachte Gert sie an den Ausgangspunkt ihrer Fragen zurück. Immer noch hielt er das Buch in seinen Händen.

»Ja, das war ein Ding. Irgendwann war sie es, die Mutter einen anderen Lifestyle, wie man es heute nennen würde, vorlebte. Nicht einmal, weil sie es sich ausgesucht hatte. Sie hatte ja vermeintlich keine Wahl. Dafür hätte sie das Verhältnis mit ihrem Chef beenden müssen. So aber blieb ihr nur, all das, womit er sie entschädigte, zur Schau zu tragen. Sie war eine der bestangezogenen Frauen, die ich kannte. Sie roch umwerfend. Hatte eine weiche, lockige Frisur in einem schimmernden Braunton, während Mutters Haar immer grau und strähnig zusammengebunden war. Sie trug große goldene Kreolen an den Ohren und Ringe mit leuchtenden Steinen an den Fingern. Wenn sie uns besuchte, brachte sie Spiele mit, mit denen wir nichts anzufangen wussten, und Bücher, die meine Mutter am selben Abend verschwinden ließ.«

»Warum das?«, stieß Gert ungläubig hervor.

Tomke lachte. »Sie glaubte, dass wir davon kurzsichtig würden. Sie war nicht bereit, ihr hart verdientes Geld deswegen in Brillen investieren zu müssen.«

»Ein ziemlicher Hammer, was sie uns da über Ihre Familie erzählen. Wäre es nicht naheliegend gewesen, als Geschwister zusammenzurücken?«

»Fragen Sie mal Psychologen, ob das bei so einem Gefüge und bei solch einer Erziehung machbar ist. Bei uns war das keine Option. Jeder hat geschaut, wie er da halbwegs heil rauskommt. Was zu vollkommen unterschiedlichen Lebenswegen führte. Eine Schnittmenge? Gab es nicht. Doch, halt! Eine schon: sich den größtmöglichen Geldsack sichern.«

»Ihre Strategie war die feingeistige?«, und wog ein weiteres Mal das Buch in seiner flachen Hand.

Tomke pumpte seinen Bizeps auf und lachte. »Eher nicht. Aber auch Ella kam nicht raus aus ihrer Haut. Nichts durfte verloren gehen. Weil sie kinderlos blieb, erbten wir, ihre Nichten und Neffen. Nur wer ihren Plunder nahm, war erbberechtigt. Sie drohte, jeden aus dem Grab heraus mit Schmach und

Unheil zu verfolgen, der sich der Sachen anschließend entledigte. Und so kam ein Pumper wie ich zur Literatur. Wie die Jungfrau zum Kinde.«

79

Marthe Dirkens zog vorsichtig die Haustür hinter sich zu. Sie hatte gewartet, bis sie aus Danielas Schlafzimmer ein leises Schnarchen gehört hatte, das an das Schnurren einer Katze erinnerte. Sie seufzte. Ein Kätzchen. Das wäre die Lösung für einsame Stunden. Und sicherlich verlässlicher als Helene, die beim ersten Anruf von Ruth alles stehen und liegen ließ, alles vergaß, was sich in den letzten Wochen an Freundschaft entwickelt hatte. Natürlich. Mit dieser möchtegern-toughen Polizeipsychologin konnte eine alte Witwe und Pensionswirtin nicht mithalten. Sie war alt und lebenserfahren genug, um das zu wissen, trotzdem schmerzte es jedes Mal aufs Neue, auf das Abstellgleis geschoben zu werden.

Dabei hatten sie beide sich perfekt ergänzt. Trotz des Altersunterschieds. Seit Helene im Haus war, fühlte sie sich so jung wie lange nicht mehr. Selbst Daniela und Frank hatten nicht meckern können. Oder nur wenig. Und wenn, dann waren sie zu zweit zur Zielscheibe geworden. Was sich gleich besser ertragen und weglachen ließ.

Aber nun würde Helene ihre komplette Aufmerksamkeit auf Ruth richten, die angeblich freundschaftlichen Rat brauchte. Was für ein pubertäres Gehabe. Bloß weil es in einer Beziehung mal nicht so lief, wie sie sich das vorstellte, musste daraus direkt die ganz große Nummer gestrickt werden. Freiheit, Unabhängigkeit, Augenhöhe. Was für ein egoistisches Gehabe. Und das ausgerechnet bei Oskar. Dem charmantesten jungen Mann, den Marthe kannte. Ach, wäre sie doch in seinem Alter. So einen schubste man weder von der Bettkante noch aus dem eigenen Leben. Sondern band ihn fest, so fest es nur eben ging. Egal ob mit Worten, Ringen, Unterschriften oder Handschellen.

Sie konnte nur hoffen, dass Helene das Passende dazu einfiel. Ruth gehörte mal richtig dieser Lockenkopf gewaschen und das, was sich darunter in dem hübschen Köpfchen befand, gleich mit. Sollten doch alle von ihrer Meinung halten, was sie wollten. In solchen Sachen wusste sie Bescheid. Sie, die einen Großteil ihres Daseins auf eigenen Füßen stehen musste. Weil ihr Seliger sie so früh allein in diesem Leben zurückgelassen hatte.

Marthe stemmte den Regenschirm in den Asphalt. Natürlich würde sie ihre Nase nicht in fremde Angelegenheiten stecken. Was Daniela ihr auch immer unterstellte. Aber selbst diese konnte nichts dagegen haben, wenn sie sich ausreichend frische Luft und Bewegung verschaffte.

Vor Freyjas Ladenlokal war außer einem Absperrband, das im auffrischenden Nordseewind knallend flatterte, nichts zu sehen. Die Schaufensterscheiben waren anscheinend provisorisch zugeklebt worden. Der Strom an Menschen, der durch die Poststraße zog, größtenteils Touristen mit quengelnden Kindern an der Seite, mit Eis, Fischbrötchen oder Einkaufstüten in der Hand, Käppis und Strohhüten auf dem Kopf, verharrte kurz und trieb dann weiter. Kaum einer scherte aus dieser trägen Masse aus, um mit einem Handy das Szenario zu fotografieren. Es war eben zu wenig spektakulär, um damit auf *TikTok* oder *Instagram* Erfolg zu haben, so viel wusste sie mittlerweile. Selbst in den boomermäßigen *Facebook*-Gruppen ließ sich auf diese Weise kein aufgeregtes Geschnatter provozieren. Sonst hätte sie schon etwas mitbekommen. Aber sie hatte ja erst durch Daniela von der ganzen Sache erfahren.

Die Freyja. Eine der Jansens. Dieser Familie, über die alle nur den Kopf schüttelten. Abwinkten, sobald die Rede darauf kam. Mal aus Unverständnis über so viel Verschrobenheit, die jede ostfriesische und norddeutsche Eigenheit in den Schatten stellte. Viel öfter aus Neid, weil sie es verstanden hatten, Haus um Haus auf der Insel zu erwerben. Oft die letzten Hütten, heruntergekommen und marode und deswegen selbst für Inselverhältnisse noch zu einem Schnäppchen zu haben. In den vergangenen Jahrzehnten zumindest. Als die Alten den richtigen Riecher gehabt haben mussten. Und mit zähem Willen sich ein kleines Reich erbaut hatten. Keine luxussanierten Kästen, wie sie heute der Standard waren. Aber zu ihren Zeiten der Grundstock für ein sprudelndes Einkommen. Eine Quelle, die nicht mehr versiegte.

Sie hatte die Kinder der Jansens aufwachsen sehen. Kinderglück und Unbeschwertheit sah anders aus. Aber so war es in vielen Familien, die in den kurzen Sommermonaten den Ertrag für das ganze Jahr einfahren mussten. Da konnte auf kindliche Belange wenig Rücksicht genommen werden. So war es nun mal, das Inselleben. Und dennoch. Die Jansens waren und blieben merkwürdig. Miteinander und untereinander. Keiner wie der andere. Ob Sohn oder Tochter.

Marthe fegte mit der Spitze ihres Regenschirms einen leeren Kaffeebecher beiseite, den der Wind vor ihre Füße trieb.

Dann sah sie hinunter auf ihre Zehen in den vorne offenen Sandalen. Helene hatte ihr die Zehennägel pflaumenfarben lackiert. Hübsch sah das aus. Trotzdem wurde es mal wieder dringend Zeit für einen Besuch bei der Podologin. Wenn sie es recht bedachte, zwickten die Hühneraugen schon ganz gewaltig. Wie gut, dass Wibke Jansen eine hervorragende Fußpflegerin war. Da konnte es absolut nichts schaden, persönlich nach einem Termin zu fragen.

80

»Und das haben Sie akzeptiert? Einfach so? Sie sehen mir nicht so aus, als glaubten Sie an Zombies.« Martin wippte wieder auf den Zehen.

»Nennen Sie es Dankbarkeit. Sie hatte ordentlich was angesammelt. Eine echte Brinkmann eben.«

»Darauf waren Sie angewiesen?« Gert ließ seine Augenbrauen zweifelnd tanzen.

»Fragen Sie doch nicht, wenn Sie die Antwort kennen. Wieso sollte ich anders sein als der Rest der Familie? Ich habe das Erbe nicht zurückgewiesen. Übrigens auch niemand von meinen Geschwistern.«

»Die, nehme ich mal an, ebenfalls Beigaben erhalten haben?«

»Jep. Wibke und Freyja den Schmuck. Hört sich erst mal spektakulär an, aber es war komplett potthässlicher unmoderner Kram. Wenn auch echt. Was nicht half, denn hier gab es genau die gleiche Abmachung, die Originale zu behalten und nicht zu verkaufen.«

»Haben Ihre Schwestern sich daran gehalten?«

»Keine Ahnung.« Tomke sah zu Martin. »Ihr Kollege von der Insel weiß doch wahrscheinlich, dass wir nicht dicke miteinander sind. Hab mal gehört, dass Freyja sich über die Verfügung hinweggesetzt hat.«

»Und Ihre Brüder?«

»Den Technikkram, das Auto, eine Münzsammlung, Schallplatten, so was halt.«

Gert nickte und hielt den Blick auf Tomke gerichtet.

»Was?«, fragte dieser und rieb sich den Nacken.

»Die Sachen sind alle noch im Familienbesitz?«

»Habe ich doch gerade gesagt. Keine Ahnung. Wir reden nicht darüber. Weil wir uns so weit wie möglich aus dem Weg gehen. Ist einfach besser so.«

Martin versuchte, sich zu erinnern, was von den genannten Gegenständen er bei Jasper gesehen haben könnte. Theoretisch war alles denkbar in solch einer Rumpelkammer von Wohnung. Er könnte wetten, dass dieser Jansen mit Sicherheit nichts entsorgt oder veräußert hatte. Nicht aus Pietät, sondern weil er die familiäre Sammelwut in Reinform weiterlebte.

»Aber das Auto? Das müssten Sie wissen?«

Tomke lachte auf. »Witzig, dass Sie genau danach fragen. Die Karre hat Kevin übernommen. Die war zu ihrer Zeit sicher mal schick. So ein Audi 100 in Knatscherot. Stimmt, so ein Wagen fällt auf.«

Martin schob die Lippen vor und überlegte. »Und den gibt es ebenfalls noch? Von welchem Baujahr reden wir denn?«

»Ist Ihnen bisher nicht auf der Insel begegnet, was? Kein Wunder. Das Ding hatte einiges auf dem Buckel. Meine sparsame Tante hat das Geschenk ihres Chefs und Dauervöglers sorgsam behandelt. Und jetzt sparen Sie sich das zitronensaure Gesicht, weil ich die Dinge beim Namen nenne. Liebhaber ist einfach ein viel zu romantischer Begriff für Typen, die ein Leben lang gleich zwei Frauen um ihr Lebensglück betrügen. Halten Sie mich für konservativ, doch so sehe ich das.«

»Okay, ein Audi älteren Baujahrs, aber noch kein Oldtimer?«

Tomke grinste. »Richtig. Eher ein Liebhaberstück im emotionalen Sinne. Reichte nicht, um Reibach damit zu machen.«

»Was Ihre Tante ja ausgeschlossen hatte«, konkretisierte Martin.

»So war es. Umso erstaunlicher, dass ausgerechnet Kevin sich um das Ding riss. Aber letztendlich haben sich meine Geschwister um alles gezankt, was es zu verteilen gab. Egal, ob wertvoll oder nicht. Ob es praktisch war oder zum Staubfänger wurde. Ob es Geld brachte oder Kosten verursachte.«

»Sie meinen das Auto?«

»Ja, natürlich. Eine Dreckschleuder. Kaum gefahren, und wenn, dann falsch, und gewartet worden war das Ding wahrscheinlich auch nicht. Hätte ja gekostet.«

»Und was, glauben Sie, wollte Ihr Bruder mit dem Wagen?« Martin stemmte die Hände in den unteren Rücken, um sich aufrecht zu halten.

»Na, Rennen fahren, was denn sonst? Dafür kam ihm die Kiste doch wie gerufen.«

»Was für Rennen?« Gert sah kopfschüttelnd zu Martin. »Auf der Insel?«

Tomke lachte. »Fragen Sie besser nicht die Polizei. Die weiß davon, erwischte aber so gut wie keinen bei den nächtlichen Aktionen Richtung Inselosten.«

»Blödsinn«, antwortete Martin. »Wir haben das im Blick und unter Kontrolle.«

»Mag sein. Die Jungs sind wohl nach und nach aufs Festland ausgewichen. Längere Strecken, gefährlichere Kurven.«

»Der Wagen ist demzufolge gar nicht auf der Insel?«

»Nee, den finden Sie nicht mehr. Irgendwann ist er aufgestiegen.« Tomke streckte seinen Zeigefinger Richtung Decke. »In den Autohimmel. Wo Kevin, wenn er Glück hat, jetzt mit ihm wiedervereint ist. Zur Freude und Genugtuung von Tante Ella. Und nun, meine Herren, die Pflicht ruft. Weitere Anekdoten aus der Familienhistorie zu anderer Zeit. Wenn ich Sie hinausbegleiten darf?«

81

Marthe Dirkens stupste den im Wind flatternden Zettel mit der Spitze ihres Regenschirmes an.

»Wie ärgerlich«, murmelte sie vor sich hin und las die mit schwarzem Filzstift anscheinend hastig hingekritzelten Worte, deren einzelne Buchstaben mehr wie Fußspuren eines Vogels wild über das Blatt verteilt waren: »Heute leider geschlossen.«

Ratlos blieb sie vor der verschlossenen Türe stehen. Sie mochte es nicht, wenn man ihre Pläne durchkreuzte. Obwohl Wibke Jansen nichts von ihrem Besuch wissen konnte, ärgerte es sie, dass sie den Weg umsonst auf sich genommen hatte. Vor allem, weil sie mit ihren Fragen weiterhin allein dastand. Fieberhaft überlegte sie, was sie als Nächstes unternehmen könnte. Sie war nicht willens, zurück ins Hostel und zu Daniela zu kehren, ohne in Erfahrung gebracht zu haben, was denn mit Freyja Jansen passiert war.

Ein Schauder lief ihren Rücken entlang. Zwei Todesfälle aus einer Familie innerhalb kürzester Zeit. Das konnte kein Zufall sein. Und irgendwer in dieser kleinen und überschaubaren Stadt würde mit Sicherheit mehr wissen, was es damit auf sich hatte. Zu Hause, bei Daniela und Frank, war sie angezählt. Weil sie angeblich zu oft die Nase in anderer Leute Angelegenheiten steckte. Toter Leute wohlgemerkt. Weshalb sie auch für Martin und seine Kollegen ein rotes Tuch darstellte. Mit Ausnahme von Gert Schneyder, der ein feiner Kerl war. Aber ihn alleine zu erwischen, war fast unmöglich. Und nun sollte er aufgrund der fehlenden Zimmer auf der Wache tatsächlich bei den Zieglers unterkommen. Wegen der Ermittlungen zu Kevin. Weshalb Ruth nicht das dortige Gästezimmer beziehen konnte und Helene in heller Aufregung war. Wie konnte denn bloß innerhalb weniger Stunden alles so aus den Fugen geraten?

Sie spürte ein leises Flattern in der Herzgegend, das hoch zu ihrem Hals stieg. Ach, das war für eine alte Frau wie sie doch alles zu viel. Wenn wenigstens Helene bei ihr wäre. Die verstand, dass man bei Fragen, die einen umtrieben, die Antworten eben recherchieren musste. Und die das von Berufs wegen perfekt konnte. Wie eilig sie es gehabt hatte, von ihr wegzukommen, um ihre Freundin Ruth zu betüdeln. Ausgerechnet Ruth, die immer die Toughe, die Unnahbare, die

Coole gab. Und jetzt hysterisch auf ein bisschen Beziehungsstress reagierte. Sie sollte sich später mal nicht wundern, wenn sie einsam irgendwo saß. Sie, Marthe, wusste, wovon sie sprach. Seit sie alles abgegeben hatte: die Pension, den Wohnraum, das Sagen. Seitdem nahm sie kaum noch einer ernst. Jeder machte ihr Vorschriften. Daniela vorneweg, die es als Sorge kaschierte. Nie hatte sie ihren Seligen, den Seemann, mehr vermisst als jetzt. Was wäre es schön, miteinander auf dem Sofa alt zu werden und gemeinsam der Teezeremonie zu frönen.

Sie zuckte zusammen, als ihr jemand auf die Schulter tippte und mit heller Stimme ein »He, Frau Dirkens« mit Erdbeeraroma ins Ohr blies.

Marthe wedelte den aufdringlichen Geruch von sich weg. »Jelka.«

»Ja, das bin ich«, lachte ihr Gegenüber. »Wir haben uns lange nicht mehr gesehen.«

»Ach, sei mir nicht böse, aber für deinen Laden fühle ich mich mittlerweile doch ein wenig zu alt. Was die Leute sagen würden.«

»Na, was wohl? Dass die Marthe einen tollen Geschmack hat und bei Einheimischen kauft. Und sicher mal wieder einen Badeanzug nötig hatte.«

»Richtig, die verkaufst du ja genauso wie die Dessous, aus denen ich wirklich rausgewachsen bin. Wäre ja auch rausgeschmissenes Geld. Ein Spitzenhöschen für die Arztbesuche. Ich bitte dich.«

»Du kennst meinen Grundsatz: In erster Linie ist es ein Geschenk an sich selbst. Ein Gefühl. Ich glaube nicht, dass man dafür zu alt werden kann. Glücklicherweise habe ich viele Kundinnen, die das genauso sehen.«

»Ja, ja, die Urlauberinnen. Weit weg von zu Hause wird man übermütig und malt sich die tollsten Dinge aus. Denkt, dass man sich noch mal was Junges zulegen könnte als Liebhaber, weil die im Fernsehen es vormachen. Nur, dass es im echten Leben so gut wie nie klappt.«

»Ach, sag das nicht. Und für alle Gelegenheiten gerüstet zu sein, kann nicht schaden. Jedenfalls stehst du bei mir nicht vor verschlossenen Pforten.« Sie zeigte mit der E-Zigarette auf das gegenüberliegende Ladengeschäft *Lingerie am Meer*, dessen Tür weit aufstand.

»Ich lasse es mir durch den Kopf gehen«, antwortete Marthe ausweichend, während sie überlegte, ob sie nicht Helene zu einem Besuch im Dessousladen überreden konnte. Jelka war eine der Netten und hatte es verdient, dass man sie empfahl. Und auch für Daniela könnte sie einen Gutschein zum Geburtstag oder Weihnachten besorgen.

Heute aber stand ihr nicht der Sinn danach. Zu enttäuscht war sie von der erfolglosen Mission. Sie sah auf ihre Zehen hinab. Fast war es ihr, als schmerzten die Hühneraugen, die sie sonst kaum spürte, nun überdeutlich. Sie stieß einen tiefen Seufzer aus. »Wo Wibke Jansen steckt, weißt du wohl auch nicht?«

Jelka klickte ihre Zigarette aus und drehte sie in die Handinnenseite, als Kundschaft sich ihrem Geschäft näherte. Noch einmal blies sie eine Erdbeerwolke nach oben in die Luft. »Du, keine Ahnung. Die redet ja nicht mit einem. Obwohl wir Geschäftsleute hier alle gut miteinander können. Sie schert immer aus. Typisch Jansen, sage ich da nur. Heute Morgen habe ich in der Frühe geputzt, weil Silvia, die das sonst macht, krank geworden ist. Und da rennt Wibke kreidebleich im Gesicht bei sich rein und raus und sieht nicht rechts und links, und dann war plötzlich der Zettel an der Tür. Aber wer weiß, was mal wieder rumgeht. Von mir aus kann sie sich die Seele aus dem Leib – na, du weißt schon. Und jetzt muss ich. Das Geld verdient sich nicht von allein.

Außer bei den Jansens und den anderen Großgrundbesitzern. Wir sehen uns, ja?«

82

»Was meinst du? Bleiben wir dran? Wenn schon, denn schon? Einmal Wibke Jansen und zurück, und wir könnten besten Gewissens einen Haken an unser Tagwerk machen.« Martin streckte die Arme in die Luft und dehnte seinen Rücken. »Hoffentlich bietet sie uns wenigstens einen Sitzplatz an.«

»Taktik können sie, die Norderneyer, was?« Gert lachte.

»Musst nicht direkt von einem auf alle schließen. Dass diese Familie nichts mit dem Durchschnittsinsulaner gemein hat, dürfte dir schon aufgefallen sein, was?«

»Tatsächlich, ja, selbst mir, der ich normalerweise ein Ignorant solcher Feinheiten bin. Weshalb ich dich an meiner Seite schätze.«

»Du musst nicht gleich ironisch werden. Sag lieber, wie es weitergeht. Irgendwann will ich diese unsägliche Familie heute hinter mir lassen.«

»Da geht es dir wie mir. Allerdings weiß ich nicht, ob ich direkt ein weiteres Familienmitglied ertragen kann.

Was erwartet uns? Bisher habe ich das Gefühl, ein Überraschungsei nach dem nächsten zu öffnen.«

»Und in jedem siebten findest du den Täter. So etwa?«

»Cool.« Gert tippte auf sein Handy. »Wär das nicht eine lustige Anspielung für unsere polizeiliche Social-Media-Truppe? Da lässt sich bestimmt was draus machen. Ich schlage es vor, wenn du nichts dagegen hast.«

Martin winkte ab. »Tu, was du nicht lassen kannst. Ob es sinnvoll ist, uns als Polizei mit geklauten Werbesprüchen hervorzutun? Aber ich bin zu alt und inkompetent für dieses Thema. Ich will ganz traditionell und konventionell einfach nur einen Haken machen können. An die Geschichte mit Kevin und an das Ableben von Freyja, alles andere ist nicht meine Baustelle. Nenn mich Langweiler.«

»Das sind die Besten. Die sich nicht verwirren und irritieren lassen. Das ist großartig. Du bist mein Match, die perfekte Ergänzung zu meiner hyperaktiven und impulsiven Herangehensweise. Einfach top, Mann.«

Martin sah auf die Uhr. »Selbsteinschätzung versus Fremdeinschätzung. Im Moment kommst du nicht aus den Hufen.«

Gert legte seine Hand auf den Bauch, zischte ein »Psst« und schien in sich hineinzuhören.

»Was sagen deine Eingeweide zum Großhirn?« Martin tippte sich an die Stirn.

»Dass sie Hunger haben. Kaffeepause. Zitronenschnitten.«

»Du bist der größte Manipulator unter dieser Sonne, das weißt du, oder? Aber solange es kein Tee bei Marthe ist, könnte ich mich darauf einlassen. Seit ich mit Anne am Gardasee war, läuft mir das Wasser im Munde zusammen, sobald jemand von Zitronen redet. Schlimmer als dem *Pawlowschen Hund*.«

»Dann auf zur *Kaffeegeniesserei*. Und unterwegs erzählst du mir vom fehlenden Glied der Kette. Dem ausgewanderten Jansen. Denn der fehlt ja in unserer Sammlung, was? Ich glaube nicht, dass sich eine Vernehmung in Bali über Spesen abrechnen ließe. Was ich absolut bedaure.«

»Wenn ich zynisch wäre, was natürlich nicht der Fall ist, würde ich dir glatt einen toten Henning Jansen wünschen, dann könntest du deine Rechtsmedizinerin gleich mit ins Schlepptau nehmen. Ermittlung unter Palmen. Am besten noch mit einem Kamerateam als *Real Soap* oder *True-Crime-Story*.«

»Nicht zynisch. So, so. Wie war das mit der Selbsteinschätzung?« Gert blieb am Kaiser-Wilhelm-Denkmal stehen. »Hier lang zum neuen Standort?«

Martin nickte. »Und wenn ein wahrer Kern dran wäre?«

»Was meinst du?«

»Dass es die Jansens nach und nach erwischt. Kevin. Freyja. Und dann? Ist Henning dadurch geschützt, dass er auf Bali lebt? Alles richtig gemacht hat im wahrsten Sinne des Wortes.«

»Das ist mir zu spekulativ.« Gert war weitergegangen, als ihm auffiel, dass Martin in eine schmale Seitenstraße abgebogen war. »Jetzt warte doch mal. Du kommst noch schnell genug zu deiner Limone. Erkläre mir lieber, was diese Andeutungen sollen. Was treibt dich um?«

»Angst.«

»Was? Wovor denn das? Vor dem ausgewanderten Typen?«

»Nein. Davor, zu spät zu kommen. Fakt ist doch: Wir stochern im Nebel. Haben keinerlei Anhaltspunkte. So wenig, dass wir die Hände falten könnten. Abwarten und Tee trinken. Sogar mit Whiskey. Oder Zitronenkuchen essen bis zum Abwinken. Weil wir ohne Ergebnisse unserer Techniker, die Kevins und Freyas Wohnung auf den Kopf stellen, und deiner Rechtsmedizinerin nichts, aber auch gar nichts in der Hand haben.«

»Und deswegen beugen wir vor und nehmen die Jansens der Reihe nach unter die Lupe. Wir sind nicht untätig. Was willst du? Mehr kann doch keiner machen.«

»Blinder Aktionismus. Das meine ich. Ohne dass es einen schützenden Effekt hat. Stell dir nur mal vor, es erwischte Henning als Nächsten. Und wir hauen uns den Kuchen in den Bauch.«

»Ich frage mich echt, was dich reitet. Angenommen, irgendetwas an deiner These stimmt. Ist die Gefahr für die Jansen-Geschwister auf Norderney nicht bei Weitem größer als im fernen Indonesien? Oder mal ein ganz anderer Point of View: Wer sagt denn eigentlich, dass Henning zurzeit wirklich auf seiner Insel im Indischen Ozean sitzt?«

Martin schlug sich vor die Stirn. »Das ist es. Genau der Punkt, der mich umtreibt. Ich habe es nur nicht richtig zu fassen gekriegt. Du hast recht: Was, wenn er einfach den Sandhaufen gewechselt hat? Wir ihn in Bali wähnen ...«

»... und er neben uns auf Norderney Zitronenkuchen isst. Tee trinkt. Klönschnack hält. Und sein mörderisches Unwesen treibt. Sich einen nach dem anderen holt. Die Geschwister ...«

»... und ihr Erbe«, flüsterte Martin.

Gert brach in schallendes Gelächter aus. »Du musst bei Helene in der Lehre gewesen sein. Herrlich! Im Einführungskurs: Wie plotte ich einen Kriminalroman? Jetzt bin ich nur auf das Ende deiner Story gespannt. Du, ich sehe das schon vor mir. Die Ankündigung – ›Martin Ziegler, der neue Starautor am Bücherhimmel.‹ Mit Geschichten, wie das Leben sie nie schrieb. Genialer Einfall an der Kuchentheke. Also wirklich, Kumpel, manchmal beneide ich dich um deine grenzenlose Fantasie. Ich bin mir sicher. Aus dir wird noch was ganz, ganz Großes.«

83

Ruth war den ganzen Weg bis zum Krankenhaus gejoggt. Sie wusste, dass sie sich später wegen der durchgeschwitzten Kleidung ärgern würde. Noch hoffte sie, alles bei Anne in die Waschmaschine und den Trockner stecken zu können. Dass sie ihre Freundin einfach vor dem Hotel stehen gelassen hatte, tat ihr leid, war aber vorläufig unvermeidbar.

Was Helene erzählt hatte, musste Blödsinn sein, genauso wie diese aberwitzige Erklärung, dass die Suite Teil ihres Reiseberichtes werde und auch nur für eine Nacht zur Verfügung stünde. Natürlich würde sie bei den Zieglers übernachten, sonst hätten die ihr doch längst geschrieben. Dass allerdings Gert Schneyder auf der Insel war, schien kein gutes Omen. Nicht, dass Martin schon wieder mitten in einem Ermittlungsverfahren steckte. Ob deswegen alles durcheinandergeraten war? Nicht das erste Mal, dass so etwas passierte. Umso wichtiger, mit Anne selber zu sprechen.

Auf dem Handy hatte sie nur die Mailbox erreicht. Klar, im Dienst stellte sie das Telefon ab. Warf nur ab und an einmal einen Blick auf den Messenger. Es hatte Zeiten gegeben, da hatte Martin so etwas wie eine Standleitung zu ihr ins Krankenhaus aufgebaut. Bis Anne eines Tages die Reißleine für sie beide gezogen hatte.

Ruth schüttelte den Kopf. Die Beziehung der Freunde war für sie voller Rätsel. Dass erwachsene Menschen sich wie Teenager benahmen, dass ein erfahrener Kriminalbeamter wie Martin sein Selbstwertgefühl so abhängig von einer Frau und einer Partnerschaft machte und dass die Ehe für ihn das Maß aller Dinge geworden war, beunruhigte und faszinierte sie gleichzeitig. Weil es so weit weg von ihrem Leben, von ihren Bedürfnissen war.

Oskar würde an dieser Stelle fragen, welcher von beiden Entwürfen wohl der normalere sei. Als wenn man das so sagen könnte. Als wenn Lebenspläne, Sehnsüchte und Ängste immer in einfacher Relation zu ihren Ursachen stehen würden. Als gäbe es nicht einen systemischen Kontext, eine Verwicklung in die eigene Lebensgeschichte, oft sogar über mehrere Generationen hinweg.

Fakt war doch, dass sie beide in der Vermeidung waren. Martin in seiner Sorge, Anne zu verlieren. Sie selbst in der Angst, sich aufzugeben, sobald sie zu viel Nähe zuließe. Zwei Formen eines ähnlichen Problems. Verlustängste. Bindungsschwierigkeiten. Und obwohl sie, auch weil sie Martin schon so lange kannte, für sie beide aus psychoanalytischer Sicht erläutern könnte, was die Ursache dafür in ihren jeweiligen Leben war, hatte sie weder ein Rezept für ihr eigenes Handeln noch ein echtes Verständnis für Martins Strategie.

Zu Hause würde sie sich Erich Fromms *Die Kunst des Liebens* wieder einmal vornehmen, so wie damals im Studium. Aber sprach die Tatsache, wie viele kluge Menschen sich an Theorien über das Phänomen abgearbeitet hatten, nicht dafür, dass sie recht hatte mit ihren Zweifeln? Und warum bloß verstanden Männer wie Martin und Oskar nicht, dass es niemals um ein Besitzen ging, nie um Zwang, nie um ein Verschlingen mit Haut und Haar.

Sie bewunderte, wie es Anne gelang, damit umzugehen. Mit einem Anschein von Leichtigkeit und Souveränität, wie sie ihr selbst fehlten. Deswegen allein war ihr die Flucht nach Norderney wie ein Ausweg vorgekommen. Und nun sollte es an einem Bett scheitern.

Es konnte nicht sein. Helene war mit Sicherheit einem Missverständnis aufgesessen. Die Seeluft, Marthe Dirkens oder die Teezeremonie schienen ihrer Freundin nicht zu bekommen. Sie würde dafür sorgen, dass diese dubiose Recherchereise langsam ein Ende nahm. Denn auch Helene war auf dem besten Weg, sich zu verlieren. Ruth schloss die Augen. Noch ein Opfer von Sehnsucht und Einsamkeit.

Die schrille Fahrradklingel erschreckte sie zu Tode. Sie sprang zur Seite. Und registrierte entsetzt, dass auch der Fahrradfahrer den Lenker herumgerissen hatte.

Erst fiel sie. In die Hagebuttenrosen am Wegesrand. Dann er. Dazwischen das Rad. Eine Stange, die sich in ihren Bauch schob. Über sich sah sie das Blau des Himmels, bis der Schmerz in Rottönen in ihrem Kopf explodierte. Das Schwarz, in das sie rutschte, war nichts als Gnade.

84

»Göttlich. Einfach göttlich.« Gert rieb kreisförmig über seinen Bauch, als er sich von seinem Platz auf der Caféterrasse erhob. »Doch nun gibt es ein Problem.«

»Eines?«, fragte Martin, während er sein Portemonnaie in die Hosentasche schob. »Ich zähle mal mindestens drei: die beiden Toten und das fehlende Gästebett.«

»So weit kann ich schon nicht mehr denken. Denn meines ist deutlich naheliegender. ›Plenus venter non studet libenter‹.«

»Das bist du selbst schuld.«

»Irrtum. Das war Verführung pur. Wer kann denn vor einer solchen Kuchentheke stehen und sich bescheiden? Ich jedenfalls nicht.«

»Das habe ich gemerkt. Aber was ist mit mir? Hättest auf mich hören sollen. Auf mich, dein leuchtendes Vorbild.«

»Ja, ja, Martin Ziegler, die Tugend in Person. Kein Whiskey bei Marthe Dirkens, kein zweites Stück Kuchen in der *Kaffeegeniesserei*. Dabei ist er doch so lecker. Dass du dir die Baileysschnitte entgehen lassen hast, kann ich nicht fassen.«

»Du kennst meine Haltung zu Alkohol im Dienst.«

»Martin. Wir reden hier von homöopathischen Dosierungen.«

»Ich spreche darüber, dass fast jeder auf der Insel weiß, wer ich bin. Den Teufel werde ich tun, mir auf so unnötige Art und Weise etwas anhängen zu lassen.«

»Ach komm, auf einmal kennen dich alle auf Norderney, und andersherum willst du mir weismachen, dass du keine näheren Infos zu den Jansens hat. Was stimmt denn nun? Immer so, wie es dir in den Kram passt?«

»Meinst du«, antwortete Martin wortkarg. Er schlug den Weg in Richtung Jann-Berghaus-Straße ein. »Ich gehe mal eben zum Bankautomaten. Vielleicht kommt deine Energie zurück, wenn du dich bewegst.«

»Du bist also immer noch sauer. Wegen dieser Bali-Geschichte. Meinetwegen können wir das checken, scheint dir ja eine Menge daran zu liegen. Ich bin der Letzte, der nicht auf das Bauchgefühl eines Kollegen hört. Zu viele Fälle der Kriminalgeschichte konnten deswegen nicht verhindert oder aufgeklärt werden, weil Hinweise und Indizien zu schnell als irrelevant abgetan wurden.«

»Ich brauche keine Mitleidsermittlungen.« Martin grüßte einen Taxifahrer, der sein Fahrzeug schnittig durch die Fußgänger manövrierte, die verbotswidrig auf der Fahrbahn gingen oder gleich im Pulk auf ihr standen. Er beschleunigte seinen Schritt und blieb erst an den Eingangsstufen zur Bank stehen. »Du bist der Boss. Und trägst die Verantwortung. Wenn du bessere Ideen hast, bitte. Nur zu.«

»Jetzt warte doch mal.«

Gert folgte ihm in die Bank.

»Soll ich dir noch meine Geheimzahl verraten?«, fragte Martin provokativ, als sein Kollege ihm dicht auf den Fersen blieb.

»Schon gut.« Gert trat zurück und lehnte sich an die gegenüberliegende Wand. »Zieh du mal dein Geld. Wir reden gleich weiter.«

Kaum hatte er sich dem Bankautomaten zugewandt und die ersten Eingabefelder getätigt, tippte ihm jemand auf die Schulter. Verschreckt deckte er das Zahlenfeld ab.

»Moin, Martin, wann sehen wir dich und Anne denn mal wieder auf dem Tennisplatz?«

Er drehte sich zu der Frau, die ihm fast auf den Füßen stand, um. Was war heute bloß los? Von natürlicher Distanz schien hier keiner was wissen zu wollen. Die Zeiten, in denen Abstand gefragt war, hatten schnell an Bedeutung verloren. Nur ihm ging es noch gegen den Strich. Vielleicht weil er nie der große Freund körperlicher Nähe gewesen war. Von berechtigten Ausnahmen mal abgesehen.

»Moin«, erwiderte er knapp und suchte in seinem Gedächtnis nach dem richtigen Namen. Von Jahr zu Jahr fiel es ihm schwerer, die Gesichter, die er zwar immer wiedererkannte, auch namentlich und örtlich zuzuordnen. Okay, Letzteres war in dem Fall einfacher. Der Tennisverein.

»Ihr wart so lange in Italien im Honeymoon«, fuhr die Frau fort. »Ach, da bin ich glatt ein bisschen neidisch. Als

Stefan mir davon erzählt hat, habe ich ihm klipp und klar gesagt, dass ich genau das auch will. Spätestens zur Silberhochzeit im nächsten Jahr.«

Stefan. Bingo. Da war sie, die Verbindung und damit der Name. »Ulrike«, murmelte er, während er versuchte, sich weiter nach hinten zu drücken. Was der Automat zu verhindern wusste. Etwas lauter ergänzte er: »Italien kann ich tatsächlich nur empfehlen. Und zum Tennis kommen wir, sobald mehr Ruhe einkehrt.«

»Stimmt. Du hast ja mächtig was zu tun. Erst die Pfeil-und-Bogen-Geschichte. Und nun die Jansen-Morde. Habt ihr schon jemanden im Visier?«

Martin glaubte, seinen Ohren nicht zu trauen. »Was sagt du da? Wir sind in Todesermittlungsverfahren, das ist richtig, von Mord war nie die Rede.«

»Also bitte, verkauf mich nicht für blöd. Deine Tatort-Sprache kannst du dir abschminken. Das wird ja kaum ein Zufall gewesen sein. Nur gut, dass niemand von den alten Jansens das noch miterleben muss. Eltern, die ein Kind überleben, sind fürs Leben gezeichnet. Na ja, ihr macht das schon. Solange die Touristen nicht panisch werden. Aber dafür ist ja der Wolf da, der über das Watt gekommen ist.« Sie drehte sich um, winkte ein letztes Mal. »Bis bald mal wieder auf dem Platz.«

85

»Ruth Keiser.« Nicole sah Ronnie zweifelnd an, als sie vom Fahrrad stieg. Es war nur ein halber Zufall, dass sie auf die Kollegen stieß. Sie war bei einer Freundin zum Kaffeetrinken gewesen und hatte das Martinshorn gehört, als sie soeben nach Hause aufbrach. Neugierig schwenkte sie auf die Emsstraße ein und blieb mit respektvollem Abstand zu den Einsatzwagen stehen, die mit Blaulicht den Weg versperrten. Aber Ronnie hatte sie dort entdeckt. »Bist du dir sicher? Sie ist meines Wissens gar nicht auf der Insel.«

»Bist du jetzt bei der Frisia oder beim Staatsbad beschäftigt und kontrollierst, wer Norderney betritt? Ich sage ja schon lange, wir brauchen unsere alten Gästeverzeichnisse zurück. Herr von und zu und seine Gemahlin nebst entzückender Tochter. So was. Es muss dir entgangen sein, dass Zieglers Busenfreundin klammheimlich oder inkognito eingereist ist.«

»Du bist ja dafür, dass hier so ein Aufgebot steht, in verdammter Plauderlaune. Spuck mal aus, was los ist.«

»Ruth Keiser«, er betonte beide Worte, »hatte einen Unfall. Anscheinend hat ein Fahrradfahrer sie ziemlich rücksichtslos umgenietet.«

»Immer die gleichen Geschichten.«

»Sie war wohl kurz bewusstlos und ist jetzt wieder bei Sinnen, deswegen weiß ich ihren Namen. Und bevor du dir irgendetwas zusammenspinnst, ja, sie hat mir auch einen Ausweis unter die Nase gehalten. Im Übrigen hätte ich sie natürlich wiedererkannt. Kann man ja gar nicht zählen, wie oft sie Martin besucht.«

»Was willst du da eigentlich andeuten? ›Busenfreundin‹ und die Häufigkeit der Besuche? Weißt du was, was ich nicht weiß?«

»Quatsch. Aber ist doch eine Berufskrankheit. Man beobachtet, überlegt, analysiert, zieht Schlüsse. Müssen ja nicht die richtigen sein.«

»Aha. Und was haben deine Synapsen als Ergebnis ausgespuckt?«

»Der Prozess ist noch nicht abgeschlossen. Ich habe gerade neues Datenmaterial hinzugefügt.«

»Was denn? Den Unfall?«

»Nein, dass Frau Keiser ohne ihren Lebensgefährten auf der Insel ist. So zumindest ihre Antwort, ob ich ihn benachrichtigen soll.«

»Oha. Ich kann mir schon vorstellen, wie es bei dir rattert. Aber du weißt, dass das Ergebnis immer von Hard- und Software abhängig ist? Vielleicht solltest du sicherheitshalber noch eine KI befragen.«

Ronnie lachte. »Keine schlechte Idee.« Er tippte sich an die Stirn. »Wenn du mich damit beleidigen wolltest, hast du Pech gehabt. Ich mache das wirklich. *ChatGPT* ist die Zukunft, du wirst sehen. Ich experimentiere mit beeindruckenden Resultaten. Für uns Polizisten wird es eine Revolution.«

»Ich stelle mir schon die automatisierten Polizeiwagen vor, die im Schritttempo zum Einsatz fahren. Und die Roboter, die die Unfallaufnahme vornehmen. Wenn wir Glück haben, nennt irgendein Romantiker sie Ronnie, Martin und Nicole.«

»Wie alt bist du eigentlich? Statt Zukunftsangst heraufzubeschwören, solltest du die Chancen sehen. Sie werden uns retten. Den chronischen Personalmangel kompensieren. Du weißt genau: In der Zeit, in der wir hier beschäftigt sind, fehlen wir am anderen Ende der Insel.«

»Mein Appell-Ohr hat leider Feierabend. Falls das eine Aufforderung gewesen sein soll, euch zu unterstützen.«

»Quatsch, war es nicht. Obwohl. Stell mal dein Rad ab und komm mit. Du kennst die doch viel besser als ich. Wahrscheinlich muss sie mit ins Krankenhaus. Kannst du ihr mal auf den Zahn fühlen, ob wir wenigstens Martin benachrichtigen sollten? Ich meine, so plump fragen, das will ich nicht.«

»Klar, das überlässt du gerne mir.« Nicole winkte ab, als Ronnie sich weiter erklären wollte. »Hab es kapiert, lass mal. Hast ja recht.«

Sie kamen gerade dazu, als Ruth schwankend aufstand und sich an einen Laternenpfahl klammerte. »Gebt mir fünf Minuten, dann ist alles wieder gut.«

»Das würde ich doch anzweifeln«, sagte die Sanitäterin. »Deal: Wir nehmen Sie mit, der Arzt schaut drauf und entscheidet.«

»Anne«, stammelte Ruth. »Ist Anne noch im Dienst? Frau Wagner? Wir sind befreundet. Ich war gerade auf dem Weg zu ihr. Um sie abzuholen.«

»Ich kann Bescheid geben«, antwortete die Rettungskraft ruhig und nickte ihrem Kollegen zu. »Das bekommen wir hin. Versprochen. Dann bugsiere ich Sie jetzt mal in den Rettungswagen, einverstanden?«

Ruth nickte, wirkte aber abwesend. Unruhig schaute sie sich um, bis ihr Blick an Nicole hängen blieb. Etwas wie Erleichterung breitete sich auf ihrem Gesicht aus. Jedenfalls schoben sich die Mundwinkel leicht nach oben, die bisher unsteten Augen schienen plötzlich arretiert.

»Nicole«, sagte sie. »Was für ein Glück. Würdest du Martin benachrichtigen? Und ihm sagen, wir suchen nach einem Mann. Ende 40 vielleicht. Ein Rennrad, wenn mich nicht alles täuscht. Unverkennbar aber auf jeden Fall die graue Schiebermütze. Der muss doch zu finden sein.«

»Der Raser, der Sie umgenietet hat?«, fragte Ronnie.

»Ach was«, sagte Ruth. »Ich war doch diejenige, die ihm in die Quere kam. Er muss sich zu Tode erschreckt haben. Ich will mich bloß bei ihm entschuldigen.«

Die Sanitäterin zog die Augenbrauen bis zu ihrer geraden Ponylinie hoch und schaute nacheinander Nicole und Ronnie an. »Okay.« Sie zog das Wort lang. »Da schauen wir uns doch lieber mal an, was die Ärzte zu einer möglichen Amnesie sagen, bevor wir hier die Pferde scheu machen.«

»Sie trauen meiner Erinnerung nicht?«

»Hat nichts mit Ihnen zu tun, sondern mit der grundsätzlichen Erfahrung bei Unfällen. Aber Herrn Ziegler zu benachrichtigen ist bestimmt nicht verkehrt. Er wird schon wissen, was zu tun ist.«

»Sicher«, sagte Ruth, die immer noch den Laternenpfahl umklammerte. Als hätte sie damit alles gesagt, verdrehte sie die Pupillen, ihre Knie sackten ein und sie rutschte nach unten – wie eine Tabledancerin im Zeitlupentempo.

86

»Noch so eine Hobby-Ermittlerin«, stellte Gert fest, als sie die Bank verließen. »Wenn das so weitergeht, braucht ihr uns von der Kripo gar nicht mehr zu rufen. Bei so viel Expertise auf der Insel.«

»An deiner Stelle fände ich das auch lustig.« Martin versenkte die Hände tief in den Hosentaschen und legte das Kinn auf die Brust und anschließend den Kopf weit in den Nacken, um seine Halsmuskulatur zu lockern. Dort dockte sich der Stress immer als Erstes an. Wenn er nicht aufpasste, würde er heute Abend von einem massiven Spannungskopfschmerz geplagt werden.

»Du meinst, weil ich das nur phasenweise aushalten muss?«

»Auch.«

»Ach so. Du denkst, ich mache wieder versteckte Anspielungen. Die reiselustigen Mörder, die einzig und allein wegen dir den Tatort auf die Insel verlegen.«

»Du. Bist. Nicht. Witzig.«

»Sorry, es ist ein Automatismus, ein Reflex. Weil ich jedes Mal denke, er kann unmöglich schon wieder darauf anspringen.«

»Kann ich wohl. Siehst du doch. Also lass es.«

»Das sagt sich so einfach. Frag mal meine alten Lehrer. Sobald mir einer etwas untersagen wollte, regte sich Widerspruch in mir.«

»Grandiose Voraussetzungen für einen Beamtenjob.« Martin gähnte, ohne die Hände aus den Hosentaschen zu nehmen. Er kam mal wieder an den Punkt, an dem es mit seinem Freund anstrengend wurde. So sehr er ihn mochte. »Wollen wir mal weiter?«

Gert sah unschlüssig die Straße rauf und runter, als könnte ihn das zu einer Entscheidung bringen. Dann sah er auf seine Uhr, zog das Handy aus der Hosentasche, und blickte wieder auf die Uhr.

»Wir haben hier keine andere Zeitzone als ihr auf dem Festland«, konnte Martin sich nicht zurückhalten.

»Stimmt.« Gert grinste. »Und beide Instrumente sind auch zum selben Schluss gekommen: Feierabend.«

»Aber …«

»Du hast es selbst gesagt. Der gute, alte Polizeibeamte, der sich an die Regeln hält.«

»Aber …«

»Uns läuft nichts weg. Oder bist du anderer Meinung? Irgendeine Gefahr im Verzug?«

»Nein, aber …«

»Komm mir nicht damit, dass wir noch gar nicht wissen, ob der Täter, die Täterin, die Täter*innen oder wer auch immer alles mitgenannt und mitgedacht werden muss – ach Shit, jetzt habe ich das Ende des Satzes vergessen.«

Martin schüttelte leise den Kopf. »Du bist der Boss. Derjenige, der die Verantwortung trägt.«

»Ach ja, das war es. Du meinst, es könnte noch einen von den Jansens erwischen? Kann sein oder auch nicht. Ich habe aber überhaupt nichts in der Hand, um das zu verhindern. Wenn da einer *Sechs kleine Irgendetwas* spielen will, wird das passieren. Gib mir genügend Hinweise, und ich setze Himmel und Hölle in Bewegung. Du kennst mich. Zaudern ist nicht mein Ding. Aber im Augenblick? Keine Chance.«

»Also sparen wir uns Wibke Jansen für morgen auf?«

»Würde ich sagen. Mir schwirrt sowieso der Kopf von diesen unterschiedlichen Geschwistern und ihrer Sicht der Dinge. Die im Grunde genommen nichts anderes ist als schillernde, aber platzende Seifenblasen. Ein Tag Ermittlungsarbeit ohne Ergebnis. Wie ich das liebe.« Er hob den Mittelfinger.

»Okay. Ich habe nichts dagegen. Wir könnten uns allerdings noch hinter den Bali-Jansen klemmen, wenn du magst, also auf virtuellem Weg. Und uns vor allen Dingen um dein Bett kümmern. Wobei ich wetten könnte, dass Marthe Dirkens schon tätig war, um auch dich noch in ihrem Dachgeschoss unterzubekommen.«

Gert lachte auf. »Besser als eure Verstärkerzimmer wäre das allemal. Wo hat man denn sonst schon einen Giftschrank in der Unterkunft. Ich würde mir euer Gästebett ja auch mit Ruth Keiser teilen, keine Frage, aber da hätte ihr Oskar wohl gewaltig was dagegen.«

Martin nahm die Hände aus den Taschen und zog dabei sein Smartphone mit heraus. »Der ist diesmal gar nicht mitgekommen. Außerdem ist da ja noch deine Gerichtsmedizinerin«, kommentierte er, während er verwundert auf die Anzahl der eingegangenen Anrufe starrte. »Sag mal, hast du mein Handy ausgeschaltet?«

»Nee, das warst du schon selbst.«

»Aber das Vibrieren lasse ich doch sonst an.«

»Was ist denn los?«

»17 Anrufversuche von Nicole. Und eine Nachricht. Wir sollen uns umgehend im Krankenhaus melden.«

Gert kickte einen Stein, der vor ihm lag, in die Luft. »Hört sich nicht gut an.«

Martin sah ihn wütend an. »Ich sag dir eines: Du bist schuld. Du hast es ja quasi heraufbeschworen. Herbeigeredet. Vorausgesehen. Von wegen Beamtenstatus und Feierabend und Zimmersuche. Was ist das eigentlich für eine verfluchte Insel, auf der wir hier sind!«

87

»Ich wünschte wirklich, wir sähen uns einmal unter unspektakuläreren Gegebenheiten.« Anne streifte ihren Arztkittel ab und hängte ihn an die Innenseite der Tür. »Eigentlich habe ich schon seit fast zwei Stunden Feierabend. Aber das ist tatsächlich Nebensache. Mich haut einfach die Aneinanderreihung der Ereignisse um, das macht so müde. Kaum zu glauben, dass unsere Hochzeit nicht einmal acht Wochen her ist. Von den Flitterwochen in Italien ganz zu schweigen. Dabei hatte ich geglaubt, noch Monate in den Erinnerungen schwelgen zu können.«

»Nicht möglich mit mir«, warf Martin ein und gab ihr einen Kuss. »Und nein, ich fange nicht schon wieder an zu jammern. Es war ausschließlich selbstironisch gemeint.«

Sie warf ihm einen prüfenden Blick zu. Auch das würde bleiben, dachte Martin. Ihre Fürsorge ihm gegenüber. Trotzdem standen die Zeichen gut, dass er es mal wieder geschafft hatte. Zum zweiten Mal im Leben, die Depression, den schwarzen Hund, an die Leine zu legen.

»Immerhin bringt uns Ruths Unfall auch eine positive Wendung«, fuhr Anne fort.

»Wie? Was?« Gert, der sich vor das anatomische Schaubild des Herz-Kreislauf-Systems gestellt hatte, drehte sich auf dem Absatz herum. »Sag nicht, du hast Hinweise, was mit den beiden toten Jansens passiert ist. Noch besser: Ruth hat den Fall mal eben so nebenbei gelöst.«

»Du schaust nicht zufällig zu viel *Netflix* oder liest Kriminalromane, die mit wirklicher Polizeiarbeit nichts zu tun haben?« Anne grinste.

»Hey, der letzte Satz ist mein Part«, erwiderte Gert. »Aber das ist die alte Diskussion. Wer will in einem Buch schon wochen- und monatelang auf forensische Ergebnisse warten? Geht mir in der Realität übrigens genauso. Ich hasse diese elendige Warterei.«

»Und dann wäre es gut, wenn Ruth, quasi ohne in den Fall einbezogen zu sein, ja wahrscheinlich ohne überhaupt davon zu wissen, euch die Lösung präsentiert. So etwa?«

»Hab es ja kapiert. Das dies nicht die überraschende Wende ist. Was denn dann?«

»Viel naheliegender. Zu deinem persönlichen Vorteil. Ich habe ein Bett für dich.«

»Ein Bett?« Gert verzog das Gesicht, als hätte ihm jemand einen Löffel scharfen Senf in den Mund geschoben. »Hier? Du, das ist wirklich nett, dass du nach Lösungen suchst, aber ich weiß nicht. Im Krankenhaus zu übernachten ist wie ein schlechtes Omen. Als würde ich etwas herausfordern. Die ganze Nacht …«

»Stopp!« Anne hob die Hand. »Jetzt mach mal halblang. Ein bisschen weniger Drama. Ich hatte weder vor, dich auf die Intensivstation zu legen noch in ein Mehrbettzimmer mit einer schnarchenden Horde Männer. Und die Einzelzimmer, die wir früher schon einmal gegen Bezahlung angeboten haben, wurden im Rahmen der Pandemie abgeschafft. Kleiner Tipp am Rande: Krankenhausphobie ist behandelbar.«

»Mit Konfrontation, ich weiß. Lass mal.« Gert wirkte erleichtert. »Wo ist es denn dann, das Bett?«

»Na ja, in unserem Gästezimmer. Du hast mit der Reisetasche ja quasi schon dein Anrecht darauf markiert. Ich gehe mal davon aus, dass du ein geübter Poolliegenreservierer bist.«

»Du bist ausgesprochen charmant heute. Die Ehe

bekommt dir. Und bei mir fällt der Groschen. Ruth hat das Bett nicht freiwillig aufgegeben, was?«

»Richtig. Eine ernste Ansage von mir war nötig. Manipulativer Zwang, würde sie als Polizeipsychologin behaupten. Ist mir egal. Sie hat auf jeden Fall eine Gehirnerschütterung und auch eine Prellung im Bauchraum, was beides beobachtet werden sollte. 48 Stunden. Heißt: Zwei Nächte für dich in unserem Gästezimmer. Danach räumst du das Feld. Das habe ich Ruth versprechen müssen. Egal, ob euer Fall bis dahin gelöst ist oder nicht.«

»Das ist ja mal eine Ansage.« Martin, der dem Wortwechsel zwischen Gert und seiner Frau amüsiert gefolgt war, rieb sich die Hände. »Das sollte ein zusätzlicher Ansporn sein. Nicht, dass mir bisher die Motivation fehlte. Eine Challenge gibt dem Ganzen jedoch einen richtigen Kick.«

»Einen Booster, meinst du?« Anne holte ihre Umhängetasche aus dem Schrank, nahm das Handy vom Schreibtisch und steckte es ein. »Vielleicht habe ich da noch was für dich.«

»Da bin ich gespannt.«

»Ruth will sich unbedingt bei ihrem Unfallgegner entschuldigen. Keine Ahnung, warum. Für mich hört es sich an, als wäre er der Verursacher. Der sich nicht einmal gekümmert hat, sondern auf seinem Rennrad auf und davon ist.«

»Und ich soll den suchen? Nie im Leben. Denk an unser zeitliches Limit.«

»Schon gut. Dein Team hat es aufgenommen und will sich darum kümmern. Aber ich habe da eine klitzekleine Information, von der ich dachte, sie interessiert auch dich. Der Typ trug eine Schiebermütze.«

»Ja? Ist nun mal der Trend. Davon gibt es viele.«

»Graues Leinen.«

Martin starrte Anne an. »Du denkst, was ich denke?«

»Absolut. Die Rücksichtslosigkeit hat einen Namen. Und ein Gesicht.«

Er nickte nachdenklich, bevor er die Tür öffnete. »Danke. Ich halte es im Hinterkopf. Und Augen und Ohren offen.«

88

»Wie sich manche Dinge doch fügen.« Die Ironie in Nicoles Stimme war nicht zu überhören.

»Sei nett zu uns, sonst musst du den Kaffee aus der Maschine trinken.« Martin jonglierte die heißen Kaffeebecher aus der *Kaffeegeniesserei* zum wackeligen Resopaltisch in der Teeküche.

»Ernsthaft, Chef, wenn man über die Hintergründe nicht Bescheid wüsste, könnte man meinen, dass das hier eine absolute Win-win-Situation ist. Wir bekommen Unterstützung vom Festland, es herrscht ein humorvoller Ton, die Verpflegung bei der Morgenbesprechung könnte nicht besser sein, und spannend ist die Ermittlungsarbeit auch noch.« Ronnie streckte den Arm nach seinem Becher aus.

»Und wer soll der zweite Gewinner an dem ganzen Procedere sein? Die beiden toten Jansen-Geschwister? Kevin und

Freyja? Das ist ein ziemlich schräges Bild.« Gert stellte eine weitere Ladung an Bechern ab und fischte eine Tüte Brötchen aus einer Umhängetasche.

»Ich sprach mehr von Ruth«, warf Nicole ein und holte Margarine, Sanddornmarmelade und Aufschnitt aus dem Kühlschrank. Dann riss sie die Besteckschublade auf und ließ eine Handvoll Messer klirrend auf den Tisch fallen. »Das Bettenproblem habt ihr doch hervorragend gelöst.«

»Bist du irgendwie auf Krawall gebürstet?« Martin lehnte sich gegen die Küchenzeile. Mit vier Leuten war der Raum sofort hoffnungslos überfüllt, und der Krach, den Nicole veranstaltete, schmerzte ihm in den Ohren. Dabei hatte er es mal wieder nur nett gemeint.

»Nee, nur schlecht geschlafen. Mir ist so viel durch den Kopf gegangen. Irgendwie gruselig, die Geschichte mit Kevin. Und die zeitliche Nähe zu dem Unfall mit dem Kind. Ich hatte fast das Gefühl, selbst keine Luft zu bekommen.« Nicole hatte beim Reden auf ihre Hände gestarrt und blickte jetzt auf. Schnell bekamen ihre Augen einen Ausdruck von Trotz. »Sag nichts. Ich bin okay. Aber man wird ja auch mal Gefühle haben dürfen.«

»Wem sagst du das«, antwortete Martin leise. »Bei mir musst du dich nicht rechtfertigen.«

»Aber kommt euch das nicht komisch vor? Erst das Kind? Dann Kevin? Innerhalb von 24 Stunden.«

»Du kennst doch auch Annes Ausspruch von der Duplizität der Ereignisse.«

»Ja, ja, und deswegen ist auch Ruth vom Rad gefallen und liegt jetzt im Krankenhaus und macht das Bett in eurem Gästezimmer frei.«

»Das ist keine Duplizität. Es sei denn, noch jemand legt eine Beetlandung hin.«

»Das wollen wir doch jetzt nicht beschreien, oder?« Gert

hatte sich wie gewohnt falsch herum auf den Stuhl gesetzt und die Arme überkreuz auf der Lehne abgelegt. »Dabei finde ich deinen Ursprungsgedanken sehr spannend, Nicole. Ich weiß nur noch nichts damit anzufangen. Aber du hast da etwas ausgesät. Lass mich einfach weiter darüber nachdenken.«

»Wenn es nicht doch nur Zufall ist.« Nicole zuckte mit den Schultern. Trotzdem schien sie sich über Gerts Worte zu freuen.

Martin räusperte sich. Auch er hatte sich die Nacht über im Bett hin und her gewälzt. Nicoles Gedanken konnte er mehr als nachvollziehen. Er konnte nur hoffen, dass so langsam mal eine Rückmeldung aus der Rechtsmedizin kam. Im Stillen hoffte er, dass Kevin ein qualvolles Ersticken erspart geblieben war. Aber sie wussten einfach viel zu wenig. Genau wie bei Freyja. Die Besuche bei den Geschwistern, die sie heute mit einem Abstecher zu Wibke fortsetzen würden, kamen ihm vor wie Ersatzhandlungen. Homöopathische Beruhigungsversuche, um sich und der Bevölkerung nicht eingestehen zu müssen, dass sie komplett im Dunkeln tappten.

Ronnie öffnete mit dem Fuß den Abfalleimer und ließ seinen Becher hineinfallen.

»Hey, hol das Ding sofort wieder raus«, motzte Nicole ihn an. »Da ist doch Pfand drauf.«

»Ach klar, sorry.« Er angelte nach dem Becher und drehte ihn in seinen Händen. »Nicole hat schon recht. Komisch, so ein zeitlicher Zufall. Was macht eigentlich das Kind? Irgendwie ist es doch verrückt. Wir sind früher so oft in den Dünen herumgetollt. Da hat nie einer nachgefragt. Genau wie alles aus Plastik und zum Wegwerfen war. Und als es verboten wurde, in den Sandhügeln zu spazieren und dort zu liegen oder sich herunterrollen zu lassen, fand ich das megadoof und übertrieben. Aber so langsam kapiere auch ich, dass es kein Blödsinn ist. Das mit dem Klima und der Natur und dem notwendigen Schutz. Dabei gibt es immer noch so viele Idioten, die das anders sehen. Ich denke, auch unter den Einheimischen. Denen doch als Ersten die Augen aufgehen sollten. Na ja, so ist der Mensch nun mal. Zuallererst der eigene Vorteil. Und wer es sich leisten kann, setzt sich über die Regeln einfach hinweg.«

Martin nickte. »Du hast mit jedem Wort recht. Dem Kind geht es übrigens gut, aber ich werde Anne noch mal bitten, bei den behandelnden Ärzten nachzufragen. Das bringt mich auch gleich zurück zu einem weiteren Zufall. Denn das wäre es allemal. Selbst wenn wir die begrenzte Größe von Norderney und der Wahrscheinlichkeit, wie oft sich die Wege der Menschen hier kreuzen, einrechnen. Falls ihr also unserem Herrn Anwalt zufällig begegnen solltet … Ich meine, immerhin war es eine Schiebermütze, die Ruth umgenietet hat. Fragen kostet da doch nichts.«

»Und du wärst sicherlich überhaupt nicht böse, wenn du ihn noch irgendwie am Schlafittchen zu packen bekämst, was, Chef?« Ronnie grinste. »Es wird mir ein absolutes Vergnügen sein, Mister Ignoranz und Arroganz zu befragen. So ein Arschloch vor dem Herrn.«

Mehr gibt es dazu wirklich nicht zu sagen, dachte Martin und sammelte die Kaffeebecher wieder ein.

89

»Frieden?«, fragte Helene und hob ihre Teetasse.

»Von mir aus«, brummte Marthe.

»Magst du mir sagen, warum du sauer auf mich warst?«

Marthe schaute zu ihrem Dachfenster, hinter dem der blaue Himmel einen herrlichen Sommertag versprach. Sie mochte diese warmen Tage, an denen der Wind nur lau wehte, als sei er gekommen, die Menschen zu streicheln, und die Luft flirrte, als hätte sich ein Hauch Unwirklichkeit über das Leben gelegt. Wenn sie es sich recht überlegte, wusste sie selbst kaum, was sie gestern geritten hatte. So war es mittlerweile an so vielen Tagen. Dass eine Unzufriedenheit in ihr schlummerte, die plötzlich aus ihr herausbrach. Sie immer wieder zu unüberlegten Taten und Äußerungen führte. Dabei war sie Zeit ihres Lebens den mahnenden Worten ihrer Eltern gefolgt: Was einmal aus dem Mund heraus ist, kann nicht mehr zurückgeholt werden.

An welcher Stelle bloß hatte sie sich so verändert? Lag es an ihrem Alter? An der Abgabe der Pension? Oder, wie Daniela ihr vermutlich unterstellen würde, am Alkoholkonsum?

Sie nippte an ihrer ostfriesischen Teemischung. Natürlich mochte sie den puren Geschmack, den ohne Whiskey, der sich im Laufe der Jahre erst in die Tasse, dann in ihr Reden und schließlich in ihre Persönlichkeit geschmuggelt hatte. Wenn sie ganz ehrlich zu sich war, wusste sie genau, worum es ihr eigentlich ging. Darum, gesehen zu werden. Und ihre Teezeremonie, nun ja, die war zu ihrem Markenzeichen, einem Selbstläufer geworden, der ihr das brachte, was sie wollte: Aufmerksamkeit.

»Soll ich mal versuchen, es in Worte zu fassen?«, fragte Helene, als die ausbleibende Antwort zu einem unangenehmen Schweigen verkam.

»Von mir aus«, wiederholte Marthe ihre Erwiderung von vorhin. Sie wünschte, es fiele ihr leichter, Helene an ihren Gedanken zu beteiligen. Aber wie sollte diese nachvollziehen können, was in ihr vorging. So viele Jahre Altersunterschied, die waren nicht einfach beiseitezuwischen. Und auch wenn Marthe sich immer bemüht hatte, den Lebensjahren nicht zu viel Bedeutung beizumessen, so waren ihre Versuche, jung und dynamisch zu bleiben, für andere vielleicht nur lächerlich. Und anstrengend noch dazu. Das war eigentlich das Allerschlimmste. Dass sie zu einer Version einer alten Frau geworden war, die sie nie hatte werden wollen: skurril, eigensinnig, trotzig, lästig.

»Du warst anscheinend enttäuscht darüber, dass ich mich über Ruths Ankunft gefreut habe.«

Helene sprach nur zögerlich, aber Marthe schluckte, weil sie einen Nerv getroffen hatte. Wenn sie ehrlich war, gab es für ihr Verhalten nur ein Wort: Eifersucht.

»Ich kann das nachvollziehen«, fuhr Helene fort. »Die letzten Wochen haben wir beide sehr exklusiv die Köpfe zusammengesteckt. Und den einen oder anderen Blödsinn ausgeheckt.«

»Das reimt sich«, knurrte Marthe. Jetzt nur nicht emotional werden, sagte sie zu sich selbst, konnte aber eine innere Erregung nicht verleugnen.

»Na, ein Gedicht sollte es nicht werden.« Helene lächelte. »Stattdessen eine Entschuldigung und eine Einladung.«

»Einladung?« Marthe rutschte auf die Stuhlkante. Anscheinend entwickelte sich das Gespräch in eine andere Richtung als erwartet. Vielleicht sogar in eine bessere. »Was meinst du damit?«

»Auch ich hatte Zeit nachzudenken. Gestern Nacht. Irgendwie habe ich mit meinem Handeln alle vor den Kopf gestoßen. Dich, Daniela und sogar Ruth, mit der ich es nur gut gemeint habe. Wir sind uns in dem Punkt nicht unähnlich.«

Marthe nickte zögerlich. »Und was hat das Nachdenken für Ergebnisse gebracht?«

»Nun ja, wie ich schon andeutete. Erstens, wie gesagt, eine Entschuldigung bei dir. Du hast in den letzten Wochen alles Mögliche dafür getan, dass ich auf der Insel bleiben konnte. Und ich fühle mich in deiner Gesellschaft sehr aufgehoben. Das Buchprojekt wächst stetig. Das liegt sicherlich auch daran, dass ich meiner selbst gewählten Einsamkeit einmal entflohen bin. Nicht, dass ich darauf zukünftig verzichten möchte. Aber es braucht im Leben eben beides. Yin und Yang.«

Marthe spürte, wie eine Wärme in ihr aufstieg, von der sie hoffte, dass sie sich nicht in ihrem Gesicht zeigte. Das fehlte noch. Rot zu werden wie ein verliebtes Mädchen, nur weil sich jemand in ihrer Gesellschaft wohlfühlte.

Aber Helene sprach schon weiter, während sie auf ihre Handyhülle starrte und den Magnetverschluss auf- und zuklappte. »Das war auch der Antrieb, Ruth vor falschen Entscheidungen zu bewahren. Und ehrlich gesagt, glaube ich immer noch, dass es nötig ist. Sie weiß gar nicht, was sie mit ihrem kindischen Verhalten aufs Spiel setzt.«

»Was ist denn überhaupt los? Ich habe nur einen Bruchteil von dem verstanden, was sie auf die Insel getrieben hat.«

»Das ist der Punkt, über den ich mit dir reden möchte. Ich habe da eine Idee. Oder gleich zwei oder drei.« Sie sah sich im Zimmer um, der Blick blieb am Wandschrank hängen. »Vielleicht würde uns ein kleiner Schluck deines Zaubertranks in dieser Situation ganz guttun. Denn ehrlich gesagt, würde ich mir gerne etwas Mut antrinken.«

»Mut?« Marthe, die sich zwischenzeitlich wieder am Stuhlrücken angelehnt hatte, setzte sich abrupt auf. »Was hast du vor? Ah! Ah! Ich kann es mir schon denken: Es geht um diese Todesfälle. Kevin und Freyja Jansen. Aber was bitte hat Ruth damit zu tun? Ach egal, Ruth hin oder her. Auf mich kannst du zählen. Ich bin dabei.« Sie stemmte sich auf und war mit drei Schritten an ihrem Giftschrank. Ihre Gedanken schossen wild und unsortiert durch ihren Kopf. Vor ihren Augen flimmerte das diffuse Sonnenlicht unter den dunklen Dachschrägen. Ihr Herz schlug schnell und lebendig. Glücksgefühle durchfluteten ihren Bauch. Ihre Hände zitterten vor Freude, als sie die Whiskeyflasche zum Tisch zurücktrug. Ein Summen lag auf ihren Lippen. Wie schön, wenn plötzlich alles wieder auf Neuanfang stand.

90

Martin hatte soeben die beiden Dienstfahrräder aus der Garage geschoben, als Gert ein Fenster öffnete und ihn wieder reinrief.

»Hast du die Räder abgeschlossen?«, fragte er mit Blick auf die Schlüssel in Martins Hand.

»Wir wollen doch los, warum sollte ich?«

»Weil es Neuigkeiten gibt.«

»Ach, und das sagst du so ganz nebenbei? Ich dachte, du wolltest nur eben noch mal aufs Klo. Was sind dir denn da für wundersame Erkenntnisse gekommen?«

»Ein Anruf. Nicht mehr und nicht weniger.«

Martin zog die Nase kraus. »Du telefonierst auf der …«

»Nein, mache ich nicht.« Gert schlug sich vor die Stirn. »Als wenn es darum ginge.«

»Na ja.« Martin sagte nichts weiter. In manchen Punkten war er eben überempfindlich. »Also, was gibt's?«

Die Rechts-me-di-zin hat sich gemeldet.« Gert zerteilte das Wort in überbetonte Silben.

»Ah! Jetzt geht selbst mir ein Licht auf. The-re-sa. Wes-ter-kamp.« Er imitierte die Sprechweise seines Freundes. »Daher die gute Laune.«

»Falsch geraten, mein Bester. Theresa schnippelt gerade. Es sind ausnahmsweise die Fakten, die mich begeistern. Weil wir endlich vorankommen. Denn die KTU hat gleich mitgeliefert.«

»Na, dann spuck mal aus. Bin ganz bei dir.«

»Fangen wir hinten an. Denn das ist ein entscheidender Punkt. Freyja Jansen starb nicht durch Fremdeinwirkung. Sondern an Herzversagen.«

»Ach. Das ist wirklich eine Überraschung.«

»Nun, die Medikamente, die wir bei ihr fanden, gaben ja schon einen Hinweis darauf. Auch wenn es keine direkten pharmazeutischen Präparate waren, eher Produkte, die frei im Internet beziehbar sind. In ihrer Wohnung wurden jedoch ärztlich verordnete Medikamente gefunden, die die Diagnosen bestätigen.«

»Gleich mehrere?«

»Zwei. COPD und eine Herzschwäche bei einer Klappeninsuffizienz. Sie muss eine starke Raucherin gewesen sein, dafür sprachen auch die Anzeichen in ihrer Wohnung. Übervolle Aschenbecher, graue Gardinen, abgestandene kalte Zigarettenluft, dazwischen überall Raumdüfte und Duftkerzen.«

»Okay.« Martin ließ die Information einen Moment sacken. Er hatte nicht das Gefühl, dass Gert schon alles ausgepackt hatte. Schnell schob er die drängendste Frage hinterher: »Und deswegen ist sie tot umgefallen? Einfach so? Sag nicht, die Trauer um ihren Bruder hat ihr den Todesstoß versetzt?«

»Das könnte durchaus eine Rolle gespielt haben. Die Kollegen gehen davon aus, dass sie hoch erregt war. Dass sie mit dem Feuer spielte, weil sie das Rauchen nicht einstellte, wird ihr wohl jeder Arzt gesagt haben.«

»Da hängt doch noch ein *Aber* in der Luft.«

»Nicht direkt, jedenfalls keine Einschränkung, sondern eine Erweiterung der Umstände.«

»Du sprichst in Rätseln.«

»Es ist Folgendes: An Freyjas Hals wurden Fasern eines Tuches gefunden, das sie bei Auffinden nicht umhatte. Und es gibt sehr dezente Hinweise auf einen Strangulationsversuch, der womöglich sofort wieder abgebrochen wurde.«

»Oha. Weil er unnötig wurde?«

»Genau so. Sie fiel einfach tot um und nahm dem Täter, der Täterin, den Tätern damit die Arbeit ab.«

»Wie praktisch.«

»Vor allem für die spätere gerichtliche Einordnung. Was war es denn nun? Ein vollendeter Mord wohl nicht.«

»Das wird spannend. Aber dafür müssten wir erst einmal wissen, wer beteiligt war. Wer hielt das Tuch in den Händen? Und wo ist es nun?«

»Die KTU ist noch mal los. Sie checken den Geschäftsraum und die Ware auf Übereinstimmung der Fasern.«

»Klar, das könnte naheliegend sein. Und wenn wir richtig Glück haben, sind dann auch gleich verräterische Spuren von Täterseite zu finden.«

»Glück, ja, das werden wir brauchen. Denn obwohl die Todesursache erst einmal organisch war, spricht alles dafür, dass wir es mit einem Tatgeschehen zu tun haben, das ursächlich mit dem Tod von Freyjas Bruder zusammenhängen könnte.«

»Kevin. Genau. Jetzt bin ich richtig gespannt. Was hat sich denn bei ihm ergeben?«

»Auch da kam einiges zusammen. Der Alkoholpegel war jenseits dessen, was du und ich so wegstecken können. Es wurde Kokain bei ihm gefunden. Innen wie außen. Löcher in der Nasenscheidewand sprechen eine eindeutige Sprache: Der war kein Event-Kokser. Hinzu kommen Spuren von Fentanyl. Das Dreckszeug schwappt immer mehr zu uns nach Deutschland. Dass die endgültige Analyse Wochen braucht, muss ich ja nicht betonen, aber es ist ein Anhaltspunkt.«

»Dann hatte Mirko recht. Er war zumindest einer aus der Familie, der sein Geld nicht gehortet hat.«

»Was interessant ist hinsichtlich der Geschwister. Für sie muss das der absolute Frevel gewesen sein.«

»Aber deswegen bringt man doch einen Bruder nicht um?«

»Nun ja, das Geld, das noch vorhanden ist, würde ja günstigstenfalls an sie fallen, nicht wahr?«

»Oder an das vermeintliche Kind!«

»Guter Hinweis. Das sollten wir auf keinen Fall aus den Augen verlieren. Das bringt noch eine andere Dynamik ins Spiel.«

»Aber sag doch endlich: Das Fremdverschulden ist bestätigt? Er ist nicht einfach in einer Düne versandet?«

»Tja. Sowohl als auch. Der Zahn, den wir gefunden haben, ist tatsächlich von ihm. Es ist ja nur ein spitzes Eckstück eines sehr großen Eckzahns, im Volksmund gerne Vampirzahn genannt. Die Zahnwurzel ist im Kiefer geblieben, deswegen gab es keine Blutung. Trotzdem muss der Schlag gewaltig gewesen sein. Und alle Spuren sprechen dafür, dass eine Art Ringkampf stattgefunden hat. Dabei könnte auch das Shirt zerrissen worden sein. Es war ein alter, mehr als fadenscheiniger Stoff. Da reicht ein Ratsch. Jedenfalls hat Jansen bei der Rangelei Sand geschluckt und inhaliert. Er ist erstickt, mehr oder weniger unter Kollaps des Kreislaufs durch die gleichzeitige Intoxikation des Alkohol- und Drogenkonsums. Er wird nicht viel mitbekommen haben, es gibt kaum Abwehrspuren. Der war high bis unter das Dach, quasi narkotisiert, zumindest eine Vorstufe davon. Auch sein Herz zeigte, obwohl noch jung an Lebensjahren, aber nachvollziehbar bei seinem Lebenswandel, Abnutzungserscheinungen. Möglicherweise spielt die familiäre Genetik eine Rolle, beide Elternteile starben verhältnismäßig jung an Herz-Kreislauf-Erkrankungen. Unter der Masse des Dünensandes ist er jedoch erst im Nachhinein vergraben worden.«

Martin schluckte. »Was für ein Scheißtod. So oder so.«

»Womit bewiesen wäre: Geld allein macht nicht glücklich.« Gert nahm ein Blatt Papier und leitete eine Wespe durch das geöffnete Fenster zurück ins Freie. Dann drehte er sich um.

»Womit weiter alle Fragen offen wären: Wer ist die Gegenseite? Wer hat mit Kevin gerungen? Wer hat den Schal bei Freyja in den Händen gehalten? Also kurzum: Wer von den Jansens ist als Nächstes dran?«

91

»So langsam frage ich mich, was bei mir falsch läuft.«

Martin drehte sich nach der Stimme in seinem Rücken um. »Ach, Jelka, du bist es. Moin.«

»Moin, die Herren. Was macht der Tennisplatz, Martin? Hab euch lange nicht gesehen, dich und Anne. Hast hoffentlich keinen eingewachsenen Zehennagel, weshalb du zu Wibke willst. Man könnte meinen, sie hätte eine Rabattaktion laufen. So wie die Leute hier auflaufen. Um dann vor verschlossener Tür zu stehen. Sachen gibt es.« Sie schüttelte den Kopf.

»Nein, ich bin dienstlich hier. Ich begleite Gert Schneyder von der Kripo Aurich.«

Gert reagierte mit einem angedeuteten Nicken und setzte sein smartes Lächeln auf. Sofort weiteten sich die Augen von Jelka. Martin wusste nur zu gut, was das hieß: Neugierde, Interesse, Spannung. Der Kollege war das Überraschungsei unter den Kripobeamten.

»Jelka Garbsen«, stellte sich die blonde, zierliche Frau vor. »Wenn Sie mal was brauchen?« Sie hob einen Bügel mit einem schwarzen Badeanzug hoch, der mit neonpinken Streifen durchzogen war.

»Ich glaube nicht, dass ich da reinpasse.« Gert lachte. »Und ich habe auch keine farblich passenden Stöckelschuhe.«

Jelka grinste und schaute auf Schneyders Hände. »Ihr Humor gefällt mir. Ich dachte eher an Ihre Frau oder Freundin. Allerdings habe ich auch eine kleine, aber feine Kollektion Badeshorts für Männer. Sie ahnen gar nicht, wie viele vergessen, so etwas für einen Strandurlaub einzupacken. Oder merken erst vor Ort, dass sie seit dem letzten Mal um zwei Größen Bauchumfang zugelegt haben. Was bei Ihnen kein Problem darstellt.«

Martin hustete vernehmlich. Die beiden hatten ja wohl mit ihrer sofortigen Flirterei einen Knall. Als sie ihn weiter ignorierten, sagte er laut: »Wie du richtig festgestellt hast, wollten wir nicht zu dir, sondern zu Wibke Jansen. Du kannst dich also wieder deiner Kleiderstange widmen. Wir sehen uns dann auf dem Tennisplatz.«

Jelka verrutschte kurz das Grinsen. »Na, wenn du meinst. Dabei hat die Außenware Zeit, das Laufpublikum sitzt noch beim Frühstück in den Hotels. Ihr seid doch bestimmt wegen der toten Geschwister von Wibke hier. Gibt es denn da etwas Neues? Man mag ja nicht glauben, dass das Zufall war. Zwei von sechs an direkt aufeinanderfolgenden Tagen. Gruselig.«

»Selbst wenn es Neuigkeiten gäbe, würden wir uns damit nicht als Ausrufer betätigen«, antwortete Martin leicht sarkastisch. »Wir wollen den Zeitungsleuten schließlich nicht das Geschäft verderben.«

»Ungeklärte Mordfälle verderben uns allen das Geschäft, vergiss das nicht. Wenn die Angst auf der Insel umgeht, verlassen uns die Touristen schneller, als wir reagieren können.«

»Oder kommen erst recht in Scharen«, erwiderte Gert. »Es gibt genug Menschen, die vom Unglück anderer angezogen werden.«

»Na, die will ich aber auch nicht als Kundschaft. Es wäre schon gut, wenn wir alle schnell erführen, was eigentlich los ist. Wir Einheimischen genau wie die Touristen.«

»Deswegen sollten wir jetzt endlich unseren Job machen.« Martin trat vor, rüttelte noch einmal vergeblich an der Tür mit dem Schild *Fußpflege Wibke Jansen* und drückte lang und anhaltend auf den Klingelknopf. Es rührte sich nichts.

Gert trat ans Fenster, legte seine Hände um das Gesicht.

Aber die Scheiben waren blickdicht zugeklebt, was das Unterfangen als sinnlose Aktivität entlarvte.

»Wann hast du sie denn das letzte Mal gesehen oder gesprochen?«, fragte Martin in bemüht leichtem Ton. Er wollte seine aufsteigende Besorgnis nicht zeigen. Hatten sie einen Fehler gemacht, Wibke bei ihren Besuchen der Jansen-Geschwister am Vortag auszulassen?

»Gestern Morgen. Da rannte sie kreidebleich ins Haus und wieder raus, und danach hing ein Zettel an der Tür, dass geschlossen sei. Der scheint ja weg. Kann aber auch der Wind gewesen sein, ein Scherzkeks, ein Trunkenbold oder Wibke selbst. Wart ihr denn schon bei ihr zu Hause?«

Das waren sie noch nicht, und das war gerade das Einzige, mit dem Martin seine flatternden Nerven voller böser Vorahnungen beruhigen konnte. »Ist dir vielleicht etwas aufgefallen? War irgendetwas ungewöhnlich? Anders als sonst?«

»Na ja, dass sie gestern wie ein kopfloses Huhn aussah, das schon. Noch mehr als üblich. Aber darüber hinaus? Die redet ja so gut wie kein Wort mit uns aus den Nachbargeschäften. Wie soll man da was merken? Das habe ich auch zu Marthe Dirkens gesagt.«

»Wie? Zu Marthe Dirkens? Ich verstehe nicht …« Martin glaubte, einen Schlag in den Magen bekommen zu haben. Es begann doch etwa nicht wieder ein Spiel zwischen Hase und Igel? Marthe, die, egal wie er es zu verhindern suchte, immer schon einen Schritt voraus war?

»Sie wollte sich wohl die Füße machen lassen und stand vor verschlossener Tür. Wie so viele. Die dann alle bei mir nachfragen. Nur dieser arrogante Typ nicht.«

Martin hörte, wie Gert scharf die Luft einsog. »Welcher Typ?«

»Ach, der seit ein paar Wochen überall auf der Insel unangenehm auffällt. Ich habe mich gewundert, dass der zur Fußpflege geht. Kommt ja wohl noch an seine Zehen heran. Aber ich gönne der Wibke jeden Kunden, auch wenn sie sich selbst so abweisend verhält. Eine typische Jansen eben.«

»Dieser Mann, von dem Sie reden.« Gert machte eine Pause. »Trug der zufällig eine Schiebermütze?«

Jelka kicherte. »Gibt es noch welche, die keine tragen? Okay, euch beide vielleicht ausgenommen. Ich muss kurz überlegen. Bei den Menschenmassen, die hier jeden Tag vorbeiziehen. Also, ich glaube nicht, dass er eine aufhatte. Bin mir fast sicher.«

Gert schob die Lippe vor und sah enttäuscht aus.

Das schien auch Jelka wahrzunehmen. »Aber ich habe den Typen ja nicht nur hier bei Wibke gesehen, sondern ebenso beim Nachtbummel und als ich abends mit meinem Hund am Strand lang bin. Oder auf ein Glas Wein in der Stadt war. Ich bin mir so gut wie sicher: Auch wenn er hier keine aufhatte, es ist exakt derselbe Mann.«

92

Daniela zog die Tür hinter sich zu. Zeit für eine Pause, Zeit zum Verschnaufen. Ihre Beine und Arme zitterten, weil sie den Frühstücksraum und die Zimmer heute in doppelter

Geschwindigkeit fertiggestellt hatte. Auf Unterstützung von Marthe hatte sie nicht gehofft und sie war ehrlich erleichtert gewesen, als diese tatsächlich ausblieb. Immerhin schienen sie und Helene wieder ein Herz und eine Seele zu sein. Sonst mussten sie notfalls die Konsequenzen ihres Handelns tragen.

So wie Ruth. Denn wenn Daniela es richtig verstanden hatte, war ihrem Unfall ein Streit mit Helene vorausgegangen. Manchmal hatte sie das Gefühl, die ganze Welt war ein Narrenkäfig. Ob es ihnen trotz der lauter werdenden Jammerei über all das, was schlechter wurde, nicht unter dem Strich zu gut ging? Sie selbst konnte auf all die Aufregung und Hysterie und Empörung, die jede Nachricht, jedes Gespräch begleitete, durchaus verzichten. Sie redete weder mit den Kunden im Friseursalon noch mit ihren Gästen über Politik und Pandemien, nicht über Promis und die Preise, ging Streit aus dem Weg, sobald sie ihn von Weitem roch. Nur mit Marthe, da haderte sie. Aber auch hier würde sie neue Wege gehen. Wenn nötig getrennt, wie eben heute Morgen.

Sie sah auf ihr Handy. Es bleiben ihr noch über zwei Stunden bis zu ihrem Dienstbeginn im Friseursalon. Zeit, die sie nicht zu Hause absitzen und abarbeiten würde. Nur deswegen hatte sie sich heute so beeilt.

Sie bog an der nächsten Ecke in die Ellernstraße ein. Am Busbahnhof kreuzte sie die Straße und hielt das Gesicht in die leichte Brise, die ihr das Meer entgegenschickte. Die Friedhofsmauer zu ihrer Rechten wirkte wie immer seltsam bedrohlich auf sie, und sie beschleunigte ihren Schritt. Letztens erst hatte Marthe Dirkens mit ihr einen Spaziergang entlang der Grabfelder gemacht. Lauter ostfriesische Namen hatten ihr so eindringlich wie selten bewusst werden lassen, dass sie eine der Zugezogenen war. Ob sie später auch hier bestattet werden wolle, hatte Marthe gefragt, die schon vor vielen Jahren für sich eine Seebestattung festgelegt hatte. Daniela erinnerte sich, dass sich ihr Herz bei der Frage zusammengezogen hatte. Und sie sich auf einmal sehr heimatlos vorgekommen war. Schnell hatte sie die Gedanken weggeschoben, auch weil sie plötzlich vor einer kleinen Reihe von Kindergräbern standen, die ihr die Tränen in die Augen getrieben hatten.

»Ach, Kind, du bist so sentimental«, hatte Marthe damals gesagt und ihr den Arm getätschelt.

Aber war sie das wirklich? Vielleicht brauchte es wie bei Marthe einfach noch weitere 40 Lebensjahre, um den Fragen nach Tod und ungerechten Schicksalen gelassener begegnen zu können. Oder viele, viele Tassen der besonderen Teezeremonie.

Sie zuckte zusammen, als sich nun mit einem Quietschen das seitliche Tor zum Friedhof öffnete. Die Frau schien sich ebenso zu erschrecken und wandte sich ab. Daniela hatte nur einen kurzen Blick auf die vergrämte Miene mit der ungepflegten Frisur geworfen. Den Rest des Weges grübelte sie, woher sie die Frau kannte. Es dauerte noch fast bis zum Januskopf, dann erst fiel ihr ein, dass es Wibke Jansen, die Fußpflegerin, war, zu der Marthe ging. Was sie nur wusste und sich gemerkt hatte, weil diese zuletzt ihr Portemonnaie zu Hause vergessen hatte und die Frau wahrhaftig darauf bestanden hatte, dass jemand zum persönlichen Auslösen kam. Wie unsympathisch konnte ein Mensch bloß sein!

Nun aber spürte sie Mitleid. Diese Wibke Jansen hatte innerhalb weniger Stunden zwei Geschwister verloren. Vielleicht war sie deswegen auf dem Friedhof gewesen. Ob die Jansens wohl eine Familiengrabstätte besaßen? Bestimmt nichts Prunkvolles, das wäre ihr sicher aufgefallen, außerdem würde es allem widersprechen, was sie vom Geiz der Familie gehört hatte.

So etwas wie Neugierde kitzelte sie plötzlich. Ob sie einen Schlenker machen sollte, um nachzuschauen? Aber im gleichen Augenblick ließ der Blick auf das tosende Meer, das die Wellen bei auflaufendem Wasser mit Macht an den Strand trieb, die Sonne, die sich immer nur wenige Minuten von hauchzarten Wolken verschleiern ließ, und das Geschrei der Möwen alle morbiden Gedanken in den Hintergrund treten.

Tief atmete sie ein. Ein Glücksgefühl durchströmte sie. Denn wenn sie an diesem Platz stand, wenn sie auf die endlose Weite des Meeres blickte, wenn Erde und Himmel am Horizont verschmolzen, wusste sie: Heimat war da, wo der Mensch in der Ewigkeit aufging.

Und nichts anderes war wichtig.

93

Martin war erleichtert. Den Weg zu Wibke nach Hause schenkten sie sich. Wenn nur ein Bruchteil dessen stimmte, was sie über sie wussten, dann würde sie weder die Tür öffnen noch irgendwelchen Aufforderungen, auf die Wache zu kommen, Folge leisten. Sie mussten sich etwas einfallen lassen, geschickter vorgehen, ein Überraschungsmoment in der Hinterhand halten. Nur – was sollte das sein?

»Marthe Dirkens vorzuschicken ist für dich definitiv keine Option, oder?«, sagte Gert und zwinkerte mit den Augenbrauen, bevor Martin sich aufregen konnte.

»Problematisch ist wirklich, dass Wibke nicht auf der Arbeit erreichbar ist.«

»Weil du dir dann die Füße machen lassen würdest?«, ulkte Gert weiter.

»Kannst du mal wieder in den ernsthaften Gang schalten? Es ist ja nicht nur so, dass uns ihre Aussage fehlt, sondern wir nach wie vor nicht einschätzen können, ob sie in Gefahr ist.«

»Was schlägst du also vor?«

»Wir müssen endlich Henning Jansen an die Strippe bekommen. Nur weil er angeblich in Bali ist, sollten wir ihn wirklich nicht leichtfertig von der Leine lassen.«

»Einverstanden. Was noch?«

»Ich würde erneut mit Tomke sprechen. Er war der redseligere der Brüder und hat möglicherweise einen Tipp, wie wir an seine Schwester herankommen. Außerdem können wir ihm noch mal auf den Zahn fühlen und die potenziell bestehende Gefahrenlage umreißen.«

»Volle Zustimmung meinerseits. Wenn wir Glück haben, präsentiert er uns ein paar weitere Geschichten über diese Tante, die mir ein ziemliches Unikum gewesen zu sein scheint.«

»Du hast ein Faible für alte Damen mit seltsamen Angewohnheiten, was?«

»Mein heimlicher Fetisch.« Gert grinste. »Theresa Westerkamp ist nur ein Täuschungsmanöver.«

»Schneyder, der Witwenbeglücker. Man lernt nie aus. Damit soll schon mancher ein stattliches Erbe erwirtschaftet haben. Jetzt aber im Ernst. Du glaubst doch nicht an eine Spur? Zum Erzählen von Döntjes ist kaum der richtige Zeitpunkt.«

»Döntjes, nett ausgedrückt.« Er zeigte auf das Plakat, das neben dem Polizeiwagen, in dem sie saßen und sich beratschlagten, in einem Schaukasten hing. »*Döntje Singers.* Kommst du deswegen darauf? Hört sich interessant an. Warst du schon mal auf einem ihrer Konzerte?«

»Wenn du hier lebst, ist es Pflicht. Eine, die sich unbedingt lohnt. Da steckt Norderney pur drin.«

»Eine Insel-Boygroup, mega, die wüssten doch bestimmt etwas über die Jansens zu erzählen.«

»Willst du die jetzt alle der Reihe nach abklappern? Mit nichts in der Hand außer Spekulationen? Nee, du, das ist zum Scheitern verurteilt. Zumal du dir bei einem sicher sein kannst: In dieser Blase netter, lebenslustiger Herren findest du niemanden, der wie die Jansens ist. Das schließt sich wie ein Naturgesetz aus.«

Gert legte den Kopf in den Nacken, wobei er die Kopfstütze verschob. »Martin Ziegler, du bist einfach der Vernünftigere von uns beiden. Es ist wie ein Wunder, dass mich drüben auf dem Festland noch niemand mit meinen Wunderlichkeiten und Versuchsballons in Ketten gelegt hat. Obwohl unsere Chefs nie weit davon entfernt sind und die Kolleginnen und Kollegen sich nicht darum reißen, mit mir in einem Team zu sein.«

»Du Tiefstapler. Dir eilt schon ein Ruf eines Quotenmannes voraus, und das weißt du. Du hebst die Statistik hinsichtlich Aufdeckung und Abschluss der Fälle, wann immer du involviert bist.«

Gert schlug lachend auf das Armaturenbrett. »Da fließen auch unsere gemeinsamen Ermittlungen ein. Also wenn wir die Erfolge und Hilfe der diversen Insel-Miss-Marples herausrechnen. Würdest du also nicht für so viel Arbeit sorgen, sähe die Statistik anders aus. Jetzt mache bloß kein sauertöpfisches Gesicht.«

Martin verzog spöttisch den Mund. »Wie käme ich dazu, wo ich dich in dem Punkt doch extrem lustig finde. Wie diesen Möchtegernkomiker, der so gerne unter der Gürtellinie austeilt. Lassen wir das. Ich nehme das sportlich. Ich gebe aber gleich zu, dass mir heute durchaus nach einer Prise unkonventionellen Handelns wäre. Sonst bewegen wir uns im wahrsten Sinne des Wortes nicht von der Stelle.«

»Ich hatte das gehofft.«

»Du hast einen Plan.«

»Plan, na ja, sagen wir, eine Idee. Ach, das ist ja ein Ding, schau mal, da kommt Daniela.« Gert ließ das Fenster an seiner Seite herab.

»Daniela ist dein Plan?«, murmelte Martin, verblüfft darüber, dass es seinem Freund immer wieder gelang, Menschen, denen sie nachweislich durch Zufall begegneten, in seinen Bann und besser noch in seine Absichten zu ziehen.

»Nein, nein«, gab Gert aber erstaunlicherweise zurück, bevor er mit seinen langen Armen wilde Winkbewegungen machte, die die Aufmerksamkeit aller Passanten auf sich zog. »Nicht sie, sondern die Schiebermütze. Zuerst jedoch, wie du es vorgeschlagen hast. Henning Jansen in Bali. Dann Tomke, unseren Bodybuilder und mit ihm Tante Ella. Zuallervorderst aber ein winzig kleiner Klönschnack mit meiner Lieblingsfriseurin. Dany.« Er hauchte den Namen. Genau in dem Moment, als Daniela sich zu ihm herabbeugte.

94

Wieso konnte ein einzelner Mensch so viel Glück haben? Martin war sich sicher, dass, wer immer für die Verteilung zuständig war, ein höchst launisches, unberechenbares, ungerechtes Wesen hatte. Die einen profitierten im Höchstmaß, andere sahen in die Röhre. Jemand wie Kevin Jansen dagegen schien der Pechsträhne gefolgt zu sein. Er selbst wollte nicht undankbar sein. Schließlich lebte er auf dieser wunderschönen Insel, eine Entscheidung, die er selbstbestimmt getroffen hatte. Anne, die Frau seines Lebens, seit dem 12. Juni auch amtlich besiegelt, war selbstverständlich ein unvorstellbares Glück. Aber hatte er damit sein ihm zustehendes Maß aufgebraucht? Waren die glücklichen Alltagszufälle immer nur anderen Menschen vorbehalten? Gert Ziegler zum Beispiel.

Daniela hatte mit genauso einem butterweichen Lächeln auf Gert reagiert, wie es prinzipiell alle Frauen taten. Und nein, er selbst war keineswegs eifersüchtig. Er fand es sogar unnötig und fast schon unanständig, hatte es doch einen manipulativen Zug. Wer mochte denn immer zu einer Marthe Dirkens übertrieben freundlich sein? Und natürlich: Daniela, Helene, die Bedienungen in den Cafés, die Angestellten in den Läden, die Zeuginnen, die sie befragten, sie alle verdienten, dass man ihnen mit Respekt und Höflichkeit begegnete. Aber doch wohl bitte ohne diesen schleimenden Beigeschmack, den Gerts Verhalten hatte. Obwohl er die Hände dafür ins Feuer gelegt hätte, dass seine Frau genauso wie Ruth und seine Kolleginnen dagegen immun waren, sich sogar darüber empören würden, musste er sich immer wieder eines Besseren belehren lassen.

Er trommelte ungeduldig aufs Lenkrad und hörte dem Gespräch nur mit einem Ohr zu. Er wunderte sich, dass Daniela so gehetzt und leise sprach, sich immer wieder aufzurichten schien, um durch die Gegend zu schauen. Er wandte genervt den Blick ab und betrachtete stattdessen die übliche Schlange vor dem *Frieseneis*-Häuschen. Er wollte nun endlich loslegen, nachdem der Start in den Tag schon so ergebnislos verlaufen war.

Zumal Gert sich jetzt auch noch um den Rechtsanwalt kümmern wollte. Wenn sie sich mal bloß nicht verzettelten.

Doch dann drangen die Worte an sein Ohr. Die sich nicht anders deuten ließen, als dass Gert von den Göttern bevorzugt war. Daniela präsentierte ihnen den Typ auf dem Silbertablett. Einfach so. Ohne dass sie um die Bedeutung wusste.

Martin löste den Gurt, den er eben schon hatte einrasten lassen, stieg aus, ging um das Auto herum. »Erzähl noch mal«, sagte er, während die Augen den Kurplatz absuchten. Die Schiebermütze hatte gerade noch an dem blumengeschmückten Foto-Point gestanden und bewegte sich jetzt auf dem gepflasterten Weg Richtung *Conversationshaus*. Dort blieb er stehen und hielt das Handy in die Luft.

»Lass mich mal raus«, sagte nun auch Gert und ließ die Scheibe hochfahren.

»Na, der Typ da«, wiederholte Daniela nun, als sie beide sie in die Mitte und damit unweigerlich mit sich zogen, während sie sich in Bewegung setzten. »Wie ich schon sagte, Frank und ich waren gestern Abend ein Glas Wein trinken. Man muss ja auch mal raus und braucht eine andere Umgebung.«

»Und nicht immer Tee mit Whiskey«, warf Gert ein und kassierte von Daniela ein Augenrollen.

»Auch das«, gab sie zu. »Als wir schon bezahlt hatten und im Aufbruch waren, sah ich diesen Mann. Mit einer Frau. Am

Nachbartisch. Vor ihnen standen zwei halb geleerte Gläser. Einmal Bier, einmal Wein.«

»Ja?« Martin verstand nicht, was daran erzählenswert sein sollte.

»Du hast gesagt, ich soll es noch mal erzählen, jetzt sei nicht so ungeduldig.«

»Die beiden schienen gar keine Sorge zu haben, dass uns oder den anderen Gästen etwas auffällt, jedenfalls bückte sich der Mann zu der Einkaufstasche, die er auch jetzt über der Schulter trägt. Und holt in einer Seelenruhe eine Flasche Wein raus, schenkt nach, bis kurz unter den Rand. Und wiederholt anschließend in einer Langsamkeit, als wäre das alles selbstverständlich, das Gleiche mit dem Bier. Ich konnte es nicht fassen.«

»Was habt ihr gemacht?«, fragte Gert. »Dem Inhaber Bescheid gegeben?«

Daniela wurde rot. »Leider nein. Ich war viel zu perplex. Frank ist sowieso jemand, der jedem Ärger aus dem Weg geht. Und ich wollte mich nicht als Ordnungshüterin aufspielen. Aber im Nachhinein habe ich mich darüber sehr geärgert. Zumal ich ja keine Touristin bin, sondern im weitesten Sinne auch Gastronomin, die es immer mal wieder mit unehrlichen Gästen zu tun hat. Bei mir wird dann halt das Toilettenpapier mitgenommen. Unlauter ist das eine wie das andere.«

»Und jetzt kommen wir ins Spiel, oder was?«

Sie waren quer über die Wiese zu dem Mann aufgeschlossen. In einiger Entfernung blieben sie stehen.

»Nein, überhaupt nicht. Mir ist schon klar, dass es keine Straftat im engeren Sinne ist und ihr dafür nicht zuständig seid. Aber Gert wirkte so alarmiert, als ich sagte, ich folge diesem Typen. Ich wollte einfach sehen, ob er sein Spiel woanders fortsetzt. Nennt mich von mir aus Marthe, wahrscheinlich hat ihre Neugier schon abgefärbt. Eigentlich war ich auf dem Rückweg von einem Spaziergang und muss jetzt zur Arbeit. Ich hoffe, ich habe euch nicht aufgehalten.«

»Überhaupt nicht. Ganz und gar nicht.« Gert deutete eine Verbeugung an. »Es war mir eine große Freude. Und nur so viel: Du hast uns mit deinem Hinweis regelrecht beschert. Es geht nichts über aufmerksame Zeugen.«

»Zeugen?«, sagte Daniela, und ein sorgenvoller Ausdruck legte sich plötzlich auf ihr Gesicht. Als ginge es ihr erst jetzt auf, mit wem sie sprach. »Das ist ja wohl ein wenig hoch gegriffen, meint ihr nicht?«

»Keine Angst.« Martin schüttelte den Kopf. »Hier steht nicht die Mordkommission vor dir. Trotzdem war es ein netter Zufall, dich getroffen zu haben. Wir behalten den Kerl mal im Auge. Man weiß ja einfach nie.«

Er winkte Daniela hinterher. Und war sich sicher: Ohne Gert, den Glücksritter, hätten sich all diese Wege nicht gekreuzt.

95

»Perfektes Match«, sagte Gert und rieb seine Handflächen aneinander. Klavierspielerfinger, stellte Martin wieder einmal fest und spürte, wie sich doch ein Funke von Neid in ihm einnistete. Er sollte nicht über göttliche Füllhörner nachdenken, es machte ihn nur unzufrieden.

»Du willst ihn wirklich observieren? Nur weil er angeblich zur Fußpflege war? Ist das nicht ziemlich weit hergeholt?«

»Ich dachte, ich tue dir einen Gefallen. Hast du nicht eine oder mehrere Rechnungen mit ihm offen?«

»Das ist doch kindisch. Zumal du selbst sagst, dass auch die weiteren Jansens in Gefahr sein könnten.«

»Richtig. Lass uns einfach schauen, wohin der Weg des feinen Herrn führt.« Gert deutete auf die Tische und Stühle vor dem *Conversationshaus.* »Wenn er sich dort vorne niederlässt, umso besser. Dann werde ich die Bali-Recherche bei einer Tasse Kaffee betreiben.«

»Ich glaube, da hast du Pech. Er wandert ab. Schade, jetzt hätte ich doch zu gern gesehen, was er in seinem Umhängebeutel trägt.«

»Du meinst, er könnte eine Thermoskanne mit Kaffee zum Nachfüllen dabei haben?« Gert grinste. »Was für eine Idee.«

»Ach was, du denkst bloß zu konservativ. Der gemeine Tourist greift gerne schon ab Mittag zu Wein und Aperol.«

»So viele Sticheleien in einem Satz. Der allgemeine Tourist verschafft euch Norderneyern den Lebensunterhalt.«

»Mir eher weniger. Aber natürlich hast du recht. Nimm nicht so ernst, was ich heute Morgen von mir gebe. Schau mal, er bleibt schon wieder stehen.«

»Will der sich jetzt ein Kurkonzert anhören?«

»Eher nicht, die Musiker packen zusammen.«

Gert stieß ein erleichtertes Brummen aus. »Na dann.«

Wieder waren sie in einiger Entfernung stehen geblieben, seitlich abgewandt, um sich notfalls schnell wegdrehen zu können. Sie hatten es nicht abgesprochen, sondern waren automatisch in ihre verinnerlichten Polizeiangewohnheiten verfallen. Es verschaffte Martin immer wieder ein tiefes

Gefühl der Verbundenheit, dass er perfekt mit Gert harmonierte. Wenn er ihm nicht gerade sein Glück und seine Pianistenhände neidete.

»Du?«, setzte er jetzt an, weil plötzlich ein absolut irrsinniger Gedanke in ihm aufstieg. »Du, hätten wir Daniela fragen sollen, wer die Frau war? Gestern Abend? Bei der Aktion mit den nachgeschenkten Getränken?«

Gerts Augen weiteten sich. »Du meinst …?«

»Eigentlich nicht. Eher überhaupt nicht. Aber wenn schon, denn schon. Oder?«

»Unbedingt.«

»Bleib an ihm dran. Ich bin in spätestens einer Viertelstunde zurück.« Martin wartete keine weitere Antwort ab, sondern nahm die Fährte auf. Folgte dem Weg, den Daniela eben auf dem Weg zur Arbeit eingeschlagen hatte. Wenn er richtig Gas gab, würde er sie womöglich noch vorher abfangen können.

Aber seine Beine wurden schon nach kurzer Zeit schwer, sein Atem ging stoßweise, das Seitenstechen zwang ihn, in einen schleichenden Laufgang herunterzuschalten. Er war seit den Flitterwochen nicht mehr in Form. Pasta, Pizza, Panna cotta in Italien waren nicht spurlos an seinem Körper vorbeigegangen. Auf dem Tennisplatz war er, von der Saisoneröffnung abgesehen, in diesem Jahr nicht gewesen. Hinzu kam , dass er wie üblich Slalom zwischen den Touristen laufen musste. Nur gut, dass er keine Uniform trug und sich damit despektierliche Sprüche ersparte. Ein Vorteil seiner Führungsposition.

Das war es aber auch schon wieder mit dem Glück. Denn als er jetzt mehr oder weniger atemlos vor dem Friseursalon ankam, sah er Daniela hinter der Scheibe im Gespräch mit der ersten Kundin. Wie ärgerlich. Natürlich lag es ihm fern, mit seiner Frage schlafende Hunde zu wecken. Er hätte sich keinen nahrhafteren Boden aussuchen können, um Gerüchte zu streuen. Es blieb ihm nichts anderes, als Daniela vor die Tür zu bitten. Aber sie hatte ihn schon von sich aus bei einem Blick in den Spiegel entdeckt.

Selbst auf die Entfernung und durch die Scheibe konnte er ihre hochgezogenen Augenbrauen sehen. Glaubte, die Worte zu kennen, mit denen sie sich jetzt an die Kundin wandte, bevor sie die Glastür öffnete und zu ihm nach draußen trat.

Er hielt sich nicht mit Vorreden auf. Sondern stellte sie: Die irrwitzigste Frage, die dieser Morgen hervorbringen konnte. Und hoffte nur, Daniela erzählte anschließend nicht herum, er sei nun endgültig durchgeknallt.

Ihr Blick schien genau das sagen zu wollen. »Ob die Frau gestern Abend Wibke Jansen war? Die, die sich den Wein nachschenken ließ?«

Martin nickte nur. Würde am liebsten im Erdboden versinken. Denn laut ausgesprochen wirkte die Frage noch abstruser, als sie sowieso schon war.

»Du meinst die Fußpflegerin?«

Er zog entschuldigend die Schultern hoch. Sollte er wie ein kleiner Junge sagen, dass Gert ihn schickte? Was noch nicht einmal stimmte. Es war einfach eine saudumme Idee gewesen. In seinem eigenen Gehirn produziert.

»Nee, du. Das war sie nicht. Würde aber auch nicht wirklich passen, oder?« Immerhin klang sie nachdenklich und nicht spöttisch.

Er hob dankend die Hand. »Das hilft uns schon mal weiter«, stammelte er hilflos und wandte sich ab. »Danke! Du bist dir aber absolut sicher?«

»Jetzt warte mal. Was ist denn los? Natürlich bin ich mir sicher. Ich weiß doch, wie Wibke Jansen aussieht. Ich bin ihr ja eben erst über den Weg gelaufen. Hinten beim Friedhof. Und ich sage dir eines: Sie sieht aus wie ein halbes Gespenst.

Was bei ihr schon was heißen will. Denn ausgelassen und lebendig hat die wohl noch nie jemand gesehen.«

Martin hatte das Gefühl, dass ihn etwas in die Länge zog. Dass seine Glieder wieder an den richtigen Stellen saßen. Er konnte das triumphierende Lächeln nicht unterdrücken. »Du bist ein Goldstück, Daniela. Das hilft uns definitiv weiter.«

96

Irritiert drehte sich Martin am Kurplatz um seine eigene Achse und zog dann sein Handy heraus. Gert war verschwunden. Spurlos. Und hatte auch keine Nachricht geschickt, wo er zu finden war. Noch einmal scannte Martin Tisch um Tisch, aber umsonst. Er musste die Observation aufrechtgehalten haben und dem Rechtsanwalt gefolgt sein. Na Bingo! Vom Kurplatz aus ging es sternförmig in sämtliche Richtungen. Alles war möglich. Der Hafen, der Kurpark, der Nordstrand und die Nordhelmsiedlung, die Fußgängerzone, der Weststrand. Resigniert steckte er das Smartphone wieder ein, nicht ohne zu überprüfen, ob der Ton angestellt war.

Dann stieg er schnellen Schritts die wenigen Stufen zum *Conversationshaus* hoch. Er wollte keine Möglichkeit auslassen. Aber in der weitläufigen Orangerie mit Gastronomie und Touristeninfo sah er weder Gerts markanten Kopf noch die Schiebermütze. Er öffnete die Türen zum Lesesaal, zur Bibliothek und zuletzt auch zu den öffentlichen Toiletten, aber alles vergebens.

Er ließ die automatische Schwingtür hinter sich und schaute ratlos über die Rasenfläche, auf der ein Junge und ein Mädchen um einen Fußball kämpften. Er sah nach rechts hinüber zur Konzertmuschel. Auch hier tollten nun Kinder auf der Bühne herum, dort, wo kurz vorher noch die Musiker gespielt hatten. Nun waren die meisten der weißen Drahtgeflechtstühle leer, nur vereinzelt saßen Menschen in den Reihen und starrten auf die Leinwand, auf der das Kulturprogramm beworben wurde. Unterhaltung für jedermann und jederfrau, egal welchen Alters.

Martin steckte die Nase in den Wind, der ihn sanft mit sommerlicher Meeresluft umhüllte. Er wünschte, er könnte die Richtung erschnuppern, in die sein Freund entschwunden war. Er legte die Hand vor die Augen, spähte hinüber zum abgestellten Polizeiwagen und machte sich auf den Weg dorthin. Immerhin befand sich der Autoschlüssel in seiner Hosentasche.

Er war schon fast an den im Halbrund um die Konzertmuschel aufgestellten Strandkörben vorbei, als er die markanten blauen Schuhe mit dem roten Streifen unter der Sohle sah. Sie waren ihm erst heute Morgen an Gert aufgefallen. Das hieß, nicht ihm, sondern Anne. Martin hatte sich daraufhin vorgenommen, einmal nach Ähnlichem zu googeln. Irgendwann. Wenn sie ihren Alltag zurückhatten und Gert zum Festland zurückgekehrt wäre.

»An ihren Schuhen sollt ihr sie erkennen«, drängelte er sich zwischen zwei Strandkörben hindurch und ließ sich neben Gert auf den Sitz plumpsen. »Weiß du nicht mehr, wie Schnitzeljagd geht, oder was? Keine auf den Boden gemalten Pfeile, keine Papierstückchen, einfach nichts.«

Gert drehte sich in Zeitlupe zu ihm um, riss die Augen weit auf und presste die Lippen fest aufeinander. Mit einer verstohlenen, kaum wahrnehmbaren Kopfbewegung deutete er nach links.

Martin beugte sich vorsichtig vor.

Im Strandkorb gleich nebenan saß Mister Schiebermütze und blaffte sichtlich erregt in sein Smartphone. »Ich sage dir jetzt zum letzten Mal, lass mich die Sache hier zu Ende bringen. Du hängst da genauso drin wie ich. Von wem habe ich denn die Informationen? Wenn du nun damit ankommst, dass alles vielleicht ganz anders war, dann ist es zu spät. Absolut zu spät.« Er hielt inne, um wohl einer Antwort zu lauschen, die Martin nicht verstehen konnte. Es schien sich aber um eine helle Frauenstimme zu handeln. Schon nach wenigen Sätzen fiel er ihr ins Wort. »Das Kind, das Kind, ich habe es verstanden. Im Gegensatz zur dir behalte ich den Überblick und die Nerven. Und ich kann dir nur eines raten…«

Die Worte blieben in der Luft hängen. Martin beugte sich noch ein Stück weiter vor, hielt den Atem an.

Der Mann flüsterte jetzt. »Vergiss alles. Alles. Wir beide kennen uns nur flüchtig. Zufallsbekanntschaft. Mehr nicht. Hast du das kapiert?« Mit der letzten Frage sprang er auf.

Martin schnellte zurück, versuchte, sich hinter Gert zu verbergen, schloss die Augenlider. Aber wie im Reflex ploppten sie wieder auf. Der Mann sah ihn nun geradewegs an. Kniff die Brauen zusammen, als überlegte er. Warf einen Blick auf Gert, der freundlich grüßte.

»Stress mit der Ehefrau oder dem Aufriss?«, fragte er. Er zeigte auf Martin und sich. »Wir kennen das. Frauen, die sich alleingelassen fühlen, zu Hause. Frauen, die klammern, auf der Insel. Nicht mal ein paar Tage Kluburlaub vergehen ohne großes Drama. Muss man wegstecken lernen. Die gewöhnen sich dran. Die einen wie die anderen.«

Der Mann schaute, als wüsste er nicht, wovon Gert redet. Dann lachte er. Verlegen. Lüftete die Kappe und grüßte.

Martin sah ihm mit angezogenem Atem hinterher, bevor er die Luft stoßweise ausstieß. Er konnte nicht fassen, was er gerade gehört hatte.

Sowohl von dem einen wie dem anderen.

97

»Wir sollten mit Anne reden.«

»Ich weiß, wo Wibke Jansen heute Morgen war.«

Sie starrten einander an. Jeder schien darauf zu warten, dass der andere weitersprach. Bis sie beide gleichzeitig den Mund öffneten.

»Wo?«, fragte Gert.

»Warum?«, wollte Martin wissen.

»So geht das nicht. Mach du zuerst.« Gert hielt den Zeigefinger ausgestreckt in seine Richtung, so wie es Politiker gerne taten.

»Sie kam vom Friedhof. Daniela hat sie dort gesehen. Gestern Abend war sie allerdings nicht die Begleitung. Hätte mich auch gewundert.«

»Wobei das Mitbringen eigener Getränke eindeutig zu unseren Jansens passt, nach allem, was wir wissen.«

»Du vergisst, dass sie für das erste Glas schon zu geizig wären, wenn die Geschichten stimmen.«

»Auch wieder wahr. Okay, das eine können wir knicken, ärgerlich für den Wirt, aber nicht direkt unsere Baustelle, es sei denn, die Begleitung erweist sich als Bindeglied zu den Ermittlungen.«

»Wie kommst du bloß darauf? Du reitest meiner Meinung nach ein totes Pferd.«

»Erstens: Bauchgefühl, Erfahrung, Intuition. Zweitens: das Telefonat. Weshalb ich Anne sprechen möchte. Ich bin davon überzeugt, dass die beiden Verschüttungen miteinander in Zusammenhang stehen.«

»Bloß weil der Anwalt zur Fußpflege wollte? Und was genau soll Annes Job in der Geschichte sein? Sie war Ersthelferin wie ich. Gerne können wir die ganze Szenerie noch mal durchgehen. Unsere Hinweise und Ermahnungen, der verbale Streit, der Unfall. Das Kind, das wie durch ein Wunder überlebt hat. Der Hund, der dieses Glück nicht hatte. Übrigens hat jemand am Strandaufgang ein Grablicht für ihn aufgestellt. Mit dem Namen darauf.«

»Rührend.«

»Schon. Für Kevin oder Freyja hat sich bisher niemand diese Mühe gemacht. Verkehrte Welt, wenn du mich fragst.«

»Weil den Menschen ein Tier wichtiger scheint?« Gert wackelte mit dem Kopf. »Schwierig. Ich weiß, was du meinst. Aber kann man es gegeneinander aufrechnen?«

»Wahrscheinlich nicht. Zumal die Jansens alles dafür getan haben mögen, dass ihnen niemand nachweint. Selbst die Geschwister nicht.«

»Wissen wir es wirklich? Ohne mit Henning oder Wibke gesprochen zu haben?«

Gert stemmte sich aus dem Strandkorb und wandte sein Gesicht der Sonne zu. »Ein netter Platz zum Verweilen, aber wir sollten jetzt ran an unsere Aufgaben.«

»Die da wären?«

»Bali, Friedhof, Krankenhaus. Das war nur die alphabetische Sortierung.«

»Deine Priorisierung ist genau andersherum, habe ich recht?« Martin stand ebenfalls auf. »Du, ich sag es ehrlich. Mir wäre es lieber, du lässt Anne da raus. Es ist alles noch nicht so lange her. Ich will nicht, dass sie noch einmal in …« Seine Stimme wurde mit jedem Wort dünner, den Rest des Satzes ließ er ungesagt.

»Das sind doch gänzlich andere Umstände.« Auch Gert klang nun halbherzig. »Aber wenn es ihr doch möglich wäre, einen Kontakt anzubahnen?«

»Zu der Mutter des Kindes?«

»Exakt. Nach allem, was ich eben belauschen durfte, hätte ich da ein paar Fragen.«

»Den Kontakt. Mehr nicht. Versprochen?«

»Natürlich. Du kennst mich.«

»Eben deswegen.«

»Mir reicht auch ein kurzes Telefonat. Von der Wache aus, was meinst du? Dann nutzen wir die Gelegenheit, um Henning Jansens Aufenthaltsort zu recherchieren. Danach Tomke und der Friedhof.«

»Daniela sprach davon, dass Wibke von dort kam. Ich denke nicht, dass sie an Ort und Stelle Spuren für uns hinterlassen hat.«

»Wer weiß? Vielleicht ist sie die bessere Schnitzeljägerin?« Gert stupste ihn mit dem Ellbogen an.

Martin tippte sich an die Stirn. »Ich halte das für Blödsinn und vergeudete Zeit. Aber wenn du meinst.«

»Mich würde interessieren, was die dort gemacht hat. Das elterliche Grab besucht? Gibt es ein solches? Grabstätten sind teuer. Und wie und wo werden nun die beiden Toten bestattet, sobald sie von der Rechtsmedizin freigegeben sind? Das ist doch eine spannende Frage für unseren Besuch bei Tomke. Und ein hervorragender Grund dazu.«

Martin hob den Finger wie in der Schule. »Und auch ich habe eine Idee. Wir hören bei Mirko nach.«

»Wer ist das?«

»Mirko Bramstätt. Insel-Agent in Angelegenheiten des Lebens und des Todes. Versicherungsmakler und Bestatter in einer Person. Er hat den Leichnam am Strand abgeholt.«

»Ich erinnere mich. Ein Mann mit Verbindungen. Zumindest zu Kevin, nicht wahr?«

Martin nickte und drückte auf den Autoschlüssel, um schon einmal die Türen zu entsperren.

Gert klatschte in die Hände. »Perfekt. Endlich ein Plan. Jetzt geht es voran! Du wirst sehen.

98

»Es tut mir so leid, dass wir so wenig Zeit für dich haben. Wie geht es dir heute?« Anne zog einen Stuhl an das Krankenbett.

Ruth setzte sich vorsichtig auf. Ihr Schädel brummte mehr, als sie es sich und anderen eingestehen wollte, aber Anne reagierte sofort.

»Leg dich wieder hin. Du bist immer noch blass um die Nasenspitze.« Sie legte ihre Fingerspitzen auf Ruths Handgelenk und tastete nach dem Puls.

Sie zog die Hand weg. »Lass doch, der ist in Ordnung.«

Anne lachte. »Vergiss nicht, ich kenne dich. Ich weiß genau, dass du es kaum aushalten kannst, die Kontrolle abzugeben. Leider ist das in einem Krankenhausbetrieb gar nicht anders möglich. Dabei habe ich schon ein rotes X in deine Akte gemalt.«

»Gleichbedeutend mit ›schwierige Patientin‹?«

»So ungefähr. Blödsinn, ich habe nur Spaß gemacht. Aber natürlich weiß das Pflegepersonal, dass wir uns kennen, und sie werden dich allein deswegen wie ein rohes Ei behandeln.«

»Daher! Ich habe mich schon gewundert über den entspannten und freundlichen Ton. Passt so gar nicht, was man so aus den Krankenhäusern hört.«

»Ich will nicht behaupten, dass wir nicht mit den gleichen Problemen zu kämpfen hätten wie alle medizinischen Einrichtungen. Aber die meisten, die bei uns arbeiten, machen es nach wie vor mit Herzblut. Viele haben sich bewusst für diesen Arbeitsplatz am Meer entschieden. Das macht manchmal den kleinen, aber feinen Unterschied.«

»Eine Psychologenstelle habt ihr zufälligerweise nicht frei?« Ruth stützte sich auf den Ellbogen und drehte sich halb auf die Seite.

Anne zog eine kleine Taschenlampe aus ihrem Kittel. »Lass mich in deine Augen sehen«, sagte sie und kontrollierte rechts und links die Pupillen. »Keine Auffälligkeit«, murmelte sie.

»Was ist denn das für eine Antwort?«

»Ach, Ruth, was willst du von mir hören? Du bist keine niedergelassene Psychologin, sondern arbeitest freiberuflich in der Erwachsenenbildung. Das ist deine absolute Stärke und Expertise, besonders im Bereich Kindeswohlgefährdungen. Du weißt genau, dass du nicht einfach nach Norderney ziehen kannst.«

»Ja, ja, ohne Job kein Wohnraum auf der Insel.«

»Selbst mit Job gibt es dafür nicht immer eine Garantie. Und willst du mir wirklich erzählen, dass es Sinn macht, vor den Problemen wegzulaufen? Du als Psychologin?«

»Ach, auf einmal. Dabei ist es bei uns nicht anders als bei euch Ärzten. Die eigenen Baustellen nimmt man entweder nicht wahr oder bekommt sie nicht gelöst. Eine räumliche Trennung halte ich trotzdem für einen ersten sinnvollen Schritt.«

»Ich wünschte, ich könnte dir etwas raten. Aber dafür müsste ich genauer wissen, was zwischen Oskar und dir vorgefallen ist.«

Ruth ließ den Kopf wieder sinken und legte den Unterarm quer über ihre geschlossenen Augen. »Und ich wünschte, ich könnte es dir erzählen. Aber ich habe das Gefühl, meine Schädeldecke zerspringt, sobald ich darüber nachdenke.«

»Das sind die Anzeichen der Gehirnerschütterung, die du erlitten hast. Gib dir Zeit. Du bleibst auf jeden Fall noch unter Beobachtung. Sicher ist sicher.«

»Aber bei dir zu Hause hast du mich doch genauso im Blick.«

»Kommt nicht infrage. Tagsüber bin ich in der Klinik und nachts brauche ich meinen Schlaf.« Sie verschwieg, dass es für alle Beteiligten noch einen weiteren Grund gab. Für Gert zumindest war der Unfall gerade zur rechten Zeit gekommen.

Als hätte sie Annes Gedanken lesen können, nahm Ruth den Arm wieder herunter. »Was macht eigentlich die Suche nach dem Mann, dem ich ins Fahrrad gelaufen bin? Konnte Martin ihn ausfindig machen? Ich würde mich so gerne entschuldigen. Du hättest das entsetzte Gesicht sehen sollen.«

Anne schwieg.

»Was ist?« Ruth griff nach dem Galgen über ihrem Bett. »Ich merke doch, da ist was. Deine Miene hat sich regelrecht verdüstert. Ist dem Mann etwa auch etwas passiert? Liegt er hier im Krankenhaus. Und ich bin schuld?«

Erschrocken legte Anne eine Hand auf Ruths Arm. »Nein. Nichts. Ich bin nur schon wieder in Gedanken beim nächsten Fall.« Sie stand auf und zog fast automatisch ihr privates Handy aus der Hosentasche. Das sie seit damals auch im Dienst nicht mehr ablegte. Weder in ihrer Tasche ließ noch auf ihrem Schreibtisch im Arztzimmer und auch nicht im Spind. Das ihr vorkam wie eine Lebensversicherung. Und wie eine Nabelschnur zur Außenwelt.

»Du wirst doch Oskar nicht benachrichtigen?«, fragte Ruth. »Ich will das nicht. Du hast es versprochen.«

Anne schaute vom Display hoch und ließ sich wieder auf den Stuhl am Bett sinken. »Natürlich nicht. Aber Martin will mich dringend sprechen. Ich rufe ihn eben an.« Sie flüsterte, als stände plötzlich jemand im Raum. »Muss da draußen ja nicht unbedingt einer mitkriegen.«

Ruth lächelte. »Schweigen gegen Schweigen«, flüsterte sie zurück. »Aber frage Martin auf jeden Fall, ob es etwas Neues zu dem Radfahrer gibt.«

99

Helene hatte das Handy vor sich auf den Tisch gelegt und die Freisprechfunktion aktiviert. Immer wieder legte sie ihren Finger an den Mund. Marthe fand das albern. Sie wusste doch, dass sie schweigend im Hintergrund bleiben sollte. Sie war nach wie vor überzeugt, dass Oskar mit der Wahrheit und der Aussicht auf einen Tee mit Whiskey schneller zu überzeugen wäre.

»Das ist eine Geschichte, die du dir als Journalist nicht entgehen lassen solltest. Der Naturschutz auf der Insel muss mit Nachdruck im Bewusstsein der Menschen verankert werden.«

»Helene, dein Engagement in allen Ehren, aber du sprichst mit dem Falschen. Ich schreibe für eine Zeitung im Rheinland, und da interessieren die Themen vor Ort. Natürlich kann man sich einen solchen Artikel für die Samstagsbeilage vorstellen, glaub jedoch bitte nicht, dass mich jemand dafür freistellt und mit einem Auftrag nach Norderney schickt. So funktioniert das Journalistenleben nicht.«

»Du könntest es wenigstens versuchen.«

»Ich werde den Teufel tun. Der Berg an Projekten auf meinem Schreibtisch ist hoch genug.«

»Es ist unser aller Verantwortung, zum Naturschutz beizutragen. Ich präsentiere dir eine Geschichte auf dem Silbertablett, und du stößt es achtlos beiseite. Dabei hat das Thema genau das, was eine spannende Reportage braucht: Drama um ein verschüttetes Kind, einen Toten, Verstoß gegen die Vorschriften bis hin zu den dystopischen Anteilen, dass die Insel dem Untergang geweiht ist, wenn der Mensch jetzt nicht innehält oder endlich gegensteuert. Ich sehe sogar schon ein passendes Fotomotiv: einen mit Leinendecke und Silberleuchter eingedeckten Tisch. Oben auf den Dünen. In einer kleinen Kuhle, die vor Wind schützt, den Blick auf das Meer jedoch nicht verwehrt. Weiß gekleidete, sommerlich gebräunte Menschen. Lässig, aber mit der richtigen Spur Dekadenz, die anziehend und nicht abstoßend wirkt. Wie bei einem ›Dîner en blanc‹. Sie halten ihre Weingläser in das Licht der untergehenden Sonne, ein goldener Schimmer liegt wie ein Filter über dem Bild.«

»Helene, ich bitte dich. Das hört sich an wie eine Einladung. Eine Aufforderung, sich zu einem Picknick in den Dünen einzufinden. Das Gegenteil dessen, was du erreichen willst.«

»Das wird natürlich durch die Headline konterkariert werden. Sie muss drastisch sein. Einen Gegensatz herstellen. Provozieren.«

Oskar lachte. »Ich werde dich meinem Chef empfehlen. Du hast es drauf. Apropos, du schreibst doch selbst. Warum machst du nicht was aus der Story? Das ist ein Stoff, aus dem Romane und Krimis gemacht sind. Ran an die Tasten, kann ich nur sagen.«

»Ach, Oskar, du verstehst nicht. Das Thema hat eine Aktualität und Brisanz, da muss ein schnelleres Medium ran. Bis so ein Buch geschrieben, lektoriert und gedruckt ist, tragen die Wellen schon die nächste Sandschicht ab.«

»Dann schreibe eine Reportage. Biete sie den großen Magazinen an. Oder den regionalen Presseorganen da oben im Norden. Ich weiß es zu schätzen, dass du an mich denkst, aber ernsthaft: Ich bin raus.«

»Überlege es dir. Ich könnte da was arrangieren, wenn du eine Unterkunft benötigst.«

Wieder lachte Oskar. »Denke ich mir. Bei Marthe und bei meiner Cousine. Lass mal.«

Und dann konnten sie durch das Telefon regelrecht hören, wie er schlagartig ernst wurde. Seine Stimme klang plötzlich belegt, als er weitersprach. »Hast du Kontakt zu Ruth?«

»Zu Ruth?« Mist, sie musste ihre Tonlage runterdimmen, wenn er ihr glauben sollte.

»Ich weiß nicht, wo sie steckt.«

»Ähm.«

»Du bist ihre engste Freundin. Ich bin überzeugt davon, dass du weißt, was los ist. Dass Funkstille zwischen uns herrscht, sie von der Tagung aus Hannover nicht nach Bonn zurückgekommen ist und ich keine Chance bekomme, mich zu erklären.«

»Also, es ist so …«

»Du brauchst sie nicht zu verraten. Loyalität ist ihr das Wichtigste. Ich will dich nicht in etwas hineinziehen, was Folgen für eure Freundschaft haben könnte.«

»Ja.« Sie sagte es so schlicht, wie es war. Darum drehten sich seit Tagen ihre Gedanken. Wie konnte sie eingreifen, ohne sich einzumischen. Die Quadratur des Kreises. Bis sie die Idee hatte.

Sie schwiegen. Oskar in Bonn. Helene und Marthe auf Norderney. 330 Kilometer, die sie trennten. Und die überwunden werden mussten, damit geklärt werden konnte, was es zu klären gab.

»Diese Reportage«, bemerkte Oskar schließlich zögerlich, »hat im weitesten Sinne aber nichts mit Ruth zu tun, oder?«

Sie sah zu Marthe Dirkens, die Grimassen schnitt. Auf die Whiskeyflasche deutete und pantomimisch eine Tasse zum Munde führte.

»Im weitesten Sinne hängt alles in dieser Welt zusammen«, antwortete Helene kryptisch. »Und manchmal muss man sich vor Ort selbst ein Bild machen, bevor noch mehr verschüttet wird. Wenn du verstehst, was ich meine.«

Sie tippte auf den roten Button, um das Gespräch zu beenden.

»Hoffen wir, dass es gut geht«, sagte Marthe und hielt ihr die Whiskeyflasche entgegen.

100

Anne schloss die Tür ihres Büros hinter sich. Sie warf einen hastigen Blick auf die Uhr. Sie hatte sich für weitere zehn Minuten abgemeldet, blieb nur für Notfälle erreichbar. Aber auch diese geklaute Zeit war zu viel, nachdem sie schon so lange bei Ruth gesessen hatte. Selbst wenn sie heute Nachmittag eine Stunde dranhängte, ließ sich nicht alles aufholen. Es war die Arbeitsverdichtung, die ihnen zu schaffen machte, dem ärztlichen wie dem pflegerischen Dienst. 1000 Aufgaben waren gleichzeitig zu denken und zu erledigen, zu delegieren und zu dokumentieren. Fehler durften nicht passieren, auch wenn die Wirklichkeit anders aussah. Das Einzige, woran gespart werden konnte, waren die zwischenmenschlichen Begegnungen, die Gespräche, der mitfühlende Händedruck, das Anreichen eines Schnabelbechers, die wiederholte, aber umso wichtigere Erklärung eines Krankheitsbildes, das Auffangen von Angehörigen. Das alles war in den letzten Jahren stetig zusammengeschrumpft. Kaum wahrnehmbar, nur noch rudimentär vorhanden. Sie hatten gelernt, es auszublenden, es wegzuwischen, und der eine oder andere war vielleicht dankbar, weil es für manche anstrengender und herausfordernder war, als ein Bein zu gipsen, eine Bauchnaht zu setzen, einen zentralen Venenkatheter zu legen und, manchmal sogar, einfach nur mechanisch zu reanimieren. Bei ihr war das anders. Für sie gehörte das alles zum Medizinerberuf dazu. Weshalb sie zu oft gezwungen war, sich zu entscheiden oder zu zerreiben. Das schlechte Gewissen blieb nie aus. Den Patienten und den Angehörigen gegenüber, wenn sie ihnen wieder einmal ausgewichen war. Sich selbst gegenüber, weil sie wusste, dass es nicht gut ging, die eigenen Grenzen nicht zu achten. Kaum ein Arzt, kaum eine Pflegekraft, die nicht in der Misere steckte und auf Dauer einen hohen Preis dafür zahlte.

Immerhin, so beruhigte sie sich selbst, war das, was sie vorhatte, in Wirklichkeit kein Auftrag von Martin, sondern etwas, was sie auch vorgehabt hatte.

Sie kramte in den Unterlagen auf ihrem Schreibtisch, bis sie den Zettel mit der Durchwahl gefunden hatte.

Es fühlte sich endlos lang an, dass das Telefon läutete. Kein Wunder. Die Kollegin beim ersten Anlauf in ihrem Arztzimmer zu erwischen, käme einem Lottogewinn gleich. Trotzdem legte sie nicht auf, sondern schloss die Augen, atmete tief ein und aus. Kraft tanken für den Alltagszirkus, in dem es in wenigen Minuten weiterging.

Sie zuckte zusammen, als sich jemand mit hastiger Stimme am anderen Ende der Leitung meldete.

Anne setzte sich auf. In knappen Worten erinnerte sie daran, wer sie war und was der neuerliche Grund ihres Anrufs war.

»Dem Kind geht es gut, wie ich beim letzten Mal schon sagte.«

Sie konnte durch den Hörer spüren, wie die Kollegin mit sich rang. Jedes Wort war eines zu viel. »Ich will Sie nicht in Verlegenheit bringen.« Anne sprach nun hastig, als bestände die Gefahr, dass ihre Gesprächspartnerin einfach auflegte. Was kein Wunder wäre, weil sie mit Sicherheit unter der gleichen Arbeitsbelastung litt. »Es ist nur so …«

»Ja?« Die Stimme hatte jetzt neben der leicht genervten Routine einen Hauch von Neugier.

»Es geht mir nach.«

»Das verstehe ich. Sie waren am Unfallort zugegen. Das wissen wir doch, wie schwer es für die Ersthelfer ist. Haben Sie die Möglichkeit zur Supervision? Einen Notfallseelsorger zur Hand oder jemanden mit Traumatherapieerfahrung? Ich kann mir vorstellen, dass es auf der Insel nicht einfach ist.«

»Ja, ja«, antwortete Anne hastig. »Ich bin versorgt. Trotzdem. Mir fehlt, dass ich mich persönlich davon überzeugen kann, dass es dem Kind und der Familie gut geht.« Sie kam sich plötzlich schäbig vor, weil zwar nichts von dem, was sie sagte, gelogen war, aber es entsprach eben nicht der vollen Wahrheit. Vor allem hatte sie eine verdeckte Absicht. Das war unlauter. Mal abgesehen davon, dass sie es sich einfacher vorgestellt hatte, ans Ziel zu kommen. Warum auch immer, schien es ihr jetzt aussichtslos. Sollte Martin doch selbst ermitteln, so ging es jedenfalls nicht.

»Ich danke trotzdem für die Auskunft. Und übermitteln Sie meine Grüße. Sie können gerne sagen, dass ich mich erkundigen wollte.« Ein letzter halbherziger Versuch. »Ihnen einen schönen Tag.«

»Moment, warten Sie.« Die Kollegin sprach nun langsamer. »Geben Sie mir eine Sekunde zum Nachdenken. Leider kann ich nicht in die Einzelheiten gehen, wie Sie wissen, ohne mich strafbar zu machen. Aber wenn ich sage, dem Kind geht es gut, dann trifft es nur einen Teil der Wahrheit. Sie verstehen, was ich damit ausdrücken will?«

Anne nickte. O ja, das konnte sie.

»Sind Sie noch dran?«

»Entschuldigen Sie. Es geht um eine posttraumatische Belastungsstörung der Eltern, nehme ich an.«

»Ich sage jetzt weder ja noch nein, sondern lasse es stehen. Allerdings kommt mir ein Gedanke, den ich gerne mit meinen Kollegen und unseren Psychologen besprechen würde. Was für Sie gleichermaßen gilt, falls Sie in Behandlung sind.«

»Ja?«, fragte Anne. Sie merkte, wie ihr Puls einen Satz nach oben machte.

»Vielleicht wäre es für die Mutter hilfreich, mit Ihnen sprechen zu können. Und für Sie die Gelegenheit, sich mit eigenen Augen davon zu überzeugen, dass es dem Kind gut geht.«

»Sie meinen, ich sollte zu Ihnen in die Klinik, also aufs Festland …« Sie brach den Satz ab. Ein Bild schob sich vor ihre Augen, das sie schnell beiseitewischte.

»Das klingt aufwendig. Aber es könnte ein Gewinn für alle Seiten sein. Wollen Sie darüber nachdenken? Ich würde mich gegen Abend noch einmal melden.«

Annes Gedanken rotierten. Sie wusste schon jetzt, dass Martin dagegen wäre. Aber er war es auch, der sie angefixt hatte. Und wenn sie tief in sich hineinhorchte, würde es ihr tatsächlich helfen, das Kind munter und lebendig zu sehen.

»Warten Sie, ich gebe Ihnen meine private Handynummer. Das ist eine sehr gute Idee, die ich gerne unterstütze.«

101

»Hier, Chef.« Ronnie schob die angelehnte Tür mit dem Fuß auf. »Zwei Kaffee und die gewünschten Informationen.« Er stellte die Henkelbecher auf Martins Schreibtisch ab und hob gleichzeitig das Kinn, sodass der dort eingeklemmte quadratische Notizzettel auf die Tastatur trudelte.

»Punktlandung, ich danke dir.« Martin nahm das kleine Blatt in die Hände.

»Und?«, fragte Gert, griff nach einem der Becher und pustete hinein. »Filterkaffee. Den hatte ich hier bei euch noch nie.«

Ronnie grinste. »Alles im Leben nutzt sich ab. Wenn die Kripo zum Dauergast wird, gibt es eben nicht mehr jeden Tag Sonntagsbraten. Im übertragenen Sinne. Was wir Kollegen übrigens durchaus bedauern. So eine Sahneschnitte, da würde ich nicht Nein sagen.«

Martin zog die Augenbrauen hoch. »Ich hoffe, wir reden ausschließlich von Kuchen. Den gibt es gerne, wenn wir unsere Aufgaben abgearbeitet haben. Und dann spendiere ich auch den Kaffee dazu. Aber jetzt brauchen wir erst einmal Ergebnisse.«

»Lass mal sehen.« Gert hielt die Hand hin.

Doch Ronnie leierte die Angaben schon herunter. »Sechs Stunden Zeitvorsprung während der Sommerzeit, reine Flugzeit von Hamburg 16 bis 18 Stunden, wenn es Direktflüge gäbe. Tut es nicht. Also packt noch mal ein Viertel drauf. Je nach Stopp in Dubai, Singapur oder Jakarta. Kommt auf die Fluggesellschaft an. Ich empfehle mich dann wieder. Der Streifendienst ruft.«

»Einmal rund um die Uhr.« Gert malte mit dem Finger einen Kreis in die Luft.

»Eine Strecke, wohlgemerkt«, antwortete Martin. »Dazu

kommt noch die Entfernung von Norderney nach Hamburg, auch kein Pappenstiel. Es sei denn, man nutzt hier ebenfalls den Flieger.«

»Würde ich jetzt mal von ausgehen. Dann bleibt es bei round about 24 Stunden. Plus, minus.«

»Womit wir uns theoretisch im Rahmen des Möglichen bewegen. Aber das war ja erwartbar. Interessanter wird also der persönliche Kontakt.«

Martin tippte die Angaben, die Ronnie auf dem Zettel zusammengetragen hatte, in die Tastatur. Auf dem Bildschirm öffnete sich die Homepage eines Reiseblogs. Magische Bilder einer tropischen Landschaft zogen sie auf Anhieb in den Bann. Urwald, Meer, Reisterrassen, Wasserfälle, überdimensionale Schaukeln, Tempel. Blau, türkis, grün. In allen Abstufungen, in vollkommener Üppigkeit.

»Das wär was, oder?« Gert hing mit der Nase fast auf dem Bildschirm.

Martin schüttelte den Kopf. »Ich brauche so was nicht unbedingt. Norderney ist nicht umsonst meine Insel. Ich mag die Kargheit, das Raue, den Minimalismus.«

»Du hörst dich an, als lebtest du auf einem einsamen Eiland hoch oben im Norden.«

»Im Vergleich ist es das doch. Übrigens: Ich mag Italien. Aber dann ist es schon gut. Menschen sind halt unterschiedlich. Unter Fernweh habe ich noch nie gelitten.«

»Verrückt. Gib mir ein Ticket und ich bin sofort unterwegs. Bali, verdammt, das ist schon ein Traum.«

»Bali-Blogger wohl auch.« Martin scrollte sich durch die Seite. »Wahnsinn, wovon du heute leben kannst. Ein paar professionelle Fotos, ein bisschen Text, Ausflugstipps. Zack, fertig. Die restliche Zeit hältst du die Füße ins Meer.«

»Du weißt doch gar nicht, ob das bei Henning Jansen so ist. Vielleicht arbeitet er zusätzlich.«

»Als was?«

»Keine Ahnung. Im Hotel, als Fahrer, Animateur, Reiseleiter. Was hat er denn gemacht, solange er auf der Insel war?«

»Die Immobilien der Eltern verwaltet. Eine Kochlehre hat er unmittelbar nach seinem Schulabschluss auf dem Festland absolviert, sagt Ronnie.«

»Na, siehst du. Koch wäre durchaus eine weitere Alternative. Die Tourismusbranche bietet bestimmt 1000 Optionen. Gibt es ein Foto von ihm selbst?«

Martin scrollte zum Seitenende. »Bitte sehr.«

»Oho! Da hat aber einer bei den Schönheitsgenen der Familie laut hier geschrien. Da kommt selbst Tomke mit seinem definierten Body nicht gegen an. Erstaunlich.« Gert schnalzte mit der Zunge. »Ich sag mal so: Der muss sich sicher keine existenziellen Sorgen machen. Der wird immer jemanden finden. Mein Körper, mein Kapital.«

»Das ist sexistisch.«

»Mir doch egal. Ich weiß, wie so was läuft. Bali-Blogger. Ja, ja, für zahlungskräftige Alleinreisende.«

Martin schüttelte den Kopf. »Fakt ist, er schlägt ziemlich aus der Reihe. Kaum zu glauben, dass er Teil dieses verbiesterten, knausrigen Jansen-Clans ist. Und das in jeglicher Hinsicht. Was heißt das nun für unsere beiden Fälle? Ist er wichtig, ist er es nicht?«

»Reden sollten wir unbedingt mit ihm. Selbst wenn er nicht involviert ist. Jede Information, die wir über diese Familie erlangen, könnte ein Schlüssel sein.« Gert tippte auf seine Armbanduhr. »Ich würde sagen: der ideale Zeitpunkt, um einen Anruf nach Bali zu tätigen.«

Martin trank den Kaffee, der schon beim ersten Schluck lauwarm, jetzt aber kalt war, in einem Zug leer. Dann griff er mit der Linken zum Telefon, während die rechte Hand die Maus über die Homepage führte. »Okay, auf geht's. Henning

Jansen, du entkommst uns nicht. Selbst am anderen Ende der Welt nicht. Ein Hoch auf die Impressumspflicht.«

102

»Du?«

»Frag nicht. Lässt du mich rein?«

»Bist du des Wahnsinns? Damit die Leute sich das Maul zerreißen?«

»Du bist mein Bruder. Was sollte es da zu reden geben?«

»Als wenn nicht ganz Norderney wüsste, dass wir nichts miteinander zu schaffen haben. Also, troll dich.«

»Wir müssen reden.«

»Auf gar keinen Fall.«

»Dann gehe ich woanders hin. Du bist ja nicht mein einziger Bruder.«

Sein Gesicht lief mit einem Schlag krebsrot an, so als wäre eine Lampe mit Farbwechsler angeknipst worden. Wortlos hielt er ihr die Tür auf.

»Hast du ein Glas Wasser für mich?« Sie blieb mitten im Raum stehen und sah sich um.

»Suchst du was?«, fragte er.

Sie schüttelte den Kopf, obwohl es nicht stimmte. Sie wusste nicht, wonach sie suchte, aber dass sie es tat, war nicht zu leugnen. Gefühlt hatte sie seit Tagen nicht mehr geschlafen, und ihre Gedanken waren wirr. Logische Schlüsse waren ihr schon immer schwergefallen, wofür sie in der Familie von Kind an verlacht worden war. Im Moment fühlte es sich im Kopf an wie Labskaus. Essen untereinandergemischt. Was sie noch nie mochte. Aussuchen konnte sie sich das nicht. Gegessen wurde, was auf dem Tisch stand. Sonst blieb man sitzen. Stundenlang. Und musste es schließlich doch schlucken, selbst wenn es aus Nase und Ohren wieder herauskam.

»Spuck aus, was du willst, und dann mach dich vom Acker.«

»Du redest wie Vater.«

»Und du schaust selten dämlich wie Mutter.«

»Das war sie nie. Sie hatte die Hosen an.«

»Das habt ihr nur gedacht.«

»Du sagst das nur, weil du genau wie er bist. Also fast. Immerhin hat er es geschafft, eine Familie zu gründen. Mehr aber auch nicht. Ohne Mutter wäre aus ihm nichts geworden. Das weißt du so gut wie ich.«

»Er hat sich krumm gearbeitet. Weil sie es so wollte.«

»Sag ich doch.«

»Und was wirfst du mir vor? Familie hat keiner von uns. Und das hat seine Gründe.«

»Bist du dir immer noch sicher?«

»Todsicher. Er hätte das nicht riskiert. Nicht nach dem, was war.«

»Aber seinen Mund hat er nicht gehalten.«

»Dafür jetzt umso mehr. Bis in alle Ewigkeit. Wer quatscht, dem wird das Maul gestopft. Das war schon immer so.«

Wibke stieß einen wimmernden Ton aus. »Ich kann die Augen nicht schließen.«

»Warum?«

»Ich sehe es vor mir.«

»Hast wohl Angst?«

Sie legte die Hand an den Hals, weil er sich zuzuschnüren schien. »Und Freyja?«

»Wenn du es nicht weißt …«

»Ich? Wieso?«

»Zähl einfach eins und eins und eins zusammen.«

»Ich weiß nicht, was du meinst.«

»Das soll ich dir glauben? So naiv, wie du auf alles hereingefallen bist?«

Sie stieß ein hilfloses Wimmern aus. »Wie hätte ich das denn ahnen können?«

»Es hatte seinen Grund, dass unsere Eltern keinem getraut haben. Das Unglück kann nur durch die undichten Ritzen kommen. Kevin. Freyja. Du.«

»Nein.« Sie schüttelte den Kopf.

»Wenn ich es dir sage. Und deswegen solltest nur eines tun: die Beine in die Hand nehmen und Land gewinnen. Und dein Schandmaul halten. Hirn einschalten geht bei dir ja nicht.«

»Wie kannst du nur? Du weißt, dass wir zusammenhalten müssen.«

»Nichts da. Du ziehst mich nicht in die Sache rein. Hau jetzt endlich ab. Und mach, dass dich keiner sieht.«

Sie drehte sich um und ging in Richtung Ausgang. Ihr Blick fiel auf das Foto. Sie schluckte und hatte das Gefühl, daran zu ersticken.

»Waren sie schon bei dir?«, presste sie hervor.

»Die Polizei?«, fragte er und grinste hämisch. »Was sollten die mir wohl können? Gefährlich wird es nur für die, die ihre Klappe nicht halten können.«

Sie nickte. »Okay. Natürlich. Das habe ich verstanden. Ich kümmere mich um die Beerdigung. Wie bei Mutter. Was dagegen?«

»Wirklich? Von mir aus.« Er kam ihr nach und packte sie an der Schulter. »Aber mach keinen Fehler, Wibke. Ich sage es dir. Einfach Klappe halten. Und sonst nichts.«

103

»Jansen.«

Die Stimme klang so nah, als säße Henning Jansen mit ihnen in Martins Dienstzimmer und nicht am nahezu anderen Ende der Welt. Aber das war bisher nur eine Vermutung. Wenn sie Glück oder Pech hatten, hielt er sich in unmittelbarer Nähe auf der Insel auf. Pech bedeutete, dass es einen weiteren potenziellen Tatverdächtigen gäbe, Glück, jemanden zu haben, dem sie im direkten Kontakt etwas entlocken konnten. Erst recht, wenn er in die Sache drin steckte. Bali war einfach verdammt weit weg.

»Schneyder. Gert Schneyder von der Kriminalpolizei Aurich. Ich sitze zurzeit auf der Polizeistation Norderney, weil wir in zwei Todesfällen ermitteln. Sie haben davon gehört? Wo erreichen wir Sie denn gerade?«

Jansen schwieg, nur sein gleichmäßiges Atmen war zu hören. Martin überlegte, ob er nach einer passenden Antwort suchte oder ob Gerts Worte einfach nur lange brauchten, um am Ohr des anderen anzukommen.

»Wo ich bin?« Jansen stieß etwas aus, was genauso gut ein brummendes Lachen sein konnte wie ein empörtes Schnaufen. »Habt ihr das nicht recherchiert?«

Gegenfragen enthoben ihn erst einmal einer eigenen Antwort. Martin seufzte innerlich. Noch einer aus diesem Familienclan, mit dem sie kein leichtes Spiel haben würden.

»Sagen Sie es uns einfach«, erwiderte Gert.

»Würden Sie es mir glauben?«

»Kommt darauf an, wie plausibel es sich in die Antworten auf meine weiteren Fragen einordnet. Erst einmal stelle ich fest, dass es Sie nicht zu interessieren scheint, was es mit den Todesfällen auf sich hat. Ich verbuche das mal folgendermaßen: Sie sind informiert. Durch wen und welche Umstände auch immer. Könnte es sein, dass Ihre unklare Antwort auf Ihren Aufenthaltsort ein vorgezogenes Katz-und-Maus-Spiel ist?«

»Inwiefern?«

»Hinsichtlich der Alibifrage, zum Beispiel.«

»Da bin ich safe.«

»Beweisen Sie es.«

»Schalten wir auf den Videocall um?«

»Von unserer Seite gerne.«

Eine neue Verbindung später beugte sich Martin neben Gert über das horizontal angelehnte Handy. Auf dem Bildschirm sahen sie einen wettergegerbten Menschen mit blonden schulterlangen Haaren und einem ausgebleichten Bart, der wenig gepflegt und gestutzt zu werden schien. Die Augen waren zusammengekniffen. Das tiefe Blau der Pupillen blitzte nur kurzzeitig auf, stellte aber einen bemerkenswerten Kontrast zu der satten und goldenen Bräune des Mannes her. Ein Frauentyp, zweifelsohne.

Henning Jansen hob nun sein Handy an und drehte sich um. Im Display erschien die atemberaubende Landschaft, die eine direkte Kopie aus den obligatorischen Reiseführern sein könnte. Das Meer rollte hinter ihm auf eine palmenumrandete Bucht zu, in der ein hölzernes Ruderboot lag. Etwas weiter zurück war eine Ansammlung von kleinen Hütten zu sehen, die sowohl Touristenunterkünfte als auch Herberge der Einheimischen sein mochte. Tatsache war: Henning befand sich live und in Farbe ziemlich weit weg. Ob es nun genau Bali, Indonesien oder insgesamt der Pazifische Ozean waren, ließ sich derzeit nicht ausmachen, aber Norderney, Ostfriesland und die Nordsee schieden als Aufenthaltsort definitiv aus.

»Beeindruckend.« Aus Gerts Worten sprach ernsthafte Anerkennung. Er hätte gegen eine dienstliche Reise wahrscheinlich nichts einzuwenden.

»Nicht wahr?« Henning Jansen erschien wieder auf dem Bildschirm. »Ist damit Ihre Frage zur Zufriedenheit beantwortet?«

»Zum Teil, ja«, gab Gert zurück. »Wie sieht es mit dem Rest aus?«

»Wenn Sie mir noch mal auf die Sprünge helfen?« Hennings Stirn legte sich in feine, dünne Falten. Er schien ein guter Schauspieler zu sein. Aber das waren auf sehr unterschiedliche Art wohl alle Jansens, jeder auf seine Weise. Nicht ohne Weiteres zu packen und nicht zu steuern. Sie drehten den Spieß herum, führten sie vor, ließen sie ins Leere laufen.

»Woher wissen Sie von den Todesfällen?«

»Sie sprechen von mehreren?«

»Sie nicht?« Ein Versuch von Gert, es seinem Gesprächspartner gleichzutun.

»Reden wir möglicherweise von verschiedenen Ereignissen? Sie müssen schon konkreter werden. Schließlich befinde ich mich nicht vor Ort.« Martin sah, wie die Augen erneut aufblitzten und die Mundwinkel zuckten. Da hatte einer Spaß daran, sie vorzuführen.

»Okay, Butter bei die Fische. Ihr Bruder Kevin ...« Gert ließ den Satz in der Luft hängen.

»Ja, Kevin. Einer meiner Brüder, um es korrekt auszudrücken. Tatsächlich habe ich davon gehört. Tragisch. Auch wenn er der Hallodri unter uns Geschwistern war.«

»Das klingt nicht nach Schock, Empathie und Mitgefühl. Wer aus der Familie hat Sie informiert?«

»Aus der Familie? Ihr Ernst? Sie scheinen mit Ihren Ermittlungen nicht weit fortgeschritten zu sein, sonst wüssten Sie, dass das ausgeschlossen ist. Wir haben keinen Kontakt. Was auf einem gegenseitigen Agreement besteht. Daher sicher auch Ihr Eindruck der fehlenden Betroffenheit. Ich habe mich emotional von jeglicher Verwandtschaft gelöst. Der Begriff ›Familie‹ existiert in meinem Kontext nicht mehr. Und ich lasse mich durch nichts und niemanden in dieses Konstrukt zurückholen.«

»Irgendjemand scheint ja zu glauben, es könnte Sie interessieren, was mit Ihren Geschwistern passiert ist.«

Martin glaubte, ein kurzes Zucken des rechten Augenlids bei Henning zu bemerken. Wie ärgerlich, dass ihnen nur das kleine Display zur Verfügung stand.

»Es gibt ja immer welche, die einen nicht loslassen wollen. Den eigenen überschaubaren Kosmos für den Nabel der Erde halten. Lachhaft, oder? Ausgerechnet Norderney! Und ich will nicht eitel klingen, aber so ist es nun einmal: Vor allem gibt es diejenigen, die den Kontakt halten wollen zu dem, der ausgezogen ist in die große weite Welt. Nach Bali, dem Sehnsuchtsort. Ich bin so was wie das Aushängeschild, dass man nicht ganz so provinziell ist, wie es scheint.«

»Und wer ist es nun, auf den das zutrifft? Wer hat Sie über Kevins Tod unterrichtet? Spannen Sie uns nicht länger auf die Folter.«

Eine Frau, dachte Martin. Eine, die die Verbindung halten will. Nicht nur Sehnsucht nach Bali hat.

»Mirko Bramstätt«, antwortete Henning kurz und knapp und drehte eine Plastikwasserflasche auf, die in seiner Hand knirschte.

»Der Bestatter?«, fragte Gert.

»Der Versicherungsmakler?«, rutschte es Martin zeitgleich heraus.

Henning lachte. »Stimmt beides. So geht es den meisten Menschen zu Hause. Selbst die, die sich hoch träumen, stehen dennoch mit einem Bein im Grab. Wenn du dich nicht löst, wenn du nicht wirklich gehst, wirst du dich nie freischwimmen.« Er drehte die Kamera und ließ sie wieder über das Meer und die Bucht gleiten. »Das hier, und nur das hier ist meine Freiheit.«

Martin schüttelte innerlich den Kopf. So einfach funktionierte das nicht. Es wäre interessant, mit Ruth als Psychologin darüber zu reden. Er für seinen Teil glaubte, dass Henning Jansen sich selbst belog. Oder ihnen etwas weismachen wollte, um abzulenken. Von sich, seinem Aufenthaltsort, seinen familiären Banden, seiner Beteiligung an den Todesfällen. So einfach würden sie ihn nicht von der Angel und in den Pazifischen Ozean zurückgleiten lassen.

Das schien Gert genauso zu sehen. »Und Freyja?«, fragte er. »Wie und wann haben sie von ihrem Tod erfahren?«

»Freyja?« Die Mundwinkel, die bisher eine Art Dauergelassenheit vorgetäuscht hatten, rutschten schlagartig nach unten. Als wenn die Sonne hinter Wolken verschwände, legte sich ein Schatten, eine Düsterheit über Hennings Gesicht. »Wie, Freyja?« Das Krachen der Wasserflasche schepperte ins Mikrofon und überdeckte das Gestammel aus seinem Mund. Tropfen überzogen das Display, bevor das Smartphone aus der Hand rutschte. Martin sah den Sandstrand auf sich zukommen. Dann wurde der Bildschirm dunkel.

104

»Ausgerechnet in den Sand«, kommentierte Martin, nach dem 20. vergeblichen Versuch, die Verbindung zu Henning Jansen erneut herzustellen.

»Du meinst, als wäre das Handy stellvertretend für ihn selbst verschüttet worden? Sinnbildlich für ein Schuldeingeständnis, dass er am Tod seines Bruders beteiligt war?«

»Ich weiß, so ist das Leben nicht. Ein Zufall, mehr nicht. Leider. Das Schicksal könnte es uns ja mal einfach machen.«

»Wie schätzt du seine Reaktion denn ein? Überzeugend? Geschauspielert?«

»Ich kann es nicht sagen«, antwortete Martin. »Dafür brauche ich ein leibhaftiges Gegenüber. Wenn er irgendetwas mit dem Tod seiner Geschwister zu tun hat, wird er erwartet haben, dass wir Kontakt aufnehmen. So wie er sich uns präsentiert hat, kann alles stimmen. Dass er über Freyjas Tod noch nicht unterrichtet war und wir ihn mit der Nachricht überrascht haben …«

»… oder dass die Überraschung, das Fallenlassen des Handys, die anschließende Nichterreichbarkeit gescriptet waren.«

»Ich hätte jetzt nicht zu diesem Wort gegriffen, aber ja, das trifft es.«

»Trotzdem gibt es einen Widerspruch, und der macht Henning in meinen Augen weiterhin verdächtig.«

»Genau. Wenn er doch angeblich so abgeschlossen hat mit seiner Familie, wenn ihn Kevins Tod überhaupt nicht berührt, warum reagiert er dann auf Freyjas Ableben mit so einer Betroffenheit?«

»That's the point.« Gert erhob sich. »Ich denke, es wird nun endgültig Zeit für unseren Besuch beim Bestatter.«

»Und die anderen Pläne? Was ist mit Tomke? Wibke? Und hast du was von der KTU gehört? Haben sie den passenden Schal im Laden finden können?«

»Martin Ziegler, du bist ein Korinthenkacker wie meine Vorgesetzten und Kollegen auf dem Festland. Fälle löst man aber nicht mit Beamtentum, sondern mit Kreativität. In Wahrheit ist es eine künstlerische Gabe, mit der ich das Glück habe, ausgestattet zu sein.« Er grinste, während er Martin die Tür des Dienstzimmers aufhielt. »Gerne nach Ihnen, der Herr.«

»So, so, dann verstehe ich auch endlich, warum uns Marthe Dirkens immer den Rang abläuft. Ihre schöpferische Ader für Kriminalfälle ist anscheinend ausgeprägter als deine, vor allem im Zusammenspiel mit Helene Dannenberg.«

»Chapeau, Treffer versenkt. Ich erkenne mein Eigentor an. Umso dringlicher, dass wir weiterkommen.« Er zückte sein Handy. »Die KTU ist schnell befragt.«

Martin nutzte die Zeit, um Mirko Bramstätt anzurufen. Im Gleichschritt gingen sie zum Hof der Polizeiwache, die Handys synchron ans rechte Ohr geklemmt. Fast gleichzeitig begannen sie zu sprechen, genau in dem Augenblick, als sie die Fahrer- und die Beifahrertür erreichten. Über das Autodach sahen sie einander an, während sie die Antworten empfingen. Parallel bedankten sie sich und legten auf.

»Und?« Die Frage schoss ihnen zeitgleich aus dem Mund.

»Du zuerst«, sagte Martin.

»Okay. Eine gute, eine schlechte Nachricht. Der Schal stammt tatsächlich aus dem Laden, nachweisbar, weil weitere Exemplare vorhanden waren. Allerdings ist das Objekt, von dem die Faserspuren an Freyjas Hals gefunden worden, nicht mehr vor Ort.«

»Das spielt uns doch in die Karten. Da, wo wir den Schal finden, ist der Täter nicht weit.«

»Nette Idee. Wo fangen wir an zu suchen? Wir müssten auch nach dem Ladenschlüssel Ausschau halten. Denn der bleibt unauffindbar.« Gert ließ sich auf den Beifahrersitz fallen. »In Jaspers Messiewohnung vielleicht?«

»Dann eben andersrum: zuerst den Täter. Schal und Schlüssel als Draufgabe zum unumstößlichen Beweis.«

»Einverstanden. Und dein Bestatter hilft uns?«

»Das macht er. Und du wirst es nicht glauben. Er empfängt uns stilecht. Auf dem Friedhof.«

»Perfekt. Wollten wir da nicht so oder so hin?«

»Nun ja, ich gehe nicht davon aus, dass auch Wibke sich zum Stelldichein mit uns begibt.«

»Nicht? Aber man wird sich ja wohl mal was wünschen dürfen.«

»Wünschen immerzu. Doch wie war das mit dem Silbertablett des Schicksals? Ich habe das Gefühl, die Bedienung läuft immer meilenweit an mir vorbei.« Martin startete den Wagen, passierte vorsichtig die Kreuzung am Bücherschrank und bog nach links in die Benekestraße ein.

105

Martin verschloss den Wagen und stieg hinter Gert die wenigen Stufen zum Friedhof hoch.

Dieser verharrte an dem silberfarbenen Tor und deutete auf zwei Frauen, die mit Gartenwerkzeugen den Hauptweg entlang gingen. »Da sind sie ja wieder. Das letzte Mal bist du mir die Antwort schuldig geblieben, wenn ich mich recht erinnere.«

Martin stutzte kurz, dann fiel es ihm ein. »Ach ja, dein berufliches Interesse, nehme ich an. Wie waren noch gleich die Fragen? Mutter und Tochter? Witwe und Waise?«

»Spare dir die Ironie. Ohne ein gewisses Maß an Neugierde ist man im Polizeiberuf grundsätzlich falsch aufgehoben.«

»Interessante Qualifikationen, die du beschreibst. Kreativität, künstlerisches Talent, Vorwitz, ja? Solltest du mal mit den verantwortlichen Jobscouts und den Social-Media-Menschen besprechen. Das eröffnet ja ganz neue Chancen in der Nachwuchsgewinnung. Sportlichkeit, Belastbarkeit, Ausdauer sind nachrangig.«

»Du willst mich falsch verstehen. Oder mir ausweichen. Die beiden Damen arbeiten hier?« Gert ließ nicht locker.

»Ja, die etwas ältere ist die Chefin. Sie hat im letzten Jahr einen kleinen Gartenbaubetrieb eröffnet. Man soll es nicht glauben, sie hat einen Meisterbrief in der Tasche. Die andere ist ihre Auszubildende. Weiß ich beides auch nur, weil das Gerede erst einmal groß war. Zwei Frauen in einem klassischen Männerberuf.«

»Und? Haben sich die Vorbehalte bestätigt?«

»Überhaupt nicht. Sie haben noch einen Mann im Team, der aber nur in Teilzeit arbeitet. Die Berufswelt verändert sich schneller, als wir schauen können.«

»Generation X,Y,Z meinst du?«

»Nicht nur. Die geburtenstarken Jahrgänge, die in den nächsten Jahren auf die Rente zusteuern, brechen schon jetzt teilweise weg. Erwerbsunfähigkeit, Altersteilzeit, Frührentner, der Wechsel aus dem Angestelltenverhältnis in ein selbstständiges Dienstleistungsunternehmen, der eine oder andere Privatier oder derjenige, der sein Hobby zum Beruf macht – sie alle tragen dazu bei, dass der Arbeitsmarkt ausdünnt.« Martin öffnete das Tor. »Darüber könnten wir jetzt stundenlang debattieren.«

»Oder Kinder machen«, warf Gert ein und schlug ihm auf die Schulter.

Martin zuckte kurz zusammen, lachte dann aber heiser auf. »Mit dem Gästezimmer wäre es danach endgültig für dich vorbei. Im Übrigen: Denk an das Glashaus und die Steine.«

»Schon gut, kehren wir lieber zu den Jansens zurück. Die haben ja auch noch nach den Boomerjahren für ordentlich Nachwuchs gesorgt.«

»Stimmt. Zu dem Zeitpunkt war das schon recht ungewöhnlich. Ich kann mir vorstellen, dass es auch auf der Insel zu Naserümpfen geführt hat. Kinderreiche Familien sind mit einer Menge Vorurteilen belegt.« Martin hob die Hand und winkte zu Mirko, der sie vor der Friedhofskapelle erwartete und gerade den beiden Frauen etwas zugerufen hatte.

»Hm«, machte Gert. »Dann kommt die Zurückgezogenheit der Familie sicher ein Stück weit daher, dass sie sich zu Recht ausgegrenzt vorkam.«

»Die Henne und das Ei und eine Menge Spekulation. Mal sehen, was Mirko uns dazu sagen kann.«

Sie schüttelten einander die Hände und tauschten kurze

Begrüßungen miteinander aus. Martin fiel auf, dass Mirko sich danach gleich mehrfach seine Hände an der Hose abwischte, als sei ihm der vorhergehende Handschlag unangenehm. Schwitzig jedenfalls waren seine Finger nicht gewesen, obwohl die Temperaturen nach wie vor sommerlich warm waren.

»Ihr wolltet mich sprechen?«, machte Mirko dann auch den Anfang und klang leicht gehetzt.

»Prima, dass du dir die Zeit für uns nimmst«, bestätigte Martin.

»Passte so. Ich hatte hier noch was zu erledigen«, sagte er und deutete auf die Kapelle hinter sich. »Worum geht es denn genau?«

»Gibt es schon Planungen für die Bestattung von Kevin und Freyja?«, fragte Gert.

»Dafür seid ihr hergekommen?« Mirko wirkte verblüfft. »Ihr müsst doch wissen, wann die Leichen freigegeben werden.«

»Das steht unmittelbar bevor.« Gert ließ sich nicht aus der Ruhe bringen.

»Dann verstehe ich die Frage nicht.«

»Sie bezog sich eher auf die Familie. Ob sie mit den Planungen schon an dich herangetreten ist.«

»Die Familie.« Mirko lachte höhnisch. »Das hört sich jetzt so an, als gäbe es so etwas bei den Jansens. Aber mehr als die zufällige Verwandtschaft, den gemeinsamen Namen und das Aneinandergebundensein durch komplizierte Testamente gibt es nicht.«

»Ach? Das mit den Testamenten ist interessant. Was hat es damit auf sich?«

»Was weiß denn ich? Da gibt es so eine Geschichte um eine Erbtante, die Bedingungen gestellt hat. Übrigens auch die, mit im Familiengrab bestattet zu sein. Weil sie es mitfinanziert hat.«

»Das gibt es? Ein Familiengrab der Jansens? Ist das nicht eine teure Angelegenheit?«

»Schon. Ein Einzelgrab ist preiswerter, ein Urnengrab natürlich noch mal mehr. Viele Norderneyer bevorzugen mittlerweile die Seebestattung wegen der ausbleibenden Folgekosten. Kaum etwas verändert sich so schnell wie unsere Bestattungskultur.«

Gert drehte sich zu Martin um. »Das mit den Veränderungen hatten wir eben erst in einem anderen Kontext. Ja, die Gesellschaft ist im Wandel. Interessant, dass die Jansens am kostspieligeren Modell festgehalten haben.«

Mirko lachte und wischte sich erneut mit den Händen über die Oberschenkel. »Stimmt, bei ihrer Knausrigkeit. Es wirkt, als hätten sie das Geld für das Himmelreich angespart. Doch ich kann bestätigen: Sie sind genauso wie jeder andere nur mit dem letzten Hemd bestattet worden. Auch sie haben nichts mitnehmen können.«

»Keine Grabbeigaben?«, lachte Gert. »Wie die alten Ägypter?«

»Ich glaube, mit Bargeld und Aktien kommt man nicht an Petrus vorbei. Und Immobilien passten nicht in den Sarg.«

»Können wir das Grab sehen?«, fragte Martin.

»Klar.« Er wies in die Richtung. »Stellt euch nichts Pompöses vor. Der Grabstein ist ein rechteckiger Quader, nur mit den Namen Jansen und Brinkmann. Keine Vornamen, keine Daten.«

»Der zweite Name?«, wollte Gert wissen.

»Ist von der Tante.«

Gert nickte Martin zu. Das deckte sich mit der Geschichte, die Tomke ihnen erzählt hatte.

Sie bogen zweimal in schmaler werdende Pfade zwischen den Gräbern ab. Dann standen sie vor einer Grabstätte mit dem beschriebenen Stein. Sie wirkte doppelt so breit wie die meisten anderen.

»Holla, da hat aber jemand vorgesorgt, was? Wie viele passen denn da rein?«

»Na ja, das hängt mit Lauf- und Ruhezeiten zusammen. Vier Einzelgräber. Die können jeweils mit einem Sarg und zwei Urnen belegt werden.

»Haben denn die Geschwister überhaupt ein Interesse, im Familiengrab bestattet zu werden? Bei den Zerwürfnissen?«

Mirko zuckte die Schultern. »Vielleicht hat Freyja darüber nachgedacht. Sie war chronisch erkrankt. Die anderen? Wer denkt in dem Alter schon an den Tod?«

»Trotzdem. Du hattest doch Kontakt. Zumindest zu Kevin. Hat er mal etwas geäußert? Auffällig ist ja auch, dass niemand der Geschwister eine eigene Familie gegründet hat. Oder wie war das bei Kevin? Hatte er ein uneheliches Kind? Ja oder nein?«

»Ach, immer wieder die Geschichte. Er hat es bestritten. Hat gesagt, es gäbe Gründe. Geredet hat er darüber nie. Ich habe aber auch nicht gebohrt. Bin selbst froh, wenn mir keine einen Balg anhängen will. Weiß man ja nie.«

Martin drehte sein Gesicht zur Sonne. Er wollte Mirkos Redefluss nicht mit Missbilligung unterbrechen. Ansichten alter weißer Männer gab es auch immer noch unter den Jungen.

»Und Henning?« Gert klang fast gelangweilt.

Sofort fixierte Martin wieder Mirko, wollte wissen, ob er sich überrascht zeigte.

Und das tat er. Seine Augen flackerten. Eindeutig. Er machte den Mund auf und zu. Antwortete nicht. Sondern schaute Gert nur fragend an.

»Was würde Henning davon halten, dass ein Platz im Familiengrab für ihn reserviert ist?«

Mirko atmete hörbar aus. »Keine Ahnung. Aber wandert

man nach Bali aus, um dann mit Zettel am Zeh zurück nach Norderney zu kommen? Ich glaube, unsere Insel sieht ihn nicht wieder.«

»Er war also in letzter Zeit nicht hier?«

»Bei uns? Auf Nördernee? Nee, das lass mal stecken. Nicht über seine Leiche. Womit ihr eigentlich auch schon die Antwort habt.«

»Und wie ist es mit dir, Mirko«, mischte sich jetzt Martin ein. »Hattest du zuletzt Kontakt zu Henning?«

Mirko beugte sich herunter und zupfte ein Unkraut aus dem Kies, mit dem das Grab bedeckt war. »Ich?«, fragte er lang gezogen.

»Wer sonst?«

»Hat er das gesagt? Ich wollte nur nett sein. Hab ihn über Kevins Unfall informiert. Also über das alles. Und dass ihr ermittelt.«

»Ja und?«

»Er war sauer. Will eben nichts mehr mit den Jansens zu tun haben. Die sind für ihn gestorben, hat er gesagt.«

»Was Kevin und Freyja anbelangt, eine sehr treffende Aussage. Regelrecht zynisch.« Gert senkte den Kopf und blickte Mirko prüfend an.

»Aber so war es nicht gemeint. Und das mit seiner Schwester, da wusste ja noch keiner was von, als ich mit ihm sprach.«

»Darüber hast du ihn im Anschluss informiert? Nach deren Tod?«

Mirko schüttelte den Kopf und tippte sich an die Stirn. »Ich bin doch nicht bescheuert. So, wie der mich runtergemacht hat. Weil ich nett sein wollte. Nicht mehr und nicht weniger.«

Gert klatschte seine Hände wie die Becken eines Orchesters gegeneinander. »Perfekt.«

Mirko kniff die Augen zusammen. »Muss ich das verstehen?«

Gert lächelte. »Keineswegs. Danke, unser Gespräch war mir eine Bereicherung.«

»Dann kann ich jetzt gehen?« Mirko wirkte immer noch argwöhnisch und nervös.

»Jederzeit. Auch wir machen uns auf den Weg.«

Trotzdem rührte sich keiner von der Stelle.

»Ist noch irgendetwas?« Mirko drehte sich jetzt um, schien der Sache aber nicht zu trauen.

»Ach ja.« Martin ruckte das Kinn hoch. »Wibke Jansen wurde auf dem Friedhof gesehen. Kann sie dasjenige Familienmitglied sein, das sich nun um die Bestattungen kümmern soll?«

Mirko verzog verächtlich den Mund. »Ausgerechnet Wibke? Um die Beerdigung? Als wenn die das hinbekäme. Nee, da fragt lieber mal Tomke. Und auf dem Friedhof geistert Wibke immer schon herum. Erschreckt die Leute, weil sie selbst manchmal wie ein Geist herumwandelt. Hört euch mal um. Pia und Ruby, die können ein Lied davon singen.«

»Pia und Ruby? Wer soll das sein?«

»Unsere Friedhofsgärtnerinnen. Die können euch dazu bestimmt etwas erzählen.«

106

Zu Hause hielt sie es nicht aus. Sie hatte endlos lange auf der Toilette gesessen und die streifigen Wandfliesen angestarrt, bis bunte Punkte vor ihren Augen flirrten und die Fugen zu schlangenförmigen Gebilden wurden. Aber sie hatte sich kaum erheben können, ihr Rücken, von Kind an durch eine Verkrümmung belastet, schmerzte mehr als an allen anderen Tagen. Kein Wunder nach der körperlichen Anstrengung, den schlaflosen Nächten, nur durchzogen von Albträumen, die sie schweißgebadet hochschrecken ließen. Ganz abgesehen von den Dauersorgen, die sie plagten, weil das Finanzamt ihre Abrechnungen infrage stellte. Es war zu viel. Zu viel. Zu viel. Zu viel.

Der Tee war zu bitter, aber sie trank ihn, um das trockene Brot hinunterzuwürgen. Selbst die Sanddornmarmelade half nicht über den säuerlichen Geschmack hinweg. Obwohl das Haltbarkeitsdatum, das auf der Tüte stand, noch nicht überschritten war, glaubte sie den beginnenden Schimmel zu riechen.

Hier wird nichts weggeworfen.

Sie schluckte, wie sie es ein Leben lang gemacht hatte. Warf kein Essen fort, weil es Frevel war. Vermied bei den meisten Sachen den Blick auf das Ablaufdatum, es war doch immer gut gegangen, die Mutter hatte recht.

Auch damit, dass man nicht daran starb, wenn man zum Runterschlucken gezwungen war.

Iss endlich, oder glaubst du, ich hätte den ganzen Tag Zeit?

Die Stimmen kamen seit Tagen näher, wurden immer lauter, sprangen hin und her. In die Kindheit, in die Zukunft, ins Jetzt.

Sie spürte die Ohrfeigen, den Kochlöffel. Den jeder mal in der Hand hatte. Vater, Mutter, Jasper, Freyja, Henning, Tomke. Bis sie groß und alt genug war, ihn selbst einzusetzen.

Passt auf die Kleinen auf.

Sie hatte solange nicht daran gedacht. Es war so weit weg, so tief vergraben gewesen. Warum hatte sie nicht auf ihre Eltern gehört?

Das Unglück bringen die anderen in die Familie.

Wobei das ja gar nicht stimmte, jedenfalls für das, was damals passiert war, galt es nicht. Oder reichte es schon, dass sie sich über die Zeit und die Regeln hinweggesetzt hatten?

Wenn nur einer erfährt, was ihr angerichtet habt, tragt ihr das Unglück in unsere Familie.

Jahrelang hatte sie die Strafe gefürchtet. Auf sie gewartet. Und dann verdrängt.

Jetzt iss! Schluck es herunter. Und hör mit dem hysterischen Flennen auf. Meinst du, ein Essen im Heim oder Knast wäre besser?

In der Schule hatten sie die Brote getauscht. Deichkäse. Seeluftschinken. Wurst vom Inselmetzger. Radieschen. Paprika. Äpfel. Bananen. Ihr Weißbrot mit Scheibletten mochte keiner.

Die warten doch nur, dass uns das Unglück ins Haus fällt. Sie lauern wie die Geier. Reiben sich die Hände. Machen uns nieder.

Die Großen wiederholten die Worte der Eltern. Sie hatten ja recht. Niemand wollte mit ihr und den Geschwistern zu tun haben. Freunde hatte sie keine. Und Liebe? War nur für die anderen.

Jeder hatte es auf seine Weise versucht.

Sie waren auseinandergedriftet. Beäugten sich kritisch. Wer nahm wem etwas weg? Wer schadete wem? Wer von ihnen fand sein Glück? Auf wessen Kosten?

Solange die Mutter noch lebte, war sie der Kompass. Tomke lachte darüber. Tante Ella war seine Göttin. Die ihn immer schon mit dem Geld gelockt und gekauft hatte. Da hatten die Eltern nur zugesehen. Zu hoch wäre der Preis gewesen, Ella auszuschalten.

Bei jeder Beerdigung waren sie aneinandergeraten. Zuerst der Vater, dann Ella, zuletzt Mutter. Henning hatte unmittelbar danach die Flucht ergriffen. Ließ alles seinen Anwalt regeln.

Wibke seufzte.

Das Unglück bringen die anderen in die Familie.

Warum bloß hatte sie das vergessen?

Sie stellte den Teller mit dem angebissenen Brot in den Kühlschrank.

Später. Später würde sie es aufessen. So wie die Mutter es gewollt hätte.

Aber zuerst hatte sie noch etwas anderes zu erledigen.

Sie griff nach der an den Ecken abgewetzten Tasche mit dem Designer-Logo. Tante Ellas Erbstück. Groß genug.

107

Mirko begleitete sie zu den beiden Gärtnerinnen, die dabei waren, ein Grab voll welkender Kränze abzuräumen, stellte sie knapp vor und verabschiedete sich mit einem hastigen Winken. Fast im Laufschritt verließ er den Friedhof.

Die Frauen richteten sich auf.

»Freut mich«, sagte die Ältere und strich die rechte Hand an ihrem dunkelgrünen Hosenbein ab, bevor sie ihm diese entgegenstreckte. »Pia Oltmann. Und das ist meine Kollegin, Ruby Bokel.«

»Auszubildende«, sagte das junge Mädchen mit dem spürbar weicheren Händedruck. »Zweites Lehrlingsjahr, hat gerade erst begonnen.«

Für einen kurzen Moment war auch Martin verführt, seine Hände an den Hosen abzuwischen. Was er unbedingt Ruth und Anne erzählen musste, die ihm schon oft von den Spiegelneuronen erzählt hatten, die einen dazu brachten, das Verhalten des Gegenübers unwillkürlich nachzuahmen.

Stattdessen nickte er nur, als er wie Gert seinen Namen und seine Funktion nannte.

»Kriminalpolizei?« Frau Oltmann schaute zwischen den beiden hin und her. »Und Leiter der hiesigen Wache. Eine ungewöhnliche Kombination.«

»Gut erkannt«, erwiderte Gert lachend.

»Das Inselleben bringt immer wieder Besonderheiten hervor«, antwortete Martin.

»O ja, da können wir ebenfalls ein Lied von singen. Dabei bin ich noch nicht allzu lange hier. Zwei Jahre. Es ist wahrscheinlich ein gutes Zeichen, dass wir bisher nichts miteinander zu tun hatten, was?«

»Weil ich so selten auf dem Friedhof anzutreffen bin?«, nahm er den scherzhaften Ton auf.

»Eher weil Sie mich bisher noch nicht beim Falschparken und Durchbrechen der Sommersperre erwischt haben. Wobei ich sagen muss, meistens bin ich mit meinem Holder unterwegs. Oder eben inseltypisch mit dem Rad. Das Auto ist absolut überflüssig, wenn man hier lebt.« Sie deutete auf das Gefährt, das auf dem Weg stand. An die kleine Zugmaschine war ein Anhänger mit einer Sitzbank angeschlossen. Auf der Ladefläche standen neben den Werkzeugen Kisten mit frischen Blumen und Sträuchern, mit denen das Grab anscheinend bepflanzt werden sollte. »Aber ich befürchte, Sie sind nicht zum Small Talk hier. Was habe ich also angestellt, was sogar die Kripo auf den Plan bringt?«

Martin musterte die Frau, die Anfang 30 sein mochte, möglicherweise noch etwas jünger. Ihre tief gebräunte Haut erzählte von vielen Sonnenstunden und der Arbeit unter freiem Himmel. Sie schien sich wenig Sorgen um Spätschäden durch die UV-Strahlung zu machen, davon zeugte das knappe Tanktop in einem etwas helleren Grün als die Cargohose und der fehlende Kopfschutz auf dem schwarzen, zu einem langen Zopf geflochtenen Haar.

»Leider nichts.« Gert hob die Schultern und Hände hoch. »Was ich sehr bedauere.«

Martin presste die Lippen zusammen. Dieser übertriebene Flirtmodus, in den sein Freund immer aufs Neue verfiel, war zum Fremdschämen. Was die Angesprochene anscheinend anders empfand.

»Was nicht ist, kann ja noch werden.« Sie zwinkerte ihm zu.

Martin versuchte es mit einem durchdringenden Blick in Gerts Richtung. Was sollte das? Er hatte doch schon seine Gerichtsmedizinerin. Ob die Nähe zu den Toten für ihn einen besonderen Reiz bei den Frauen ausmachte? Er würde ihn fragen. Nicht jetzt, aber zu gegebener Zeit. Wenn sie ihren Job erledigt hatten.

Das junge Mädchen hatte sich wieder der Arbeit zugewandt. Sie trug ein langärmeliges Shirt, unter dem sich ein erstaunlicher Bizeps abzeichnete, als sie zum nächsten Kranz griff, und eine Baseballmütze. Wahrscheinlich schon aus

Gründen des Arbeitsschutzgesetzes. Ihr Gesicht war nur Bronze gebräunt, blonde, knapp schulterlange Locken wippten bei jeder Bewegung. Ganz ähnlich hatte seine Freundin und Kollegin Ruth in jungen Jahren ausgesehen. Verdammt lange her, dass sie sich an der Polizeiakademie kennengelernt hatten. Und jetzt lag sie im Inselkrankenhaus, und er fand keine Zeit für einen Besuch. Heute Abend, nahm er sich fest vor, heute Abend würde er bei ihr vorbeischauen. Und wenn es nur eine Stippvisite wäre.

»Wibke Jansen, ja natürlich.«

In seine Gedanken versunken, hatte er den Fortgang des Gesprächs zwischen Gert und Frau Oltmann verpasst. Nun aber hatte der Kollege die entscheidende Frage gestellt.

»Wie ein Geist, hat Mirko gesagt?« Sie wog den Kopf hin und her. »Na ja, ich will es nicht so dramatisieren. Aber ja, sie hat uns schon das ein oder andere Mal erschreckt. Sie ist eine Schleicherin, wenn man das so sagen kann. Wissen Sie, es gibt Menschen, die werden sofort bemerkt. Mich, zum Beispiel, übersieht niemand. Das ist eine Charaktersache. Kann aber auch trainiert werden. Das werden sie besser wissen als ich. Für mich war es unbedingt notwendig, um als Meisterin, als Selbstständige und als Chefin in einem Männerberuf anerkannt zu werden. Frau Jansen ist das genaue Gegenteil. Ein Mensch, den jeder übersieht.«

»Und ich dachte immer, für Tote brauchte es nicht so viel Psychologie.« Gert hatte anerkennend seine Augenbrauen gehoben.

»Für diejenigen, die unter der Erde liegen, vielleicht nicht. Obwohl ich gerne mit ihnen rede. Verraten Sie es nicht weiter, sonst gelte ich schnell als verschroben. Für die Angehörigen dafür umso mehr. Jede Menge Empathie und Fingerspitzengefühl.«

»Frau Jansen gehört dazu? Ist sie Ihre Kundin?«

»Fragen Sie das jetzt privat, Herr Hauptkommissar? Dann darf ich Ihnen keine Auskunft geben.«

Gert zückte seine Visitenkarte. »Absolut dienstlich selbstverständlich.«

Pia Oltmann blickte auf die Karte und schien sich die Worte zurechtzulegen. »Einer meiner ersten Aufträge auf der Insel war die Grabbepflanzung nach dem Tod der alten Frau Jansen. Bepflanzung trifft es natürlich nicht. Gestaltung ist der richtige Ausdruck. Wenn es etwas zu gestalten gegeben hätte.«

»Sie haben das Grab mit Kies bedeckt?«

Sie nickte und zog die Mundwinkel herunter. »Das Gegenteil dessen, was ich gerne mache. Allerdings hatte ich keine Wahl. Als Neuling auf der Insel. Gegen eine der alteingesessenen Familien.«

»Wer hat den Auftrag erteilt?«

»Der Älteste der Brüder. Er kam mit einem Auszug aus den Nachlassverfügungen der Eltern. So etwas habe auch ich noch nicht gesehen. Alles war bis ins Detail geregelt. Preiswert und pflegeleicht musste es sein. Basta. Unkrautfolie, Kieselsteine, zwei bepflanzte Schalen. Fertig.«

»Pflanzschalen?«

»Sind Geschichte. Als sie verblüht waren, wurden sie abgeräumt.«

»Aber wie passt das dazu, dass Wibke sich so viel auf dem Friedhof herumtreibt? Wenn es kein Grab zu pflegen gibt? Wir reden ja hier nicht gerade von einer parkähnlichen Anlage, wie sie in großen Städten als Erholungsbereich genutzt wird. Ich verstehe es einfach nicht.«

»Nun ja, wie gesagt, sie geistert herum. Taucht mal hier, mal da auf. Steht vor fremden Gräbern, scheint die Inschriften regelrecht zu buchstabieren. Aber ihr Blick geht getrieben von rechts nach links. Es sind Ablenkungsmanöver.«

»Wofür?«, platzte es aus Gert heraus.

»Ich würde eine gute Detektivin abgeben«, antwortete Pia Oltmann kokett.

Nicht noch eine, stöhnte Martin innerlich.

»Kommen Sie mal mit.« Sie winkte mit dem gebogenen Zeigefinger wie die Hexe im Märchen und führte sie kreuz und quer über den Friedhof, bis sie an einer Reihe kleinerer Gräber stehen blieb. Alle zeigten Spuren von Alter und Verwitterung.

»Frühe Urnengräber?«, mutmaßte Gert.

»Falsch. Kindergräber. Aus den 80ern.«

»Haben die eine so lange Laufzeit?«

»Nur, wenn sie verlängert werden. Was vielen Eltern wichtig ist. Sie brauchen einen lebenslangen Ort des Trauerns.«

Martin schluckte. Das Schlimmste, was man sich vorstellen konnte. Das eigene Kind zu verlieren.

»Und was hat das mit Wibke Jansen zu tun?«

»Keine Ahnung. Das herauszufinden, ist dann wohl ihr Job. Aber ich habe sie mehrfach vor immer derselben Grabstätte erwischt. Und das kann nie im Leben ein Zufall sein. Meine Meinung. Sondern der Grund für ihre steten Friedhofsbesuche.«

»Welches Grab ist es?« Gert klang plötzlich heiser.

Martin spürte ein Zittern in seiner Nackenmuskulatur, ein untrügliches Zeichen dafür, dass sein Körper in Alarmbereitschaft ging.

Pia Oltmann streckte wortlos den Arm aus. Der Finger wies jetzt kerzengerade zu einem Grabstein, der mit Efeu überzogen war.

Er kniete sich nieder. Sachte schob er die Kletterpflanze beiseite, als könnte er das, was darunter verborgen lag, verletzten.

Nach und nach tauchten die einzelnen Buchstaben auf.

Nicht mehr. Kein Nachname. Kein Geburtsjahr. Kein Sterbejahr.

108

Sie war zu ruhelos, um sich hinzusetzen. Zu ängstlich, um ihn anzurufen. Im Hotel war er nicht mehr eingecheckt, das hatte sie herausgefunden. Manchmal erschien er wie vom Erdboden verschluckt, dann stand er wieder unmittelbar vor ihr. Sogar in ihren Praxisräumen hatte er sie aufgesucht.

Doch jetzt war alles anders, komplizierter, die Gedanken waberten wie Seenebel durch ihren Kopf. Unmöglich, mit ihrem Alltag weiterzumachen, Kunden zu bedienen, mit ihnen während der Behandlung sprechen zu müssen.

Wenn sie durch die Straßen lief, würde sie ihn finden. Er hatte seine Anlaufstellen, wie fast jeder, der auf die Insel kam. Café, Strand, Modeboutique. Abends Restaurant. Ein Wein im Strandkorb.

Sie hatte ihn beobachtet. Sie war nicht dumm. Auch wenn das alle glaubten. Sie hatte die Frauen gesehen, mit denen er sich umgab. Keine sah aus wie sie. Deswegen musste es ein großes Geheimnis sein, das verstand sie jetzt. Es war ihm nie um sie gegangen.

Wie hatte sie auf ihn hereinfallen können? So wie auf einen Enkeltrick. Oder auf so einen Typen aus Afrika, der nur Geld oder eine Heirat wollte. Wie oft hatte die Mutter sie davor gewarnt. Sie war immer misstrauisch gewesen. Bis auf dieses eine Mal.

Anzeigen könnte sie ihn. Sich selbst von Schuld befreien. Aber das ging nicht. Weil dann alles ans Licht käme. Alles, was jemals geschah. Das Einzige, was ihre Familie wirklich zusammenhielt.

Deswegen war sie seine Geisel. *Mitgegangen, mitgefangen, mitgehangen.* Die Stimme ihrer Eltern dröhnte in ihren Ohren. Noch nie war ihr ein Sprichwort so wahr vorgekommen.

Sie hatte gehofft, dass Freyja ihr helfen konnte. Die Brüder hatten immer ihr eigenes Ding geschoben. Hatten sie ausgenutzt und verhöhnt. Dass auf sie kein Verlass war, hatte Kevin an erster Stelle bewiesen. Schon lange hatte sie Angst davor gehabt. Sie weinte ihm nicht nach. Er war das Übel gewesen. Was jetzt passiert war, konnte nichts anderes als Gottes Strafe sein. Nur sie, sie musste sie befreien. *Mitgegangen, mitgefangen, mitgehangen.* Sie durfte keinen weiteren Fehler machen. *Unglück zieht Unglück an*, hatte ihre Mutter zeitlebens behauptet. Sie fehlte ihr so sehr. Als Richtschnur, als Kompass.

Die Einsamkeit stieg von den Zehen hoch bis in ihre Haarspitzen. Was gäbe sie darum, noch einmal von der Mutter zurechtgewiesen zu werden. Recht behalten hatte sie, mit allem, was sie vorausgesagt hatte.

Wenn einer redet, bricht das Unglück über uns herein.

Kevin war es, der zuerst dagegen verstoßen hatte.

Wer die Klappe nicht hält, tritt die Lawine los.

Sie war doch selbst nur Opfer. Nie im Leben hätte sie sich getraut, den Schwur zu brechen. Nur mit Freyja. Die war doch Familie. War eingeweiht. Und trotzdem. Sie hatte sich schuldig gemacht. Gesprochen. Nicht dichtgehalten. Hatte sich gegenstemmen wollen und war überrollt worden.

Deswegen konnte sie ihn nicht anzeigen. Sie musste alles dafür tun, dass niemand etwas erfuhr. Nicht was in den letzten Tagen, nicht, was damals passiert war.

Sie öffnete die Handtasche. Sie war nicht dumm. Sie hatte einen Plan.

109

Gert tippte auf sein Handy und legte es danach mit dem Display nach unten auf den Schreibtisch. Dann schob er sich über die Rückenlehne, auf der er während des Telefonats die Arme abgestützt hatte, rückwärts ins Büro. Der Stuhl knarzte.

Martin, der das Mobilteil der Telefonanlage ans Ohr gepresst hielt, verzog den Mund. Das Geräusch verursachte ihm Zahnschmerzen wie früher die quietschende Kreide auf den Schultafeln. Er hob drei Finger in die Luft und untermalte die Handbewegung mit lautlosen Mundbewegungen. Drei Minuten.

Laut sagte er: »Ja, das ist bestätigt. Gert hat mit der Staatsanwaltschaft gesprochen. Die beiden Leichname sind freigegeben. Wir haben Ronnie mit einem Verstärker losgeschickt, um Jasper, Tomke und Wibke zu benachrichtigen. Zumindest bei einem von ihnen wird er hoffentlich Erfolg haben. Henning übernehmen Gert und ich von der Dienststelle aus. Wir würden dich bitten, uns zu verständigen, wenn die Familie Kontakt zu dir aufnimmt.«

Martin warf einen Radiergummi in die Luft und fing ihn mit seiner Hand wieder auf. »Jetzt brumm nicht rum, natürlich sollst du keine Kundengeheimnisse verraten, aber vergiss nicht, wir stecken in zwei Todesermittlungsverfahren. Apropos, ein paar Auskünfte zu Kevins Vermögensverhältnissen wären ebenfalls hilfreich.«

Er zwinkerte Gert zu. »Ja, das ist eine andere Hausnummer, ich weiß. Wir werden alle Befugnisse einholen, ich wollte nur schon einmal anreißen, dass da etwas kommen kann. Insbesondere die Begünstigten seiner Lebensversicherung interessieren uns. Er hatte doch eine?«

Wieder lauschte er Mirkos Stimme. »Mit wem ich rede? Dem Bestatter oder dem Versicherungsmakler? Ach komm, als wenn du das selbst immer auseinanderhalten könntest. Melde dich, sobald die Jansens sich regen. Es ist wichtig.«

Er war schon im Begriff, das Telefon wieder auf die Station zu legen, als Mirkos Stimme aus dem Lautsprecher schallte. »Warte doch mal.«

»Ja?«

»Hat euch das weitergebracht? Das Gespräch mit unseren beiden Gärtnerinnen?«

»Ja, auf alle Fälle. Danke für den Kontakt.«

»Eine ziemlich komische Nummer mit Wibke, meinst du nicht auch?«

»Was weißt du denn dazu?«

»Na, eigentlich gar nichts. Die beiden Frauen haben mich angesprochen, weil es ihnen schon manchmal etwas unheimlich war, wie Wibke ohne Grund da herumstreicht.«

»Und du hast keine Erklärung?«

»Der Kevin, der hat mal gesagt, seine Schwester wäre verrückt. Also nicht nur daher gesagt, sondern richtig. Im psychiatrischen Sinne. Und er hat mal etwas von einem Trauma gemurmelt, aber da war er ziemlich betrunken. Ich habe das alles nicht ernst genommen. Dass sie sich bei den Kindergräbern rumtreibt, habe ich erst vor ein paar Tagen von Pia gehört. Ob das also stimmt? Doch ein traumatisches Erlebnis? Ein unerfüllter Kinderwunsch? Ihr eigenes Kind …«

»… kann es nicht sein. Die Gräber sind mehr als 30 Jahre alt.«

»Genau das wollte ich gerade sagen. Ein Wunder, dass sie noch nicht eingeebnet sind. Normalerweise sieht man da nie jemanden. Schon gespenstisch.«

»Das heißt, du weißt nicht, wer dort bestattet ist? Der Friedhof ist ja so etwas wie deine zweite Heimat.«

»Sehr witzig. Nein, ich habe genug zu tun, um die Altlasten kümmere ich mich nicht. Aber wir sind ja in Deutschland, selbst hier auf der Insel. Alles ist ordentlich dokumentiert und festgehalten. Da werdet ihr fündig.«

Martin warf einen Blick auf die Uhr über der Zimmertür. »Ja, das werden wir. Ist alles schon in die Wege geleitet. Allerdings erst morgen. Wir leben schließlich im Land der Ämter und Beamten.«

»Ha ha, sagt der Richtige. Als wenn das für dich nicht gälte.«

Martin ließ sich nicht provozieren. Er kannte die Zahl

seiner Überstunden, den Personalmangel, die knappen Ressourcen. Er hatte ja selbst schuld. Wie konnte er bloß eine solche Vorlage bieten?

»Stimmt, wir machen gleich Feierabend, Gert und ich. Morgen geht es weiter in diesem Theater. Aber für dich bin und bleibe ich erreichbar. Keine Ausreden, du hast meine private Handynummer. Und Mirko …«

»Was denn noch?«

»Du bist ja Insulaner. Noch mal wegen der Kindergräber. Ein Name ist recht ungewöhnlich. Marlin. Sagt dir das nichts?«

»Marlin? Marlin? Also, so direkt …«

»Denk einfach mal darüber nach. Ob nicht doch irgendetwas klingelt.« Er konnte ein Grinsen nicht unterdrücken. »Du bist ja schließlich kein Beamter.«

110

Sie drückte die Klingel mit ihrem Daumen und konnte ihn nicht mehr lösen. So als hätte er mit Sekundenkleber vorgesorgt. Damit sie sich nicht auf dem Absatz herumdrehte und wie beim Klingelmännchen fortlief.

Ihr zitterten die Knie, als er die Tür aufmachte.

»Oho, hoher Besuch! Dass du überhaupt weißt, wo ich zu finden bin.«

Sie antwortete nicht, sondern drückte sich an ihm vorbei in seinen Trainingsraum. Sah auf die Hanteln, die am Boden lagen. Verzog verächtlich den Mund, als ihr der Schweißgeruch in die Nase stieg.

»Was hast du zu meckern? Weißt du, dass du schon genauso verbiestert daherkommst wie Mutter? Dein Mund ist ein einziger schmaler Strich. Wann hast du das letzte Mal gelacht? Wann getanzt? Wann deine Muskeln, deinen Körper gespürt?«

»Und du? Wann hast du zum letzten Mal dein Hirn benutzt?«

Er lachte dröhnend. »Selbst ihre Sprüche hast du übernommen. Sie wäre stolz auf dich. Das einzige Kind, bei dem es gefruchtet hat, ihre Erziehung, ihr Gängeln und ihre Drohgebärden.«

»Wenn sie wüsste, was aus euch geworden ist, würde sie sich im Grabe herumdrehen. Arbeitest du überhaupt? Nur einen Handschlag, seit sie tot ist?«

»Was interessiert dich das? Solange du so blöd bist, anderer Leute Schweißmauken zu behandeln, obwohl sich auf deinem Konto die Knete genauso stapelt wie bei uns. Wir alle haben satt genug, und das weißt du. Aber ich wette, du hast einen Großteil im Dielenboden und in den Strümpfen versteckt, genau wie die Alten das handhabten. Dass sie nie gemerkt haben, dass Kevin und ich uns daran bedienten, wenn es rüber aufs Festland ging. Immer hatten sie Tante Ella im Verdacht, uns zu verderben. Wie blöd, dass sie schweigen mussten, weil sie es auf ihr Geld gleich mit abgesehen hatten.«

»Schweigen ist ein gutes Stichwort. Das sollten wir unbedingt, wenn alle ihre Nase in unsere Angelegenheiten stecken.«

»War die Polizei auch schon bei dir?« Tomke lehnte sich mit erhobenem Arm gegen den Türrahmen.

Wibke musterte ihn in seinem Achselshirt und rümpfte die Nase. »Das weiß ich zu verhindern. Und die meine ich gar nicht allein. Wer jetzt alles wieder wissen will, wer das Sagen hat, wer zuständig ist, welcher Sarg und welche Urne, was für ein Totenhemd und was weiß ich, was noch kommt.«

Wieder lachte Tomke. Er drückte sich von der Tür weg und durchquerte mit schwerem Schritt das Zimmer, um sich zu der Wasserflasche neben den Hanteln zu beugen. Er trank hastig und wischte sich mit dem Handrücken über den Mund. Er hielt ihr die angetrunkene Flasche hin. »Verzeihung, ich habe dir ja noch gar nichts angeboten. Für mehr reicht es bei uns geizigen Jansens nicht.«

»Hör auf mit dem Geschwätz. Ich hab das nicht nötig. Lass uns zur Sache kommen.«

»Und die ist?«

»Ich biete euch an, das alles zu regeln. Die Beerdigung, die Festlegung, wie wir mit der Grabstätte umgehen. Henning kümmert sich bestimmt nicht. Mit Jasper habe ich gesprochen.« Sie öffnete die Tasche. »Freyja hat mich mit einer Vorsorgevollmacht ausgestattet. Jetzt ist sie zwar tot, aber anscheinend wollte sie, dass ich ihre Angelegenheiten regle.«

»Freyja hat was?« Tomke ging runter in die Hocke, starrte ungläubig zu ihr hoch. »Wann soll denn das gewesen sein? Ihr seid euch doch genauso aus dem Weg gegangen wie wir alle.«

»Dann hast du es nicht mitbekommen. Pech gehabt. Hier hast du es schriftlich.« Sie wedelte mit dem offiziellen Vordruck.

Tomke griff sich ins Haar. »Ausgerechnet dich?«

»Immerhin war ich die Einzige, die Mitleid hatte, seit sie die Diagnose hatte.«

»Was für eine Diagnose? Ich verstehe nur Bahnhof.«

»COPD und eine Herzschwäche.« Sie sagte nicht, was sie dachte. Dass ihre Schwester bestraft worden war, weil sie ihr Geld verbrannt hatte. Denn nichts anderes bedeutete es, wenn man rauchte und spielte.

»Das ist ein Ding. Dann, dann …« Er schien nach Worten zu suchen. »Dann ist sie womöglich ganz normal gestorben. Also, ich meine, weil ja die Polizei, na du weißt schon, und Kevin, also ich dachte, da besteht doch bestimmt ein Zusammenhang. Die Leichen sind allerdings freigegeben.«

Wibke zuckte mit den Schultern. »Umso besser. Es wird alles seine Gründe haben. Wichtig ist, dass sie nicht weiter schnüffeln.«

Tomke schaute sie erst nachdenklich, dann entgeistert an. »Du meinst, es steht in einem Zusammenhang mit –«

»Psst«, zischte Wibke. »Kein einziges Wort.«

Tomke erhob sich. Kam langsamen Schrittes auf sie zu. Sie wich zurück. »Was?«, stieß sie aus. Plötzlich voller Angst.

»Du erzählst mir gerade, dass dir der Tod von zwei deiner Geschwister sonst wo vorbeigeht? Und dass du diese alte Geschichte, an die niemand, aber wirklich niemand mehr denkt, vertuschen musst? Weil dir der Arsch auf Grundeis geht?« Er zog lautstark seine Nase hoch. »Wie widerlich muss man eigentlich sein? Hau ab mit deinem Schrieb, mach, was du willst. Ich will mit euch und dem ganzen Pack nichts mehr zu tun haben. Hast du das verstanden? Und jetzt geh und buddel sie ein, deine Schwester und deinen Bruder. Denn darauf verstehst du dich ja, wenn ich mich nicht täusche. Wirf eine Handvoll Erde hinterher. Und vergiss nicht, dich zu bekreuzigen.«

Wibke steckte den Zettel hastig zurück in die Tasche.

Tomke riss die Tür auf. »Raus! Und lass dich nie wieder blicken.«

Draußen blieb sie für Minuten starr stehen. Bis sich der Schreck langsam verflüchtigte. Für einen kurzen Augenblick musste sie sogar lächeln. Nein, dumm war sie nicht, alles andere vielleicht, aber nicht dumm.

111

»Kannst du mir mal sagen, warum hier so ein Krach ist? Und was du da machst?«

Gert fuhr wie ertappt herum. »Ähm.«

»Das ist keine Antwort.« Martin beugte sich nach links, um hinter Gerts Rücken auf die Arbeitsplatte schauen zu können. »Das ist meine Mikrowelle. Unsere natürlich. Die von Anne und mir.«

»Ist euch noch nicht aufgefallen, wie unpraktisch sie steht?«

»Wir benutzen sie kaum.«

»Aber wenn. In einer Küche sollte alles so angeordnet sein, dass die Abläufe fließend und arbeitssparend vonstattengehen. Ergonomische Küchenplanung nennt man das.«

»Du hast manchmal wirklich einen Vogel. Willst du den Job wechseln? Im Möbelhaus arbeiten? Und was hast du eigentlich mit der Mikrowelle vor?«

»So viele Fragen auf einmal am frühen Morgen.« Gert drehte sich wieder um und stellte den Regler nach rechts.

Das Licht hinter der Glasscheibe zeigte eine sich drehende Tasse.

»Milch?«, fragte Martin.

»Etwas Warmes braucht der Mensch. Wie immer. Gestern habe ich euch mit eurem lauten Mahlwerk geweckt. Das wollte ich heute vermeiden und habe Kakao im Schrank gefunden.«

»Und statt einen Topf für den Herd zu nehmen, musste es die Mikrowelle sein und eine Küchenumräumaktion. Verstehe. Deine Rücksichtnahme hat ja hervorragend geklappt. Ich bin wach. Anne auch.«

»Gut, ich bin über das Ziel hinausgeschossen. Ihr solltet trotzdem darüber nachdenken, ob ihr das Ding nicht so stehen lasst. Vielleicht räumt ihr noch –«

»Hör auf.« Martin hielt sich die Ohren zu. »Du machst mich wahnsinnig am frühen Morgen. Im Übrigen habe ich den Kopf voll anderer Sachen. Erstaunlich, mit was du dich alles befassen kannst, während wir hier zwei Todesfälle zu untersuchen haben.«

Gert drückte auf den Knopf der Siebträgermaschine. »Wenn ihr sowieso wach seid: Kaffee ist mir definitiv lieber als der zuckerhaltige Kakao. Und nur damit du es weißt: Ordnung schaffen hilft mir beim Strukturieren meiner Gedanken.«

»Ich kann also gespannt sein? Weil du mir gleich offenbaren wirst, dass die Fälle gelöst sind? Dank deiner Umräumaktion?« Martin drängte Gert vor der Kaffeemaschine beiseite. »Lass mich das machen. Bevor du unsere Einstellungen noch anfängst zu optimieren.«

Gert holte den Becher aus der Mikrowelle. »Ich brauche nur einen Shot Espresso rein.«

»Sicher? Keinen Schaum?«

Gert winkte ab. »Reicht. Manchmal ist das Puristische die bessere Wahl. Weitet den Blick.«

»Du wirst die Wahrheit über die Jansens jetzt aus der Milch herauslesen? Interessante Technik, die du vom Festland mitbringst.«

»Du gibst mir ja gar keine Chance. Willst du nun hören, worüber ich nachgedacht habe, oder nicht? Im Übrigen. Vorletzter Morgen, an dem ich in euer wohlsortiertes Leben funke. Das kann danach Ruth übernehmen.«

»Shit, ja. Darum müssen wir uns später ebenfalls kümmern. Heute geht die Schleife wieder los: dir ein Bett zu besorgen.«

»Es ist gut, dass Ruth wahrscheinlich morgen aus dem Krankenhaus entlassen werden kann. Erstaunlich, dass sie sich bisher einsichtig zeigt. Was wohl bedeutet, dass es schlimmer war, als sie uns anfangs weismachen wollte. Das andere findet sich. Bestenfalls bekommen wir im Laufe des Tages so viel Klarheit, dass ich tatsächlich morgen nach Hause zurückkehren kann.«

»In ein wohlsortiertes, ergonomisch ausgerichtetes Leben auf dem Festland«, erwiderte Martin und stellte ihm grinsend die Tasse auf den Tisch. »Ja, Ruth macht mir ein wenig Sorgen. So apathisch und in sich gekehrt kenne ich sie nicht. Aber Anne ist nah dran. Irgendwas mit Oskar scheint zum Streit geführt zu haben. Hoffentlich renkt es sich wieder ein. Es wäre schade, wenn sie sich trennen. Abwarten und Kaffee trinken. Und jetzt lass mal hören.« Er hängte den Siebträger unter das Mahlwerk.

Gert wartete mit in die Ohren gesteckten Fingern das Zubereiten des Kaffees ab. Dann rührte er mit dem Löffel, den Martin auf den Tisch gelegt hatte, in seinem Becher. »Lass uns mal zusammenfassen, was wir wissen, ja?«

»Okay.« Martin nickte. »Wir haben zwei Tote.«

»Richtig. Wechseln wir uns beim Aufzählen ab?«

»Gerne.« Martin kam mit seiner Tasse an den Tisch und setzte sich genau wie Gert verkehrt herum auf den Stuhl. »Dann jetzt du.«

»Die beiden Toten sind Geschwister.«

»Zwei von sechs.«

»Alle untereinander zerstritten.«

»Und weitgehend ohne Kontakt.«

»Henning lebt in Bali, ist nach Stand der Dinge raus, das heißt nicht verwickelt.«

»Stimmt, das hat Mirko bestätigen können.«

Anne betrat die Küche, aber Martin legte den Finger an den Mund, und sie winkte ab, während sie sich Obst aus der Schale und dem Kühlschrank nahm.

»Kevin starb definitiv durch einen Gewaltakt und durch anschließendes Ersticken unter der Sanddecke. Ob Mord oder eine untergeordnete Tat sei dahingestellt. Fremdbeteiligung ist jedenfalls sicher.«

»Freyja starb mit Vorerkrankungen an Herzversagen, aber es hat einen mutmaßlichen Tötungsversuch gegeben.«

»Mit einem Schal, der nicht mehr auffindbar ist, also aktiv vom Tatort entfernt wurde.«

»Ob die Todesfälle zusammenhängen, steht nicht fest, ist aber naheliegend, alles andere wäre ein zu großer Zufall.«

»Es gibt kein eindeutiges, auf der Hand liegendes Motiv. Außer den schon seit Langem währenden Streitigkeiten in der Familie. Interessant sind die Vermögensverhältnisse. Nach allem, was wir wissen, können sämtliche Geschwister durch das elterliche Erbe autonom leben.«

Martin lachte höhnisch auf. »Ob das der Mutter bewusst war? Dass die Kinder nach ihrem Tod dem Schlendrian verfallen?«

»Wibke arbeitet. Und Freyja führte die Boutique. Die Frauen in der Familie. Wobei ich Freyjas Wahl nachvollziehen kann. Aber Wibke?«

»Du meinst vom Statusdenken her? Ich denke, da haben alle nicht sonderlich viel mitbekommen. Schau, wie Jasper haust. Und auch Tomke, der wahrscheinlich nur in Sportlerkreisen punktet. Wibke scheint am meisten das Ebenbild der Eltern.«

»Kevin, Freyja und Henning haben sich am deutlichsten freigeschwommen.« Gert klopfte mit dem Löffel an seine Tasse. »Und nun sind zwei von ihnen tot.«

»Du meinst«, Martin hob seinen Kaffee an und umschloss den Becher mit beiden Händen, »das könnte ein Hinweis auf ein Motiv sein?«

»Vielleicht, es ist zumindest einer der Punkte, die mir heute Morgen durch den Kopf gegangen sind. Und dass wir uns dringend damit beschäftigen müssen, wie die Jansens weiter über das Erbe verbandelt sind. Und«, er machte eine bedeutungsvolle Pause, »ob sie im Todesfall voneinander profitieren.«

»Das wäre ein Ding. Heillos zerstritten, aber Begünstigte im Falle des Falles. Ob ihnen das so bewusst ist?«

»Das sollten wir versuchen herauszufinden.«

»Es wird mal eben laut«, warf Anne ein. »Ich brauche ebenfalls mein Koffein. Was ist eigentlich mit der Mikrowelle passiert?«

»Erkläre ich dir später«, sagte Martin ungeduldig. Er wollte in den Gedankengängen nicht unterbrochen werden.

»Bin ja gleich weg«, erwiderte Anne. »Nur ein Satz noch. So als Ärztin. Kevin ist erstickt. Freyja hatte eine unheilbare chronische Lungenfunktionsstörung, die potenziell zum Lungentod führen kann. Viele Patienten sind sauerstoffpflichtig und haben Angst zu ersticken. Keine Ahnung, ob euch das weiterbringt. Fiel mir nur auf.«

»Ein richtig, richtig guter Hinweis, Anne. Danke.«

»Nicht dafür.«

Martin hob die Hand. »Und dann ist da ja auch das verschüttete Mädchen. Wie hieß es noch gleich?«

»Moolin Menke«, erwiderte Anne. »Darum kümmere ich mich heute, wie versprochen.«

»Stimmt, du hast dich mit der Ärztin zum Telefonat verabredet. Noch mal Danke.« Gert hob den Daumen.

Martin wunderte sich, dass Anne errötete. Irritiert schaute er zwischen seinem Freund und seiner Frau hin und her.

Aber Gert schlug im gleichen Moment mit der flachen Hand auf den Tisch. »Das gibt es doch gar nicht. Merkt ihr das nicht? Also Leute, Zufall hin oder her. Das ist diesmal ganz sicherlich keiner. Sondern ein eindeutiger Hinweis.« Er schob die Tasse zurück und kippte fast mit dem Stuhl um, als er sich erhob. »Auf, auf, wir haben zu tun.«

112

»Wir sind dann mal weg.« Helene steckte den Kopf in die Küche. »Ich hoffe, du kommst zurecht?«

Daniela, die vor lauter Müdigkeit kaum die Augen offenhalten konnte, trocknete ihre Hände am blau-grau gemusterten Handtuch ab, das sie sich mit einem Zipfel in die Hosentasche gesteckt hatte.

»Kein Problem. Eure Mithilfe war noch nie eingeplant, sie beruht auf kompletter Freiwilligkeit.« Sie hoffte, dass ihr Gesicht sie nicht Lügen strafte. Dabei stimmte das, was sie sagte. Nur eben an manchen Tagen war sie für helfende Hände dankbar.

Daniela seufzte leise. Alles egal, solange Marthe und Helene nicht die blöden Zickereien der letzten Tage fortsetzten. Diese belasteten das Klima mehr, als es das stoische Abarbeiten der einzelnen Aufgaben tat. Beide konnten ja nichts dafür, dass sie sich immer häufiger fragte, ob sie die richtigen Entscheidungen getroffen hatte. Und das lag nur vordergründig an ihren gehäuften Konflikten mit Marthe. Es war das Heimweh, das sie umtrieb. Was sie niemandem erzählen konnte, weil keiner ihr glauben wollte. Wer gab denn ein Leben auf einer Insel auf, wenn einem das Schicksal einmal so eine Möglichkeit eingeräumt hatte? Sie hatten Marthe so viel zu verdanken. Was zu dem größten Haken führte. Dem Gedanken, der sie nachts nicht mehr schlafen ließ. Sie konnte nicht zurück. Selbst wenn sie wollte. Denn Marthe Dirkens sitzen zu lassen, war schlichtweg unmöglich. Praktisch wie moralisch. Es wäre, wie aus einer Beziehung auszubrechen. In der man sich ein Versprechen gegeben hatte: »Bis dass der Tod euch scheidet.«

»Daniela? Alles in Ordnung?«

Ohne dass sie es gemerkt hatte, war Helene näher gekommen. Dabei dachte sie, sie hätte ihr zugenickt und gewunken und mit ihrer Arbeit weitergemacht. Doch auf den Aufschnitt- und Käseplatten war keine einzige Scheibe dazugekommen. Erst jetzt nahm sie wahr, dass sie ihre Hände immer noch mit dem Handtuch bearbeitete.

Sie pustete gewohnheitsmäßig hoch zu ihren Ponysträhnen, obwohl sie diese wie jeden Morgen unter einem breiten Haarband versteckt hatte.

»Du weinst?« Helene stand jetzt unmittelbar neben ihr, streckte ihren Arm aus und stockte kurz, bevor sie sie berührte. »Darf ich?«, fragte sie.

»'türlich«, schniefte Daniela, wischte sich die Tränen, die sie plötzlich nicht mehr zurückhalten konnte, mit dem Handrücken weg, trat einen Schritt von den Tellern zurück und riss ein perforiertes Haushaltstuch von der Rolle ab.

»Was ist denn los?«

Daniela musste lachen, weil die zierliche Helene ihr kaum bis zur Brust reichte und ihr Umarmungsversuch wahrscheinlich ein wenig so wirkte, als wollte ein Kind seine Mutter trösten. »Ach, Helene«, stieß sie hervor. »Es tut mir leid. Es gibt keinen konkreten Grund. Bitte bezieht es nicht auf euch. Ihr könnt selbstverständlich kommen und gehen, wie ihr wollt.«

»Aber das ist doch Quatsch. Alles, was wir vorhaben, kann verschoben werden.«

»Nein, nein.« Daniela schüttelte energisch den Kopf, löste sich von Helene und tupfte sich mit dem Papiertuch die letzten Tränen aus den Augen. »Sag mir lieber, was ihr vorhabt. Es ist ja noch reichlich früh am Morgen.« Sie war zur Küchentür gegangen, hinter der sie Marthes leises Schimpfen und ein heftiges Gerumpel hörte.

»Warte bitte!« Helene kam ihr hastig hinterher. »Das sieht alles nach mehr aus, als es ist.«

Im Flur kämpfte Marthe mit Körben, Taschen und Paketen. Sie hatte die Haustür geöffnet, vor der ein Bollerwagen quer stand. Anscheinend versuchte sie, die Sachen, einem *Tetris*-Spiel gleich, so geschickt darin zu positionieren, dass alles stabilen Halt fand. Daniela sah einen Flaschenträger mit verschiedenen Whiskeyflaschen, ein Paket trug die Aufschrift »Ringlampe« und, wenn sie richtig hinsah, war Marthes *Ostfriesische Rose* mit Noppenfolie gesichert in einem der Körbe aufeinandergestapelt.

Hatte sie eben noch mit Nachsicht an die beiden gedacht? Wie naiv konnte sie eigentlich sein?

»Es ist nichts Schlimmes«, sagte Helene, die ihren Blick richtig interpretierte. »Es kommt auch dir zugute.«

»Egal, was es ist. Lasst mich aus dem Spiel. Habt ihr das verstanden?«

»Wirklich, Daniela, du wirst sehen: Du gehst mit dem Hostel schlichtweg durch die Decke. Wirst dich vor Anfragen nicht mehr retten können. Nimm es doch einfach mal so: Wir sind dein Social-Media-Team, und du brauchst keinen Cent dafür zu bezahlen.«

Daniela drehte sich auf dem Absatz um und knallte die Küchentür zu. Sie war nicht willens, sich noch eine Sekunde länger diesen Blödsinn anzutun.

Sie ließ sich mit dem Rücken gegen die Tür sinken. Schloss die Augen. Die schon wieder brannten. Weit, weit weg wünschte sie sich. Genauer gesagt: bis an den Rhein. Bis zu den Domspitzen in Köln, dem Posttower in Bonn, dem Drachenfels im Siebengebirge. Weg von Marthe, Helene und allem, was auf sie einströmte.

Sie hörte die beiden tuscheln. Dann klang Marthes Stimme so nah, als spräche sie durch das Türschloss. »Du hättest ihr sagen sollen, dass das Ganze einem höheren Zweck dient. Aber wer weiß. Vielleicht würde sie sich auch darüber nur aufregen.«

O ja, dachte Daniela, das würde sie. Und sie hoffte für Marthe, dass sie ihr heute nicht mehr unter die Augen trat.

113

Der erste Weg führte sie zum Rathaus. Sie wollten wissen, was es mit dem Kindergrab auf sich hatte. Schon gestern hatten sie sich um eine Information bemüht, aber sie waren zu spät gewesen. Heute Morgen bekam die Auskunft eine neue Dringlichkeit.

»Marlin – Moolin«, murmelte Gert unentwegt vor sich hin, als wäre es ein Passwort, das ihnen eine weitere Tür öffnen würde.

»Ich bin mir nicht sicher, ob wir zu viel hineininterpretieren. Ja, eine gewisse Ähnlichkeit ist da. Aber zwei von sechs Buchstaben unterscheiden sich. Du vermutest ja auch keine Verbindung zwischen dem toten Kind und mir.«

Gert sah ihn verdutzt an. »Wieso sollte ich?«

»Na, hör doch mal hin: Marlin. Martin. Da ist eine ganze Ecke mehr Gleichklang drin.«

»Wenn du meinst. Du kannst einem aber auch die Motivation unter dem Boden wegziehen.«

»Keine Absicht, ich denke jedoch, wir sollten realistisch bleiben. Uns nicht auf Nebenschauplätze begeben, die uns in Sackgassen führen.«

»Der berühmte Aktionismus, um nicht untätig zu sein, ich verstehe. Meine Vorgesetzten behaupten, ich neige dazu.«

Martin ersparte sich eine Antwort. Man musste nicht Öl ins Feuer gießen, sobald jemand offensichtlich Selbsterkenntnis zeigte. Zumindest in Teilen.

»Trotzdem«, führte Gert seine Überlegungen weiter aus. »Wibkes Verhalten ist sonderbar, da sind wir uns einig. Und solange wir ihrer nicht habhaft werden, greife ich gerne nach allem, was uns beim Fischen im Trüben helfen kann. Wenn da noch eine Art unverhoffter Beifang bei rumkommt, umso besser.«

Sie stellten das Auto hinter dem *Conversationshaus* ab und gingen die letzten Meter zu Fuß.

»Was denkst du, was dabei rauskommt?«, nahm Gert den Faden noch mal auf. »Hast du eine Idee dazu?«

»Ich habe mir die ganze Nacht den Kopf zermartert. Aber alle Überlegungen führen ins Leere. Zuallererst kam mir der Gedanke, ob das Kind unmittelbar etwas mit Wibke zu tun hat. Das ist natürlich vollkommener Blödsinn. Weil es rein zeitlich schon nicht hinhaut.«

»In dieselbe Richtung gingen meine Abwägungen. Das Kind eines Mannes, den sie gerne für sich gehabt hätte. So was in die Richtung. Ich kann mir vorstellen, dass sie eine der Personen ist, die auf Dauer in unerfüllten Vergangenheitsfantasien hängen bleiben. Mit so Wahnvorstellungen: Wäre ich die Mutter des Kindes gewesen, läge es nicht hier.«

»Interessant. Hast du bei Ruth Nachhilfe genommen?«

»Danke, dass du mir keine eigenen geistigen Ergüsse zutraust. Grundprinzipien der Psychologie und Psychiatrie sollten wir ja wohl alle verinnerlicht haben.«

»Ich finde deine Erklärungen schon außergewöhnlich. Nimm es als meine Art, dir Respekt zu zollen.«

»Danke für die Blumen. Bin nun mal ein ›High-Level-Performer‹.«

»Mit beträchtlicher Bescheidenheit, wie du erneut unter Beweis stellst. Aber zurück zur Sache. Da könnte etwas dran sein. Wenn ein Motiv wie Eifersucht dazukommt. Möglicherweise hat Wibke in irgendeiner Form schuld an dem Tod des Kindes, und das schlechte Gewissen treibt sie noch Jahrzehnte später ans Grab.«

Gert blieb stehen. »Das ist der Haken. Du sagst es doch selbst: Es ist ewig her. Das kann so nicht passen. Wibke war damals selbst ein Kind. Damit scheiden alle unsere Mutmaßungen aus.«

»Du hast ja so recht.« Martin hielt ihm die Tür auf. Sie betraten das Verwaltungsgebäude. »Lassen wir uns also überraschen.«

Es dauerte weniger als eine halbe Stunde, bis sie wieder vor der Tür standen.

Die Verblüffung, die sich auf seinem Gesicht ausgebreitet haben musste, fand Martin in Gerts Miene gespiegelt.

»Ich kann es immer noch nicht fassen. Dass wir darauf nicht gekommen sind«, begann dieser stockend zu reden.

»In dem Augenblick, als das Buch aufgeschlagen wurde, hatte ich eine dumpfe Ahnung. Nichts Konkretes. Aber dass etwas kommen würde, was sich wie ein Schlag in den Magen anfühlen würde.«

»So war es dann ja auch. Ich werde die Daten noch monatelang herunterbeten können.«

»Stimmt.« Ein Schauder durchlief Martin, als er die Angaben wiederholte, die ein so junges und kurzes Leben markierten: »Marlin Jansen. Siebtes Kind der Eheleute Johann und Dora Jansen. Geboren am 22. Oktober 1985 um 18.10 Uhr. Gestorben am 5. Juli 1989 um 21.37 Uhr. Bestattet am 8. Juli 1989.«

»Ich brauche einen Kaffee, du auch?«

Martin nickte und deutete auf die Straßenecke. »Unbedingt. Wir müssen einen neuen Plan aufstellen. Lass uns ins *Stadtcafé* gehen. Einverstanden?«

Gert setzte sich kommentarlos in Bewegung. Aber schon nach wenigen Schritten blieb er stehen. »Was mir nicht in den Kopf will: Warum hat uns das keiner gesagt? Dass es ein siebtes Kind gab? Wirklich niemand. Weder aus der Familie noch Ronnie oder Mirko.«

Martin hob hilflos die Schultern. Er hatte sich das auch gefragt. Andererseits: Es war lange her. Wann hörte man auf, an ein Kind zu denken, dem nur eine kurze Lebensspanne vergönnt war? Als Eltern wahrscheinlich nie. Aber um sie ging es nicht mehr. Was war mit all den anderen? Was war mit Wibke? Und hatte der Tod der kleinen Marlin irgendetwas mit dem zu tun, was Kevin und Freyja zugestoßen war?

Diesmal hielt Gert die Tür auf. Martin betrat das Café und sah sich suchend nach einem Platz um. Viele Gäste schienen hier bei einem Frühstück zu sitzen, die Etageren mit Wurst, Käse, Aufstrich und frischem Obst ließen ihm trotz der trüben Gedanken das Wasser im Munde zusammenlaufen. Weiter hinten erspähte er einen freien Tisch und steuerte darauf zu, als sein Freund ihn am Arm fasste und zurückhielt.

»Was ist?«

»Ich sehe was, was du nicht siehst«, antwortete Gert kryptisch. Um hinterherzuschieben: »Was du nicht sehen willst.«

Martin blinzelte. Er musste blind sein. Tomaten auf den Augen haben. Von selektiver Wahrnehmung befallen sein. Anders war es nicht zu erklären. Dort hinten saßen Marthe und Helene. Augenscheinlich bei einer Teezeremonie. Mit Whiskey. Und einer professionellen Kamera. Und sonstigem Aufnahmeschnickschnack. Abrupt stieß er hervor: »Wir gehen.«

»Nein, das tun wir nicht«, sagte Gert und schob ihn vor sich her. »Ich habe da eine Idee.«

114

»Was für eine wunderbare Fügung«, sagte Marthe, als sie sich dem Tisch näherten. Sie strahlte über das ganze Gesicht, während Helene eher verlegen aussah.

Martin hatte sofort einen Verdacht, als sie den Kopf senkte, um ihm nicht in die Augen sehen zu müssen. Es schlug wirklich dem Fass den Boden aus, dass sie Marthe Dirkens in jeglichem Blödsinn unterstützte, statt mit ihrem Einfluss gegenzusteuern. Als wenn Marthe allein nicht schon genug anstellte und für Aufregung sorgte.

»Ich will nicht hoffen, dass Sie wieder auf Verbrecherjagd sind.« Gert zwinkerte mit den Augen und nahm damit den Worten jegliche Schärfe.

Die zwei Frauen wiesen die Vermutung empört zurück. Wenn auch unter kokettem Kichern von Marthe. Sie hielt eine Whiskeyflasche hoch. »Falsch geraten, Herr Kommissar.«

»Muss ich mir dennoch Sorgen machen? Alkohol um diese Uhrzeit?«

»Also, dieser strenge Blick, da hätten wir ja gleich bei Daniela bleiben können. Dabei kommt ihr wie gerufen.« Sie deutete auf die freien Plätze. »Das ist genau das, was wir brauchen. Glaubwürdige Influencer.«

Gert zog einen Stuhl hervor, ließ sich fallen und streckte seine langen Beine aus, während er die Hände in die Taschen seiner Hose schob.

»Das hört sich spannend an, oder etwa nicht, Martin?«

Er antwortete nicht, sondern versuchte die Macht des bösen Blicks. Gert musste doch klar sein, dass sie für solche Späße keine Zeit hatten.

»Was wäre denn da die Aufgabe, meine Damen?« Gert ließ sich nicht irritieren.

»Oh, einfach nur das Ritual der Teezeremonie darstellen.« Helene redete schneller als sonst, fiel Martin auf. Nach wie vor blickte sie nur zu Gert, wich seinem Blick eindeutig aus. Verflixt, das hatte doch mit Sicherheit etwas zu bedeuten. Es war ungeheuerlich. Schenkte man den beiden Aufmerksamkeit, war es nicht richtig. Ließ man sie aus den Augen, tappte man erst recht in ihre Falle.

»Und das hat genau welchen Zweck?«

»*TikTok*«, krähte Marthe Dirkens.

Es hörte sich an wie das Ticktack der Babysprache. Fehlte nur noch die pendelnde Handbewegung. Es war unglaublich. Dass Marthe nun im Begriff stand, sich auf so einem Kanal lächerlich zu machen, fand er erschreckend. Wenn nicht sogar bedauernswert.

Und prompt bestätigte Helene Dannenberg seine Befürchtungen, als sie beschrieb, was in den letzten Tagen passiert war. »Es war ein Versuchsballon.«

Marthe fuhr dazwischen. »Es sollte nur das eine Video geben. Aber das ging sofort viral.«

»Viral«, murmelte Martin. Leider gab es weder Schutzmasken noch Impfstoff für Verrücktheiten dieser Art. Wahrscheinlich war er nur auf dem Weg, ein alter weißer Mann zu werden. Ein Phänomen, von dem Frauen offensichtlich weniger betroffen waren. Er seufzte lauter als gewollt.

»Und nun hat sich Helene überlegt, dass wir die Gunst der Stunde ausnutzen und das Ganze professionalisieren. Und was noch, meine Liebe? Wie heißt das, was du da vorhast?«

»Monetarisieren.« Helene war kaum zu verstehen.

»Genau. Wir haben ein Gewerbe angemeldet. Arbeiten mit einer professionellen Beleuchtung, einer Ringlampe. Wir suchen wechselnde Orte für die Aufnahmen aus. Und Menschen, die sich mit mir bei einer Teezeremonie filmen lassen. So wie hier in diesem schönen Café.«

»Wirklich?« Gert legte den Kopf schief.

»Ja. Es ist so überaus aufregend. Wir haben beste Aussichten auf Kooperationen. Tee, Kandis, Sahne, Whiskey. Wir vermarkten einfach alles. Inklusive Porzellan.«

»Nun ja, wir probieren da ein wenig aus.«

»Helene!« Marthe klang empört. »Jetzt spiel das doch nicht so herunter. Wie viele Menschen folgen meinem Kanal? Und welche Altersgruppen sind das noch mal? Hört genau hin, ihr werdet staunen, wie ich bei den jungen Leuten ankomme.«

Gert hob die Hand. »Das alles ist außerordentlich spannend. Gerne würde ich mir das im Detail anhören. Nur leider –«

»Aber die wenigen Minuten für ein Video werdet ihr doch haben?« Wie so oft klang Marthe von einer Sekunde auf die andere enttäuscht.

»Diesmal nicht. Wir sind im Dienst, das verstößt gegen alle Vorschriften. Whiskeytrinkende Kriminalbeamte während der Ermittlungsarbeit. Damit landen wir nicht nur bei *TikTok*, sondern auch bei der Zeitung mit den großen Buchstaben. Von den beruflichen Konsequenzen ganz abgesehen.«

»Ermittlungen.« Bei dem Wort leuchten Marthes Augen wieder auf. »Wie weit seid ihr denn mit den Jansens?«

»Dazu können wir selbstverständlich keine Auskünfte geben.« Martin stand immer noch neben dem Tisch. Jetzt blickten sie auf, als hätten sie ihn in den letzten Minuten vergessen. Und als wäre er der Spielverderber obendrauf. Selbst sein Kollege schien irritiert.

»Es ist ein laufendes Verfahren«, schob Martin schnell hinterher. »Genaugenommen müssen wir auch –« Er brach mitten im Satz ab, als Gert ihn abwinkte.

»Ganz richtig, deswegen haben wir eine sehr konkrete Frage.«

»An uns?« Marthe fiepste mal wieder vor Neugier.

Gert nickte. Zog die Hände aus den Hosentaschen, setzte sich aufrecht hin und rückte mit dem Stuhl näher an den Tisch. Er sah sich um, als wollte er prüfen, ob irgendjemand mithörte.

Auch Martin beugte sich jetzt herab.

»Die Jansens«, sagte er und ließ die Worte sekundenlang in der Luft stehen, bevor er weitersprach. »Die Jansens hatten noch ein siebtes Kind. Ein Mädchen. Können Sie uns dazu irgendetwas sagen, Marthe?«

Verblüfft schaute Marthe Dirkens ihn an. Sie schüttelte den Kopf, als hätte sie mit etwas ganz anderem gerechnet. »Ein siebtes Kind?«, wiederholte sie seine Frage.

»Richtig.«

Martin merkte, dass die Spannung, die in der Luft gelegen hatte, wich. Auch bei ihm. Natürlich war es eine Möglichkeit, eine alte Einwohnerin zu fragen. Gar keine dumme Idee. Aber ausgerechnet Marthe. Was die daraus wieder machen würde. Immerhin blieb sie die Antwort schuldig. Auch eine Marthe Dirkens hatte wohl nicht in allem ihre Nase drinstecken.

»Puh. Das ist lange her, nicht wahr? Gebt mir einen kleinen Augenblick.«

»Solange Sie wollen, Marthe.«

Frau Dirkens griff wie automatisch zu der Whiskeyflasche und goss sich die Tasse halb voll. Sie hob sie am Henkel an, stoppte kurz, legte den Kopf in den Nacken und kippte die goldfarbene Flüssigkeit in den Mund. Beim Zurückstellen huschten ihre Augen wach von einem zum anderen, bis sie in die Weite des Raumes schaute. »Es stimmt. Wie konnte ich das vergessen? Ein siebtes Kind. Ein Mädchen, wenn mich mein Gedächtnis nicht im Stich lässt. Ja, das war schrecklich. Ganz schauderhaft. Das arme Würmchen.«

Martin zog einen Stuhl heran, setzte sich auf die Kante, beugte sich nach vorne. Sein Mund war trocken. Er wollte nicht fragen, aber er musste. »Was ist damals passiert, Frau Dirkens?«

115

Anne fühlte sich mulmig, als sie Ruths Zimmer betrat.

»Na, wie geht es uns heute?«, fragte sie betont munter. Sie mochte keine Lügen, und einer Freundin eine Geschichte zu erzählen, an der fast nichts stimmte, war doppelt verwerflich.

»Du redest wie jemand aus dem letzten Jahrtausend«, grinste Ruth sie an, verzog aber schmerzhaft das Gesicht, als sie sich am Bettgalgen aufrichtete.

»Gehört zur Ärzteausbildung dazu.« Sie ließ sich gerne auf den scherzhaften Ton ein.

»Solange eure Behandlungsmethoden der Gegenwert entstammen, soll es mir egal sein.« Sie ließ sich zurück ins Bett sinken und legte die Hand seitlich auf den Bauch.

»So doll?«, wollte Anne wissen. »Ich schaue es mir einmal an, ja?«

»Natürlich.« Ruth zog ihr Shirt hoch. »Sieht aus, als hätte mich einer mit Farbe markiert. Wie in einem düsteren Thriller.«

»Du hast ja Gedanken.«

»Immer. Kommt davon, wenn man bei der Polizei seine Karriere startet. Das wird man nie wieder los.«

»Stimmt. Martin ist auch von dem Virus befallen.« Anne zog Handschuhe aus ihrer Kitteltasche und tastete dann vorsichtig den Bauchraum ab.

»Komisch, dass ich das so verzögert wahrgenommen habe. Irgendwie war ich wie in einem Nebel.«

»Ist ganz typisch. Die Gehirnerschütterung hat erst einmal alles überdeckt. Man sieht aber an der Prellmarke und dem sich ausbreitenden Bluterguss deutlich, dass dir der Lenker des Fahrrads in die Quere gekommen ist.«

»Hat Martin den Fahrradfahrer aufgabeln können?«

Anne lachte leise. »Aufgabeln ist gut. Das ist das, was er mit dir gemacht hat. Hör auf, dir Sorgen zu machen.«

»Also nein.« Ruth wirkte enttäuscht.

Anne wandte sich ab, zog die Handschuhe aus und warf sie in den Mülleimer. Sie wollte lieber nichts weiter zu dem Thema sagen. Gefährliches Terrain. Nicht dass ihr Gesichtsausdruck sie verriet.

»Ich habe auf jeden Fall für heute noch einen Ultraschall angeordnet. Damit wir dich morgen guten Gewissens entlassen können.«

»Aber du sagtest, ihr habt das alles mit Bildgebung gecheckt. Kann ich nicht heute schon gehen?«

»Vertraue mir. Das war keine Bagatelle, dein Unfall. Sicher ist sicher. Wird jedoch dauern. Der Kollege hat viel zu tun.«

»Du machst das nicht selbst?«

Anne stand auf und steckte ihre Hände in die Kitteltaschen. »Geht leider nicht. Mir ist etwas dazwischengekommen. Ich muss aufs Festland.«

Ruth runzelte die Stirn. »So plötzlich? Während des Diensts?«

Anne verzog den Mund. Wie befürchtet, kam sie nicht einfach so davon. Sie tippte sich an die Backe. »Zahnarzt. Ich habe mir den Nachmittag freigenommen.«

»Autsch.«

»Halb so wild, sollte allerdings zeitnah nachgesehen werden. Glücklicherweise habe ich einen Termin ergattern können.« Immerhin war wenigstens ein Teil der Geschichte wahr. Nachdem sie gestern Abend mit der Ärztin von Moolin ein weiteres Mal telefoniert hatte, musste es heute Morgen schnell gehen. Rücksprache mit den Kollegen und Vorgesetzten, ein Anruf in der Zahnarztpraxis. Dass dies nur ein kleiner, unspektakulärer Teil ihres Ausflugs auf das Festland sein würde, brauchte niemand zu wissen. Martin würde ausflippen, wenn er davon wüsste. Und sie wollte gar nicht intensiver darüber nachdenken, was sie in Wirklichkeit antrieb, obwohl sie eine dumpfe Ahnung hatte.

Ruth sah sie seltsam prüfend an. »Gibt es irgendetwas, was du mir verschweigst?«

Mist. Manchmal war Ruth wie ein Lügendetektor. »Aber nein. Wie kommst du darauf?«

»Du wirkst so nachdenklich. Als wäre etwas im Busch, was du dich nicht zu sagen traust.« Sie machte eine winzige Pause und fügte dann hastig hinzu: »Machst du dir Sorgen um mich? Sind meine Blutwerte in Ordnung? Gibt es Auffälligkeiten, die nichts mit dem Sturz zu tun haben?«

Ach herrje! Anne ärgerte sich über sich selbst. Sie wusste doch, wie empfindlich Patienten auf jede Äußerung und jede Mimik achteten. Nun hatte Ruth ihr Verhalten vollkommen falsch interpretiert. Sie schüttelte den Kopf und versuchte ein Lachen.

»Bitte sag es mir. Ich will nicht die Letzte sein, die davon erfährt.«

»Ruth, nein. Überhaupt nicht. Es tut mir leid. Meine Gedanken kreisten ausschließlich um mich. Keinerlei Grund, etwas zu befürchten. Alle Parameter zeigen, dass du gut in Form bist. Kein Wunder, so gesund wie du lebst. Yoga, ausgewogene Ernährung, eine austarierte Work-Life-Balance mit viel Selbstbestimmtheit, tragende Sozialkontakte und vor allem eine stabile Bezieh…«

»Schon gut. Ich weiß, was du meinst.«

»Hast du Oskar mittlerweile informiert?«

Ruth gab keine Antwort.

»Ich will mich ja nicht einmischen, aber wirklich erwachsen wirkt das nicht, was du machst. Egal was ist. Wenn es nichts mit Gewalt zu tun hat, verdient jeder zumindest eine Aussprache.«

Ruth schaute trotzig. »Hat Oskar sich bei euch gemeldet?«, wollte sie wissen.

»Bei mir nicht.«

»Und bei Martin?«

»Du, das kann ich dir gar nicht sagen. Es war turbulent die letzten Tage. Er steckt fast pausenlos den Kopf mit Gert zusammen. Wegen des aktuellen Falls. Und ich hatte auch einiges um die Ohren.« Wenigstens das war nicht gelogen. Und hatte ihr gestern beim Anruf der Ärztin in die Hände gespielt. Martin ahnte nicht, was sie vorhatte.

»Ich verlasse mich auf euch. Kein Wort zu ihm, wo ich bin.«

»Was?« Sie war mit ihren Gedanken schon wieder abgedriftet.

»Ich glaube, du spielst mir etwas vor, Anne. Oder sind die Zahnschmerzen so heftig? Dann solltest du wirklich los, lieber früher als später, du bist ja völlig neben der Spur.«

Erleichtert hob Anne die Hand. »Du hast recht«, sagte sie schnell. »Dann bis morgen.« Der Weg zur Tür fühlte sich an, als ginge sie auf Eiern.

116

»Menschenskinder, ihr fragt mich was.« Frau Dirkens schickte sich an, ihre Teetasse neu zu befüllen. Diesmal mit Kluntjes und der ostfriesischen Mischung, die auf dem Stövchen warmgehalten wurde. »Wie lange mag das her sein?«

»1989 ist das Kind verstorben«, sagte Martin.

»Ach herrje, im letzten Jahrhundert, um nicht zu sagen, im letzten Jahrtausend.«

»Machen Sie es nicht zu dramatisch«, warf Gert ein. »Dafür bin ich der Spezialist.« Er zwinkerte ihr aufmunternd zu.

»Ich will schließlich nichts Falsches sagen. Aber wo habt ihr denn diese Geschichte ausgegraben? Haben die Geschwister davon erzählt? Das würde mich wundern.«

»Warum das? Es wäre doch naheliegend.«

Marthe Dirkens winkte ab. »Aber nicht bei den Jansens. Was ist bei denen schon normal? Nein, nein, die Kinder hatten damals ein Schweigegebot, daran kann ich mich gut erinnern, weshalb die Gerüchte ins Unermessliche wuchsen. Es wäre ein Wunder, wenn einer von denen heute reden würde. Die sind von Jahr zu Jahr eigenbrötlerischer geworden. Da kannst du sagen, was du willst.«

»Berichten Sie uns davon, was damals erzählt wurde.« Gert verschränkte die Arme und lehnte sich zurück.

Marthe machte ein schnalzendes Geräusch. »Also bitte. Ich kann doch nicht diese alten Geschichten vor euch ausbreiten. Da war so dummes Gerede dabei.«

»Wir werden sorgsam damit umgehen, Frau Dirkens.« Gert senkte den Kopf und sah sie nachdrücklich an. »Sie haben uns schon so oft geholfen, ich wäre auch diesmal sehr dankbar für Ihre Unterstützung.«

Martin musste an sich halten. Das war einer der Momente, in denen er in die Tischkante beißen wollte. Aber er konnte seinem Kollegen unmöglich in den Rücken fallen.

»Sie alter Schmeichler«, antwortete diese, und ein rosa Schimmer legte sich über ihre Wangen.

Martin schaute Helene an, die seinem Blick immer noch auswich. Egal was es war, zurzeit schien es keine Rolle zu spielen, sie waren beide zu Statisten in einem Zwei-Personen-Stück degradiert.

»Also, liebe Marthe, heraus mit der Sprache.«

Die Röte in ihrem Gesicht vertiefte sich. »Endlich nennt mich einer von euch beim Vornamen.« Sie legte ihre Hand auf die linke Brust. »Natürlich helfe ich, wo ich kann.«

»Wunderbar.« Gert nickte ihr aufmunternd zu.

»Es war so damals.« Marthe wiegte ihren Kopf, als wollte sie die Erinnerungen an die richtigen Stellen schieben. »Dass bei den Jansens etwas Schlimmes geschehen war, machte auf der ganzen Insel die Runde. Wie ein Lauffeuer fraß sich die Nachricht von Haus zu Haus. Immer wusste jemand was

Neues zu berichten. Und wenn die Geschichte die nächste Schleife drehte, war sie schon wieder verändert.«

»Und konkret heißt das was? War das Mädchen krank?«

»Nun ja, bis zu diesem Tag war sie so quietschfidel wie jedes andere Kind, sollte man meinen. Wobei die Jansens selten ausgelassen wirkten, stattdessen eher blass und bedrückt. Dass sie zu Hause mit ran mussten, war ein offenes Geheimnis. Sie waren nicht die Einzigen. In der Saison hatten eben alle anzupacken. Da wurde das Geld für die dunklen Monate mit verdient. Und wenn die Gäste ab Herbst ausblieben, brauchte man die Hände, um Haus und Unterkünfte wieder auf Vordermann zu bringen.«

»Das Schicksal der Inseln. Doch zurück zu dem Kind. An diesem besagten Tag wurde es krank?«

»Das ist das, worüber geredet wurde. Die einen sagten, es wäre ertrunken, die anderen, es wäre beim Spielen verunglückt.«

»Hm«, machte Gert. »Soviel ich weiß, ist das Kind abends verstorben.«

»Ja, ja, weil es noch gelebt haben muss.«

Martin lief ein Schauder über den Rücken. Das hörte sich nach einer absoluten Tragödie an.

»Sie sagten, das wäre eine Version gewesen?« Gert ermunterte Marthe mit einem Lächeln zum Weiterreden.

»Richtig. Es setzte sich in den folgenden Tagen die offizielle Variante durch. Das Kind war wohl an den Folgen eines kindlichen Krampfanfalls gestorben, der aufgrund eines plötzlichen Fieberanstiegs ausgelöst worden war. Gleichzeitig schwirrten weitere Erklärungen über die Insel. Das Mädchen habe eine Murmel verschluckt, der Vater habe es halb tot geschlagen, von Diphtherie und einem tödlichen Asthmaanfall war die Rede.«

Gert blickte zu Martin hinüber, der mit den Schultern zuckte. Das alles war weit vor seiner Zeit auf der Insel passiert.

»Es wird aber doch Untersuchungen dazu gegeben haben. Wissen Sie, ob das Kind obduziert wurde?«

Marthe schüttelte den Kopf. »Beschwören kann ich es nicht. Also, dass es nicht passiert ist. Aber wie die Dinge damals gehandhabt wurden, das lässt sich nicht mit heute vergleichen.«

Wieder schaute Gert ihn an. Und Martin konnte in dessen Augen lesen, dass beide dasselbe dachten. Sie kannten die Zahlen und Statistiken. Dass viel zu oft über offensichtliche Ungereimtheiten hinweggegangen wurde. Aus Rücksicht und Respekt vor den betroffenen Familien durch die Ärzte, die den Tod bescheinigen mussten. Wer wollte seinen eigenen Patienten etwas Ungeheuerliches unterstellen? Nur dass die Vergleichszahlen mit Ländern, wo die Quote der Obduktionen höher lag, Bände sprach. Ob beim Plötzlichen Kindstod, dem gewalttätigen Ehepartner oder den alten Eltern, bei denen das Sterben zu lange dauerte. Die Grauzone und die Dunkelziffern lagen hoch. Nichts war also unmöglich.

»Ob es sich lohnt, bei den Inselärzten nachzuhören?« Gert schien sich die Frage selbst zu stellen.

»Die Aufbewahrungspflicht der Akten ist längst abgelaufen«, warf Martin ein. »Und würde denn ein Arzt, der damals keine Zweifel angemeldet hat, es heute tun und sich damit selbst belasten?«

Marthe Dirkens nahm den Silberlöffel in die Hand, der bisher auf der Untertasse geruht hatte, und klimperte damit vorsichtig an ihre Teetasse. »Ich glaube, meine Herren, es bleibt Ihnen nichts anderes übrig, als die zu fragen, die es wissen müssten. Die Jansens. Besser früher als später. Denn jetzt sind es nur noch vier.«

117

»Ich hab dir doch gesagt, ich hab das Schreiben.« Wibke klopfte auf ihre Handtasche. »Du weißt selbst, dass sich keiner meiner Geschwister darum reißt. War bei Vater und Mutter ja nicht anders.«

Mirko drückte auf den elektronischen Autoschlüssel. »Ich habe den Chefs den Auftrag übermittelt, ich verlasse mich auf deine Aussagen und die unterschriebene Auftragsbestätigung. Nicht dass es wieder irgendwelche Debatten über die einzelnen Posten gibt. Die Rechnungen gehen an dich, du bist die Auftraggeberin. Wie du das Geld von deiner Familie zurückbekommst, ist mir egal. Damit haben wir nichts zu tun. Es trifft ja im Übrigen keine Armen, auch wenn man das meinen könnte.«

»Du musst es ja wissen.«

»Vergiss nicht: Ich bin gleichzeitig Versicherungsagent. Und war mit deinem Bruder zumindest gut bekannt.«

»Dann weißt du ja Bescheid. Dass ihr an euer Geld kommen werdet. Stimmt doch wohl?« Wibkes Frage hatte etwas Lauerndes.

»Darauf antworte ich nicht. Was Kevin besaß oder nicht, werdet ihr früh genug erfahren. Genauso wie bei Freyja. Jedoch keineswegs durch mich.«

»Jetzt die Klappe halten, aber bei der Polizei reden.« Wibke öffnete die Rücksitztür und schob eine Reisetasche auf die Bank.

»Wie kommst du darauf?«

»Erzählt man sich. Dass die bei dir auf dem Friedhof waren. Was wollten sie denn wissen?«

Mirko sah Wibke nachdenklich an. So redselig war sie äußerst selten. »Nichts, was dich etwas anginge. Der Friedhof gehört dir ja nicht alleine.« Obwohl du dich da verdammt oft rumtreibst, hätte er um Haaresbreite ergänzt. Aber er wollte keine schlafenden Hunde wecken. Das alles hatte ihn nicht zu interessieren. Er hielt nichts davon, sich in anderer Leute Angelegenheiten zu mischen. Außer wenn es ihm half, eine lukrative Versicherung zu verkaufen. Da war er bei Wibke an der falschen Adresse. Stattdessen versuchte er, das Thema zu wechseln. »Was schleppst du denn in der Tasche mit?«

»Etwas Ordentliches zum Anziehen. Was sonst?«

Ach ja. Er erinnerte sich an die unselige Diskussion. Die feuchtigkeitshemmenden Särge der Eltern, wie sie auf Norderney vorgeschrieben waren, mussten so preiswert wie möglich sein. Ein Totenhemd war genauso abgelehnt worden wie das eigentlich obligatorische Kissen. Stattdessen hatte Wibke ein abgewetztes Sofakissen von zu Hause unter den Kopf der Mutter geschoben. Aber es war wie überall: Der Kunde war König.

Heute würde es nicht anders sein. Und recht hatte er, wie es sich nach der Überfahrt herausstellte. Die beiden Toten waren von der Rechtsmedizin in Oldenburg ins Hauptgeschäft auf dem Festland überführt worden. Bis zur Beisetzung würde es noch dauern. Aber das Ankleiden musste jetzt vorgenommen werden. Wibke hatte darauf bestanden, dabei zu sein. Aus Sorge, dass später etwas abgerechnet würde, dem sie nicht zugestimmt hatte.

Eigentlich hätte Wibke mit der Reisetasche auch allein mit der Fähre übersetzen können. Der Bus würde sie geradewegs nach Norden bringen, ganz davon abgesehen, dass sie sich ein Taxi leisten konnte. Wenn sie es denn wollte. Wovon nicht auszugehen war.

»Komm du mal schön mit«, hatte sein Chef gesagt. Und Mirko wusste, dass das kein Wunsch, sondern ein Befehl war.

Wenn der normale Kunde König sein durfte, toppten die Jansens das durch Ansprüche wie ein Kaiser, um gleichzeitig zu feilschen und zu bezahlen wie ein Bettler. Mirko hatte knirschend eingewilligt.

Und so stand er irgendwann um die Mittagszeit mit Wibke im Sarglager. Mit unstetem Blick sah sie sich um. »Die Preisliste?«, fragte sie, und ihm war klar, was das bedeutete.

Der preiswerteste Sarg, die billigste Urne.

»Und ihr seid euch ganz sicher, dass es Kevin sein soll, der die Erdbestattung bekommt?«

Sie hatten gestern, nachdem sie ihn angerufen hatte, die Details besprochen. Da war dieser komische Zettel, auf dem Freyja angeblich eine Urnenbestattung im Fall ihres Ablebens angeordnet hatte. So geizig die Jansens waren, dieses Familiengrab schien ihnen allen etwas zu bedeuten. Neben den Alten und der Tante blieb eine Erdkammer im doppelten Doppelgrab übrig. Für den Nächsten von uns Jansens, hatte Wibke beim letzten Mal erklärt. Und dass die anderen in Urnen dazu bestattet werden könnten.

Rein rechnerisch stimmte das. Zu verstehen war es trotzdem nicht. Wieso bestand diese Familie, in der sich alle untereinander mehr oder weniger hassten, auf einem solchen Konstrukt?

Plötzlich fielen ihm Martins Fragen nach dem Kindergrab ein. Er hatte bei seiner Familie nachgehört. Seine Mutter erinnerte sich. An das Unglück damals. Dass er selbst das vergessen hatte. Seltsam. Andererseits, er war ja damals auch noch ein Kind. Verflixt. Jetzt wirkte das alles noch gruseliger. Ausgerechnet dieses unschuldige Kind blieb allein. Vergessen und verschmäht. Was hatte Martin gesagt? Wie alt war das Grab? Über 30 Jahre? Die Laufzeit bei Kindern unter sechs wäre demnach schon lange vorbei. Irgendjemand musste also die Nutzungszeit verlängert haben. Nur wer? Und wieso?

»Habt ihr nie an eine Umbettung gedacht?«, rutschte es ihm heraus, während er die ausgewählten Posten notierte. Die Erdbestattung für Kevin, für Freyja die Einäscherung.

Wibke, die vor den Ausstellungsstücken stand, drehte sich im Zeitlupentempo um. »Was meinst du?«, fragte sie. Es klang, als käme die Stimme aus einer anderen Welt. Tiefe Furchen ließen ihre Nase hervorspringen, das Gesicht hatte eine totengleiche Blässe.

Vielleicht aber bildete er sich das alles ein. Vielleicht war es nur die Angst vor ihrer Antwort. Verlegen druckste er herum. Verdammt, das Fass hätte zubleiben sollen. »Na, deine Schwester«, murmelte er schließlich. »Die Kleine. Du bist doch die, die sich kümmert. Oder etwa nicht? Warum ist sie nicht mit im Familiengrab?«

118

»Ich könnte platzen.« Martin wusste selbst, dass er sich wie ein trotziges Kleinkind benahm, als er mit dem Fuß aufstampfte. »Und das ist nett ausgedrückt. Mir liegen ganz andere Worte auf der Zunge.«

Gert grinste amüsiert, was Martins Wut noch steigerte.

»Und du fütterst sie wie ein Wildtier, von dem man weiß, dass es anschließend nur Schaden anrichtet. Wie blöd muss man dafür eigentlich sein.«

»Nicht blöd, tierlieb. Obwohl wir ja von Menschen sprechen, genauer gesagt von Marthe Dirkens. Ich weiß, dass du meine Strategie ablehnst. Dabei ist es nicht einmal eine, das käme ja einer Manipulation gleich. Ich vertraue darauf, gute Ergebnisse zu bekommen, wenn ich jemandem gebe, was er braucht. Und? So ist es gekommen.«

»Frau Dirkens fühlt sich bis unter das Kinn geschmeichelt.«

»Da spricht aus meiner Sicht nichts gegen. Wir haben sie ja befragt.«

»Du. Ich nicht.« Martin ging einen Schritt rückwärts und stieß mit einer Passantin zusammen. Ohne sich zu entschuldigen, schimpfte er weiter vor sich hin und schlug den Weg zurück zum Kurplatz ein.

»Jetzt fahr mal wieder runter.« Gert holte ihn ein und legte ihm eine Hand auf die Schulter.

Martin schüttelte sie unwillig ab.

»Ich bin davon überzeugt, dass wir Marthe auf diesem Weg am ehesten bändigen können.«

»Spinnst du jetzt total? Wir hatten diesmal ausnahmsweise gar keinen Anlass dazu. Meines Wissens hat sie ihre Schnüffelnase bisher nicht in den Fall gesteckt. Was für mich ein wahres Wunder darstellt. Wo es doch um eine Familie geht, die ihr wohlbekannt ist. Zum ersten Mal verstehe ich, wie sehr dieses *TikTok* die Menschen verändert und ablenkt. Und in dem Fall bin ich nur eines: unendlich dankbar.«

Gert lachte. »Siehst du. Alles in Butter. Wir können uns entspannt zurücklehnen. Ich habe Marthes Bedürfnis, der Polizei jederzeit helfend unter die Arme zu greifen, befriedigt, und jetzt kann sie sich mit Helene wieder ihrer *TikTok*-Influencer-Karriere widmen.«

»Wo sie bestenfalls erzählt, dass sie soeben der Kriminalpolizei Informationen zur Verfügung gestellt hat. Wie naiv du manchmal bist. Kläre das mit deinen Vorgesetzten, wenn davon etwas die weiteren Ermittlungen berührt. Oder wenn Marthe dadurch in Gefahr gerät.«

»Deswegen müssen wir jetzt schnell sein.« Gert klang plötzlich hart. »Zack, zack, zack.«

»Heißt was?« Martin schaute nach rechts und links.

»Wibke, Jasper, Tomke.« Genau die Reihenfolge.

»Wenn du meinst. Dein Fall.« Martin lenkte ein. »Ich habe auch einen Vorschlag. Anne könnte im Krankenhausarchiv recherchieren, ob es nicht doch irgendetwas zu dem Tod dieses Kindes gibt.«

»Hervorragend.« Gert hielt ihm die ausgestreckte Hand hin, und Martin klatschte sie nach kurzem Zögern ab.

Er wählte nacheinander die Nummern des Arztzimmers und ihres Privathandys. Ihm war schon klar, wie unwahrscheinlich es im Klinikalltag war, sie auf diese Weise zu erreichen. Wenn er sie per Messenger um Rückruf bat, könnte er wiederum im Gespräch sein. Kurzentschlossen wählte er die Nummer ihrer Station und fragte, ob es möglich sei, ihn zu verbinden. Er machte ein kurzes Daumenhoch zu Gert, weil er das Zögern so verstand, dass man nicht gleich wusste, wo Anne steckte.

Mit der Antwort, die er schließlich bekam, hatte er dagegen nicht gerechnet.

119

»Ist das dein Ernst?«, wollte Mirko wissen. »Das hat Kevin nicht verdient.«

»Was soll das heißen, verdient? Als wenn es darauf jetzt ankäme.«

Wibke klang zittriger, als er es erwartet hatte. Er vergaß zu oft, dass die Atmosphäre eines Beerdigungsinstituts den Menschen Angst einjagte. Da halfen keine hyggeligen Kerzen und Dekorationen, Ausstellungen, Krimilesungen oder das Bemalen von Holzsärgen mit Schmetterlingen durch Grundschulkinder. Der Tod blieb das, was die meisten Menschen so lange wie möglich aus ihrem Leben verbannten.

»So etwas hätte Kevin zu Lebzeiten niemals angezogen«, sagte er in dem respektvoll gedämpften Ton, den er sich im Umgang mit den Angehörigen angewöhnt hatte.

»Keiner nimmt was mit auf die andere Seite. Und wenn der Sarg geschlossen ist, interessiert es niemanden, ob er da in euren überteuerten Seidenhemdchen liegt oder in den Kleidern unseres Vaters.«

»Wo hast du die überhaupt her?

Wibke lebte als Einzige der Nachkommen im Elternhaus, und er hatte schon munkeln gehört, dass sie an der Einrichtung nichts verändert hatte. Dass sie sogar die Kleidung der Eltern aufbewahrte, überstieg allerdings seine Fantasie.

»Das meiste hat Jasper damals übernommen, als Vater starb, aber das hier hing noch im Kleiderschrank.« Die altbackene Anzughose und das blaue Hemd stanken nach Mottenpulver. Beides würde Kevin um den Körper schlackern. Wobei er Wibke recht geben musste. Wenn er es geschickt anstellte, würde es kaum auffallen, und es interessierte ja sowieso niemanden. Nur er selbst fühlte sich miserabel. Weil er wusste, was Kevin von der ganzen Sache halten würde.

»Warum fragst du auch nicht? Jeans und ein T-Shirt hätte ich aufgetrieben.« Er schüttelte den Kopf, nahm die Kleidung und deutete auf den Nebenraum. »Ich mach das dann mal. Du kannst ihn anschließend sehen.«

Er bemerkte Wibkes Zögern, aber in dem Punkt würde er nicht lockerlassen. Das war er seinem alten Kumpel schuldig. So viel Gras sie zusammen geraucht und harte Drinks geschluckt hatten, nie im Leben hätte dieser gewollt, dass einer der Geschwister letzte Hand bei ihm anlegte.

»Für Freyja hast du aber doch auch etwas dabei?«, fragte er unwirsch.

Sie nickte und umklammerte eine Tüte, die sie aus der Reisetasche gezogen hatte. »Natürlich«, sagte sie. »Natürlich.«

Mirko sah sie verwundert an. Ihm schien, Wibke würde jeden Augenblick in Tränen ausbrechen. Komisch, dachte er. Es wirkte, als trauerte sie. Was für eine lachhafte Idee. Als wenn jemals einer der Jansens um einen der anderen weinen würde.

120

Wie machte man gute Miene zum bösen Spiel? Martin wusste es nicht. Es half nicht, dass er sein Handy mit einem Versuch von Gelassenheit in seine Hosentasche zurückgleiten ließ und mit dem Kinn nach vorne wies: »Dann also auf zu Wibke Jansen. Auch wenn ich bezweifle, dass wir sie zu fassen bekommen.«

»Was war das denn jetzt für eine Nummer?«

»Anne ist gerade nicht abkömmlich. Kommt vor im Krankenhaus.«

»Überrascht es dich, wenn ich sage, ich nehme dir die Antwort nicht ab?«

»Was willst du, Gert? Ermitteln oder Small Talk halten? Erst mit Marthe und Helene, jetzt mit mir. Wir sollten uns lieber nicht darauf verlassen, dass es zu keinen weiteren Opfern in der Familie kommt.«

»Bin ich dein Freund, bin ich es nicht? Wir kennen uns lange genug, um zu checken, was im jeweils anderen vorgeht. Und kannst du mal einen Schritt langsamer gehen?«

Martin blieb stehen. »Jetzt mach aus einer Mücke keinen Elefanten. Anne hatte Zahnschmerzen und ist aufs Festland gefahren.«

»Habt ihr hier keine Zahnärzte?«

»Doch, aber …« Er unterbrach sich und winkte ab, obwohl seine Gedanken rotierten. »Vollkommen egal. Wir kümmern uns um Wibke.«

»Wenn du meinst«, kommentierte Gert und sah ihn von der Seite an. Martin bemühte sich, seinen Kiefer locker zu lassen. Was ihm kaum gelang. Er war froh, dass es bis zu Wibke

Jansens Haus nur ein paar 100 Meter waren, weshalb sie das Auto stehen gelassen hatten.

»Ganz schön runtergekommen«, sagte Gert, als er an der Fassade hochblickte. Der Putz war fleckig und bröckelte an einzelnen Stellen. Vor allem aber der so typische Verandavorbau aus Holz machte einen ungepflegten Eindruck. »Und hier wohnt eine der reichen Jansens. Kommt man auch nicht drauf.«

»Es ist das Elternhaus. Das, von wo alles ausging. Ich glaube, dass genau diese Absicht dahintersteckte: Man wollte nicht auf sich aufmerksam machen. Möglicherweise schon wegen der Steuer nicht. Keine Ahnung. Protz war sicher nicht ihr Ding. Wobei man dazu sagen muss: Selbst die Häuser, mit denen sie ihr Geld gescheffelt haben, sind nicht zu vergleichen mit den luxussanierten Objekten, die in den letzten Jahren die Insel überziehen. Du kennst die Diskussionen. Anspruchsvollere Klientel, zweites Sylt, fehlender Wohnraum. Aber der Reibach war auch vorher schon zu machen. Wer Eigentum hatte, stand auf der Gewinnerseite. Je mehr, desto besser. Und die Jansens müssen Besitz gesammelt haben wie andere Briefmarken.«

»Aber nach dem Tod der Alten musste es durch sechs geteilt werden.«

»Richtig. Trotzdem hat wohl jeder sein Auskommen. Ich wüsste nichts anderes. Die Wohnungen und Häuser wurden wohl größtenteils unter ihnen aufgeteilt oder verkauft. Weißt du, was die zu dieser Zeit für einen Marktwert hatten? Das muss wie ein Geldregen gewesen sein.«

»Und man sieht es ihnen nicht an. Den Erben, meine ich. Wieso arbeitet eine Frau wie Wibke als Fußpflegerin, wieso haust ein Mann wie Jasper in einer Wohnung, die nicht mehr allzu weit von Messieverhältnissen entfernt ist?«

»Nichts gegen Fußpflege, mein Lieber.«

»Sollte nicht abwertend klingen. Aber nötig hätte sie es nicht. So eine Boutique wie die von Freyja wirkt bei Weitem attraktiver. Mal abgesehen von Bali.«

»Und den Drogen von Kevin?«

»Wenn man das gegeneinander abwägt, scheint Tomke mit seinen Bodybuilder-Allüren noch der Normalste, richtig?« Gert lachte. »Und was schlussfolgern wir daraus? Er muss unser Mann sein. Immer derjenige, der am unverdächtigsten ist. In jedem einzelnen Kriminalroman. Warum also nicht mal in der Wirklichkeit?«

Martin verdrehte die Augen. »Eines nach dem anderen«, sagte er, während er auf den Hauseingang zuschritt. »Wibke ist die Erste auf unserer Liste.«

121

»Wir wären dann jetzt so weit«, sagte Mirko und öffnete die Tür. Er hatte Wibke überzeugen können, im Ausstellungsraum zu warten, und hatte sich für die Arbeit den Auszubildenden dazugeholt. Dieser hatte angesichts der zusammengewürfelten Kleidung nur den Kopf geschüttelt.

»Kein Wort darüber zu deinen Kumpels oder auf deinen

Kanälen«, hatte Mirko den jungen Mann gewarnt. Heutzutage musste man es trotz aller Belehrungen über Schweigepflicht, Betriebsgeheimnisse und Datenschutz gebetsmühlenartig wiederholen. Seltsamerweise schien es auf Social Media ein morbides Interesse an jungen Bestattern zu geben. Er hatte beim Frauenaufreißen das Gegenteil erlebt.

»Das würde so abgehen«, kicherte der junge Mann, bevor er sich durch eine Hintertür verdrückte. »Ein bisschen so wie in der *Rocky Horror Picture Show*.« Er summte eine Melodie an und machte einen Sprung zur Seite, während er die Tür zuzog.

Mirko musste sein Grinsen unterdrücken, als er Wibke jetzt zu ihren beiden Geschwistern führte. Der Azubi hatte nicht unrecht. Freakig war das Bild auf jeden Fall, das sich vor ihnen ausbreitete.

Mirko hatte sich besondere Mühe gegeben. Trotz der Herausforderung mit den völlig unpassenden Klamotten, die Wibke mitgebracht hatte. Dennoch hatten sie all das erledigt, was zu ihrem Job dazugehörte. Hatten die Haare der Toten gewaschen und in Form gebracht. Die Kleidung so drapiert, dass nicht auffiel, dass sie in beiden Fällen zu groß ausfiel. Die Gesichter geschminkt, Kevins dezent, das von Freyja etwas stärker.

Wibke war jetzt an die Särge herangetreten. Ihrem Bruder schenkte sie nur Sekunden an Aufmerksamkeit. Als betrachte sie ihn nur wie ein lästiges Anhängsel. Vielleicht war das ja auch so. Wobei es ihn immer noch überraschte, wieso sie vom Tod der älteren Schwester stärker getroffen schien. Aber der Tod holte manchmal eine Menge von dem, was lange unterdrückt wurde, nach oben an die Oberfläche, das war seine Erfahrung. Er hätte getippt, dass Wibke um Kevin als den jüngeren und immer etwas verloren wirkenden Bruder eher trauern würde. Aber wer verstand schon wirklich was von den Jansens? Selbst er nur wenig mehr als die Gerüchte, die über die Insel schwirrten.

Vor Freyjas Sarg stand Wibke wie totenstarr. Als wollte sie vermeiden, durch eine Bewegung auf sich aufmerksam zu machen.

Mirko wusste, dass ein Bestatter ein Gefühl dafür entwickeln musste, wie viel Raum er gab und wo er eingriff. Nach Minuten des Schweigens räusperte er sich leise. Und tatsächlich schien es für Wibke ein Signal zu sein.

»Ist gut.« Ihre Stimme klang laut, hart und deutlich.

Er wusste nicht, ob sie es zu ihm, zu sich oder den toten Geschwistern sagte.

Wibke drehte sich auf dem Absatz herum. Ein makaberer Gedanke schoss ihm durch den Kopf: In ihrer altbackenen Kleidung mit dem wadenlangen braunen Rock und der violetten Blümchenbluse, beides wahrscheinlich aus dem Bestand ihrer Mutter, wie er jetzt vermutete, sah sie aus, als wäre auch sie zur Aufbahrung bereit.

Er warf einen Blick zurück auf die Särge, während er die Tür schloss. Immerhin Freyja wirkte von hier aus vergleichsweise hübsch. Weil man kaum sah, wie wenig die Farben des rostroten Kleides und des pinken Blumenschals zueinander passten.

122

»Es hätte ja einfach mal klappen können«, meinte Gert, als sie nach erfolglosem Klingeln an Wibkes Wohnhaus nun abermals vor der immer noch verschlossenen Fußpflegepraxis standen.

»Mir macht das Sorgen«, antwortete Martin. »Dass sie so vom Erdboden verschluckt scheint.«

»Ist sie nicht. Sie wurde auf dem Friedhof gesehen.«

Martin zuckte die Schulter. »Und seitdem? Angesichts der ganzen Fragezeichen, die wir haben. Ohne erkennbares Motiv und ohne Anhaltspunkte, inwiefern die Todesfälle zusammenhängen, hätte ich nichts dagegen, mich mit eigenen Augen von ihrer Unversehrtheit zu überzeugen.« Eine Schwere machte sich in ihm breit, die wieder einmal nicht nur mit dem Fall zu tun hatte. Er zog sein Handy aus der Tasche und warf einen Blick darauf.

»Wartest du auf was?«, fragte Gert mit hochgezogenen Brauen.

Martin schüttelte den Kopf. Munterer, als ihm zumute war, wies er in die entgegengesetzte Richtung: »Knöpfen wir uns Jasper vor. Wer weiß, vielleicht hat er seiner Schwester Unterschlupf gewährt.«

Gert lachte. »Du meinst, jetzt rücken sie angesichts einer potenziellen Todesgefahr zusammen, die Jansens? Das wäre eine interessante familiendynamische Entwicklung.«

»Wir werden sehen«, brummte Martin, und dann schwiegen sie, in ihre eigenen Gedanken versunken, bis Jasper Jansen ihnen fast unmittelbar, nachdem sie den Klingelknopf gedrückt hatten, die Tür öffnete.

Es hatte sich seit ihrem letzten Besuch nichts verändert. Martin scannte den Raum in Sekundenschnelle, er hatte das Gefühl, dass sich alle Alltagsgegenstände unverrückt am selben Platz befanden: dass dieselbe Tasse auf dem Tisch, dieselbe Pfanne auf dem Herd stand und dass Jansens Feinrippunterhemd seither nicht gewechselt wurde. Von Wibke keine Spur, kein Hinweis, dass sie hier gewesen war. Neu war nur das Flackern in Jaspers Augen.

Dann drehte sich Martin wortlos um. Ging in den Flur zurück. Heftete seine Blicke auf das Familienfoto. Beim letzten Mal hätte es ihm schon auffallen können. Jetzt wirkte es wie der Beweis, dass sie ein Recht auf weitere Fragen hatten.

Er nahm das Foto von der Wand, trat damit zu Jansen. »Erzählen Sie uns. Was ist damals passiert?« Er tippte auf die einzelnen Gesichter. »Sieben Kinder. Wie die Orgelpfeifen. Und dann? Waren es plötzlich nur noch sechs.«

»Das ist lange her. Haben Sie nichts Besseres zu tun, als in alten Geschichten zu graben?«

»Nicht, wenn diese wie ein Geheimnis gehütet werden. Sagen Sie uns: Gibt es einen Zusammenhang?«

»Ich bin der Falsche. Weiß selbst nicht, wie das alles gekommen ist.«

Martin und Gert sahen sich an. Sein Freund signalisierte ihm mit einer unmerklichen Bewegung des Kinns, dass er weitermachen solle.

»Das wundert mich«, fuhr Martin also fort. »Sie sind der Älteste. Wenn einer wissen müsste, was damals geschehen ist, dann Sie.«

»Ist aber nicht so.« Er ging zu einem Stuhl und zog sein rechtes Hosenbein bis zum Knie hoch und zeigte eine Narbe. »Ich lag im Krankenhaus. Hatte einen Unfall. Weil ich vor ein Auto gelaufen bin. Bin operiert worden.«

»In der Zeit, als Ihre kleine Schwester starb?«

»Exakt«, murmelte er. »Marlin. Das war auch ein Unfall. Hat der Vater gesagt. Und dass alles nicht passiert wäre, wenn sich Mutter nicht hätte aufteilen müssen zwischen mir und den anderen.«

»Ich verstehe den Zusammenhang nicht.«

»Umso besser, dann sind wir ja zu zweit. Eingeredet hat er es mir. Eingeprügelt. Dass ich schuld bin am Unglück der Familie. Dass die Leute reden und alles Mögliche in die Welt setzen würden. Nichts davon würde stimmen.« Er lachte bitter.

»Aber Sie kennen die richtige Version? Was mit Ihrer Schwester passiert ist?«

Er schüttelte den Kopf. »Nein. Es war, als hätten sie einen Pakt geschlossen. Gegen mich. Seitdem lebe ich mit der Ungewissheit. Aus Halbwahrheiten, Gerüchten, Andeutungen im Streit. Nur in einem waren sich alle einig: dass Vater recht habe. Und ich der eigentlich Schuldige sei.«

Martin sah hinunter auf das Foto. Sieben Kinder. Drei tot. Vier lebten noch. Wer war Opfer? Wer war Täter? Oder waren sie auf der komplett falschen Spur?

Er hängte das Bild behutsam zurück an die Wand.

»Können Sie uns sagen, wo wir Ihre Schwester Wibke finden?«

Wieder stieß er dieses Brummen aus, das wohl ein ungläubiges Lachen sein sollte. »Wibke, die Hüterin der Familie? Was weiß ich? Mit keinem von denen habe ich mehr was zu schaffen, und so wird es bleiben. Sie war hier, weil sie sich darum gerissen hat, Kevin und Freyja unter die Erde zu bringen. Soll sie machen. Mich interessiert das alles nicht.«

»Auch nicht, dass Sie möglicherweise vom Tod ihrer Geschwister profitieren? Beide haben keine Nachkommen, Sie könnten theoretisch erben.«

Jasper sah an sich herunter. Zum ersten Mal wirkte er selbstironisch. »Haben Sie das Gefühl, dass es mir an Geld fehlt? Wenn was auf den Haufen draufkommt, warum nicht. Aber das ist in beiden Fällen noch nicht entschieden.«

»Was meinen Sie damit?«

»Sie sind doch die Schnüffler vom Dienst, nicht ich. Finden Sie es raus, oder lassen Sie es. Ende der Sprechzeit.«

Gert hob den Arm und trat einen Schritt vor. »Eine letzte Frage.«

Automatisch duckte sich Jasper Jansen und schaute argwöhnisch zu Schneyder hoch.

»Ihre Bemerkung vom letzten Mal. Dass Ihre Schwester Angst habe. Worauf bezog sich das und woher wussten Sie davon?«

Jasper Jansens Pupillen gingen hin und her, als müsste er erst abwägen, was er antwortete. Dann seufzte er. »Auf einmal war ich gut genug. Sie stand vor der Tür. Nach Kevins Tod. Flehte mich an. Dass ich nichts und niemandem von damals erzählen dürfe. Dass keiner an der alten Geschichte rütteln sollte. Dass ihr Arzt ihr jede kleine Aufregung verboten habe. Und dass man doch zusammenhalten müsse als Familie.«

Sie standen still und versuchten, die Informationen in einen sinnvollen Zusammenhang zu bekommen.

Auch Jasper Jansen schien den eigenen Worten nachzulauschen. Dann schüttelte er den Kopf. Ungläubig. »Soll das wirklich einer glauben?«

123

Anne war erhitzt und erschöpft, als sie das fremde Krankenhaus betrat. Das schlechte Gewissen bedrückte sie und der Zeitdruck, dem ihr Ausflug auf das Festland unterlag. Sie atmete tief durch. Was andere beunruhigte, war für sie Balsam. Der spezifische Geruch nach Desinfektionsmitteln, das Quietschen der Schuhe auf den Linoleumbelägen und der vertraute Anblick einer Krankenhauslobby mit Patienten in Bademänteln, Infusionsständern und blutigen Redondrainagen.

Es war richtig, was sie tat. Alles würde gut.

Den Zahnarztbesuch hatte sie in Höchstgeschwindigkeit erledigt, tatsächlich war es nur eine kleine Stelle, die sich beim nächtlichen Knirschen abgerieben hatte und die natürlich keine Schmerzen verursachte. Eine Sache von weniger als einer Viertelstunde bei der Zahnärztin, die genau wie sie aus Lübeck stammte und mit der sie gut befreundet war.

»Grüß deinen Mann«, hatte diese beim Abschied gesagt.

Anne lächelte. Das würde sie sicherlich nicht machen. Martin musste die Details ihres spontanen Festlandausflugs nicht kennen. Es reichte, wenn sie ihm ein Ergebnis mitbrachte. Falls es eines gab. Dass sie dieses persönlich einholte und nicht wie abgesprochen am Telefon, würde im Nachhinein noch für genug Wirbel sorgen.

Nicht zu Unrecht, dachte sie für einen Moment und spürte dem Ziehen ihres Bauches nach. Die große Gefahr, in der sie vor nicht allzu langer Zeit steckte, hatte auch mit einem dienstlichen Ausflug zu tun gehabt. Sie tastete nach ihrem Handy und atmete tief durch.

Alle sorgenvollen Gedanken verflogen, als sie die Kinderstation an der Seite der Kollegin, mit der sie telefoniert hatte, betrat. Diese führte sie in das Krankenzimmer zu Mutter und Tochter.

»Sabrina Menke, wir sind uns ja schon einmal unter unglücklichen Umständen begegnet.« Die Mutter stand auf und reichte Anne verlegen die Hand. Das Mädchen, das aufrecht im Bett saß und auf einem iPad spielte, schaute neugierig auf.

»Ich bin Moolin, und du bist meine Retterin«, sagte sie und warf ihr langes Haar zurück. Ihre Stimme klang fest. Nicht ängstlich oder dankbar, dachte Anne, sondern sachlich, wie eine Vorgesetzte es zu einer guten Mitarbeiterin sagen würde.

»Das stimmt«, sagte die Mutter. »Und wie wir besprochen haben, werde ich mich mit Frau Wagner ein wenig auf dem Flur unterhalten.«

»Immer wenn es spannend wird«, maulte das Mädchen. »Ich bin alt genug, um zuzuhören.«

Anne sah, wie die Mutter mit sich rang. Wer von den beiden das Sagen hatte, war offensichtlich. Kein Wunder, dass Moolin nicht aus den Dünen zu holen war. Eigentlich hätte es den Eltern doch Lehre genug sein müssen, um über ihr Erziehungsverhalten nachzudenken.

»Haben Sie selbst auch Kinder?«, fragte Sabrina Menke, als sie die Tür hinter sich schloss.

Anne schüttelte den Kopf. »Noch nicht«, murmelte sie und spürte den Worten hinterher.

»Wir gehen am besten in mein Arztzimmer«, sagte die Kollegin. »Ich habe mit Frau Menke besprochen, dass ich das Gespräch begleite.«

Anne fiel ein Stein vom Herzen. Ihre Anspannung war größer als gedacht.

Aber sobald sie sich am Schreibtisch gegenüber saßen, wichen die negativen Gefühle, die sie für Sabrina Menke seit ihrer Begegnung in den Dünen gehegt hatte, einem grenzenlosen Mitempfinden. Mit jedem Wort, das diese erst stockend, dann unter Tränen hervorbrachte.

Es dauerte Minuten, bis Anne überhaupt verstand, worum es ging. Obwohl es all die Fragen, mit denen sie selbst ja gekommen war, berührte. Obwohl es genau die Antworten lieferte, auf die sie und vor allem Martin und Gert gehofft hatten.

Es fiel ihr schwer, sitzen zu bleiben. Nicht zu ihrem Smartphone zu greifen, um ihren Mann einzubeziehen. Aber sie durfte jetzt nicht mit voreiligen Aktionen das Vertrauen zerstören, das Sabrina Menke ihr aus welchen Gründen auch immer entgegenbrachte.

»Aber warum?«, fragte sie zum Schluss. »Warum haben Sie ausgerechnet mich ausgewählt?«

Sabrina Menke schielte zu der Arztkollegin. »Sie hat mich darauf gebracht. Als ich zusammengebrochen bin. Ihr aber nicht sagen konnte, was passiert war. Jedenfalls nicht mit all den Konsequenzen, die unser ›Familienausflug‹ haben sollte.« Sie malte Gänsefüßchen in die Luft. »Und irgendwie waren Sie ja schon so etwas wie Moolins Retterin. Ich bedaure zutiefst, dass wir nicht auf Sie gehört haben. Und das wollte ich Ihnen persönlich sagen.«

»Es war gut, dass Sie um das Gespräch gebeten haben.« Anne holte tief Luft. »Es ist richtig, dass Sie die Dinge klargestellt haben. Auch wenn es für Sie die Enttäuschung Ihres Lebens bedeutet.«

Sabrina Menke winkte ab. »Es ist ja nicht das erste Mal. Immer wieder falle ich auf die falschen Männer herein. Ich hätte doch erkennen müssen, dass er mich benutzt. Ich habe die Augen davor verschlossen. Das Geld. Das Leben, das er Moolin und mir bot. Viel zu spät habe ich gemerkt, dass ich mich schon längst mitschuldig gemacht habe.«

»Sie wissen, was auf Norderney passiert ist? Nach Moolins Unfall?« Anne sprach ganz sacht.

Frau Menke nickte. »Damit habe ich nichts zu tun. Nichts, aber auch gar nichts. Bitte, glauben Sie mir. Das alles habe ich nicht gewollt.«

»Sie wissen aber, dass ich die Polizei darüber informieren muss? Über all das, was Sie andeuten. Es könnte …« Sie machte eine Pause, suchte nach den richtigen Worten. »Es könnte helfen, etwas einzuordnen.«

Sabrina Menke schlug die Hand vor die Augen. »Das weiß ich. Sprechen Sie es ruhig aus. Es wird helfen, den Fall aufzuklären.« Sie schluchzte auf. »Aber mich? Mich wird er umbringen, wenn er davon erfährt.«

124

Sie hatten ihm zumindest glauben müssen, dass er ihnen nichts weiter sagen konnte. Oder wollte.

Beim Verlassen der Wohnküche hatte Martin noch einmal auf das Foto geschaut. Das würde ihm nicht wieder passieren. Abzählen wäre so einfach gewesen. Und dann war ihm das gleich zweimal durchgegangen. Schließlich stand das Bild auch bei Tomke. Andererseits: Hätte es sie weitergebracht? Sie wussten so wenig mehr als zuvor.

»Ob wir das Foto wohl bei allen finden? Sonderbar, wo doch das Verhältnis angeblich so zerrüttet ist.«

»Keine Ahnung. Wibke verwehrt den Einblick, bei unserem Jansen auf Bali zweifle ich es an. Was die beiden anderen betrifft, können wir bei der KTU nachhören, ob ihnen die Fotografie aufgefallen ist. Aber hilft uns das? Es gab ja in den Wohnungen der zwei auch sonst nichts zu finden, was uns weiterbringen würde.«

»Trotzdem. Du denkst also, es sei normal, tagtäglich auf ein Foto von Leuten zu starren, die du hasst?« Gert zog ein Papiertaschentuch hervor, mit dem er seine Handinnenflächen abrieb. Weiße Zellstofffetzen rieselten zur Erde.

»Vielleicht, weil es eine Erinnerung an die heile Zeit ist, als die Jüngste noch lebte?«

»Sehr gewagt anzunehmen, dass es in dieser Familie gute und annehmbare Zeiten gab. Ich hätte dort nicht aufwachsen wollen.«

»Geht mir genauso. Aber wir kommen damit nicht weiter. Es ist so sinnlos wie das, was du mit dem Taschentuch betreibst. Lass uns denjenigen fragen, der uns am wahrscheinlichsten vernünftige Antworten liefert.«

»Du meinst Tomke.«

»Richtig. Wir sammeln aber erst das Dienstfahrzeug ein, mir wird der Radius dann doch etwas groß. Außerdem habe ich mein Schritte-Soll schon fast erfüllt.« Martin zeigte die App auf seinem Handy und wischte danach zum Hauptbildschirm. Weder eine Nachricht noch Anrufversuche, Fotos oder Smileys. So viel Ruhe herrschte selten zwischen Anne und ihm. Ein Wort schob sich in den Vordergrund. Totenstille.

»Was ist los?«, fragte Gert mit einem so väterlichen Unterton, dass es ihm heiß und kalt wurde. Verdammt. Es war nichts, es ist nichts und es würde auch nichts sein mit Anne. Sein Freund brauchte hier gar nicht den Verständnisvollen zu geben.

Unwirsch knatterte er: »Die Jansens sind los. Sonst nichts.«

Erst als sie im Wagen saßen, startete Gert einen neuen Gesprächsversuch. »Diese Bemerkungen, dass womöglich nichts zu erben sei. Was wird er damit gemeint haben?«

»Eines der vielen Rätsel, die uns diese Familie aufgibt. Ich kann es dir nicht sagen. Bei Kevin spielt er möglicherweise auf diese Vaterschaftsgeschichte an.«

»Guter Hinweis. Wir landen immer wieder an dem Punkt. Kevin soll das abgestritten haben, oder?«

»So ist es. Was ja nichts heißt. Wenn wir einen konkreten Verdacht haben, könnten wir den Abgleich herstellen.«

»Unsere Vermutung ist sehr, sehr weit aus der Luft gegriffen. Moolin. Marlin. Das allein ist wahrscheinlich eine zu steile These für die Staatsanwaltschaft.« Gert zog sein Handy heraus.

Martin haute den Rückwärtsgang rein, wendete den Wagen und fuhr mit aufwirbelndem Sand vom Parkplatz hinter dem Kurhaus auf die Straße. »Hab's verstanden. Fragen wir doch einfach Tomke.«

Gert klammerte sich an den Haltegriff. »Hey, wir sind hier nicht auf der Rennbahn. Immer schön langsam. Außerdem: Ich höre erst einmal bei der KTU nach. Das Bild. Jetzt will ich es auch wissen.«

Martin versuchte, sich auf den üblichen Verkehr aus Taxis, Bussen, Handwerkern, Radfahrern und Bollerwagenschiebern zu konzentrieren, die alle ihren Weg durch die sorglos flanierenden Passanten suchten.

Seine Gedanken waren bei Anne. Er verstand es nicht. Warum schrieb sie ihm nicht? Nichts von den Zahnschmerzen, nichts von der Fahrt aufs Festland. Er spürte, dass alte Zweifel wie Nebelschwaden in ihm hochstiegen.

Deswegen erschrak er und verriss fast das Steuer, als Gert auf einmal losjubelte. »Bingo! Sehr gute Arbeit, Jungs. Ja, ja, und Mädels.«

Er legte auf und drehte sich freudestrahlend zu ihm um. Sah ihn an wie ein Hund, der den Stock erfolgreich apportiert hatte.

»Fein gemacht«, sagte Martin deswegen. »Nur was genau?«

»Das Foto haben sie bei beiden gefunden. Bei Kevin tief vergraben in einer Schublade mit Papierkram. Bei Freyja stand es neben dem Festnetztelefon.«

»Und was freut dich daran?«

»Dass es immer spannender wird, warum für sie alle das Foto so wichtig ist. Aber die Kollegen haben gleich noch etwas mitgeliefert: Jetons.«

»Moment mal? Bei Kevin?«

»Nein, bei Freyja. Was bedeuten könnte: Der eine hat ein erbberechtigtes Kind, die andere ihr Vermögen verspielt. Kein Wunder, dass Jasper sich nicht weiter interessiert.«

»Wenn dem so wäre«, sagte Martin langsam. »Dann gäbe es aber für niemanden der Geschwister ein dahingehendes Motiv. Heißt also? Alle Jansens raus aus dem Verdächtigenkarussell. Die nächste Fahrt geht ohne sie weiter.« Und mit einer abenteuerlichen Wende hielt er punktgenau vor Tomkes Tür.

125

Wibke riss die Augen auf. Blickte zu dem Mann, der am anderen Ende des Raums saß. Auch er schien zu lauschen, deutete das Geräusch eines hart bremsenden Autos wahrscheinlich ähnlich wie sie.

Es konnte Rettung bedeuten.

Und gleichzeitig das Ende.

Aller Lügen.

Aller Hoffnungen.

Der letzte Ausweg, der ihr blieb, war meterweit entfernt. In ihrer Handtasche. Unerreichbar.

Doch dann machte er eine Bewegung mit den Augen.

126

Sie hörten, wie der Schlüssel fluchend von innen ins Schloss gesteckt wurde und sich anscheinend nur mit Schwierigkeiten zweimal drehen ließ. Der Schweiß lief ihm in Strömen das Gesicht herunter, als er die Haustür öffnete. Handflächengroße feuchte Flecken überzogen sein Achselshirt.

Trotzdem sah Tomke Jansen frischer aus als sein Bruder. Lebendiger. Die Augen blitzten, strahlten fast.

»Hereinspaziert. Heute müssen Sie mit meinem Fitnessraum vorliebnehmen.«

Er war, als hätte er sie erwartet. Martin beschlich ein ungutes Gefühl. Als wenn sie in eine Inszenierung platzten. Ob die Jansens ein viel hinterhältigeres Spiel mit ihnen trieben, als sie dachten? Was, wenn sie nur vorgaben, untereinander verfeindet zu sein? Keinen Kontakt zu haben? Könnte Wibke sich seit Tagen bei Jasper verschanzen? Oder hier bei Tomke? Sie kannten ja immer nur jeweils einen Teil der Häuser. Wer wollte ausschließen, dass der eine Bruder den anderen von eben auf gleich informiert und den Besuch vorhergesagt hatte.

»Eine Hand gebe ich Ihnen nicht«, sagte Tomke und lachte hell. »In Ihrem Interesse. Zu ölig.«

»Immer im Training.« Gert machte eine anerkennende Geste. »Die Disziplin möchte ich haben.«

»Alles eine Frage der Routine. Sechs Wochen braucht es, bis die innere Programmierung abgeschlossen ist. Sagt die Wissenschaft. Danach können Sie nicht mehr anders.« Er ging zum Crosstrainer und griff nach dem Handtuch. Trocknete Hände, Arme, Gesicht und Nacken.

»Ich entwickle eher Gewohnheiten im Konsum von Chips und Binge-Watching. Das ist mit Streaming nicht besser geworden. Manchmal wünsche ich mir die analogen Zeiten zurück. Sie trugen bei mir zur Außenstrukturierung bei. Wenn ich mir selbst überlassen bin …, aber lassen wir das.«

»ADHS, was?«, lachte Tomke wieder.

»Gut möglich. Und Sie?«

»Bingo. Nachgewiesen und abgestempelt. Der Kraftsport hilft, probieren Sie es aus.«

Martin straffte seinen Rücken. Wenn Gert Unterstützung in der Struktur brauchte, dann würde er dafür sorgen. Immerhin erklärte es einiges in seinem Verhalten. »Sie können sich denken, weshalb wir hier sind?«, begann er deswegen das Frage- und Antwort-Spiel wie aus dem Lehrbuch.

»Schießen Sie mal los«, gab Tomke zurück und deutete dabei das Zücken einer Pistole an. »Ich bewundere schon jetzt Ihr Timing.«

Selbst Gert schien nun alarmiert. »Das müssen Sie uns näher erklären.«

»Meine Bemerkung?«

Martin schloss für eine Sekunde die Augen. Katz und Maus. Er spielte. Eindeutig. Nur zu welchem Zweck?

»Gibt's noch was anderes?« Gert klang plötzlich sehr hart. Nichts blieb mehr von der übergroßen Verbindlichkeit, seiner Vertraulichkeit, seiner Fähigkeit, Nähe herzustellen.

Auch Tomke war für Sekunden beeindruckt vom Stimmungswechsel. Martin sah, wie seine Schultern kurzfristig heruntersanken, bevor er den Rücken wieder durchdrückte.

»Vor allem, wenn Menschenleben in Gefahr sein sollten«, schob Gert hinterher. »Machen Sie sich nicht schuldiger, als sie es vielleicht schon sind.«

»Schuldig?« Jetzt klang Tomke tatsächlich überrascht. Er hob die Hände. »Ausgerechnet ich?«

»Keine Ahnung, wer aus Ihrer Familie welche Lügengeschichten an der Backe hat. Ich will jetzt nur eines: wissen, wer hinter den Todesfällen Ihrer Geschwister steckt. Und was es mit Marlin auf sich hat.«

»Marlin, immer wieder Marlin. Jetzt kommen auch noch Sie!«

»Ich habe nicht das Gefühl, dass Ihre kleine Schwester in Ihrer aller Leben eine Rolle spielte.«

»Manchmal bekommt das, was totgeschwiegen wird, eine unmenschliche Präsenz und Bedeutung. Vor allem, wenn der Zeitpunkt verpasst wird, die Wahrheit zu sagen, weil man glaubt, damit erst recht die Büchse der Pandora zu öffnen. Bei den Jansens, so kann man annehmen, ist genau das Gegenteil passiert.«

Martin dachte wieder einmal, dass Tomke der klügste und reflektierteste der Geschwister war. Was ihn in seinen Augen umso gefährlicher machte. Er konnte nur hoffen, dass Gert das genauso sah.

Sicherheitshalber ging er zurück bis zur Tür, um einen besseren Überblick zu behalten und den Rücken frei zu haben.

»Woran ist Ihre Schwester gestorben? Warum wurde aus dem Tod ein solches Geheimnis gemacht? Ich glaube, es wird Zeit, die Wahrheit zu sagen.«

Im gleichen Moment, in dem Gert die Fragen stakkatomäßig abließ, spürte Martin das Vibrieren des Handys in seiner Hosentasche.

Anne, war sein erster Gedanke, und es fiel ihm schwer, das Telefon nicht hervorzuholen. Ungeduldig verlagerte er sein Gewicht von einem Bein auf das andere. Hoffentlich kam Gert jetzt endlich mal zu Potte!

127

Er hatte Schuld.

Wibke starrte ihn hasserfüllt an.

Einen nach dem anderen hatte er benutzt. Sie gegeneinander ausgespielt. Sich zunutze gemacht, dass sie grundsätzlich einander misstrauten. Nur auf ihn waren sie hereingefallen. Nein, nicht alle. Im Grunde genommen nur sie. Trotzdem würde sie ihm ein letztes Mal nachgeben.

Aber diesmal hielt sie die Zügel in der Hand. Sie nickte ihm zu.

Er machte sich lang. Kam mit seinen Füßen fast an den Henkel der Tasche heran. Nur Millimeter fehlten. Noch etwas strecken. Er kippte mit dem Rücken lautlos nach hinten. Glücklicherweise überdeckten die Stimmen von nebenan jedes Geräusch. Jetzt. Ja, ja, ja, jetzt!

Er schob die Schuhspitze in die Henkelöffnung. Sie sah, wie er erleichtert ausatmete. Auf seiner Stirn standen Schweißtropfen. Er drehte sich mit der Tasche, die er nun sicher am Fuß hatte, auf den linken Ellenbogen. Und zog sie mit winzigen Bewegungen zu sich heran.

Halt. Stopp! So nicht. Mit wildem Kopfschütteln gestikulierte sie in seine Richtung. Er hielt inne. Sie lenkte mit den Augen den Weg der Tasche zu sich herüber.

Natürlich reagierte er nicht sofort. Wahrscheinlich wägte er ab.

Sie hoffte nur, dass er sich ruhig verhielt. Solange, bis sie handlungsfähig war. Er würde genauso wie sie wissen, wer da nebenan sprach. Sie durfte nicht zulassen, dass ihm wieder ein Bluff gelang. Diesmal war sie an der Reihe.

Nach endlos langem Zögern schob er die Tasche zu ihr rüber. Gab ihr einen letzten Schubs, bis sie ihr fast vor den Händen lag. Sie wand und drehte sich, dann bekamen ihre Fingerspitzen den Verschluss zu packen, der so ausgeleiert war, dass er sich mit Dehnen auseinanderschieben ließ. Nur noch ein kleines Stück.

Sie wusste, wohin sie greifen musste. Immer an dieselbe Stelle. Direkt neben dem Ladenschlüssel. Sie hatte es seit Tagen geübt. Als hätte sie gewusst, dass es so käme.

Nach Kevin. Nach Freyja. Und auch nach Marlin.

Dass ein Knebel in ihrem Mund steckte, war nur folgerichtig.

Dann fasste sie zu. Ihre Fingerfertigkeit als Fußpflegerin kam ihr zugute.

Sie sah zu ihm hinüber. Er würde die Erleichterung und den Triumph in ihren Augen sehen.

Er würde denken, dass sie nach einem Etui angelte. Mit Schere und Feile. Die sie beide befreien konnte. Aus dieser misslichen Lage. In der sie nur wegen ihm waren.

Aber sie war nicht dumm, nein, dumm war sie nicht.

Und das erkannte jetzt auch endlich er, als sie sich mit dem Oberkörper zur Seite kippen ließ.

128

Während Tomke noch sichtbar mit einer Antwort rang, passierten drei Sachen fast gleichzeitig. Gefühlt in Bruchteilen von Sekunden.

Martin, der seine Blicke weiter durch den Raum schweifen ließ, fiel zuerst die graue Schiebermütze auf, die neben dem Crosstrainer am Boden lag.

Noch während er versuchte, die Information einzuordnen, signalisierte ihm eine schnelle Doppelvibration den Eingang einer Textnachricht. Ohne nachzudenken, zog er das Smartphone aus der Hosentasche.

K. nicht Vater v. M., aber
Erpressung durch RA. Mutter
geständig. Alles Weitere bei
Rückruf, ich kann dich nicht

An dieser Stelle endete die Vorschau. Martin entfuhr ein Stöhnen. In seinem Kopf explodierte alles gleichzeitig.

Wo war Anne? War sie in Gefahr? Woher hatte sie die Informationen? Warum lag hier eine graue Schiebermütze? Wo war der Rechtsanwalt, der genau eine solche besaß? Waren sie nicht allein mit Tomke?

Er wusste, dass er sein Handy jetzt nicht entsperren durfte. Steckte es zurück. Griff nach seiner Waffe. Räusperte sich, um Gert auf eine mögliche Gefahr hinzuweisen.

Als das dritte der Ereignisse geschah: ein Schuss. Gleich nebenan.

129

Im Nachhinein schien es ihm wie auch früher schon unmöglich, dass Gert und er nicht in Schockstarre verfallen waren, sondern dass ihm die immer und ewig geübten Handgriffe und Abläufe automatisiert zur Verfügung standen. Ohne nachzudenken und mit einer unfassbaren Gleichzeitigkeit hatten sie beide ihre Schusswaffen in der Hand, sicherten einander und den Raum, überwältigten den verängstigten Tomke, der die Arme bis fast unter die Decke streckte und immer wieder rief: »Nicht schießen, nicht schießen. Es besteht keine Gefahr.«

Wie er auf Letzteres kam, war Martin unerklärlich, zumindest so lange, bis Gert und er verstanden, was er, die Arme mittlerweile in Handschellen auf dem Rücken und auf dem Bauch liegend, ergänzte: »Sie sind beide geknebelt und fixiert.«

Immerhin drang außer einem Wimmern und einem unregelmäßigen Klopfen auf dem Boden kein weiterer Laut aus dem Nebenraum. Die Schussabgabe erklärte sich damit nicht.

Martin und Gert sahen einander an. Die Kollegen waren verständigt. Viel zu wenige und zu unerfahren, wenn es um eine Geiselnahme ging. Aber bis eine Sondereinheit vom Festland hier wäre, würde es ewig dauern. Sie dachten anscheinend beide das Gleiche: Sie saßen in der Falle.

Oder etwa nicht?

»Spuck aus, was hinter der Tür vor sich geht. Und ich will keine einzige verdammte Lüge mehr hören.« Gert flüsterte in Tomkes Ohr.

Ihre Waffen auf die Tür gerichtet und außerhalb des direkten Schussfeldes lauschten sie den Worten des vollkommen eingeschüchterten Tomke. Seine Stimme klang weinerlich. »Ich hätte das doch jeden Moment gesagt, dass ich die beiden nebenan festgesetzt habe. Es war wie ein Wink des Schicksals, dass ich noch nicht mal auf der Wache anrufen musste.«

»Wer ist im Nebenzimmer?«

»Wibke und dieser schleimige Rechtsanwalt.«

»Seine Mütze«, sagte Martin laut und deutete auf den Boden.

»Ich habe beide schachmatt gesetzt. Inklusive Knebel im Mund.«

»Und warum?«, schnauzte Gert, ganz ungewohnt. »Zu viel Actionfilme geschaut? Zu wenig Vertrauen in die Polizei?«

Tomke schüttelte vehement den Kopf. »Kurzschluss«, sagte er dann. »Und weil ich es kann.«

Es dauerte, bis Martin verstand, dass er damit seine Muckis meinte. Seine Gewohnheit, Kraft punktgenau aufzubringen und einzusetzen.

»Die beiden waren so überrascht, dass ich mit ihnen fertig war, bevor sie mir etwas entgegensetzen konnten.« Jetzt schwang sogar Stolz in seiner Stimme. »So ein Rechtsanwalt ist nun mal ein Schreibtischhengst und keiner, der pumpt. Solche Leute verirren sich nicht in Muckibuden.«

»Und trotzdem ist ein Schuss gefallen.« Gert senkte seine Stimme noch mehr. »Ich will jetzt genau wissen, wie es da drüben aussieht. Wer sitzt an welcher Stelle? Wo sind Fenster? Gibt es noch eine Tür? Wie weit sitzen die beiden voneinander entfernt? Womit sind sie fixiert? Und geknebelt?«

Tomke deutete mit dem Kinn auf das Paketband. »Und ich habe ein T-Shirt zerschnitten für die Knebel. Damit sie mir hier nicht alles zusammenbrüllen.«

Gert ging, ohne die Blicke von der Tür zu nehmen, zum Tisch. Klebeband, Schere. T-Shirt. Mit einer schnellen Handbewegung hob er es hoch, es waren zwei Streifen herausgeschnitten. Sofort nahm er die Hand zurück zur Waffe.

»Riskieren wir es?«, fragte er.

Martin zögerte. Das war jenseits jeglicher Vorschrift. »Wenn wir auf die Kollegen warten …«

»Bitte«, flehte Tomke dazwischen. »Bei meinem Leben. Die sind beide fixiert.«

»Okay«, sagte Gert, der die Folgen abwägte, indem er sichtbar den Kopf hin- und herbewegte. »Sobald von draußen mitgesichert wird.«

»Meine Schwester«, jammerte Tomke erneut. »Der Knebel. Und wenn sie auch …«

Martin ahnte, was er meinte.

Und wusste nicht, was er hoffen sollte.

130

Mirko schob sein Fahrrad durch die Fußgängerzone. Er brauchte dringend ein Herrengedeck nach dem heutigen Tag, ein Bier und einen Schnaps, bevor er sich in den zweiten Teil seines Arbeitstages stürzte. Sobald für andere der Feierabend anfing, startete für ihn die anstrengende Beratungsarbeit. Versicherungspolicen zu verkaufen war kein Selbstläufer mehr. Besonders wenn es in den Bereich Vermögenssicherung ging.

Die Leute wussten genau, wo sie Dividenden zu erwarten hatten. Nur wer es nicht besser kannte, setzte auf die konservativen Lebensversicherungen. Es wurde schwerer, die richtigen Argumente zu finden.

Dafür stieg die Absicherung gegen Elementarschäden. Der unaufhaltsame Klimawandel spielte ihm in die Hände. Obwohl viele immer noch zweifelten, ob es überhaupt so schlimm käme. Sie würden schon sehen, besonders auf einer Insel wie der ihrigen. Die Dünenabbrüche sprachen für sich. Klug war, wer sich jetzt absicherte. Denn irgendwann würde es auch bei den Elementarschadenversicherungen kippen. Hochrechenbar war das. Für den, der in die Zukunft blicken konnte.

Er schaute in einer seiner Stammkneipen rein, ob jemand Bekanntes von drinnen winkte. Für die meisten war es noch zu früh, er aber hatte nur ein knappes Zeitfenster bis zum ersten Abendtermin. Das Pfefferminzbonbon steckte in seinem Blouson. Irgendwann musste man sich ja mal was gönnen. Besonders an Tagen wie diesen mit der furchtbaren Wibke Jansen.

Er schauderte beim Gedanken an ihre beiden eingesargten Geschwister, die mit den zusammengewürfelten Klamotten wie Vogelscheuchen aussahen. Gut, dass keiner sie mehr zu Gesicht bekam. In dem Fall noch nicht einmal der zweite obligatorische Arzt vor Freyjas Feuerbestattung, das hatte die Rechtsmedizin ja bereits erledigt. Mit Kevins Anzug würden sich die Würmer zufriedengeben.

Als er sein Fahrrad weiterschob, hörte er eine Frauenstimme, die seinen Namen rief. Ihm schwante nichts Gutes. Was sollte so ein Tag auch schon bringen? Zum Vergessen war er, einfach zum Decke-über-den-Kopf-ziehen, wie manche Tage eben waren.

Aber da stand sie. Unausweichlich. In Begleitung einer attraktiven Dame. Die war ganz in Schwarz gekleidet. Als ginge sie zu einer Beerdigung. Oder ins Theater. Die Oper. Auf Norderney liefen so die wenigsten rum. Nur der Schal, der fiel auf. Pinkes Blumenmuster. Ungewöhnlich und nicht eben augenfreundlich. Das wusste er genau. Denn er war ihm heute schon einmal begegnet.

Sein Starren fiel auf.

»Gefällt er dir?«, wollte Marthe wissen. »Denk dir nur. Helene hat ihn erst vor einigen Tagen gekauft.«

Mehr musste er gar nicht hören, der Rest rauschte durch sein Ohr. Bestätigte nur seine Vermutung, während er darüber nachdachte, was es zu bedeuten hatte.

Glücklicherweise gab Marthe Dirkens sich damit zufrieden, dass auch er nicht wusste, für wann die Beisetzung der Jansen-Geschwister geplant war. Das konnte dauern. Die Krematorien hatten Hochkonjunktur, immer weniger wollten die klassische Beerdigung. Kevin würde auf die Urne seiner Schwester warten müssen. »So ist das nun mal«, belehrte er die Damen.

Er sah ihnen hinterher, bis sie in der Poststraße verschwanden. Dann zog er sein Telefon heraus, drückte auf den Kontakt.

»Ich bin's«, sagte er. »Ich habe da mal ein Spezialanliegen. Es eilt. Und scheint mir enorm wichtig.«

Er atmete geräuschvoll aus. Das ist ein Ding, dachte er. Es wird nicht langweilig auf der Insel.

131

Erschöpft saßen sie auf dem Boden. Martin fiel es immer noch schwer, wieder durchzuatmen. Auch sein Puls wollte sich nicht beruhigen.

Nicole, die als Einzige stand, reichte ihm eine Wasserflasche, die er sich am liebsten über den Kopf kippen würde. Ein Königreich für eine Dusche, dachte er, während er sich mit dem Handrücken durch das verschwitzte Gesicht fuhr.

Tomke drehte seine Handgelenke und dehnte den Nacken.

Wibke kauerte in der entferntesten Ecke, sie hatte die Augen geschlossen, nur ab und zu schnaufte sie und sah dann erschrocken auf. Ins Krankenhaus gebracht zu werden, hatte sie verweigert. Die Notärztin hatte unter Vorbehalt zugestimmt. Es würde sowieso zu entscheiden sein, wie es für sie weiterging.

Wenn sie verstanden, wie eines zum anderen geführt hatte.

Wichtig war, dass niemand der Einsatzkräfte zu Schaden gekommen war. Die Erleichterung war vor allem Gert deutlich ins Gesicht geschrieben. Der Entschluss, kein SEK anzufordern, war von den Vorgesetzten gedeckt worden. Jeder von ihnen wusste, wie groß der Aufwand, wie hoch der Zeitverlust war. Wenn Tomkes Angaben richtig waren, war die Sache machbar. Soweit man das hochrechnen konnte. Ging so was gut, gab es ein Schulterklopfen. Ging es schief, kam das Kopfabreißen. Schlimmstenfalls die persönliche Verantwortung für Schwerstverletzte und Tote.

Glücklicherweise war es nicht mehr als eine routinierte Sicherung, Stürmung und Überwältigung, sowohl durch die Zimmertür als auch durch das Fenster. Nachdem sie die schusssicheren Westen angelegt hatten, die Nicole ihnen reichte. Die Pistole, aus der geschossen worden war, entpuppte sich als ein kleiner Damenrevolver, der unerreichbar für die beiden gefesselten und geknebelten Menschen in der Zimmerecke lag. Vermutlich durch den Rückschlag dorthin katapultiert.

Sowohl der Mann als die Frau lebten, auch wenn sie mit der Luft zu kämpfen hatte, angesichts der Anstrengung, mit der sie sich vergeblich zu befreien versuchte. Er war bewusstlos bei vorhandenen Vitalzeichen. Die Kugel hatte seinen Kiefer durchschlagen. Martin konnte seine Genugtuung kaum unterdrücken. Zumindest ein paar Schönheitsoperationen würden nötig, bevor der eitle Herr Rechtsanwalt sich wieder unter die Leute mischen würde. Und wenn etwas dran war, an dem, was Anne berichtet hatte, wären das vorläufig die Mitgefangenen beim Umschluss und Hofgang. Jetzt befand er sich in der Notfallversorgung und bekam gleich seinen Freiflug in einen Operationssaal. Martin hatte die Rotorblätter des einfliegenden Hubschraubers schon gehört.

Er zog sein Handy aus der Hosentasche und schaute erneut auf Annes Nachricht. Mittlerweile hatte er sie in Gänze gelesen und mit ihr telefoniert.

»Bringt ihn unbedingt in ein anderes Krankenhaus«, war ihre Reaktion auf die Geschehnisse gewesen. »Sabrina Menke wird sonst verrückt. Sie hat schreckliche Angst vor ihm.«

Zu Recht, dachte Martin nun. Obwohl er nur Bruchteile der Geschichte kannte, hielt er es für möglich, dass auch sie letztendlich ein Opfer war. Aber noch wussten sie zu wenig. Erst brauchten sie die ganze Wahrheit.

132

Leise klopfte Anne an die Zimmertür. Sie hatte mit Martin telefoniert und alles berichtet, was Sabrina Menke gestanden hatte. Gert würde veranlassen, dass jemand der Kollegen ins Krankenhaus kam, um die Aussage von ihr aufzunehmen. Inwieweit sich Frau Menke selbst schuldig gemacht hatte, würden die Staatsanwaltschaft und später das Gericht entscheiden müssen.

»Meine Retterin«, rief Moolin, als Anne das Zimmer betrat. Sie schien das Ganze für ein Spiel zu halten. Ob sie sich noch an die Auseinandersetzung der Erwachsenen kurz vor dem Unfall erinnerte? Heute hoffte Anne nur, dass das Kind die schrecklichen Ereignisse verarbeiten konnte und keine Schäden zurückbehielt.

»Die Folgen der Verschüttung sind behoben«, hatte die Kollegin vorhin im Arztzimmer bestätigt. »Warum wir sie noch hierbehalten, ist eine genetische Auffälligkeit, die wir uns genauer anschauen. Aber in zwei, drei Tagen wird der Heimreise nichts mehr im Wege stehen.«

Sabrina Menke schien das nicht zu beruhigen. »Hier fühle ich mich sicher«, hatte sie eingeräumt. Als sie jetzt das Zimmer betrat, las Anne die Angst im Gesicht der jungen Frau.

Sie nickte ihr freundlich zu. »Ich habe alles wie besprochen weitergegeben. Ich bin zuversichtlich, dass Ihre Sorgen nicht ungehört bleiben.«

»Danke«, antwortete die Mutter.

»Mama spielt ein neues Spiel mit mir«, sagte Moolin, warf ihre blonden Haare zurück. Sie hockte auf ihren Knien und brachte mit Schaukelbewegungen die Matratze mitsamt dem

Bettgestell zum Schwingen. Das Knarzen hörte sich bedrohlich an, schien aber Moolin erst recht herauszufordern.

Die Mutter lächelte achselzuckend.

»Spielst du mit uns?«

»Ich schaue euch zu, einverstanden?« Anne holte sich einen Stuhl und setzte sich neben Sabrina Menke.

Moolin maulte, griff dann aber zu den Würfeln. »Ich fange an.«

Nach kürzester Zeit war klar, wer das Spiel gewinnen würde. Und wer in Zukunft das Sagen hätte. Anne bekam Mitleid mit der zarten Frau, die sich heute Nachmittag im Arztzimmer ihr gegenüber geöffnet hatte. Sie hoffte, dass sie die richtigen Schlüsse für ihr weiteres Leben ziehen konnte. Um ihrer selbst und des Kindes willen. Nicht einfach mit den Hypotheken der Vergangenheit. Wenn sie klug war, würde sie die angedeutete Unterstützung der Kinderärztin ergreifen.

Vorläufig waren Mutter und Kind in Sicherheit. Das war im Augenblick das Wichtigste.

Als das Spiel unter dem Jubel von Moolin zu Ende war, erhob sich Anne. Die Verabschiedung war kurz, aber warmherzig. Die Dankbarkeit stand Sabrina Menke ins Gesicht geschrieben. Sie würde mit ihren Dämonen kämpfen müssen. Anne würde möglicherweise dazu beitragen können, dass das Kind nicht weiter dem Einfluss dieses furchtbaren Rechtsanwalts ausgesetzt war. Wer hätte bei der Begegnung in den Dünen an eine solche Wendung gedacht?

Auf dem Weg aus dem Krankenhaus, zum Parkplatz, auf der Fähre ließ sie das Gespräch vom Nachmittag nicht wieder los. Wie Sabrina Menke stockend und schluchzend, verzweifelt und kämpferisch Wort für Wort, Satz für Satz ein Geständnis abgelegt hatte:

»Kevin lernte ich während meiner ersten Entziehung kennen. Er brach seine Therapie nach kurzer Zeit ab. Ich hielt durch, noch eine Weile, selbst nachdem ich draußen war. Wenn aber der ganze Freundeskreis aus Menschen besteht, die du aus der Szene kennst, und alle anderen nichts mit dir zu tun haben wollen, weil du ja mal auf Droge warst, na ja, Sie wissen wahrscheinlich von Ihren Patienten, wie das läuft. Ich habe wieder gekellnert und bin dabei Kevin in die Arme gelaufen. Der war ein feiner Kerl damals und hatte auch Geld und ein Auto und eine Wohnung. Und ich war echt ein bisschen in ihn verschossen und er in mich. Leider hatte er immer Drogen, und auf einmal war ich wieder drauf. Obwohl ich das nicht wollte. Und dann gab es diese eine Nacht, wir waren beide high und doch auch auf so einem komischen Horrortrip, und ich habe gesagt, ich bringe das nicht mehr, ich will lieber sterben als so einen Tod auf Raten. Und er hat angefangen zu weinen und mir eine schreckliche Geschichte erzählt.«

Es hatte Minuten gedauert, bis Sabrina Menke an der Stelle weitersprechen konnte. Die Ärztin hatte vom Stationsflur einen Tee geholt und vor sie hingestellt.

»Es ging um seine kleine Schwester, die gestorben ist, als sie drei war. Erstickt. Er war dabei. Nur ein Jahr älter und hat das für ein Spiel gehalten und –«

»Und?«, hatte Anne geflüstert.

»Ihr Sand in den Mund geschüttet und sie festgehalten, während die anderen mit den Händen und den Eimern und den Schaufeln …«

Sie hatte nicht weitersprechen können. Es war nicht nötig gewesen. Sie wussten alle, was das bedeutete.

»Nach dieser Nacht, in der Kevin davon erzählt hatte, war ich mir nicht sicher, ob es Teil des Horrortrips war oder ob er das tatsächlich erlebt hatte. Ich habe mich nicht getraut zu fragen. Stattdessen habe ich die Flucht ergriffen, vor ihm, vor der Stadt, vor den Drogen.«

»Und stellten bald fest, dass Sie schwanger sind.«

»Mit Moolin, ja. Ich wusste nicht, wer der Vater ist.« Sie schaute verlegen auf ihre Hände. »Zu viel Drogen, zu viel Alkohol. Zu viele Männer.«

Was für ein Glück, dass das Kind offensichtlich keine fetalen Schädigungen davongetragen hatte, dachte Anne.

»Kevin jedenfalls hat bestritten, es zu sein, und er wollte nicht einen Cent bezahlen. Eine Vaterschaftsfeststellung hat er ausgeschlagen. Ich habe ihn dann nicht beim Jugendamt angegeben, weil ich es ja nicht sicher wusste. Es wäre bequem gewesen, er hatte von allen das meiste Geld. Und das war sein Verhängnis.«

Der Rest war schnell erzählt. Als sie, mittlerweile lange drogenfrei, Hendrik Schwarz kennenlernte, schien ihr Glück vollkommen. Erst zuletzt hatte sie erfahren, dass seine Freundinnen immer aus dem sogenannten »Milieu« stammten, weil sie leichter zu manipulieren waren.

Sie hatte ihm von Kevin und der vermeintlichen Vaterschaft erzählt.

Er war ihm als Anwalt auf die Pelle gerückt.

Kevin ließ sich nicht beeindrucken.

Hendrik schon. Von dem Geld, das bei Familie Jansen zu holen war.

Ob sie nicht eine nette, schmutzige Geschichte hätte, mit der Kevin die Anerkennung der Vaterschaft doch zu entlocken wäre, hatte er sie gefragt.

Sie hatte geliefert. Und anscheinend in ein Wespennest gestochen.

Die Tränen liefen ihr in dicken unaufhaltsamen Tropfen aus ihren großen Barbieaugen. Anne war sich nicht sicher, um wen sie genau weinte, aber wahrscheinlich gehörte eine gehörige Portion Selbstmitleid dazu. Ganz verdenken konnte sie es ihr nicht.

»Ich bin mir sicher, dass wir mit Kevin einen Kompromiss gefunden hätten.« Sabrina Menke hatte tief durchgeatmet und wieder angesetzt. »Kevin war fertig, er war kaputt. Wie das geht, wenn man mit den Drogen nicht aufhört. Wir könnten ihm einen Deal anbieten, habe ich zu Hendrik gesagt, aber der hatte mittlerweile Blut geleckt und wollte mehr.«

»Und was ist dann passiert?«

Diesmal schlug Sabrina Menke die Hände vor das Gesicht. »Der schreckliche Unfall mit Moolin. Ich hatte Todesangst um sie. Und Hendrik? Der doch Mitschuld daran trug, dass wir sie nicht aus den Dünen zurückgerufen haben. Hendrik war es egal. Vollkommen egal. Blieb einfach auf der Insel. Fragte nicht nach. Unterstützte mich nicht. Es kam nicht eine Frage des Mitgefühls, des Trosts, des Bangens. Moolin hätte sterben können. Für ihn nebensächlich. Er wollte nur noch an das Geld von Kevin. Ich war einzig allein sein Mittel zum Zweck.«

Anne war auf der Fähre aus dem Wagen ausgestiegen. Vor ihr lag die Insel im flirrenden Sommerlicht. Die Tage waren noch lang. Sie genoss die pikenden Sonnenstrahlen im Gesicht. Sie seufzte. Die letzten Wochen hatten der Leichtigkeit des Sommers zugesetzt. Ihre Flitterwochen schienen weit hinter ihr zu liegen. Es kam ihr vor, als wären sie mit der Heirat in die Achterbahn des Lebens eingestiegen, und die Fahrt käme seitdem nicht wieder zum Stillstand. Kein Halt, keine Pause, kein Verschnaufen. Das würden sie ändern müssen. Sie hatte dazu beigetragen, die Notbremse zu ziehen, Martin stichwortartig informiert. Den Rest musste die Polizei übernehmen. Danach würde sie die Achterbahn erst einmal in die Wartung schicken.

133

»So, dann wollen wir mal«, sagte Gert händereibend, als er von draußen hereinkam. Er hatte alles Notwendige veranlasst, mit seinen Vorgesetzten und der Staatsanwaltschaft gesprochen.

Martin sah ihm sein Glück und seinen Stolz über den erfolgreichen Einsatz an.

»Wer möchte sich denn gerne als Erstes zu Wort melden?«, fragte er, als seien sie in einem Klassenraum.

Tomke, der nicht aufhörte, seine verschiedenen Gelenke zu drehen und die Muskeln zu dehnen, hob die Hand. »Kurz und schmerzlos: Ich habe mit der ganzen Geschichte nichts zu tun.«

»Das machte einen anderen Eindruck. Weshalb sonst die Knebel- und Fesselaktion? Ich gehe nicht davon aus, dass es sexualmotivierte Handlungen waren.«

Tomke lachte verächtlich. »Mit meiner Schwester? Ausgerechnet. Nein, Herr Kommissar. Bevor Sie so herablassend fragen, ich habe Ihren Job gemacht.«

»Das hätte ich gerne erklärt.« Gert hockte sich breitbeinig vor Jansen. »Schießen Sie los.«

»Meine Schwester«, Tomke sprach das Wort mit größter Verachtung aus, »ging anscheinend so der Arsch auf Grundeis, dass sie sich in die Arme des starken Bruders geflüchtet hat. Allerdings mit der kleinen Hinterlist, ihn zum Komplizen zu machen oder ihn auszunehmen wie eine Weihnachtsgans. Konkret wollte sie ein Alibi. Für den Rechtsanwalt. Der sie zu mir begleitet hat.«

»Wie sollte das aussehen?«

»Es ging vor allem darum, dass er mit uns als Erbengemeinschaft seit einiger Zeit im Gespräch über unsere Wertanlagen gewesen sei. Und wenn ich das nicht lieferte, würde er auspacken. Einschließlich all dessen, was wir angeblich so gern unter den Teppich gekehrt haben.«

»Und Sie haben da nicht mitspielen wollen?«

Tomke lachte. »Ich habe nie verstanden, in was sich unsere Familie da hineinmanövriert hat. Mir konnte keiner drohen. Für was? Dass ich als Sechsjähriger nicht erkannt habe, was da vor sich geht? Vielleicht war es ein Glück, dass ich derjenige war, der laut nach Hilfe gerufen hat. Wenn man so will, kann ich mich auf einem guten Gewissen ausruhen. Aber wahrscheinlich ist es viel banaler: Ich habe keine Erinnerung, habe keine Bilder im Kopf. Und ja, vielleicht habe ich bewusst dagegen angepumpt.« Er beugte den Arm und zeigte seinen Bizeps. »Manchmal macht das den kleinen Unterschied. Ich habe aufgepumpt, und Kevin –«

»Ja?«

»Der hat reingepumpt.« Er deutete eine Injektion in die Armbeuge an.

»Wir reden vom Tod Ihrer Schwester Marlin. Es war keine plötzliche Erkrankung, an der sie verstorben ist, richtig?«

Tomke zuckte die Achseln. »Fragen Sie Wibke. Sie weiß es am besten von uns allen.«

Wibke Jansen wirkte wie schockgefroren. Als wäre kein Leben mehr in ihr. Auch jetzt öffnete sie nur kurz die Augenlider und schloss sie wieder.

»Frau Jansen?« Martin erhob sich von seinem Platz. »Wir haben eine Information, dass Ihre Familie erpresst wurde. Zuerst wegen eines Vaterschaftsnachweises, Ihren Bruder Kevin betreffend, was dann überging in die Androhung, die wahren Umstände des Todes Ihrer jüngsten Schwester öffentlich zu machen. Können Sie das bestätigen?«

»Ich habe damit nichts zu tun. Weder mit dem einen wie dem anderen.« Die Worte kamen wie gehaucht.

Ein dröhnendes Gelächter folgte aus Tomkes Mund. »Soll ich beim Auspacken helfen? Wie lange willst du dir und anderen noch etwas vormachen? Du bist doch selbst Opfer. Aber du musstest ja alles schönreden und dich bei der Mutter lieb Kind machen. Weil du Angst vor ihr hattest. Wir hätten uns verbünden können. Nur funktioniert das ja so nicht bei den Jansens. Einer hat immer die Macht. Mit Gewalt, mit Schlägen, mit Liebesentzug, mit Geld.«

»Und du hast nicht mitgemacht?«, fragte Wibke tonlos und ohne die Augen zu öffnen.

»Was willst du denn? Als einer allein? Ich habe meinen eigenen Weg gesucht. Wie Henning. Der es am besten von uns allen hingekriegt hat.«

Martin sah auf sein Handy, las noch mal die kurze Zusammenfassung, die Anne ihm geschickt hatte.

»Sie waren beide am Tod Ihrer Schwester beteiligt?«

Tomke streckte den Arm aus. »Sie hat angefangen. Sie war die Ältere.«

134

Wibke ließ den Kopf auf die Arme sinken. Sie fröstelte, obwohl sie die Beine nahe an ihren Körper gezogen hatte. Der Mund schmerzte von dem Knebel. Ihre Rippen, ihre Gelenke und die rechte Handinnenfläche brannten, seit sie den Schuss vorhin abgegeben hatte.

Er war nicht tot. Obwohl sie sich nichts mehr wünschte als das. Dieses Schwein, das sie ausgenutzt, benutzt, geschlachtet hatte. Ausgegraben hatte, wo zurecht Gras über die Sache gewachsen war.

Tomke hatte unrecht. Sie wollte nicht Mutters Liebling sein. Sie wollte nur Ohren und Augen davor verschließen, dass Mutter sie immer wieder erinnerte.

Einmal habe ich mich auf dich verlassen. Und es hat böse geendet.

Sie wusste, dass Mutter genauso Schuld hatte. Aber diese sah das anders.

Du hast das Unglück über unsere Familie gebracht. Geh mir aus dem Blickfeld.

Wibke presste die Hände auf die Ohren. So nah und so laut war die Stimme der Mutter lange nicht gewesen. Sie drang aus dem Rauschen und wurde mit jedem Wort klarer, so als stünde sie gleich neben ihr. Sie zog die Knie noch näher an sich heran. Nur keine Schläge. Nicht wieder Strafen.

Nur wenn sie der Mutter die Wünsche von den Augen ablas, schlich sich manchmal etwas wie Milde dort hinein. Und zu ihrem Lebensende, da hatte sie gesagt:

Du bist mir am ähnlichsten, Wibke. Bleib hart. Es dankt dir sonst keiner. Die Welt ist nicht gut.

Es war wie ein Vermächtnis gewesen, die Anerkennung, von der sie zehren konnte.

Bis Hendrik Schwarz sich in das Leben der Jansens eingemischt hatte. Weil Kevin den Mund nicht gehalten hatte.

Dabei war es nur ein Spiel gewesen. So selten Zeit hatten sie dafür. Immer eine Aufgabe. Die Mutter mochte es nicht, wenn sie sinnlos den Nachmittag verplemperten. Aber dann war Jasper im Krankenhaus, und die Mutter hatte an Freyja und Henning Aufträge erteilt. Der Vater war zu Reparaturen in den Wohnungen unterwegs. Sie sollte auf die Kleinen aufpassen. War ja schon groß. Im dritten Schuljahr. Sie machte das gerne. Sie spielten Lehrerin oder Familie. Sie war diejenige, die befahl. Streng wie die Erwachsenen im Klassenzimmer und wie die Eltern zu Hause.

Du schreibst 100 Sätze: Ich vergesse meine Hefte nicht.

Gegessen wird, was auf den Tisch kommt.

Ich zeig dir, wie man richtig Zähne putzt.

An dem Nachmittag war sie mit den Kleinen im Garten gewesen. Den riesigen Sandkasten mit echtem Sand vom Strand hatte Tante Ella ihnen geschenkt. Weil sie doch so wenig ans Meer durften. Hatte ja keiner Zeit für. Sie hatten Kuchen gebacken. Aus Sand. Mit den Förmchen. Und als er nicht hielt, Wasser darauf gekippt. Marlin hatte sich in der Sandkiste ausgestreckt. *Engel spielen*, hatte sie gerufen und mit den Armen Flügel in den Sand gezogen.

Gegessen wird, was auf den Tisch kommt, hatte sie gesagt, als sie den Kuchen aus der Form kippte und Kevin befohlen, die kleine Schwester zu füttern. Und als die sich wehrte, musste Tomke sie festhalten.

Mund auf, hatte sie gesagt und Kevin einen Klaps versetzt, als er nicht weiterfüttern wollte.

Und als Marlin gezappelt, gespuckt und gewürgt hat, hat sie ihr den Kopf festgehalten, weil Tomke sie losgelassen hat, und Kevin hat ihr den Sand wieder in den Mund gestopft. Und dann hat sie tief geatmet und ist seltsam blau geworden und hat sich immer weniger gewehrt, sondern nur noch ein bisschen gezittert. Bis sie ganz ruhig da lag. Wie ein Engel.

Und Tomke hat geschrien und ist weggelaufen und mit Freyja und dann mit Henning zurückgekommen. Und sie haben sie ins Haus getragen. Und als die Mutter kam, hatte diese gesagt, sie braucht Wasser, viel Wasser und einen Waschlappen und sie mussten aus dem Zimmer gehen. Und erst abends, als es schon dunkel war, da kam jemand, und das war der Arzt, der sagte, dass Marlin jetzt einen Platz im Himmel habe. Und dass sie wohl sehr krank war und daran gestorben ist. So hatte Mutter es ihnen erklärt. Und dass sie nie, nie erzählen dürften, was an diesem Nachmittag passiert sei, weil auch sie dann zu Engeln würden.

In das Rauschen von Wibkes Ohren mischte sich ein leises Schluchzen. Sie blickte auf. In Tomkes Augen. Über sein Gesicht liefen herzförmige Tränen.

»So war es«, hauchte er. »Genauso war es.«

Erst da verstand sie, dass sie laut gesprochen hatte.

135

Das Schweigen breitete sich wie ein undurchdringlicher Seenebel im Raum aus und drohte sie zu verschlingen. Jeden Einzelnen von ihnen.

Martins Puls hatte wieder zu rasen begonnen, nachdem er sich kurzfristig beruhigt hatte. Das Grauen, das Wibke verbreitete, fraß sich in ihn hinein, obwohl er alles dafür täte, sich wegzuducken, sich wegzubeamen, das Visier herunterzuklappen.

Nichts war schlimmer als der Tod eines Kindes. Umgebracht von den eigenen Geschwistern. Die selbst zu jung, zu klein gewesen waren, um das Ausmaß ihres Handelns zu verstehen. Sie hätten Verständnis, Hilfe, Nachsicht, therapeutische Aufarbeitung gebraucht. Und nicht ein Elternhaus aus Verdrängung und Unterdrückung.

Sie waren allesamt Opfer geworden. Die einen mehr, die anderen weniger.

Irgendwann hielt er es nicht länger aus. Gert, der Herumzappler, stand an die Wand gelehnt neben der zerborstenen Tür. Nur seine Kieferknochen mahlten unentwegt. Martin holte einen Stuhl, platzierte ihn vor Wibke, sodass sie zu ihm hochblicken musste.

Sie sah ihn misstrauisch und gleichzeitig verschlagen an.

»Und nun den Rest der Geschichte. Wenn wir schon einmal dabei sind, die Dinge auf den Tisch zu packen. Niemandem hilft es, weiter zu schweigen. Ich formuliere mal meine Idee dazu, was in den letzten Wochen und Tagen passiert ist.«

Martin hielt inne und versuchte, die Aussagen von Sabrina Menke, die Anne ihm übermittelt hatte, in einen sinnvollen Tatzusammenhang zu bringen.

»Kevin hat ausgepackt. Nicht bewusst und nicht gewollt, sondern eher im Drogenrausch, aber er hat es getan. Die Geschichte war in der Welt. Und sie hatte mindestens einen wahren Kern. Die Frau, die nun im Besitz dieser brisanten Information ist, hat andere Sorgen. Ein Kind, dessen Vater sie nicht kennt. Dabei käme Kevin durchaus infrage, und mit seinen zu erwartenden Erbschaften ist er auch der attraktivste Kandidat. Doch Sabrina Menke, so heißt die Dame, lässt sich abwimmeln. Soweit so einverstanden?«

Wibke, die an seinen Lippen gehangen hatte, schlug die Augen nieder. »Dieser verdammte Idiot«, nuschelte sie, presste danach sofort den Mund wieder zu.

»Doch dann lernt sie im letzten Jahr einen attraktiven Rechtsanwalt kennen.« Martin kniff die Brauen zusammen und rief sich den Mann vor sein geistiges Auge. »Statt sich zu fragen, was er so anziehend an einer ehemaligen Drogensüchtigen mit Kind findet, verfällt sie ihm.« Dass er sich hier in Spekulationen verstieg, musste Wibke nicht wissen. Hauptsache, die Story wurde rund. »Sie bemerkt nicht seine windigen Geschäfte und halbseidenen Kontakte. Als sie ihm von der vermeintlichen, aber bestrittenen Vaterschaft erzählt sowie Kevins Vermögensverhältnisse erwähnt, nehmen die Dinge ihren Lauf. Ihr Bruder wird konfrontiert. Soll das Kind anerkennen und zahlen. Er verweigert, weicht aus. Doch da fällt seiner ehemaligen Affäre ein, gibt es ja eine weitere Geschichte, mit der sich ein ganz anderer Druck aufbauen lässt.«

Martin drehte sich zu Gert herum, der ihm zunickte.

»Was passiert jedoch? Nichts! Kevin ist so auf Drogen, dass ihn das alles nicht mehr interessiert. Die Eltern tot, das Geld rinnt für falsche Freunde und Dauerrausch nur so durch seine Hände. Ist ihm doch egal, wenn einer erfährt, was damals war. Er drückt es weg. Das Spiel, das Unglück, den Tod, das

Geheimnis. Er war zu jung, zu klein. Die Erinnerungen – stimmen sie überhaupt?«

»Und an der Stelle, Wibke Jansen, kommen Sie ins Boot. Hendrik Schwarz nimmt Sie als Köder. Und in Ihrer grenzenlosen Angst, dass die Geschichte und Ihr Anteil daran nach all diesen Jahren ans Licht kommt, beißen Sie an.«

Wibke holte tief Luft.

»Und jetzt Sie! Wie ging es weiter? An dem Abend am Strand? Sie waren dabei.«

136

Wibke ließ Martins Worte in ihrem Inneren nachhallen. Jetzt nicht zu schnell, nicht zu unüberlegt antworten. Sie war nicht dumm, das war sie sicherlich nicht. Trotzdem tappte sie manchmal in Fallen, die sie nicht kommen sah. So war sie ihm auf den Leim gegangen, dem netten Mann, Herrn Schwarz. Obwohl sie ihm unterkühlt wie allen anderen begegnete. Sie war ja nicht dumm. Und nein, er hatte ihr keine Liebe versprochen. Darauf wäre sie nicht hereingefallen, man kannte das ja. Aber er hatte ihr Empfehlungen ausgesprochen, als er zur Fußpflege kam. Für die Börse und lohnenswerte Fonds. Die von der Bank hatten genickt. Seriös, absolut.

Und irgendwann hatte sie dann doch geglaubt, er interessiere sich für sie.

Aber dann hatte er eines Tages angefangen: von Kevin, der Vaterschaft und dem kleinen Geheimnis, das sie nun alle verband. Und dass er sie bräuchte, damit auch ihr Bruder das verstand.

»Mit der Sache am Strand habe ich nichts zu tun«, rutschte es ihr raus.

»Sie waren dabei«, beharrte Martin. Ins Blaue hinein.

»Wir wollten nur reden. Ich dachte, ich dachte …« Sie machte eine Pause. »Ich weiß es nicht mehr.«

»Ihrem Bruder war das egal?«

»Was sonst?« Sie machte eine wegwerfende Bewegung. »Er war jenseits von Gut und Böse. Vollgepumpt bis unter das Haar.«

Martin nickte, sah wieder zu Gert. »Das deckt sich mit den Ergebnissen der Rechtsmedizin.«

Von jetzt auf gleich fing Wibke an zu zittern »Ich habe damit nichts zu tun. Er machte den Anfang. Schlug plötzlich zu, trat und spuckte. Und dann, und dann lag er auf einmal auf dem Boden. Ruderte mit den Armen. Als wollte er, als wollte er …«

»… einen Sandengel machen?«

Sie antwortete ihm nicht, schien in ihrem eigenen Film zu sein. »Er spie. Aber nur ein bisschen. Als hätte ihn plötzlich eine Erinnerung eingeholt. Er lächelte. Und dann …«

»Und dann?«

»Fing Hendrik Schwarz an, ihn einzugraben.«

137

»Zehn Minuten Pause«, signalisierte Gert, nachdem sie den fassungslosen Tomke beruhigt hatten.

Dieser war bei Wibkes Worten aufgesprungen und wollte sich auf seine Schwester stürzen mit einem Geheul, das so voller Wut und Schmerz klang, dass Martin es körperlich spüren konnte. Auch weil es nicht einfach gewesen war, Tomke zu stoppen trotz ihrer Routine und der eingeübten Handgriffe.

Letztendlich war er wie ein Sitzsack in sich zusammengefallen. Alle Körperspannung wich von ihm, als er sich auf den Boden legte und wie ein Kind zusammenrollte.

»Was hätte ich denn tun sollen?«, fragte Wibke, als Gert zurückkam und Nicole, die ihn abgelöst hatte, wieder vor die Tür schickte.

»Ich mache mal weiter«, sagte er zu Martin, ohne auf die Frage, die im Raum in der Luft hing, einzugehen. Gert griff nach der Stuhllehne und klatschte ihn ab, als seien sie auf einem Sportevent.

Martin nahm den Platz an der Wand ein. Er war gespannt, wie sein Freund weitermachen würde. Viele Details würde Tomke nicht mehr ertragen, aber sie hatten wohl beide das Gefühl, dass es töricht wäre, das Setting jetzt aufzulösen.

»Bliebe noch Freyja«, begann Gert, nachdem er den Stuhl herumgedreht hatte und sich mit den Armen auf die Stuhllehne stützte.

Martin atmete leise aus. Gut gemacht!, dachte er. Die Details zu Kevins Tod würden sie sowieso frühestens nach der Aussage von Hendrik Schwarz mit den Ergebnissen der Rechtsmedizin abgleichen können. Aber seine Erfahrung sagte ihm, dass es sich wahrscheinlich genauso zugetragen hatte, wie Wibke es schilderte. Was der Rechtsanwalt mit Sicherheit bestreiten würde. Sollte er ruhig, sie würden es ihm minutiös nachweisen.

»Bei Freyja wasche ich meine Hände in Unschuld.«

»Haben Sie das nicht schon bei Kevin gesagt?«

»Das ist etwas anderes.«

»Waren Sie zugegen, als Freyja zu Tode kam?«

»Nein, nein, natürlich nicht.«

»Das heißt, Sie hatten zu Ihrer Schwester keinen Kontakt?«

Sie zögerte den Hauch einer Sekunde zu viel.

»Also doch.«

»Ich war bei ihr, weil ich ihre Hilfe wollte. Nachdem das mit Kevin passiert war. Schwarz versuchte nun, mich zu erpressen, aber ich wusste, er würde nicht Ruhe geben, sondern weitermachen.«

»Und Freyja, wollte sie denn umgekehrt mit Ihnen sprechen? Ich habe mir sagen lassen, dass sie alle untereinander zerstritten waren.«

Wibke holte tief Luft. »Das stimmt ja auch. Deswegen habe ich es gar nicht erst bei ihr zu Hause versucht. Ich bin spätabends am Laden vorbei, weil jeder wusste, dass sie oft bis in die Nacht im Büro saß, Waren sortierte, Bestellungen aufgab. Ich habe geklopft. Sie wollte mir nicht öffnen, aber sie muss mir angesehen haben, um was es ging. Und wie notwendig es war, mich hereinzulassen.« Sie starrte einen Moment in die Luft. »Sie sah schlecht aus. Im Büro roch es nach Rauch, das Fenster hinten im Bad war weit auf, es kam eine kalte Brise herein, sie behauptete, die Zigarettenstummel seien nicht von ihr. Sie hatte COPD, das hatten mir Kunden erzählt, und dass sie eine neue Herzklappe bräuchte, sich solange schonen müsste. Ich wollte sie warnen. Nur das. Sie müssen mir glauben.«

»Und? Ließ sie das zu?«

»Sie regte sich schrecklich auf. So sehr, dass ich Angst bekam. Wegen dem, was die Leute gesagt hatten. Und ich dachte, wenn sie jetzt stirbt und ich bin dabei, dann denken ja alle, denken ja alle …«

»Ich verstehe.«

»Sie hat plötzlich ganz hektisch geatmet, und ich wollte natürlich nicht, dass noch jemand … erstickt.« Sie flüsterte das letzte Wort. »Es ist wie ein Fluch, der an mir haftet. Dabei war ich doch nur ein Kind. Damals. Und sie war ja gar nicht wirklich meine …« Sie brach ab.

»Was war sie nicht?«, bohrte Gert nach.

»Nichts, nichts, nichts.«

»Das heißt, Ihre Schwester lebte noch, als Sie sie verließen?«

Wibke nickte.

Gleichzeitig vibrierte Martins Handy. Zweimal. Er zog es vorsichtig aus der Hosentasche.

Schaut euch mal das Foto an. Vielleicht ist es für euch von Interesse. Marthe Dirkens hat mich drauf gebracht.

Ein Stöhnen entfuhr Martin. Nein, bitte nicht Marthe mit Hinweisen zur Tat. Das konnte, das durfte nicht sein.

Gert schaute ihn an. »Was Neues?«

Martin entsperrte den Bildschirm, öffnete die App mit dem Foto. Trat zu Gert und hielt es ihm vor die Nase.

Mirko hatte Pfeile ins Bild gemalt und einen Kringel um den Markennamen gezogen. *Designed by Freyja's.* Dazu hatte er ein paar erklärende Sätze geschrieben.

Gert pfiff durch die Zähne. Perfekt. Das letzte Puzzleteil.

Wibke merkte, dass sich etwas veränderte. Sie setzte sich aufrechter hin, versuchte, auf das Handy zu schielen. »Als ich gegangen bin, war Freyja aufgeregt, aber lebendig. Und wenn Sie noch Fragen haben, dann stellen Sie die dem Herrn Rechtsanwalt. Ich bin mir sicher, er war der Letzte, dem meine Schwester die Tür öffnete.«

Gert stand auf. Er hielt ihr seine Hand hin, um sie hochzuziehen. Sie schaute ihn misstrauisch an. Zu Recht, wie seine weiteren Worte bewiesen. »Wibke Jansen, den Kopf aus der Schlinge zu ziehen wird schwer. Ich verhafte Sie wegen des Verdachts auf Beihilfe zum Mord, mindestens aber der unterlassenen Hilfeleistung mit Todesfolge und der Strafvereitelung durch das versuchte Beseitigen von Beweismitteln.«

138

Ruth stapfte im Zimmer auf und ab, stieg dabei zwischendurch auf die Zehenspitzen und lief die nächste Strecke auf den Hacken. »Das ist ja ein Ding. Und jetzt nehmen Martin und Gert gerade die ganze Sippschaft hoch?«

»Zumindest die, die daran beteiligt waren. Dazu gehört auch der nette Herr, bei dem du dich unbedingt entschuldigen wolltest. Der mit der grauen Schiebermütze. Das ist nämlich der Anwalt.«

»Nein, ist nicht wahr!« Ruth war stehen geblieben und schüttelte ungläubig den Kopf. »Wie schrecklich. Auch für das Kind. Also für diese Moolin. Nach dem, was ihr gerade passiert ist. Von dem anderen Fall ganz zu schweigen.«

»Da sagst du was«, sagte Anne müde und schob ihre Haare hinter die Ohren. »Der Typ war vorhin in dem Hubschrauber, der hier gelandet ist. Er muss das Gesicht neu gerichtet bekommen. Wibke Jansen besaß einen kleinen, aber feinen Damenrevolver, den sie in der Handtasche spazieren führte. Mit Sicherheit ohne Waffenschein.«

»Das kommt auf Norderney doch in den besten Familien vor«, erinnerte Ruth an einen alten Fall um den damaligen Bürgermeister.

»Ach herrje, stimmt ja. Was musst du für einen Eindruck von der Insel haben?«

»Klein-Amerika, was?«, scherzte Ruth. »Obwohl es ja nicht zum Lachen ist«, schob sie entschuldigend hinterher.

»Weiß ja, wie du es meinst.« Anne erhob sich. »Ich glaube, ich muss jetzt mal los. Werde mir bestimmt ein Donnerwetter für die Aktion auf dem Festland einfangen, aber immerhin: Sie war erfolgreich.«

»Du machst Marthe Dirkens Konkurrenz.«

»Allerdings ohne Teezeremonie.« Anne lachte und beugte sich zu ihr vor, um sie zu umarmen. »Noch eine Nacht, dann bist du in Freiheit.«

»Ja«, antwortete Ruth und nahm ihre Schritte wieder auf, während sie sich den Bauch hielt.

»Nicht gut?«

»Doch. Aber es hat gutgetan, nicht nachdenken zu müssen.«

»Oskar?«

»Ich muss eine Entscheidung treffen.«

Anne schüttelte den Kopf. »Morgen. Dann reden wir. Okay? Und schon dich. Was soll eigentlich diese Rennerei? Ich bin sicher, deine Ärztin ist damit nicht einverstanden.«

Ruth lachte: »Gedanken vertreiben, Schritte sammeln, Thromboseprophylaxe.«

»Ach so. Dann kann ich ja nichts dagegen haben.« Anne

nahm ihre Tasche vom Stuhl, winkte und prallte an der Tür auf zwei neue Besucherinnen.

»Marthe! Helene!«, rief Ruth.

»Dürfen wir noch? Es ist spät, aber die Produktion hat solange gedauert.« Marthe hielt ihr iPad über ihren Kopf.

»Wovon redet ihr?«

»Überraschung. Anne, setz dich auch einen Moment.«

»Aber …«

»Bitte!«, bat nun ebenfalls Helene, die seltsam nervös schien. »Marthe ist unter die *TikToker* gegangen. Der Hype um sie ist nicht mehr zu bremsen.«

»Nein. Das schaut sich doch nur diese Generation Z an?« Anne setzte sich neben Ruth auf das Bett, während Marthe das iPad in Stellung brachte. »Womit denn?«

»Mit ihrer Teezeremonie. Also der mit Whiskey. Sie hat schon Kooperationsanfragen. Das geht echt viral. Sie erzählt ungewöhnliche Geschichten, die dann mit einer Tasse gepimpten Tee enden.«

»Na ja, ich habe mich vielleicht ein bisschen am *HB-Männchen* bedient, aber den kennt ja keiner von den jungen Leuten mehr. Lustig war das früher ja immer.«

»Allerdings sollte Werbung für Alkohol genauso verboten werden, wie diese Zigarettenwerbung es schon seit Langem ist«, warf Anne ein. »Aber lasst mal sehen, ich will kein Spielverderber sein.«

Marthe drückte auf den Abspielknopf. Ihre Finger zitterten, als sie sie zurückzog.

Anne hörte nur ein gemurmeltes »Bitte nicht den Kopf abreißen.«

Und dann nahm das Drama seinen Lauf.

Auf dem Bildschirm erschien Oskar. Er stand windzerzaust auf der Fähre, hielt einen Ring in den Händen.

Marthe Dirkens Teezeremonie. Wenn du es richtig verkackt hast.

Er schien den Ring über Bord zu werfen, aber dann hörte man ein »Klong«, eine Teetasse *Ostfriesische Rose* kam mit Marthe Dirkens ins Bild. Sie zeigte die Tasse, in der das Schmuckstück glänzend auf den Kluntjes lag. Sie nahm den Tee, nahm den Whiskey, nahm die Sahne. Durch eine comicartige Animation blinkten ihre Augen plötzlich als rote Herzen, und ein Schleier wehte auf ihrem Kopf.

Weil es für die wahre Liebe nie zu spät ist.

Schnitt.

Marthe wackelte zum iPad, schaltete es aus.

Ruth merkte, wie Anne nach ihrer Hand griff.

Sie wusste nicht, was sie sagen sollte. Alle Gefühle der letzten Tage fluteten sie gleichzeitig. Traurigkeit und Enttäuschung. Sehnsucht und Wärme. Sie fühlte sich verraten und lächerlich gemacht, obwohl ihr klar war, dass es lustig gemeint war. Und sie ahnte, dass mehr dahintersteckte.

»Wo ist er?«, fragte sie und drehte sich um.

»Im Hotel. Er wartet dort morgen auf dich.«

Ruth sah Anne an. »Wusstest du davon?«

Sie schüttelte den Kopf.

»Hast du als Ärztin Einwände, mich heute Abend schon zu entlassen?« Sie fragte es mit Ernst und Trotz in der Stimme.

Aber sie sah, dass sich auf drei Gesichtern ein erleichtertes Lächeln ausbreitete.

»Wie könnte ich? Alles, was der Genesung hilft. Wir bringen dich hin.«

139

In der Hotellobby waren die Tische zu einer längeren Tafel zusammengeschoben worden.

Martin betrat das Gebäude zusammen mit Anne und Gert. Er fühlte sich wie gerädert. Was einerseits an den Ereignissen der letzten Tage lag, andererseits an der Tatsache, dass er solchen Zusammenkünften wenig abgewinnen konnte. Prinzipiell nicht, heute aber ganz besonders.

Sie waren die Ersten, doch es dauerte nur wenige Minuten und ein kurzes Nippen an ihren Getränken, bis Ruth und Oskar erschienen. Letzterer über das ganze Gesicht strahlend, während sie sich verlegen lachend durch die Haare fuhr.

Gert und Anne applaudierten, was Martin nun vollkommen albern fand. Musste ein Beziehungsstreit wirklich eine solche Aufmerksamkeit bekommen? Er war wie die anderen erleichtert, dass sich anscheinend alles wieder eingerenkt hatte, aber ob so viel Drama im Vorfeld überhaupt nötig war, bezweifelte er.

»Jetzt sei mal ein wenig romantischer«, flüsterte ihm Anne halblaut ins Ohr, und er versuchte zumindest ein aufmunterndes Lächeln.

Ruth verdrehte die Augen. »Hört auf. Ich will kein Wort mehr von der ganzen Geschichte hören. Und damit meine ich: in jeglicher Hinsicht. Übrigens, wir übernachten nicht in der Suite. Das kann Helene demnächst selbst übernehmen. Aber der Meerblick ist trotzdem ein Traum.« Sie ließ sich auf den Stuhl fallen und nahm Annes Latte-macchiato-Glas. »Darf ich?«

»Klar doch. Nachholbedarf, was? Im Krankenhaus ist die Auswahl nicht ganz so komfortabel. Obwohl, Meerblick gibt es bei uns schließlich auch.«

»Schon gut, ich habe sowieso die meiste Zeit verdöst. Und kaum eine Erinnerung. Bis auf das dicke Hämatom im und am Bauch.« Sie zog an ihrer Hose. »Ein Hoch auf Annes Jogginghosen, sonst wäre ich verloren.«

»Kein Wort mehr?«, hakte Martin nach, nachdem Oskar für Ruth und sich Kaffee geordert hatte.

Sie schüttelte den Kopf.

Oskar zwinkerte und holte eine Schachtel hervor.

In diesem Augenblick betraten auch Helene, Marthe und Daniela den Raum.

»Oh!«, schrie Marthe, als sie auf Oskars Hände blickte. »Sagt nur! Hätten wir da jetzt fast etwas verpasst? Helene, die Kamera. Rasch, rasch.«

Oskar zwinkerte weiter, gleichzeitig verdüsterte sich Ruths Gesicht und lief hochrot an. Mehr aus Wut, denn aus Vorfreude, dachte Martin, als er sah, wie sie nach der Tischplatte griff und sich daran festklammerte.

»Die Kamera bleibt aus«, sagte Oskar, während er aufstand. Er wartete, bis die drei Dazugekommenen ihren Platz eingenommen hatten.

Marthes Mund stand auf. Auch ihre Wangen waren rot verfärbt, von der Meeresluft, der Sonne, die jetzt am späten Vormittag schon erstaunliche Kraft aufwies, und der freudigen Erregung, die sie so gerne ergriff. Martin schaute weg. Für ihn war das ganze Szenario zum Fremdschämen. Doch dann drückte Anne seine Hand. »Hab Vertrauen. Alles wird gut.«

Oskar öffnete die Schachtel. Ein goldener Ring blitzte hervor.

Marthe entfuhr ein Raunen. »Wie wunderschön.«

Alle anderen hielten gespannt den Atem an.

Ruth sah aus, als wollte sie sich in Luft auflösen.

Das konnte, das durfte Oskar doch nicht machen. Martin war kurz davor, ihm die Schachtel aus der Hand zu schlagen. Was sollte das? Rache dafür, dass Ruth nach Norderney geflüchtet war? Dafür, dass sie ihn offensichtlich nicht heiraten wollte? Deswegen musste er sie jetzt vor aller Augen demütigen?

Oskar holte tief Luft. »Ich hoffe, du verzeihst mir, Ruth.« Er nahm den Ring heraus, hielt ihn in der Hand. »Es ist der Ehering meiner Ur-Großmutter. Und er bedeutet mir viel. Ruth, ich frage dich: Nimmst du ihn an, als Zeichen meiner großen Liebe zu dir und als Versprechen, dich nie wieder zu fragen, ob du meine Frau werden willst? Nie wieder. Weil ich weiß, dass unser Glück nicht auf einem Vertrag beruht. Deswegen soll dir der Ring ein Beweis meiner Einsicht sein.«

»Aber …«, rief Marthe, während alle aufstanden und klatschten.

Ruths Gesichtszüge verloren mit jedem Wort ihre Härte. Und jetzt stand sie auf. Nahm den Ring. Steckte ihn in die Jogginghose. »Oskar«, sagte sie. »Versetze mich nie wieder in Angst und Schrecken. Und vor allem, besprich die wirklich wichtigen Sachen zwischen uns beiden zuerst mit mir – und nicht mit deiner Mutter.«

»Oder mit Marthe«, rief Helene.

Alle lachten.

Oskar hob die Hand. »Nun ja, ohne euch Influencerinnen wäre ich nicht hier. Das hätte ich mich nicht getraut. Und so kann man sagen, Marthes sehr spezielle Teezeremonie hat dann doch ihr Gutes.«

»Darauf einen Kaffee«, rief Gert und erhob sich nun ebenfalls. Er klopfte auf seine Jackentasche. »Ich habe auch etwas dabei. Und kann mich Oskars Lob nur anschließen. Marthe und Helene, euch gebührt diesmal eine Auszeichnung.«

Daniela stöhnte laut auf. Martin fühlte es ihr nach. Das war das Letzte, was Marthe brauchte: eine Aufmunterung herumzuschnüffeln.

Aber selbst die beiden Angesprochenen schienen verwundert. »Wir?«, sagten sie wie aus einem Mund. »Haben diesmal nichts gemacht.«

»Ja, das stimmt«, erläuterte Gert. »Es war eine passive Hilfe, jedoch für unsere Ermittlung enorm wichtig. Darf ich mal?« Er streckte die Hand nach Helenes Schal aus.

»Vorsicht, der war teuer«, sagte sie, als sie ihn herüberreichte. »Ich habe ihn bei …« Sie sprach den Satz nicht zu Ende.

»Genau«, übernahm stattdessen Gert. »Bei *Freyja's*. Dort, wo kurz danach die Inhaberin zu Tode gekommen ist. An den Folgen eines versuchten Tötungsdelikts. Mit exakt einem solchen Schal.«

»Mit demselben Teil? Ich war es nicht«, sagte Helene erschrocken.

»Nicht mit demselben, aber dem gleichen. Ein kleiner feiner Unterschied. Als ihr Mirko begegnet seid, fiel ihm auf, dass die eingesargte Verstorbene ebenfalls dieses Tuch trug. Das ja anscheinend aus ihrer eigenen Kollektion stammte.«

»Das ist doch eine schöne Geste.«

»Wäre es.« Gert sah von einem zum anderen. »Wenn nicht der Rest der Kleidung eher Lumpensammlercharakter gehabt hätte.«

»Nein!«, sagte Ruth, die am schnellsten kombinierte, worauf Gert hinauswollte. »Irgendjemand hat ihr das Tuch, mit dem sie ermordet werden sollte, zur Bestattung mitgegeben? Wo es nie wieder gefunden worden wäre?«

»Exakt. Zu Staub zerfallen,, das wäre es bei der Einäscherung. Das Beweismittel. Nicht dumm, muss man sagen, gar nicht dumm.«

140

Sie hatten das späte Frühstück gemeinsam genossen, so wie Menschen das tun, wenn sie gerne miteinander Zeit verbringen. Mit Lachen und Erzählen und Genießen und Gesprächen, die kreuz und quer und rauf und runter an der langen Tafel gingen. Mittlerweile war das Buffet abgeräumt, die anderen Hotelgäste brachen zu Strand-, Wander- oder Fahrradausflügen auf und schauten neugierig auf die laute Gesellschaft.

Martin kam sich einmal mehr wie ein Fremdkörper vor, weil er es nicht schaffte umzuswitchen. Von ernst auf lustig, von Dienst auf frei, von Tod auf Leben. Einer der Gründe, die ihn auf die vermeintlich friedliche Insel getrieben hatten. Aber man konnte eben nicht vor sich selber fliehen. Und wenn er ganz ehrlich war, fand er seinen Umgang mit dem Leid anderer Menschen vielleicht nicht gerade selbstfürsorglich, sondern normal und angemessen. Er konnte nun mal nicht zur Tagesordnung übergehen, nachdem sie immer mehr in die Dramen der Familie Jansen und in die schmutzigen Geschäfte des Rechtsanwalts Schwarz eingetaucht waren.

Letzterer schien sich als ganz schön dicker Fisch zu entpuppen, an dem auch die Kollegen des Betrugsdezernats Gefallen gefunden hatten. Ein wahrer Netzwerker, der feine Herr Anwalt, aber anscheinend hatte er zu viel gewollt und hatte sich in den von ihm selbst geknüpften Fäden und Knoten verfangen. Martin erfüllte es mit Genugtuung, dass sie ihm jedes einzelne Delikt, in das er verwickelt war, zur Last legen würden. Wie ein Lauffeuer hatten sich gestern Abend die ersten Norderneyer Geschäftsleute und Immobilieneigentümer auf der Wache gemeldet, um deutlich zu machen, dass sie nichts mit dem Kerl am Hut hatten. Nun, das würde man sehen. Auf das Ergebnis immerhin freute er sich wirklich.

Daneben aber schoben sich immer wieder Fetzen der Aussagen in sein Bewusstsein, sodass er bei den Gesprächen am Tisch allzu oft den Faden verlor.

»Wollen wir gehen?«, fragte Anne irgendwann. Auch Ruth blickte ihn nachdenklich an. Er verneinte. Denn das Stimmengemurmel hatte etwas Tröstliches, gab ihm Gemeinschaft und Geborgenheit. Und er konnte seine Gedanken fließen lassen, ohne ihnen eine Richtung zu geben. Er wusste, auch das gehörte für ihn zum Prozess der Verarbeitung.

Irgendwann räusperte sich Helene und legte ihre Hand sachte auf Schneyders Arm. »Darf ich eine Frage stellen?«

»Immer raus damit.«

»Dieses Kind, diese Marlin …«

Gert hob den Zeigefinger, schüttelte ihn schnell hin und her. »Nein. Das ist kein Thema für eine solche Tischrunde.«

Tatsächlich hatte sich augenblicklich betroffenes Schweigen eingestellt.

»Das wollte ich natürlich nicht«, fuhr Helene stockend weiter. »Aber ich habe von diesem Grab gehört. Marthe sagte, laut Friedhofsordnung sei die Laufzeit längst vorbei. Und dann: dass die ganze Familie in einer großen Grabstätte beisammen liege, nur das arme Kind. Mutterseelenallein.« Sie schwieg.

Gert sah Martin an. Er machte eine hilflose Handbewegung. Die Gerüchte liefen schon durch die ganze Stadt. Auf einmal wollte jeder wissen, was damals passiert war. Die Wahrheit würde auf den Tisch kommen, allein weil Tomke sie gestern Abend laut vernehmbar herausgeschrien hatte. Als die Nachbarn und Passanten und Touristen längst in einer dicken Traube um das Haus herumstanden. Trotzdem war es etwas anderes, wenn sie diejenigen waren, die dienstliche Erkenntnisse ausplauderten.

Aber es war zu spät. Gert senkte die Stimme. »Wir sind ja wieder einmal unter uns.«

Und er erzählte, dass Wibke sich schon gestern fast verplappert hatte. Und Tomke es dann später bestätigte. Dass Marlin nicht die kleine Schwester, nicht das leibliche Kind der Jansens gewesen war.

»Was?« Sie reagierten alle überrascht.

»Sie war das uneheliche Kind von Tante Ella. Man sollte es nicht für möglich halten, wie tief verwurzelt bei manchen Menschen die Scham davor war und auch manchmal heute noch ist. Für Ella Brinkmann kam unter dem Druck ihres Geliebten, der sich nicht zu ihr bekennen wollte, nur Abtreibung oder eine Abgabe des Kindes infrage. Und da sie über zwei Dinge ganz sicher verfügte, nämlich Geld und Verwandtschaft, stand schnell ein Plan: Jansens würden das Mädchen als ihr eigenes ausgeben.«

»Leihmutterschaft?«, fragte Oskar.

»Nun ja, es war ja kein Wunschkind, das die Jansens ›bestellt‹ hatten, aber für sie war es ein attraktives Agreement und eine lukrative Angelegenheit. Für alle übrigens: Vom Erbe der Tante profitierte jedes der Kinder.«

»Und das Kindergrab?«

»Finanziert von Ella. Sie hat dafür bezahlt und gesorgt, dass sich die Laufzeit verlängert und das den Erben zur Pflicht auferlegt.«

»Und sie selbst? Als sie starb? Warum …?«

»Marlins Grab ist ein Kindergrab. Und es hätte Gerede gegeben. So hat sie für die Familiengrabstätte gesorgt und liegt wie ein mahnendes Gewissen neben denen, die ihr das Kind genommen haben.«

»In mehrfacher Hinsicht«, warf Ruth ein, sichtlich betroffen. »Das wird Arbeit geben für meine Kollegen und Kolleginnen aus der Psychoanalyse.«

Danach schoben alle ihre Gläser und Tassen bekümmert hin und her.

Auch Marthe seufzte. »Hätten die das Würmchen doch mal zu mir gebracht. So ungerecht geht es in der Welt zu. Wie hätte ich mich über ein Kind gefreut. Und mein Seliger erst.« Dann blitzten ihre Augen, und sie griff nach Danielas Händen. »Aber was rede ich denn? Was sage ich bloß? Es ist alles so, wie es besser nicht werden konnte. Daniela, mein Kind. Du Glück meiner alten Tage.«

Sie lachten, weil Marthes Worte sie von den bedrückenden Geschehnissen befreiten. Und weil ihr das Glück heute wirklich ins Gesicht geschrieben stand. Nur Daniela schaute überrumpelt. Dann aber stand sie auf, schob den Stuhl beiseite, nahm Marthe fest in den Arm.

»So ist es, meine liebe Marthe«, sagte sie und wischte mit dem Daumen zärtlich eine Träne von deren Wange.

141

Sie hatten beschlossen, dem üppigen Frühstück einen Strandspaziergang folgen zu lassen. Ihre Fröhlichkeit kehrte mit jedem Schritt zurück, als sie entlang der Promenade dem Treiben in Wasser und Sand zusahen, den Fahrradfahrern auswichen, die eigentlich in der Hauptsaison hier oben nichts zu suchen hatten, die Menschen grüßten, die einen von ihnen erkannten.

»Hach, so ein Aperol«, sagte Helene am Nordstrand. »Wäre das nicht ein würdiger Abschluss?«

»Abschluss wofür?«, wollte Daniela wissen.

»Ach!«, rief Helene aus und schlug sich gegen die Stirn. »Habe ich das noch nicht gesagt? Es werden Betten frei, Herr Hauptkommissar. Ruth benötigt kein Zimmer bei Anne und Martin, und auch ich werde in der nächsten Woche die Heimreise antreten.«

»Aber!«, rief Marthe. »Und ich?«

»Aber!«, sagte Gert. »Ich habe nicht vor, nur noch einen Tag zu bleiben.«

»Aber!«, sagte Anne und lächelte Martin auf eine so besondere Weise an, dass er sie eng an sich zog. Er sah sie fragend an. Sie zupfte ihn an seinem Poloshirtkragen zu sich herunter. »Dann wird ja unser Gästezimmer frei«, flüsterte sie ihm ins Ohr.

Sie entschieden sich gegen den Aperol, zu sehr trugen sie noch an den Bäuchen vom Frühstück herum. Hinter dem Nordstrand wurde der Weg beschwerlicher, als die letzten Pflastersteine am Spielplatz erreicht waren.

»Ach Kinder. Ich bin eine alte Frau«, sagte Marthe. »Nehmt es mir nicht übel. Es war doch alles viel. Ich verabschiede mich hier von euch. Den Dünenweg hoch, dann bin ich schnell zu Hause und lege die Füße auf meinen Hocker.«

»Und dazu einen guten ostfriesischen Tee mit Whiskey.«

Marthe lächelte fein. »Wer weiß, vielleicht auch das.«

Daniela packte Frau Dirkens bei den Armen. »Ich schlage vor, ich gehe mit.« Ihr Gesicht wirkte nachdenklich und sorgenvoll.

»Auf gar keinen Fall«, antwortete Marthe. »Du gehörst zu den jungen Leuten. Ich komme schon zurecht. Das bin ich ein Leben lang. Aber du, du hast mich eben sehr, sehr glücklich gemacht.«

Sie sahen ihr nach, wie sie langsam und mit Trippelschritten den Sandweg hinaufstapfte. Es sah aus, als bewegte sie sich auf den flirrenden blauen Himmel zu, der von weißen Wölkchen getupft wurde.

Oben auf dem Dünenkamm blieb sie stehen, winkte ihnen zu. Martin sah, dass sich Danielas Gesicht entspannte.

»Alles gut«, sagte auch Helene, die sich bei ihr einhakte.

So wie Ruth bei Oskar und wie Anne bei ihm. Gemächlich setzten sie ihren Strandspaziergang fort.

Als sie nach einer Weile ein Martinshorn hörten, blieben sie stehen. »Kundschaft«, riefen sie wie aus einem Munde und lachten sich an.

ENDE

DANKSAGUNG

An manchen Tagen kann ich es selbst nicht glauben: dass mein Traum vom Schreiben und Veröffentlichen seit 2017 eine solche Fahrt aufgenommen hat und nun schon der achte Teil der Reihe um Martin Ziegler und Ruth Keiser in den Händen der Leserinnen und Leser liegt.

Wie immer ist dies der Moment, all den Menschen Danke zu sagen, die mich auch diesmal wieder über die Maßen begleitet und unterstützt haben.

Zuallererst meiner Familie. Aus vielen Gründen. Ich weiß, was ich manchmal von euch abverlange. Dass ihr die Zeit, die ich am Schreibtisch verbringe, oft genug verflucht, ist nachvollziehbar, denn manchmal geht es mir ähnlich. Obwohl ich das Schreiben liebe. Wie sehr, das wisst ihr nur zu gut. Und deswegen ist es auch nie eine grundsätzliche Frage, die ihr mir stellt. Stattdessen haltet ihr mir oft den Rücken frei, lest und fiebert mit, seid (überaus) kritisch, versöhnt und verwöhnt mich mit baristareifen Milchkaffees und eindrucksvoller Latte Art, ihr begleitet mich zu Lesungen, kümmert euch um die Homepage und streitet mit mir über Social-Media-Strategien. Ihr seid mein Team. Ihr seid meine Familie. Und das Allerbeste in meinem Leben.

Besonderen Dank möchte ich meinem bewährten Kreis von unglaublich zuverlässigen Menschen aussprechen, die sich auch vom Zeitdruck nicht abhielten ließen, die Erstversion des Buches zu prüfen und nach Logikfehlern zu fahnden. Ich danke: Dirk, Lukas und Sophie Eichbaum, Irene Kiesler-

Lohmer, Nicole Peters, Dr. Matthias Schöndube, Martina Tendler.

Mein Buch ist erst dann vollständig, wenn es durch viele professionelle Hände des Gmeiner-Verlags gegangen ist: Ich bedanke mich für alle Unterstützung bei meiner Lektorin Claudia Senghaas und allen aus dem Verlagsteam, die mit ihren Ideen dem Buch die endgültige Reife verliehen haben.

Besonders freue ich mich darüber, dass meine Bücher auch bei den Insulanern gut aufgenommen werden. Vielen Dank für alle netten Rückmeldungen und Kontakte, für Antworten auf meine Rechercheanfragen und die Erlaubnis, reale Orte im Buch zu verwenden, an: Nicole Berger (Polizei), Jacqueline Böhne (Gästehaus Brauer), Hans-Jürgen Engelmann (Bestattungen), Samuel Kühr (Hotel Misan), Andrea Rass (Kaffeegeniesserei), Bernd Streckmann (B&B klein aber Fein), Familie Lacalandra (Rad Toni), Melanie de Boer (Lingerie am Meer), Matthias Moeckel (Weisse Düne) und Tanja und Dirk Busse (Stadtcafé Norderney).

Ein ganz besonderer Dank für ein großartiges Engagement geht an Janka Siemkes von Thalia Norderney mit ihrem tollen Team!

Was wäre ein Buch jedoch ohne Leserinnen und Leser? Ich freue mich, so vielen von Ihnen und euch bei Lesungen oder auf Social-Media begegnet zu sein. Schreiben ist ein einsames Geschäft (und dafür liebe ich es oft genug), aber umso mehr genieße ich die persönlichen Gespräche, Rückmeldungen und Anregungen. Sie sind der schönste Lohn! Und deswegen gilt Ihnen und euch mein allergrößter Dank!